생존의 법칙

레이디

레이디 생존의 법칙 3

초판 1쇄 찍은 날 | 2017년 6월 7일
초판 1쇄 펴낸 날 | 2017년 6월 16일

지은이 | 시로야차
펴낸이 | 예경원

편집 | 유경화

펴낸곳 | 예원북스
등록번호 | 제396-2012-000132호
등록일자 | 2012. 7. 25
YRN | 제1-0190호

주소 | 경기도 고양시 일산동구 호수로 646-24 위너스 21-Ⅱ 206A호 (우) 10401
전화 | 031-819-9431 팩스 | 031-817-9432
http://cafe.naver.com/yewonromance
E-mail | yewonbooks@naver.com

ISBN 979-11-6098-283-1 04810
ISBN 979-11-6098-280-0 (세트)

※ 이 도서의 국립중앙도서관 출판시도서목록(CIP)은 서지정보유통지원시스템 홈페이지(http://seoji.nl.go.kr)와 국가자료공동목록시스템(http://www.nl.go.kr/kolisnet)에서 이용하실 수 있습니다.

레이디 생존의 법칙

Goldline - Romance - Story

시로야차 장편 소설

III

LINE GOLD

C · O · N · T · E · N · T · S

❖ Vol. 3_ 레이디, 생존하다!

⚜ Rule 12 ⚜

레이디는
위기의 순간에 침착해야 한다

하나, 둘, 셋, 넷, 다섯, 여섯, 그리고…….

'나까지 모두 일곱!'

이리 봐도, 저리 봐도 틀림없는 일곱이다. 몇 번을 세어도 숫자에는 변함이 없다.

덕분에 루키나의 입꼬리가 길게 찢어졌다.

두근두근.

심장이 미친 듯이 뛰는 것은 감격에 젖어서이기 틀림없다.

루키나는 흥분에 가득 찬 얼굴로 저를 포함한 일곱 명의 남녀들을 한 번씩 바라본 뒤, 충격에 빠진 표정을 짓고 있는 시종장 버트를 향해 걸어갔다.

생글생글 웃으며 제게 다가오는 은발 미인의 발걸음이 경쾌하기 짝이 없었다.

무의식적으로 숨을 죽이던 버트는 침을 꼴깍 삼키며 그녀가 멈추기를 기다렸다.

거침없이 발을 내딛은 루키나는 잔뜩 긴장하고 있는 버트를 향해 활짝 웃었다.

"보셨죠, 시종장님?"

"……!"

"백작 각하도 보셨죠?"

당황한 버트에게 미소를 날린 루키나는 그의 옆에서 마찬가지로 창백한 표정을 짓고 있던 황실 기사단 아그노스의 단장인 이자크 마나서스 백작을 향해 씩 웃었다.

그녀의 말에 마나서스 백작의 미간이 좁아진 것은 당연했다.

루키나는 제 뒤에 서 있는 각양각색의 얼굴들을 훑긋거린 뒤, 다시 마나서스 백작을 쳐다보았다.

"일곱, 모두 모였어요."

불과 몇 분 전까지만 하더라도 단 한 명뿐이었던 루키나 로델린 공작영애의 기사단원들은 순식간에 일곱으로 불어났다.

그것도 결코 예상하지 못했던 두 명의 레이디까지 포함하여!

'하늘이 날 도운 게 틀림없어.'

이쯤 되면 자신은 명계의 제왕인 염라의 비호를 받을 뿐 아니라, 천계를 지배하는 누군가의 도움까지 받는 건지도 모르겠다.

루키나는 자꾸만 찢어지려는 입을 억지로 고정시켰다.

생글거리는 그녀의 모습에 버트와 의미심장한 눈빛을 교환하던 아그노스의 단장 마나서스 백작은 쉽게 고개를 끄덕이지 않고 있었다.

루키나는 우물쭈물거리는 그를 향해 한 걸음 더 가까이 다가갔다.

"……레, 레이디!"

제 코앞까지 다가오는 루키나의 행동에 마나서스 백작이 몸을 움찔거렸다.

등 뒤에서 자신의 행동을 지켜보던 남자들이 '윽' 하고 신음을 터뜨리는 것 같았지만 루키나는 신경 쓰지 않았다.

"헌데 대체 뭐 하고 계시는 거예요?"

"……예?"

"시종장님도 마찬가지예요. 왜 그렇게 멀뚱히 서 계시는 거냐고요."

루키나는 얼떨떨한 표정을 짓는 두 남자에게 핀잔을 날렸다.

버트와 마나서스 백작은 무슨 영문인지 모르겠다는 표정이었다.

루키나는 일침을 날렸다.

"이러고 계실 게 아니라, 얼른 보고하러 가셔야죠. 황제 폐하께 말이에요!"

"아. 그, 그게……."

눈을 크게 뜨는 루키나의 태도에 마나서스 백작이 난감한 표정을 짓는다.

왠지 그가 무슨 변명을 할지 짐작이 가능해져서 루키나는 흥, 콧방귀를 뀌었다.

"왜요? 인정 안 하시는 거예요?"

"레이디."

"이상하군요. 저는 틀림없이 황제 폐하께서 요구하신 조건을 전부 만족시켰잖아요. 폐하께서는 제게 일주일 안으로 레이디 두 명을 포함해 기사단원들이 일곱 명이 된다면 임시 기사단으로 인정해 주겠다고 하셨어요. 그리고 보시다시피 일곱 명이에요!"

"……하지만."

하지만은 무슨 하지만이야!

"백작 각하. 기억 안 나세요? 폐하께서 말씀하시길, '귀족 이상의 신분만이 너의 기사단의 일원으로 합류할 수 있다' 고 하셨죠. 그냥 귀족도 아니고 귀족 '이상' 의 신분이라고 분명히 언급하셨다고요. 그러니까 황족도 상관없는 거죠!"

"……레이디 로델린."

마나서스 백작은 힘껏 외쳐 대는 루키나를 보며 무슨 이런 억지가—라는 표정을 지었다.

시종장 버트는 귀족들의 대화에 한 걸음 물러나 있기로 한 모양이다.

루키나는 상기된 얼굴로 외치다 후우 숨을 골랐다.

그리고 다시 고개를 치켜들어 눈을 부라린 채 붉은 입술을 달싹였다.

"뭐 하고 계세요! 빨리 폐하께 보고드리지 않고?"

"……하아."

"백작 각하! 시종장님!"

"알겠…… 습니다."

……!

"저희가 돌아올 때까지 잠시 자택에서 대기해 주십시오. 버트 님."

"예."

루키나는 복잡한 얼굴로 저를 잠시 내려다보더니 이내 몸을 돌려 버트를 비롯한 자신의 기사단원들과 함께 사라지는 마나서스 백작을 발견했다.

돼…… 됐어!

저를 비롯한 황족과 라펠에게 묵례를 취한 뒤, 정확히 카르디아 궁이 있는 곳으로 가버리는 그들에게 손까지 휘휘 휘두르며 루키나는 방긋거렸다.

"축하해요, 공녀님!"

"잘됐군요, 공작 영애님!"

"그럼 이제 단장님이 되는 건가요, 공녀님?"

큰 고비를 넘겨 감정에 북받친 루키나가 뭐라 말을 잇지 못하는 사이, 그들의 모습을 지켜보던 몇몇 제국민들이 박수를 치며 축하 인사를 건넸다.

고마워요, 하고 관중들을 향해 화답을 한 루키나는 주먹을 불끈 쥐었다.

자, 그럼—!

또각또각.

루키나 로델린은 깃털처럼 가벼운 몸놀림으로 저를 주시하고 있던 남은 여섯 명의 남녀들을 향해 걸어갔다.

그러고는 왠지 모르게 낯빛이 어두운 남자들 쪽이 아닌, 방긋방긋 웃고 있는 금발의 미인을 마주 봤다.

"합류해 줘서 고마워요! 두 분이 아니었으면 전 정말 큰일 날 뻔했어요. 휴우. 대체 어떻게 감사드려야 할지 모르겠어요!"

루키나는 입을 쭉 내밀고 있는 적발의 소녀에게도 옅은 미소를 지은 뒤 자신과 눈이 마주친 금발의 미인을 향해 배시시 웃었다.

"아깐 너무 정신이 없어서 성함 확인도 제대로 못했네요. 저는 루키나 로델린이에요. 어, 저, 그러니까 성함이……?"

"빅키!"

"빅키?"

"응. 빅키!"

말이…… 좀 짧네.

나보다 어려 보이는데 말이지.

악수를 청하는 제 손을 가녀린 손으로 덥석 잡는 금발 미인의 행동에 루키나는 움찔하면서도 밖으로 내색하지는 않았다.

어디서 많이 본 자색 눈동자로 그녀를 주시하던 '빅키' 라는 이름의 레이디는 두어 번 정도 루키나의 손을 흔들다가 곁에 있던 적발의 소녀를 가리켰다.

"그리고 여긴 일리아나. 리아라고 부르면 돼."

금발 미인이 제게 건네는 말이 좀 심하다 싶을 정도로 짧은 게 약간 걸리기는 하지만 루키나는 인내하기로 했다.

그래, 참자, 루키나. 이 여자들이 아니었다면 기사단 창단도 힘들었을 거 아니야.

"아…… 네. 일리아나도 만나서 반가워요. 루키나 로델린이에요."

"……반가워요."

살짝 고개만 까딱이는 적발의 소녀는 전혀 반가워하지 않는다는 것을 명백하게 얼굴로 보여주고 있었다.

루키나는 움찔하면서도 속으로 화를 삭이며 뒤를 돌아보았다.

"참, 그렇지! 이렇게 된 거, 소개가 필요하겠네요. 폐하께서 어떤 임무를 내리실지 모르겠지만, 임무 수행을 위해서는 저기 저분들이랑 함께 다녀야 할 테니……. 거기 남성분들, 이리로 와주세요!"

루키나가 정체불명의 두 레이디들과 인사를 나누고 있는 사이 얼굴을 굳히던 세 남자와 로렐이 그들을 향해 다가왔다.

루키나는 자신이 지을 수 있는 최대한의 상냥한 미소를 지어가며 두 레이디들에게 그들을 소개하려 했다.

"인사하세요. 여기는—"

"뭐 하는 거지, 빅토리아?"

……어?

음산하기 그지없는 휴이렌의 말에 어리둥절해하는 것은 비단 로렐뿐만이 아니다.

루키나는 정확히 '빅키'를 바라보며 말하고 있는 휴이렌을 황당한 표정으로 쳐다봤다.

"두 분, 서로 아시는 사이세요?"

"모를 리 있나."

휴이렌은 흥 코웃음을 치며 한숨을 푹 내쉬고 있는 유리안과 라펠을 흘긋거렸다.

루키나는 그들의 반응에 빅키가 하얀 이를 드러내며 씩 웃는 것을 발견했다.

휴이렌은 고개를 절레절레 저으며 중얼거렸다.

"빅토리아, 그러니까 빅키는…… 내 동생이야."

❖

—존경하는, 아니, 사랑하는 황제 폐하께.

오늘 하루도 상쾌히 시작하셨나요, 폐하? 빅키는 폐하의 비호를 받으며 오늘도 활기찬 아침을 시작했습니다! 하늘에 떠 있는 태양이 꼭 폐하를 닮은 것 같아요!

폐하께서도 짐작하시겠지만, 빅키는 매일 폐하께서 베풀어주신 은혜를 가슴에 꼭꼭 새기고 있어요. 폐하가 아니었더라면 빅키가 어찌 이런 삶을 누리고 살 수 있겠어요? 그 때문인지 언젠가 혼인을 하게 된다면, 반드시 폐하와 같은 남성에게 가고 싶다고 생각하고 있어요.♡

말은 번지르르.

정갈한 글씨를 내려다보던 리우드의 58대 황제 셀레스틴 라쉬 리우드의 입꼬리가 꿈틀거렸다.

오랜만에 받은 편지는 냉정한 황제를 부드럽게 만들고 있었다.

셀레스틴은 잠시 휴식을 취한 뒤, 다시 눈을 움직였다.

—……(중략)…….

빅키 역시 황궁의 사람이라 그런지, 아무래도 귀가 밝을 수밖에 없나 봐요. 근래 일어나고 있는 로델린 공작 영애와 관련된 일이 폐하의 심기를 어지럽히고 있다는 소식을 접하게 됐어요.

음. 이거 예감이 그리 좋지 않은데.

서론부터 본론으로 들어가기 전까지, 저를 향한 넘치는 애정을 마음껏 드러낸 발신인 덕분에 흐뭇한 미소를 지으며 글귀를 읽어 내려가던 셀레스틴의 얼굴이 딱딱하게 굳어졌다.

쿵쿵. 기분 나쁠 정도로 불안한 마음이 금세 차올랐다.

셀레스틴은 그런 제 반응을 알아차렸는지 하아, 한숨을 내쉬고 있는 시종장 버트를 흘끔거렸다.

조금 전, 피레트 광장에서 돌아온 버트는 지금 그가 들고 있는 편지를 저보다 살짝 일찍 접했던 모양이다.

안색이 어두운 버트에게서 시선을 뗀 셀레스틴은 얼른 다음 문구를 훑기 시작했다.

—빅키는 알아보기로 했어요! 소문으로만 듣던, 검을 사용하는 영애가 어떤 사람인지! 황위를 이을지도 모르는 두 황자들이 서로 달라고 요구하는 영애가 대체 어떤 여자인지! 그녀가 창단하게 될 기사단이 어떤 기사단일지! 빅키는 알아보기로 했어요, 폐하!

심장이 덜컥 내려앉는다.

"버, 버트……."

제 피를 이어받은 황자들에게 가끔은 잔혹하다 싶을 정도로 냉정했던 황제의 눈동자가 급격하게 떨렸다. 버트는 이해한다는 듯 아무 말도 하지 않고 고개를 끄덕였다.

셀레스틴은 지진이 이는 동공을 편지의 끝자락으로 다시 고정시켰다. 사랑스러운 레이디의 최후통첩이 보이기 시작했다.

—저 빅키, 레이디 로델린의 기사단에 합류하기로 했습니다, 폐하! 허니 한동안 잘 부탁드릴게요~♡

쾅!

"이게 대체 무슨 소리야!"

결국 들고 있던 편지를 내려놓음과 동시에 책상을 세게 내려친 셀레스틴의 얼굴이 처참하게 구겨졌다.

부르르 떠는 그의 미간이 몹시 좁아진 것을 확인한 버트는 밑바닥에서부터 흘러나온 한숨을 뱉어냈다.

"버트!"

"예, 폐하."

"짐이 잘못 본 거지? 아닐 거야. 빅키가 그런 말도 안 되는 짓을 저지를 리가 없지 않은가! 그렇지, 버트?"

잘못 본 거라 말해— 라는 시선으로 저를 쳐다보는 셀레스틴을 향해 버트는 거짓말을 하고 싶었다.

허나 리우드의 황제 셀레스틴은 제게 거짓말을 하는 것을 세상에서 가장 싫어하는 자다.

셀레스틴을 주군으로 삼은 지 어언 수십 년.

그에게 단 한 번도 거짓을 고한 적이 없어 한없는 총애를 받았던 버트는 이런 위기의 순간에도 침착하게 입술을 움직일 수 있는 용기가 있었다.

"지금…… 문밖에 아그노스의 마나서스 단장님이 계십니다. 폐하를 뵙고 싶다고 하시더군요."

"서, 설마."

셀레스틴의 눈동자에 파란이 일었다.

버트는 한숨을 삼키며 말을 이었다.

"……로델린 공작 영애님의 기사단원들이 모두 모였습니다. 폐하께서 예상하셨던 대로 황태자 전하와 4황자 전하, 그리고 윈스턴 공작 각하까지 로델린 공녀님께 입단 신청서를 제출하셨습니다. 그리고……."

"……그리고?"

"적발의 레이디를 동반한 금발의 레이디 역시, 로델린 공녀님께 입단 신청서를 건네는 것을…… 마나서스 백작 각하뿐 아니라 저 역시 목격했습니다. 그분은 틀림없이……."

"빌어먹을!"

"폐, 폐하!"

비틀거리는 셀레스틴을 발견한 버트가 얼른 그를 향해 달려갔다.

의자에서 일어나려다 다시 주저앉은 셀레스틴은 괜찮다는 듯 버트를 향해 손을 들어 올린 후 관자놀이 주변을 문질렀다.

셀레스틴의 머릿속이 복잡해지기 시작했다.

"저…… 폐하."

침묵에 휩싸인 황제의 집무실에는 긴 정적이 흘렀다.

여전히 황실 기사단인 아그노스의 단장, 이자크 마나서스 백작이 황제를 알현하기 위해 집무실 밖에 서 있는 상황.

등 뒤로 식은땀이 주르륵 흘러내리는 것을 느끼던 버트는 어렵게 입술을 달싹였다.

매서운 황제의 자색 눈동자가 저를 향했다.

"일전에 계획해 두셨던 '그 일'은 그대로 진행하실 겁니까?"

침을 꼴깍 삼키며 묻는 버트의 말은 꽤나 조심스럽다.

후우, 후우. 길게 숨을 뱉어내며 호흡을 고르던 셀레스틴의 눈빛이 순식간에 변했다.

버트는 몸을 움찔거리며 일변한 황제를 향해 고개를 숙였다.

"빅키가 멋대로 궁을 나서 그곳에 합류하게 된 것은 정말이지 예상하지 못했던 일이다. 후우. 그 녀석이 언젠가 사고를 칠 줄은 알았지만……하필 이런 식으로 짐의 뒤통수를 때릴 줄이야. 돌아오게 된다면 단단히 교육을 시켜야겠어. 짐이 그간 너무 오냐오냐 키웠구나."

드디어 혼란을 벗어나 냉정을 되찾은 셀레스틴이 쯧, 혀를 차며 중얼거렸다.

버트는 굳이 대답하지 않았다.

셀레스틴은 '버트' 하고 서늘한 음성을 흘렸다.

"예, 폐하."

"마나서스를 들게 해라."

얼굴을 들어 황제를 마주한 버트가 눈을 크게 뜨자 셀레스틴은 코웃음을 치며 말했다.

"짐의 기사단이 되는 것이 그리 쉽지만은 않다는 것을, 공녀 일행에게 똑똑히 알려줘야겠어."

❖

「빅키는 내 동생이야.」

—라고, 말하는 휴이렌의 음성이 귀를 울렸다.

무의식적으로 홱 고개를 돌려 유리안을 쳐다본 것은 말할 필요도 없었다.

유리안은 긍정도 하지 않았지만, 그렇다고 부정도 하지 않았다.

루키나는 벙찐 표정으로 휴이렌, 유리안, 그리고 생글생글 웃고 있는 금발의 레이디를 번갈아 응시했다.

한참 동안이나 세 명을 쳐다본 루키나의 머릿속으로 찌릿한 전율이 흘렀다.

빅키.

빅키.

빅키…… 빅토리아 로즈 리우드!

「황제에게 딸이 있어?」

때는, 그러니까 지금으로부터 몇 주 전.

루키나 로델린이 처음으로 유리안 아이너 리우드와 만났던 날.

염라의 목걸이를 이용하여 극적으로 그를 구한 뒤, 대체 어떻게 된 황태자가 멋대로 궁을 나와 이런 산속에서 죽어가느냐고 로건에게 한탄한 적이 있었다.

로건은 정보 길드 마스터답게 의아해하는 루키나에게 유리안에 대한 정보를 알려주었고, 자연스럽게 렉시어드와 휴이렌의 몇몇 정보들, 그러다 황실의 가족 관계와 관련된 정보들 역시 자연스럽게 언급했다.

「예. 놀랍게도, 현 황실의 유일한 황녀입니다. 셀레스틴 황제가 1황후인 마리아 테너 리우드와의 관계가 소원해지기 전 마지막으로 낳은 딸로서, 황태자인 유리안과는 다르게 황제의 사랑을 독차지하며 자랐습니다. 임신 중이었던 1황후와 사냥을 나갔다가 제 손으로 직접 받아냈던 딸이라 그런지 더 애정이 큰 모양입니다. 듣기로는 빅토리아 황녀가 하는 말이라면 황제가 아주 껌뻑 죽는다고도 하더군요. 뭐, 소문이 사실인지는 모르겠지만.」

아아…….

"망할 놈의 리우드!"

"……!"

……젠장.

무심코 속으로 삼켜야 할 말이 입 밖으로 튀어나와 버렸다.

절망에 빠진 채 털썩 주저앉아 있던 루키나는 제게 쏟아지는 시선에 뭐라 대답도 하지 않고 그저 고개를 돌리는 것으로 대신했다.

'이건 악몽이야.'

악몽 중에서도 최상급의 악몽이다.

루키나는 입술을 파르르 떨었다. 빌어먹을 리우드 가문과의 악연은 끊으려 할수록 더욱 질겨진다. 휴이렌을 시작으로 렉시어드와 유리안, 그리고 이제는 빅토리아까지.

「어머. 로델린의 공녀는 내 얼굴을 모르고 있었던 거야? 흐응, 그거 이상하네. 난 틀림없이 날 알아보고 인사를 하는 줄 알거든! 스스로 꽤 유명하다고 자부했는데……. 아직은 부족했나 봐. 호호호. 그럼, 정식으로 다시 내 소개를 할게. 나는 빅토리아 로즈 리우드. 위대한 황제 폐하의 막내딸이야. 아, 여기는 일리아나 포프너. 포프너 후작가의 영애고. 허니 너무 걱정할 필요는 없어. 우리도 귀족 '이상' 의 신분인 건 확실하거든!」

샐쭉 웃으며 한쪽 눈을 찡긋거리는 금발의 미녀는 자신감이 흐르다 못해 넘쳤다.

루키나는 돌처럼 굳은 표정을 지으며 그녀에게 고개를 끄덕일 수밖에 없었다.

'골치 아프게 됐어.'

귀족 '이상' 의 신분만이 입단할 수 있는 기사단.

고귀한 기사단의 명예를 지키기 위해 황제가 내건 조건이기는 했지만, 과연 스스로가 콧대 높은 그들의 요구를 만족시킬 수 있을까 하는 생각을 품은 것은 사실이었다.

해서 최후 홍보에 실패하자 체념을 했던 것이었고.

그러나 극적인 순간, 하늘에서 내려온 한 줄기의 빛처럼 여섯 명의 사람이 다가왔다.

하나같이 귀족 '이상' 의 고귀한 신분을 지닌 자들이었고, 게다가 불가능할 거라 여겼던 레이디들까지 포함되어 있었다.

황제가 지시할 임무만 훌륭히 수행해 낸다면, 그토록 원하던 제국 최초의 여기사가 될 뿐 아니라 최초의 여자 기사단장이 될 수도 있었는데……!

'망할. 제국의 황태자에, 그 라이벌 격인 황자에, 4대 공작에, 후작 영애에, 그걸로도 모자라 이젠 황녀까지? 이 기사단…… 정말 괜찮은 거냐! 제대로 임무 수행이나 가능하겠어?'

제가 봐도 정상은 아니다.

루키나는 절망에 빠진 표정을 지으며 깔깔거리고 있는 금발 미녀를 응시했다.

어……?

그리고 그녀의 시야로 들어온 금발의 미녀는 싸늘한 표정을 지은 채 가면을 쓰고 있는 흑발의 남자 옆에 철썩 붙어 있었다.

루키나는 얼굴을 찌푸렸다.

"호호호. 윈스턴 공. 저는 공이 여기에 있을 줄은 정말 꿈에도 상상하지 못했어요. 매번 바쁘다고 하시며 궁에 오래 계시지도 않으시는 분이 말이에요!"

"그렇…… 습니까?"

"저기, 윈스턴 공!"

"……예, 황녀 저하."

"저, 부탁이 있는데 말이죠. 그 가면, 제 앞에서는 벗어주시면 안 되나요?"

"……예?"

"불편하잖아요! 그리고 윈스턴 공의 본모습이 어떤지 궁금하기도 하고! 호호호. 사실 뵐 때마다 말씀드리고 싶었는데 얘기를 나눌 시간이 나야 말이죠."

"……."

"윈스턴 공. 네? 네?"

"……죄송하지만 황녀 저하. 그건 어려울 것 같습니다."

"아이, 참. 아무도 안 보게, 딱 저만 볼게요! 네?"

"……죄송합니다."

"윈스턴 고옹!"

이마의 혈관이 툭 튀어나올 것만 같다.

루키나는 자색 눈동자를 빛내며 라펠을 향해 풍만한 가슴을 들이밀고 있는 금발의 레이디를 발견하곤 얼굴을 처참하게 일그러뜨렸다.

“그러고 보니 빅키는 어릴 적부터 팬텀 녀석에게 관심이 많았지. 꿈에 그리던 이상형이라나 뭐라나.”

……응?

“왜 그렇게 봐?”

부드럽게 미소 짓는 얼굴이 이상할 정도로 얄밉기 그지없다.

루키나는 어느새 제 곁으로 다가와 작게 속삭이고 있는 휴이렌에게 괜히 흥, 콧방귀만 뀌고는 고개를 돌렸다.

“아가씨! 아가씨! 시종장님께서 오셨어요!”

황명을 받고 온 버트의 등장을 알리는 셰리의 목소리는 그때 울려 퍼졌다.

“레이디 로델린. 짐은 촉박한 시간에도 불구하고 짐이 내걸었던 조건들을 모두 만족시킨 그대의 실천력에 경의를 표한다.”

직접 황명을 전달하기 위해 궁을 나온 황제의 시종장 버트는, 굵은 음성을 흘리며 입술을 달싹였다.

어찌나 근엄한 표정인지 그를 주시하던 루키나까지 긴장할 정도였다.

그녀는 황명을 받드는 자의 예를 갖추기 위해 무릎을 굽힌 채 버트의 목소리에 귀를 기울였다.

버트는 슬슬 본론을 꺼내기 시작했다.

“로델린 경. 그대와 그대의 기사단에 속한 여섯 명의 임시 기사들은 속히 튀망 남작령으로 향하라. 그곳에서는 한 달에 서너 번꼴로 기이한 현상이 일어나고 있다고 한다. 그 현상이 무엇인지 파악하고, 튀망 남작령의 영주민들의 근심을 덜어주고 오도록 하라. 기한은 총 한 달. 한 달 내에 모든 일을 해결하고 돌아온다면 로델린 경의 임시 기사단을 정식 기사단으로 인정해 주도록 하겠다."

버트의 말이 그쯤에서 멈추자 루키나는 벌렁거리는 심장 소리를 애써 감추며 무심코 고개를 들어 올렸다.

"튀망…… 남작령이요? 어, 저기…… 버트 님. 폐하께서 언급하신 튀망 남작령이 혹시, 제국 남서쪽에 위치한 그 튀망 남작령…… 인가요?"

셀레스틴의 말을 모두 전한 버트는 들고 있던 황제의 칙서를 품 안에 갈무리하고선 루키나를 응시했다.

"맞습니다, 레이디 로델린. 폐하께서는 바로 그 튀망 남작령을 말씀하셨습니다."

"하지만 그 튀망 남작령은……."

여기서 사흘하고도 반나절은 꼬박 가야 하는 거린데요!

한 달 만에 일을 해결하기에는 너무 촉박하잖아— 라는 말이 입안을 맴돌았다.

루키나는 버럭 소리를 내지르려다 꾹 참아냈다.

버트는 당황해하는 루키나를 향해 빙긋 웃어 보인 뒤 몸을 돌렸다.

"그럼, 한 달 후에 뵙겠습니다."

버트는 루키나 뒤편에 서서 황명을 듣고 있던 다른 일행들에게 공손히 인사를 한 뒤 아그노스의 단원들을 대동한 채 유유히 사라졌다.

루키나는 그런 그들이 멀어지는 모습을 넋 놓고 응시하다 몸을 비틀거렸다.

"이브!"

마침 근처에 있던 휴이렌이 현기증을 느껴 비틀거리는 그녀를 부축하기 위해 팔을 뻗었다.

루키나는 괜찮다는 듯 손을 휘휘 저으며 다시 바로 섰다.

그러고는 미간을 좁히며 이를 악물었다.

'황제, 이 자식.'

그냥 엿도 아니고, 아주 빅엿을 선사해 줬군. 제기랄!

그녀가 이렇게 분노를 금치 못하는 이유는 한 가지.

튀망 남작령의 기이한 현상이 무엇인지 대충은 짐작하고 있기 때문이다.

그것은 지금으로부터 십여 년도 훨씬 전의 일.

그러니까 루키나가 네 번째 삶을 살아가고 있을 시점의 일이다.

「소단주. 혹시 튀망 남작령이라고 들어보셨습니까?」

흥미로운 이야기를 들고 왔다는 듯, 자신만만하게 입꼬리를 올리며 다가온 로건의 말에 루키나, 아니, 당시는 아리아나 로이트였던 그녀는 시선을 옮겼다.

「튀망 남작령이라면 얼마 전에 황제한테 작위를 받은 튀망 남작의 영지 아니야?」

「맞습니다.」

「갑자기 튀망 남작령 얘기가 왜 나와? 무슨 일 있어?」

「하하. 그게 말이죠, 소단주. 요즘 튀망 남작령에서 이상한 일이 계속해서 일어나고 있답니다.」

「이상한 일?」

「예. 마을 주민들의 공동 소유인 밭에서 잘 기르던 농작물이 갑자기 모두 뽑혀 나가고, 동물들을 방지하기 위해 쌓아두었던 돌벽이 무너지질 않나, 튀망 남작성 뒤편에 위치한 야산에서 집채만 한 괴물을 목격했다는 사람들이 생겨나고 있는 모양입니다.」

「흐응. 그럼 처치하면 되지 않아?」

「물론 그건 그렇습니다만, 그게 그리 쉽지만은 않은 모양입니다. 황도에 위치한 몇몇 기사단에 황제가 직접 야수의 처리를 명했는데 대부분이 실패를 하고 돌아왔습니다. 괴물이 워낙 빠르다고 하더라고요.」

「재미있는 일이긴 한데, 로건.」

「예, 소단주! 흥미롭지요?」

「그래그래. 흥미로워. 그런데…… 너 해야 할 일 있지 않아?」

「예?」

「시데트 상단과의 거래는 어떻게 됐어?」

「윽.」

「윽? 윽이라니! 잘 처리된 거야? 어이! 너 어디 가! 야! 야, 인마! 너 거기 안 서?」

……굳이 떠오르지 않아도 될 기억까지 떠올라 버렸네.

날카로운 그녀의 시선에, 로건은 순간 몸을 움찔거리며 도망가 버렸다.

그런 로건을 쫓아 예정에도 없던 술래잡기를 해야만 했던 전생의 일이 눈앞을 맴돌아 고개를 절레절레 젓던 루키나는 긴 한숨을 내쉬었다.

'그 일이 얼마나 오래된 일인데…….'

현 황제인 셀레스틴이 아직 황태자 시절이었던 때의 일이니, 수십 년도 전의 일이다.

아직까지 튀망 남작령의 괴물을 처리하지 못했던 거야?

루키나는 이를 갈았다.

이번 임무로 짐작해 보건대, 셀레스틴 라쉬 리우드는 자신의 성공을 바라지 않는 것이 분명하다.

그러지 않고서야 수많은 임무 중에서 튀망 남작령의 일을 처리하라고 할 리 없으니까.

무려 수십 년이 넘도록 해결하지 못했던 일을 단 한 달, 그것도 오고 가는 시간을 제외한다면 3주도 되지 않는 시간에 처리하는 것은 무리였다.

루키나는 입술을 파르르 떨며 주먹을 불끈 쥐었다.

'하지만 해결해야 해.'

제국 최초의 여기사가 되기 위해서 루키나 이베타 로델린은 반드시 이번 임무를 완료해야 했다.

그간 어떤 기사들이 이 일을 처리하기 위해 남작령으로 향했을지 모르겠지만, 제게는 든든한 동료들도 있지 않은가?

제국에서 손꼽히는 기사 중 한 명인 라펠과 창을 잘 쓰는 든든한 로렐.

그리고 비상한 머리의 휴이렌과 그간 오노르에서의 훈련으로 다져진 유리안까지.

나름의 정예 멤버들이 함께해 준다면 튀망 남작령의 괴수 처치도 꿈만은 아니…… 아니…… 아…….

아닌 거…… 맞나?

불가능해 보이는 미션이 코앞에 닥치자 아찔하기는 했지만 그럼에도 불구하고 다시 의지를 다잡던 루키나의 얼굴이 처참하게 구겨졌다. 문득 고개를 돌린 시야 안으로 불쾌한 광경이 들어왔기 때문이다.

바람을 따라 흩날리는 금색 머리카락을 한데로 꽉 묶은 뒤, 치렁치렁한 레이스가 달린 훈련복을 입고 있는 빅토리아와 라펠이었다.

"윈스턴! 윈스턴 공! 이건 어떻게 쥐나요? 이렇게? 요렇게?"

루키나는 검은 가면을 쓴 채 서 있는 라펠에게 목검을 휘두르며 생글생글 웃는 빅토리아를 발견했다.

천진난만한 미소를 지으며 노골적으로 라펠에게 추파를 던지는 빅토리아를 보자니 가슴 밑바닥에서부터 무언가가 치밀어 올랐다.

라펠은 제게 방긋거리는 빅토리아를 내려다보며 가만히 서 있었다.

불편해하는 기색이 역력했지만 다름 아닌 황제의 유일한 외동딸이라 함부로 못하는 것이 틀림없었다.

라펠은 후우 한숨을 내쉬며 목검을 쥔 빅토리아에게 말했다.

"검을 쥐고 있는 오른손에 힘을 조금 더 가하십시오. 단순히 들어 올린다기보다는, 손바닥으로 손잡이를 감싼다는 느낌으로—"

"감싸요? 어떻게…… 어머!"

들고 있던 목검의 힐트를 놓치고 공중으로 날려 버린 빅토리아가 순간적으로 무게 중심을 잡지 못하고 몸을 휘청거리자 라펠은 빠르게 팔을 뻗었다.

'……!'

루키나는 라펠의 커다란 손이 빅토리아의 쏙 들어간 배 위로 얹어진 모습을 발견하고선 그만 욕설을 흘릴 뻔했다.

"고, 고마워요. 윈스턴…… 공."

빅토리아는 자신을 바로 일으켜 주는 라펠을 향해 수줍게 웃으며 볼을 붉혔다.

그 광경을 지켜보던 루키나의 눈은 광선이 쏟아져 나올 정도로 번뜩였다.

"공께서 도와주지 않으셨다면, 저 그대로 이마를 찧어버렸을 거예요."

자세를 바로잡은 리우드 황실의 유일한 황녀, 빅토리아 로즈 리우드는 라펠을 향해 예의를 표하기 위해 살짝 무릎을 굽혔다 펴며 입꼬리를 올렸다.

검은 가면 아래 숨겨진 라펠의 얼굴에선 어떤 표정이 그려져 있는지 보이지 않았다.

말없이 고개만 까딱이는 그를 보고서도 아무렇지 않은 얼굴로 활짝 미소 짓던 빅토리아는 바닥에 떨어진 목검을 집어 들며 외쳤다.

“그럼 다음 동작으로 넘어가 봐요! 이번엔 찌르기를 가르쳐 주세요! 윈스턴 공!”

태양을 닮은 그 미소 뒤에 후광이 비친다.

루키나는 여전히 입술을 굳게 다문 채 빅토리아에게 다음 동작을 가르쳐 주는 라펠을 보며 인상을 썼다.

‘여자를 돌같이 본다더니, 그것도 아니네 뭐!’

세간에 알려진 팬텀 공작의 소문과는 달리 빅토리아에게 꼼짝도 하지 못하는 라펠을 보며 루키나는 콧방귀를 뀌었다.

그녀는 이를 갈며 그들에게서 시선을 돌리려 애썼지만 이상하게도 자꾸만 두 남녀를 흘긋거리는 자신을 발견했다.

쿵쿵, 기분 나쁠 정도로 심장이 뛰었다.

‘진정해. 진정해라, 루키나. 너답지 않게 왜 이렇게 일일이 신경을 써? 가만히 생각해 보면, 오히려 그에게 고마워해야 한다고. 저 감당하기 힘든 황녀를 대신 상대해 주고 있잖아. 그래. 그런 거야. 만약 네가 저 황녀를 상대했다면 아마 주먹부터 나갔을걸? 맞아. 틀림없이 그럴 거야.’

「그러고 보니 빅키는 어릴 적부터 팬텀 녀석에게 관심이 많았지.」

두근두근 뛰던 가슴이 바닥으로 툭 떨어졌다.

의도한 건지, 아닌 건지는 모르겠지만 흘리듯 뱉어내던 휴이렌의 음성이 귓가를 맴돌았다.

「꿈에 그리던 이상형이라나 뭐라나.」

루키나는 그 말을 떠올리자마자 고개를 들어 빅토리아를 응시했다.

라펠을 바라보는 빅토리아의 눈빛에는 형용할 수 없는 애정이 가득 담겨 있었다.

……망할.

속이 끓는다.

부글부글, 냄비의 물이 끓듯 활활.

'왜 이렇게 열이 받는 거지?'

루키나는 윗니로 아랫입술을 잘근 짓누르고선 홱 몸을 돌렸다.

아예 몸이 떨어져 있으면 조금은 나아질 것 같아서.

평상심을 유지하기 위해 노력하던 루키나는 마침 자신을 바라보고 있던 누군가와 시선이 마주쳤다.

'……어?'

유리안이었다.

❖

「예상하기는 했습니다만…… 형님께서 정말로 계실 줄은 몰랐습니다. 그만큼 이브를 많이 아끼시는 겁니까?」

휴이렌이 제게 그러한 질문을 던졌다는 사실이 불쾌하다기보다는 그가 그녀를 '이브'라고 가깝게 부른 것이 기분이 나빴다.

아마도 이것이 질투의 일종이려나.

유리안은 기사단원이 전부 모였다고 좋아하고 있는 루키나가 로렐과 이야기를 나누는 사이, 제게 다가온 휴이렌을 물끄러미 응시했다.

피가 반밖에 섞이지는 않았지만 2황자인 렉시어드보다 제게 우호적인 4황자 휴이렌이 묘한 미소를 지은 채 저를 쳐다보고 있었다.

유리안은 쓰게 웃었다.

많이…… 아끼냐고?

굳이 대답해 줄 필요도 없는, 당연한 말이다.

남녀라는 것을 떠나 저 은발의 여인은 서른이 넘도록 제대로 된 인간 관계를 맺지 못했던 유리안 아이너 리우드가 처음으로 관계를 맺은 사람이었다.

마릭의 반대를 무릅쓰고 오노르에 입단한 것도, 당시 아이반 밀드레드라 알고 있던 그녀와 친해지기 위해서였으니까.

첫 친구.

목숨을 빚진 친구.

잃고 싶지 않은 친구.

아이반 밀드레드는 유리안에게 있어선 단순한 은인일 뿐 아니라, 미래를 같이하고 싶은 사람이었다.

그, 아니, 그녀가 비록 자신을 속이기는 했으나 그런 사실마저도 무의식적으로 아무렇지 않다고 생각이 들 만큼, 그녀는 제게 있어 몹시 소중했다.

물론 그 과정에서 자신이 그녀에게 친구 이상의 감정을 품었다는 것은 정말이지 예상 못했던 일이지만…….

「아끼고 있어.」

그랬기에, 일말의 망설임도 없이 휴이렌에게 답했다.

제 대답을 들은 휴이렌의 자안이 요동쳤지만 유리안은 굳이 지적하지는 않았다.

왠지 휴이렌의 마음을 알 것 같았으니까.

친구라고 생각했던 사람이 사실은 남자가 아니라 여자라는 것을 한 달이 지나서야 알게 된 눈치 없는 자신이라지만, 그녀를 바라보는 휴이렌의 눈빛을 눈치채지 못할 리는 없었다.

휴이렌은 말했다.

「황위 계승 문제와 이 문제는 차원이 다릅니다. 전 형님이라고 해서 쉽게 물러나지는 않을 겁니다. 양보는 없습니다.」

「바라던 바다.」

우연히도 한 여자에게 동시에 마음을 품어버린 두 형제가 픽 웃으며 서로의 손을 맞잡았던 것이 불과 몇 시간 전의 일.

정치뿐 아니라 연애에서도 라이벌이 된 서로를 마주 보며 정정당당한 승부를 해보자며 미소를 교환했던 것이 얼마 되지도 않았건만.

유리안은 그런 그들의 다짐이 무색하게도 어떤 특정한 곳을 뚫어져라 응시하는 루키나를 발견하고 멈칫했다.

'……아이반.'

'루키나' 나 '이브' 보다 '아이반' 이라는 호칭이 더욱 친근하게 느껴지는 유리안 아이너 리우드의 소중한 친구는, 그의 친여동생인 빅토리아 로즈 리우드와 미르티스 라펠 윈스턴이 대화를 나누고 있는 곳을 매섭게 노려보고 있었다.

콕콕. 심장에 비수가 꽂히는 것처럼 아려온 것은 아마도 그들을 바라보는 그녀의 눈빛에서 무언가를 읽었기 때문이다.

유리안은 씩씩거리며 홀로 뭐라 중얼거리던 그녀가 홱, 고개를 돌리다 저를 발견한 것을 인지했다.

"유리! 안 그래도 유리한테 가보려고 했었는데……. 아, 유리라고 불러도 되죠?"

갈색 가발을 쓸 때와는 달리 본연의 머리색을 유감없이 드러내고 있는 은발의 미녀는 드레스 복장이 아닌, 남성들이 자주 입는 가벼운 외출복 차림으로 자신을 올려다보고 있었다.

그동안 같은 기사단에서 합숙 훈련을 해가며, 줄기차게 보아온 그녀의 화장기 없는 수수한 얼굴이 오늘따라 몹시 화려해 보인다.

감추어두었던 머리색을 드러냈기 때문인가?

'왜 몰랐던 거지?'

요즘 들어 하루에도 몇 번씩 이런 생각을 한다.

어째서 눈치채지 못했던 걸까. 왜 몰랐던 걸까.

어째서. 왜.

조금만 빨랐더라면.

눈치채는 것이 조금만 빨랐더라면 '그'가 아니라 내가—

유리안은 쓴 물이 치밀어 오르는 것을 느끼며 입술을 달싹였다.

"레이디 로델린이 원한다면."

차분하게 대답하는 유리안의 말에 루키나가 웃음을 터뜨렸다.

"레, 레이디 로델린이라뇨! 하하, 유리. 거리감 느껴지게 왜 이러세요? 평소대로 부르세요. 어…… 그, 그건 좀 그런가? 그럼 유리도 이브라고 불러주세요! 다들 절 그렇게 부르거든요!"

씩 웃는 루키나에게 유리안은 쉽게 대답할 수 없었다.

제 답변을 기다리고 있던 루키나가 갑자기 시작된 침묵을 의아하게 여기며 고개를 갸웃거렸다.

"……유리?"

두근두근. 가슴이 뛰박질하는 것이 느껴져 유리안은 미간을 좁혔다. 굳어지는 그의 얼굴을 발견한 루키나가 몸을 움찔거리는 게 보였다.

"저 혹시…… 유리는 아직 저를 용서하지 못하신 건가요……?"

"이브."

쿵쿵. 입 밖으로 그 말을 뱉어내니 심장이 정신없이 뛴다.

유리안은 스스로 꺼낸 그 말에 입술을 파르르 떨었다. 루키나의 녹색 눈동자가 큼지막해지는 것이 보였다.

유리안은 후우, 숨을 흘린 뒤 말했다.

"이브."

"……네! 네, 유리!"

잠시 멍한 표정을 짓던 루키나가 가슴을 쓸어내리며 맑게 웃는 모습이 보였다.

유리안은 눈부신 그 미소에 벌어진 입을 다물었다.

루키나는 멋쩍게 웃더니 곧 중얼거렸다.

"그렇게 불러주셔서 고마워요, 유리."

고맙다고?

"사실 저…… 그 일 이후로, 유리가 절 다시 안 볼까 봐 걱정했었거든요."

뒷머리를 긁는 루키나의 얼굴에 어둠이 스쳤다. 유리안은 되묻지 않았다.

그런 그에게 미소를 흘리던 루키나는 말을 이었다.

"혹시 유리도 알고 계실지 모르겠지만, 제겐 친구 한 명이 있었어요."

아아. 알고 있다. 지금은 강제로 수녀원에 들어가게 된 밀리크 전 후작 영애가 바로 그녀였지.

황궁에서도 내내 렉시어드의 곁을 떨어지지 않던 흑발의 미녀를 떠올렸다.

가관이었지.

"친구인 줄 알았던 그 애에게 엄청난 뒤통수를 맞았던 터라, 다시는 그러한 관계를 맺지 않으려 했었는데 말이죠. 어쩌다 보니…… 유리와 친구가 되었고, 그러다 보니 로렐, 그리고 오노르의 다른 동료들과도 인연을 맺게 됐네요. 사실 지금까지 내색하지는 못했지만…… 그런 의미에서 유리는 제게 매우 소중한 사람이에요."

두근두근. 가슴이 요동쳤다.

유리안은 티를 내지 않기 위해 이를 악물었다.

루키나는 말했다.

"그래서 걱정했어요. 유리가 저를 경멸하게 될까 봐. 미워할까 봐. 싫어하게 될까 봐. 다시는…… 보지 않고 싶어할까 봐."

말끝을 흐리며 슬며시 고개를 아래로 떨구는 로델린 공작 영애의 하얀 목덜미가 시야로 들어왔다.

유리안은 이를 악물었다.

젠장. 불과 몇 주 전까지만 하더라도 아무렇지 않게 생각했던 그녀의 목덜미가 이렇게 아찔하게 느껴질 줄은 예상하지 못했다.

그녀를 향해 뻗어가려는 손을 가까스로 저지한 유리안은 짧게 숨을 뱉어냈다.

"이브. 날 속인 그대를 원망했던 건 사실이다."

그간 온갖 배신을 당해봤다고 여겼었지만 그녀의 정체를 알게 된 충격은 적지 않았다.

배신에 익숙해진 저도, 진정하기까지 꽤 시간이 걸린 편이었으니까.

하지만 그럴 이유가 있었잖아.

유리안은 쓰게 웃었다.

"그러나 지금은 그대를 이해한다. 여인의 몸으로 기사가 되기로 결심했다면…… 그 수밖에는 없었을 테니."

"……유리!"

저를 올려다보는 루키나의 눈동자가 별처럼 반짝거린다.

유리안은 옅은 미소를 그리며 그녀를 내려다보았다.

어떠한 감정이 치밀어 올랐는지, 말없이 입술을 꽉 짓누르던 루키나는 결심했다는 듯 손을 내밀었다.

유리안은 검상으로 가득한 그녀의 오른손을 바라봤다.

"그동안 정말 고마웠어요. 물론 오늘도 고마웠고요. 친구 사이에는 고맙다는 말은 하지 않는다고 하지만 그래도 꼭 말하고 싶었어요."

"이브."

"그러니 앞으로도 잘 부탁드려요, 유리!"

"……!"

"예전에 유리가 말했던 것처럼 우리 계속, 친구 할 수 있는 거죠?"

사심이라곤 전혀 느껴지지 않는 그녀의 순수한 질문에 속이 따끔거린다.

쓰리군.

입가에 맴도는 쓴맛이 심장을 아프게 만들었다.

유리안은 제게 향해 있는 그녀의 뽀얀 손을 맞잡아야 할지, 아니면 무시해야 할지 잠시 머뭇거렸지만 이내 고개를 끄덕이며 팔을 뻗었다.

따뜻한 온기가 겹쳐진 손바닥을 타고 전신으로 퍼져 갔다.

"나 역시 잘 부탁해. 이브."

"당연하죠!"

루키나는 힘차게 웃으며 그의 손을 마구 흔들었다.

어찌나 힘이 센지 그녀의 힘에 의해 휘청거리던 유리안은 루키나의 얼굴 위로 점점 선명하게 퍼져 나가는 미소에서 시선을 떼지 못했다.

자신을 친구 이상으로 바라보지 않는 그녀에게 실망하기보다는 현재의 포지션에 만족하기로 하고.

물론 심장 한편이 아려오는 것은 어쩔 수 없는 일이다.

'……!'

애써 제 마음을 드러내지 않고 있던 유리안은 생글생글 웃는 어깨 너머로 보이는 뜨거운 시선에 멈칫했다.

유리안은 서늘한 눈으로 자신을 쳐다보고 있는 남자를 발견했다.

'미르티스 라펠 윈스턴…….'

가면에 가려져 있었지만 아마도 사정없이 얼굴을 구기고 있는 것이 틀림없다.

그러지 않고서야 여자에게 관심 없기로 유명한 제국의 팬텀 공작이 빅토리아 황녀에게 검술 동작을 가르쳐 주다 말고 저와 루키나가 있는 방향을 무시무시하게 노려볼 리 없으니까.

유리안은 쓴웃음이 흘러나오려는 것을 겨우 참았다.

"참, 그런데 유리. 유리께서는 로렐이 귀족인 거 알고 계셨어요? 전 전혀 몰랐다고요! 만약 이번 일이 아니었다면 정말 완벽하게 속을 뻔했지 뭐예요!"

유리안이 제 어깨 너머에 있던 윈스턴 공작과 신경전을 벌이고 있다는 걸 아는지 모르는지, 루키나는 로렐을 가리키며 혀를 내둘렀다. 그는 어쩐지 웃을 수가 없었다.

❖

"윽! 이게 대체 무슨 냄새야!"

리우드 제국 남서부에 위치한 튀망 남작령은 황도인 세이번으로부터 마차로 무려 사흘하고도 반나절은 더 가야지 당도할 수 있는 먼 거리였다.

보통 리우드 제국의 주요 도시들은 중심부인 세이번 근처에서 하루 혹은 이틀 거리에 위치해 있었고, 세이번과 가까울수록 발달 정도가 높았다.

세이번과의 거리가 사흘 반이 더 걸리는 튀망 남작령의 발달 정도가 타 지역에 비해 월등히 떨어지는 것은 어쩌면 당연한 일이었다.

워워—

이번 임무에서는 모든 임시 단원들이 시종이나 시비를 대동하지 않았던 터라, 세이번에서 임시로 고용했던 마부가 마차를 멈춰 세우자마자 빅토리아는 마차 문을 활짝 열었다.

난생처음의 제국 유랑인지라 약간 들떴던 모양인지, 꽤나 상기된 표정을 지으며 마차에서 내린 빅토리아는 자신의 생각과는 다른 광경에 얼굴을 일그러뜨리는 듯했다.

황궁이 있는 세이번과는 달리, 보이는 것이라고는 산과 들판, 그리고 논밖에 없는 튀망 남작령의 곳곳에선 가축의 똥 냄새가 진동을 하고 있었다.

안 그래도 여기까지 오는 내내 살짝 열린 마차의 창문 사이로 똥 냄새가 들어온다며 문도 열지 못하게 했던 빅토리아였다.

땅 위를 밟자마자 힘껏 공기를 들이켜던 그녀가 돌연 코를 막고 얼굴을 찌푸리는 모습에 루키나는 짧게 한숨을 내쉬었다.

'피곤하네, 정말.'

사흘하고도 반나절.

거의 3.5일이다.

루키나는 턱밑까지 내려온 다크서클의 기운을 느끼며 온몸을 파르르 떨었다.

급하게 받았던 임시 단원의 존재가 이렇게 귀찮아질 줄은 예상하지 못했다.

루키나가 내린 후, 살포시 땅 위를 밟은 일리아나 포프너는 툴툴거리기를 멈추지 않는 빅토리아를 향해 다가갔다.

"빅키. 여기 있습니다."

"어머. 고마워, 리아!"

일리아나 포프너 후작 영애는 인상을 쓰는 빅토리아에게 손에 쥐고 있던 베이지색 손수건을 내밀었다.

그녀에게서 그것을 받아 든 빅토리아는 얼른 손수건으로 코와 입을 막고선 루키나를 노려보았다.

……응?

마치 이 모든 일이 너 때문이야— 라는 눈빛을 띠고 있는 그녀의 표정에 루키나는 미간을 좁혔다.

"그런데 여기는 손님 대접이 왜 이래? 어떻게 제국의 황녀가 직접 행차했는데, 아무런 반응이 없냐고."

한동안 루키나를 주시하던 빅토리아는 반응 없는 루키나에게 흥미를 잃었는지, 그녀에게서 시선을 거두었다.

그러고는 굳게 닫혀 있는 허름한 성문을 응시하며 투덜거렸다.

"빅키. 우린 놀러 나온 게 아니야."

뒤이어 도착한 검정색 마차에서 내린 휴이렌이 그들을 향해 다가오더니 혀를 끌끌 찼다. 빅토리아는 한 번 내민 입을 더욱 쭉 내밀며 소리쳤다.

"하지만 오라버니, 이런 대접은 처음이라고요!"

"빅키."

"안 되겠어. 이렇게 반응이 늦다니, 내가 직접 가야겠어! 리아, 뭐 해? 우리가 도착했는데도 문 열 생각을 않는 뒤망 남작을 혼내러 가자고!"

"비, 빅키!"

치마인지 아니면 바지인지 알 수 없는 달라붙은 복장에 치렁치렁한 흰색 레이스를 잔뜩 달고 있던 빅토리아는 일리아나 포프너의 손목을 덥석 잡고선 굳게 닫혀 있는 성문을 향해 다가갔다.

루키나는 머리가 지끈거리는 것을 느끼며 관자놀이 주변을 문질렀다.

쾅쾅!

"후우. 미안하다, 이브."

닫혀 있는 성문을 두드리고 있는 빅토리아를 쳐다보던 루키나는 곁에서 들려오는 목소리에 고개를 돌렸다.

휴이렌이 한숨을 내쉬며 그녀를 바라보고 있었다.

"빅키 녀석이 폐하의 사랑만 받고 자라서…… 좀 버릇이 없어."

루키나는 '너무 제멋대로지' 라고 중얼대는 휴이렌에게 동조하려다 말았다.

확실히 만만한 레이디는 아니었다.

루키나는 '얼른 문 좀 열어!' 라고 외쳐 대고 있는 빅토리아의 금색 머리카락을 응시하며 지난 사흘하고도 반나절 동안 있었던 일을 떠올렸다.

「안 그래도 궁금했었는데. 이브, 너는 대체 왜 여기사가 되려고 그래?

너 정도 지위면, 그냥 괜찮은 남자 만나서 결혼이나 하면…… 아아, 맞다. 너, 렉스 오라버니랑 관련이 있었지?」」

눈치가 없는 것은 물론이고,

「엄청 뚱뚱했다가 살을 쏙 뺐다는 말 듣고, 나는 거짓말인 줄 알았거든? 근데 웬걸! 완전 날씬하잖아! 예전엔 대체 얼마나 뚱뚱했었길래 그런 안 좋은 소리는 다 듣고 살았어?」」

무례한 데다,

「렉스 오라버니의 어디가 좋았던 거야? 난 렉스 오라버니는 어딘가 음흉해서 싫던데. 날 바라보는 눈길이 기분 나빴거든. 같은 어머니가 아니라 그런지 더더욱 그랬어.」」

경솔하기까지.

「우리 조금 쉬었다 가자!」
「이브, 쫓기는 것도 아닌데 빨리 움직일 필요는 없지 않겠어?」
「뭐? 말을 탄다고? 싫어! 무조건 마차여야 해! 말 타면 엉덩이가 아프단 말이야!」」

빅토리아 로즈 리우드가 과연 기사단에 입단을 한 건지, 아니면 여행에 합류를 한 건지 이젠 루키나가 헷갈릴 정도다.

루키나는 쾅쾅 성문을 두드리고 있는 오만 방자한 황녀를 바라보며 이를 갈았다.

'참자.'

황제는 분명하게 명시했다.

이번 임무를 완수하고 한 달 내로 귀환할 때까지 그녀의 임시 기사단원들이 이탈해서는 안 된다고.

급박하게 들어오기는 했지만 빅토리아로 인해 다행히 임시 기사단으로 인정받을 수가 있었다.

만약 한 달을 견디지 못하고 그녀가 기사단을 떠나게 된다면 곤란해지는 것은 자신이다.

루키나는 부글부글 끓는 마음을 겨우 가라앉히며 마음의 안정을 찾기 위해 노력해야 했다.

끼이익—

한 번 닫힌 채, 영영 열리지 않을 것만 같던 튀망 남작성의 문이 열린 것은 바로 그때였다.

"가문의 영광입니다! 다른 분들도 아니고, 고귀하신 황태자 전하와 4황자 전하시라니! 게다가 소중하신 황녀 저하와 그 유명한 윈스턴 공작 각하! 또 아름다운 두 분 레이디. 그리고…… 흠흠. 어쨌든 여러분의 방문은 제 평생 최고의 일이 아닐까 싶습니다!"

새빨간 와인으로 가득 찬 유리잔을 공중으로 높이 치켜들며 더글라스 튀망 남작은 외쳤다.

긴 테이블 주변에 쪼르르 앉아 있던 루키나 일행의 얼굴을 하나하나씩 살피던 그는 로렐과 눈이 마주치자 미간을 살짝 좁히더니 이내 말을 얼버무렸다.

그 무례한 행동에 로렐이 인상을 쓰며 자리에서 일어나려 했지만 루키나는 얼른 고개를 내저었다.

"튀망 남작."

"예, 황녀 저하!"

"인사는 거기까지 하는 게 어때요? 나 엄청 배고픈데."

"그, 그러십니까? 흠흠, 예! 그럼 그래야죠! 그래야죠! 뭣들 하느냐! 얼른 음식을 가져 오너라!"

잔뜩 흥분을 했는지, 침까지 튀기는 그로 인해 주변에 앉아 있던 빅토리아가 일침을 날렸다.

그에 멈칫하던 튀망 남작은 멋쩍은 미소를 지은 뒤 하인과 하녀들을 향해 손을 들어 올렸다.

달칵 문이 열리고, 루키나 일행이 있던 다이닝룸 안으로 갖은 음식들이 모습을 드러냈다.

사흘 반 동안 거의 쉼 없이 달려온 터라 제대로 된 식사를 하지 못했던 빅토리아는 활짝 웃으며 포크를 들어 올렸다.

남은 일행들 역시 튀망 남작에게 묵례를 한 후 식사를 하기 시작했다.

"저, 그런데…… 레이디 로멜린."

왁자지껄했던 오노르 기사단에서의 식사와는 달리, 황족들이 세 명이나 있는 튀망 남작성에서의 식사는 고요하기 그지없다.

조금의 대화도 나누지 않고 모두들 말없이 식기만 움직이고 있었다.

그런 침묵을 깬 것은 자신의 위치로는 감히 대하기 어려운 고위 귀족들을 만난 튀망 남작이었다.

루키나는 저와 멀리 떨어져 있기는 했지만 정확히 자신을 향해 있는 튀망 남작의 시선을 발견하고선 행동을 멈추었다.

튀망 남작은 묘한 표정으로 그녀를 쳐다보더니 이내 입술을 움직였다.

"얼마 전, 황제 폐하의 전서를 받게 되었는데…… 정말 레이디 로델린이 우리 남작령의 골칫거리를 해결해 주시는 겁니까?"

"아."

"그 빌어먹을 괴물은 무려 수십 년이 넘게 저희를 괴롭히고 있습니다. 잡으려고 해도 잡을 수가 없는 엄청난 녀석이지요. 죽이려고도 시도해 보았고, 생포하려고도 시도해 보았지만 수천 번이 넘게 실패했습니다. 그런 오래된 골칫거리를…… 정녕 해결해 주시는 겁니까?"

왠지 모르게 간절해 보이는 튀망 남작의 말에 루키나는 흐리게 웃으며 대답하려 했다.

"최선을 다해보겠습니다."

"레이디 로델린은 할 수밖에 없어, 튀망 남작."

……응?

"만약 그 골칫거리를 제거하지 않는다면 레이디 로델린은 황제 폐하가 점지해 주시는 자와 혼인을 하게 되거든."

"……예?"

"안 그래, 이브?"

루키나는 씩 웃으며 저를 빤히 응시하는 빅토리아의 말에 안면이 경직되는 것을 느꼈다.

'요…… 요…… 망할 계집애가!'

그동안 꾹꾹 눌러 참던 분노가 목구멍까지 차올랐지만 루키나는 이를 갈던 것을 드러내지는 않았다.

그녀는 호호, 억지웃음을 지어가며 눈꼬리를 휘었다.

"그, 그렇습니다. 반드시…… 처치하겠습니다, 남작님. 허니, 너무 걱정하지 마십시오."

"레이디 로델린!"

튀망 남작은 루키나의 말이 끝나기가 무섭게 자리에서 벌떡 일어났다.

튀망 남작은 귀족치고는 꽤나 해진 옷을 입고 있었다. 아마도 튀망 남작령이 다른 지역에 비해 발달도가 낮았고 따로 무역이 활발한 곳도 아니었기에 영주인 자신도 그리 돈이 많지는 않았을 거다.

때문에 값비싼 옷감으로 예복을 지을 수도 없었겠지.

그가 입고 있는 저 녹색 예복은 튀망 남작이 소유한 의복들 중 가장 귀중한 의상임이 틀림없다.

가난하기는 하지만 루키나 일행을 위해 자신의 곡식 창고까지 탈탈 털어가며 음식을 내온 그가 어째서 벌떡 일어났는지 모르지 않는다.

루키나는 제게, 그리고 모두를 향해 고개를 숙이는 튀망 남작의 말에 귀를 기울였다.

"부디 그 녀석을 반드시 처치해 주십시오! 저를, 아니, 남작령의 영주민들을 위해서라도!"

"부디 그 녀석을 반드시 처치해 주십시오! 저와 남작령의 영주민들, 그리고 더 나아가 제국을 위해서라도!"

두 손을 끌어모아 크게 외치는 빅토리아의 외침에 그 모습을 보고 있던 일리아나가 풋 웃음을 터뜨렸다.

루키나는 무엇이 그리 재미있는지, 튀망 남작이 저녁 식사 시간 때 했던 말들을 흉내 내며 깔깔 웃는 두 여자들을 무심하게 응시했다.

"정말이지 교양 없기 짝이 없어! 식사 시간 때는 조용히 밥을 먹는 게 예의 아니야?"

"그러게요. 시골 분이라 그러신가 봐요."

"시골 사람이라 그런 게 아니라, 못 배운 거라고. 어휴. 사흘 반이라니.

대체 이런 곳에서 어떻게 살아?"

쯧쯧, 혀를 차며 고개를 내젓는 빅토리아의 말에 짐을 풀던 루키나의 행동이 멈추었다.

'정도가 심하긴 하군.'

휴이렌이 직접 제멋대로인 데다 버릇까지 없다고 언질해 주기는 했지만, 사흘 동안 지켜본 빅토리아 로즈 리우드는 상상 이상이었다.

어렵게 이야기를 꺼냈을 튀망 남작의 진심을 장난처럼 해석하고 대우하는 그녀의 행동이 불쾌하기 짝이 없었지만 루키나는 여전히 꾹꾹 마음을 억눌러야 했다.

'견뎌. 딱 3주하고도 사흘 반만 더. 그 즉시 저 여자도 쫓아내는 거야.'

대체 유희를 나온 건지, 임무 수행을 하러 온 건지 구분을 할 수가 없다.

오죽하면 머리가 비어 보인다는 느낌마저 받았을까.

루키나는 최대한 빅토리아를 무시하려 애쓰며 옷을 정리했다.

"이브."

"……."

"이브!"

"아, 네. 황녀 저하."

"뭘 그렇게 생각했길래 불러도 몰라?"

"……아무것도 아닙니다."

널 어떻게 쫓아낼지에 대한 생각—이라고 답할 수는 없었던지라 루키나는 고개를 내저었다.

빅토리아는 묘한 코웃음 소리를 흘리더니 이내 씩 웃으며 눈을 빛냈다.

"우리, 내일은 뭐 할 거야?"

"……예?"

갑작스러운 물음에 루키나가 눈을 동그랗게 뜨자 빅토리아가 답답하다는 듯 외쳤다.

"내일 뭐 할 거냐고! 일정 말이야!"

"내일은……."

"이브. 별일 없으면 우리 계곡에 놀러 가는 게 어때?"

한쪽 눈을 찡긋거리며 묻는 빅토리아의 제안에 루키나는 몸을 움찔거렸다.

지금 이 황녀가 무슨 헛소리를 하는 거야?

루키나는 황당한 표정을 지으며 그녀를 응시하다 겨우 숨을 가라앉히며 어색하게 웃었다.

"황녀 저하."

"응? 왜? 싫어?"

……참자, 루키나.

"아, 아뇨. 싫다기보다는…… 흠흠. 저 그러니까, 아무래도 저희는 여기까지 놀러 온 것이 아니잖습니까?"

어린아이는 다그치면 더욱 크게 반발한다.

눈앞의 황녀 역시 마찬가지일 터.

오만하고 제멋대로인 황녀에게 섣불리 일침을 놓았다가는 더욱 크게 반발할지도 몰랐다.

루키나는 부드러운 표정을 지으며 입술을 달싹였다.

"허니 내일은 튀망 남작령을 혼란스럽게 만드는 괴물의 정체가 무엇인지 알아볼 필요가 있을 것 같습니다. 음, 제가 오면서 생각했는데 세 팀으로 나눠서 움직이는 건 어떨까요? ……황녀 저하?"

하지만 그녀가 말을 하면 할수록, 어찌 된 셈인지 빅토리아의 얼굴이 구겨졌다.

루키나가 상황을 알아차렸을 땐 그녀가 서늘한 표정을 지으며 저를 째려보고 있었다.

"이브. 아니, 레이디 로델린."

"예?"

"나, 단 한 번도 황궁을 나선 적이 없는 고귀한 몸이야."

……응?

"그런 내가 무려 사흘 밤낮으로 마차를 타고 여기에 왔다고. 피로가 쌓이겠어, 안 쌓이겠어?"

"……빅토리아 황녀 저하."

"얼른 그 괴물을 처치하고 싶은 레이디 로델린의 마음을 모르는 건 아니지만, 하루 정도는 쉬어도 괜찮잖아?"

"……!"

"우리 여기까지 어렵게 왔는데 하루만 쉬자. 응?"

"……."

"왜 말이 없어?"

싱긋 웃는 금발의 빅토리아가 제게 대답을 종용했다.

루키나는 말없이 빅토리아의 자안을 마주했다.

'이 빌어먹을 황녀가…….'

어쩌면 눈앞의 황녀는 셀레스틴이 자신에게 빅엿 중에서도 대왕엿을 주기 위해 몰래 심어놓은 첩자인지도 모르겠다.

루키나는 활화산처럼 펑 터져 버리기 직전인 가슴을 가까스로 진정시킨 후 올라가지 않는 입꼬리를 억지로 움직였다.

"……황녀 저하께서 그걸 원하신다면 그렇게 해야죠, 뭐."

"어머, 정말? 역시 멋져! 나 레이디 로델린, 아니, 이브가 제국 최초의 여기사가 꼭 되도록 응원할게!"

루키나는 함박 미소와 함께 저를 와락 끌어안는 빅토리아의 품에서 하하, 웃음을 흘렸다.

휘잉, 휘잉—!

'첩자야. 첩자가 분명해. 첩자라고!'

첩자가 아니고서야 이렇게 부아가 치미는 행동만 반복할 리 없다.

놀러 온 곳이 아니라고 언급했음에도 불구하고 결코 물러날 기색이 없던 황녀에게 감히 반기를 들지 못했다.

내일 계곡에서 입을 의상을 고르겠다며, 일리아나 포프너 후작 영애와 함께 가방 속의 의상들을 내려다보는 빅토리아의 모습에 루키나는 이를 갈았다.

결국 끓어오르는 화를 진정시키기 위해 밖으로 나선 그녀는 남작성 내에 위치한 이름 모를 정원에 멈춰 섰다.

근처에 아무렇게나 널브러져 있는 기다란 나무 작대기 하나를 주워 든 루키나는 공중을 가르며 자세를 취했다.

그러고는 굳은 얼굴로 수직 베기와 대각선 베기를 반복했다.

몇 분 뒤.

그녀의 이마에선 굵은 땀방울이 또르르 흘러내리는 중이다.

어두운 밤하늘의 은은한 달빛만이 야밤의 연무를 이어가는 루키나를 비추고 있었다.

젠장.

젠장할!

어째설까. 대체 왜. 왜!

틀림없이 머릿속을 비우기 위해 타지에 와서까지 훈련을 하고 있건만, 웬일인지 빅토리아의 말과 행동들이 귀를 맴돈다.

루키나는 이를 악물며 조금 더 빠르게 나무 작대기를 휘둘렀다.

휙휙.

"망할 황녀 같으…… 으헉!"

이를 갈며 나무 작대기를 움직이던 루키나는 홱 몸을 돌린 제 앞에 드리워진 어두운 그림자에 놀라 반사적인 반응을 보였다.

탁— 소리를 내며, 딱딱한 무언가와 그녀가 들고 있던 나무 작대기가 부딪쳤다.

루키나는 정확히 그녀의 앞을 가로막은 상대의 팔을 내려친 나무 작대기가 힘없이 바닥으로 떨어지는 모습을 목격했다.

두근.

루키나는 미간을 살짝 좁았다 펴며 저를 내려다보고 있는 검은 가면의 사내가 다름 아닌 라펠이라는 것을 인지했다.

불의의 일격을 당한 라펠을 발견하곤 잠시 멈칫하기는 했지만, 곧 지난 사흘 반 동안 내내 빅토리아와 붙어 있었던 그가 생각나 루키나는 저도 모르게 입을 쭉 내밀었다.

"윈스턴 공이 여긴 어쩐 일이세요?"

퉁명스러운 반응. 누가 들어도 화가 난 음성에 라펠이 타격당한 오른손 팔을 만지작거리다 고개를 들었다.

가면을 썼기에 잘은 보이지 않았지만, 그는 의문이 가득한 표정을 짓고 있었다.

루키나는 입술을 삐죽이며 그에게서 시선을 돌렸다.

그러고는 주변에 보이는 정원의 미로 속으로 걸음을 옮겼다.

"이브?"

터벅터벅.

루키나는 의아한 목소리를 뱉어내는 라펠의 말을 무시하며, 멈추지 않고 더욱 깊은 미로 속으로 움직였다.

"이브."

"……."

"이브, 거기 서."

흥. 내가 왜 그래야 하는데.

"이브!"

버럭 외치는 라펠의 음성을 못 들은 체하며 걸어가던 루키나가 뚝 걸음을 멈추었다.

라펠이 덩달아 멈춰 서는 게 들려왔다.

루키나는 몸을 돌려 그를 쳐다보았다.

적잖게 움직였기에 아마도 미로의 중간쯤 들어왔을까?

이제는 처음 들어왔던 입구가 보이지 않는 라펠 뒤편을 흘긋거린 루키나는 인상을 쓰고 그를 노려보았다.

"좋았어요?"

"……이브?"

"뭐, 좋았겠네요. 살랑살랑거리는 것이 아주 좋았겠어요. 사흘 내내 어쩜 그리 철석같이 붙어 있는지. 모르는 사람들이 보면 나무와 매미라고 생각하겠더군요."

"지금 무슨 소리를 하는 거지, 이브?"

미간을 좁히고 으르렁거리는 루키나의 말에 라펠이 고개를 갸웃거렸다.

모른 척하기는.

루키나는 뻔뻔스럽기 그지없는 그를 올려다보더니 중얼거렸다.

"팬텀 공작은 여자 보기를 아주 돌같이 한다더니, 그 말이 사실이기는 했네요. 그 진한 스킨십에 거부도 안 하고 그대로 굳어 있던 걸 보면. 어지간히 긴장했던 모양이죠?"

"……."

"왜요. 뭘 그렇게 보는데요? 제가 뭐 틀린 말이라도 했나요?"

"……."

뭐, 뭐야.

"왜, 왜요!"

루키나는 퉁명스러운 말만 흘려대는 자신을 빤히 직시하던 라펠이 돌연 입꼬리를 올리자 움찔했다.

이 남자가 왜 이래?

스윽, 올라가는 입꼬리가 마음에 들지 않는다.

루키나는 쓰고 있던 가면을 벗기 위해 귀 근처를 만지작거리는 라펠을 뚫어져라 바라보았다.

검은 가면을 벗은 라펠은 그답지 않은 미소를 지으며 자신을 내려다보고 있었다.

두근두근.

빌어먹게도 심장이 크게 뜀박질했다.

"이브."

답지 않은 부드러운 음성이 귓가를 간질였다. 루키나는 온몸의 털이 쭈뼛거리는 것을 느꼈다.

난 또 왜 이러는 거야?

"왜…… 요."

반달처럼 휘어지는 그의 눈꼬리가 자신이 알고 있던 냉정한 라펠과는 거리가 멀어 루키나는 눈을 몇 번 깜빡였다.

그는 짙은 미소를 그리며 붉은 입술을 달싹였다.

"지금, 질투하는 건가?"

"예?"

"질투하는 거냐고."

숨이 컥 막혔지만 루키나는 애써 모른 척했다.

지, 질투라니!

"지, 질투는 무슨. 그저 기분이 나빴을 뿐이에요."

"기분이 나빠?"

루키나는 일부러 되묻는 라펠의 덫에 걸려들었다.

"그럼 당연히 나쁘죠! 당신 같으면 안 그러겠어요? 명색이 내 남편이 되겠다며 입후보를 한 남자가 웬 금발 가슴녀랑 떡하니 붙어서는 검술 훈련이다 뭐다 해서 들러붙어 있는데. 기분이 나쁘지, 안 나빠? 그게 정상이야?"

지난 사흘 동안 꾹꾹 눌러 왔던 분노가 결국 터져 버렸다.

루키나는 놀란 라펠을 몰아붙였다.

"미스터 라펠. 당신 태도도 그래요! 황녀의 태도가 싫으면 싫다고 딱 잘라서 잘라내면 안 돼요? 아님, 설마 좋았던 거 아니죠?"

"……."

"어쨌든 당신들 두 사람의 그 행동들이 얼마나 신경 쓰였는지 아세요? 제가 진짜 사흘 동안 화딱지가…… 으으!"

"……."

"후우. 참자. 참아. 열 내서 뭐 하겠어. 그래, 참자."

"……."

"……."

"……."

"왜요!"

갑자기 시작된 침묵을 견디지 못한 루키나가 숨을 가다듬다 말고 그를 향해 소리치자 라펠이 씩 웃었다.

"나쁘지 않은 기분이군."

"……예?"

"그대가 질투를 하는 모습을 보는 거 말이야."

이 인간이 뭐래.

루키나는 황당한 그의 반응에 욕설을 퍼부어주려고 했다.

"이봐요, 미스터—"

"생각보다 귀여운 것 같아서."

두근—

"마음에 들어."

두근두근.

고요하게 뛰던 가슴이 멋대로 움직이기 시작한다.

루키나는 두근거리다 못해 쿵쾅거리며 발작을 시작한 심장의 고동 소리에 벌어졌던 입을 마저 움직이지 못했다.

라펠은 그대로 굳어버린 그녀를 향해 미소를 지으며 속삭였다.

"신경을 쓰이게 한 모양이군."

루키나는 고개를 들어 라펠을 응시했다.

그의 푸른 눈동자가 고요하게 일렁이는 게 보인다. 가슴이 미친 듯이 뛰었다.

라펠은 다음 말을 뱉어내지 못하는 루키나에게 말했다.

"빅토리아 황녀 저하는 폐하의 유일한 외동 따님이시라 대하기 어려운 건 사실이야. 하지만 그대를 신경 쓰이게 하면서까지 예를 갖추고 싶지는 않군. 폐하의 따님이 중요하지 않은 건 아니지만, 현재의 내게는 그대 이상으로 중요한 건 없거든."

아.

"질투하는 모습을 더 보고 싶긴 하지만, 그랬다간 겨우 얻게 된 남편 후보 자리가 간당간당해질 것 같아서 이쯤 해야겠어."

라펠은 넋을 놓은 루키나에게 손을 내밀었다.

"그럼 화해의 의미로…… 조금 걸을까?"

루키나는 라펠의 벽안에 시선을 고정시키고 있다 제 앞에 다가온 그의 커다란 손으로 느릿하게 시선을 옮겼다.

두근거리는 심장의 박동 소리가 귀를 얼얼하게 만들었지만 이미 루키나 로델린의 오른손은 그를 향해 뻗어가고 있었다.

❖

"어라? 빅키. 왜 벌써 들어오신 거예요? 레이디 로델린은요? 데리러 가신다 하지 않으셨어요?"

쾅, 문을 박차고 들어온 빅토리아를 향해 파자마를 입은 채 침대에 앉아 있던 일리아나가 물음을 던졌다.

냉랭한 얼굴의 빅토리아는 그런 일리아나의 질문에 대꾸하지 않고 성난 발걸음을 옮기며 개중 가장 큰 침대 위로 몸을 던졌다.

"빅키?"

"시끄러워. 얼른 자."

"네? 아…… 네."

의아해하던 일리아나는 차가운 그녀의 답변에 풀 죽은 목소리로 대답했다.

빅토리아는 일리아나를 돌아보지도 않고 머리끝까지 이불을 끌어당졌다.

두근,두근, 두근.

크게 뛰는 심장 소리에 귀가 먹먹해졌다.

빅토리아는 몸을 웅크리며 손톱을 잘근 깨물었다.

'그 두 사람…….'

다정해 보이던 두 남녀의 모습이 눈앞에서 사라지지 않는다.

빅토리아는 입술을 짓눌렀다.

◈

"그래서, 나는 언제쯤 그대의 남편 후보에서 탈피할 수 있지?"

밝은 달 아래서 누군가와 손을 잡고 걸은 적은 처음이었다.

지난 네 번의 삶에서도 단 한 번도 일어나지 않았던 일.

이 순간이 꿈인지, 현실인지 제대로 다가오지 않아 그저 심장의 박동 소리만 느끼며 걸음을 움직이던 루키나는 제게로 향하는 것이 틀림없는 그의 말에 멈춰 섰다.

"네?"

무슨 소리를 들었나 싶어 의아한 표정을 지었다.

다, 당신 내 남편 후보에서 벗어나고 싶은 거야?

불안이 가득한 표정을 지으며 그를 응시했지만 무뚝뚝한 얼굴의 라펠은 벽안을 한 번도 깜빡하지 않고 있었다.

루키나는 긴장했다.

"남편 후보에서 애인으로 올라갈 때가 된 것 같아서 말이야."

"……아."

난 또 뭐라고.

괜히 걱정했잖아.

루키나는 가슴을 쓸어내렸다.

후우, 한숨 소리가 새어 나오지 않은 것은 천만다행이었다.

“아직 이른가?”

안도하는 루키나를 말없이 내려다보던 라펠이 나지막하게 중얼거렸다.

루키나는 당연하다는 듯 고개를 끄덕였다.

일러! 이르다고!

무, 물론 내가 당신에게 하루 한정의 세 번째 다리를 보여주고, 입도 맞췄으며, 남편 후보로 인정해 주기도 했지만…….

‘일러!’

루키나는 고개를 갸웃거리더니 곧 다시 뻔뻔스러운 얼굴로 제 대답을 기다리는 라펠을 올려다보았다.

“미스터 라펠. 당신 원래 그렇게 노골적이에요?”

직설적이다 못해 노골적이다.

루키나는 심장이 벌렁벌렁거리는 것을 애써 무시하며 물었다.

라펠은 그녀의 말을 이해하지 못하겠다는 듯 미간을 살짝 좁히더니 곧 대답해 주었다.

“그런 편일지도. 나는 원하는 건 빨리 가져야 성미가 풀리거든. 게다가 그대 주변엔 다른 이물질들이 너무 많아.”

“……이물질이요?”

“그래. 아주 거슬려. 그러니 다른 이물질들이 끼기 전에 얼른 확정을 지었으면 하는데.”

“하!”

“아니면, 이브.”

응?

"나 말고…… 마음에 둔, 또 다른 남편 후보감이 있나?"

슥 다가와 눈을 부라리는 라펠의 발언에 루키나는 벙찐 표정을 지었다.

라펠이 한 게 맞는 건가 하는 생각이 드는 말이었던지라, 황당한 얼굴을 하던 루키나는 곧 제게 묻는 그의 얼굴이 진지하기 그지없다는 것을 깨닫고 헛웃음을 흘렸다.

다른 남편 후보감이라니.

'그, 그런 게 있을 리 없잖아!'

미르티스 라펠 윈스턴도 제대로 감당하지 못해 이리도 쩔쩔매는데, 또 다른 남편 후보감이 있을 리 만무하다.

속은 방방 뛰었지만 왠지 지고 싶지 않아 애써 그것을 감춘 루키나는 태연하게 입술을 삐죽였다.

"모, 몰라요! 있어도, 당신한테는 말 안 할 거예요."

"그 말은, 있다는 말이야?"

라펠이 답지 않게 신경질적인 반응을 보였다. 루키나는 입가가 간질거리는 것을 꾹 참으며 뻔뻔스럽게 말했다.

"당연하죠! 이미 한 번 데인 적이 있는데, 연애를 한 번만 하고 결혼할 수는 없잖아요? 허니 당신이 생각보다 별로라면, 주변에 다른 괜찮은 남자들이 있는지도 확인해 봐야죠."

"이브."

루키나는 말을 잇던 제 앞으로 스윽 다가온 라펠을 발견했다.

너무도 자연스럽게 팔을 뻗은 라펠은 그윽하기 그지없는 파란 눈동자로 루키나를 담은 채 말했다.

"아마도 다른 남자는 나보다 못할 거야."

뭐?

“그러니 나 말고 다른 남자들을 남편 후보로 염두에 둔다면, 그 생각은 과감하게 버려.”

루키나는 일말의 망설임도 없이 지시하는 라펠의 말에 풋 웃음을 터뜨렸다.

“엄청난 자신감이네요.”

“사실이니까.”

짧게 대답하는 그의 눈빛엔 확신이 들어서 있었다.

루키나는 고개를 절레절레 저으며 중얼거렸다.

“미스터 라펠. 당신이 제 미래의 남편이 될지도 모른다고 생각하는 건 사실이지만, 예전에도 말했듯 아직 저는 당신을 제대로 파악하지 못했어요. 저는 당신이 정확히 무엇을 좋아하는지, 어떤 생각을 하고 사는지, 장차 무엇을 하고 살 건지 하나도 모르고 있잖아요. 그런데도 성급하게 플랜 비를 버리라고요? 흥. 말도 안 되는 소리.”

플랜 비는 또 뭐야, 라며 라펠이 불만스러운 표정을 지었지만 루키나는 어깨만 으쓱였다.

그녀는 젠장, 하고 중얼거리는 라펠에게 씩 웃으며 말했다.

“걱정 말아요, 미스터 라펠. 현재로선 당신이 제일 앞서 나가고 있으니까.”

“…….”

“폐하께 기사단 창단을 허락받고, 정식으로 최초의 여기사가 된 다음에 당신에 대해 자세히 알아볼 예정이에요. 그렇게 당신에 대한 파악이 끝나고 난 뒤, 괜찮다 싶으면…… 뭐, 따로 생각하는 남편 후보들은 당신 말대로 과감하게 버리도록 하죠. 어때요?”

“…….”

"라펠?"

"그럼 한 가지만 짚고 넘어가지, 레이디 이브."

루키나는 손을 들어 올리는 라펠에게 주목했다.

라펠은 잠시 미간을 좁히며 후우, 숨을 뱉어내더니 그녀에게 물었다.

"그거, 데이트 제안이지?"

두근—

'아직도 심장이 벌렁거리네.'

어젯밤 있었던 일이 계속해서 눈앞에 펼쳐진다.

도통 안정을 되찾지 못하는 가슴 부근을 문지르며 루키나는 호흡을 골랐다.

희미하게 그려진 입가의 미소에 하마터면 다리를 휘청거릴 뻔했다.

라펠은 놀라 굳어버린 그녀를 내려다보며 '일단은 그걸로 만족하지' 라고 말한 뒤 몸을 돌렸다.

루키나는 그런 그가 사라질 때까지 한동안 움직이지 못했다.

쳇.

역시 제국에서 검 좀 다루는 사람이라 그런지 치고 빠지기가 분명하다.

내내 그에게 일격을 가하던 루키나는 얼떨떨한 얼굴로 서 있다 몸을 돌려야만 했다.

하아. 진짜…….

'의식하니 더 힘드네.'

루키나는 입술을 파르르 떨며 고개를 아래로 내렸다.

짹짹짹.

심장을 멋대로 반응하게 만들던 밤이 지나고, 날이 밝았다.

방으로 돌아와서도 그와 잡았던 손의 온기가 남아 있어 잠을 이룰 수 없었던 루키나는 다이닝룸에서 꼬박 밤을 샜다.

이미 깊게 잠들어 있는 두 명의 레이디들에게 피해를 줄 수 없었던 까닭이다.

다이닝룸의 기다란 식탁 앞에 앉아 있으니 간밤에 있었던 일들이 파노라마처럼 지나갔다.

귀가 빨개지기도 하고, 숨이 컥 막히기도 하던 루키나의 눈 밑은 덕분에 몹시 퀭해진 상태.

아침 식사 준비를 위해 다이닝룸으로 들어오던 튀망 남작령의 하녀가 루키나를 발견하고 움찔한 것은 당연했다.

예의 하녀는 초췌하기 그지없는 루키나에게 조심스레 우유 한 잔을 건넸다.

루키나는 제 앞에 스윽 들이밀어진 우유 잔에 화들짝 놀라 상념에서 벗어났고, 그런 그녀에게 고맙다는 인사를 했다.

"어머. 벌써 내려와 있었네?"

그때, 루키나는 저를 향해 건네는 것이 틀림없는 음성에 고개를 들었다.

'윽.'

틀림없이 이곳엔 놀러 온 것이 아니건만.

어찌 된 셈인지 피크닉에나 어울릴 법한 가벼운 드레스 차림으로 미소 짓는 금발의 미녀가 시야로 들어왔다.

루키나는 순간적으로 멈칫했다.

하지만 곧 아무렇지도 않게 앉아 있던 의자에서 일어나더니 레몬색 드레스를 입고 있는 빅토리아와 하늘색 드레스를 입은 일리아나를 향해 인사했다.

"좋은 아침입니다, 황녀 저하. 레이디 포프너."

"좋은 아침이야. 그런데 이브, 내가 몇 번을 말해? 그렇게 일일이 딱딱하게 굴 필요는 없다니까? 너도 리아처럼 날 빅키라 불러도 돼. 어차피 우리 나이도 비슷하잖아?"

빙긋 미소 지으며 빅토리아가 말했다.

루키나는 '비슷하긴요. 다섯 살이나 넘게 차이가 나는데' 라고 대답하려다 말없이 웃었다.

대답 않는 루키나를 흘긋거리던 빅토리아는 이내 주위를 둘러보더니 마침 루키나가 앉아 있던 테이블 위의 우유 잔을 발견했다.

"어머, 우유네?"

"아, 그건—"

"역시 아침엔 우유지! 고마워, 이브!"

"……!"

빅토리아는 루키나가 저지하기도 전에 손에 든 우유 잔을 들어 올려선 벌컥벌컥 마시기 시작했다.

루키나는 그런 그녀를 황당한 듯 응시하다 이내 체념했다.

그래, 참자. 딱 몇 주만 더 참는 거야. 그리고 다시는 이 여자랑 상대를 하지 말자.

이렇게 예의 없고, 제멋대로인 데다, 오만한 사람은 앨리스 이후로 처음이다.

루키나는 주먹을 들고 싶은 충동을 가까스로 억누르며 빅토리아가 우유 잔을 모두 다 비워 버리는 것을 지켜보았다.

"오라버니들이랑 다른 사람들은 아직 안 일어났나?"

조찬이 시작되기 전, 제 몫도 아닌 우유 한 잔을 순식간에 해치워 버린 빅토리아는 루키나의 맞은편 좌석에 자리를 잡으며 물었다.

"지금 오고 계신답니다."

주변에 서 있던 하녀에게 이야기를 들은 일리아나가 대신 빅토리아에게 답해주었다.

아아, 그래?

심드렁한 표정을 지으며 고개를 까딱이던 빅토리아는 제 앞에 놓인 빵을 조금씩 뜯고 있던 루키나를 응시했다.

'어라?'

뜨거운 시선에 고개를 들어 올린 루키나는 짓궂은 미소를 지으며 자신을 쳐다보는 빅토리아와 시선이 마주쳤다.

루키나가 움찔거리자 빅토리아는 눈을 길게 찢으며 물었다.

"이브. 나 사실 그동안 궁금한 게 하나 있었는데."

"무슨……?"

"넌 윈스턴 공작을 어떻게 생각해?"

덜컥, 심장이 내려앉았다.

쿵쾅쿵쾅, 심장이 거세게 뛰는 것이 느껴진다.

루키나는 빅토리아의 물음이 어떤 의미를 담고 있는 건지 의문스러웠다.

침을 꼴깍 삼키며 겨우 숨을 돌린 루키나는 물었다.

"그게 무슨 소리십니까?"

빅토리아는 경직된 루키나의 질문에 묘한 콧소리를 흘리더니 대답했다.

"아니, 듣자 하니 네가 윈스턴 공작의 기사단에 남장을 해서 들어갔다고 하더라고. 그래서 윈스턴 공작이랑 친한 거야? 윈스턴 공작이 네 기사단에 합류한 건 한때는 자기 기사였던 네 위기를 보고만 있기 안타까웠다는, 뭐 그런 평범한 이유 때문이지? 설마, 두 사람이 특별한 사이이기 때문은…… 아니지?”

이상하게 간절하게 느껴지는 질문이다.

루키나는 생각지도 못했던 질문에 조금 당황해 버렸다.

‘뭐라고 대답해야 하지?’

딱히 라펠과의 일을 숨기고 싶은 생각은 없지만, 왠지 모르게 눈앞의 여자에게는 솔직하게 털어놓고 싶지는 않았다.

대답 않는 루키나를 보며 미간을 좁히던 빅토리아는 곧 호호 웃으며 손을 내저었다.

“하긴. 나 같은 미인도 거들떠도 안 보는 윈스턴 공작이 너에게 마음을 품을 리 없지. 안 그래?”

뭐?

“흐음. 그럼 너는 대체 누구를 원하는 거야? 유리 오라버니야, 아님 휴이 오라버니야? 헉! 설마 로렐…… 이라는 그 덩치는 아니겠지?”

“…….”

“빅키. 왜 레이디 로델린을 곤란하게 하세요.”

눈을 크게 뜨며 과장된 행동과 말을 이어가는 빅토리아와 얼굴을 딱딱하게 굳히고 있는 루키나를 번갈아 쳐다보던 일리아나 포프너가 어색한 웃음을 흘리며 빅토리아를 말렸다.

빅토리아는 대답 않고 입을 다물고 있는 루키나에게 시선을 고정시킨 채 일리아나에게 물었다.

“리아. 너도 궁금하지 않아? 요즘 사교계에서 가장 큰 관심이잖아. 차기 황위를 이을지도 모르는 두 황자의 지대한 구애의 주인공, 로델린의 공작 영애가 과연 누구를 선택할지 말이야.”

“……!”

“유리안 오라버니일지, 아니면 휴이렌 오라버니일지, 그것도 아니면 제3자일지. 너도 그게 궁금해서 나랑 동행한 거 아니었어?"

빅토리아의 말에 일리아나 포프너의 얼굴이 창백해졌다.

어째서 그녀의 얼굴이 저렇게 굳었을까 생각하던 루키나는 곧 수긍했다.

아아, 그래. 들은 적 있다.

포프너 후작 영애가 휴이렌의 황자비 후보로 거론된다는 이야기를.

거세게 뛰던 가슴이 차분해지는 건 순식간이다.

샐쭉 웃고 있는 빅토리아와 당황해하는 포프너 후작 영애를 향해 루키나는 말하려 했다.

한계다.

더는 견디기 힘들 만큼, 저를 자극하는 빅토리아에게 따끔한 충고를 하려 루키나는 입술을 달싹였다.

"지금까지 계속 참았습니다만, 황녀 저하. 저희는 이곳까지 결코 놀러……."

"윈스턴 공!"

그러나 그녀의 말이 채 끝나기도 전에 빅토리아가 갑자기 벌떡 일어나더니 루키나의 등 뒤로 손을 흔들었다.

빅토리아 주변의 루키나와 일리아나의 시선이 자연스럽게 뒤를 향했다.

빅토리아는 레몬색 드레스 자락을 휘날리며 다이닝룸 안으로 들어오고 있는 라펠에게 다가갔다.

"좋은 아침이에요, 윈스턴 공! 잠은 잘 잤어요? 역시 마차보다는 침대가 편하죠? 오늘 뭐 할 예정이에요? 튀망 남작 말로는 여기에 유명한 계곡이 있다던데. 우리 거기서 같이 티타임이라도 즐기는 게 어때요?"

쉬지 않고 말하는 그녀에게 경의를 표하고 싶을 정도다.

루키나는 살랑살랑 옷자락을 휘날리며 생긋 웃는 상큼한 황녀의 뒷모습에 인상을 썼다.

우린 놀러 온 게 아니라니까.

눈에 힘까지 주며 그녀를 노려보던 루키나는 허공에서 라펠의 벽안과 조우했다.

라펠의 눈꼬리가 살짝 꿈틀거리나 싶더니 이내 루키나에게서 제 앞에서 있는 빅토리아로 옮겨갔다.

"빅토리아 저하."

"네, 윈스턴 공!"

"비켜주십시오."

"……네?"

싸늘하기 그지없는 그의 음성에 빅토리아는 물론이거니와 그 상황을 지켜보던 루키나가 눈을 크게 떴다.

어젯밤과는 달리 여전히 검은 가면을 쓰고 있던 라펠은 냉정한 눈으로 빅토리아에게 입술을 달싹였다.

"레이디 로델린과 상의할 것이 있으니, 비켜달라고 했습니다."

……나?

라펠이 말을 맺자마자 루키나는 저를 향해 고개를 홱 돌려 버리는 빅토리아의 매서운 시선을 마주하게 되었다.

얼굴을 험상궂게 일그러뜨린 빅토리아의 눈에선 광선이 쏟아져 나올 기세다.

루키나는 등 뒤로 식은땀이 흘러내리는 것을 느꼈다.

라펠은 그런 여자들의 눈빛 교환 따위는 개의치 않는다는 얼굴로 성큼성큼 걸어왔다.

그리고는 멀뚱히 앉아 있는 그녀를 내려다보며 물었다.

"레이디 로델린. 오늘부터는 본격적으로 폐하의 임무에 대해 논의해 봐야 할 것 같은데. 그대 생각은 어떠한가?"

"이브. 너 미움받고 있지?"

정곡을 콕 찌른 휴이렌의 말에 루키나는 신경질적으로 고개를 들어 올렸다. 부드러운 인상의 금발의 미남자는 제 맞은편 테이블에 털썩 자리를 잡고선 생글거렸다. 미간이 꿈틀거리는 것을 겨우 참은 루키나는 흥, 코웃음 쳤다.

"누구한테요."

"누구긴. 빅키 녀석이지."

"……어떻게 알았어요?"

"모르는 게 이상하지. 저렇게 대놓고 널 노려보고 있는데."

휴이렌이 퉈망 남작령 주변에 머물고 있던 귀족 자제들에게 둘러싸인 빅토리아를 가리키자 루키나는 그의 손끝을 따라 눈을 옮겼다.

흔하게 오지 않을 기회라 여기며, 어떻게 해서든 황녀의 눈에 들기 위해 혈안이 되어 있는 남자 귀족들 사이로 빅토리아가 보였다.

그녀의 자색 눈동자는 정확히 루키나 로델린을 향해 있었다.

루키나는 뜨겁다 못해 부담스러운 빅토리아의 눈빛에 몸을 움찔거렸다.

무시무시하네, 정말.

어느 시점을 계기로, 정확히는 라펠이 제게 차가운 말을 했던 그 시점을 계기로 빅토리아는 루키나를 대놓고 못마땅하게 여기기 시작했다.

라펠과 그녀가 붙어 있는 모습이 질투가 나 그에게 주의를 준 건 사실이었지만, 그 일로 인해 예전보다 훨씬 귀찮아져 버렸다.

일일이 상대했다간 자신이 피곤해질 것 같아 고개를 내젓던 루키나는 얼른 그녀에게서 눈을 돌렸다.

그러고는 뭐가 그리 재미있는지 싱긋거리는 휴이렌에게 물었다.

일단은 저 여자가 중요한 게 아니니까.

"오라버니. 소식 들어온 거 없어요?"

루키나 로델린의 임시 기사단원들이 제국 남서부에 위치한 튀망 남작령에 온 지 벌써 2주가 흘렀다.

튀망 남작의 말로는, 이맘때쯤엔 일주일에도 두세 번씩 농지에 기습을 가한다던데.

어찌 된 셈인지 예의 '괴물'은 그녀 일행이 남작령에 도착한 이후 줄곧 모습을 드러내지 않고 있었다.

'큰일이야.'

앞으로 루키나에게 주어진 기간은 그들 일행이 세이번으로 귀환하는 시간을 포함한다면 겨우 일주일 정도밖에 남지 않은 상황.

이 일주일 동안 수십 년이 넘게 튀망 남작령의 영주민들과 영주를 괴롭혔던 괴물을 처치해야만 한다.

그러나…….

"하하, 황녀 저하. 내일은 저희 베로크 영지로 놀러 오시는 게 어떻습니까?"

"베로크 자작, 순서를 지키게. 황녀 저하. 이번엔 저희 투온 자작령에 오실 차례입니다."

"투온 자작! 무슨 소린가? 빅토리아 저하. 내일은 디카프 자작령으로 오십시오!"

"호호. 다들 너무 친절하셔라. 걱정 마세요. 시간은 많으니 여러분들의 영지로 꼭 들르겠어요."

"정말이십니까?"

"영광입니다, 황녀 저하!"

"혹시 모르니 미리 준비를 해놓으라 해야겠군요!"

아마도 저 황녀는 여기에 놀러 온 것이 틀림없다.

루키나는 확신했다.

마차를 탔던 첫날부터 셋째 날까지를 제외하고는 자신과는 달리 드레스를 고집하는 것도 그렇고, 남자들 틈에 파묻혀 도통 일이라곤 하지 않으려 드는 것을 보면 더더욱.

루키나는 하아, 한숨을 쉬며 눈앞에 놓여 있던 레이피어를 슥슥 문질렀다.

'나라도 정신을 차려야지.'

일이 이렇게까지 된 이상 포기는 할 수 없다.

지금까지 어떻게 견뎠는데, 남은 일주일에 백기를 들어 올릴 수는 없지.

루키나는 의지를 다잡았다.

"이브."

휴이렌의 목소리가 진지하게 들려온 것은 그때였다.

제게 주어진 마지막 일주일 동안 어떻게 그 괴물을 유인해 내야 하나—를 고민하던 루키나는 저를 빤히 바라보고 있는 휴이렌을 응시했다.

휴이 오라버니?

평소의 웃고 있는 얼굴이 아닌 굳어버린 그를 보며 루키나는 의아한 표정을 지었다.

"왜 그러세요?"

"……."

"오라버니?"

그러고 보니 요 몇 주 동안 휴이렌도 이상하긴 했지.

자신과 라펠이 정체 모를 괴물의 정보를 파악하기 위해 발버둥치는 동안 미묘한 표정을 짓고 있지 않나, 자신과 유리안이 대화를 나누고 있을 때 자꾸 끼어들지를 않나.

빅토리아 황녀만큼이나 귀찮은 짓을 해대던 그의 모습이 떠올라 고개를 절레절레 흔들던 루키나는 자신을 부른 후 말을 잇지 않는 휴이렌에게 의문을 표했다.

"오라버니!"

"이번 임무를 마치게 되면, 무엇을 할…… 생각이지?"

대체 어떤 말을 꺼내려기에 저리도 머뭇거리는가 싶어 덩달아 긴장하던 루키나는 헛웃음을 삼켰다.

무슨 거창한 말이라도 하는 줄 알았네.

"이번 일을 마치면요?"

"그래. 네가 폐하의 임무를 완료한다는 가정하에."

아직 거기까지 생각해 본 적은 없는데.

눈앞에 닥쳤던 일이 워낙 중대한 일이었던지라 그런 일까지 생각해 본 적은 없었다.

루키나는 흐응, 콧소리를 내며 진지하게 그를 응시했다. 휴이렌의 깊은 자색 눈동자가 저를 향해 있었다.

잠시 고민한 끝에 루키나는 빙긋 웃으며 입술을 달싹였다.

"폐하의 임무를 완료하게 된다면…… 정식으로 제 기사단이 생기는 거겠죠? 그럼, 정말로 제 기사단에서 활약해 줄 기사단원들을 모집해야죠!"

이번엔 정말 제대로 된 기사들을 뽑을 거다.

오노르처럼 신분에 가리지 않고, 거기서 나아가 성별도 가리지 않는, 누구나 기사가 될 수 있는 기사단을 만들어야지!

루키나는 주먹을 불끈 쥐며 포부를 다졌다.

"그 뒤에는?"

"글쎄요. 그 뒤는 딱히 생각해 본 적이 없……."

「그거, 데이트 제안이지?」

심드렁하게 대답하려던 루키나는 더 이상 소리를 뱉어낼 수 없었다.

"이브?"

휴이렌이 갑자기 입을 다물곤 돌연 얼굴까지 붉히는 루키나의 모습에 의아한 표정을 지었다.

순식간에 화끈 달아오른 열기가 얼굴뿐 아니라 목덜미까지 퍼져 갔다.

젠장!

입술이 바짝 말랐다.

눈앞에 저를 보며 작게 웃던 라펠의 얼굴이 둥둥 떠다녔다.

"이브. 내 말 듣고 있어?"

휴이렌은 얼굴을 붉혔다, 미간을 좁히고, 다시 수줍어하다 이내 고개를 절레절레 젓는 루키나를 의아하게 응시했다.

"예? 아…… 네. 오라버니, 뭐라고…… 하셨죠?"

딱 보기에도 수상한 반응을 이어가는 루키나를 가늘게 뜬 눈으로 바라보던 휴이렌은 친절하게 다시 말해주었다.

"……기사단 창단 일이 끝나면 뭘 할 거냐고 물었어. 너는 딱히 생각해 본 적이 없다고 대답했고."

"아, 하하. 그, 그랬었지."

"그 후에 할 일이 따로 있는 거야?"

"……이, 있기는요. 없어요, 없어."

손을 휘휘 내저으며 대답하던 루키나는 어색한 미소를 지으며 입술을 움직이다 익숙한 남자의 눈과 시선을 마주쳤다.

헙. 깊은 숨이 입안으로 들어갔다. 허공에서 조우한 그의 벽안에 심장이 요동치기 시작했다.

"없어? 잘됐군. 그럼 이브, 황도로 돌아가면…… 시간을 내줄 수 있어?"

휴이렌이 굳어버린 루키나를 아직 발견하지 못했는지, 혼자 중얼대는 소리가 들려왔다.

하지만 저 멀리서 자신을 빤히 바라보고 있는 남자의 시선에 사로잡힌 루키나는 휴이렌의 말에 집중할 수 없었다.

'비, 빌어먹을…….'

입술을 잘근 깨물며 루키나는 인상을 썼다.

얼굴이 뜨겁다 못해 익어갈 정도다.

푸른빛이 일렁이는 눈빛에서 열기가 피어오르는 게 보인다.

꽤 거리가 있음에도 불구하고 손바닥이 화끈거렸다.

2주 전, 그와의 밀회에서 맞잡았을 때 느꼈던 온기의 촉감이 생생해졌다.

가슴의 고동 소리가 더욱 빨라졌다.

"지난 몇 달간, 황궁의 일로 너무 바빠서 네가 어떻게 지내는지도 모르고 있었어. 그러다 보니 남장까지 해서 기사단에 들어간 걸 까맣게 몰랐던 거겠지. 허나 큰형님께서 저렇게 건재하신다면…… 굳이 내가 정치에 나설 이유는 없을 것 같아. 해서……."

더워. 그만 좀…… 쳐다보지.

루키나는 애써 라펠에게서 시선을 떼려 했지만 휴이렌을 응시하고 있으니 자연스럽게 시야로 그의 모습이 들어왔다.

"아직 늦지 않았다면 이브, 너랑…… 시간을 보내고 싶은데."

"……."

"아, 그래! 우리 같이 여행이라도 갈까? 예전엔 자주 여행도 다니고 했잖아. 실은 얼마 전에 내가 별장 하나를 구입했거든. 별장 뒤에 호수가 있는 예쁜 곳이야. 공기도 좋고 물도 좋고, 심지어 넓기까지 한 곳이니 네가 좋아하는 검도 마음껏 휘두를 수 있어. 만약 너만 괜찮다면 같이……."

"……."

"이브. 내 말 듣고 있는 거야?"

"……."

"이브!"

"네?"

버럭 소리치는 휴이렌의 음성이 귀에 닿자 화들짝 놀라며 루키나가 눈을 깜빡였다.

휴이렌이 대체 왜 그러냐는 표정으로 그녀를 응시하기 무섭게,

쾅!

"크, 큰일 났습니다!"

헉헉, 거친 숨을 내쉬며 뒤망 남작이 그들 앞에 들이닥쳤다.

큰일?

루키나는 의아한 표정을 지으며 뒤망 남작을 바라봤다. 뒤망 남작은 식은땀까지 줄줄 흘려대며 소리쳤다.

"괴, 괴물이 나타났습니다! 예의 그 괴물입니다! 그 괴물이라고요!"

……뭐?

무려 2주 만의 일이었다.

헉헉, 제대로 숨도 내쉬지 못하고 외치는 튀망 남작의 음성에 모두들 행동을 멈추었다.

어찌나 기겁하는지, 새하얗게 질린 얼굴로 외치는 튀망 남작의 이마에 선 땀이 계속해서 흘러내리고 있었다.

루키나는 그를 진정시키기 위해 휴이렌과의 대화를 멈추고 튀망 남작에게 다가갔다.

"흐익!"

"남작님, 저예요!"

"……흐어어?"

"로델린이라고요!"

"아…… 레, 레이디 로델…… 린. 큭. 크흑…… 레이디 로델린! 제발…… 제발 부탁드립니다! 그 녀석을…… 그 녀석을 제발 처치해 주십시오. 예? 예?"

어찌나 두려움에 젖었는지, 바들바들 떨고 있는 튀망 자작은 루키나의 두 손을 덥석 잡으며 울먹거렸다.

흰머리가 희끗희끗 난 튀망 자작이 무릎을 꿇을 기세로 외치자 루키나는 크게 놀랐다.

두려움이 가득한 모습.

그간 보았던 튀망 남작의 얼굴이 근처 영지의 귀족들에 비해 밝지 않은 것은 사실이었지만, 괴물의 등장만으로도 10년은 더 늙어 보이다니.

루키나는 겁에 질리다 못해 기가 몽땅 빨려 있는 튀망 남작을 발견하고선 멈칫할 수밖에 없었다.

그 정도로…… 무시무시한 존재인가?

지난 2주 동안 빅토리아 등으로 인해 어쩔 수 없이 남작성 근처만을 배회했었던 루키나였지만, 아주 놀고만 있었던 것은 아니었다.

그녀의 충실한 부하이자 현재 제국 3대 정보 길드의 마스터인 로건을 시켜 튀망 남작령에서 일어난 기이한 사건들에 대해 조사하라는 명을 내린 것이다.

「그동안의 수집 자료들에 의하면, 그 녀석은 평민들의 집채만 한 크기 정도라고 짐작됩니다.」

「집채?」

「음. 저기 저 집이 보이십니까? 아마 저 정도 크기가 될 것 같군요. 게다가 녀석이 들렀다 간 곳에는 예리한 잇자국이 선명하게 나 있습니다. 그 점으로 미루어보건대, 녀석은 육식이나 잡식과이지 초식과는…… 아닌 것 같습니다.」

「하지만 여태껏 죽은 사람은 없었다며?」

「대신 다친 사람은 많았지요. 의아한 것은 그렇게 큰 몸을 지닌 녀석을, 녀석의 주둔지라는 로콜 산에서 수십 년이 넘게 발견하지 못했다는 점입니다. 로콜 산이 엄청나게 높거나 깊은 산도 아닌데 어떻게 그 덩치를 숨기고 지냈을지……. 그래서 기이하다고 하는 건지도 모르지요.」

이번 주 초였을까.

그녀에게 보고를 하기 위해 친히 튀망 남작령까지 온 로건은 은밀히 루키나를 만나 예의 괴물에 대해 말한 뒤 돌아갔다.

'로건의 말대로군.'

루키나는 튀망 남작령의 영주민들이 목격했다는 괴물의 흔적을 보기 위해 튀망 남작령 외곽 지역까지 그들을 안내하는 튀망 남작의 뒤를 따라 움직였다.

나무로 만들어진 작은 오두막이 마치 태풍을 만난 듯 뜯겨 나가 있었다.

곳곳에는 조각난 집 안의 물품들이 널브러진 상태.

갑자기 집을 빼앗긴 셈이 된 집주인 내외의 품에선 엉엉 우는 아이의 울음소리가 가득했고, 집 주변에 길게 자라나 있던 갈대들은 다시 고개를 들 수 없을 정도로 짓밟혀 있었다.

휘이잉. 황량한 바람이 주변을 스치며 으스스한 느낌이 감도는 광경에 모두들 할 말을 잃어버렸다.

루키나는 미간을 좁혔다.

이거, 괜찮은 거야?

"거짓말이 아니라니까요! 정말입니다, 영주 나리! 그 망할 녀석의 키가 엄청났어요!"

"맞습니다! 이 사람뿐 아니라, 저까지 목격을 했다고요! 그렇게 큰 괴물은 난생처음 봤습니다! 털도 어쩜 그리 까만지……. 붉은 눈이 아니었다면 그것이 움직이는 생물이라고는 상상도 못했을 거예요!"

난데없는 소란으로 인해 밖으로 뛰쳐나온 목격자들이 부르르 떨고 있는 튀망 남작의 옷자락을 붙잡고선 소리치고 있었다.

루키나는 순식간에 집을 잃어 넋을 놓아버린 재해민을 위로해 주기 위해 움직였다.

아이를 안고 있는 여성이 아닌 허망한 표정을 짓는 남성의 어깨 위로 손을 뻗으려는 순간—

"소문의 기사님이십니까?"

집을 잃어버린 충격으로 인해 거무죽죽해진 얼굴을 들어 올린 남성이 정확히 루키나를 바라보고 있었다.

함께 온 빅토리아나 일리아나와의 드레스 차림과는 달리 바지 차림인 그녀를 보고 뭔가 떠오른 것이 있는 모양이었다.

“맞지요? 이번 일을 해결해 주러 오신, 바로 그 여기사님 아니십니까!”

루키나는 흠칫 놀라는 제게 주저 않고 다가와 무릎을 꿇는 사내를 당혹스러운 눈으로 응시했다.

남자는 머리를 땅바닥에 조아리며 외쳤다

“아이고, 기사님! 제발— 제발 저희들 좀 살려주십시오! 벌써 몇 번째인지 모르겠습니다! 좀 살 만하면 그 녀석이 나타나 이렇게 헤집고 가버린단 말입니다. 이 집만 해도 스무 번은 더 넘게 지었습니다. 허니, 부디 그 악랄한 녀석을 제발 좀 처리해 주십시오, 기사님. 예? 기사님이 저희의 유일한 희망이십니다!”

“옳소!”

오늘은 한 채였지만 지금까지의 당한 집은 튀망 남작령의 대부분이라 해도 과언은 아니었다.

대표로 루키나에게 간절한 부탁을 하는 남자의 말에 주변에서 동조하는 음성이 터져 나왔다.

루키나는 무어라 대답하지 못했다.

“저희들 좀 살려주십시오!”

“나리들, 기사님들! 그 망할 녀석을 없애주십시오!”

“이 지긋지긋한 악몽에서 벗어나게 해주십시오!”

아.

한번 시작된 외침은 점점 더 크게 번져 갔다.

루키나를 비롯한 칠 인의 임시 기사단원들은 눈 깜짝할 사이에 저들을 둘러싼 영주민들의 행동에 난감한 표정을 지었다.

고작 일주일밖에 남지 않은 기간.

이 기간 동안 수십 년을 고생해 온 그들을 위해 할 수 있는 일은, 말 그대로 그 녀석의 정체를 파악하고 처치하는 수밖에 없었다.

루키나는 눈물을 뚝뚝 흘리며 손까지 비벼 대는 영주민들에게 대답하려 했다.

"여러분. 걱정 마십시오. 저희가 최선을……."

따악!

"감히 누구에게 손을 대는 거야!"

임시긴 하지만, 기사단원들을 대표하여 입술을 움직이려던 루키나의 말은 앙칼진 목소리에 의해 저지당했다.

들끓던 분위기가 가라앉았다.

루키나는 따귀를 내려친 것과도 같은 소리에 설마 하는 표정으로 뒤를 돌아보았다.

'……!'

남색 머리의 어린아이가 빅토리아가 내려친 손바닥에 뺨을 맞아 그렁그렁 눈물을 맺고 있는 것이 시야로 들어왔다.

가슴이 철렁 내려앉았다.

"더러운 것. 감히 주제도 모르고 내게 손을 대다니!"

"비, 빅키."

"말리지 마! 어휴. 이 녀석 때문에 소매가 더러워졌잖아!"

고작 손을 잡았을 뿐인데.

아무리 고귀하기 그지없는 황녀의 신분이라지만, 순수한 어린아이가 내민 손길에 뺨까지 내려치는 악독함에 루키나는 할 말을 잃었다.

흐읍, 하고 울음을 삼키는 아이를 냉정하게 내려다보며 씩씩거리던 빅토리아가 뒤를 돌아보았다.

"뭐 하고 있어, 이브! 당장 이 발칙한 녀석을 당장 내 눈앞에서 치우지 않고!"

그러고는 일말의 망설임도 없이, 당연하다는 듯 제게 명령하자 가슴이 차갑게 식었다.

울컥하고 그동안 꾹꾹 눌러왔던 감정이 차올랐다.

"빅키. 뭐 하는 거냐."

"아, 휴이 오라버니께서 도와주시려고요?"

서늘한 얼굴로 저를 쳐다보기만 하는 루키나가 미동을 하지 않자 불만스러운 표정을 짓던 빅토리아는 상황을 보다 못해 입을 여는 휴이렌에게 물었다.

휴이렌이 귀가 따가울 정도로 울어대는 아이를 흘긋거리더니 미간을 찌푸리자 빅토리아는 투덜거렸다.

"그렇게 난리가 난 괴물이라길래 기대했는데, 이미 사라지고 없고. 진짜 별거 아니잖아. 오라버니. 빨리 이 사람들을 제국군에 넘겨 버리고, 얼른 남작성으로 돌아가요. 여기 너무 더러워! 지저분하다고요!"

쯧쯧, 혀를 차며 주위를 둘러보던 빅토리아의 말에 주변 사람들은 아무 말도 하지 못했다.

너무 충격적이기도 하고 철이 없기도 해서 할 말을 잃은 것이다.

루키나에게 간절히 청하던 사내 역시 넋 나간 표정을 지으며 빅토리아를 올려다보고 있었다.

그들의 얼굴에 절망이 드리워지는 것이 루키나의 시야로 들어왔다.

"빅토리아."

그때 휴이렌 근처에 서 있던 유리안이 경직된 표정을 지으며 입술을 움직였다.

자신의 친오빠이자, 개중 가장 높은 지위의 유리안의 목소리에 빅토리아는 행동을 멈추고 그를 바라보았다.

자색 눈동자를 동그랗게 뜨고 있는 빅토리아는 자신의 잘못 따위는 인지하지 못한 얼굴이었다.

유리안은 그런 그녀를 향해 짧게 한숨을 내쉰 뒤 입술을 움직였다.

"방금 네 행동은……."

그러나 불행히도 유리안의 말은 이어지지 못했다.

그가 진지하게 그녀를 지적하려는 순간 말없이 빅토리아를 지켜보던 루키나 로델린 공작 영애가 그녀에게 성큼성큼 걸어왔기 때문이다.

냉랭한 표정을 지으며 유리안을 향했던 제 시선을 막아버린 루키나의 행동에 빅토리아는 인상을 썼다.

"뭐 하는 거야, 이브. 오라버니께서 말씀……."

짜악—

빅토리아의 작은 얼굴이 매서운 손길로 인해 홱 돌아갔다.

빅토리아는 대체 무슨 짓을 당한 건지 모르겠다는 표정이었다.

그녀는 얼얼해진 뺨 위로 손을 얹으며 입술을 부르르 떨었다.

뒤늦게 상황 파악을 하게 된 빅토리아는 번쩍 고개를 들어 올려 루키나를 노려보았다.

"너…… 너!"

루키나는 상기된 표정을 짓던 빅토리아가 손을 들어 올리기가 무섭게 그녀의 손목을 덥석 잡았다.

"이, 이게 무슨 짓이야!"

"비록 저의 기사단이 정식으로 인정받지는 못했지만, 황제 폐하의 명을 수행하기 위해 튀망 남작령까지 온 것은 틀림없는 사실입니다."

"뭐?"

"빅토리아 저하께서는, 그런 저의 기사단에 입단 신청서까지 제출하면서 들어오신 거고요."

루키나가 냉랭한 말투로 자신을 바라보자 빅토리아의 눈에 노기가 서렸다.

"그래서! 그래서 뭐 어쩌라고!"

루키나는 주위의 시선 따위는 전혀 개의치 않는다는 듯, 버럭 소리를 질러대는 빅토리아를 향해 빙긋 웃었다.

여전히 루키나에게 손목이 잡혀 있던 빅토리아는 그녀에게서 벗어나기 위해 팔을 흔들다 루키나의 올라간 입꼬리를 발견하고 멈칫했다.

"빅토리아 황녀 저하."

루키나는 자신의 웃음에 굳어버린 빅토리아에게 더욱 짙은 미소를 지어주었다.

"제가 생각하는 기사란, 실력을 겸비할 뿐 아니라 겸양을 갖추어야 하며, 용맹스러울 뿐 아니라 명예를 지키기 위해 노력해야 하지만…… 그 무엇보다도 저보다 약한 사람을 보호하고 무시하지 않는 존재입니다."

뼈가 있는 루키나의 말에 빅토리아의 얼굴이 일그러졌다.

루키나는 싱긋 웃었다.

"허니 앞으로도 줄곧 이런 식으로 행동하실 거면 당장 제 기사단에서 나가주십시오."

대체 무슨 소리를 하나 싶어 잠자코 루키나의 말을 들어주고 있던 빅토리아의 두 눈이 큼지막해졌다.

루키나는 깜짝 놀라는 빅토리아에게 말을 이었다.

"저의 기사단은 아가씨와 같은 무례한 분이 계실 곳은 아닌 것 같습니다."

루키나의 녹안이 서늘하게 일렁였다.

"당장이요."

❖

쾅!

"감히…… 감히 누구에게, 누구에게 그런 말을! 감히!"

파르르. 떨리는 입술이 멈추지 않는다.

타격을 당한 뺨이 쉽게 가라앉지 않고 지금까지도 부어 있어 불쾌하기 그지없다.

하지만 그녀를 가장 기분 나쁘게 만드는 것은 수많은 사람들 앞에서 감히 주제도 모르고 제게 입술을 움직이던, 바로 그 발칙한 공작 영애의 말이었다.

"루키나 로델린!"

부드득. 이 갈리는 소리가 세 레이디가 묵고 있는 튀망 남작성의 임시 거처 안을 울렸다.

내가 가만두나 봐라!

두 황자의 사랑을 받는다고 기고만장해진 것이 틀림없다.

그렇지 않고서야 일개 공녀 주제에 어찌 황제의 소중한 딸의 뺨을 내려칠 수 있겠는가!

오만하기 그지없는 그 여자를 절대로 가만두지 않겠다며 부드득 이를 갈던 빅토리아는 제 뒤를 따라 들어온 일리아나를 발견했다.

"하아, 하아. 비, 빅키. 어디를…… 하아, 어디를 가려는 겁니까?"

"비켜. 당장 세이번으로 갈 거야."

"빅키! 로델린 공작 영애에 대해 알아보러 오신 거 아니셨어요? 아직 임무도 안 끝났잖아요."

"더 알아볼 필요가 뭐 있어?"

"……!"

"그런 오만한 여자는 처음 봤어. 감히 누구의 얼굴을 건드려! 당장 찢어 죽여도 시원찮을 여자란 말이야! 황궁으로 돌아가면 폐하께 이 모든 사실을 고할 거야. 그 여자, 가만 안 둬!"

"비, 빅키!"

감당이 안 되는 상황에 어쩔 줄을 몰라 하는 일리아나를 밀치며, 빅토리아는 침실을 나섰다.

저를 말리는 모든 이들을 뿌리치고, 마구간으로 향한 빅토리아는 마침 마차의 말들을 관리하고 있던 남작성의 마부를 향해 말했다.

"당장 세이번으로 향하는 마차를 준비해."

"예?"

"뭐 하고 있어? 내 말 못 들었어?"

"아, 예!"

마부는 들고 있던 말빗까지 떨어뜨리며 힘차게 고개를 끄덕이더니 어디론가 사라졌다.

더러운 냄새!

지긋지긋한 시골!

처음엔 호기롭게 궁을 나섰지만 지금 생각해 보면 왜 그런 짓을 했는지, 스스로도 이해할 수가 없다.

호기심.

제국 최초의 여기사가 되겠다는 헛된 야망을 품은 영애가 대체 어떤 생각을 하고 사는지 궁금해진 것.

바로 그러한 호기심에서 비롯된 일이었다.

「저의 기사단은 아가씨와 같은 무례한 분이 계실 곳은 아닌 것 같습니다.」

무례하다고? 웃기는군! 내가 무례하면, 넌 제국법을 어긴 죄인 중의 죄인이야!

귀족의 신분으로 황족의 몸에 손을 대다니. 즉시 사형감이나 마찬가지다.

무엇을 잘했는지, 서늘한 눈을 빛내던 루키나 로델린을 떠올리던 빅토리아는 입술을 꾹 다물었다.

'당장 떠나주겠어!'

임무 수행이 완료될 때까지 단원들을 유지하는 것이 황제가 내건 조건이었으니, 자신이 없다면 루키나의 기사단이 임무 수행을 완료한다 하더라도 정식 기사단으로 인정받지 못할 것이다.

순식간에 마차를 준비해 온 마부에게 고개를 까딱인 후 마차에 올라탄 빅토리아는 뒤늦게 그녀의 앞까지 달려와 동승하려는 일리아나를 떼어낸 후 남작성을 벗어났다.

히이이잉!

황제에게 어떤 식으로 말해야 루키나 로델린에게 자신이 받은 고통보다 천배는 더 큰 형벌이 가해질 수 있을까 고심하던 빅토리아는 돌연 기우뚱거리는 마차의 움직임에 깊은 상념에서 벗어났다.

어? 이게 왜 이래……?

심상찮은 움직임에 의문을 느낀 빅토리아가 마부를 향해 지적하기도 전에, 우당탕탕 하는 소리와 함께 그녀의 가벼운 몸이 붕 떴다.

"악!"

이윽고 빅토리아의 입술 사이로 흘러나온 짧은 비명을 뒤로 마차의 문이 뜯겨 나갔다.

◈

'내가 미쳤지…….'

루키나 이베타 로델린은 파르르 떨리는 제 손을 내려다보며 고개를 아래로 떨구었다.

미쳐도 아주 크게 미쳐 버렸던 모양이다.

당시를 떠올리면 아무 생각이 나지 않는 걸 보면.

"하아."

복잡한 현재 심정을 담은 루키나 로델린의 한숨 소리가 입술 밖으로 흘러나온다. 그녀는 음울하기 그지없는 표정을 지으며 어금니를 악물었다.

다른 사람도 아니고, 황제의 소중한 딸의 뺨을 쳐버렸으니.

어째서 그녀에게 손을 올렸냐는 것은 중요하지 않을 것이다.

'어쩌면 국경을 넘어야 할 상황인 건가?'

이런 생각을 하는 것도 결코 과언은 아니다.

에드문드 로델린이 제국에서 제일가는 딸 바보라면, 셀레스틴 라쉬 리우드는 그다음을 잇곤 했으니까.

하지만 이제 열 살도 안 되어 보이는 어린아이의 뺨을 내려치던 빅토리아를 보는 순간 이성의 끈이 훨훨 날아가 버렸다.

제게 함부로 구는 것은 무시할 수 있지만, 보호해야 할 약자에게 손찌검을 가하는 빅토리아를 그대로 두고 볼 수는 없었다.

물론 기사가 되겠다며 입단 신청서를 내놓고선, 지난 2주 동안 줄곧 임무를 방해하기만 했던 빅토리아에 대한 불만이 폭발했던 건지도 모르겠다.

빅토리아에게 퇴단 명령을 내리고 나서야 사건의 심각성을 알아차린 루키나는 이미 사라지고 없는 빅토리아의 흔적을 좇다 다시 사건 현장에 집중했다.

다행스럽게 아직 남아 있는 괴물의 발자국을 살피며 녀석이 어느 방향을 향했는지 추론해 보던 루키나는 해가 지고 나서야 남작성으로 가는 마차에 몸을 실을 수 있었다.

'이제 어떻게 해야 하지.'

임무 완료 시까지 모집했던 단원들을 유지하는 것이 황제와의 약속 조건이었지만 자신이 쫓아낸 빅토리아로 인해 모든 것이 물거품으로 돌아간 상황이다.

아주 잠깐 이대로 조사를 계속해도 되는 건지에 대한 의문이 일었지만 제 손을 꼭 붙잡으며 간절하게 애원하던 튀망 남작령의 영주민들이 생각나 곧 그런 의문은 훌훌 떨쳐 냈다.

그러나 눈 깜짝할 사이에 여기사의 꿈도, 기사단 창단의 꿈도 허망하게 사라져 버린 지금, 루키나의 마음이 제정신일 리는 없었다.

경솔했다. 그래도 조금만 더 참았다면 어땠을까?

속이 타들어갈 듯한 갈증을 느끼던 루키나는 그런 생각들을 반복하며 넋 나간 얼굴을 하고 있었다.

"이브. 넌 잘못 없어! 맞을 짓을 했다고, 황녀 저하가! 솔직히 속이 다 시원했다니까?"

기사단 입단 첫날을 제외하곤, 다시 예전처럼 자신을 편하게 대하기 시작한 로렐이 풀 죽은 루키나에게 외쳤지만 그 말은 어쩐지 가슴에 와닿지 않았다.

"아…… 유, 유리. 그러고 보니 저하는 당신의 친동생인데."

현재 마차 안에 있는 사람은 루키나와 로렐, 그리고 유리안, 총 셋. 루키나를 달래기 위해 꺼낸 제 말에 유리안이 후우 한숨을 내쉬자 로렐은 답지 않게 움찔거리며 변명하려 들었다.

유리안은 그런 로렐에게 손을 들어 올리더니 고개를 내저었다.

"괜찮다, 로렐. 만일 이브가 그러지 않았더라면…… 내가 그랬을 것 같으니까. 허니, 이브."

루키나는 로렐에게 답변한 후 저를 부르는 유리안을 쳐다보았다.

유리안은 어두운 낯빛의 루키나에게 말했다.

"너무 걱정하지 마라. 이번 일은 빅토리아가 정도를 넘었어."

"아……."

"휴이 녀석과 상의해서 빅토리아를 설득할 테니 더 이상 그 아이에 대한 생각은 하지 않도록 해. 그대는 임무에만 집중하는 것이 좋을 것 같다."

"……유리."

"튀망 남작에게도 이번 일은 못 본 걸로 하라고 일러뒀다. 남작이 주변 사람들의 입단속도 시킬 거다. 그리고…… 폐하께도 보고가 올라갈 일은 없을 거고."

저를 달래기 위해 꺼낸 유리안의 말에 쓴웃음이 흘러나올 것만 같다.

루키나는 웃지도, 그렇다고 고개를 끄덕이지도 못했다.

다그닥, 다그닥 말발굽 소리를 내며 달리던 마차가 끼이익 멈추어 섰다.

말 울음소리가 길게 울려 퍼지고 마차의 바퀴가 더 이상 돌아가지 않자, 입구 쪽에 앉아 있던 로렐이 마차의 문을 활짝 열었다.

'……응?'

로렐과 유리안의 뒤를 이어 힘없이 마차에서 내리던 루키나는 저들보다 한발 앞서 출발한 라펠과 휴이렌 일행이 적발의 일리아나와 대화를 나누고 있는 모습을 목격했다.

루키나는 왠지 심각한 얼굴로 대화를 나누던 그들이 루키나 일행의 등장에 뒤를 돌아보는 것을 보고선 의아한 표정을 지었다.

왠지, 좋지 않은 느낌이 든다.

"이브."

굳은 얼굴의 라펠만큼이나 어두운 안색의 휴이렌이 루키나의 앞에 멈춰 섰다. 루키나는 불안하기 그지없는 얼굴로 휴이렌을 올려다보았다.

휴이렌의 붉은 입술 사이로 충격적인 말이 새어 나왔다.

"빅토리아 저하! 빅토리아 황녀 저하!"

"어디 계십니까, 황녀 저하!"

"저하!"

세상을 밝히던 빛이 사라지고, 짙은 어둠이 깔리기 시작한 로콜 산에 어느 시점을 계기로 환한 불빛들이 점처럼 반짝거리기 시작했다.

한 손에는 횃불, 그리고 다른 한 손에는 농기구나 무기를 든 튀망 남작령의 영주민들은 로콜 산을 오르며 빅토리아 로즈 리우드의 이름을 외치고 있었다.

「그게…… 무슨 소리예요? 빅토리아 황녀 저하가 어떻게 됐다고요?」

처음엔 믿을 수가 없었다.

충동에 못 이겨 남작성을 나갔다던 빅토리아 황녀의 마차가 예의 '괴물'로 짐작되는 것에게 습격을 당했다는 이야기는 확실히 예상하지 못했던 일이었다.

새파랗게 질린 얼굴로 입술만 파르르 떨고 있던 일리아나가 루키나의 옷자락을 잡으며 부디 황녀 저하를 찾아달라고 하지 않았더라면 루키나는 그 자리에서 굳어버렸을지도 모르겠다.

「시간을 다투는 일이니만큼, 조를 나눠서 황녀 저하를 찾는 게 좋겠어요. 라펠, 아니, 윈스턴 공께선 남작성에서 로콜 산으로 향하는 길 입구 쪽을 수색해 주세요. 유리는 로렐과 함께 마을에서 로콜 산으로 향하는 입구 쪽부터 시작해서 올라와 주시고, 휴이 오라버니는 남작님과 함께 계곡 근처를 수색해 주세요. 저는 저하께서 사고를 당하셨다는 주변 근처부터 시작할게요. 레이디 포프너. 당신은 혹시 모를 상황을 대비해서 남작성에 대기해 주시고요.」

대개 실종 사건은 골든타임이라는 것이 존재한다.

골든타임이란 사고 이후 초반의 시간을 의미하는 것으로, 만약 이 골든타임을 놓쳐 버린다면 충분히 구할 수 있는 기회도 물거품처럼 사라지게 된다.

빅토리아의 실종 사건이 일어난 지 아직 한 시간 정도밖에 흐르지 않았으니 틀림없이 기회는 존재한다.

사고 소식을 접한 뒤, 눈앞이 아찔해지긴 했지만 가까스로 정신을 붙든 루키나는 튀망 남작에게 로콜 산의 지도를 구해달라고 부탁했다.

그리고는 심상찮은 제 행동에 그녀를 지켜보고 있던 라펠 등의 남자들에게 재빨리 명령을 내렸다.

두 황자는 그런 루키나를 묘한 눈길로 응시했고, 라펠은 일말의 망설임도 없이 그녀에게서 고개를 돌려 지시를 받들기 위해 몸을 움직였다.

그 후로 이십여 분가량이 흐른 지금, 루키나는 로콜 산을 잘 알고 있는 영주민들과 함께 빅토리아가 사고를 당했을 거라 짐작되는 길목을 뒤적이며 그녀의 흔적을 좇는 중이다.

"레, 레이디 로델린! 레이디 로델린!"

그때였다.

숲 한가운데의 길가에서 데굴데굴 굴러다닌 것이 틀림없어 보이는 바퀴를 내려다보며 주위를 두리번거리던 루키나는 저를 크게 부르는 외침에 벌떡 일어났다.

뭔가 발견하기라도 했나?

커다란 나무 뒤편을 수색하던 '엔데'라는 영주민이 그녀를 향해 힘껏 손짓을 하고 있었다.

루키나는 그 외침에 하나둘씩 모이기 시작한 영주민들의 뒤를 이어 얼른 그를 향해 달려갔다.

"무슨 일이……."

이 사람은—!

낯이 익다.

나무에 몸을 기댄 채 숨을 헉헉거리고 있는 중년인의 얼굴이 익숙했다.

루키나는 곧 그가 남작성의 마구간을 관리하던 마부라는 것을 깨닫고선 입술을 벌렸다.

"데릭 맞죠? 데릭! 데릭, 정신 차려요!"

"크으으. 하아."

"데릭!"

"고…… 공작…… 영애…… 님?"

루키나의 외침에 가쁘게 숨을 흘리며 눈꺼풀을 들어 올린 데릭이 흐려지던 초점을 되찾았다.

크으으, 거친 호흡을 뱉어내던 데릭의 안정이 먼저이기는 했으나,

빅토리아의 안위를 장담할 수는 없었던지라 루키나는 데릭에게 말했다.

"데릭! 지금 너무 아프고 괴로운 거, 잘 알아요. 눈도 뜨기 힘들겠죠. 쉽게 호흡도 못하겠고. 하지만 당신이 꼭 말해줘야 할 것이 있어요."

"하아, 하아—"

"빅토리아. 빅토리아는…… 어디 있죠? 말하기 힘들면 쳐다보기라도 해줘요!"

혹시나 싶어 다급히 그의 목 위로 손가락을 올려 맥박을 잡았던 루키나는 겉으로 보이는 상처에 비해 데릭이 크게 위험하지 않다는 것을 인지했다.

루키나는 자꾸만 눈을 감으려는 데릭을 부여잡은 채 침을 튀겨가며 소리쳤다.

"으윽. 흐으으……."

제 외침에 미간을 좁히며 인상을 쓰던 데릭은 내리려던 눈꺼풀을 억지로 들어 올리고선 천천히 고개를 돌렸다.

"……고마워요, 데릭!"

대답하기 힘들다면 눈으로라도 답해달라던 루키나의 말을 그가 알아들은 것이 틀림없었다.

루키나는 커다란 나무 우측 편을 흘긋거리는 데릭의 시선을 따라 벌떡 일어났다.

'저, 저건……!'

무언가에 잔뜩 짓밟혀 있는 풀들이 시야로 들어온다.

자연스러운 길이 아니라 누군가에 의해 억지로 난 길이 분명했다.

루키나는 괴물이 빅토리아를 들고 그곳으로 움직였거나, 아니면 그녀를 질질 끌고 움직였을 가능성을 배제하지 않았다.

긴장한 얼굴로 제 입술이 열리기만을 기다리는 사람들에게 데릭을 남작성으로 데려가 치료해 줄 것을 명한 루키나는 남은 몇 명의 영주민들과 함께 좁은 길로 몸을 움직였다.

"빅토리아 저하! 어디 계십니까, 빅토리아 저하!"

로콜 산 곳곳에서 들려오는 수색대의 음성이 메아리친다. 루키나는 횃불에 의지하며 풀숲을 뒤적였다.

"빅토리아 황녀 저하! 이 소리가 들리시면 반응이라도 보여……!"

얼마나 움직였을까.

굽이굽이 난 숲길은 안으로 들어갈수록 음습한 분위기를 풍겼다.

어느 시점부터 더 이상 보이지 않는 흔적을 내려다보던 루키나는 주변의 영주민들을 향해 근처를 따로 수색해 보자고 제안했다.

혹시 모를 상황을 대비하여 일정 거리 이상은 멀어지지 않기로 약속한 그녀의 시야로 붉은 불빛이 보인 것은 바로 그 시점이다.

'황…… 녀?'

루키나는 무언가에 홀린 사람처럼 어둠 속에서 빛을 발하고 있는 붉은 빛을 향해 다가갔다.

기다랗게 자란 풀들과 바지가 스치며 서걱거리는 소리가 났다. 루키나는 불빛이 가까워질수록 다리를 빠르게 움직였다.

두근.

가슴이 크게 일렁였다.

두근, 두근.

멀어지지 말라고 당부했던 것은 자신이었으면서, 빛을 향해 달려가는 루키나의 발걸음은 멈추지 않았다.

심장이 미친 듯이 두근거린다.

어둠 속에서 영롱하게 빛나는 붉은빛이 놀라울 정도로 매혹적이어서,

머릿속이 새하얗게 물들었다.

'……어?'

제 앞을 가리는 풀을 마구 헤집으며 안으로, 더욱 안으로, 영주민들이 들고 있던 횃불이 흐릿해질 때까지 안으로 움직이던 루키나는 발을 멈췄다.

'여, 여긴…….'

뒤늦게 자신이 무언가에 이끌려 이곳까지 오게 되었다는 것을 깨달은 루키나는 새까만 어둠에 갇혀 있는 자신을 인지했다.

"제임스 씨! 타미 씨! 어디 계십니까? 다들 어디 계…… 헉! 비, 빅토리아 저하!"

함께 움직였던 빅토리아 황녀 수색대의 이름을 외치던 루키나는 들고 있던 횃불을 좌우로 흔들며 소리치다, 익숙한 빛깔의 무언가를 발견했다.

그것은 틀림없이 빅토리아 로즈 리우드의 찬란한 금색 머리카락이었다.

루키나는 크게 숨을 들이마시며 웬 바위 근처에 쓰러져 있는 빅토리아에게 달려갔다.

"저하! 정신 차리십시오, 황녀 저하!"

수색 2시간이 채 되기 전에 겨우 발견한 빅토리아는 축 늘어진 채 눈을 뜨지 않고 있었다.

'다행히 맥박은 있어.'

어쩌다 보니 리우드 일가의 목에 손을 대고 맥박을 확인하는 것이 익숙해져 버렸다고 생각하던 루키나는 빅토리아가 비록 의식은 잃었지만 위급한 상태는 아니라는 것을 확인하며 한숨을 내쉬었다.

루키나는 눈을 질끈 감고 있는 금발 미녀의 얼굴에 붉은 생채기가 가득한 것을 보며 쓴웃음을 흘렸다.

그녀의 뺨 한곳, 그러니까 자신의 손이 닿았던 부위가 살짝 부어 있는 것이 보이자 미간을 좁히며 루키나는 빅토리아를 안아 들려 했다.

"조금만…… 하아, 기다리십시오. 제가 당신을 무사히 데려가겠습니다."

정신을 차리지 못하고 있기는 하지만, 일단은 보고는 해야 할 것 같아 루키나는 작게 중얼거렸다.

그러고는 그녀의 허리를 잡아 제 어깨 쪽으로 누이려 했다.

생각보다…… 무거워.

그래도 오노르 기사단에서의 훈련 등을 통해 이 정도 무게는 가뿐하게 들 수 있었던 루키나는 빅토리아의 등 위로 손을 얹고선 굽혔던 무릎을 피려 했다.

—크르릉.

어디선가 들려온 울음소리는 루키나 로델린의 눈을 큼지막하게 만들었다.

◈

'빌어먹을.'

대체 어디 있는 거야!

로렐과 마을 입구를 시작으로 산의 정상까지 올라갔지만 불행히도 빅토리아의 흔적 따위는 찾을 수 없었다.

헉헉거리는 숨소리만 내쉬는 사람들은 그들이 얼마 지쳐 있는지 나타내는 단적인 예였다.

유리안은 어느덧 칠흑으로 물들어 있는 하늘을 올려다보며 인상을 썼다.

제기랄. 이럴 줄 알았다면 빅토리아를 쫓아가는 건데.

"형님!"

두 시간의 수색에도 불구하고 빅토리아가 보이지 않자, 산 입구에 마련된 빅토리아 황녀 수색 본부 쪽으로 내려왔다.

혹시 모를 소식이 왔으면 좋겠다고 생각하며, 아직 도착하지 않은 다른 인원들을 기다리던 유리안의 귀에 귀 익은 음성이 들려왔다.

휴이렌이었다.

그는 그사이 몰라볼 정도로 핼쑥해진 튀망 남작과 함께 본부 안으로 들어오며 물었다.

"어떻게, 후우, 어떻게 됐습니까?"

찰랑거리는 금색 머리카락이 달빛에 반사되어 빛난다.

2황후보다는 황제를 더욱 닮은 휴이렌의 이마에 송골송골 맺혀 있던 땀방울이 주르륵 흘러내리는 것을 목격하던 유리안은 고개를 내저었다.

"젠장."

휴이렌은 입술을 짓누르며 고개를 아래로 떨구었다.

"별일…… 없을 거다."

그래, 반드시 별일이 없어야 한다. 만약 별일이 생겼다가는 목숨이 위험해질 사람이 몇 생길 테니까. 다른 사람도 아닌 빅토리아, 황제가 가장 사랑하는 막내딸이 아닌가.

휴이렌은 쓴웃음을 흘리며 맞장구를 쳤다.

"그래야죠. 반드시 그래야 합니다."

"……."

"이브와 윈스턴 공작이 아직 보이지 않는 걸 보니, 어쩌면 그쪽에서 뭔가 소식이 들려올지도 모르겠습니다."

유리안은 대답하지 않았다.

"라펠 경! 아, 아니, 공작 각하!"

어두워진 유리안을 따라 얼굴을 굳히고 있던 로렐은 두 황자의 대화에서 조금 물러나 있다 눈을 크게 떴다.

기대가 가득한 음성을 뱉어내는 로렐의 음성에 모두들 천막 안으로 들어오는 라펠을 응시했다.

여전히 검은 가면을 쓰고 있던 라펠은 갑자기 제게 쏟아진 시선에 미간을 살짝 좁히더니 이내 고개를 내저었다.

"미치겠군, 정말……."

휴이렌이 벅벅, 머리를 긁으며 애타는 다른 사람들의 마음을 대신했다.

"……이브는 어디 있습니까?"

일단 1차적으로 수색을 한 뒤, 다시 만나자는 말을 했었던 루키나였기에 뿔뿔이 흩어졌던 수색대는 이곳에 모이게 됐다.

적막이 감도는 천막 안을 두리번거리던 라펠은 누군가 아직 오지 않았다는 것을 인지하곤 입술을 달싹였다.

초조해진 마음으로 테이블 위에 놓인 지도만 올려다보던 유리안이 시선을 옮겼다.

"이브는 아직—"

"남작님! 남작님!"

그때였다.

건장한 네 남자들이 모여 머리를 맞대고 있을 사이, 하필 제 영지에서 일어나게 된 이번 사건으로 눈앞이 아찔해져 근처 의자에 앉아 있던 튀망 남작은 저를 부르는 음성에 벌떡 일어났다.

헉헉. 거칠게 숨을 내쉬며 천막 안으로 뛰어들어 온 한 영주민이, 수색을 시작할 때 들었던 농기구를 바들바들 떨면서 창백하게 질린 입술을 달싹였다.

"……이 ……린이 보이지 않습니다!"

"이보게, 제임스. 대체 무슨 소린가? 뭐가 보이지 않아?"

주어를 생략한 그의 외침에 튀망 남작을 비롯한 다른 이들의 미간이 좁아졌다.

제임스는 울먹거리며 외쳤다.

"레이디 로델린이 보이지 않습니다!"

❖

따지고 보면 정말이지 기이한 일이 아닐 수 없다.

한 번도 겪기 힘든 죽음을 무려 네 번을 겪었고, 세 번이나 환생을 하면서도 스물넷을 넘기지 못했다.

명계의 제왕인 염라마저도 의문을 품었던 그녀의 운명은 무려 세 번이나 몸이 바뀌어도 지속됐다.

이쯤 되면 제 영혼에 어떠한 하자가 있는 건 아닌가라는 생각이 들었지만 그것은 차치하고.

'이번만큼은 반드시 스물다섯을 넘기겠어!'

—라는 일념하에, 그녀는 예전이라면 생각도 하지 않을 빙의를 시도해 봤다.

그러나 결의를 다진 그녀가 빙의를 하자마자 위기는 닥쳤다.

빌어먹을 명계의 제왕이 하필이면 제게 선사했던 몸이 지방과 콜레스테롤 덩어리였기에 지독한 다이어트가 필요했기 때문이다.

하지만 이미 네 번의 죽음을 경험했던 그녀에게 있어 다이어트 정도는 충분히 도전해 볼 만한 일이었다.

다이어트를 시작할 당시 그녀는 아직 스물넷이 닥치기 전이었고, 죽음을 맞더라도 배가 고파 죽는 일은 없을 거라는 확신이 있었으니까.

그렇게 다이어트 지옥을 뼈 깎는 고통으로 극복하게 된 그녀는 루키나 이베타 로델린으로서의 새 삶을 시작했다.

나름 제 몸의 주인이었던 자에 대해 보답을 하기 위해, 그리고 명예를 지켜주기 위해, 이전의 루키나 이베타 로델린을 철저하게 나락으로 떨어뜨렸던 자들에게 복수까지 하며 희열을 맛본 뒤였다.

'이대로는 안 돼.'

첫 번째 죽음 이후, 그녀는 죽음을 스스로 고치기 위해 의사가 되려고 했지만 그 꿈이 이루어지기 전에 죽어버렸다.

두 번째 죽음 이후, 제 죽음에는 염라도 이해하지 못하는 의문이 있다고 여기며 죽음을 방지하기 위해, 혹은 그러한 죽음을 이해하기 위해 범죄를 수사하는 수사관이 됐지만 그들을 완벽하게 받아들이기도 전에 죽어버렸다.

세 번째 죽음 이후엔, 이 모든 죽음의 원인은 그간 제 수중에 돈이라곤 없어서 그랬던 것이라 생각하며 직접 돈을 만지는 상인이 되고자 했지만, 최고의 상인에 오르기도 전에 죽어버렸다.

그리고 네 번째 죽음 이후, 시작된 첫 번째 빙의.

이제는 완벽한 루키나가 된 그녀는 새로운 결심을 하게 된다.

'대비가 필요해.'

어차피 죽음의 위기가 한 번은 찾아오게 된다면, 그 죽음의 위기도 극복할 수 있는 실력자가 되어야 한다고.

「그럼, 제가 기사가 되려는 데 협조해 주세요, 아버지!」

루키나가 자상한 아버지인 에드문드 로델린에게 결심을 뱉어내기까지는 오랜 시간이 걸리지 않았다.

에드문드 로델린이 기함하며 그녀를 말린 것은 당연한 일이었고, 제국 최고의 검사라 불리는 에드문드가 선사하는 혹독한 수련이 시작된 것도 당연했다.

다행스럽게도 전생의 스킬을 여전히 기억하고 있던 그녀가 에드문드 로델린의 철저한 교육하에 한층 더 성장하게 된 것은 다가올 미래의 위험을 대비하기 위함이었을지도 모르겠다.

비록 그 과정에서 루키나 이베타 로델린이 본인의 성별의 숨긴 채 남장을 하고, 제국에서는 쉽게 마주치기 힘들다던 '팬텀 공작' 라펠과 너무도 황당할 정도로 쉽게 조우를 해버리고, 제국의 황태자라는 유리안과 얼떨결에 친구가 되고, 그것으로도 모자라 남자들만이 출전 가능한 기사단 대회에서 우승을 하기는 했지만 여자인 것을 들켜 버렸고, 황제로부터 임무를 수행해 내지 못한다면 그가 점지하는 남자와 혼인을 시켜 버리겠다는 협박을 듣는 위기가 찾아오기는 했지만…….

'이, 이건 정도가 심하잖아!'

루키나 이베타 로델린은 입술을 파르르 떨며 물방울이 뚝뚝 흐르는 동굴 입구 쪽에서 저를 노려보고 있는 붉은 눈동자를 향해 소리쳤다.

쿵쿵쿵쿵.

얼마나 심장이 거세게 뛰는지 모르겠다.

부디 조용해졌으면 하는데, 발작이라도 일으키려는 셈인지 잠시도 쉬지 않는다.

한 번도 아니고 무려 네 번씩이나 황당하기 그지없는 죽음을 겪었던 터라 이제 좀 익숙해질 만도 한데 이러한 위기의 순간이 찾아오면 저도 모르게 긴장하게 된다.

'제기랄!'

루키나는 입안이 바짝 말라가는 것을 느끼며 미간을 좁혔다.

번쩍 뜬 눈을 감아버리고 싶건만 심장이 벌렁거려 그러지도 못하겠다.

'절대로…… 눈을 감아선 안 돼.'

어디선가 들은 적이 있다.

성난 맹수는 상대가 제게서 시선을 돌린 사이 눈 깜짝할 때 달려든다고. 그 때문인지 정신을 차린 이후 줄곧 뜨고 있던 눈을 감지도 못하겠다.

루키나는 의지를 다지기 위해 주먹을 힘껏 쥐어봤지만 이상할 정도로 손에 힘이 들어가지 않는다.

'마, 망할!'

쿵쾅거리던 심장 소리가 빨라졌다.

루키나는 이를 악물면서도 붉은빛에서 시선을 떼지 못했다. 속이 타들어갈 것만 같다.

왜…… 또 이런 상황이 되었을까.

루키나는 이를 갈았다.

빅토리아, 고 망할 황녀만 아니었더라면 이렇게 죽음의 위기를 맞는 일 따위는 없었을 텐데.

그녀를 들쳐 메는 동안 시간을 허비하지만 않았더라면, 갑자기 제 앞에 들이닥친 새카만 털의 붉은 눈동자의 괴물과 조우하지 않았을 텐데.

온몸의 털이 쭈뼛거리는 것을 느끼며 그렇게 힘없이 의식을 잃지 않았을 텐데.

대체 어딘지 모를 이곳 동굴에서 벌써 몇 분째, 저 빌어먹을 괴물과 눈싸움을 하고 있지 않아도 됐을 텐데…….

'염라 아저씨를 또 만나게 되면, 이젠 뭐라고 해야 하는 거지?'

귀신같아도 이렇게 귀신같을 수 없다.

매번 스물넷 마지막 밤을 넘기지 못했던 그녀는 특별하게도 칼을 맞으며 스물넷의 첫날을 시작했다.

이전과는 다른 패턴.

마지막 날이 아닌 첫날부터 위기를 맞이했던 터라 어쩌면 정말로 스물다섯의 첫 아침을 시작할지도 모른다는 희망을 가졌지만, 아마도 불가능한 일이었나 보다.

'아무리 그래도…… 이번에는 타이밍이 너무 빠르잖아!'

억울하다.

지난 세 번의 환생처럼 태어나면서 성인이 될 때까지, 적어도 20년이 넘는 삶을 산 것도 아니고.

그녀가 루키나 로델린의 몸에 빙의한 것은 고작 일 년하고도 2, 3개월 정도밖에 되지 않는다.

그런데도 불구하고 세 손가락을 꼽을 만큼 죽음의 위기를 맞이했으며, 이번엔 정말로 죽을지도 모른다.

혹시 모를 상황을 대비하여 제게 던져 줬던 염라의 '보험', 목걸이는 퉈망 남작성에 두고 온 상황.

루키나 이베타 로델린은 슬슬 눈을 뜨고 있는 것에 한계가 찾아옴을 느끼며 터져 나오려는 한숨을 가까스로 참아야 했다.

"으—"

전신의 기가 다 빨려 나가는 것 같은 붉은 눈 괴물과의 신경전.

아주 잠깐이라도 시선을 돌렸다가는 목을 뜯겨 버리는 것은 순식간일 것이다.

때문에 사용할 수 있는 모든 집중력을 모조리 시신경으로 모으던 루키나는 제 근처에 널브러져 있던 이 모든 사건의 원흉이 몸을 움찔거리자 눈을 크게 떴다.

"으으— 하아."

"하아, 하아. 뭐가 이리 아파. 대체…… 응?"

"……!"

"……네가 왜, 여기 있어?"

제기라알!

루키나는 피투성이가 된 얼굴을 손등으로 슥슥 문지르며 눈을 비비던 빅토리아가 들어 올린 눈꺼풀 사이로 보이는 동공을 제게 고정시키자, 힘껏 소리를 지르고 싶은 심정이었다.

"……이브, 아니, 로델린."

루키나는 하아, 길게 숨을 흘린 뒤 허리를 세워 일어나는 빅토리아를 절망에 빠진 눈으로 응시했다.

"네가 왜 여기 있냐고. 그리고 여긴 대체 어디야? 으으, 내 몸은 왜 이렇게 아픈 거고!"

루키나의 눈동자가 급격하게 떨리고 있다는 것을 아는지 모르는지 오만 방자한 제국의 황녀는 그 작은 몸에서 힘을 쥐어짜 내더니 소리쳤다.

루키나는 말라 버린 목구멍으로 침을 꼴깍 넘겼다.

"로델린. 왜 대답이 없어?"

스슥거리는 소리가 들려온다.

아마도 털과 바닥이 맞물려 발생하는 소리임이 틀림없다.

루키나는 어두컴컴한 동굴 안에서도 저를 제대로 알아본 제국의 황녀에게 경의를 표하기보다는 주변에서 무기로 사용할 무언가를 찾기 위해 말없이 허리 뒤로 손을 옮겼다.

저 커다란 괴물에게 일격을 가할 수 있을 리 만무하지만 적어도 눈두덩 한 번은 타격할 수 있는 뾰족한 돌이 손끝을 스쳤다.

"야! 너 내 말 안 들려?"

아직 상황 파악이 덜 된 빅토리아가 제 등 뒤에서 시선을 떼지 않는 루키나를 향해 소리쳤다.

쩌렁쩌렁한 그녀의 앙칼진 음성이 커다란 동굴을 울려 메아리쳤다. 그럴수록 루키나의 심장박동은 빨라진다.

점점 더 가까이.

숨을 쉴 수 없을 만큼 가까이, 붉은 눈동자가 커져 가는 것이 보였으니까.

가깝다.

이제는 녀석의 숨결이 느껴질 만큼 가까워서 위험하다.

이대로라면 손 한 번 써보지 못하고 당할 것이 분명했다.

생각이 거기까지 미치자 루키나는 녀석이 뿜어내는 붉은빛에 계속해서 눈을 고정시킨 채 돌을 쥐고 있는 손이 아닌, 비어 있는 손으로 빅토리아의 정강이를 찼다.

"귀가 먹은 거야, 로— 악!"

비명을 지르며 빅토리아가 주저앉자, 얼른 손을 뻗어 그녀의 멱살을 끌어당겼다.

"악! 너, 너!"

"쉿. 살고 싶다면, 그 망할 입 좀 닥쳐."

"……!"

루키나는 제게 소리를 지르려는 그녀에게 음산한 말을 뱉어내면서도 결코 빅토리아를 쳐다보지 않았다.

제게 하대를 할 뿐 아니라 믿어지지 않는 말까지 흘리는 루키나를 어이없이 바라보던 빅토리아는 한 번 더 그녀를 향해 소리를 지르려다 몸을 움찔했다.

그르릉.

"……!"

빌어먹을.

빅토리아가 제 등 뒤에서 들려오는 숨소리에 오소소 몸을 떨자 루키나는 입술을 깨물었다.

"저, 저 혹시……."

"맞아. 그러니까 제발 좀 닥치라고."

뒤늦게 상황 파악이 된 빅토리아 로즈 리우드를 향해 직고, 서늘하게 일갈한 루키나는 저와, 그리고 빅토리아를 주시하고 있던 붉은색 눈을 향해 손에 꽉 쥔 돌을 던질 준비를 했다.

'기회는 한 번밖에 없어.'

아니, 솔직히 말하자면 기회가 생길 수 있을지도 의문이기는 하나, 시도는 해보아야 한다.

온몸이 찢겨져 나가는 죽음의 결말을 맞이하기는 하겠지만…….

'후우.'

루키나는 숨을 골랐다.

'차분해져야 해.'

벌렁거리던 가슴을 가라앉히기 위해 애쓰며 루키나는 뾰족한 돌의 날 선 부분을 손바닥 끝으로 향하게 했다.

거리는, 녀석이 최대한 가까워졌을 때.

좁힐 수 있을 만큼 거리를 좁힌 후, 정확하게 눈 쪽으로 이걸 던져 버리는 거야.

'그리고 이 멍청한 황녀를 데리고 저기 보이는 희미한 빛을 향해 달려가야겠지.'

과연 그때까지 자신과 황녀의 다리가 무사할지, 일격을 녀석이 당하고만 있을지…… 의문이기는 하지만.

"셋 하면 일어나. 그리고 뛰어."

바스락거리는 소리가 더욱 크게 들려온다.

시신경뿐 아니라, 청신경 쪽으로도 집중력을 분산시키던 루키나는 어느새 제 옷자락을 세게 움켜쥐고 있는 빅토리아를 향해 속삭였다.

"뭐?"

"센다. 하나."

"……!"

빅토리아가 갑작스러운 제 말에 당황해하다가 곧 고개를 끄덕이는 게 보이자마자 루키나는 카운팅을 하기 시작했다.

바스락.

쿵쾅쿵쾅, 뛰는 심장 소리가 거세진다.

침 삼키는 소리가 루키나 쪽이 아닌 빅토리아 쪽에서 들려왔으나 개의치 않았다.

"둘."

빅토리아가 루키나의 음성에 입술을 짓누르는 게 보이기는 했지만 여전히 붉은 눈을 주시하던 루키나는 미동도 하지 않았다.

할 수 있어.

아직 스물다섯도 못 넘겼는데! 넌 할 수 있어, 루키나!

루키나는 온몸이 불에 타 바싹해질 것 같은 열기를 겨우 가라앉히고선 손을 들어 올렸다.

기회는…… 지금이야!

"세—"

루키나는 빅토리아를 향해 외치려던 제 말이 끝나기도 전에 휙 꺼져버리는 불빛에 순간적으로 당황했다.

"어? 뭐, 뭐야? 왜 그래?"

잔뜩 몸을 웅크린 채 저만 주시하던 빅토리아가 일어나려다 말고선 굳어버린 루키나에게 물었다.

"로델린?"

"……."

"이봐, 로델린! 나 뭐어?"

"……."

"로델린! ……이브! 이브!"

툭—

쉰 소리로 작게 외치고 있는 빅토리아의 말을 들은 체 만 체하던 루키나는 어느새 동굴 밖으로 사라진 붉은 눈 괴물의 흔적만을 좇고 있었다.

◈

"그게 무슨 소리야! 이브가 안 보이다니?"

루키나 로델린과 빅토리아 로즈 리우드가 로콜 산의 괴물과 조우하고 있을 때였다.

루키나와 함께 사건 현장을 수색하던 영주민들이 헐떡거리며 달려와 뱉어낸 말에 천막 안이 술렁였다.

그들은 루키나의 검이 틀림없는 붉은 힐트의 레이피어를 내밀며 말에 신빙성을 더했다.

유리안은 가슴이 철렁거리는 것을 느끼며 그들의 손에 들려 있는 레이피어를 응시했다.

어떻게…… 해야 하지?

예기치 못했던 상황에 입술이 바짝 말라갔다.

당황한 것은 휴이렌 역시 마찬가지. 머릿속이 하얗게 물들어갔다.

방도를 생각해 보기 위해 사고 회로를 굴리려 했으나 쉽지 않아 미간을 좁히던 휴이렌은 철컥거리는 소리에 고개를 돌렸다.

"윈…… 스턴 공?"

수색 본부를 지휘하던 루키나가 사라지자 다들 혼란에 빠진 사이, 말없이 장비를 챙기는 사람이 보였다.

검은 가면을 쓴 흑발의 사내가 말없이 자신의 검을 들어 올리는 것을 보며 유리안은 입술을 움직였다.

"윈스턴 공. 지금…… 뭐 하나?"

유리안의 질문에 천막을 나가기 위해 손을 뻗으려던 라펠이 고개를 돌렸다.

유리안은 그의 푸른 눈동자가 심장이 시릴 정도로 차갑다는 것을 인지하며 멈칫했다.

미르티스 윈스턴은 굳게 다물고 있던 입술을 움직였다.

"이브를 찾으러 갑니다."

"뭐?"

"지체하다간 더 늦어집니다. 그럼."

"자, 잠깐, 윈스턴 공!"

저를 불러 세운 유리안을 서늘한 눈으로 응시하는 라펠의 반응에 유리안은 멈칫했다.

유리안은 잠시 당황하다 다시 입술을 움직였다.

"하지만 이브가 어디 있는지, 공은 모르고 있지 않는가?"

라펠은 눈썹을 꿈틀거리다 대답했다.

"일단…… 이브가 사라진 곳 근처부터 수색할 겁니다. 모든 곳을 샅샅이 뒤져 이브를 찾아낼 겁니다. 그리고 저는…… 이브를 찾기 전에는 돌아오지 않겠습니다."

뭐?

결연한 의지마저 엿보이는 라펠의 말에 유리안은 대답하지 못했다.

"그럼."

라펠은 이런 대화를 나누는 시간조차 아깝다는 눈으로 유리안과 휴이렌을 차례로 훑더니 몸을 돌렸다.

천막이 펄럭이는 것을 지켜보던 유리안은 저도 모르게 주먹을 세게 움켜쥐었다.

"형님."

어느새 곁으로 다가온 휴이렌이 라펠의 뒷모습을 바라보고 서 있는 유리안에게 말을 걸었다.

"혹시 윈스턴이 이브를……."

말끝을 흐린 휴이렌이었기에 다음 말은 이어지지 않았지만 유리안은 어쩐지 휴이렌이 무슨 말을 하려 했는지 알 것 같았다.

뚝. 뚝.

종유석에 맺혀 있던 물방울이 바닥으로 떨어졌다.

이곳이 어디인지, 시간은 얼마나 흘렀는지…… 전혀 알지 못하겠다.

빅토리아뿐 아니라 저도 실종된 것을 알게 되면 다들 크게 놀랄 게 분명하다.

붉은빛에 홀려 멋대로 움직이는 것이 아니었는데.

이를 악물며 자책하던 루키나는 눈앞을 맴도는 누군가의 생각에 한숨을 내쉬었다.

'기다리고 있을 텐데.'

빅토리아 로즈 리우드의 수색을 시작하기 전, 제게 조심하라고 속삭여 주었던 라펠의 모습이 아른거렸다.

냉정한 그의 얼굴이 무너질 모습이 생각나 욕설이 입안을 맴돌았다.

'이젠 어떡하지…….'

아마도 동굴 입구라 짐작되는 불빛을 계속 주시하고 있었지만 섣불리 움직일 수는 없었다.

예의 괴물이 그곳으로 몸을 움직인 것과 이곳의 지형을 잘 알지 못한다는 것 역시 이유이기도 했으나…….

"으으, 아파."

정강이 근처를 만지작거리는 이 모든 일의 원흉이 주된 이유라는 것은 숨길 수 없겠지.

'하아.'

차마 입 밖으로 흘리지 못하는 한숨을 삼키던 루키나는 흑흑 울먹이는 빅토리아를 바라보았다.

제국의 황녀가 입고 있던 화려한 옷들은 헌신짝처럼 갈기갈기 찢어진 지 오래.

단정하게 묶여 있던 머리카락은 산발이 되어버렸다.

얼굴 곳곳에는 생채기가 나 있고 그토록 자랑하던 신발은 온데간데없는 상황.

돌이켜 보면 아까 셋을 정확히 세었더라도, 이 여자를 데리고 동굴을 제대로 빠져나갔을지 의문이 들 정도다.

루키나는 꿈꿔왔던 유랑이 물거품처럼 사라져 버려 훌쩍이는 황녀를 쳐다보다 고개를 내저었다.

꾸르륵.

잠시 소강상태로 접어들기는 했으나 나갔던 괴물이 언제 다시 돌아올지 모르는 상황.

괴물이 다시 오기 전, 어떻게 해서든 방도를 마련해야겠다고 생각하던 루키나는 귓가로 흘러들어 오는 웬 천둥소리에 눈을 크게 떴다.

'응?'

꾸르륵. 꾸르르륵.

정말로 천둥인가 싶어 주위를 두리번거렸지만 이렇게 깊숙한 동굴에 바깥의 소리가 들려올 리 없었다.

설마, 하고 미간을 좁히던 그녀의 시야로 제 눈치를 살피는 웬 여자의 모습이 들어왔다.

루키나의 눈이 가늘어졌다.

"뭐, 뭐!"

빅토리아 로즈 리우드.

황제의 넘치는 사랑을 받으며, 온갖 부귀영화를 누리고 자라온 현 리우드 제국의 유일한 황녀는 얼굴을 새빨갛게 붉히며 루키나에게 소리쳤다.

루키나는 픽 웃음을 흘렸다.

"우, 웃음이 나와? 나오냐고!"

꾸르륵—

큭큭. 이런 심각한 상황에서 웃음이 터지게 만든 빅토리아 덕분에 입꼬리가 꿈틀거린다.

"제, 제길! 웃지 마! 웃지 말라니까?"

빅토리아는 이제 귀까지 붉혀가며 소리쳤다.

한참 동안 빅토리아를 흘끔거리며 웃던 루키나는 눈가에 맺힌 이슬을 닦으며 물었다.

"배고파?"

"……."

"배고프냐고."

"다, 당연한 거 아니야? 당연히 배고프지! 나 아침 이후로 한 끼도 못 먹었다고!"

이젠 될 대로 되라 싶은 건지 빅토리아 로즈 리우드는 더 이상 배를 잡는 것을 결국 포기하고선 외쳤다.

여전히 배에서 꾸르륵 소리가 흘러나오고 있는 빅토리아는 씩씩거리며 루키나를 노려보았다.

루키나는 흐응, 콧소리를 흘리며 주머니를 뒤적였다.

어디 보자, 뭐 먹을 게 있나?

"야."

"알겠어. 찾고 있으니 잠깐 기다려."

성질도 급해라.

루키나는 저를 부르는 빅토리아의 말에 그녀를 쳐다보지도 않고 말했다.

빅토리아는 입을 쭉 내민 채 대꾸했다.

"그거 말고. 너 왜 자꾸 나한테 하대해?"

……뭐?

불만에 가득한 표정으로 말하는 빅토리아를 쳐다보던 루키나는 마침 주머니 속을 뒤적이다 손끝을 스친 뭔가를 발견하고 입꼬리를 올렸다.

그러고는 일말의 망설임도 없이 빅토리아를 향해 그것을 던졌다.

"내가 만만해? 만만해 보…… 악! 뭐, 뭐야!"

빅토리아가 이마에 그것을 맞고선 버럭 소리를 질렀다.

툭 떨어지던 그것이 손바닥 위에 내려앉자 빅토리아의 눈이 큼지막해졌다.

"어?"

"먹어. 배고프잖아."

"……."

아침 식사 도중 저를 동경한다는 하녀에게 받았던 사탕을 떠올린 것은 천운이었다.

가만히 내버려 두었다가는 배가 무너질 기세였던 저 황녀의 허기를 달래줄 생각으로 손끝에 걸린 사랑을 내던지자 빅토리아가 저를 빤히 응시하는 게 느껴졌다.

루키나는 사탕 껍질을 벗기는 소리가 들려오지 않자 고개를 들어 올렸다.

"안 먹어?"

"……."

"빅토리아."

"……너는?"

루키나는 뜬금없는 그녀의 질문에 픽 웃음을 흘렸다.

"하나밖에 없어."

"……!"

"난 아직 괜찮으니 신경 쓰지 말고 먹어."

"……."

"빅토리아?"

"칫. 누, 누가 이런 거 가지고…… 감동한다고. 흥! 머, 먹는다! 먹어!"

루키나는 투덜거리는 빅토리아가 껍질 깐 사탕을 입안에 넣어버리자 씩 웃었다.

고작 사탕 하나뿐이었지만 빅토리아가 그것을 입안에 넣고 행복해하는 모습이 보였다.

루키나는 쓰게 웃으며 고개를 절레절레 저었다.

'그나저나 정말 큰일이네…….'

대체 어떡하면 좋을까.

하필 의식을 잃어버리는 사이, 레이피어도 두고 와버려서 녀석과 대결을 할 수도 없고.

저 눈치 없는 황녀를 들쳐 메고 나가기엔 위험도가 너무 높고.

유일한 방법은 녀석이 보이지 않는 지금 탈출을 시도하는 것뿐인데…….

그러다 녀석과 마주치게 된다면, 갈기갈기 찢겨 나갈지도 모른다.

"하아."

루키나는 긴 한숨을 내쉬며 고개를 아래로 떨구었다.

"이, 이봐."

쪽쪽, 사탕을 힘껏 빨던 빅토리아 로즈 리우드가 루키나를 쳐다보았다.

"……조, 좋아."

루키나는 한참 동안 사탕을 음미하던 빅토리아가 입술을 달싹이자 의아한 표정을 지으며 그녀를 응시했다.

빅토리아는 흥, 콧방귀를 뀌며 루키나를 흘긋거리고 있었다.

무언가 단단히 결심한 표정으로.

“너를 용서해 줄게.”

“……뭐?”

“용서해 준다고. 감히 무례하게 내 뺨을 내려쳤던 너를. 이 빅토리아의 드넓은 아량으로 말이야.”

싱긋 휘어지는 눈꼬리가 나름 매력적이다.

루키나는 반 거지꼴로 배시시 웃는 빅토리아를 황당하게 쳐다보았다.

얘는 정말…….

저도 모르게 실소가 터져 나왔다.

“그래. 고마워.”

죽음을 코앞에 두고도 아직도 신분에 연연하다니.

뼛속부터 황족답다는 생각이 든다.

루키나는 심드렁하게 대답했다.

“뭐야. 내가 용서해 준다는데, 반응이 왜 그래?”

“그래, 그래. 엄청 고마워.”

콧방귀를 뀌던 빅토리아가 돌연 무언가 생각났다는 듯 손뼉을 쳤다.

“이브…… 너 몇 살이랬지?”

이 상황에 그것이 뭐가 중요할까?

루키나는 빅토리아를 쳐다보았다.

“스물넷.”

“……나보다 다섯 살이 많네.”

그걸 이제 알았냐?

“뭐, 그렇다면 하대도 이해가 가는군. 좋아. 네가 내게 하대를 한 것도 용서해 주도록 하지.”

탈출 방법을 궁리해야 하건만, 자꾸만 말을 거는 빅토리아를 흘긋거리며 루키나는 속으로 중얼거렸다.

"이브. 만약 우리가 이곳을 빠져나가기만 한다면, 특별히 너를 언니로 대해줄게!"

아아, 그거 정말 고맙네.

탈출에는 전혀 도움이 되지 않는 소리만 늘어놓는 빅토리아의 말에 루키나는 딱히 반응하지 않았다.

아, 그렇지!

사고 회로를 계속해서 굴리던 루키나는 갑자기 부산스러운 움직임을 이어가는 빅토리아를 흘긋거렸다.

"나도 분명 넣어뒀었는데."

빅토리아는 반쯤 찢어진 로브 안을 뒤적이며 무언가를 찾고 있었다.

"여기 있다!"

루키나는 보물을 찾은 것처럼 외치는 빅토리아의 음성에 눈을 크게 떴다.

빅토리아는 웬 주머니 하나를 꺼내 들었다. 그러고는 의아해하는 루키나에게 씩 웃음을 지어 보였다.

"나는 빚지고 못 산다고. 잠깐만 기다려 봐. 나도 넣어뒀었거든. 그 사탕."

아아. 난 또 뭐라고.

잠시 기대하던 루키나의 얼굴이 다시 실망에 물들었다.

루키나는 그녀에게서 시선을 돌렸다.

아직 그 모습을 보지 못한 빅토리아는 주머니 속에 든 물건을 하나둘씩 꺼내기 시작했다.

"어, 이건가? 아아. 아니네. 그럼 이건가? 아, 젠장! 대체 어디 있는 거야? 어…… 어어?"

응?

"찾았다!"

루키나는 한참을 주머니 속에서 물건을 꺼내 들던 빅토리아가 환하게 외치자 빅토리아를 바라보았다.

'……!'

조그만 주머니 안에 무엇을 그리 숨겨두었던 건지, 빅토리아는 제 앞에 널브러진 수많은 물건들은 아랑곳 않고 제 손에 쥐인 사탕 하나를 루키나에게 내밀었다.

"자, 받아."

"……."

"뭐 해, 이브? 너도 배고플 거 아니야? 일단 그걸로 배 채워."

"……."

"이브?"

두근두근.

심장이 쿵쿵 뛴다.

루키나는 믿을 수 없는 시선으로 빅토리아를 쳐다보다 그녀 앞에 놓여 있는 무언가를 집어 들었다.

"뭐 하는 거야, 이브?"

"……빅토리아."

"어?"

"이거…… 어디서 났어?"

루키나를 따라 눈을 옮기던 빅토리아가 몸을 움찔거렸다.

창백하게 질려가는 그녀는 잘못한 사람의 표본과도 같은 표정을 짓고 있었다.

빅토리아는 우물쭈물거리다 결국 외쳤다.

"네, 네 잘못이라고! 그런 물건을 함부로 둔 네 잘못이야!"

"……."

"짐을 챙길 때마다 깊숙한 곳에 넣어두기에 아끼는 물건인 줄 알고……. 도, 돌려주려 했어! 네가 나한테 사과만 하면!"

"빅토리아. 너 멍청한 줄로만 알았는데 도움이 될 때도 있구나?"

루키나의 중얼거림에 빅토리아가 얼굴을 찌푸렸다.

"야! 너 말 다 했어? 아무리 내가 그걸 슬쩍했다지만, 기껏 생각해서 이걸 주려고 했는— 읍!"

말을 잇던 빅토리아의 음성은 뚝 끊어졌다. 갑자기 저를 와락 끌어안은 루키나 때문이었다.

빅토리아는 깜짝 놀란 표정을 지으며 눈을 깜빡였다.

"이, 이브?"

빅토리아가 의아한 목소리를 흘리며 루키나를 불렀다.

루키나는 자꾸만 벌어지려는 입술을 주체하지 못하고 소리쳤다.

"어쩌면 희망이 있을지도 몰라."

"뭐?"

"우리, 살 수 있을지도 모른다고!"

힘껏 외치는 루키나의 손에는 투명한 두 개의 보석과 영롱하게 빛나는 푸른색, 금색 보석이 각각 박혀 있는 목걸이가 들려 있었다.

왜 이렇게 안 돼…….

손만 대면 원하는 형태로 바뀌었던 예전과는 달리, 이상할 정도로 잘 빠지지 않는 푸른색 보석을 목걸이와 분리시키기 위해 끙끙거리고 있을 때였다.

"이브."

"응?"

"아까부터 대체 뭐 하고 있는 거야?"

호기심 많은 황녀, 빅토리아 로즈 리우드는 함박웃음을 지으며 자신을 끌어안던 루키나 로델린이 그 후로 몇 분 동안 아무 말도 하지 않고 웬 목걸이 하나를 만지작거리자 미간을 좁혔다.

탈출 방도를 마련해야 한다던 루키나가 목걸이에 집중하는 모습이 꽤나 의아했던 모양이다.

루키나는 미간을 좁히며 저를 빤히 바라보고 있던 빅토리아를 향해 시선도 주지 않고선 물었다.

"빅토리아. 너는 살아서 여길 나가고 싶니?"

루키나의 질문에 미간을 좁히던 빅토리아는 눈을 빛냈다.

"당연하지! 내가 못해본 게 얼마나 많은데, 이대로 죽을 수는 없어!"

그녀는 매우 흥분한 상태였다.

입술까지 씰룩이는 빅토리아를 흘긋거리며 루키나는 흐응, 콧소리를 흘렸다.

빅토리아는 설명을 덧붙이기 위해 입술을 움직였다.

"그간 아바마마 때문에 만나지 못했던 남자들도 만나야 하고, 성인이 되면 열게 해주신다던 파티도 열어서 사교계의 꽃도 될 거야! 휴이 오라버니가 성년이 되면 사준다고 하셨던 호수 달린 별장에 가서 한 달 동안 수영을 하고 지낼 거고, 유리 오라버니께서 선물해 주신다고 했던 마차를 타고 제국 전역을 일주할 거라고! 그리고 또, 또—"

리우드 제국의 성년식은 근처의 다른 국가들과는 달리 정확히 스무 살이 되면 열린다.

영토를 위협받는 힘없는 중소 국가들과는 달리 신성 카르틴 제국, 그리고 페이센 제국과 강력한 지배 구도를 이루고 있던 리우드 제국은 강력한 황권의 통치하에 운영되고 있었다.

국경 근처로 가면 크고 작은 문제들이 발생하기는 했지만, 대체적으로 매우 평온한 생활을 누려왔었던 리우드 제국의 제국민들의 평균 수명은 다른 나라에 비해 월등히 높았다.

때문에 리우드 제국의 성년 시기는 열다섯이나 열여덟 정도에 성년이 되는 타국보다는 늦은 편이었다.

분노에 찬 그녀의 외침으로 짐작해 보건대, 성년식을 고작 일 년 앞둔 제국의 황녀는 그에 대한 울분이 많았던 것 같다.

루키나는 사소한 소망부터 시작하여 원대한 야망까지 읊어대는 빅토리아에게 피식 실소를 터뜨리며 중얼거렸다.

"나도 그래."

이제 겨우 빙의 1년 차.

반년은 다이어트로 인해, 반년은 기사가 되기 위해 줄곧 달려왔던지라 아직 제대로 해보지 못한 것이 수도 없이 쌓여 있다.

일단 먼저 제국 최초의 여기사로서 황제에게 인정을 받아야 했고, 자신 소유의 기사단 창단도 공식적으로 허락받아야 했다.

스물다섯의 생일을 무사히 넘길 준비도 해야 했으며, 또…….

「그거, 데이트 제안이지?」

짓궂은 목소리로, 아주 희미하게 웃던 그 남자와 두근거리는 시간을 보내야 했다.

젠장. 내가 그걸 얼마나 기대하고 있는데!

"데이트 한번 못해보고 죽을 수는 없지. 암. 절대 그렇게는 안 돼."

"……뭐? 너 방금 뭐라고 했어?"

빅토리아는 목걸이를 으스러뜨릴 듯 주먹을 세게 움켜쥐며 나지막하게 중얼거리는 루키나의 말에 눈을 크게 떴다.

'됐다!'

그게 무슨 소리냐며 제게 해명을 요구하는 빅토리아를 흘끔거리던 루키나는 마침 제 손바닥 위로 떨어지는 푸른색 보석이 가루 형태로 변하는 것을 발견하며 씨익 입꼬리를 올렸다.

「푸른 보석 안에 든 액체는 특정한 존재를 현혹시킬 수 있다. 단, 액체를 마시고 난 뒤 처음 보는 존재의 명령에만 따른다는 점을 잊지 마라.」

보험이라며 목걸이 속 액체의 사용법에 대해 알려주던 염라의 목소리가 머릿속을 맴돈다.

과연 눈앞의 괴물에게도 먹힐지 모르겠지만, 그래도 시도는 해봐야지.

"그게…… 뭐야?"

액체 형태가 아닌 푸른빛으로 빛나는 가루가 루키나의 손에 가득하자 빅토리아는 의아한 표정을 지었다.

루키나는 후우, 숨을 크게 들이마신 뒤 빅토리아에게도 그것의 일부를 건넸다.

"어, 어어?"

인상을 쓰며 스르르 제 손바닥 위로 쏟아지는 푸른 가루를 응시하던 빅토리아를 향해 루키나는 말했다.

"잘 들어, 빅토리아. 만약 녀석이 다시 돌아온다면 내가 먼저 녀석의 앞을 막을 거야."

빅토리아의 눈이 동그래졌다.

"……뭐? 그랬다간 너는……."

"내가 달려들어 녀석의 얼굴에 이걸 뿌렸을 때, 만약 녀석이 반응을 보인다면 넌 주저 말고 지금 네가 쥐고 있는 가루를 녀석의 얼굴을 향해 한 번 더 뿌려."

"무, 무슨 소리야?"

못 알아듣기는.

"간단하게 말해서, 내가 먼저 뿌린다. 그다음 네가 그걸 이어 뿌린다. 오케이?"

손가락으로 동그라미 모양을 만들며 빅토리아를 쳐다보자 얼떨떨한 표정을 짓던 빅토리아가 슬그머니 손을 들어 올려 동그라미를 그렸다.

크르릉.

저벅저벅, 고요한 동굴 안을 울리는 발걸음 소리에 루키나는 얼른 빅토리아를 응시했다.

붉은 입술을 악문 채 루키나를 바라보고 있던 빅토리아의 자색 눈동자가 결연하게 빛났다.

루키나는 고개를 한 번 끄덕인 후, 굽혔던 무릎을 폈다.

'할 수 있다.'

침착하자, 루키나 로델린.

너는 할 수 있어.

슥슥, 녀석이 다가오는 소리는 점점 더 커져 갔다.

루키나는 손바닥을 가득 채운 푸른 가루를 세게 움켜쥐며 의지를 다잡았다.

그리고 녀석이 눈앞에 다다르는 순간!

캬악!

굵고 긴 삶을 꿈꾸는 레이디 루키나 이베타 로델린이 생존하기 위한 열두 번째 법칙.

레이디는 위기의 순간에 침착해야 한다.

◈

주르륵. 식은땀이 흘러내렸다.

대체 얼마나 산을 휘젓고 다녔는지, 시간관념마저 희미해져 간다.

비 오듯 흐르는 땀에 이젠 축축해진 옷들, 얼마나 돌아다녔는지 후들거리기만 하는 다리에, 새까만 어둠으로 인해 이젠 앞이 보이지 않는 시야까지.

그것으로도 모자라 실종된 사람들을 찾는데 가장 큰 장애가 되는 비까지 추적추적 내리고 있는 상황인지라 흔적을 발견하기도 쉽지 않았건만, 누구 하나 멈추지 않은 것은 수색대의 선봉에 서 있는 검은 머리카락의 사내 때문이었다.

"이브! 이브!"

산 곳곳을 쩌렁쩌렁 울려대는 목소리는 처음 천막을 나섰을 때와 변하지 않았다.

달라진 것이라고는 그의 검은 머리가 축축하게 젖었다는 것뿐.

가장 앞선 곳에서 루키나를 찾기 위해 횃불을 이리저리 움직이고 있는 라펠을 물끄러미 쳐다보던 로렐은 제 곁에서 어두운 얼굴을 하고 있는 유리안을 흘겨보았다.

"저…… 전하."

편하게 대하라 했음에도 불구하고, 너무 차이가 난다며 손사래를 휘휘 쳐 대던 로렐의 음성에 유리안이 그를 응시했다.

로렐은 있는 힘껏 루키나의 이름을 불러대는 라펠의 등과 제 눈을 번갈아 쳐다보더니 어렵게 입술을 열었다.

“혹시 라펠, 아니, 윈스턴 공작 각하께서 이브를…… 좋아하는 겁니까?”

콕콕, 가슴에 비수가 꽂힌다.

휴이렌이 차마 잇지 못하던 그 말을 아무렇지도 않게 뱉어내는 로렐을 보자니 무의식적으로 미간이 좁아졌다.

유리안은 의문을 표하는 로렐에게 아무 대답도 하지 못했다. 아니, 할 수 없었다.

‘좋아…… 하냐고?’

아마도, 틀림없이.

질문을 하는 것이 우습게 느껴질 정도로 확신한다.

그러지 않고서야 제국에서 황제 다음으로 할 일이 많다던 그 팬텀 공작이 일개 공작 영애의 기사단 창단을 위한 임무에 동참할 리 없으니까.

그녀의 일에 신분을 막론하고 나설 리도 없을 테니까.

「윈스턴 공작 각하. 폐하께서 각하께 따로 전하신 말씀이 있었습니다.」

「따로?」

「예. 각하께서 로델린 공작 영애를 무척이나 아끼는 건 잘 알고는 있지만, 이번 임무 도중 그녀를 대놓고 도와주다 걸리면 뼈도 못 추릴 줄 알라—고 하셨습니다.」

루키나 로델린 공작 영애에게 황제의 명을 알린 시종장 버트는 검은 가면을 쓰고 있던 윈스턴 공작을 따로 불러 무언가를 속삭였다.

그 장면을 주시하고 있던 유리안은 황제의 말투를 따라 하는 버트를 보며 피식 웃는 라펠과 눈이 마주쳤지만, 이내 아무렇지 않은 척 고개를 돌려 버렸다.

「모든 곳을 샅샅이 뒤져 이브를 찾아낼 겁니다.」

저와 휴이렌의 뜨거운 눈빛을 거부하지 않고 담담하게 직시하던 윈스턴 공작, 라펠의 대답은 말을 듣고 있던 유리안의 목을 타들어가게 만들었다.

루키나의 실종 소식을 듣고 생각부터 하는 저와는 달리 본능적으로 그녀를 찾기 위해 움직이려는 라펠의 반응을 보고 솔직히 당황했다.

라펠은 입을 열지 않는 두 황자를 응시하며 말을 이었다.

「그리고 저는…… 이브를 찾기 전에는 돌아오지 않겠습니다.」

그 말을 끝으로 등을 돌리는 라펠을 막지 못했다. 막을 수 없었다.

입술을 잘근 물며 소리를 뱉어내는 그의 눈빛이 너무 뜨거워서 움직일 수 없었기 때문이다.

뒤늦게 정신을 차린 유리안을 향해 휴이렌이 얼른 그의 뒤를 쫓아 루키나를 찾아야 한다 말하지 않았더라면, 아마 그저 라펠의 뒤를 바라보고 있었을지도.

"이브! 이브 어디 있어?"

"공작 영애님! 어디 계십니까!"

"빅토리아! 내 말 들려?"

"황녀 저하! 소리가 들린다면 말을 해주십시오!"

해가 질 무렵부터 시작하여 해가 뜨기 시작하려는 지금까지.

꼬박 반나절 동안이나 이어지는 수색에 모두가 지쳐 가고 있었다.

축축하게 젖은 땅 위를 뒤적이며, 루키나 이베타 로델린의 흔적이나 빅토리아 로즈 리우드의 흔적을 좇으며 로콜 산을 휘젓던 튀망 남작령의 영주민들은 목이 터져라 외쳐 댔다.

전령을 통해 근처 영지의 제국군들을 소집했던 터라 동이 트면 그들과 함께 움직일 수 있을 것이다.

하지만 그들이 오기 전, 루키나와 빅토리아를 찾는 것이 급선무였다.

"이—"

"이브!"

그녀의 애칭을 외치려던 유리안은 저와 얼마 떨어지지 않은 곳에서 루키나를 크게 불러대고 있는 라펠을 발견하곤 행동을 멈추었다.

'……'

왜 이러는 건지 모르겠지만, 계속해서 가슴 한쪽이 아려왔다.

'하지만 그는 그, 나는 나다.'

정식으로 그녀에게 고백을 한 것도 아니고, 그와 만나고 있다는 이야기를 들은 것도 아니니 미리 기죽을 이유는 없었다.

유리안은 점점 더 무거워지는 마음을 억지로 떨쳐 냈다.

그러다 저와 비슷한 표정을 지으며 라펠을 노려보고 있는 익숙한 얼굴을 발견했다.

이미 루키나와 라펠이 입을 맞추는 것을 목격했었던 저와는 달리, 오늘이 되어서야 라펠의 마음을 알아차린 휴이렌은 서늘한 얼굴을 하고선 라펠을 응시하고 있었다.

「전 형님이라고 해서 쉽게 물러나지는 않을 겁니다. 양보는 없습니다.」

문득 휴이렌이 자신만만한 표정을 지으며 했던 말이 떠오른다.

유리안은 쓴웃음을 흘렸다.

'우리가 물러나고 말고 할 것도 없이 이미 승자는 정해진 건지도 모르겠군, 휴이.'

물론 그렇다고 해서 모든 것이 확실해질 때까지는 포기란 없을 예정이지만, 아마도 결과가 정해진 승부를 하는 것이 아닌가—라는 생각도 들기 시작한다.

유리안은 언제나 저를 단순한 '친구' 이상으로 생각하지 않는 루키나를 떠올리며 한숨을 내쉬었다.

바스락.

그때였다.

유리안은 자신의 왼쪽 풀숲에서 묘한 소리가 들려옴을 확인하고선 행동을 멈추었다.

환한 횃불을 밝히며 루키나 로델린과 빅토리아 로즈 리우드를 찾고 있는 다른 수색대의 귀에는 아직 그 소리가 들리지 않은 모양이었다.

유리안은 천천히 고개를 돌렸다.

"……!"

새까만 칠흑 속에서 유리안은 붉게 빛나는 눈동자와 눈이 마주쳤다. 어찌나 큰 빛을 뿜어내는지, 아마도 제 얼굴만 한 크기의 눈동자에 반사적으로 몸이 굳어졌다.

"전하?"

갑자기 소리를 흘리지 않는 유리안이 의아스러웠는지, 뒤를 돌아보던 라펠이 그에게 다가왔다.

"왜 그러십……!"

라펠 역시 마찬가지.

유리안이 보고 있던 붉은 눈동자와 시선을 마주친 라펠은 무의식적으로 허리춤으로 손을 내렸다.

스릉, 힐트를 부여잡으며 검집에서 검을 꺼내 드는 소리가 들려왔다.

두근두근. 유리안의 심장은 미친 듯이 뛰기 시작했다.

'저건 대체…….'

칠흑 같은 어둠 속에 둥둥 떠 있는 붉은 눈.

저것이 말로만 듣던 바로 그 괴물인가? 라는 생각에 유리안은 침을 꼴깍 삼켰다. 혹시 몰라 챙겨온 검의 힐트를 쥐던 손아귀에 힘이 세게 들어갔다.

그런 유리안을 발견했는지, 라펠이 손을 뻗어 유리안을 가로막았다.

놀란 유리안이 자신을 쳐다보자 라펠은 말했다.

"제 뒤에 계십시오."

"난 괜찮다."

"전하께서도 제가 지켜 드려야 할 분들 중 한 분이십니다. 부디 제가 불충을 하지 않도록 허락해 주십시오."

나지막하게 흘리는 라펠의 말에 유리안은 미간을 좁히며 그를 쳐다보다 살짝 뒷걸음질 쳤다.

라펠은 그런 유리안에게 고개를 끄덕인 후 완벽하게 풀숲을 향해 섰다.

"뭐야, 뭐야?"

"무슨 일입니까?"

"공작 각하? 황태자…… 전하?"

암흑에 잠긴 풀숲을 바라보며 검을 뽑아 드는 라펠의 행동에 주위를 두리번거리며 두 레이디들을 찾던 수색대들이 고개를 갸웃거렸다.

대답도 하지 않고 오로지 풀숲을 바라보는 라펠과 유리안의 행동이 무언가 수상쩍다는 것을 깨달았는지, 서로를 쳐다보던 수색대원들이 침을 꼴깍 삼키며 두 남자의 뒤편에 자리를 잡았다.

하아, 하아—

순식간에 라펠과 유리안을 둘러싼 주변은 하나둘씩, 검을 뽑아 드는 수색대의 숨소리만 가득해졌다.

모두들 이마에서 흘러내리는 식은땀을 닦아내지 못하고 그저 붉은빛이 감도는 풀숲만 응시하고 서 있었다.

후드득. 후드득.

추적추적 내리던 빗줄기가 점점 강해졌다.

팽팽한 긴장감이 흐르는 대치 상황.

눈을 뗐다가는 무슨 상황을 맞이할지 장담할 수 없는 바로 그 순간, 라펠은 자신이 서 있던 지대가 부르르 떨리는 것을 인지하고선 눈을 크게 떴다.

"윽!"

"뭐, 뭐야!"

"각하! 전하!"

흔들림을 느낀 것은 비단 그뿐만이 아니었는지, 등 뒤에서 동요하는 소리가 터져 나왔다.

잠시 신경을 그쪽에 쏟고 있는 사이,

"윈스턴! 조심해!"

—하고 외치는 유리안의 음성이 들려온다.

라펠이 화들짝 놀라 검을 세게 위로 들어 올리자마자 그는 새까만 털에 붉은 눈을 자랑하는 커다란 생물체가 저를 빤히 내려다보고 있는 것을 발견하고선 행동을 멈추었다.

개? 아니, 개라고 하기에는 너무 크다.

그렇다고 늑대라고 보기에도 어렵다. 이 정도 크기의 늑대는 본 적이 없었으니까.

문득 아시아타 북부의 테르빌 제도에는 트라우스 울프라는 거대 늑대 종이 존재한다는 이야기를 들은 기억이 났다.

혹시 그 종족의 일종인가?

라펠은 크르릉, 하고 듣기만 해도 음산한 울음소리를 흘리고 있는 붉은 눈의 검은 짐승에게서 눈을 뗄 수 없었다.

웬만한 나무 못잖은 높이에서 그와 그를 비롯한 다른 사내들을 오만하게 내려다보는 검은 짐승은 매서운 이를 드러내며 눈을 빛내는 중이었다.

'젠장.'

정말로 최선을 다하지 않는다면 제 뒤에 있는 유리안뿐 아니라 저 자신의 목숨 역시 장담하기 쉽지 않겠다.

라펠은 저보다 덩치가 세 배는 더 큰 짐승을 바라보며 검의 힐트를 바로잡았다.

녀석이 움직이는 순간 반응해야 한다고 수도 없이 생각하며 이를 악물었다.

타악!

잔뜩 긴장한 라펠의 귀에, 피부를 때리는 것과도 같은 강렬한 소리가 들려온 것은 바로 그 순간이다.

'뭐지?'

살얼음판 위를 걷던 분위기가 순식간에 와르르 무너져 내렸다.

라펠은 그 소음과 함께 저를 노려보던 검은 짐승이 눈꺼풀을 아래로 내리자 깜짝 놀라 주위를 둘러보았다.

매서운 라펠의 반응에 주변 사람들은 자신이 그 소리를 내지 않았다는 표정을 지으며 고개만 내저을 뿐이었다.

그럼, 대체 어디서……?

"위, 윈스턴."

미간을 좁히며 소리의 진원지를 찾던 라펠을 향해 그의 등 뒤에 서 있던 유리안이 입술을 달싹였다.

"저기……."

저기……!

쉬이 믿어지지 않는다는, 경악한 얼굴로 어딘가를 가리키는 유리안의 손가락을 따라 라펠은 시선을 옮겨갔다.

덩달아 고개를 든 라펠의 두 눈은 답지 않게 큼지막해졌다.

이곳저곳에서 신음이 터져 나왔다.

"어휴, 러브. 저 사람들은 먹잇감이 아니라니까!"

"……용케도 알아듣네."

"호호, 그렇지? 우리 러브, 내 말 참 잘 들어."

"……일단 우리를 내려달라고 하는 게 좋지 않을까?"

"아, 응! 러브! 우리 내려야겠어! 부탁해!"

—크르르.

"어휴. 왜 이렇게 비가 오는 거야. 쫄딱 젖었잖아."

"자."

"어머, 손수건! 고마워, 이브! 아, 아니…… 이브 언니!"

라펠은 눈을 깜빡였다.

지금 무슨 상황이 벌어지고 있는 건지 그는 쉽게 이해하지 못했다. 살짝 옆을 흘긋거리니 다른 사람들 역시 마찬가지인 듯했다.

'이게 대체 무슨……?'

믿을 수 없었다.

그르렁, 기분 나쁜 울음을 흘리던 검은 짐승이 풀숲 밖으로 나오기가 무섭게 들려온 음성은 라펠이 잘 알고 있는 사람들의 목소리였다.

너무 황당해서 손에 쥔 검을 파르르 떨던 라펠은 검은 짐승의 목 부분에 타고 있던 두 명의 여자들이 납작 엎드리는 짐승의 목에서 내려오는 모습을 멀뚱히 지켜보았다.

두 여자.

그들은 라펠과 유리안, 그리고 휴이렌 일행을 포함한 수색대가 꼬박 반나절 동안이나 로콜 산을 뒤적여도 머리카락 한 올조차 발견할 수 없었던 바로 그 사람들이었다.

그리고 이 자리에 있던 모든 이들이 그토록 간절하게, 애타게 불렀던 바로 그 이름의 주인공들이다.

라펠은 제 눈으로 보고도 쉽게 믿어지지 않는 광경에 미간을 좁혔다.

두 명의 레이디들은 드문드문 살갗이 보일 정도로 찢어진 옷을 입은 채 말 잘 듣는 개처럼 몸을 웅크리고 있는 검은 동물의 주둥이를 어루만지고 있는 중이다.

"얘 봐. 정말 나 잘 따르지 않아? 어휴, 너무 귀엽다니까?"

"……."

"왜 그런 얼굴이야. 러브가 날 더 잘 따라서 기분 나빠?"

"흥. 알게 뭐야. 망할 녀석. 먼저 뿌린 건 난데 왜 너를……."

"흐흐, 언니. 우리 러브랑 나랑은 운명이야. 그러니 이제 그만 승복해."

"망할……. 염라 아저씨 진짜 아무 도움도 안 돼."

"응? 뭐라고?"

"됐어. 쳇."

구시렁구시렁.

실종되었던 사람들이라고는 쉽게 믿기 힘든 태연한 표정과 대화들.

투덜거리는 루키나와 그런 그녀를 달래려는 빅토리아의 모습은 기이하기 그지없다.

분명 오늘 아침까지만 하더라도 루키나 로델린에게 온갖 불만을 토로했던 사람이 바로 빅토리아 로즈 리우드가 아닌가.

꿈을 꾸고 있는 건가?

라펠은 혹시나 싶어 눈을 두어 번 정도 감았다 떴지만 두 여자가 투닥거리는 광경은 결코 사라지지 않았다.

"참!"

어안이 벙벙한 상황에 모두가 할 말을 잃은 사이, 얼굴 곳곳에 생채기가 나 있기는 하지만 그 어떤 때보다 활기 넘치는 미소를 짓던 빅토리아는 그제야 홱 고개를 돌려 저들을 주시하고 있던 사람들을 바라보았다.

그리고는 씩 웃으며 외쳤다.

"다들 무슨 유령이라도 본 표정이네? 나 보고 싶었어?"

"과연 로델린의 공녀가 성공할까?"

아시아타 대륙의 중심지. 리우드 제국의 황도, 세이번.

드넓은 영토를 지닌 리우드의 황도는 언제나 제국 곳곳에서 모여든 사람들로 붐비곤 했다.

사람이 모이면 이야기가 생기는 법.

제국의 중심부인 세이번에 자리를 잡은 사람들은 두 명 이상이 모이면 항상 입술을 움직여 자신들이 접한 소식에 대해 열띤 토론이나 대화를 나누곤 했는데, 요즘 가장 뜨겁고 좋은 반응을 보이는 주제는 다름 아닌 '로델린 공작 영애의 기사단 창단 여부'에 관련된 일이었다.

무려 여성의 몸으로 기사가 되고자 했을 뿐 아니라 기사단까지 창단하려 하는 로델린의 공작 영애에 대한 의견은 찬성과 반대, 두 가지로 나뉘었지만, 평민 이하의 신분을 지닌 제국민들은 격렬한 반대를 보이는 귀족들과는 달리 찬성 쪽에 더 가까웠다.

로델린 공작 영애가 만약 여인의 몸으로 황제에게 인정을 받고, 또 그녀가 기사단을 창단하게 된다면 저들에게도 또 다른 기회의 발판이 될 수도 있다는 희망 때문이었다.

"그럴 리가 있나. 헛된 꿈은 버려. 튀망의 괴물은 수십 년이 넘도록 웬만한 기사들도 포기했던 놈이라고."

잔뜩 기대된 목소리로 뱉어낸 누군가의 질문에 씁쓸한 표정을 짓던 사내는 고개를 가로저었다.

세이번에 위치한 대형 펍.

해가 질 무렵, 일을 마치고 오늘도 어김없이 그곳으로 모인 사람들과 합류했던 사내는 허황된 상상을 이어가는 사람들을 한심하게 응시했다.

"허나 로델린의 공작 영애는 다른 사람도 아닌 바로 그 로델린 공작 각하의 따님이시라고! 게다가 이번 기사단 대회에서도 바클리 자작을 제치고 우승했던 실력자잖아? 어쩌면 꿈만은 아닐지도 몰라!"

그런 사내의 말에 반박이라도 하듯 맥주잔을 높이 치켜든 한 남자가 목소리에 힘을 실으며 외쳤다.

"나도 그 의견에 동의해. 로델린 공작 영애를 먼발치에서 뵌 적이 있는데…… 기백이 상당하시더라고. 웬만한 기사들도 그런 분위기는 풍기지 않는다고. 그러니 혹시 알아? 공작 영애가 정말로 튀망의 괴물을 처치하고 돌아올지! 이야. 그럼 제국 최초의 여기사가 탄생하게 되는 거야?"

눈앞에 놓인 완두콩을 와작와작 씹던 한 남자는 상기된 음성을 흘리며 맥주잔을 든 남자의 말에 동조했다.

그런 그들에게 쯧쯧, 혀를 차던 또 다른 남자가 고개를 절레절레 저었다.

"그러면 뭐 해. 황제 폐하께서 주셨던 임무 완수의 기한은 오늘까지였는데. 해가 지기 전까지 이곳 세이번에 와야 하는 거 아니었어?"

들뜬 분위기에 찬물을 끼얹는 남자의 말을 들은 모두가 입을 다물었다.

확실히 그의 말은 사실이었기 때문이다.

리우드 제국의 황제, 셀레스틴 라쉬 리우드는 명백하게 로델린의 공작 영애를 향해 임무의 기한을 제시했다.

그가 그녀에게 주었던 기한은 고작 한 달.

아무리 루키나 로델린 공작 영애의 임시 기사단에 우수한 기사이자 귀족인 팬텀 공작이 동행을 하고, 고귀한 황태자와 2황자가 같은 기사단에 속해 있다지만 수십 년이 넘게 골머리를 썩였던 골칫거리를 고작 한 달 만에 해결한다는 것은 무리가 있었다.

꿀 먹은 벙어리가 된 주변인들을 훑긋거리며 남자가 말을 이었다.

"그런데 봐봐. 이제 곧 어둠이 깔리는데, 공작 영애는커녕 함께 갔던 기사들도 보이지 않는다고. 이게 뭘 의미하는 거겠어? 하나지. 실패. 완벽한, 실패!"

"그, 그건……."

쾅!

"다들 나와봐! 얼른!"

남자의 일침에 누구 하나 제대로 반박조차 하지 못하고, 입만 뻐끔거릴 무렵이었다.

갑자기 펍의 문이 활짝 열리더니 헐떡거리는 웬 남자가 창백하게 질린 얼굴로 소리를 내질렀다.

의아하기 그지없는 상황에 술을 마시던 손님들이 너 나 할 것 없이 의자에서 엉덩이를 뗀 것은 당연했다.

대체 왜 그래?

미간을 좁히며 하아, 하아 숨을 내쉬던 사내를 향해 다가가던 사람들은 이윽고 드리워진 커다란 그림자에 입을 쩍 벌렸다.

✤⚜ Rule 13 ⚜✤

레이디의
애정 표현은 과감해야 한다

「루키나 이베타 로델린. 에드문드 로델린의 유일한 여식인 그대는 비가 오나 눈이 오나 바람이 부나 폭풍이 치나 산이 무너지나, 언제 어디서나 약자를 보호하고 명예를 우선시하며 겸양과 용맹을 겸비한 제국의, 그리고 짐의 자랑스러운 기사가 될 것을…… 맹세하는가?」

오로지 황제 셀레스틴의 음성만이 넓게 울려 퍼지고 있는, 리우드 제국 카르디아 황궁의 적막이 흐르는 대전.

제국 최초의 여기사를 임명하기 위해 마련된 장소에서 수많은 귀족들의 아니꼬워하는 눈빛과 부러워하는 눈빛을 담담히 받아내던 루키나 이베타 로델린은 두근두근 뛰는 심장 소리를 느끼며 살포시 눈을 내리감았다.

그리고 굳게 다물고 있던 입술을 달싹였다.

「맹세합니다.」

얼마나 긴장했는지, 루키나가 뱉어낸 목소리가 미세하게 떨렸지만 그것을 알아차린 것은 오로지 그녀의 앞에 서 있던 황제 셀레스틴뿐이었다.

셀레스틴은 빙긋 웃으며 다시 말을 이었다.

「그대는 짐이 인정한 리우드 최초의 여기사로서, 언제나 품위를 잃지 않고 주어진 사명에 충실할 것을 맹세하는가?」

「맹세합니다.」

「그대와 같은 꿈을 꾸는 또 다른 레이디들에게 훌륭한 모범이 될 수 있도록, 언제나 검을 곁에서 놓지 않고 훈련을 게을리하지 않을 것을 맹세하는가?」

「맹세합니다.」

「좋다.」

「……!」

「짐, 제국의 58대 황제 셀레스틴 라쉬 리우드는 명한다. 루키나 이베타 로델린. 그대는 앞으로 짐의 용맹스러운 기사가 되어 널리 이름을 알리도록 하라.」

톡— 톡—

서늘한 검끝이 어깨 위로 내려앉는 순간 심장이 세차게 요동쳤다.

무릎을 굽힌 채 눈을 내리깔던 루키나는 황제를 향해 고개를 깊이 숙였다.

그에 화답이라도 하듯, 고귀하고 아름다운 금빛 예복을 갖춰 입은 미중년은 칼등으로 그녀의 어깨를 정확히 두 번 두드렸다.

와아아—!

몇몇 귀족들이 인정하든, 인정하지 않든 루키나 로넬린의 공식적인 기사 서임식이 끝나자 우레와 같은 박수갈채가 쏟아진 것은 당연한 일이었다.

'아……!'

형용할 수 없는 감동이 가슴 밑바닥부터 차올랐다.

자신이 그토록 꿈에 그리던 제국 최초의 여기사가 되었다는 현실이 왠지 모르게 북받쳤다.

눈물이 차오르려는 것을 꾹 참으며 입술을 세게 짓누르던 루키나가 서서히 고개를 들어 올리자 셀레스틴 라쉬 리우드는 빙긋 웃으며 시종장 버트를 향해 손짓했다.

「축하한다, 로델린 경. 이건 경에게 선사하는 짐의 선물이야.」

황제의 신호를 받은 시종장 버트는 의아해하는 루키나를 향해 터벅터벅 걸어오더니 나무로 된 케이스를 내밀며 대신 뚜껑을 열어주었다.

그런 버트에게 고맙다는 인사를 하던 루키나의 두 눈은 금세 큼지막해졌다.

케이스의 안쪽은 보기만 해도 값비싸 보이는 붉은 재질의 비단으로 포장되어 있었는데, 그 한가운데는 눈부신 빛을 뿜어내는 한 검이 들어 있었다.

「폐, 폐하!」

홀린 눈으로 검을 직시하던 루키나가 고개를 들어 올렸다.

황제의 입꼬리가 슬쩍 올라갔다.

아마도 셀레스틴은 루키나가 레이피어를 주로 사용한다는 것을 알고 있었던 것이 틀림없었다.

일전에, 그녀가 칼튼 기사단장인 슈비트 에단에게서 선물받았던 레이피어와도 같은, 아니, 한층 더 고급스럽고 강력해 보이는 레이피어가 나무 케이스 안에서 제 자태를 뽐내는 중이었다.

푹 찔리면 선혈이 흘러내릴 것 같은 예리한 블레이드에는 로델린 가문을 상징하는 장미의 형상이 새겨진 상태.

그녀의 트레이드마크나 다름없던 붉은 힐트 끝에는 금빛 띠가 둘러져 있었고, 컵 모양의 가드 위엔 그녀의 이름이 적혀 있었다.

「이 검을 만드느라 짐의 대장장이들이 몇 달을 고생했었지. 하하하.」

호탕한 웃음을 흘리는 황제에게 루키나는 아무 말도 하지 못했다.

그저 멍하게 제게 넘어온 레이피어를 응시할 뿐.

「검의 이름을, 짐이 지어주어도 되겠느냐?」

황제는 물었다.

루키나는 일말의 망설임도 없이 고개를 끄덕였다.

루키나의 즉각적인 대답에 픽 웃은 셀레스틴은 입술을 달싹였다.

「앞으로 그 검이 불리게 될 이름은—」

"아가씨!"

깊은 상념에 빠져 있던 루키나의 눈이 번쩍 뜨였다.

터벅터벅.

아마도 제게 걸어오는 것이 틀림없는, 활기찬 발걸음 소리가 귀를 울렸다.

창가에 앉아 있던 그녀의 코앞까지 다가와선 팔짱을 끼고 고개를 절레절레 젓는 셰리는 큰 눈을 부라리며 루키나에게 말했다.

"또 그날을 떠올리고 계셨던 거죠?"

참 귀신같은 시녀다.

어쩜 이리도 족집게 같은지. 점집 차려도 되겠어.

루키나는 흥, 코웃음을 치는 셰리를 황당하게 응시하다 이내 작게 되물었다.

"티 나?"

"안 날 리가요. 솔라를 그렇게 안고 계실 때면 항상 서임식 날을 떠올리시잖아요! 제가 뭐, 아가씨를 하루 이틀 모시나."

마치 그녀가 제 손아귀에 있다는 듯, 에헴 하고 헛기침마저 흘리는 셰리의 모습이 너무도 자신만만하다.

루키나는 콧대를 세우는 셰리에게 쓴웃음을 흘리더니 고개를 옆으로 돌렸다.

그러고 보니…… 검을 손질하던 중이었지.

강렬하게 내리쬐는 태양을 올려다보니 저도 모르게 그날의 일이 떠올랐던 모양이다.

생각만 해도 가슴이 뜨거워지는 그날.

모든 이들의 앞에서 정식으로 여기사로 인정받았던 그날.

루키나 로델린이 제국 최초의 여기사가 되던, 바로 그날.

두근두근 박동하는 심장의 움직임에 후우 숨을 고르던 루키나는 자신의 손에 들려 있는 레이피어를 벽 근처에 세워두었다.

셀레스틴 라쉬 리우드에 의해 '솔라'라는 검명을 얻게 된, 예의 그 레이피어였다.

"그래서, 무슨 일로 숨까지 헐떡거리면서 날 불러?"

셰리와 투닥거리는 것이 싫지는 않지만 슬슬 본론으로 들어갈 때다.

"참!"

루키나의 물음에 뒤늦게 무언갈 깨달았다는 표정을 짓던 셰리는 소리쳤다.

"로렐 부단장님이 드디어 정해졌다고 전하라 하셨어요!"

뭐?

"드디어?"

자신만만한 미소를 짓는 셰리의 태도에도 꽤나 여유로운 반응을 보이던 루키나가 벌떡 일어나며 외쳤다.

셰리는 활짝 웃으며 세차게 고개를 끄덕였다.

그 말이 끝나기가 무섭게 루키나는 근처에 걸어두었던 외투를 걸친 후 솔라를 들고선 침실의 입구 쪽으로 걸어갔다.

그러고는 생글거리는 셰리에게 외쳤다.

"뭐 해, 셰리? 얼른 가봐야지!"

워워. 톡톡, 말의 목을 두드리며 말고삐를 잡아당기는 루키나의 행동에 발을 공중으로 들어 올리던 흑마가 몇 번의 발길질 끝에 부드럽게 착지했다.

먼저 붉은색 안장에서 내려온 루키나는 제 뒤에 타고 있던 셰리를 에스코트한 뒤 커다란 명패가 걸려 있는 건물을 빤히 올려다보았다.

「그래서, 기사단의 이름은 정했나?」

루키나가 예의 질문을 들었던 건, 서임식 이후 얻게 된 황제와의 두 번째 만남에서였다.

많은 사람들에게 둘러싸여 있던 예전과는 달리, 황제와의 독대는 루키나에게 있어선 여전히 넘어야 할 하나의 산과도 같았다.

황제가 먼저 입을 열기 전까지 입술을 꾹 다문 채 신경을 곤두세우던 루키나는 그의 질문에 반사적으로 셀레스틴을 응시했다.

몇 달 전까지만 하더라도 그녀에게 냉랭한 어조로 말을 하던 셀레스틴의 표정은 확실히 그날 일 이후로 누그러진 상태였다.

루키나는 잠시 동요했지만 곧 침착하게 대답하기 위해 입술을 달싹였다.

「아미키티아.」

「아미…… 키티아?」

의아해하는 셀레스틴에게 루키나는 희미한 미소를 지어 보였다.

「우정이라는 뜻을 지니고 있는 고대 단어입니다.」

비록 이 세계의 단어는 아니지만, 그래도 고대 단어는 맞으니까.

튀망 남작령에서 세이번으로 돌아오는 내내 생각했다.

성공적으로 임무를 완수한 지금, 남은 것은 기사단의 완벽한 창단이라고.

리우드 제국 역사에 길이길이 남을 발자취를 새길 그녀의 기사단 이름은 그런 의미에서 매우 중요하다고 볼 수 있었다.

제 이름을 따라는 빅토리아 등의 방해 공작 끝에 머리를 스친 것은 바로 그 단어였다.

아미키티아.

우정을 뜻하는 라틴어.

제 대답에 호오, 콧소리를 흘리는 셀레스틴을 향해 루키나는 숨을 고르며 말했다.

「제가 폐하께 기사로서 인정받을 수 있었던 건, 고마운 친구들의 소중한 도움이 있었기 때문입니다. 크든 작든, 그들이 없었다면 임무를 수행할 수 없었겠죠. 그런 의미에서 앞으로 저의 기사단은 동료 간의 우정을 중요시 여기는 집단이 되었으면 했습니다. 허니 부디 허락해 주십시오.」

루키나는 셀레스틴을 긴장된 얼굴로 흘긋거렸다. 과연 그가 승낙을 할 것인지, 두근두근 가슴이 떨렸다.

한동안 고심하는 척 아무 말도 하지 않던 셀레스틴은 눈에 띌 정도로 경직된 루키나를 발견하고선 뒤늦게 피식 실소를 흘렸다.

루키나의 눈이 동그래졌다.

「아미키티아. 우정…… 이라. 한 번도 들어본 적이 없는 단어지만, 왠지 마음에 드는군.」

「……!」

「그걸로 하도록 하지.」

턱 끝을 매만지며 고심하는 척하던 셀레스틴은 씩 웃으며 중얼거렸다.

루키나는 반달처럼 예쁘게 휘어지는 눈웃음을 그리며 그에게 화답했다.

'벌써 열 달인가…….'

그런 셀레스틴과의 독대가 있은 지 적잖은 시간이 흘렀다.

눈을 감으면 아직도 그날의 일이 이토록 생생하게 느껴지건만.

루키나는 잠깐 동안 회상에 휩싸여 움직이지 않았다.

"헉! 저, 저기 로델린 경 아니야?"

"무슨 소리를 하는 거야? 로델린 경은 남자잖아! 착각할 게 없어서 남자와 여자를 혼동하다니!"

"아니, 아니! 왜. 로델린 공작 각하 말고, 이번에 새로이 기사가 된 로델린 공작 영애 말이야. 새 로델린 경!"

무려 수십 년간 해결하지 못했던 황제의 임무를 훌륭히 완수했을 뿐 아니라, 황제의 딸인 빅토리아 황녀에게 대륙에서 보기 힘든 고귀한 영물을 선물하기까지 했다는 루키나 로델린 공작 영애의 명성은 날이 갈수록 높아졌다.

그녀의 기사단인 아미키티아는 제국 최고의 위치에 있는 아그노스와 칼튼 기사단에 버금가는 인기를 누리고 있었다.

특히 그녀의 기사단 본부가 있는 세이번에는 루키나 로델린 공작 영애와 관련된 굿즈를 팔기 시작했으며, 그녀의 이야기를 기사화하거나 출판했다.

이제는 분장하지 않고선 길거리를 돌아다니기가 힘들어질 정도로 루키나 로델린은 많은 제국민들에게 얼굴이 팔린 상태가 되었다.

"어휴. 또 난리 나겠네."

하필이면 길 한복판에서 멈추어 선 루키나를 불안한 눈으로 흘긋거리던 셰리는 이곳저곳에서 저들을 바라보며 속닥이자 긴 한숨을 내쉬었다.

난리?

루키나가 의아한 눈으로 그녀를 내려다보자 셰리는 어깨를 으쓱였다.

그러다 '저것 좀 보세요' 라며, 제 뒤편을 가리키는 셰리의 손길을 따라 고개를 돌리다 깜짝 놀라며 뒤로 주춤거렸다.

"로델린 경이시죠?"

"레이디 로델린! 당신은 저의 우상이에요! 여기 이 그림에 사인 좀……!"

"어머, 로델린 경! 여기 좀 봐주세요!"

"야, 밀치지 마!"

"로델린 경! 사랑해요!"

그것은 정말인지 눈 깜짝할 사이의 일이었다.

시선을 옮기자마자 '꺄악!' 하는 비명 소리가 들리더니, 어디서 튀어나왔는지 모를 무리들이 루키나와 셰리 일행을 둘러쌌다.

순식간에 벌어진 상황에 어안이 벙벙해진 루키나는 눈을 깜빡거렸다.

이, 이게 대체……!

저를 향해 두 눈을 반짝거리고 있는 이들은 남녀노소를 가리지 않았지만, 그중에서도 여자와 어린 층이 많은 편이었다.

이러한 광경이 왠지 모르게 익숙한 것은 대중매체에 젖어 있던 자신의 전생 때문이 아니었을까 하고 온몸을 부르르 떨고 있을 때, 루키나와 멀어져 버린 셰리가 '제가 뭐랬어요?' 라는 표정을 지으며 그녀를 응시하고 있는 게 보였다.

루키나 로델린은 제게 환하게 웃어줄 것을, 손을 흔들어줄 것을, 손을 잡아줄 것을, 머리를 쓰다듬어 줄 것을, 심지어 안아줄 것을 요구하는 추종자들에게 붙잡힌 지 삼십여 분 만에 겨우 벗어날 수 있었다.

'부단장님께서 기다리고 계십니다—' 라 외치면서 루키나를 위기에서 구해준 아미키티아 기사단의 수습 단원은 얼굴을 빨갛게 붉히며 그녀에게 말한 뒤, 어딘가로 루키나 일행을 안내했다.

얼마 뒤.

루키나는 마침 연무장 밖으로 빠져나오는 건장한 체격의 사내와 눈이 마주쳤다. 평소 덥수룩했던 수염을 말끔히 정리한 연갈색 눈동자의 사내는 호탕한 미소를 지으며 말을 걸어왔다.

"아하하하! 단장님. 미우 양에게 들었습니다. 요 앞에서 추종자들에게 붙잡히셨다면서요? 매번 소문으로만 접하다가 단장님을 실제로 뵈니 주체를 할 수 없었나 보군요."

루키나는 미간을 좁히며 대꾸했다.

"로렐. 넌 자꾸 나 볼 때마다 그러더라. 편하게 대하라니까."

루키나의 지적에 잠시 움찔하던 로렐은 어깨를 으쓱이며 답했다.

"하하, 어찌 그러겠습니까. 다른 분도 아니고, 명색이 단장님이신데. ……아, 알았어. 알겠다고. 쳇. 분위기 좀 잡아보려 했더니, 도움이 안 돼."

연무장 안의 모두가 창에 붙어 그들을 바라보고 있다는 것을 의식해서인지 흠흠, 헛기침을 흘리며 근엄하게 대답하던 로렐은 소름이 오소소 돋아나는 연기를 이어가다 이내 입술을 삐죽였다. 눈치를 주는 로렐을 보고 키득거리던 루키나는 슬슬 본론으로 들어가기 위한 질문을 던졌다.

"실력은 좀 어때?"

폼도 못 잡게 한다고 중얼거리며 툴툴거리던 로렐의 눈이 돌연 진지해졌다.

"황도의 다른 기사단에 비해서는 형편없는 수준이지. 뭐, 지금의 내가 이런 말을 할 수 있는 처진지는 모르겠지만 그래도……. 쨌든, 갈고닦으면 괜찮아질 만한 사람들도 있고, 부단히 노력해야 할 사람들도 있고, 완전 초짜도 있고 그렇지. 허니 이브."

"……?"

"요즘 네가 후원 문제로 꽤나 바쁜 건 알지만, 시간 내서 얼굴도 자주 비치도록 하라고. 다들 입을 꾹 다물고 있기는 한데, 다 너를 동경해서 들어온 사람들이기도 하니까. 사기를 북돋아줘야 해."

결코 로렐의 말이 틀린 것이 아님을 알기에 루키나는 고개를 끄덕였다.

"알았어. 그럼 이번 주 주말, 어때?"

"이번 주? 괜찮아?"

괜찮지 않을 리 있나.

루키나는 흔쾌히 대답했다.

"당연하지. 그럼 그날로 정해진 것으로 알고…… 드디어 연습 경기 정해졌다며?"

그거 잘됐다고 대답하던 로렐의 얼굴이 딱딱해졌다. 은근한 기대를 담아 묻는 루키나의 질문에 왠지 머뭇거리는 로렐을 보며 그녀는 고개를 갸웃거렸다.

"로렐?"

"어…… 으응. 뭐, 정해지긴 했는데……."

"대체 어느 기사단이야?"

"……!"

"그러니까! 이제 겨우 열 달 차인 초짜 기사단인 우리랑, 연습 경기를 치러주겠다는 맘씨 넓은 기사단 말이야. 어디야?"

개인적인 수련을 열심히 하는 것도 나름 의미가 있었지만, 기사단인지라 개인보다도 단체가 중요한 때가 있었기에 루키나는 정기적으로 다른 기사단들과 단체적인 시합을 계획했었다.

그러나 이제 막 창단됐기도 했고, 여자인 로델린 공작 영애가 단장으로 있다는 이유로 황도의 기사단들은 여러 핑계를 대며 아미키티아와의 연습 경기를 미뤄왔었다.

로렐을 비롯한 다른 아미키티아의 간부급 단원들과 단체 경기에 대해 언급했던 것이 무려 두 달 전의 일이건만, 두 달 만에 선뜻 연습 경기를 치러주겠다는 곳이 생겨나 놀랍기 그지없었다. 루키나는 기대에 들뜬 얼굴로 로렐을 바라보았다.

"하하, 그게…… 그게 말이지……."

로렐은 눈까지 빛내는 루키나를 난처한 얼굴로 쳐다보다 뒷머리를 긁었다.

설마…….

로렐의 답변이 늦어질수록 루키나의 눈은 가늘어졌다.

❖

쾅!

"미스터 라펠!"

쿵쾅거리는 소리를 듣고 대충 예상하기는 했지만, 복도를 버티고 있던 이안 와이너까지 뿌리치며 들어올 줄은 예상하지 못했다. 느긋하게 서류를 읽고 있던 라펠의 눈동자는 벌컥 열리는 문소리에 출입구 쪽으로 옮겨갔다. 그의 푸른 눈동자 안에는 찬란한 은색 머리카락을 흩날리며 제게 성난 콧김을 뿜어내고 있는 웬 레이디가 보였다.

언제 어디서나 남들의 시선이 있는 밖을 돌아다닐 때면 누구보다도 화려한 드레스를 입어 주목받기를 원하는 다른 레이디들과는 달리, 검을 들 때는 활동하기 편해야 한다며 검은 바지를 입은 루키나는 긴 다리가 부각

된 상태다. 하위 위에 걸친 하얀 튜닉의 소매는 팔을 움직이고 있는 그녀의 손길을 따라 넓게 퍼지며 펄럭이고 있었고, 튜닉 위의 검은 베스트는 흥분한 그녀의 심정을 대변하고 있는 가슴의 반동을 적나라하게 보여주는 중이다.

'어지간히 화가 났나 보군.'

제대로 외투도 걸쳐 입지 않은 그녀가 잔뜩 인상을 쓴 채 저를 노려보는 모습은 왠지 모르게 아찔하기 그지없어 라펠은 미간을 좁혔다. 이안 와이너가 어쩔 줄 몰라 하며 저를 흘긋거리더니 문을 닫고 사라지던 모습이 불현듯 떠올랐다. 후우, 속으로 숨을 삼키던 라펠은 여전히 씩씩거리는 루키나를 빤히 바라보았다. 그녀는 어느새 그의 집무실 책상 앞까지 다가와서는 입을 크게 벌리며 소리치고 있었다.

"제가 당신에게 몇 번을 말해야 해요? 봐주지 말라고 했죠? 우리 아미키티아를 만만하게 본다고 해도 정도가 있지…… 5대 2의 경기라고요? 참 나. 그게 무슨 대련이에요! 대련은 정정당당해야 하는 거 아닌가요?"

젠장― 하고 욕설을 흘리는 루키나의 음성이 귓가를 간질였다. 라펠은 근질거리는 입꼬리를 올리려다 말았다. 루키나의 외침은 이어졌다.

"대련 상대를 찾으려면 우리 말고 다른 기사단을 찾으라고요! 오노르와 연습 시합을 하고 싶어하는 기사단은 줄을 선 걸로 아는데, 왜 제안도 안 한 우리 근처를 어슬렁거리는 거예요? 자꾸 당신이 그런 식으로 나오니까 제국 신문에서도 우리 아미키티아가 오노르랑 곧 합칠 거라느니, 제2의 오노르라느니 같은 말을 하는 거 아니에요!"

"……."

"미스터 라펠. 솔직히 말해봐요. 이번엔 어떤 수단으로 로렐을 유혹한 거죠? 혹시 저번처럼, 로렐한테 개인 대련을 약속한 거예요?"

"……."

"만약 그랬다간 봐요. 당신이고, 로렐이고 내가 아주 철저히 응징을 해 줄 거니까!"

외투는 걸치지 않더라도 황제에게 선사받은 레이피어, 솔라는 항시 그녀의 잘록한 허리 근처에서 떨어지지 않는다. 라펠은 녹안을 빛내는 루키나가 저를 죽일 듯 노려보고 있는 것을 빤히 지켜보다 굳게 닫혀 있던 입술을 움직였다.

"이브."

"왜요! 지금 제가 말하고 있는 거 안 보이세요? 아직 안 끝났거든요!"

"검투 보러 갈래?"

"……네?"

얼굴을 일그러뜨리며 입술을 움직이던 루키나 로델린이 돌연 눈을 크게 떴다. 그는 황당해하는 루키나를 쳐다보고 있다 자리에서 일어났다. 그러고는 책상 위에 놓인 봉투를 손에 쥐더니 말했다.

"표가 생겼어."

딸랑딸랑. 미세하게 봉투를 흔드는 라펠의 입꼬리가 스윽 올라갔다. 루키나가 망설이는 것이 보이자 그는 회심의 일격을 날렸다.

"듣기로는 요즘 그대가 꽤나 열광하던 예의 검투사들이 나오는 경기라고 하던데……."

"……!"

"하지만 뭐, 관심이 없다면 헨리 녀석에게 주면 돼. 그러니……!"

심드렁한 어조로 말하던 라펠의 말이 뚝 끊어졌다. 그는 성큼성큼 제게로 다가와 홱, 빼앗듯 손에 든 봉투를 낚아채는 루키나를 내려다보았다. 루키나 이베타 로델린은 살짝 상기된 얼굴을 애써 감추며 흠흠, 헛기침을 흘리더니 중얼거렸다.

"조, 좋아서 함께 가주는 건 아니라고요."

라펠은 씰룩거리는 입꼬리를 애써 감추며 저를 흘끔 쳐다보는 루키나에게 굳이 답하지 않았다. 루키나 로델린은 흥, 콧방귀를 뀌더니 몸을 돌렸다.

"뭐 해요?"

"……."

"빨리 가야죠!"

재촉하는 그녀의 외침에 라펠은 픽 웃으며 옷걸이에 걸어둔 외투를 집어 들었다.

❖

채챙!

날카로운 블레이드가 서로 부딪칠 때마다 경기장 안에 강한 진동이 울려 퍼진다. 숨죽이며 그것을 지켜보던 관중들은 검투사들의 검이 만나면 저도 모르게 긴장하여 주먹을 불끈 쥐고 침을 꿀꺽 삼켰지만, 루키나 로델린과 미르티스 라펠 윈스턴은…….

"어휴. 내가 뭐랬어. 저러면 안 된다니까. 오른쪽으로 몸을 틀었어야지!"

"……말도 안 되는 소리. 그랬다가는 왼쪽 옆구리가 비게 된다."

"그러면 왼쪽 손에 들린 방패로 공격을 막으면 되죠!"

"그대의 말도 일리 있지만, 뒤로 물러나는 게 저자에겐 훨씬 유리해."

"아니에요. 시간을 끌면 아까 당한 부상이 오히려 독이 될 거라니까요?"

"글쎄. 거기엔 동의할 수 없어. 상대가 실력이 강하긴 하지만 이전의 시합으로 인해 체력이 많이 떨어진 상태야. 아마 장기전으로 가면 유리한 건 저자라고."

틀림없이 시합을 하고 있는 것은 경기장 안의 두 검투사였지만 파지직, 눈에서 스파크가 이는 건 일반 관중석 쪽이었다.

누구라도 '그' 라는 것을 짐작케 하는 검은 가면의 남자가 윤기가 흐르는 은색 머리카락의 레이디와 언쟁을 벌이는 장면은 관중석에 앉아 있던 다른 관중들의 이목을 끌기엔 충분했다.

'저 사람들……' 부터 시작하여 '팬텀 공작이랑 로델린 경이다!' , '이번 주에도 시합을 보러 오신 모양인데?' , '두 분이 많이 친하신가?' 등등. 루키나는 저들을 알아보며 수군거리기 시작하는 다른 관중들에도 아랑곳않고 라펠의 시선이 향하고 있던 경기장 내를 바라보다 그를 흘긋거렸다.

「이브. 이브, 잠깐.」

「얼른 움직여야 해요! 그래야 시간에 맞추죠!」

검투 시합장으로 향하기 직전, 재촉하는 제게 다가온 라펠이 들고 있던 외투를 그녀의 어깨 위로 덮어버리자 루키나는 그를 빤히 응시했다. 라펠은 그녀를 내려다보며 대답했다.

「입어.」

「괜찮아요. 춥지 않아요.」

「그럼, 날 위해 입어줘.」

「……네?」

무릎을 뒤덮는 긴 외투를 다시 그에게 건네려던 루키나는 이해할 수 없는 라펠의 말에 고개를 갸웃거렸다. 라펠은 그녀를 위해 문을 열어주더니 낮게 중얼거렸다.

「경기장에 가면 나 아닌 이물질들이 많을 텐데. 난 다른 이물질들이 그대를 눈에 담는 거, 싫어.」

「……!」

「뭐 하고 있지? 재촉하던 건 그대 아니었나?」

두근두근.

뛰던 가슴의 여운이 여전히 남아 있었다. 문틀에 기대어 서선 저를 바라보던 라펠의 옅은 미소가 생각나 루키나는 귀를 붉혔다.

……제길.

그렇게 안 생겨가지고 가끔, 아니, 너무 자주 사람을 당황시킨다니까. 루키나는 속으로 투덜거렸다.

튀망 남작령에서 임무를 마치고 세이번으로 돌아온 지 어언 10개월.

루키나가 미르티스 라펠 윈스턴을 미래의 남편 후보로 점찍어두고, 진지하게 만나기 시작한 것도 10개월.

그사이, 루키나 로델린의 기사 서임식과 아미키티아 기사단이 창단된 것도 벌써 열 달이 흘렀지만—

'…….'

루키나는 제 허벅지 위에 사뿐히 놓여 있는 자신의 두 손을 내려다보았다. 슬쩍 옆으로 고개를 돌려보니 팔짱을 낀 채 진지하기 그지없는 눈빛으로 경기장 안을 내려다보고 있는 라펠이 보였다. 루키나는 입을 쭉 내밀었다.

그대로다.

그대로.

무언가 변할 만도 한데, 이상할 정도로…… 그대로야.

오래전 심장을 덜컹거리게 만들던 급작스러운 입맞춤 이후로 두 사람 사이에 스킨십이란 전무했다.

세이번으로 돌아온 뒤, 가끔 함께 식사를 하고 검투 시합을 관람하며 논쟁을 벌이고, 또 황도의 기사단에 대해 회의한 적은 있었지만 언제나 그뿐.

슥슥. 왠지 허전해 보이는 왼손을 만지작거리던 루키나는 미간을 좁혔다.

'이대로…… 괜찮은 건가?'

❖

—그것이 궁금하다! _리우드 사교계 편, 7132화. 〈수상한 그들의 관계〉

누가 봐도 자극적인 타이틀.

자연스럽게 눈이 갈 수밖에 없는 헤드라인에 미간이 좁아졌다. 그는 어두운 얼굴로 신문에 적힌 글귀를 읽기 위해 고개를 아래로 내렸다.

—근래 리우드 사교계뿐 아니라 제국 전역을 들끓게 하는 핫한 사람들이 있다. 리우드의 수많은 레이디들이 추앙해 마지않는 황제의 그림자 '팬텀' 미르티스 윈스턴 공작과 남녀를 가리지 않고 심상찮은 인기몰이를 하고 있는 '실버 로즈' 루키나 로델린 공작 영애가 바로 그들이다.

물과 불을 연상케 하는 두 남녀는 도무지 접점이라고는 없어 보이지만 사실은 실로 깊은 인연을 맺고 있다. 그들을 더할 나위 없이 끈끈하게 만드는 것은 놀랍게도 '검술'이었다.

제국 최고의 검객 중 한 명인 팬텀 공작과 제국 최고의 검술 가문의 유일한 후계자 로델린 공작 영애의 만남은 일반 남녀와는 다르게 시작했다고 한다. 얼마 전, 리우드 최초로 여기사가 된 로델린 공작 영애, 즉 로델린 경은 팬텀 공작이 후원하고 있는 기사단에 남장까지 강행하며 입단하면서 그와 인연을 맺었다는 것이 사교계의 정설이다. 팬텀 공작의 오노르 기사단과 로델린 경의 아미키티아 기사단의 합단 이야기가 심심찮게 들려오는 것은 아마도 두 사람의 진한 인연 때문인지도 모르겠다.

그렇게 검술로 맺어진 두 남녀는 요즘 세이번의 크고 작은 검투 경기장과 대련장에서 자주 목격되고 있다. 특히 저번 주 코빌 경기장에서 열린 제68회 데칼록 후작 배 검투 대회 결승전의 목격담은 적잖은 화제를 일으키는 중이다.

목격자들의 증언에 의하면, 당시 두 사람은 검투 경기의 내용에 대해 격렬한 반응을 보이며 서로를 향해 크게 외쳐 댔다고 한다. 두 사람 다 지지 않는 성격인지라 어찌나 불꽃이 튀기는지, 하마터면 데일 뻔했다고.

하지만 재미있는 점은, 그런 그들의 논쟁 장면이 결코 사이가 나쁘게 보이지만은 않았다는 점이다. 날이 선 말을 주고받기는 했지만 서로를 바라보는 눈빛이 몹시 따뜻해서 보는 이들의 입가에 저절로 미소가 지어졌다고 한다.

그렇다면 이쯤에서 한 가지 의문점이 생긴다. 과연 두 남녀는, 무슨 사이일까?

표면적으로 알려진 바로 두 사람은 같은 기사단 출신의 동료이자, 선후배 사이이며, 현재는 각자의 기사단을 운영하고 있는 경쟁자 그 이상 그 이하도 아니라고 하나, 세이번 곳곳에서 목격되는 그들 두 사람의 모습은 단순히 그것에 그치지 않는다.

『틀림없는 연인이죠! 평범한 연인들처럼 피크닉을 다니며 와인 잔을 주고받는 건 아니지만 그럼에도 불구하고 가까워 보이잖아요? 그게 연인이 아니면 뭐겠어요?』

두 사람을 검투 경기장에서 무려 5번이나 목격했다는 알론소(가명) 씨는 눈을 빛내며 주장했다.

『단순한 친구 이상임은 틀림없습니다. 저는 공작 각하께서 그렇게 따뜻한 눈빛을 보내시는 이성은 난생처음 봅니다.』

팬텀 공작이 자주 방문한다는 세이번의 아기 돼지 통구이 전문점의 요리장 테너 씨는 양쪽으로 자란 콧수염을 말면서 중얼거렸다.

『들리는 소문에는, 맞아요. 그래요. 확실히 두 사람 사이가 심상찮다고 하더라고요. 대체 어떻게 팬텀 공작 각하를 구워삶은 건지. 어휴. 우리만 넋 놨지 뭐예요. 로델린 공녀는 무슨 복이 그리 많은 거냐고! 쳇! 아주 질투가 나 죽겠다고요!』

사교계에서 이름깨나 날린다는 레이디 루이자(가명)는 이를 갈며 소리치기도 했다.

레이디 루이자(가명)의 말대로다.

공작위를 이어받은 직후로 지금까지, 그간 팬텀 공작에게는 아름다운 레이디들의 숱한 유혹이 쏟아졌다. 그러나 그러한 그녀들의 유혹에도 불구하고 눈 한 번 꿈쩍 않고 황제 폐하의 임무 수행에만 열중하던 그 남자는 이젠 황제 폐하의 총애를 받는 신흥 기사를 향해 엄청난 관심을 쏟고 있다.

철혈의 사나이, 팬텀 공작이 검을 든 레이디에게 넘어간 걸까?

과연 그들 두 사람 사이에는 무엇이 있는 걸까?

우리는, 그것이 궁금하다!

의문을 말끔히 해소시켜 주지 못하고, 오히려 의문을 품으며 끝나 버린 기사의 내용이 왠지 모르게 짜증스럽다. 무표정하게 기사를 읽어 내려가던 유리안은 미간을 찌푸렸다. 기사 중간 부분에는 제국 신문사에 속한 화가가 그려놓은 루키나와 라펠의 모습이 떡하니 담겨 있었다. 관중석에 앉아서 서로를 바라보는 모습으로 보아, 아마도 기사에서 적어놓은 예의 검투 경기 관람 장면인 것이 분명했다.

쿡쿡. 뾰족한 바늘이 가슴을 찌르는 것처럼 아려왔다.

"전하."

유리안 아이너 리우드는 오늘 아침 발간되어 자신의 테이블 위에 올라와 있던 제국 신문을 한동안 놓지 못했다. 잘근, 입술을 짓누르고 있던 그는 때마침 들려온 노크 소리에 이어 등장한 마릭을 발견하고선 조금 당황했다.

툭, 마릭은 들고 있던 신문을 황급히 뒤로 감추다 그만 바닥으로 떨어뜨리던 유리안을 응시했다. 당혹한 빛이 그의 눈을 스쳤지만 유리안은 내색 않고 마릭에게 바라봤다.

"무슨 일이지, 마릭?"

"아, 예. 전하. 다름이 아니라, 4황자 전하께서 오찬을 제안하셨습니다."

휴이가? 유리안은 눈썹을 꿈틀거리며 마릭을 쳐다봤다. 마릭은 아무 말도 하지 않고 그저 주군의 대답을 기다리고 있었다. 유리안은 잠시 호흡을 고르더니 고개를 끄덕였다.

"어서 오십시오, 형님!"

결심을 하자마자 자신의 거처인 라몬 궁에서 휴이렌이 있는 써로드 궁으로 걸음을 옮긴 유리안은, 저를 발견하자마자 자리에서 벌떡 일어나 손을 흔드는 휴이렌을 보고 멈칫했다.

현재, 표면적으로 그들 두 황자는 차기 황위 다툼을 하며 라이벌 구도를 이룩하고 있는 중이었다. 병약하고 쓸모없는 줄만 알았던 유리안 황태자가 갑자기 체력을 회복하고, 로델린 공작 영애 쪽과 친분을 나누는 걸로도 모자라 게다가 적극적으로 정치 싸움에 끼어들자 휴이렌파 귀족들이 신경을 곤두세웠기 때문이다.

그러나 보이는 것과는 달리, 유리안과 휴이렌 사이는 무척이나 돈독해진 상태다. 아마도 계기는 튀망 남작령에서 일어났던 어떠한 사건이 원인이 되었던 것이 분명하다.

몇 년 전까지만 하더라도 그들 사이를 가로막고 있는 커다란 장벽인 렉시어드의 존재로 인해 대화조차 나누기 쉽지 않았다면, 근래 들어선 가끔 시간을 내어 식사를 하거나 정치에 대한 토론을 하기도 하는 상황이었다. 물론 그럴 때마다 각 파의 귀족들은 불같이 날뛰곤 했지만 놀랍게도 두 사람들은 크게 개의치 않았고 있었다.

살갑게 저를 반기는 휴이렌의 모습에 잠시 놀라면서도 이내 피식 웃음을 흘린 유리안은 고개를 끄덕이며 휴이렌이 안내하는 곳으로 엉덩이를 붙였다.

휴이렌이 시녀들을 향해 눈짓하자 이른 아침부터 준비했을 것이 분명한 음식들이 기다란 식탁 위에 놓이기 시작했다. 유리안은 휴이렌과 소소한 이야기를 나누면서 오찬을 이어갔다.

"저…… 형님."

식사가 끝난 후, 김이 모락모락 피어나는 찻잔을 들어 올려 차를 마시던 그들 두 사람 중 조심스럽게 말을 꺼낸 것은 바로 휴이렌이었다. 유리안이 의아한 표정을 짓자 휴이렌은 쓴웃음을 머금은 채 말을 이어 나갔다.

"오늘 자 신문 말입니다. 읽어…… 보셨습니까?"

찻잔을 들고 있던 손이 파르르 떨렸다. 철렁거리는 가슴을 주체할 곳이 없어 유리안은 쉽게 말을 잇지 못했다. 공중에서 찻잔을 든 채 멈추어 버린 유리안의 모습에 휴이렌은 쓴웃음을 흘렸다. 그의 마음을 이해했던 까닭이다. 휴이렌은 후우, 한숨을 흘리며 중얼거렸다.

"읽으셨군요."

"……."

"그럼 이제 어떻게 하실 겁니까?"

"어떻게…… 라니?"

유리안이 결국 찻잔을 내려놓고선 저를 쳐다보자 휴이렌은 자색 눈을 빛냈다.

"이대로 물러나실 겁니까?"

불만이 가득한 음성이 귓가로 흘러들어 왔다. 휴이렌은 흐리게 웃으며 말을 이었다.

"우리끼리 신경전을 벌이는 사이 윈스턴 녀석이 손을 쓸 줄 어떻게 알았겠습니까."

"……."

"계기는 오노르에서의 일이겠지요?"

아마도…… 그렇겠지.

유리안은 입안에 머무는 대답을 차마 뱉어내지 못했다. 오노르의 일이 발단이었을지, 아니었을지는 확신할 수 없지만 적어도 두 사람 사이를 돈독하게 만든 것은 틀림없었다.

튀망 남작령에서의 그날, 저를 지켜보던 수많은 사람들 사이에서 라펠을 향해 달려가던 루키나 로델린의 모습은 제가 보기에도 낯설었으니까.

쿡쿡.

다시금, 심장이 욱신거린다.

"저야…… 렉스 형님 일도 있었고, 또 얼마 전의 일로 더 이상은 이브에게 제 뜻을 밀어붙이기가 쉽지는 않은 상황입니다만, 형님은 그래도 사정이 괜찮지 않습니까."

그때였다.

라펠과 조우하던 루키나의 모습을 떠올리던 유리안은 저를 언급하는 휴이렌의 씁쓸한 음성에 정신을 차렸다.

"이브의 가장 친한 친구라는 이점도 있고……. 형님께서 그걸 잘 활용하신다면 윈스턴에게 쏠린 이브의 관심을 돌릴 수도 있을 겁니다."

달콤하기 그지없는 유혹의 목소리에 흔들리지 않는다면 거짓이다. 유리안은 '형님은 그러실 수 있습니다!' 라는 눈빛을 보내고 있는 휴이렌을 빤히 직시했다.

그러고 보니 지금으로부터 일주일 전, 빅토리아가 직접 주최했던 다과회에서 휴이렌이 루키나에게 고백을 했었다는 사실이 생각났다. 튀망 남작령에서의 일이 마음에 걸렸던 건지, 어떻게 해서든 루키나와 시간을 내보려고 노력하던 휴이렌이 마침 그녀와 독대를 하게 되자 제 마음을 털어놓았던 것이다.

결과는 굳이 말하지 않아도 뻔했다.

「미안해요, 휴이 오라버니. 하지만 오라버니를 남자로 생각해 본 적은 한 번도 없어요.」

제 눈을 똑바로 바라보며 또박또박 말하던 루키나의 녹안이 놀라우리

만큼 침착해서 오히려 더 상처를 받았다며 휴이렌은 라몬 궁까지 찾아와 밤새도록 하소연을 하고 술잔을 입술에 가져다 댔었다.

"이브가 그러더군요."

아무 말도 하지 않는 유리안을 보며 휴이렌은 계속해서 말을 건넸다.

"골키퍼 있다고 골이 들어가지 않는 건 아니라고."

골키퍼? 골?

"그건 무슨……?"

"뭐, 이브 말로는 불가능이 없다는 말이라고 하더군요. 렉스 형님 사건이 일어나기 전에 제게 했던 말이었습니다."

휴이렌의 자안이 돌연 빛났다. 안 좋은 예감이 드는데. 유리안은 제게 눈을 부라리는 휴이렌을 보며 멈칫했다. 휴이렌은 말했다.

"그러지 마시고, 형님도 고백하시는 게 어떻습니까? 사내로 태어났으면, 마음에 품은 레이디에게 적어도 한 번쯤은 제 마음을 드러내야 하는 법 아니겠습니까?"

"……."

"형님도 이브를 좋아하는 게 맞습니까? 어째서 친구 이상의 자리를 탐내지 않으시는 겁니까?"

"……."

"형님!"

수상하다. 누가 봐도 수상하기 그지없는 휴이렌의 재촉에 유리안은 눈을 가늘게 떴다.

'그런 거군.'

휴이렌이 왜 이렇게 살갑게 굴며 제게 고백을 종용하나 했더니.

"휴이."

"왜 그러십니까, 형님!"

즉각적인 휴이렌의 대답에 유리안은 흥 코웃음을 쳤다.

"너 아직 이브를 포기하지 않았군?"

빙긋 웃던 휴이렌의 얼굴이 경직됐다. 유리안은 말했다.

"만일 이브가 내 고백에 반응을 보인다면 다시 적극적으로 나설 테지?"

"……."

정곡을 찔렸는지 아무 말도 하지 않는 휴이렌의 얼굴이 어두워졌다. 하긴, 쉽게 포기할 리 없지. 루키나 로델린에 대한 이야기를 할 때면 눈에 생기가 도는 휴이렌의 모습을 잘 알고 있었으니까. 유리안은 자리에서 일어났다.

"오늘 오찬 즐거웠다."

유리안은 굳어버린 휴이렌에게 쓴웃음을 흘린 뒤 몸을 돌렸다.

「마음에 품은 레이디에게 적어도 한 번쯤은 제 마음을 드러내야 하는 법 아니겠습니까?」

터벅터벅. 써로드 궁을 떠나 다시 라몬 궁으로 향하는 길. 일부러 저와 거리를 둔 채 걷고 있는 마릭의 발걸음 소리가 들려왔지만 유리안은 멈추지 않았다.

'고백이라…….'

루키나와 오랫동안 알고 지내왔던 휴이렌의 고백마저도 장난처럼 웃으며 흘려 넘어가던 그녀였건만. 알게 된 지 일 년 정도밖에 되지 않은 자신의 마음을, 과연 그녀가 알아주기라도 할까? 아니, 사실은 그런 사실보다 더 두려운 게 있다.

「당신과의 약속을…… 지키지 못하는 줄 알았어요.」

안도의 한숨을 내쉬며 말하던 그녀의 시선은 자신도, 휴이렌도 아닌 '그자' 를 향해 있었다. 빙긋 웃으며 윈스턴 공작을 올려다보던 그녀의 녹안이 아름다울 정도로 빛나서 유리안은 감히 끼어들 생각을 하지 못했다.

"유리!"

깊은 상념에 잠겨 걸음을 옮기던 유리안은 저를 부르는 익숙한 음성에 뚝 멈춰 섰다. 반사적으로 뛰는 가슴의 반동은 그 목소리의 주인공이 자신이 잘 알고 있는 사람의 것이라는 걸 증명했다. 슬며시 뒤를 돌아보던 유리안의 눈동자가 큼지막해졌다.

또각또각. 경쾌한 구두 소리와 함께 그의 앞에 모습을 드러낸 사람은 반짝거리는 머리카락을 길게 늘어뜨린 웬 레이디였다. 그녀의 붉은 입술만큼이나 새빨간 드레스는 놀라울 정도로 잘 어울렸다. 사뿐사뿐 걸어오는 모습이 낯설기 그지없어 유리안은 한동안 움직이지 못했다.

긴 다리를 쭉쭉 뻗어 그의 앞에 선 레이디가 픽 웃으며 입술을 달싹였다.

"아까부터 불렀는데, 못 들었어요?"

싱긋. 레이디의 눈꼬리가 휘어졌다. 반달처럼 변하는 그 눈웃음이 심장의 문을 똑똑 두드렸다. 유리안은 돌처럼 굳어 아무 말도 하지 못했다.

"빅토리아를 만나고 오는 길이에요. 티타임 제안을 통 거절할 수 있어야 말이죠. 어찌나 오랫동안 붙잡혀 있었는지 모르겠다니까요."

열게 미소를 지으며 고개를 내젓는 루키나가 빅토리아를 떠올리며 중얼거렸다.

"그런데 유리는 어딜 다녀오시는 거예요? 안 그래도 나가는 길에 한번 들러볼까 생각했었는데."

"……."

"유리? 왜 그런…… 아! 이 차림 때문이구나."

쿵쿵쿵쿵. 미친 듯이 뛰는 심장의 박동 소리가 그녀에게 들릴까 두렵다. 여전히 굳게 닫힌 입술을 열지 못했던 자신을 향해 레이디, 루키나가 한숨을 푹 내쉬며 손을 휘휘 저었다.

"말도 마세요. 입궁을 하려면 반드시 이 차림으로 가야 한다고 셰리가 얼마나 닦달하던지. 덕분에 아침도 못 먹었다니까요?"

투정이라도 부리듯 그녀가 입을 쭉 내밀며 투덜거렸다. 유리안은 경직된 얼굴을 펴질 못했다. 루키나의 불평이 이어졌다.

"입궁할 때마다 궁정 드레스를 입어야 한다는 건 정말 피곤한 일이에요. 앞으로도 계속 이래야 한다면, 빅토리아한테 차라리 바깥에서 만나는 게 더 낫겠다고 말하든가 해야겠어요."

"……."

"뭘 그렇게 보세요? 아, 이 드레스. 말이 나와서 그러는데 유리, 이 드레스가 얼만 줄 아세요? 어휴, 무려 5실버래요. 참 나. 드레스 하나에 5실버라니. 이게 무슨 돈지…… 흠흠, 하여간 너무 비싸다고요! 드레스 몇 벌에 가정이 파탄 나겠어요!"

"……."

"유리. 왜 아무 말도 없어요? 그렇게…… 이상해요?"

"……."

"유리!"

아.

넋 놓고 그녀를 내려다보던 유리안은 저를 크게 부르는 루키나의 외침에 겨우 정신을 차렸다. 녹색빛으로 가득 찬 그녀의 눈동자가 자신을 빤히 올려다보고 있었다. 매번 기사 예복 차림이나 훈련복 차림, 그것도 아니면 바지 차림의 모습을 봐왔던 유리안에게 있어 드레스 복장의 루키나는 다른 사람을 보는 것만 같았다. 짙진 않지만, 옅은 화장을 하고 있는 모습은 더더욱.

「형님도 이브를 좋아하는 게 맞습니까?」

단순히 우정인 줄 알았던 감정은 의식하지 못하는 사이 무럭무럭 자라났다. 보고만 있어도 가슴이 뜀박질 치는 이 감정은 아마도 우정 이상의 감정이겠지. 환하게 웃는 눈앞의 사람을 갖고 싶냐고 묻는다면 당연히 그렇다고 대답할 것이다. 그러나 왜 실천하지 않느냐는 물음에는…… 즉각적인 대답을 할 수가 없다.

"유리?"

'하나도 이상하지 않아. 오히려 예뻐' 라는 말이 입안을 맴돈다. 저를 그저 바라보기만 하는 유리안을 의아하게 올려다보는 루키나의 얼굴이 너무나 순수해서 더욱 주저하게 된다.

'어떤 반응을…… 보일까?'

저를 단순히 친구로 생각하는 그녀에게 꼭꼭 숨겨두었던 이 마음을 털어놓게 된다면, 그녀 역시 자신을 남자로 바라봐 줄까? 아니면 휴이렌 때처럼 단호하게 거절할까?

"유리. 무슨 일 있어요?"

마주친 이후로 입 한번 열지 않는 유리안의 모습이 이상하긴 이상했는지, 미간을 좁히던 루키나가 그를 향해 손을 뻗으려 했다. 그런 그녀의 손이 제게 닿기 전 고개를 가로저은 유리안은 일렁이던 자안을 가라앉히며 차분하게 루키나를 쳐다봤다. 그제야 제 말에 반응한 유리안이 반가웠는지 루키나가 빙긋 웃었다. 그가 입을 열기만을 기다리는 루키나의 모습에 후우, 숨을 고르던 유리안은 입술을 달싹였다.

"그대에게 묻고 싶은 게 하나 있……."

"이브."

하지만 그의 말은 자신의 등 뒤에서 들려온 굵은 음성에 뚝 끊어졌다. '라펠!' 하고 제 어깨 너머의 사람을 향해 손을 들어 올린 루키나의 낯빛이 눈에 띄게 밝아지자 유리안은 하려던 말을 안으로 삼켰다.

"여기 있었군. 한참을, 아, 황태자 전하를 뵙습니다."

언제나 그렇듯, 머리부터 발끝까지 온통 흑색으로 물든 옷을 입은 사내는 그들을 향해 걸어오더니 허리를 굽혀 인사했다. 유리안은 딱딱하게 굳은 얼굴로 그를 쳐다보았다.

"윈스턴 공."

크게 뛰던 가슴이 순식간에 가라앉았다. 유리안은 이를 악물었다.

'마치 타이밍을 재고 있었던 것처럼.'

자연스럽게.

사실, 튀망 남작령에서 돌아온 후 몇 번씩이나 기회가 있었지만 모두 허사로 돌아간 것은 이자의 방해 때문이기도 했다. 유리안은 제게 인사를 한 뒤 루키나의 옆으로 다가가서는 라펠의 행동에 미간을 좁혔다. 순진한 레이디는 두 남자의 신경전을 알아차리지 못했는지, 방긋 웃으며 누군가를 바라보고 있었다. 그에 다시금 현실을 자각하게 된다.

"제가 여기 있는 걸 어떻게 아신 거예요?"

"셰리."

"어휴, 그 입 싼 계집애. 입궁 사실은 비밀로 하라니깐."

"집으로 돌아갈 건가?"

"그래야죠. 당신도 출궁하시는 거예요?"

"그런 셈이지."

"그럼 같이 가면 되겠네요!"

손뼉을 치는 루키나의 외침에 검은 가면으로 얼굴의 반을 가리고 있는 남자의 입꼬리가 올라갔다. 유리안은 그 모습을 똑똑히 지켜보더니 홱 몸을 돌렸다.

"어, 유리! 어디 가세요?"

라펠이 등장하자마자 오로지 그에게만 시선을 꽂고 있던 루키나가 뒤늦게 라몬 궁으로 다시 향하는 유리안을 향해 외쳤다. 유리안은 그 외침에 뚝 걸음을 멈추고선 뒤를 돌아보았다.

"갑자기 생각난 것이 있어서. 먼저 가봐야 할 것 같아."

"아……."

"그러고 보니 이브, 그대의 스물다섯 번째 생일이 조만간 열리는 걸로 기억하는데."

"기억하고 계셨어요?"

유리안의 말을 예상하지 못했는지, 깜짝 놀란 루키나가 눈을 동그랗게 뜨자 그는 옅게 웃었다.

"그대의 생일 파티에 나도 초대해 줄 거야?"

"당연하죠! 유리는 저의 가장 친한 친구인걸요. 유리한테 제일 먼저 초대장을 보낼게요!"

친구…….

어쩐지 씁쓸하게 느껴지는 단어가 마음에 걸려 환하게 미소 지을 수는 없었다. 쓴맛을 삼키며 고개를 끄덕이려는 순간, 루키나 옆에 서 있던 흑발의 사내가 못마땅한 눈으로 입을 다물고 있는 게 보인다. 유리안은 밖으로 터져 나오려는 코웃음을 삼켰다.

도무지 틈이라고는 보이지 않았건만.

질투를 하는 걸 보니, 저자도 일단은…… 사내인 건가.

"생일 파티를 준비하면서 곤란한 게 있으면 언제든 내게 말하도록 해. 내가 도와줄 수 있는 선에서는 무엇이든 도와줄 테니까."

"유리가요?"

"잊었어, 이브?"

유리안은 루키나를 바라보면서 크고, 힘찬 목소리로 말했다.

"나는 리우드의 황태자다."

◈

'들으라고 한 소리군.'

홱, 옷자락을 펄럭이며 라몬 궁으로 향하던 남자의 뒷모습은 처음 마주쳤을 때와는 달리 근엄하기 그지없다.

신분의 차이가 있었던 관계로 그가 사라질 때까지 고개를 숙이고 있기는 했지만, 저를 살짝 흘겨보던 유리안의 눈빛은 잊을 수가 없다.

아마도 경고에 가까웠을까.

다그닥, 다그닥. 카르디아 궁을 나서는 마차의 안에서 라펠은 돌아서던 유리안의 뒷모습을 떠올렸다.

불과 몇 달 전까지만 하더라도 리우드의 황태자라고 하면 언제 죽을지 모르는, 힘없는 권력의 희생자 정도로만 알려져 있었건만, 어느 순간을 기점으로 제국의 황태자에 대한 인식은 반전을 맞이했다.

항상 침상에 머무르고 사는 병약하고, 골골거리는 황태자에서 거침없이 황궁을 누비고, 황제가 주관하는 정무 회의나 귀족 회의에도 참관하며 자신의 존재감을 발휘하는 무시 못할 존재로 말이지.

「아무래도 짐이 이브에게 큰 상을 내려야 하는 게 아닐까 싶어. 이브 덕분에 유리 녀석이 날뛰는 걸 보면 말이야. 하하하.」

렉시어드 2황자가 건재할 때만 하더라도 렉시어드에게 꿈쩍도 하지 못하는 유리안을 보고 혀를 끌끌 차던 셀레스틴은 현시점에 들어 태도를 달리하기 시작했다. 그러한 셀레스틴의 변화가 리우드 제국 정계에 큰 영향을 미친 것은 말할 필요도 없었다.

황위 계승에 대한 야욕이 흘러넘치던 렉시어드 2황자의 건재 시절과는 달리, 그의 뒤를 이어주길 바라는 4황자 휴이렌 프란시스 리우드가 황위에는 크게 관심이 없어 보이는 걸로도 모자라 유리안 황태자와의 묘한 친분 관계를 유지하기까지 하자 2황후파 귀족들은 현재 잔뜩 기가 죽어 있는 상태였다.

「이건 다, 로델린 공작 영애 때문입니다!」

급기야 그들은 휴이렌과 유리안의 접점인 루키나를 지적하며, 그녀의 존재로 인해 황위 다툼 구도가 흔들리고 있다고 주장하기 시작했다.

본인은 순수한 의도에서 황태자와 친구가 되고, 제국 최초의 여기사가 되었을지 몰라도, 정치에 잔뼈가 굵은 귀족들에겐 필요 이상의 인기를 끄는 루키나 로델린의 등장을 고까워했다.

황태자의 세력이 커져 갈수록 귀족 모임 등에서 루키나 로델린이라는 이름이 심심찮게 들려오는 것은 아마도 그런 이유 때문이겠지.

'아는지 모르는지.'

저는 그런 그녀가 혹시나 모를 불상사를 당할까 싶어 매일같이 경계를 하고 있건만, 정작 당사자는…….

시야에서 사라질 때까지 자신에게 본능적인 경계의 시선을 보내던 유리안 아이너 리우드의 눈빛을 떠올리며 실소를 삼키던 라펠은 슬며시 고개를 돌려 눈앞의 레이디를 응시했다. 딱 보기에도 불편하다 못해 거추장스럽기까지 한 드레스를 입고 있는 여자는 평소와는 확연하게 다른 모습이다. 검을 들기에 편해야 한다는 이유로 저와의 데이트 때에도 바지를 고집하던 여자가 아니었던가.

"……응?"

무의식적으로 미간을 좁히고 있던 라펠은 그런 제 모습을 발견한 그녀가 눈을 동그랗게 뜨자 서둘러 얼굴을 폈다. 하지만 그를 놓칠 리 없는 루키나다.

"라펠. 뭐 하고 싶은 말이라도 있어요?"

라펠은 제게 말을 건네는 루키나를 바라봤다. 다른 것은 그리도 눈치가 빠르면서 어떻게 남자와 관련된 문제에 대해서는 저렇게 둔한 건지. 유리안 황태자가 드레스 차림의 그녀를 보고 한동안 넋을 놓는 장면을 직접 목격했던 터라 불쾌하기 그지없다. 입궁을 하기 위해서는 마땅히 예복을 갖추어 입어야 한다는 것을 알고 있기는 하지만, 마음에 들지 않는 건 들지 않는 거다. 그자의 자안에 루키나가 새겨지듯 각인되는 모습을 지켜보는 것은, 젠장.

"없다."

라펠은 어리둥절해하는 루키나에게서 시선을 거두며 중얼거렸다. 루키나가 피식 웃으며 자신의 맞은편에서 바로 옆자리로 다가온 것은 거의 순식간이었다.

"아닌 것 같은데?"

옷자락이 끌리는 소리와 함께 제 옆으로 엉덩이를 옮긴 루키나가 생글생글 웃으며 고개를 들이밀었다. 라펠은 갑작스러운 그녀의 행동에 순간적으로 놀랐지만 내색하지는 않았다. 이 여자가 왜— 가슴이 요동쳤지만 애써 감추며 라펠은 슬쩍 옆으로 물러나려 했다.

쿵—

그렇게 고개를 돌리던 와중, 그는 행동을 멈출 수밖에 없었다. 하필이면 가슴 부위가 파여 있던 드레스였던지라, 시선을 옮기다가 그녀의 아찔한 가슴골을 보고야 말았다. 젠장. 입술이 바짝 말라가 라펠은 미간을 좁혔다.

"정말로 하고 싶은 말이 없다고요?"

루키나 로델린은 경직된 그의 표정을 발견했는지, 아니면 못했는지 순진무구한 목소리를 뱉으며 고개를 갸웃거렸다. 빌어먹을. 라펠은 끓어오르는 무언가를 억지로 가라앉히며 그녀에게서 시선을 떼기 위해 노력해야 했다.

"그래."

"흐응. 그래요……."

"……!"

하아, 한숨을 내쉬던 루키나가 이번에는 마차의 벽 부분에 찰싹 붙어 있던 그의 옆으로 바짝 몸을 기대자 라펠은 움찔거렸다.

"이브."

"네?"

"……."

"왜요. 하고 싶은 말이 생각났나요?"

저를 빤히 올려다보는 루키나의 눈동자는 투명하다 싶을 정도로 맑다. 라펠은 머뭇거리다 어딘가를 가리켰다.

"저기, 비어 있지 않나?"

"네?"

"……."

"어머! 미안해요. 제가 너무 당신을 몰아붙였네요. 그렇죠?"

자신이 그를 압박하고 있다는 걸 이제야 깨달았다는 듯, 호호 웃던 루키나는 벌떡 일어나 원래 앉아 있던 자리로 걸음을 옮겼다. 그녀가 살포시 착석하는 모습을 지켜보던 라펠은 그제야 겨우 숨을 골랐다.

'……?'

그렇게 다시금 맞은편 좌석에 엉덩이를 붙인 루키나 로델린은 어찌 된 셈인지 자리에 착석한 이후 저를 죽일 듯 노려보고 있었다. 라펠은 그런 그녀의 무시무시한 시선을 말없이 받아주다 창밖으로 시선을 옮겼다.

'정말이지…… 미치겠군.'

미르티스 라펠 윈스턴은 울고 싶은 심정이었다.

❖

"그 정도면, 관심이 없는 거 아니야?"

자신의 얼굴 크기만 한 대형 빗을 두 손으로 잡은 채 곧게 솟은 털을 슥슥 빗던 빅토리아 로즈 리우드는 심드렁한 목소리를 흘렸다. 일리아나 포프너에게 목검을 쥐는 법을 가르쳐 주며 수평 베기를 지시하던 루키나 로델린은 홱 고개를 돌려 그녀를 응시했다.

"그게 무슨 소리야! 관심이 없다니!"

아주 간단한 동작임에도 불구하고 자꾸만 검을 떨어뜨리는 일리아나에게 떨어진 검을 쥐어주던 루키나는 빅토리아를 향해 소리쳤다. 그런 루키나를 흘끔 내려다보던 빅토리아는 이젠 완벽하게 자신의 애완동물이 되어버린 튀망 남작령의 괴물, 트라우스 울프의 목을 쓰다듬고선 녀석의 등 위에서 폴짝 뛰어내렸다.

"일부러 옆자리에 앉았다며. 아니야? 그런데도 윈스턴 공작은 꿈쩍도 안 했다며. 무려 언니가, 드레스를 입고 있던 상태였음에도 불구하고!"

자안을 일렁이며 빅토리아 로즈 리우드가 외쳤다. 거짓 없는 사실 지적에, 루키나 로델린은 순간적으로 흡, 숨을 들이켰다. 아무 말도 하지 못하는 루키나의 모습에 쯧쯧 혀를 차던 빅토리아는 아까부터 계속 끙끙거리고 있는 일리아나에게서 목검을 빼앗아 들더니 루키나를 향해 겨누었다.

"난 말이지, 이브 언니. 사실 윈스턴 공작이 언니한테 크게 관심이 없는 게 아닌가 하는 의심이 든단 말이야."

루키나는 묘한 코웃음을 흘리며 중얼거리는 빅토리아를 멍한 눈으로 응시했다.

"아니, 그게 그렇잖아. 좋아하는 여자가 바로 옆에 있는데, 그것도 매우 매력적인 옷을 입고 있는데 넋 놓고 쳐다보기는커녕 돌 보듯 응시했다며. 게다가 떨어지라는 말까지!"

그, 그렇게까지 강하게 말한 건 아니지만…….

당황하는 루키나를 보며 빅토리아는 확신에 찬 음성을 흘렸다.

"그럼 둘 중 하나야. 윈스턴 공작이 언니에게 관심이 없거나, 아니면 미친 듯이 자제를 하고 있거나. 하지만 안타까운 건 언니, 내가 아는 윈스턴 공작은 여자한테 크게 관심을 가질 인물이 아니란 말이야. 그러니까 어쩌면 그동안의 모든 일은 언니의 착각일 가능성이…… 악! 왜!"

루키나는 눈을 가늘게 뜨며 빅토리아를 응시했다. 어느새 다가온 루키나에게 꿀밤을 맞은 빅토리아가 미간을 좁히며 입술을 씰룩거리는 게 보였다. 루키나는 물었다.

"빅토리아. 너 아직 포기 안 했어?"

제 질문이 끝나자마자 얼굴을 화르륵 붉히는 것을 보니 사실이긴 한 모양이다. 루키나는 긴 한숨을 흘렸다.

"몇 번을 말해. 라펠은 내 남편 후보라니까?"

"아직 결혼한 건 아니잖아!"

"그럼 러브 다시 받아갈까?"

"……아, 안 돼, 우리 러브는! 얜 이제 내 상징, 아니, 우리 황실의 상징이나 다름없다고! 그치, 러브!"

루키나가 눈썹을 까딱이며 러브라는 이름이 붙여진 트라우스 울프를 흘긋거림과 동시에, 빅토리아는 얼른 몸을 돌려 갸르릉거리는 러브의 목을 와락 끌어안아 버렸다. 빅토리아의 말에 화답이라도 하듯 크게 입을 벌리는 러브를 보며 루키나는 이를 갈았다.

'어째서 요 망할 계집애의 눈을 먼저 보게 된 건지.'

아직도 그날의 일을 생각하면 화가 치밀어 오른다. 자신이 어떠한 각오로 이 녀석에게 달려들었는데. 수십 년이 넘도록 퉈망 남작령 사람들을 괴롭히던 괴물은 허무하게도 이젠 빅토리아의 명령만 듣는 온순한 애완동물이 되어버렸다. 목숨을 바칠 기세로 트라우스 울프에게 푸른 가루를 뿌렸던 루키나의 노력이 허망하게도, 괴물이 몸을 비트는 사이 한 번 더 가루를 뿌리기 위해 앞으로 나간 빅토리아와 녀석이 눈을 마주쳐 버린 것이다.

「이, 이브? 이, 이제 어떻게 해야 해?」

캬아아— 동굴 안을 울리는 커다란 울음소리를 뱉어낸 후 빅토리아를 향해 머리를 조아리는 녀석을 보며 빅토리아는 깜짝 놀라 뒤를 돌아보았다. 마치 쓰다듬어 달라는 듯 빅토리아에게 제 머리를 들이밀고 있는 녀석을 황당하게 쳐다보던 루키나는 어찌할지 명령을 내려달라는 표정을 짓고 있는 빅토리아와 녀석을 번갈아 바라보다 눈물을 삼켜야만 했다.

확실히 염라의 목걸이가 효능이 있기는 했던 건지, 루키나 일행을 찾고 있던 사람들에게 다가갈 때와 세이번으로 돌아갈 때도, 순순히 빅토리아의 말을 들었던 트라우스 울프에게는 자신과 루키나의 이름을 조금씩 딴 러브라는 명칭이 붙었다.

루키나 로델린 공작 영애의 임시 기사단 인원을 모두 태우고도 남은 트라우스 울프는 순식간에 리우드의 화제에 올랐고, 루키나가 황제에게 이번 임무를 인정받는 데도 큰 공을 세웠던 터라 그녀는 울며 겨자 먹기로 빅토리아에게 그것의 소유권을 넘길 수밖에 없었다. 뭐, 자신이 뒤늦게 그 소유권을 주장해도 러브 녀석이 제 말을 들을 리 만무하겠지만.

"그런데 두 사람 말이야. 제대로 연애는 하고 있는 거 맞아?"

루키나에게 러브의 소유권을 인정받은 뒤 눈에 띄게 기뻐하며 그녀를 자신의 언니로 대하는 것으로도 모자라 라펠을 그녀에게 넘기겠다고 외쳤던 빅토리아 로즈 리우드는 퓌망 남작령에서의 일이 열 달 지난 지금, 심심할 때마다 루키나의 세이번 자택을 찾아오거나 혹은 루키나를 카르디아 궁으로 호출하면서 시간을 보내곤 했다. 일주일 전, 그녀를 카르디아 궁으로 호출했던 빅토리아 로즈 리우드는 일주일 후인 오늘, 직접 루키나 로델린의 세이번 자택으로 방문하여 일명 '레이디 타임'이라 불리는 시간을 가지고 있는 중이었다.

'연…… 애?'

루키나 로델린은 러브를 거론하자 금세 꼬리를 내리고선 일리아나와 무언가 속닥거리던 빅토리아가 던진 물음에 순간적으로 멈칫했다. 빅토리아는 제게서 목검을 건네받아 수평 베기를 이어가며 헉헉 숨을 몰아쉬고 있던 일리아나에게 말을 건넸다.

"리아. 너 일주일 전 신문 1면, 기억해?"

"하아, 하아. 시, 신문…… 이요?"

"그래, 신문. 왜, 이브 언니랑 윈스턴 공작의 검투 경기장 방문에 대한 이야기가 크게 실린 기사 있었잖아. 기억 안 나?"

"아아! 기억나요!"

루키나는 제가 들으라는 듯 대화를 이어 나가는 두 여자를 말없이 지켜봤다. 빅토리아 로즈 리우드는 고개를 절레절레 저으며 중얼거렸다.

"데이트 장소가 검투 경기장이라니. 확실히 파격적일 순 있지만, 충격을 금치 않을 수 없었어."

"하긴. 저도 레이디 로델린의 선택에 조금 놀랐던 기억이 나네요."

두 명의 레이디는 검지를 좌우로 까딱이며 말을 이어갔다. 루키나의 얼굴은 딱딱하게 굳어졌다.

"이브 언니. 윈스턴 공작이랑 퉈망 남작령에서 돌아온 이후로 계속 만나왔던 건 맞지?"

왠지 취조에 가까운 질문에 루키나는 잠시 움찔거렸지만 이내 고개를 끄덕였다.

"그럼 그때마다 뭘 했어?"

뭘…… 했냐고?

"시, 식사를 한다든가……."

"응."

"티타임을 가진다든가."

"의외로 평범하네?"

"검투 경기를 관람하러 간다든가……."

"쯧. 검투 경기는 아무리 생각해도 아니라니까. 어쨌든, 그리고 또? 또 있어?"

눈을 부라리며 묻는 빅토리아의 말에 루키나는 주저하다 중얼거렸다.

"……검을 맞댄다든가."

"뭐? 뭐라고? 뭘 해?"

버럭 소리를 지르며 되묻는 빅토리아의 반응에 하품을 하고 땅 위에 얼굴을 파묻고 있던 러브가 고개를 치켜들었다. 빅토리아는 놀란 러브의 콧등을 쓸어주더니 루키나를 노려보며 미간을 좁혔다.

"데이트를 하면서 검술 대련을 했다고?"

루키나는 의아한 표정을 지었다.

"잘못된 거야?"

"당연히 잘못됐지!"

빅토리아 로즈 리우드는 일말의 망설임도 없이 소리쳤다. 루키나는 깜짝 놀랐다. 빅토리아는 스스로를 향해 되묻던 루키나에게 한 걸음 다가오더니 외쳤다.

"세상에, 그 어떤 레이디의 데이트에 검술 대련이 들어가! 말이 돼, 검술 대련이?"

……아, 안 될 건 뭐야.

루키나는 입안에 머물고 있던 말을 뱉어내려다 말았다. 일리아나 역시 빅토리아와 비슷한 표정을 지으며 저를 바라보고 있었기 때문이다. 그제야 의문이 든다. 정말로…… 잘못된 건가?

"언니. 지금까지 몇 번이나 연애해 봤어?"

"어?"

"적어도 한 번은 해봤을 거 아니야! 아, 뭐, 렉스 오라버니와의 일은 제외하고."

루키나의 아픈 상처를 지적하는 것이 조금 미안했는지, 말끝을 흐리는 빅토리아에게 '전혀 아무렇지 않아' 라고 답할까 했지만 참았다. 루키나는 기억을 더듬어보았다.

연애…… 라.

이번 생은 빙의한 지 이제 막 이 년 정도가 흘렀으므로 이번이 처음이라 치고. 그전의 생을 더듬어본다면…….

'……없네.'

루키나 로델린은 입술을 파르르 떨었다. 그녀는 지금껏 단 한 번도 제대로 된 연애는커녕 데이트 한번 해보지 못한 솔로였다. 엄청난 모태 솔로. 젠장. 아픈 상처를 건들다니, 요 망할 계집애. 루키나는 인상을 썼다.

"없지?"

본의 아니게 타격을 받은 루키나가 입술을 잘근 깨물고 있자 빅토리아의 입꼬리가 올라갔다. 루키나는 말없이 그녀를 쳐다보았다. 빅토리아는 중얼거렸다.

"어휴. 그러니 만난 지 열 달이나 지났는데, 아무 발전이 없지."

"……."

"언니가 그 상태니까 윈스턴 공작도 어찌할 바를 모르고, 그렇게 뻣뻣한 태도를 유지했던 거라고. 드레스를 입어도 눈 한 번 깜짝하지 않고 말이야."

……뭐?

"안 되겠어. 이대로라면 더 이상의 진도는 나가지 않을 거야. 진도가 나간다 해도 검술 대련을 하다가 살갗을 스치는 정도밖에 안 나갈걸?"

"……!"

"언니. 솔직히 말해봐. 두 사람, 키스는 언제가 마지막이야?"

키, 키스?

예상치 못했던 단어에 루키나의 얼굴은 화끈 달아올랐다. 빅토리아는 루키나의 반응을 보며 '아직 시작도 안 했군' 이라 중얼거리더니 일리아나 쪽을 응시했다.

"리아. 이 불쌍한 레이디를 위해서 우리가 머리를 맞댈 필요가 있을 것 같아."

"제가 생각해도 그래야 할 것 같아요, 빅토리아 저하."

루키나는 서로 손을 맞잡으며 무언가 결연한 의지를 다지는 두 레이디를 멀뚱히 응시했다. 속닥속닥. 한참 동안 일리아나 포프너와 귓속말을 주고받던 빅토리아 로즈 리우드는 일리아나와의 무언의 눈빛 교환을 마친 뒤, 몸을 돌려 루키나에게로 다가왔다. 척— 빅토리아 로즈 리우드의 작은 손이 제 어깨 위로 올라오자 루키나는 미간을 좁혔다. 빅토리아는 의아해하는 루키나를 향해 하얀 이를 드러내며 웃었다.

"이젠 내게 다 맡겨, 이브 언니. 윈스턴 공작을 넘겨주는 게 아깝기는 하지만, 언니에겐 확실히 빚진 것이 있으니…… 내가 좀 도와주도록 할게. 나만 믿어."

탕탕, 자신의 가슴까지 두드려 가며 의지를 불태우는 제국의 유일한 황녀의 말이 어쩐지 불길하게 들리는 건, 착각일까.

❖

음산한 기운이 가득한 지하 감옥의 천장에서 뚝뚝 물방울이 떨어졌다.

한기가 드는 간이침대 위에 이불 하나 없이 누워 있던 그의 이마 위로도 천장의 물방울은 투득, 내려앉았다.

빛이라곤 스며들지 않은 한없는 어둠. 춥고, 서늘하기까지 한 주변의 풍경에 이를 덜덜 떨고 있던 그는 갑자기 몸을 벌떡 일으켰다.

'……착각?'

음습한 공간에 홀로 머물다 보면 저도 모르는 사이 발달하게 되는 것이 바로 청력이다. 지난 몇 달 동안 이곳에 지내면서 쥐들이 움직이는 소리마저도 캐치하게 된 그는 먼 곳에서 들려온 그 소리에 눈에 힘을 줬다. 그의 귓가로 들려온 예의 소리는 지금까지 자신이 들어왔던 쥐들이나 간수들의 발걸음 소리와는 차원이 달랐다.

가볍고, 경쾌하기까지 한. 틀림없이 고급의 재료로 만들어졌을 것이 분명한 신발의 소리.

두근두근. 거세게 심장이 뛰는 것을 느끼던 그는 이 방의 유일한 문을 향해 미친 듯이 달려갔다.

단단한 철로 만들어진 문은 여전히 꽉 막혀 열릴 생각을 하지 않았지만, 그는 무언가 희망에 찬 표정을 지으며 철문에 붙어 있었다.

철컥.

간수들이 가끔 그의 생사를 확인하기 위해 만들어놓은 철문 상단부의 틈이 열린 것은 그 순간이다. 그는 철문 밖에서 독방 안을 들여다보고 있는 상대를 바라보기 위해 뒤로 한 걸음 물러났다.

"누……!"

갑자기 스며든 빛으로 인해 눈이 부셨던 터라 미간을 좁히던 그는 가까스로 이으려던 말을 차마 다 뱉어내지 못했다. 겨우 적응을 한 그의 시야로 들어온 사람은 검은 로브를 입고 있었기 때문이다. 의심스럽기 그지없는 그자의 모습에 본능적으로 경계를 하던 그는 천천히 로브를 내리는 사람의 얼굴을 발견하고선 눈을 크게 떴다.

"고생하고 있다는 이야기를 듣기는 했지만, 이 정도일 줄은…… 몰랐군."

쯧쯧. 동정을 가득 담은 목소리로 말하는 검은 로브를 그는 그저 바라보았다. 당신이 어떻게 여기에—라는 말은 굳이 묻지 않아도 되었다. 그는 차분하게 검은 로브의 다음 말이 이어지길 기다렸다.

"그대를 이곳에서 꺼내주지."

……뭐?

그는 잘못 들었나 하는 얼굴로 문밖을 응시했다. 작은 틈 사이로 보이는 검은 로브의 눈동자는 미동이라곤 없었다. 그가 말없이 그저 제 말을 듣기만 하자 검은 로브가 말을 이었다.

"대신, 날 위해 한 가지 일을 좀 해줘야겠어."

❖

「앞으로 내가 시키는 대로만 해. 내 지시를 지키지 않거나, 멋대로 행동해선 안 돼, 알았지?」

제국 사교계에서도 알아주는 '오지라퍼'에 속해 있는 빅토리아 로즈리우드는 '스스로 알아서 할 수 있어!'라며 외쳐 대던 루키나 로델린을 기어코 설득시켰다.

그렇게 행동했다간, 남자를 유혹할 수 없어—라 주장하는 그녀의 외침에 결국 설득당한 것이다. 이미 한 번, 연애 경험자인 로렐에게서 어드바이스를 들은 적이 있었던 루키나 로델린은 밑져야 본전이라는 생각에 빅토리아의 계획대로 움직여 보기로 했다. 그래. 적어도 이전보다 나으면 나았지, 설마 또 실패하겠어?

「명심해, 이브 언니. 오늘만큼은 기사가 아닌 레이디야. 언니는 기사가 아닌 레이디라고.」

「……그럼 솔라는 가져가면 안 되는 거야?」

「그걸 말이라고 해? 당연히 압수지! 셰리!」

「예, 황녀 저하!」

「당장 이브 언니가 모르는 곳에 숨겨놔. 데이트 장소에 레이피어를 들고 가는 레이디가 세상에 어디 있어? 안 그래?」

「그럼요!」

어찌나 죽이 잘 맞는지. 빅토리아의 말에 힘차게 고개를 끄덕이던 셰리는 루키나가 뭐라 말할 틈도 없이 솔라를 들고 사라졌다. 젠장. 루키나는 후다닥 뛰어가는 셰리를 막지도 못한 채 자신의 의상이며 헤어스타일, 구두, 심지어 액세서리의 착용까지 도와주는 일리아나와 빅토리아를 지켜봐야 했다.

「자, 그럼 지금부터 몇 가지 규칙을 알려줄 테니 반드시 명심해야 해.」

새벽부터 그녀의 집으로 찾아와 온갖 난리를 부리던 빅토리아 일행은 정오를 갓 넘겼을 시점에서야 겨우겨우 준비를 끝마쳤다. 머리부터 발끝까지, 빅토리아가 원하는 대로 탈바꿈하게 된 루키나는 숨도 제대로 쉬지 못하며 헉헉거리는 중이었지만 빅토리아는 아랑곳하지 않았다. 오히려 배를 조금 더 집어넣으라는 지적을 서슴지 않았다. 이것이 바로 레이디가 생존하는 법칙인가. 루키나는 울음을 삼키며 고개를 끄덕일 수밖에 없었다.

「언니가 실행해야 할 첫 번째 규칙이야.」

「첫 번째 규칙?」

「레이디는, 약속 시간에 맞추어가지 않는다.」

루키나가 깜짝 놀라 빅토리아를 바라보자 씩 웃던 그녀는 루키나의 귀에 대고 작게 속삭였다.

「아량이 넓은 기사라면 몇 분 늦는 것 정도는 기다려 줄 테니 너무 걱정하지 마. 자, 그럼 출발!」

빅토리아가 고개를 끄덕이자 루키나 로델린을 태운 마차가 내달리기 시작했다. 빅토리아를 비롯한 셰리와 일리아나가 저를 향해 손을 흔들고 있는 것을 창밖으로 바라보던 루키나는 밀려오는 불안감으로 인해 잠시 미간을 좁혔지만 이내 태연해지기로 했다.

'그래, 까짓것…… 할 수 있어.'

그간 이보다 더한 일도 하지 않았던가. 남장을 해서 합숙을 해보기도 했고, 기사단 입단 테스트도 치러보기도 했고, 집채만 한 괴물을 처치해보기도 했으며, 심지어 다리 사이에 묘한 물건을 달아보기도 하지 않았었나. 수많은 데이트 중 한 번일 뿐이다. 상대의 스킨십을 목표로 하는 데이트이기는 하지만 뭐, 내겐 손쉬운 일이지!

히이잉—!

루키나 로델린은 말 울음소리와 함께 멈춰 서는 마차를 인지하고는 주먹을 불끈 쥐었다. 장소에 도착했음을 알리는 마부의 음성과 아마도 라펠의 것으로 짐작되는 목소리 역시 마차 밖에서 들려왔다. 두근두근, 묘하게 일렁이는 심장을 고요히 가라앉히기 위해 노력하던 루키나는 달칵 열리는 문을 빤히 직시했다.

"이브. 오늘은 그대답지 않군. 매번 나보다 먼저 왔던 그대가 아닌가? 어째서 삼십 분이나 늦은……!"

마차 문을 열며 입술을 달싹이던 라펠의 음성이 뚝 끊어졌다.

알아, 당신이 왜 그런 표정을 짓는 건지.

건물 안이 아닌 바깥에서 만나기로 했었던 터라 여전히 그의 트레이드마크나 다름없는 검은 가면을 착용한 상태였지만, 라펠이 어떤 얼굴을 하고 있는 건지는 훤히 다 보였다. 루키나는 후우, 한숨을 내쉰 채 심호흡을 하더니 싱긋 웃으며 그를 향해 흰 장갑을 끼고 있던 손을 내밀었다.

"윈스턴 공작 각하. 실례지만, 제가 나갈 수 있도록 도와주시겠어요?"

"……."

"각하?"

"……."

"미스터 라펠?"

"아. 아아."

미르티스 라펠 윈스턴은 저를 향해 뻗은 루키나의 가느다란 손을 멍한 눈으로 응시하다 고개를 끄덕이며 그녀에게 손을 건넸다. 루키나는 빙긋 미소를 그리며 그의 손 위로 제 손을 포개고는 힘겹기 그지없는 몸 일으키기를 시전해야 했다.

'크…… 리아. 너무 세게 묶어놨어.'

엉덩이를 들기가 힘들 정도로 상체 부분을 강하게 압박하는 코르셋으로 인해 다리의 힘이 풀려, 하마터면 마차에서 나오던 도중 마차 천장에 머리를 찧을 뻔했다. 어떻게 해서든 가슴을 모으고, 배를 압박하라고 지시하는 빅토리아의 명령을 충실히 수행한 일리아나 덕분이었다. 만약 루키나가 라펠의 손에 제 손을 올리지 않았더라면 아마도 그 위기를 극복할 수는 없었겠지. 그녀는 라펠의 도움을 받아 겨우 땅 위로 바로 선 뒤 웅성거리고 있는 광장을 둘러보았다.

꼬르륵—

……!

공기가 잘 통하지 않는 마차 안에서 몇 분간 쉬지 않고 달려왔던 터라 숨을 꾹 참고 있었거늘, 확 트인 광장에 서자마자 긴장이 풀린 건지 배 쪽에서 묘한 소리가 들려왔다. 루키나가 사실을 인지하곤 홱 고개를 돌리자마자 라펠이 저를 내려다보고 있는 것이 보였다. 빌어먹을! 루키나는 귓불이 붉어지는 것을 알아차리며 이를 악물었다. 하지만 아무렇지 않은 척 들고 있던 부채로 얼굴을 가리고선 다시 소란스러운 광장을 구경하는 시늉을 했다.

"이브."

"네, 미스터 라펠."

"……무슨 일 있나?"

라펠의 입장으로는 지금 이 상황이 당황스럽기 그지없겠지. 그의 마음을 이해하지 못하는 것은 아니다. 루키나는 호호, 부채로 입을 가리며 고개를 가로저었다.

"아뇨. 아무 일도 없는걸요?"

"……그래? 헌데, 그 드레스는 대체……."

"별론가요?"

루키나는 미간을 살짝 좁히는 그를 향해 물었다. 갑작스러운 그녀의 질문에 움찔거리던 라펠은 잠시 말을 잇지 못했다. 현재 루키나 로델린이 입고 있는 드레스는 평소의 강렬한 의상과는 달리 제 눈동자와 닮은, 녹색 계열의 은은한 빛깔의 드레스였다. 그녀가 움직일 때마다 약간씩 펄럭이는 드레스 자락이 부드럽기 그지없어, 미소 짓는 그녀의 얼굴마저 온화하게 만드는 착시 효과까지 일으키는 상태였다.

「이번 데이트를 위해서 언니는 평소의 이미지를 탈피해야 해.」

「이미지…… 탈피? 내 평소의 이미지가 어떤데?」

「어떻긴! 엄청나게 센 이미지지!」

「……뭐?」

「걱정 마. 센 이미지는 화장이랑 의상 변화로 충분히 바꿀 수 있으니까. 언니는 나만 믿으면 돼!」

가슴을 탕탕 두드리며 외치던 빅토리아의 말이 의심쩍은 것은 사실이었지만, 일단은 그녀를 믿기로 한 이상 빅토리아의 규칙을 따라보기로 결심했다. 루키나는 제 물음에 대답하지 않고 주춤하고 있는 라펠을 향해 한 걸음 다가갔다.

"미스터 라펠."

"……."

"이 드레스, 저와 그렇게 어울리지 않나요?"

"이, 이브?"

당혹감이 얼굴에 가득하다. 음. 놀리는 게 나름 재미있으니 조금 더 나가볼까?

"당신이 어울리지 않는다고 말한다면 당장 갈아입고—"

"……어울려."

"네?"

커다란 눈에서 뚝뚝 물방울이라도 떨어뜨릴 기세로 중얼거리던 루키나는 말을 멈추고선 고개를 들었다. 가면 밑의 붉은 입술이 약간의 주저 끝에 움직이는 모습이 들어왔다.

"잘…… 어울려."

그 말을 꺼내는 것이 익숙하지 않아서인지, 아니면 부끄러워서인지 라펠은 말을 끝낸 후 흠흠, 헛기침을 뱉어냈다. 귀엽네. 딱딱한 얼굴을 유지하려 노력하면서도 목덜미 부분이 살짝 붉어진 모습을 발견한 루키나는 속으로 씩 웃으며 중얼거렸다.

"라펠. 저 배가 고파요."

이렇게 계속 광장 한가운데 서 있을 수만은 없다고 생각했던 루키나가 말을 꺼내자 뒤늦게 정신을 차린 라펠이 고개를 끄덕였다.

"그대가 좋아하는 아기 돼지 통구이집으로 갈까?"

매번 그들이 만날 때면 항상 들르곤 했던 세이번의 아기 돼지 통구이집은 얼마 전 신문에 오르기 시작하면서 더 유명세를 탔다고 한다. 라펠은 당연히 그곳으로 향할 생각이었는지 그녀에게 의사를 전했다.

「언니가 반드시 명심해야 할 두 번째 규칙. 레이디는 데이트를 위해선 내숭을 떨어야 해.」

내숭. 내숭이라…….

잠시 머리를 굴린 루키나는 이미 발을 그 레스토랑으로 옮기고 있던 라펠에게 외쳤다.

"어, 어머! 아기 돼지 통구이라니!"

"……?"

"호호호. 미스터 라펠. 야만스럽게 어떻게 아기 돼지를 먹을 생각을 다 하세요?"

"……이브?"

그가 갑작스러운 그녀의 반응에 의아한 표정을 짓자 루키나는 부채로 입을 가리며 말했다.

"저기가 괜찮겠네요!"

라펠은 루키나의 시선에 고개를 돌렸다. 그녀의 손끝이 가리키는 식당을 발견한 라펠의 미간이 좁아졌다.

젠장.

젠장.

젠장할!

포크를 움켜쥐고 있던 루키나 로델린은 굳게 다문 입술 밖으로 크게 욕설을 뱉어내고 싶은 심정이었다. 이유는 간단하다. 제 앞에 놓인 그릇을 바라보아도, 라펠의 앞에 놓인 그릇을 바라보아도, 다른 테이블을 둘러보아도, 종업원들이 들고 있는 트레이를 보아도 모두가 풀떼기뿐이었기 때문이다.

저걸로 배가 차냐고!

루키나 로델린은 꾸르륵, 울려 퍼지는 뱃고동 소리를 들으며 절망에 빠졌다.

매일같이 빠지지 않고 체력 훈련과 검술 훈련을 이어가고 있는 아미키티아 기사단의 단장, 루키나 이베타 로델린의 평소 섭취량은 웬만한 레이디의 섭취량과는 차이가 있었다. 아무래도 검을 들기 위해서는 어느 정도 기초 영양분이 필요하니까. 지옥과 같은 다이어트를 겪은 후, 몸매를 유지하느라 기초대사량에 어긋나지 않는 식사 습관을 지켜왔었건만.

꾸르륵—

오늘은 해도 해도 너무했다.

루키나는 먹어도 먹어도 도저히 배 속이 찬 기분이 들지 않는 풀떼기를 입안으로 쏙 밀어 넣으며 울음을 삼켰다.

「저긴…… 샐러드 레스토랑일 텐데.」

남자의 앞에서 최대한 내숭을 떨라는 빅토리아의 데이트 규칙을 성실히 수행하기 위해 가리킨 곳이 하필이면 샐러드 레스토랑일 줄이야. 메뉴라고는 샐러드밖에 없는 레스토랑을 가리켜 버린 제 손가락을 부러뜨리고 싶다는 생각까지 하던 루키나는 그에게 내색 않고 힘차게 레스토랑의 문을 열었다.

식사를 주문하기 전까지 그녀에게 '괜찮겠나?' 라는 말을 건네던 라펠에게 문제 될 것이 뭐 있냐고 웃음으로 화답했던 제 입도 세게 쳐 버리고 싶은 심정이었다.

'어떻게 고기를 하나도 안 팔 수가 있냐고!'

각종 채소들의 환상적인 조화임에도 불구하고 어전히 허기진 배는, 제대로 된 음식을 투여해 달라고 소리치고 있었다. 다행스러운 점은 배가 부르지 않은 까닭에 힘을 주지 않고도 걸음을 움직일 수 있다는 점이었다. 놀랍게도 라펠은 레스토랑을 나오면서도 크게 불만족스럽지 않은 얼굴이었다. 저를 에스코트하며 밖으로 나온 라펠을 올려다보며 묻는 루키나를 그저 말없이 바라보기만 할 뿐. 루키나는 미친 듯이 요동치는 뱃고동 소리를 숨기기 위해 얼른 입을 열었다.

"그럼 이제 어디로 갈까요?"

"글쎄. 그대가 원하는 곳으로 가도록 하지."

"제가 원하는 곳이요?"

"그대가 원하는 곳이라면, 어디든……. 아. 그렇지. 그러고 보니 오늘 오노르 내부에서 개인 검술 경기가 있을 예정인데. 괜찮다면 구경하러 갈까?"

루키나 로델린은 저도 모르게 '네!' 라고 외칠 뻔했다.

「검투장이나 마상 경기장은 절대 안 돼!」

하지만 이내 떠오른 빅토리아의 외침은 그녀의 벌어지려는 입술을 닫게 만들었다. 루키나에게 신신당부하던 빅토리아는 말했다.

「세 번째 규칙. 레이디는, 보호받아야 한다. 이브 언니, 명심해. 오늘만큼은, 언니는 기사가 아닌 레이디라고. 데이트 도중 대련? 말도 안 돼! 검투 경기 관람? 마상 경기 관람? 웃겨! 지켜주고 싶은 사람이 되어야 한다고. 그냥 내버려 두어도 스스로를 지킬 수 있는 사람이 아니라. 알았어?」

……망할.

"이브?"

오노르가 있는 방향으로 이미 발을 뻗어 나가던 라펠이 움직이지 않고 있는 루키나를 부르기 위해 고개를 돌렸다. 루키나는 고뇌에 가득 찬 표정으로 그를 바라보다 어색하게 웃으며 고개를 내저었다.

"그, 그런 곳 말고……. 아, 그래요. 요즘 엄청 인기를 끄는 연극이 있다던데. 그거나 보러 갈, 라펠!"

"죽어라, 윈스턴!"

혹시나 해서 빅토리아가 챙겨주었던 연극 티켓 두 장을 등 뒤에서 만지작거리던 루키나는 라펠의 뒤쪽을 어슬렁거리던 누군가가 그를 향해 달려드는 것을 보고 소리쳤다.

젠장!

그가 미처 뒤를 돌아보기 전 루키나는 얼른 손을 뻗어 라펠을 끌어당겼다. 그러고는 마침 손에 쥐고 있던 부채를 앞으로 내밀었다.

타악!

라펠의 등을 찌르기 위해 다가오던 비수가 루키나의 손에 들린 부채의 끝과 닿아 멈춰 버리자 남색 로브를 뒤집어쓰고 있던 자가 놀란 듯 고개를 들어 올렸다. 루키나는 남색 로브가 주춤하는 사이 '라펠!' 하고 소리치며 부채를 들지 않은 손을 뒤로 뻗었다. 라펠은 그녀가 언급하지 않았음에도 불구하고 루키나의 손바닥 위로 자신의 검집을 던져 주었다.

스릉—!

남색 로브는 초록 드레스 차림의 웬 레이디가, 갑자기 검집에서 검을 뽑아 든 후 저를 향해 블레이드 끝을 겨누자 몹시 당황한 듯 안절부절못했다. 루키나 로델린은 그런 그를 향해 한 걸음 다가가며 빙긋 웃었다.

"너 오늘 잘 걸렸다."

"윽! 아야!"

따끔거리는 통증에 루키나가 인상을 쓰자 무릎을 굽히고 그녀에게 약을 발라주던 라펠이 고개를 들어 올렸다.

"아야는 무슨."

"으윽!"

"더 다치지 않은 걸 다행으로 생각해."

타박하는 기색이 역력한 미르티스 라펠 윈스턴은 오히려 부상자에게 핀잔을 늘어놓더니 다시금 상처가 난 루키나 로델린의 손등 위로 약을 문질러 준다. 루키나는 자신을 조금 높은 곳에 앉히고는 천천히 치료를 해주는 남자의 섬세한 속눈썹을 내려다보며 풋 웃음을 터뜨렸다.

"뭘 잘했다고 웃나."

어느새 답답해 보이는 가면을 벗어 던진 흑발의 사내는 인상을 쓰며 그녀를 올려다보았다. 루키나 로델린은 싱긋 웃으며 그에게 물었다.

"왜 고마워하지도 않아요?"

"어째서 고마워해야 하지?"

"내가 당신의 목숨을 구해주었잖아요."

"……괜한 오지랖이다. 그자의 움직임은 이미 알고 있었어."

순 거짓말.

워낙 조심스럽게 움직였던 자이기에 루키나도 그가 가까이 다가와서야 알아차릴 수 있었다. 뭐, 라펠은 확실히 저보다 실력자이니만큼 이미 알고 있었던 건지도 모르겠지만 당시의 그는 제게 시선을 꽂고 있지 않았던가. 루키나는 흥 코웃음 쳤다.

"믿지 않는 건가?"

"믿어요."

"믿지 않는 거군."

루키나는 빙긋 미소 지으며 어깨를 으쓱였다.

"그자는…… 대체 누구예요?"

약을 바르는 것을 마친 라펠이 천을 감싸기 위해 숨을 고르는 사이 루키나는 질문을 던졌다. 라펠은 의문을 표하고 있는 그녀에게 대답하기 위해 고개를 들었다.

"아마도 내게 원한을 가진 자겠지."

……원한이라고?

"당신에게? 왜요?"

라펠은 쓴웃음을 흘렸다.

"종종 그런 자들이 있다. 아마도 내가 폐하께서 내리신 임무를 수행하는 도중, 자신들에게 피해를 입혔다고 생각하는 자들이겠지. 아니면 나를 해치고 싶어하는 자들이거나. 몇 달은 잠잠했었는데, 아무래도 너무 눈에 띄게 활동했던 모양이야."

픽 웃으며 대수롭지 않게 말하는 그의 말에 루키나는 멍한 표정을 지었다. 대체 이게 무슨 소리야? 그를 해치고 싶어하는 사람들이 있었다고? 잠깐만. 그럼 그의 위치가 노출된 건 나 때문이기도…… 한 건가?

의문은 곧 확신이 된다. 요 근래 비밀스럽게 움직이던 라펠이 공공장소에도 모습을 드러내는 일이 잦았던 것은 틀림없이 자신의 영향이었다. 바깥에서 만날 때면 항상 가면을 쓰고 있던 라펠의 모습을 의아하게 여기면서, 숨겨야 할 것이 많다고만 여겼지 이러한 비화가 있을 줄은 꿈에도 상상하지 못했으니까. 루키나는 굳은 얼굴로 그를 바라보았다.

"라펠."

"그대 때문은 아니다. 그러니 그런 표정을 지을 건 없어."

"하지만……."

"나도 참 운이 없군."

……응?

"일 년에 한 번 정도 있을까 말까 할 일을, 하필 그대와 있을 때 겪게 되다니."

그게 무슨…….

"다 된 것 같아."

라펠은 어리둥절해하는 루키나의 손에 천을 감아준 뒤, 매듭까지 묶어주며 굽혔던 무릎을 폈다. 루키나는 의아해하는 자신을 쳐다보지 않은 채, 제국군에게 신병을 넘긴 남색 로브를 흘긋거리고 있는 라펠을 바라보았다.

"라펠!"

루키나는 자신을 향해 '먼저 들어가도록 해'라는 말을 하고선 자신을 기다리는 제국군 쪽으로 걸어가려는 라펠을 불러 세웠다. 라펠이 제국군들을 향해 먼저 가라는 듯 손짓하자 철컥거리는 갑옷 소리를 내며 그들에게 고개를 숙인 제국군들은 곧 루키나와 라펠의 시야에서 사라졌다. 그들을 보낸 라펠이 천천히 시선을 옮겨 제게 무슨 일이냐는 표정을 지어 보이자 루키나는 말했다.

"아까 그 말, 무슨 뜻이에요?"

"이브?"

"어째서 운이 없다고 표현한 거죠?"

라펠은 제게서 눈을 떼지 않는 루키나에게 쓴웃음을 흘리더니 대답했다.

"점수가 깎일 테니까."

"무슨…… 점수요?"

이해할 수 없는 발언에 루키나는 고개를 갸웃거렸다. 답하기를 꺼려하던 라펠은 후우, 한숨을 쉬며 중얼거렸다.

"그대의 남편이 될 적합성과 관련된 점수…… 말이야."

심장이 철렁 내려앉는 기분이다. 루키나는 둔기에 타격을 당한 듯 그를 바라보았다. 라펠은 말을 이었다.

"아무래도 살해 위협을 안고 있는 남자를 남편으로 삼고 싶지는…… 않을 테니."

"……."

"타격이…… 클까?"

입을 다물고 있는 루키나의 모습이 약간은, 아주 약간은 불안했던 건지 그가 그녀의 눈치를 살피며 물음을 던졌다. 루키나 로델린은 냉랭한 그의 얼굴에 염려가 드리워지는 것을 목격하고선 풋 웃음을 터뜨리고 싶은 것을 겨우 참아냈다.

'미치겠네, 정말.'

쿵쿵, 심장이 뛰는 것을 막을 수가 없다. 하긴. 황제의 그림자라 불리며 제국의 어두운 일을 도맡아 하는 사람이 이렇듯 습격을 받지 않는다면 일을 제대로 하지 않는 것일 수도 있다. 물론 최선은 이런 일이 일어나지 않도록 깔끔하게 일을 처리하는 거겠지만. 루키나는 '타격이…… 큰 거군' 하고 나지막하게 중얼거리고 있는 라펠을 바라보았다.

"뭐, 타격이 없지만은 않네요."

미르티스 라펠 윈스턴은 그녀의 말 한마디에 큰 충격을 받은 듯 입술을 악물었다. 어쩐지 풀이 죽은 것 같기도 하고, 그 모습을 감추기 위해 애써 냉랭함을 유지하려는 것 같기도 하고. 루키나는 제 말을 들은 뒤 일언반구조차 하지 않고 있는 그에게 말을 이어 나갔다.

"저의 모성애를 자극했으니 말이죠."

"……이브?"

"라펠. 아까 빌렸던 검, 다시 좀 빌릴 수 있을까요?"

그동안 내숭 떠느라 진짜 미칠 뻔했네.

그래, 내 팔자에 내숭은 무슨. 이런 건 내게 어울리지 않아.

라펠은 뜬금없이 자신의 검을 요구하는 루키나에게 얼떨결에 고개를 끄덕이고선 허리춤에 찬 검을 내밀었다. 씩 웃던 루키나는 검집 안에 들어 있던 빛나는 검을 뽑아 들더니 이내 부욱— 데이트 내내 움직임을 불편하게 만들던 드레스의 밑단을 과감하게 뜯어버렸다. 그 모습을 지켜보던 라펠이 눈을 큼지막하게 떴지만 루키나는 개의치 않았다. 철컥. 다시 검을 안으로 집어넣은 루키나는 묵직한 검집을 그에게 내밀며 씩 웃었다.

"좋아요, 미스터 라펠. 그럼 당신은 제가 지켜주도록 하죠."

그녀에게서 검집을 건네받은 라펠이 무슨 소리를 하냐는 표정을 짓는다. 루키나는 그를 향해 눈을 빛내며 말했다.

“장차 내 남편이 될 사람을 요절하게 만들 순 없으니까 말이에요.”

절대로 그럴 수 없다. 아직 제대로 해보지 못한 것이 얼마나 많은데. 곰곰이 생각해 보면, 고작 열 달간의 데이트로는 한없이 부족하다. 몇 년을 홀로 지냈냔 말이지. 그러니 앞으로도 계속 이 남자와 함께, 누군가와 감정을 나누게 된다면 하고 싶었던 일들을 모조리 해내고 말 거야.

“지켜…… 준다니. 그게 무슨 소리지?”

‘절대로 그를 요절시킬 순 없어!’ 라는 얼굴을 하고 속으로 다짐하고 있던 루키나는 의아함이 물든 라펠의 말에 어깨를 으쓱이며 태연하게 대답했다.

“그 말 그대로예요, 미스터 라펠. 저는 저의 남편 될 사람이 빨리 죽는 걸 원하지 않아요.”

그리고 그건 나 역시 마찬가지지고.

“어때요, 대답이 됐나요?”

라펠의 벽안이 풍랑을 만난 것처럼 거세게 요동치는 게 보인다. 혼란스러운 걸까? 루키나는 미간을 좁히며 잠시 생각하는 듯하더니 미소 짓는 저를 향해 묻는 그의 음성에 귀를 기울였다.

“그 말인즉, 내가 그대의 남편이 될 거라는 건가?”

한참 동안 생각하고 나서 뱉어낸 말이 이런 질문이라니. 평소에는 그렇게 빨리 돌아가는 머리가 지금은 아무래도 장벽을 만난 것이 틀림없다. 루키나는 의문에 빠져 저를 빤히 쳐다보는 라펠에게 오히려 되물었다.

“그럼, 아닌가요?”

"……!"

"흐응. 이상하네요. 저는 그래서 당신이, 지난 열 달 동안 당신의 소중한 시간을 내어 저와 함께 지냈던 걸로 기억하는데 말이죠. 조금 전 당신이 말했듯, 당신이 더할 나위 없는 좋은 남편감이라는 것을 제게 어필하기 위해서요. 언제 탈락될지 모르는 후보에서 확실한 예비 남편으로 격상되길 원하던 거 아니었어요?"

질문하는 루키나를 보며 라펠은 아무 말도 하지 못했다. 그는 생각지 못했던 상황에 크게 당황한 나머지, 답지 않게 대답을 머뭇거렸다. 루키나는 입꼬리를 올리며 중얼거렸다.

"흠. 그럼 어쩔 수 없죠. 상황이 이렇게 된 이상, 제가 당신에게 요청할 수밖에."

"요…… 청?"

루키나 리베타 로델린은 움찔거리는 라펠을 직시하며 짙은 미소를 지어 보였다. 그러고는 그를 향해 무릎을 살짝 굽히더니 짧아진 드레스 자락을 들어 올리며 정중하게 말했다.

"미스터 라펠. 아니, 윈스턴 공작 각하."

"……."

"제게 당신의 아내 후보에 입후보할 수 있는 기회를, 주실 수 있으세요?"

당신을 놓칠 수 없으니까.

당신의 아내가 되어서라도 단단히 붙잡고 있어야겠어.

순간적으로, 귀를 의심했다.

대체 무슨 소리를 들은 건가, 하고 가만히 서 있자 싱긋 웃던 레이디는 말을 이었다.

"물론 답변 전에 미리 말씀드리지만, 거절은 안 받습니다."

씩 웃는 그녀의 눈동자는 밤하늘의 별처럼 반짝반짝 빛났다. 그 눈동자를 가만히 바라보고 있자니 가슴이 미칠 듯이 팔딱여서 라펠은 한동안 움직일 수 없었다. 쿵쾅쿵쾅, 그녀로 인해 뛰고 있던 심장이 제어 불능 상태에 다다른다. 이렇게까지 누군가에게 사로잡힌 적은 처음이어서 라펠은 말없이 그녀를 내려다보았다.

"라펠."

"……."

"라펠. 뭐 하고 있어요?"

뒤늦게 정신을 차리자 어느새 코앞까지 다가온 루키나가 제 얼굴 앞에서 손을 휘휘 흔들고 있는 모습이 보인다. 짓궂은 미소와 함께 제 이름을 부르던 루키나에게 손을 뻗어버린 것은 본능적인 일이었다. 와락, 있는 힘껏 그녀를 끌어안자 품에 안긴 레이디는 잠시 미동도 하지 않았다.

'이런.'

자제하려 했었는데…….

지난 열 달 동안 수도 없이 많은 충동이 일어도 자제하고, 자제하려고 했었는데…… 또다시, 욕망을 막지 못했나.

과거, 이미 한 차례 그녀에게 강제적인 스킨십을 시도한 적이 있었다. 결과적으로는 그 일로 인해 알 수 없었던 그녀의 마음을 알게 되었던지라 나름 좋게 일이 풀리기는 했다. 그럼에도 불구하고 당시 스스로를 제어할 수 없었다는 점에서 많은 자괴감을 느꼈던 라펠은 그 후로 그녀를 향한 욕구가 치밀어 오를 때마다 최대한 끓어오르는 충동을 억제하기 위해 노력하고, 또 노력했다. 루키나의 남장 사건이 제국에 발각된 후나, 튀망 남작령에서의 일이 일어난 후, 그리고 지난 열 달간의 데이트의 일들이 그의 한계점을 돌파하기 위해 수도 없이 문을 두드렸지만 라펠은 엄청난 인내력을 발휘했었다.

'제기랄…….'

레이디의 허락이 있기 전까지는, 절대로 먼저 터치하지 않겠다고 생각하며 필요 이상의 스킨십을 자제하고 있던 미르티스 라펠 윈스턴은 결국, 고작 이러한 상황에 백기를 들어버리고 말았다.

두근두근. 미친 듯이 벌렁거리는 그의 심장박동 소리가 자신이 끌어안은 레이디에게 전달되고 있는 것이 분명했다. 입술을 꽉 깨물며 요동치는 마음을 진정시켜 보려 애썼지만 불행히도 쉽지 않았다.

'경멸할까.'

또다시 멋대로 안아버렸다고, 방금 전 했던 말을 물리려나? 어떻게 해야 하지. 어떤 식으로 말해야 그녀를 실망시키지 않을 수 있을까.

이러한 상황에 익숙하지 않아서인지 복잡한 생각만이 머릿속을 가득 채웠다.

"라펠."

입술을 잘근 짓누르며 그녀에게 해명할 방법만을 찾으면서도 결코 루키나를 놓아주지 않던 라펠의 귀에 저를 부르는 그녀의 음성이 들려왔다. 슬며시 시선을 아래로 내리자 어느새 고개를 들어 올린 루키나 로델린이 미소 지으며 저를 바라보고 있었다.

"이거…… 허락의 의미 맞죠?"

루키나 로델린은 물었다. 허락? 사고 회로가 정지되어 있던 라펠은 그녀의 말을 잠시 이해하지 못했다. 그러나 곧, 조금 전 제 아내로 입후보하겠다던 그녀의 질문에 대한 자신의 답변이라고 루키나가 받아들였다는 것을 알아차렸다. 라펠이 말없이 눈을 그녀에게 고정시키자 루키나는 후우, 한숨을 흘리더니 중얼거렸다.

"거절하면 어떻게 해야 하나 나름 긴장했다고요."

낮게 웃는 그녀의 얼굴에 미소가 번진다. 거절을 할 리가 없다. 할 수 있을 리가…… 없지.

"뭐, 잠시 샛길로 빠지기는 했지만, 지금 이 상황이 제가 원했던 최종적인 상황이긴 하네요."

루키나는 여전히 자신을 안고 있던 라펠을 올려다보며 말했다. 원했던 상황? 라펠은 눈썹을 꿈틀거렸다. 루키나는 의아해하는 저를 향해 붉은 입술을 움직이며 속삭였다.

"당신 앞에서 내숭 떠는 걸 그만두기로 했으니 말하는 건데요, 미스터 라펠. 지금 당신과 입을 맞출 생각이니, 고개 좀 숙여줄래요?"

……뭐?

눈 한 번 깜빡이지 않고 태연하게.

너무도 당당해서 오히려 그 말을 듣고 있던 라펠을 당혹시키게 만들던 레이디는, 놀라는 그가 답변하기도 전에 눈을 호선으로 휘더니 그의 목에 팔을 둘렀다. 스륵, 낮은 눈높이에 있던 그녀의 눈이 들어 올린 발꿈치로 인해 조금 높아졌다. 순간적으로 촉 닿았다 떨어지는 입술의 촉감이 놀라울 정도로 자극적이어서 라펠은 멍한 얼굴을 한 채 그녀를 내려다볼 수밖에 없었다.

"아아."

루키나 로델린은 멀뚱히 서 있던 라펠의 입술을 훔친 뒤, 그의 어깨에 얼굴을 파묻으며 중얼거렸다.

"이거 생각했던 것보다 더 부끄러운데……."

……!

적극적으로 입을 맞춘 것은 바로 자신이면서, 오히려 볼을 빨갛게 붉히는 그녀를 보는 순간— 이미 길게 늘어져 있던 이성의 끈이 툭 끊어진 것은 말할 필요도 없겠지.

"이브."

라펠은 계속해서 제 어깨를, 품을, 파고드는 레이디를 불렀다.

"잠깐…… 만요, 라펠. 저, 지금 얼굴이 엄청 붉어진 것 같아서 숨 좀 돌리……!"

변명을 하려는 건지, 그의 가슴에 묻은 얼굴을 들지 않는 루키나의 두 뺨에 손을 가져다 대자 그녀가 고개를 들어 올렸다. 볼뿐 아니라 귀까지 붉게 물든 레이디는 요동치는 시선으로 저를 응시하고 있었다. 라펠? 그녀가 작게 입술을 달싹이는 것을 지켜보던 그는 어리둥절해하는 그녀의 녹안에서 시선을 떼지 않고 고개를 숙였다.

"흡!"

그녀의 붉고 도톰한 입술이 다가오는 그의 입술에 의해 삼켜졌다. 벌어진 그녀의 입술 사이에서 짧은 신음이 흘러나왔지만 곧 소리는 잠잠해졌다.

허락 없이는 절대로 먼저 하지 않겠다며 스스로를 제어하고 또 제어했다. 그러나 사내는 결국 레이디의 수줍은 유혹에 와르르 무너져 내렸다.

"읏."

단순하게 입술끼리 스치는 데 그치지 않고, 그가 그녀의 입안으로 물컹한 혀를 밀어 넣자 레이디의 기다란 속눈썹이 파르르 떨렸다. 처음 그의 침범에 그녀는 어쩔 줄 몰라했다. 그의 가슴에 손을 대고 있던 그녀의 손끝에 자신의 심장 소리가 쿵쿵 울리는 것이 느껴졌겠지만 라펠은 멈추지 않았다.

"하으으."

가지런한 치열을 쓸고, 그녀의 속 구석구석을 헤집어 버리는 그로 인해 루키나가 야릇한 신음 소리를 흘렸다. 깊숙한 안쪽에서 머뭇거리는 그녀의 혀를 옭아매며 세게 빨아들이자 그녀의 미간이 좁아졌다. 라펠은 조금 더 적극적으로 그녀의 허리를 붙잡고 있던 팔을 제게로 끌어당겼다.

"……!"

살짝 떨어져 나온 그의 입술에 하아, 하아, 가쁜 숨을 내쉬는 레이디가 보였다. 라펠은 빙긋 웃으며 떨리는 눈으로 저를 올려다보고 있는 여인을 향해 한 번 더 고개를 숙였다.

이번에는 조금 전보다, 빠르게. 깊숙이. 모든 것을, 집어삼킬 것처럼, 강렬하게.

입술과 입술이 맞닿아 섞여 버린 타액에서 어쩐지 단맛이 느껴졌다. 왠지 평생 잊기 힘든 달콤함이라고, 그는 생각했다.

"데이트…… 하러 간다고 하시지 않으셨습니까?"

아.

의문이 가득한 음성에 라펠은 상념에서 벗어났다. 분명 그녀의 입술과 그 안을 탐하던 자신은 온데간데없고, 챙챙 검과 검이 부딪치는 소리만 가득한 곳에 서 있는 자신이 보였다. 라펠은 어느새 제 곁으로 다가온 오노르의 기사단장 이안 와이너의 말에 고개를 돌렸다. 라펠은 제 대답을 기다리고 있는 이안 와이너를 향해 대답해 주었다.

"그러던 중이었지."

그래, 틀림없이, 그는 연인과 데이트를 하고 있던 중이었다. 오늘따라 연인의 행동이 조금 이상하기는 했지만 그래도 즐겁기 그지없는 데이트. 만일 예기치 못했던 습격이 아니었더라면 그들은 현재 그녀가 말했던 예의 극장에 나란히 앉아 있었을지도 모른다. 허나 그 습격으로 인해, 얻은 것도 있었다.

라펠은 '그러던 중이었는데요?' 라고 되묻는 이안 와이너에게 답하지 않고 대련장 쪽으로 고개를 돌렸다. 그러고는 볼을 빨갛게 붉히던 모습은 어디에 갔는지, 상기된 얼굴을 하고 오노르의 기사들과 열심히 검을 부딪치고 있는 레이디를 바라보았다.

'이길 수 없겠군.'

아마도 절대로.

그는 절대로 저기 저 여자에게 종목이 무엇이든 간에 이길 수 없을 거다.

로델린령에서 처음 그녀를 마주했을 때도, 공작성에서 다시 만났을 때도, 오노르 기사단 본부에서 그녀를 발견했을 때도, 룸메이트가 되었을 때도, 그리고 혼란스러운 감정의 늪에서 마주쳤을 때도 그녀는 언제나 그의 예상을 뛰어넘는 방식으로 저만의 승리를 쟁취하곤 했으니까.

함락당하지 않을 것이라 경고했지만, 먼저 매혹당한 것은 자신이었다.

빠지지 않을 거라고 다짐했으나, 헤어 나올 수 없는 그녀의 덫에 걸린 것은 바로 자신이었다.

그리고 지금 역시.

그는, 미르티스 라펠 윈스턴은 붉은 장미보다도 화려하고, 반짝이는 별보다도 빛나고 있는 저 레이디에게서 도저히 시선을 뗄 수가 없다.

"어라?"

미르티스 라펠 윈스턴이 불과 몇 시간 전 있었던 일을 떠올리고 있을 때, 곁에서 유심히 무언가를 지켜보던 이안 와이너의 눈이 동그래졌다.

"로델린 경 말입니다, 각하."

생각만 해도 귓불이 붉어지는 그녀와의 일화에 급격하게 뛰는 자신의 심장에 주의를 주던 라펠은 흐음, 하고 옆얼굴을 긁으며 중얼거리는 이안 와이너를 쳐다봤다. 이안 와이너는 아무리 생각해도 이상하다는 표정을 지으며 말했다.

"어째서 저렇게 입술이 부었을까요? 엄청 부자연스러운데 말이죠. 꼭 누구랑…… 헉!"

눈썹을 꿈틀거리며 중얼거리던 이안 와이너는 돌연 무언가를 깨닫고선 라펠을 빤히 응시했다.

"뭐."

라펠은 의심이 가득한 표정으로 저를 주시하고 있는 이안 와이너를 쳐다보지도 않고 대꾸했다.

◈

제국력 1285년.

흐린 하늘에서 하얀 눈송이가 꽃잎처럼 내려오는 겨울.

확연하게 다른 안팎의 공기 차 때문인지, 루키나 로델린 공작 영애가 머무르는 세이번의 로델린 별장 창문에도 서리가 송골송골 맺혀 있었다.

현재 제국에서 가장 핫한 레이디라고 불리는 루키나 로델린 공작 영애는, 편안하기 그지없는 안락의자에 앉아 타닥타닥 소리를 내며 타들어가는 벽난로 속 장작들을 바라보고 있었다.

"아가씨! 아가씨!"

바쁜 일상 속에 찾아온 평온한 휴식. 하암, 하품까지 이는 현 상황에 잠이 오는 것을 느끼며 스르륵 눈꺼풀을 내리깔려던 루키나는 벌컥 응접실 문을 열어젖히는 누군가의 외침에 번쩍 눈을 떴다.

환하게 웃으며 무언가 잔뜩 들고 있는 자신의 친구이자 시녀, 셰리의 얼굴이 열린 문틈 사이로 보였다. 루키나는 '이것 좀 보세요, 아가씨!' 하고 무언가를 잔뜩 든 채 달려온 셰리를 의아하게 바라봤다.

"이게 뭐야?"

루키나가 셰리의 손에 들린 붉은색 봉투들을 바라보자 그녀는 씩 웃었다.

"아가씨의 스물다섯 번째 생일 파티 초대장에 쓸 봉투예요!"

루키나는 깜짝 놀랐다.

그러고 보니 생일이 이제 얼마 남지 않았네.

"어때요, 잘 뽑혔죠? 여기, 재질 좀 보세요! 호호호. 얼마나 보들보들한지……. 각하께서 카일 총관님께 확실히 준비하라고 하시긴 했는데, 이렇게까지 아름다운 봉투가 나올 줄 예상하지 못했어요!"

아아— 하고 탄성을 터뜨리던 셰리가 몸을 부르르 떨었다. 세상에 이렇게 아름다운 봉투는 없다며, 고급 재질로 만들어진 붉은 봉투 위에 장미 문양이 음각되어 있는 것을 가리키기까지 하는 셰리의 눈동자는 별처럼 빛나고 있었다.

루키나는 흐응, 하고 작게 콧소리를 흘리며 대답하곤, 다시 타들어가는 장작을 응시했다.

'스물다섯…….'

어쩐지 뭔가 생소하게 느껴지는 단어다.

그것도 그럴 것이 지금까지의 '그녀'는 단 한 번도 스물다섯의 아침을 맞아본 적이 없었기 때문이다.

첫 번째 생애에서는 설마하니 자신이 스물다섯이 되지 못할 것이라고 생각해 본 적이 없었기에 그만 간과해 버렸고, 두 번째 생애에서는 첫 번째 생애에서의 일을 교훈 삼아 그렇게 조심했음에도 불구하고 스물다섯 직전에 죽음을 강을 건너 버렸다. 세 번째 생애부터는 뭔가 이상하다 여기며 스스로를 보호하기까지 했지만 그럼에도 불구하고 스물다섯의 아침을 맞지도 못하고 염라와 인사를 나누었고, 네 번째 생애 역시 그와 다를 바 없었다.

전생의 모든 기억까지 합치게 된다면 분명 25년 이상의 세월을 살아왔건만, 어찌 된 영문인지 그 모든 생애에서 단 한 번도 스물다섯의 자신을 마주한 적이 없었기에 이렇게 생소하게 느껴지는 건지도 모르겠다.

'하지만 이번만큼은 다르겠지.'

루키나는 제 반응에 어리둥절해하는 셰리에게서 시선을 거두며 생각했다.

그래.

정말이지, 이번만큼은 확실히 달라야 했다. 특히나 이번 삶은 환생이 아닌 빙의이지 않은가. 만약 이번에도 스물다섯의 생일을 맞이하기 직전 불운한, 혹은 우연한 사고로 죽음을 맞이하게 된다면…….

'끔찍하군.'

정말로 진지하게 영혼의 소멸도 고려해 보아야 할지도 모르겠다. 염라에게 협박식으로 말하던 제 모습을 떠올려 보던 루키나는 도저히 벗어날 수 없는 저주의 굴레를 이번에야말로 벗어던지겠다며 주먹을 불끈 쥐었다.

그렇게 의지를 다지는 루키나의 모습을 고개를 갸웃거리며 흘긋거리던 셰리는 '아가씨' 하고 그녀를 불렀다. 루키나는 겨우 정신을 차려 셰리를 응시했다.

"아가씨께서는 어떤 분을 초대하고 싶으세요?"

초대?

"물론 아가씨의 생일 파티이기는 하지만, 각하께서도 각하의 손님들을 초대하실 거예요. 하지만 파티의 주인공은 어디까지나 아가씨가 아니시겠어요? 아가씨께서 특별히 초대하고 싶으신 분들이 계시다면 제게 알려주세요! 총관님께 미리 말씀드리게요!"

근래 들어 아미키티아의 단원들과 함께하는 일이 잦았던지라, 루키나 로델린은 자신의 스물다섯 번째 생일 파티에 대한 계획과 권한들을 충실한 시녀, 셰리에게 맡긴 상태였다. 그녀의 생일 파티의 총책임자라는 지위를 얻게 된 셰리가 의욕적으로 로델린 별장을 누비고 다니는 것은 꽤나 유명한 일이었다. 루키나는 어디서 났는지 작은 메모장을 꺼내 들어 받아쓸 준비를 하고 있는 셰리에게 피식 실소를 흘렸다.

"글쎄, 아직 거기까지 생각해 본 적이 없어서……. 그것보다 셰리. 나는 이번 파티를 가급적 조촐히 열었으면 하는데…… 아무래도, 그건 어렵겠지?"

셰리는 조심스레 묻는 루키나의 말에 힘차게 고개를 끄덕였다.

"당연하죠! 아가씨. 자꾸 아가씨의 위치를 잊고 계시는데, 현재 아가씨께서는 요즘 가장 주목받는 영애시라고요. 특히 작년 생일 파티도 기사단 대회 때문에 그냥 넘어간 이상, 이번만큼은 반드시 초대받고 싶어하는 귀족들이 많다고 들었어요. 아가씨께서 원하지는 않으시겠지만 공작 각하께서도 크게 여실 생각이신 듯하고요. 허니 규모는 절대로 줄일 수 없어요!"

흐음.

루키나는 확고한 의지를 표하는 셰리를 바라보더니 곰곰이 생각하다 답했다.

"그럼 일단 유리를 초대했으면 해."

"좋은 생각이세요! 유리안 황태자 전하께서는 기꺼이 참석하실 거예요!"

셰리는 호들갑을 떨었다. 루키나는 픽 웃었다.

"아마도…… 휴이 오라버니도 초대를 해야겠지."

"뭐, 그렇죠. 초대장을 보내지 않는다면 매우 섭섭해하실 테니."

"빅토리아나 일리아나도. 아, 그렇지. 로렐이랑 우리 아미키티아 식구들도 모두 초대하도록 하자. 맞다. 오노르의 전 동료들도!"

"네네, 그러실 줄 알았어요! 그분들께 모두 초대장을 보낼게요!"

셰리는 고개를 끄덕이며 열심히 펜을 휘갈겼다.

또 누가 있나……. 맞다!

"로건과 제이미를 빼먹으면 섭섭하지."

"후후, 두 사람은 이미 초대 목록에 올려두었죠. 참고로, 그 두 사람이 이번 계획을 도와주고 있답니다."

"그래?"

그러고 보니 셰리와 로건 등이 별장 내에서 무언가 진지하게 대화를 나누고 있는 모습들을 목격하고는 했었다. 이제 누가 남았지? 루키나는 초대할 다른 사람이 없냐며, 저를 빤히 응시하고 있는 셰리의 눈빛에 기억을 더듬다 미간을 좁혔다. 셰리는 끙끙거리며 고민하는 루키나를 향해 하얀 이를 드러내며 속삭였다.

"아가씨도 참. 가장 중요한 분을 잊고 계시네요."

중요한 분?

루키나는 쯧쯧, 혀를 차는 셰리를 의아하게 응시했다. 아버지는 굳이 초대할 필요가 없는데……. 자신의 생일 파티이기도 하지만 호스트 자격을 갖춘 건 에드문드 역시 마찬가지였다. 도무지 풀리지 않는 해답을 찾는 것 같아 머리를 감싸 매는 루키나를 향해 셰리는 검지를 좌우로 까딱이며 소리쳤다.

"윈스턴 공작 각하요!"

아!

"당연히 오실 거라 생각해서 잊고 계셨던 거죠? 후후, 걱정 마세요. 초대장 이야기가 나올 때, 가장 처음에 이름을 올려두었답니다!"

어때요, 잘했죠? 라는 표정을 지으며 씩 웃는 셰리를 향해 루키나는 머리를 쓰다듬어 주어야 했다.

「어쩐지. 전혀 그대다운 행동들이 아니라고 생각했어.」

몇 주 전, 야심 차게 기획했던 빅토리아의 데이트 코칭은 갑작스러운 상황 전환으로 인해 결국 수포로 돌아갔다. 완벽한 데이트를 위해 레이디는 정숙하고, 연약해야 한다는 주장을 펼치는 빅토리아의 말이 결코 틀린 것은 아니었지만 적어도 루키나 로델린으로서는 실행하기 쉽지 않은 일들이었다.

그리고 그러한 그녀의 태도 변화를 의아하게 여긴 것은 라펠 역시 마찬가지였던 모양이다.

「이쯤에서 한 가지 밝히고 싶은 게 있는데.」

오노르의 기사들과 오랜만에 검끝을 맞댄 뒤 라펠의 곁으로 돌아온 루키나 로델린은 본격적으로 개시된 기사들의 대련을 흥미진진하게 바라보고 있었다. 챙챙, 날카로운 칼 소리가 대련장 안을 가득 울리는 바로 그곳에서 시선을 떼지 않던 루키나를 향해 라펠은 말했었다.

「나는 그대가 레이디다워서 끌리는 게 아니야.」
「……네?」

그날 일어났던 루키나의 기괴한 행동들이 모두 빅토리아의 계획에 의해 일어났던 행동들이라는 것을 알게 된 라펠이 낮게 실소를 흘리며 말하자 루키나는 라펠을 쳐다봤다. 그의 깊고 맑은 벽안이 그녀를 덮을 듯 응시하고 있자 가슴이 멋대로 뛰기 시작했다. 얼굴의 반을 가리고 있던 가면을 벗어 던진 그였기에 당시의 그가 무슨 생각을 하고 있는 건지 알아차릴 수 있었다. 루키나는 냉랭한 그의 입가에 잔잔한 미소가 깔리는 것을 바라보며 눈을 크게 떴다.

「이브, 그대이기에 끌리는 거라고.」

「……!」

「화장을 하지 않아도, 드레스를 입지 않아도, 내숭을 떨지 않아도 괜찮아. 그대가 어떤 모습이든 간에, 난 그대에게서 눈을 뗄 수 없을 테니.」

답지 않게, 달콤하게 속삭인 남자는 당황하는 루키나에게 짓궂은 눈웃음을 흘렸다.

「뭐…… 확실히 드레스를 입은 그대는 매력적이긴 하지. 조금 더 여성스러워 보이기도 하고. 하지만 솔직한 심정으로는, 그대가 이런 모습으로 밖을 돌아다닌다는 사실이 그리 달갑지는 않아.」

「어, 어째서요?」

루키나가 미간을 좁히며 그를 바라보자 라펠은 웃고 있던 얼굴을 순식간에 차갑게 굳히더니 뻔뻔하기 그지없는 음성을 뱉어냈다.

「간단한 이유지. 나는 그대의 아름다움을 다른 누군가와 공유하고 싶지 않아.」

「……!」

「그러니 이렇게 아찔한 드레스를 입고 싶다면, 내 앞에서만 하도록 해. 화장을 해서 더 예뻐지고 싶다면, 그것도 내 앞에서만. 다른 이물질들에게는 이런 모습을 보여주지 말란 말이야. 알았나?」

놀라는 루키나의 귓가에 붉은 입술을 가져다 댄 미르티스 라펠 윈스턴이 간지러울 정도로 작게 속삭이는 것에 루키나는 돌처럼 딱딱하게 굳을 수밖에 없었다.

'분명 그런 사람이 아니었는데 말이지.'

처음 만날 때까지만 하더라도 차갑고, 매서운 칼바람 같은 남자였건만. 근래 들어서는 그가 움직일 때마다, 시선을 교환할 때마다, 낮게 웃을 때마다 온풍이 일어 가슴이 따뜻해진다.

'게다가 능글맞아지기까지.'

아마도 제국의 다른 귀족들은 모르겠지.

그의 서늘하고 냉정한 검은 가면 아래 숨겨진 또 다른 이면을.

얼굴이 화르륵 달아오를 만큼 낯 뜨거운 말들을 아무렇지 않게 날리던 팬텀 공작을 떠올리며 루키나는 입술을 씰룩였다.

망할. 어쩐지 가슴 부근이 간질간질해졌다.

"다 됐다!"

연인과의 일을 떠올리며 미소 짓고 있는 자신의 아가씨를 신경도 쓰지 않고 샤샤, 펜촉을 움직이던 셰리는 '됐다!' 하고 소리를 지르더니 루키나에게 메모장을 슥 내밀었다.

"그럼 확인해 주세요, 아가씨! 여기에 적힌 이분들께 이번 파티의 초대장을 보내면 될까요?"

루키나는 그런 셰리에게서 메모장을 받아 들고는 찬찬히 이름을 살피기 시작했다.

유리안부터 라펠까지. 자신과 조금이라도 인연이 있는 사람들의 이름이 신분을 막론하고 빽빽이 적혀 있었다.

이 정도면 되겠지 뭐. 한참 리스트를 살펴본 그녀가 만족한다는 듯 고개를 끄덕이자 셰리는 상기된 표정으로 중얼거렸다.

“저 엄청 기대돼요, 아가씨! 무려 2년 만에 아가씨께서 여시는 파티잖아요! 얼마나 많은 손님들이 오시려나. 별장이 공작성처럼 크지는 않아서 손님들이 불편해하지 않으실지 걱정되기도 하고……. 아아, 그래도 얼른 파티가 시작되었으면 좋겠어요! 아가씨도 기대되시죠?”

셰리가 큰 눈을 일렁이며 물었다. 루키나는 빙긋 웃으며 그녀를 바라보며 동조해 주었다.

❖

“무슨 일이십니까, 전하.”

카르디아 궁을 나선 직후 목적지를 향해 힘차게 달려가던 황금색 마차가 돌연 멈췄다.

마차 안에 앉아 있던 푸른 예복의 사내가 지시를 내렸던 까닭이다.

리우드 제국의 황태자를 모시고 있는 시종, 마릭은 주군의 명령이 들리자마자 마차를 세운 뒤 창밖을 응시하는 사내를 향해 고개를 숙였다.

금발의 미청년은 제 대답을 기다리고 있는 마릭을 향해 붉은 입술을 달싹였다.

“저기 저 소녀의 꽃을 사고 싶구나.”

마릭은 피레트 광장 구석 쪽에서 많은 꽃들이 들어 있는 바구니를 든 채 사람들을 향해 열심히 소리치고 있는 갈색 머리의 소녀에게로 시선을 옮겼다.

"이왕이면 장미가 좋겠다."

그가 행동을 실천하기 전, 한마디를 더 덧붙이는 황태자의 목소리는 마릭으로 하여금 고개를 끄덕이게 만들기 충분했다.

"조금만 기다리십시오, 전하."

힘차게 대답한 마릭은 얼른 마차의 문을 열고 밖으로 나가 소녀를 향해 달려갔다.

헉헉, 숨을 헐떡거리며 소녀에게로 달려간 마릭이 어리둥절해하는 그녀에게서 장미꽃 한 송이뿐 아니라, 아예 바구니를 통째로 건네받는 것을 보며 그는 옅은 미소를 그렸다.

언제나 지시를 내리면 그 이상의 일을 실행하는 마릭은 이번에도 역시 그의 명령보다 더 많은 일을 수행하려 애쓰고 있었다.

자신이 황위에 오르게 된다면 마릭의 도움을 많이 받게 되겠지.

마릭에게 명령을 내린 뒤, 잠시 멈춰 선 마차 안에서 그는 광장을 지나고 있는 수많은 사람들을 관찰했다.

불과 1년 전만 하더라도 멀게만 느껴졌던 리우드의 제국민들이 왠지 모르게 가깝게 느껴지는 것은 침상에만 누워 골골거리던 제가 건강을 회복해서일까, 아니면 신분을 막론하고 어울려 지내던 오노르 기사단에서의 경험으로 인해서일까.

이렇듯 그가 제국민들을 대하는 태도는 1년 전과는 확연하게 달라졌다.

이 모든 변화의 원인은 틀림없이 그 레이디 때문일 거다.

그리고 그 감사를 표하기 위해 그는 오늘 친히 시간을 내어 궁을 나와 어딘가로 향하던 중이었다.

"이봐. 오늘 왜 이렇게 광장을 지나는 마차가 많아?"

마릭을 기다리던 도중 들려온 누군가의 음성은 창문을 열어놓고 있던 그의 귓가로도 흘러들어 왔다.

그러고 보니 광장 곳곳에는 특정한 곳을 향해 달려가고 있는 값비싼 미차들이 쌩쌩 지나가고 있었다.

마침 멈추어 선 그의 마차 곁을 지나며 의문을 표한 사내의 말에 아마도 일행으로 보이는 자가 픽 웃으며 대답하는 소리가 문밖에서 들려왔다.

"몰라서 물어? 오늘이 바로 그날이잖아!"

"그날? 무슨 날?"

"로델린 공작 영애의 스물다섯 번째 생일 말이야!"

"뭐? 오늘이 그날이야? 그럼 신문에서 거론하던 약혼식도 오늘 거행하게 될지 모르겠네?"

"아아. 윈스턴 공작 각하와 공녀의 약혼 말이지? 글쎄. 그렇게 될 가능성이 높지 않을까?"

근 일 년 동안 제국에서 가장 유명한 사람을 뽑으라 하면, 제국민들은 제일 첫 번째로 로델린 가문의 공작 영애를 꼽곤 했다.

그녀가 제국 전역에 널리 이름을 알리고, 또 수많은 이들의 존경과 경애를 받았던 까닭은 로델린의 공작 영애가 레이디의 몸으로 리우드 제국 최초의 공식적인 여기사가 되었다는 것도 충분한 이유이기는 했지만—

「오늘 자 신문…… 보셨습니까?」

「신문? 아니. 아직 보지 못했는데.」

「……하아.」

「휴이. 왜 그러는 거지? 말을 해.」

「충격받지 마십시오, 형님.」

「뭔데 그……!」

그녀가 제국에서 가장 냉혹한 사내의 마음을 훔쳤다는 것도 분명 한몫을 하는 것이 틀림없었다.

루키나 로델린의 스물다섯 번째 생일을 며칠 앞둔 어느 날 아침, 급하게 라몬 궁을 찾은 휴이렌의 방문에 의아해할 틈도 없이 유리안은 그의 손에 들린 신문을 건네받고선 눈을 동그랗게 떴다.

신문의 1면에 대문짝만 하게 그려져 있는 그림은 루키나 로델린 공작 영애와 미르티스 윈스턴을 쫓아다니는 기자들이 목격했다는 장면으로, 두 사람이 세이번의 한 골목에서 뜨거운 입맞춤을 나누고 있는 모습을 담고 있었다.

제국 4대 공작가 중 두 개의 공작 가문이 얽힌 스캔들은 일파만파로 퍼져 나갔고, 근래 들어서는 두 사람의 약혼식이 곧 열릴 것이라는 소문이 파다했다.

'약혼…… 이라.'

튀망 남작령에서 돌아온 이후 그녀를 만날 시간을 내보려 했지만 쉽지 않았다.

대놓고 자신과의 친분을 유지하면서 완곡하게나마 자신은 황위에 대한 의사가 없음을 표현하기 시작한 휴이렌의 태도에 황제 셀레스틴이 자신을 정무 회의 등에 호출하며 차기 황제로서의 입지를 다지라는 무언의 압박을 하기 시작했기 때문이었다.

하여 눈코 뜰 새 없이 바쁘게 지내던 사이, 이런 일이 일어나고 있을 줄은…….

루키나와 라펠, 두 사람이 심상찮은 관계라는 것은 본 것도 있고, 들은 것도 있어 나름 추론해 보기는 했지만 아직 떼어놓을 수 없을 만큼 특별

할 거라고 여기지는 않았던지라, 제게도 기회가 돌아올 줄 알았다.

그래서인지 잠시 제 일에 집중하는 사이, 고백 한번 해보지 못하고 백기를 들어 올리게 될 줄은 꿈에도 예상하지 못했다.

워어어!

그의 명령을 충실하게 수행하고 돌아온 마릭이 다시 마차에 올라타자마자 유리안을 태운 마차는 다시금 달려가기 시작했다.

저 멀리, 수많은 마차들이 줄지어 서 있는 로델린 공작가의 세이번 별장이 보이자 마음이 더욱 무거워지는 것을 느끼던 유리안은 한창 달리던 마차가 급정거를 하자 깜짝 놀랐다.

"무슨 일이냐!"

갑작스러운 상황에 일단 먼저 유리안의 안위부터 살피던 마릭은 창문을 열어 말을 몰고 있던 마부들을 향해 소리쳤다.

황실에 속한 마부들의 부주의로 인해 감히 황제 다음으로 존귀한 황태자가 다칠 뻔하자 마릭은 분노했다.

유리안이 말릴 틈도 없이 마차에서 내려와 소리를 내지르던 마릭은 웬 남자가 갑자기 튀어나오는 바람에 그랬다며 머리를 조아리고 있는 마부들을 죽일 듯 노려보고 있었다.

"마릭. 그만하도록 해."

"하지만 전하!"

"갑작스러운 일이었다지 않아."

"허나—"

"그대들은 일어나도록 해라."

"가, 감사합니다, 전하!"

마릭은 유리안의 말이 끝나기가 무섭게 마차의 마부석으로 돌아가는 두 명의 마부들을 아니꼬운 눈빛으로 바라보다 입술을 삐죽였다.

전하께서는 너무 무르십니다, 하고 나지막하게 중얼거리는 마릭에게 옅은 미소를 지어 보이던 유리안은 이번 일의 원흉이 된 자를 바라보기 위해 고개를 돌렸다.

"마차에 끼어들었다는 자가, 바로 저자인가?"

유리안의 자색 눈동자 안으로 검은 로브를 뒤집어쓴 채 음침한 기운을 흘리는 자가 들어왔다.

마릭이 그렇다고 고개를 끄덕이자 주저앉아 있는 그에게 유리안은 다가갔다.

"이보게."

잔뜩 몸을 웅크린 채 주저앉아 있는 모습이 어쩐지 신경 쓰였다.

유리안은 최대한 제 시선을 피하려는 듯 고개를 돌린 검은 로브에게 말을 걸었다.

"혹시 다치지는 않았는가?"

하지만 검은 로브를 입은 자는 유리안의 질문에도 대답하지 않고 오히려 더욱 고개를 숙일 뿐이었다.

"어허! 어서 대답하지 못할까!"

황태자의 질문에도 불구하고 뒤를 돌아볼 생각 따위를 하지 않는 검은 로브가 마릭의 심기를 거슬린 것이 분명했다.

마릭은 인상을 쓰며 소리쳤다.

그때였을까.

"……유리?"

이미 먼저 도착한 게스트들을 연회장으로 데려가며 주인으로서의 역할을 하고 있던 오늘의 주인공이 안으로 들어오지 않고 있는 유리안 일행을 발견했다.

그녀의 목소리를 듣는 순간 심장이 철렁거려 움찔하던 유리안은 아주

느릿하게 몸을 돌렸다.

"……!"

심장이 멎는 충격이 느껴져 유리안 아이너 리우드는 한동안 입술만 파르르 떨어댔다.

"맞군요, 유리!"

평소엔 기다란 머리를 한데 묶거나, 혹은 반 묶음 머리를 하거나, 그것도 아니면 그냥 길게 늘어뜨리기만 했던 루키나 로델린의 은색 머리카락은 단정하게 땋아 작은 뒤통수를 감싼 상태였다.

구레나룻 쪽의 머리카락을 살짝 내놓으며 포인트를 준 그녀는 머리색만큼이나 환하게 빛나는 하얀 드레스를 입은 채 자신을 바라보고 있었다.

유리안 아이너 리우드는 이 세상 그 누구보다 반짝이는 레이디를 향해 예를 표했다.

"생일은 내일이지만 미리 말해야겠군. 그대의 스물다섯 번째 생일을 진심으로 축하하오, 레이디 로델린."

"하하. 유리. 왠지 낯 간지…… 흠흠. 별말씀을. 누추한 곳까지 발걸음해주셔서 그저 감사할 따름이에요, 황태자 전하."

루키나는 정중하게 인사하는 유리안에게 손을 휘휘 저으며 말하다, 이내 숨을 고르더니 파티의 주인으로서 걸맞은 인사로 답했다.

유리안은 그녀가 돌변한 것이 열린 문틈 사이로 그들을 지켜보고 있던 귀족들의 시선 때문이었다는 것을 알고 속으로 실소를 흘렸다.

"그런데 여기서 뭘 하고 계셨던 거예요? 곧 있으면 연회가 시작되는데, 안으로 들어오지 않으시고요."

"아. 잠시 누군가와……."

어?

의아해하는 루키나의 질문에 대답하려던 유리안은 순간적으로 눈을 크게 떴다.

분명 조금 전까지 저쪽에 몸을 웅크리고 있던 검은 로브의 남자가 온데간데없이 사라졌던 까닭이다.

놀라 마릭을 쳐다보자 마릭 역시 눈을 크게 뜨며 주변을 살피고 있었다.

"유리?"

루키나 로델린은 갑자기 미간을 좁히고 있는 유리안의 모습에 그의 이름을 불렀다.

"무슨 일 있으세요?"

"아무것도 아니야. 크게 신경 쓸 필요는 없을 것 같아."

유리안은 제 말에 아아, 하고 그지 웃는 루키나에게 말했다.

"이브, 안으로 들어갈 거지?"

"네? 아…… 아뇨."

아니라고?

그녀와 함께 별장 안으로 들어가려 했던 유리안은 하얀 두 볼에 붉은 홍조를 띠는 루키나를 쳐다보았다.

루키나는 의문을 품는 그를 향해 잠시 주저하다 이내 입가에 옅은 미소를 머금으며 말했다.

"사실…… 누굴 기다리고 있거든요."

"누구?"

"그게……."

아.

호선처럼 휘어지는 루키나 로델린의 눈웃음이 심장을 따끔거리게 만든다.

더 이상 그녀가 말을 잇지 않아도 누구를 언급하는 건지 알아차릴 수 있었다.

유리안 아이너 리우드는 쓴웃음을 삼켰다. 수줍어하는 기색이 역력한 그녀는 정말이지 행복해 보였지만 그와는 대조적으로 유리안의 가슴은 바늘로 찌르는 것처럼 따가웠다.

"먼저 들어가 볼게."

"네? 아, 저……."

"윈스턴 공작을 기다리는 그대를 방해할 수는 없지."

"……!"

"아니야?"

빙긋 웃는 유리안의 말에 놀라던 루키나의 귀가 순식간에 붉어졌다. 그녀는 흠흠, 헛기침을 내더니 주위를 두리번거리며 작게 속삭였다.

"그렇게…… 티 났어요?"

……엄청.

입 밖으로 나오지 못할 말이 목구멍에 맴돈다.

유리안은 말없이 미소 지었다.

루키나 로델린은 한숨을 내쉬며 중얼거렸다.

"나름 숨긴다고 숨겼는데, 유리한테는 못 당하겠네요."

루키나 로델린은 침울하게 중얼거렸다.

"사실 라펠이 올 수 있을지 없을지 확신을 못하는 상황이라 조금 걱정이 돼요. 분명 초대장을 보내긴 했었는데…… 어쩌면 못 올지도 모른다는 답변을 받았거든요. 하필 폐하께서 내리신 임무가 메라비 후작령 부근에서 진행되는 거더라고요. 메라비 후작령이면, 세이번이랑은 꼬박 하루 거리잖아요."

"……."

"뭐, 꼭…… 라펠이 안 온다고 실망하는 건 아니지만, 그래도…… 저한테 스물다섯은 좀 의미 있는 나이라 꼭 와줬으면 좋을 것 같아서. 흠흠. 미안해요, 유리. 유리한테 투정을 부리려던 건 아니었는데."

말 한마디, 한마디 애정이 가득 담겨 있었던 터라 어쩐지 더욱 가슴이 아프다.

아쉬움이 가득한 표정으로 말을 잇는 루키나를 가만히 바라보던 유리안은 결국 고개를 아래로 떨구는 그녀의 등 뒤에서 낯익은 얼굴을 발견했다.

'하필이면.'

말을 해줄까, 말까.

잠깐 망설이기는 했지만 비밀에 부친다고 해서 그가 저를 바라보고, 아니, 노려보고 있는 사실은 결코 변하지 않는다.

게다가 그녀가 누구를 기다리고 있는 건지 이미 들어버린 이상, 모른 척할 수도 없었다.

"이브."

유리안은 쓴웃음을 삼키며 한숨을 푹푹 내쉬는 레이디를 불렀다.

"저길 봐."

의아한 표정을 짓던 루키나 로델린의 시선은 유리안의 손끝을 따라 돌아갔다.

"라펠!"

그 어떤 누구보다 간절하게 기다린 사람의 이름을 외치는 그녀의 음성에는 반가움이 가득하다.

당연히, 자신을 만났을 때보다 훨씬 더 상기된 음성이었다.

'고마워요, 유리' 라는 속삭임과 함께 저를 지나쳐 유리안의 정면에서 걸어오고 있는 남자에게로 달려가는 루키나의 몸에서는 향긋한 장미 냄새가 났다.

깃털처럼 가벼워 보이는 그녀의 발걸음을 지켜보며 유리안은 잠시 서 있었다.

은발의 여인과 흑발의 사내가 그의 앞에서 스스럼없이 포옹을 하는 장면이 눈앞에 펼쳐졌다.

직접 경험해 보지 못했지만 누군가와 사랑을 나누게 된다면 저 역시 저런 식으로 거침없이 표현할까라는 생각이 들 만큼 거침없었다.

진한 포옹 끝에 서로를 바라보며 무언가 이야기를 나누기 시작하는 그들을 지켜보던 유리안은 곧, 몸을 돌려 파티가 열리는 건물 안으로 들어갔다.

"전하."

그런 유리안의 뒤를 말없이 따르던 마릭이 조심스레 입을 연 것은 그때였다.

유리안은 가라앉은 눈으로 마릭을 내려다보았다.

"어째서…… 말하지 않으시는 겁니까?"

황태자의 시종 마릭은 도저히 이해가 가지 않는다는 표정이었다.

무례를 무릅쓰고 그가 이러한 말을 꺼낸 것은 그간 유리안이 취한 답답한 행동을 보다 못해서였을지도.

그런 마릭의 마음을 이해했는지 유리안은 옅은 미소만 그리며 마릭을 응시했다. 마릭은 말을 이어 나갔다.

"레이디 로델린에게 전하의 마음을 밝히시면 더 편해지실 수도 있습니다."

"마릭."

"전하께서는 휴이렌 전하의 경우와는 다르지 않습니까."

"……."

“송구스럽지만, 저는 그렇게 생각합니다. 만일 레이디 로델린께서 전하의 마음을 알게 되신다면, 그렇게 되신다면 틀림없이…….”

“마릭.”

“…….”

“이브와 그렇게 지내고도 아직 모르겠느냐, 마릭?”

유리안은 웃음을 그리며 마릭의 말을 끊었다.

마릭이 무슨 소리를 하는 건지 모르겠다는 표정을 지으며 그를 올려다보자 유리안은 말했다.

“저들 사이에 내가 파고들 수 있는 틈은 없다. 게다가…….”

아마도.

틀림없이.

그리고, 무조건.

스스로 이 말을 뱉어내게 된다면 훗날 후회하게 될 것이 분명하다.

그래. 무척…… 후회하게 되겠지.

하지만 그럼에도 불구하고 유리안 아이너 리우드는 인정할 수밖에 없다.

그는 천천히 고개를 돌려 두 남녀가 서 있던 곳을 흘긋거렸다.

“어쩔 수가 없지 않느냐.”

그녀가 저렇게…… 행복해 보이는데.

아무리 부정하고, 또 부정하려 애써도 결국엔 인정할 수밖에 없는 사실.

‘그자’의 곁에 선 레이디의 얼굴에선, 미소가 떠나지 않는다는 것.

어찌나 환한지 눈이 부셔서 제가 다 기분이 좋아지는, 바로 그러한 미소.

유리안 아이너 리우드는 결코 짓게 만들기 힘든 사랑스러운, 그 미소.

"들어가자. 곧 파티가 시작될 거다."

유리안은 저 대신 눈가에 맺힌 눈물을 뚝뚝 떨어뜨리고 있는 마릭에게 미소를 그려주며 등을 돌렸다.

서른을 넘겨서야 시작한 그의 첫 연정은 시작도 해보지 못하고 그렇게 끝이 났다.

◈

"일어나세요, 아가씨!"

스르륵 눈꺼풀을 올렸을 때, 저를 부르는 셰리의 목소리가 들려왔다.

왠지 모르게 들떠 있는 셰리의 목소리는 오늘이 무슨 날인지 본능적으로 짐작하게 만들었다.

짹짹짹. 불과 며칠 전까지만 하더라도 눈보라가 몰아쳤던 창밖의 날씨는 한겨울임에도 불구하고 화창하기 그지없었다.

'날씨 한번 정말 좋네.'

루키나 로델린은 침대에서 몸을 일으키자마자 창가 쪽으로 걸어가서는, 이른 아침부터 분주하게 별장 앞을 정리하고 있는 수많은 식솔들을 내려다보며 옅은 미소를 머금었다.

'드디어 오늘…… 인가.'

정확히 말하자면 오늘 자정을 넘기면 그녀는 스물다섯의 아침을 맞이할 수 있게 된다.

그토록 바라고 또 바랐던 '스물다섯' 의 삶.

비록 처음부터 루키나 로델린으로서 태어나 스물다섯 번째 해를 맞이하게 된 것은 아니었지만, 확실히 그녀의 몸만이 스물다섯 번째 생일을 맞이하는 건 부정할 수 없는 사실이다.

'그래도 이전과는 달라.'

과거의 네 번과는 달리 스물다섯 번째 생일을 앞둔, 그러니까 스물넷의 마지막 날을 맞이한 루키나 로델린은 적어도 이번만큼은 만반의 준비를 갖추었다.

첫째로, 그녀는 자신에게 달려들 위협에 대비하기 위해 직접 검술을 연마했다.

그렇게 수도 없이 검을 손에서 놓지 않고 휘두른 끝에 얼마 전, 제국 최초의 여기사가 되는 영예를 얻기까지 했다.

둘째로, 그녀에게는 만일 자신이 위협을 막지 못한다 하더라도 그 위협을 막아줄 든든한 보호자들이 존재한다.

영원한 딸바라기 에드문드 로델린을 비롯하여 좋은 친구 유리안, 얄밉긴 하지만 그래도 미워할 수 없는 휴이렌, 훌륭한 동료 로렐, 제 일이라면 앞뒤 가리지 않고 나설 셰리.

그리고 바로 그, 라펠까지.

그밖에도 과거와는 달리 수많은 사람들이 그녀의 곁에 머물고 있는 지금 두려울 것은 하나도 없다.

지난 네 번의 삶 때는 없었던, 바로 그 일들.

사랑하는 사람들과 스물다섯 번째 생일을 맞이하는 바로 그 일이 눈앞에 놓여 있는 상황.

'그러니까 이제는 헤쳐 나갈 수 있다고!'

루키나는 주먹을 불끈 쥐었다.

"아가씨. 준비되셨어요?"

셰리가 눈을 반짝이며 자신을 올려다보았다.

금발의 벽안 소녀는 루키나 이베타 로델린의 스물다섯 번째 생일 연회가 곧 열리기 직전이었던 터라 잔뜩 흥분해 있었다.

그렇지 않고서야 저렇게 속눈썹이 파르르 떨릴 리 없으니.

루키나는 빙긋 미소를 그렸다.

"그래."

그녀의 스물다섯 번째 생일 연회는 근래 열리는 리우드 제국 사교계에서 가장 규모가 큰 연회였다.

가족과 지인들만 초대하여 소규모로 진행하려던 이번 생일 파티는, 그녀가 기사 서임식 이후 단 한 번도 파티를 주최한 적이 없다는 것을 안 황제 셀레스틴에 의해 대규모 파티로 전환되었다.

일 년에 한 번, 리우드 황제가 귀족들 중 하나를 지목하여 파티를 열게 하는 바로 그 연회에 루키나가 당첨된 것이다.

결국 소규모로 진행하려던 파티의 규모를 대폭 수정해야 했음에도 불구하고, 뭐가 그리 즐거운지 준비 내내 입가에 미소를 달고 살던 셰리는 제게 화답하던 루키나를 올려다보며 환한 웃음을 그려 보였다.

"다들 아가씨를 기다리고 계세요!"

어서 가요, 어서!

상기된 표정으로 루키나의 손을 이끌며 셰리는 속삭였다.

현재 루키나 이베타 로델린의 파티 연회장은 수많은 사람들로 붐비고 있었다.

아주 잠깐이라도 그녀와 인연이 닿았던 평민 출신 기사들부터 제국에서 가장 고귀하다고 불리는 황족들까지.

세이번에 위치한 로델린 가문의 별장에 모인 사람들은 진심으로 그녀의 스물다섯 번째 생일을 축하해 주기 위해 속속들이 모여들었다.

"생일 축하해, 이브 언니."

해가 지고 나서야 시작된 루키나 로델린의 생일 파티는 자정을 조금

넘긴 시간 끝이 날 예정이었다.

생일 파티의 시작은 먼저 각자 가져온 선물을 증정하는 것으로 시작되었는데, 가장 먼저 그녀에게 축복의 인사를 전한 사람은 다름 아닌 제국 유일의 황녀, 빅토리아 로즈 리우드였다.

그녀는 평소 자신이 아끼던 빨간색 망사 장갑을 루키나에게 선물하며 환하게 웃었다.

"이런 거 말고 러브를 내게 넘기는 건 어때?"

루키나가 고맙다며 고개를 끄덕이면서, 은근슬쩍 말을 던지자 빅토리아의 눈이 동그래졌다.

"어머! 아직도 러브를 탐내는 거야? 러브는 내 가디언이라고! 절대 못 주지! 이만 포기하라고!"

빅토리아가 러브의 소유권을 가지게 된 이후, 황실에서 러브를 관리하며 상징으로 키우고 있는 것은 리우드의 제국민들이라면 모르는 이들이 없었다.

루키나는 흥, 콧방귀를 뀌며 '그래도 생일은 축하해!' 하고 작게 속삭이던 빅토리아가 사냥감을 노리는 매처럼 훈훈한 남자 귀족들을 향해 걸어가는 것을 보고 피식 실소를 터뜨렸다.

"생일 축하해요, 레이디 로델린."

다음으로 루키나 로델린을 축복한 사람은 근래 들어 루키나와 자주 모임을 갖고 있던 일리아나 포프너였다.

퇴망 남작령으로 향할 때까지만 하더라도 그녀들과 이러한 관계를 유지할 줄 몰랐던 루키나 로델린은 제게 고급스러운 부채를 선물한 일리아나에게 환한 미소를 지어주었다.

루키나 로델린은 그녀에게 진심 어린 감사를 표했다.

"축하드립니다, 로델린 공작 영애님!"

"이야. 레이디 로델린 덕분에 저희가 이런 곳까지 와보네요!"

"조만간 한 번 더 오노르로 들러주실 거지요? 로델린 경, 우리 오노르와 경의 아미키티아, 이렇게 두 기사단이 단체로 합숙 훈련이라도 가시는 거 어떻습니까?"

기사 서임식 때나 입은 예복을 갖추어 입고선 커다란 덩치로 성큼성큼 다가온 오노르의 수많은 기사들은 루키나 로델린을 향해 축하 인사를 건넸다.

짓궂게 미소를 짓기도 하는 그들을 보며 루키나가 못 말린다는 듯 낮게 웃음을 터뜨리자 분위기는 더욱 화기애애해졌다.

"흠흠."

오노르의 이안 와이너 기사단장 일행의 뒤를 이어, 루키나에게 다가온 사람들은 그녀가 기사단장으로 있는 아미키티아 기사단의 식구들이었다.

"어렵게 준비했으니 잘 사용해 주십시오."

그중에서도, 아미키티아의 부단장을 맡고 있던 로렐이 검을 손질할 때 사용하는 값비싼 돌을 고급스러운 상자에 담아 빨간 리본까지 장식한 채로 건네자 사람들은 휘파람을 불었다.

"거, 조용하지 못하십니까! 이 리, 리본이 뭐 어때서요! 쳇!"

덩치에 안 맞게 생일 선물은 왜 그렇게 조그마한 거냐고, 게다가 리본은 왜 단 거냐고 외치며 저를 놀리는 사람들에게 험악하게 인상을 쓰던 로렐은 입술을 삐죽이며 음식이 있는 곳으로 커다란 발을 옮겼다.

그 후로도 수많은 사람들이 루키나 로델린을 위한 선물을 건네주었다. 특히나 에드문드는 누군가를 노려보며 '남자는 섣불리 믿어선 안 된다, 이브' 라는 말과 함께 웬 책을 하나 건네줬는데, 그 책은 〈이 세상 남자는 아빠 말고는 다 늑대다!〉라는 독특한 제목을 가지고 있었다.

루키나는 너무도 노골적으로 자신의 의사를 피력하는 에드문드의 행동에 피식 웃음을 흘리며 고개를 절레절레 저어야만 했다.

그 외에도 '네 생일을 축하하는 의미에서 나를 준비해 봤어' 라는 황당무계한 농담과 함께 그녀가 좋아할 만한 명마를 준비해 온 휴이렌 황자라든가, 루키나가 입었던 갑옷이 낡았다는 것을 알고 자신에게 들어온 신비한 광물로 제작한 갑옷을 건네준 유리안 황태자의 선물은 루키나를 감동의 절정으로 몰아넣었다.

모든 생을 합쳐서 이렇게 많은 이들에게 축복을 받은 것은 처음이어서 루키나 로델린은 울컥하는 감정을 가까스로 다스려야 했다.

터벅터벅.

"이브."

그녀가 격한 감정의 소용돌이에 빠져 허우적대고 있을 때, 그녀를 향해 마지막으로 다가온 사람은 검은 마스크를 지닌 흑발의 사내였다.

제국의 우는 아이도 울음을 그치게 만든다는 팬텀 공작의 등장에 왁자지껄한 분위기를 연출하던 사람들은 모두들 입을 다물었다.

현재 루키나 로델린 공작 영애의 공식적인 연인이라 알려져 있는 그가 그녀의 스물다섯 번째 생일 선물로 과연 무엇을 준비했을까—라는 것이 연회장 내 이들의 공통적인 관심사였다.

"와주셔서 감사합니다, 윈스턴 공작 각하."

순백의 드레스를 입고 있던 루키나 로델린 공작 영애는 제 앞에 다가온 그를 바라보며 미소를 지었다.

바라만 보고 있어도 가슴이 떨려오는 그가 저와 눈을 마주치고 있자 어쩐지 기분이 이상해졌다.

'왠지 긴장되네.'

다른 사람들 앞에서는 최대한 감정을 숨기고 싶은데 그를 보고 있으면 그것이 어려웠으니까.

멋대로 올라가는 입꼬리의 움직임을 막지 못했던 루키나를 직시하며 팬텀 공작은 말했다.

"그대의 스물다섯 번째 생일을, 진심으로 축하한다."

루키나는 그에 화답하듯, 살짝 고개를 까딱이며 눈웃음을 그렸다.

팬텀이 무엇을 준비했을까?

사람들은 서로를 응시하고 있던 두 남녀에게서 여전히 시선을 떼지 않고 있었다.

'응?'

루키나는 그런 타인의 반응에도 아랑곳 않고 잠시 옷 안을 뒤적이던 그가 손에서 무언가를 꺼내 들자 눈을 동그랗게 떴다.

두근, 심장이 격한 움직임을 보인 것은 그 시점부터였다.

'어어?'

설마.

'어어어?'

루키나 로델린은 제 눈을 믿을 수가 없었다.

이것이 꿈인가, 생신가.

꿈이라면 절대로 깨고 싶지 않다는 생각을 할 정도로 루키나 로델린은 커다란 충격을 받았다.

미르티스 라펠 윈스턴은 그런 그녀의 마음을 이해한다는 듯, 그답지 않게 부드러운 미소를 그렸다.

그러고는 무언가를 쥐고 있던 손이 아닌, 다른 한 손으로 자신의 얼굴을 가리던 검은 가면을 벗어 던졌다.

오오. 지켜보던 관중들이 탄성을 터뜨렸지만 라펠은 개의치 않았다.

천천히.

루키나 로델린은 오직 제게만 시선을 꽂고 있는 라펠의 그윽한 시선에 심장이 터지는 줄만 알았다.

집요할 정도로 강렬한 그 눈빛이 온몸을 녹아내리게 만들었다.

가슴이 마구 떨려와 제대로 서 있기도 힘들었지만, 그녀는 라펠만큼이나 의지를 다지며 무릎을 굽히고 있는 그에게서 시선을 떼지 않았다.

"이브. 아니, 레이디 로델린."

듣기 좋은 목소리.

미성에 가까운 그 음성이 귓가를 톡톡 두드렸다.

루키나는 어느새 제 앞에서 무릎을 굽힌 채 고개를 들고 있는 남자의 뜨거운 눈길에 숨을 크게 들이마셨다.

당황한 루키나의 녹안이 거세게 요동치는 것을 알면서도 라펠은 모르는 척 말을 이었다.

"나는 지난 몇 달간 그대와 시간을 보내면서 생각하고 또 생각했소."

무엇…… 을?

"고심하고 또 고심했지. 그렇게 고민하고 또 고민하면서 얻어낸 결론이 있었소."

결론?

미르티스 라펠 윈스턴은 떨리는 루키나의 눈동자를 향해 웃으며 말했다.

"내가 그대를 생각하고 함께하고 싶어하는 이 마음은, 하나의 거짓이 없는 진심이라는 것. 그리고……."

아!

"내가 그대를, 몹시 사랑하고 있다는 것."

루키나 로델린은 이를 악물었다.

그러지 않는다면, 왠지, 눈물이 주르륵 흘러나올 것 같았으니까.

'이렇게 대놓고 사람을 홀리다니.'

젠장, 하고 낮은 욕설이 흘러나오려는 것을 꾹 참으며 루키나는 눈길을 아래로 내렸다.

어느새 그녀의 왼쪽 손등에 입을 맞춘 라펠이 다시금 그녀를 올려다보며 말을 잇고 있는 게 보인다.

"그대와 같은 길을 걷고 싶소."

미르티스 라펠 윈스턴은 말했다.

"그대가 원하는 것을 내가 할 수 있는 선에선 모두 들어주고 싶소. 그대가 웃는 것을 계속 지켜보고 싶고, 그대가 기뻐한다면 무엇이든 하겠소."

평소 루키나가 알고 있는 라펠답지 않은, 낯 뜨거운 말들.

그 말들을 입 밖으로 꺼내기 위해 필히 며칠 동안 연습하고, 또 연습했을 것이 분명하다.

틀림없이 참견쟁이 이안 와이너가 '그런 식으로 하면 안 됩니다!' 라 외치며 타박을 줬겠지.

그 모습이 눈앞에 아른거려 괜히 제 얼굴이 화르륵 붉어진다.

루키나가 지금 대체 무슨 생각을 하고 있든 간에, 라펠은 멈추지 않았다.

그는 루키나의 손을 잡고 있던 손을 놓으며 후우, 숨을 고르더니 샹들리에 아래에서 유독 반짝이는 바로 그것을 위로 들어 올렸다.

그의 손가락 사이에서 환하게 빛나는 반지가 좌중을 사로잡고 있는 상황.

루키나는 최대한의 예를 갖추어 말하는 라펠의 다음 말에 귀를 기울여야 했다.

"레이디 로델린."

그는,

"부디 내 아내가 되어주시겠소?"

말했다.

웅성웅성—

모두가 충격에 빠졌다.

아무리 연인 사이라고들 한다지만, 대놓고 애정 행각을 벌인 것이 손에 꼽을 만큼 적은 윈스턴 공작과 로델린의 공작 영애가 이렇게 공개적인 자리에서 저런 짓을 벌일 것이라고는 그 누구도 생각하지 않았으니까.

아니, 정확히는 무감정의 대명사인 윈스턴 공작이 로델린의 공작 영애에게 당연히, 스물다섯 번째 생일 선물을 줄 것이라 생각했던 사람들은 세상이 무너진 듯 멍한 표정을 지어 보였다.

"저 망할 자식이!"

물론, 개중에는 당장이라도 팬텀 공작에게 달려들기 위해 발을 떼는 에드문드 로델린 공작과 같은 사람도 있기는 했지만.

"각하, 진정하십시오!"

"놔! 내가 진정하게 생겼어? 이브! 받아주면 안 된다! 남자는 다 늑대야! 아니, 짐승이…… 읍읍!"

에드문드 로델린은 만일 이대로 마무리가 된다면 리우드 역사에 길이길이 남을 로맨스가 아닐까 생각될 만큼 아름다운 그 장면을 망치기로 작정했던 것이 틀림없었다.

결국 보다 못한 칼튼 기사단의 기사단장인 슈비트 에단이 감히, 공작의 입을 막아가면서까지 그를 막은 것은 실로 웃지 못할 일화였다.

웅성거리는 사람들 속에서도 저를 향한 흔들림 없는 시선을 유지하는 라펠의 모습에 루키나는 한동안 아무 말도 잇지 못했다.

그녀는 그저 멍하니 제 앞에서 환한 빛을 뿜어내고 있는 반지를 바라보기만 할 뿐이었다.

"뭐 하고 있습니까, 레이디 로델린! 공작 각하께서 민망하시겠습니다!"

그때.

그녀를 상념의 늪에서 벗어나게 하는 누군가의 음성은 루키나 로델린의 정신을 번쩍 들게 만들었다.

만일 그 소리를 듣지 못했다면 그녀는 하염없이 그 자리에 서 있었을지도.

아니, 틀림없이 그렇게 되었겠지.

라펠이 이런 식으로 나올 줄은 전혀 예상하지 못했으니까.

"어서 화답해 주세요!"

"부럽습니다, 레이디 로델린."

"팬텀 공작께서 민망해하시잖아요!"

그렇게 한 번 터져 나온 팬텀 공작을 향한 응원의 목소리는 루키나로 하여금 풋 웃음을 터뜨리게 만들었다.

두근.

루키나 로델린은 간지러운 말을 아무렇지 않게 뱉어내면서도 꽤나 쑥스러운지 제 시선을 제대로 마주하지 못하고 있는 라펠을 향해 빙긋 웃음을 그려 보였다.

"윈스턴 공작 각하."

앙다문 그녀의 붉은 입술이 조금씩 움직이자 라펠은 고개를 들어 올렸다.

그의 벽안이 푸르게 요동치는 것이 보인다.

혹시나 거절을 할까 두려워하는 것 같기도 하고, 반드시 제 프러포즈를 받아줄 것이라 확신하는 것 같기도 하고.

언제나 꼿꼿한 남자는 잔뜩 힘이 들어간 어깨를 쉽게 내리지 않고 저를 올려다보고 있었다.

'정말…… 못 당하겠어.'

당할 수가 없다.

이렇게 기습적으로 프러포즈를 한다면, 도저히.

두근거리던 가슴의 박동이 쿵쾅거렸다.

루키나는 간질거리는 입꼬리를 겨우 위로 올리며 힘차게 고개를 끄덕였다.

"네!"

"……!"

"기꺼이! 기꺼이, 당신의 아내가 되겠어요!"

전 생애를 통틀어 이보다 더 값진 선물이 있을 수 있을까.

루키나 이베타 로델린은 온 마음을 담아, 크게 소리쳤다.

미르티스 라펠 윈스턴이 그 말을 듣자마자 그녀에게 반지를 끼워주고 루키나 로델린에게 진한 키스를 선보인 것은 이번 연회에 있어 백미 중의 백미였다.

와아아!

검투 시합을 보는 것도 아니었건만, 연회장의 수많은 사람들이 두 남녀의 프러포즈에 환호성과 박수를 쏟아 보냈다.

"난 절대 반대야!"

—라고 외쳐 대는 단 한 명의 남자를 제외한다면.

"모두들…… 정말 감사드려요."

감히 허락도 없이 루키나에게 프러포즈를 했다며, 길길이 날뛰는 에드문드 로델린을 겨우 진정시킨 루키나는 옅은 미소를 그리며 입술을 달싹였다.

왼손 약지에 반짝거리는 반지를 낀 그녀는 숨을 깊게 들이마시며 입술을 움직였다.

"예상하지 못했던 상황이 있기는 했지만…… 저의 스물다섯 번째 생일을 맞이하는 데 축하를 하러 와주신 여러 귀족 여러분들, 기사 여러분들께 다시 한 번 감사의 인사를 전하고 싶습니다. 제게 스물다섯은 너무도 뜻깊은 나이인지라 제가 너무 아끼고, 좋아하는 여러분들과 함께 이날을 맞고 싶었어요. 준비한 것이 많지는 않지만 부디 즐겁게 지내다 가셨으면 좋겠습니다."

그 누구도 예상하지 못했던, 팬텀 공작의 프러포즈가 있었던 선물 증정식이 끝이 난 뒤.

로델린의 공작 영애는 팬텀 공작의 손을 꽉 붙잡은 채 저를 응시하고 있는 게스트들을 향해 감사의 인사를 전했다.

그녀의 말이 끝나기가 무섭게 박수를 쳐 대는 그들에게 미소를 그리던 로델린 공작 영애는 마침 제 곁으로 다가오는 시종이 건넨 샴페인 잔을 집어 들었다.

루키나가 샴페인 잔을 공중으로 치켜들자 좌중은 기다렸다는 듯 함께 손을 들어 올렸다.

"그럼, 건배!"

—라고 크게 외치며,

샴페인 잔 안에 담겨 있는 레몬 빛깔의 샴페인을 입안으로 넣었을 때.

쨍그랑!

그 모든 사건이,

시작되었다.

"꺄아악!"

어디선가 들려오는 비명 소리.

유독 거슬리는 그 소리가 머리를 웽웽 울렸다.

'거 되게 시끄럽네.'

고막을 찢을 정도로 강하게 울리는 그 비명에 살짝 미간을 찌푸리던 루키나 로델린은 어쩐지 서 있는 것이 불편하다고 생각해 버렸다.

'왜…… 이러지?'

빙글빙글.

눈앞이 어지러워 그녀는 순간 제 곁에 서 있던 사람을 향해 손을 뻗었다.

"이브?"

라펠이 갑작스러운 변화를 보이는 루키나를 발견하고선 깜짝 놀라 그녀를 부르는 게 들려왔지만.

"콜록!"

루키나 로델린은 대답을 하지 못했다.

아니, 할 수 없었다.

"콜록, 콜록!"

"헉, 저, 저건!"

"꺄아악! 아아아악!"

모두의 시선이 흐트러졌던 바로 그 순간.

라펠의 팔을 잡고 주르륵 주저앉은 루키나의 입 밖으로 붉은 선혈이 터져 나왔다.

하얀 드레스가 선홍빛으로 물드는 것은 순식간.

그리고,

"……브! 이브!"

간절하게 그녀의 이름을 부르는 그의 목소리가 들려온 것 역시, 순식간.

"……려! 정신 차려, 이브!"

웽웽.

귀가 울린다.

루키나는 어느새 그녀를 안아 들고선 얼굴을 사정없이 구기고 있는 남자를 바라보기 위해 눈꺼풀에 힘을 주어봤지만, 이상하게도 뜻대로 되지 않았다.

거참. 조금 전까지만 하더라도 어렵지 않게 됐던 일이, 어째서.

"라…… 쿨럭, 쿠흡, 컥!"

그의 이름을 힘주어 부르려고 했지만, 식도가 녹아내린 것처럼 소리가 흘러나오지 않는다.

입을 열 때마다 음성이 아닌 핏덩이가 튀어나오는 것을 알아차리며 서둘러 입을 다물어보았으나 온몸의 힘이 쭉 빠져나가는 것은 막지 못했다.

"잡아! 저 자식이야!"

쿵쾅쿵쾅 뛰어가는 요란한 발걸음 소리와 철컥거리는 무기가 오가는 소리가 들려왔다.

고개를 돌려 그 장면을 보고 싶건만 슬프게도 얼굴을 돌릴 힘 따위는 존재하지 않는다.

'아아.'

귀에서 시작된 이명은 점점 머리로 퍼져 가더니 이제는 전신으로 확산되기 시작했다.

"이브! 눈 감지 마, 이브!"

힘껏 제 몸을 붙들며 외치는 라펠의 눈에 놀랍게도 굵은 물방울이 서려 있자 어쩐지 웃음이 날 것 같았다.

"……펠. 커컥!"

"이브!"

……젠장.

입을 열기만 하면, 피를 토하는 터라 더 이상 말을 이을 수도 없다.

지금 이 상황이 대체 어떻게 일어난 건지, 제대로 받아들이지 못하고 있는 사람들로 인해 연회장이 소란스럽기만 했다.

루키나는 '금방 의원이 올 거니까, 그때까지만 참아!' 하고 저를 으스러지듯 안고 있는 라펠의 음성을 들으며 힘없이 시선을 옮겼다.

댕—

댕—

자정을 알리는 소리.

쓴웃음이 흘러나왔다.

댕— 댕—

"이브!"

그가 소리친다.

간절함을 가득 담은 목소리로.

이브!

그가 불러주는 제 이름이 듣기 좋았다.

냉정하기는 하지만 그래도 저와 있을 때는 부드러워지는 이면이 그의 연인이 되는 특권이라 생각했으니까.

"이브."

계속, 한동안, 아니, 어쩌면 영원토록.

지금 이 마음을 잊지 않고 계속해서 그가 자신을 이렇게 불러준다면, 진정으로 그와 혼인을 하는 것도 나쁘지 않다는 생각을 근래 들어 하고 있던 도중이었다.

"이브!"

많은 연애를 해보지 않았지만 아마도 이 마음이 쉽게 변할 것 같지는 않았다.

그리고 그것은 그 역시 마찬가지일 거라 생각했다.

이미 네 번의 실패를 겪었던 사람으로서, 이번만큼은 결과를 얻고 싶었다.

"……브."

그래서 허락했다.

정말이지 예상하지 못한 순간, 제게 프러포즈를 하는 라펠의 제안을 받아들인 것은.

충격받은 얼굴로 저를 바라보던 에드문드에게 조금 미안한 마음이 들기는 했지만, 아무리 딸 바보인 아버지가 좋아도 혼인을 하는 것은 자신이었다.

그를, 좋아했다.

함께하는 시간은 즐거웠으며, 기뻤으며, 행복했다.

그의 마음을 받아들이는 데는 굳이 많은 시간이 필요하지 않았다.

일말의 주저 없이 반지를 들고 있던 그에게 손을 내밀었던 까닭은 하나였다.

정말로 그를, 라펠을 좋아했으니까.

"이브!"

더할 나위 없이 행복했던 시간.

지난 네 번의 끔찍한 스물네 번째 마지막 밤과는 달리, 처음으로 맞는 행복한 스물네 번째 마지막 밤이 몇 분 뒤 마무리될 것 같았다.

아니, 될 거라고 확신했다.

되리라고 믿어 의심치 않았다.

하지만 결국—

"헉!"

루키나 로델린은 두 눈을 번쩍 떴다.

'……어?'

무언가 강하게 저를 내리누르던 압박감이 순식간에 사라졌다. 목 안이 녹아내릴 것 같던 통증은 말끔하게 사라진 상황.

'뭐, 뭐야?'

졸졸 흐르는 물소리가 멀리서 들려오는 캄캄한 어둠.

루키나 로델린은 고요하다 못해 으스스하기까지 한 주변 모습에 몇 번이고 눈을 깜빡이고, 또 깜빡였다.

"윽!"

그러던 순간, 정면 쪽에서 엄청난 빛줄기가 그녀를 향해 쏟아졌다. 루키나는 저도 모르게 손을 들어 올려 눈을 가렸다.

"쯧."

얼마나 지났을까.

제게 강하게 달려들던 빛이 조금은 약해졌다 생각하던 시점.

루키나는 제 앞에서 들려오는 혀 차는 소리에 얼굴까지 들어 올렸던 손을 천천히 아래로 내렸다.

그런 그녀의 시야로 들어온 존재는 너무도 익숙한 얼굴을 하고 있었다.

"아저…… 씨?"

◈

"대왕! 대와앙!"

쉼 없이 바쁘게 돌아가는 명계의 일상은 어떻게 보면 무료하기 짝이 없다.

하루에도 수만 번씩이나 명계를 찾은 영혼들의 앞날을 정해주고, 그들의 미래를 안내하는 염라의 입장에서는 더더욱.

조금 전, 만 이천구백 번째 영혼의 운명을 결정지은 뒤, 잠시 숨을 돌리고 있던 그의 커다란 귓가로 보좌관들의 당혹에 물든 목소리가 들려왔다.

'오늘이 정확히 몇 년째더라?'

무심코 그가 기억을 더듬어본 것은, 순전히 본능적인 행동이었다.

"하아, 하아, 대왕!"

……젠장할.

진지한 표정으로 하나, 둘, 손가락을 접어보던 염라의 얼굴은 딱딱하게 굳어졌다.

안 그래도 매서운 염라의 눈매가 서늘하게 찢어지자 숨을 헐떡거리며 제 앞에 나타난 보좌관이 몸을 움찔거렸다.

"어디에 있지?"

특별한 일이 일어날 리 없는 명계를 지키는 그의 보좌관이 어째서 저리 창백하게 질린 얼굴로 뛰어온 건지는 대충 짐작이 가능했다.

오늘이 정확히 24년째는 아니었지만, 얼마 전 그가 계산했던 바에 의하면 그것의 '몸' 이 스물다섯 번째 생일을 맞는 날이었으니까.

'흐음.'

염라의 말이 떨어지기가 무섭게 입을 벌리는 보좌관의 말을 듣고선 그는 웬만한 인간계의 건물만 한 자신의 의자에서 몸을 일으켰다.

이윽고 그가 발견한 건 보좌관의 말대로 명계의 강 앞에서 철퍼덕 쓰러져 있는 은색 머리카락의 웬 인간의 모습이었다.

하얀 드레스를 선혈으로 예상되는 것으로 붉게 물들이고 있는 인간은 딱 보기에도 위중한 기색이었다.

염라는 긴 한숨을 내쉬며 또다시 명계의 문을 두드리려고 하는 은발의 인간을 향해 다가갔다.

사경을 헤매고 있는 인간을 깨우는 방법은 의외로 간단하다.

염라, 그가 손을 뻗어 제 손가락만 한 크기의 인간을 건드리기만 하면 됐으니까.

염라가 얼굴을 찌푸리며 검지로 쓰러진 인간을 톡 건드리자 바닥을 보고 누워 있던 인간이 벌떡 몸을 일으켰다.

“헉!”

피를 흘린 지 얼마 되지 않았던 게 분명하다.

입가에 주르륵, 핏자국이 덕지덕지 묻어 있는 은발의 인간은 어리둥절해하며 주위를 두리번거리고 있었다.

아마도 사경 속에서 막 나왔던 터라 아직은 어둠에 갇혀 있는 거겠지.

동공이 희미한 인간의 모습에 염라는 무의식적으로 혀 차는 소리를 내버렸고, 인간의 눈동자가 자신을 발견하고선 거세게 요동치는 모습을 가만히 지켜보았다.

“아저…… 씨?”

명계의 지배자인 자신에게 겁도 먹지 않고, 저렇게 스스럼없는 호칭을 날릴 수 있는 인간은 아마도 저 영혼이 들어가 있는 인간뿐이겠지.

염라는 ‘서, 설마!’ 하고 뒷걸음질 치는 은발의 인간, 루키나 로델린을 향해 미간을 좁혔다.

“이곳에서 그대를 또 보게 될 줄은 본왕은 예상하지 못했다.”

단골도, 이런 단골이 없군.

그러고 보니 얼마 전, 그녀를 도와주러 잠시 내려갔던 기억이 있는데 그런 일이 있은 지 얼마 되지 않아 또다시 이런 꼴을 맞이할 줄은.

염라는 현실을 부정하고자 입술을 파르르 떨고 있는 그녀를 내려다보며 혀를 끌끌 찼다.

"그래서, 이번에는 어떻게 이곳까지 오게 된 거지?"

이미 대충의 상황을 들어서 알고 있기는 했지만, 눈앞의 영혼이 그것을 알고 있는지 파악하는 게 중요했다.

염라는 한참 동안 넋을 놓고 중얼거리던 그녀가 슬며시 고개를 들어 올리는 모습을 말없이 지켜보았다.

"……독."

독?

"이번에도 독이었어요."

"……뭐?"

"빌어먹을. 독…… 이라니. 한 번도 아니고, 2연속 독은 정말 너무하잖아! 대체 어째서…… 독이었던 거야. 주의를 기울였다고 생각했는데! 조심하고, 또 조심했는데! 왜 하필 그때…… 젠장!"

명계의 문을 두드릴 때마다 눈앞의 영혼은 필요 이상으로 밝음을 유지했다.

처음에는 망각의 강을 건너도 기억을 잃지 않는 그녀를 보며 좌절하는 것이 아닐까 하고 은근히 걱정을 하기도 했는데 말이지.

하지만 다섯 번째 죽음의 경계에서 저와 대면한 그녀는 얼굴에서 미소를 그릴 생각조차 하지 못하고 있었다.

'……흥미롭군.'

현재의 그녀는, 놀랍게도 좌절하고 있었다.

염라는 지난 몇 번과는 다른 그녀의 반응에 잠시 당황하다 이내 수긍해 버렸다.

하긴. 가장 행복한 순간, 영문 모를 죽음을 맞이했으니 그럴 만도 하지.

염라는 부드득, 이를 갈고 있는 그녀의 눈빛이 매섭게 일렁이는 모습을 보며 쓴웃음을 삼켰다.

명계의 제왕인 염라가 고작 영혼 하나 때문에 오래 자리를 비워둘 순 없었다.

눈앞의 기이한 영혼을 이상할 정도로 아끼고 있기는 했지만, 그래 봤자 일개 사람의 영혼.

그의 업무에 지장을 줄 정도로 시간을 끌어서는 그에게도, 영혼에게도 좋을 일이 없었다.

염라는 결단을 내려야 했다.

투둑.

'……응?'

염라는 방황하고 있는 영혼을 안내하기 위해 입을 열려다 순간적으로 보이는 투명한 물방울에 그만 멈칫했다.

투두둑. 투둑.

사후 세계인 명계에 처음 발을 디뎠을 때도 주눅 들기는커녕 오히려 당당한 행동을 일삼던 영혼이었다.

그 뒤로도 몇 번이나 반복되던 죽음에 의연하게 행동한 예의 영혼이 커다란 눈에서 굵은 눈물방울을 뚝뚝 흘리기 시작하자 염라는 당혹감을 감추지 못했다.

현재 루키나 로델린이라는 몸속에 빙의되어 있는 영혼을 달래기 위해 염라는 터져 나오려는 한숨을 삼키고선 입을 열어야 했다.

"어째서 울고 있는 거지, 루키나?"

"……네? 그게 무슨…… 아."

울고 있던 것도 자각하지 못했던 걸까.

자신이 명계에 와 있다는 사실에 충격을 받아 말을 잊은 영혼들은 수도 없이 목격했지만, 눈앞의 영혼이 그런 식으로 행동하니 어째 적응이 되지 않는다.

은발의 인간 속에 들어 있던 빛나는 영혼은 주르륵 흘러내리는 투명한 눈물방울을 그제야 손등으로 슥 닦으며 중얼거렸다.

"그러…… 게요. 제가 왜 울고…… 있는 걸까요. 하하. 정말이지 왜……."

쓴웃음을 삼키며 나지막하게 중얼거리는 영혼의 말은 공기를 타고 염라의 귓가로 흘러들어 왔다.

'간단하지. 그건 네게 미련이 남았기 때문이야.'

염라는 입안에 머물고 있던 말을 뱉어내지 않고선 쓴웃음을 흘리고 있는 영혼을 내려다보았다.

지난 네 번의 죽음 뒤 그녀가 지었던 표정과는 달리, 무언가 생각나는 것이 있는지 그저 입술을 악물고만 있는 모습이 어쩐지 마음에 걸렸다.

'어쩔 수 없군.'

만에 하나라는 인간들의 말이 있다.

혹시나 하는 일이 발생하는 경우로, 그녀를 빙의시켜 주기 전에 이런 일이 일어날지도 모른다고 직감했기에 염라는 무려 명계의 신물인 예의 목걸이를 보험으로 건네기도 했었다.

본디 영혼의 주어진 운명에 대해 관여하지 않는 것이 명계의 룰이기도 했지만, 눈앞의 영혼은 어쩐지 그냥 지나칠 수 없었다.

또 그에 지대한 관심을 품고 있기도 했던지라 염라는 아직 망각의 강을 건너지 않은 이 기이한 영혼에게 마지막 기회를 주기로 했다.

그래.

이번이 정말로 마지막이야.

"루키나. 본왕이 그대에게 줬던 목걸이를 기억하느냐?"

스르륵. 생각지도 못했던 상황에 절망에서 허우적대던 은발의 여인이 고개를 들었다.

끄덕끄덕.

작은 얼굴을 아래위로 흔들며 답하는 그녀를 보고 염라는 수염을 쓰다듬었다.

"그 보험을 적절하게, 잘 사용하긴 했느냐?"

"당연…… 하죠."

루키나는 붉은 입술을 달싹였다.

"이제 와 말씀드리지만, 저…… 아저씨 덕분에 몇 번이나 위기를 넘겼어요."

"그래?"

"네. 심지어 저, 사람도 살렸다니까요?"

아아.

그녀에 의해 운명이 변해 버린 영혼의 이야기는 들은 바 있다.

놀라긴 했으나 그것이 바로 그 영혼의 새로운 운명일 터.

굳이 따지자면 명계의 신물에 의한 결과이기는 하지만, 그녀에게 그것을 건넨 것을 후회하지는 않는다.

염라는 그 말을 뱉어내며 잠시 생기를 되찾은 루키나에게 옅은 미소를 그려주었다.

"그럼 마지막 보석 속에 든 액체와 관련된 이야기 역시 기억하느냐?"

"마지막…… 보석이요? 아, 황금색의 그걸 말씀하시는 거군요."

염라는 대답하지 않았다. 루키나는 한참을 고민하다 중얼거렸다.

"어…… 글쎄요. 음, 그것의 용도가…… 뭐였더라? 이상하네. 왜 기억이 안 나지?"

나지 않을 수밖에.

"왜냐하면 그대는 듣지 않았으니까."

고운 미간을 좁혀가면서까지 기억을 더듬는 영혼을 향해 염라는 지적했다.

"그게 무슨 소리예요, 아저씨?"

눈을 동그랗게 뜨며 저를 쳐다보는 루키나를 보고 염라는 그녀를 향해 손을 뻗었다.

"직접 보는 편이 낫겠군."

"네? 뭘 직접…… 헉!"

염라가 손가락을 퉁 튕기며 그녀가 서 있는 곳으로 바람을 일으키자 화아악, 그녀의 머리카락이 흩날리더니 영혼의 녹안이 하얗게 변했다.

「그리고 마지막 금빛 보석의 액체를 마신다면…….」

「흐응. 그것의 사용 용도는 때가 되면 차차 알게 되겠죠.」

「……뭐?」

염라에게 있어서는 고작 몇 초 전의 일과도 같지만 인간의 시간으로 치면 2년도 전의 일들을 상기시켜 주기 위해 그녀에게 이전의 기억을 밀어 넣어주었다.

"하!"

파노라마처럼 스치고 지나간 2년 전, 명계에서의 일에 대한 충격으로 루키나가 비틀거리는 사이 염라는 중얼거렸다.

"그러니 마지막까지 듣고 가라니까."

제 말을 들으면 손해 볼 것이 없거늘. 눈앞의 영혼은 아무래도 그것을 간과하고 있던 것이 틀림없다.

“아, 아저씨.”

하아, 하아. 갑작스러운 기억의 습격으로 인해 크게 심호흡을 하고 있던 루키나 로델린은 말없이 저를 지켜보고 있던 염라를 올려다보았다.

“그 금빛 액체의 효과가…… 대체 뭐예요?”

이제야 궁금해하다니.

제 말을 묵살하고 윤회의 구멍으로 퐁당 몸을 빠뜨리던 과거의 영혼이 생각나 잠깐 심술을 부릴 뻔했지만 그는 넓은 아량을 베풀기로 했다.

그는 마음 넓은 명계의 제왕이었으니까.

“황금색 보석 속의 액체는…….”

천천히 입술을 열어 말을 꺼내는 염라의 음성으로 인해 그녀를 둘러싼 주변에 미세한 바람이 일었다.

“딱 한 번, 시간을 되돌릴 수 있다.”

“시간…… 이요?”

염라는 놀라는 루키나에게 말했다.

“그래, 시간.”

인간들이 회귀라고 부르는 바로 그것.

“그대가 원하는 시점의 그 어느 때이든, 딱 한 번은 시간을 돌릴 수 있지.”

제 대답이 나오자마자 두 눈을 큼지막하게 뜨는 영혼을 보며 염라는 긴 수염을 쓰다듬었다.

“루키나. 본왕은 그대가 내 예상보다도 빨리 명계의 문을 두드리는 것을 원하지 않는다.”

“……!”

“만일 그대가 명계의 문을 두드리더라도 소멸을 선택하는 것 역시 원하지 않아. 다행스럽게도 아직까지 그대는 망각의 강을 건넌 상태도 아니어서 흔히들 말하는 명계와 인간계의 경계에 있기도 하지. 하여 선택할 수 있는 기회가 있다."

"그게 무슨……."

"본왕은 그대에게 마지막 기회를 주고자 한다."

루키나 로델린의 눈이 동그래졌다.

염라는 놀라는 그녀에게 근엄한 목소리로 말했다.

"그대에게 마지막으로 남은 보험을, 사용하겠느냐?"

네 번의 죽음을 맞이할 동안 단 한 번도 들지 않았던 후회와 아쉬움이 물밀듯이 들어왔는지 얼굴을 굳히고 있던 그녀가 염라의 말에 그를 올려다보았다.

마치 이 아저씨가 무슨 헛소리를 하고 있는 거야? 라는 표정에 염라는 헛웃음을 삼켰다.

아마도 내가 놀리고 있는 거라고 생각하는 거겠지?

염라는 미간을 좁히고 있는 그녀의 대답을 가만히 기다렸다.

"하아."

루키나 로델린이 대답을 기다리는 염라에게 긴 한숨을 뱉어낸 건 그때였다.

마치 책망을 하는 것과도 같은 그 한숨 소리에 염라는 웃음을 흘릴 뻔했지만 또다시 참아냈다.

루키나는 입을 삐죽이며 중얼거렸다.

"아저씨. 저를 너무 바보로 보시는 거 아니에요? 마지막 보험이라니. 사용할 수 있음 진작 사용했죠. 하지만 그럴 수가 없는걸요. 사용하고 싶으면 뭐 해요. 그 목걸이는 이미 인간계에 있는데. 완전히 그림의 떡이라고요. 제기랄."

나지막하게 욕설까지 덧붙이는 걸 보면, 아직 완전히 풀 죽은 건 아닌 모양이다.

염라는 빙긋 웃었다.

이제 내가 나설 때군.

"루키나. 너는 본왕이 누구라고 생각하는 거지?"

"……네?"

어리둥절해하는 루키나를 향해 염라는 근엄하게 말했다.

"본왕은 명계의 제왕, 염라다."

위엄 넘치는 발언을 뱉어낸 염라가 손을 한 번 휘젓자 거센 바람이 일었다.

툭—

"……!"

휘청거리던 루키나 로델린의 손 위로 공중에서 무언가가 떨어지자 그녀는 두 눈을 동그랗게 떴다.

"아저씨!"

손에 들린 목걸이를 확인한 루키나가 함박웃음을 지으며 그를 쳐다보자, 염라는 말없이 자신의 긴 수염을 쓰다듬으며 미소를 보냈다.

그는 '됐어!' 하고 외치며 마지막 남은 금빛 보석을 향해 손을 대는 루키나를 지켜보았다.

그녀의 손길에 작은 유리병 형태로 변환된 황금빛 보석은 루키나의 다음 행동을 기다리고 있었다.

루키나 로델린은 지체 없이 그것을 입안으로 들이부었다.

"부디 다시 보는 건 그대의 수명이 다할 때였으면 좋겠군."

제 앞에서 연기처럼 사라져 가는 영혼을 향해 염라는 마지막 인사를 건넸다.

◈

이태린으로 태어나 펜싱 검을 들고 올림픽에 나갈 때까지만 하더라도 자신이 설마하니 뺑소니 사고를 당해 죽음을 맞이할 거라고 생각해 본 적은 없었다.

전생의 기억을 잊게 만든다는 망각의 강물 앞에 섰을 때, 전생의 기억이 잊히지 않을 것이라고 생각해 본 적도 없었고, 그 뒤로 세 번씩이나 더 새로운 삶을 살게 될 줄은 꿈에도 꿈꿔본 적이 없었다.

하여 다섯 번째 삶을 살 수 있는 기회가 주어졌을 때는 이번만큼은 달라야 한다고 여겼다.

언제 닥칠지 모르는 죽음에 대비하여 철저한 준비를 하고, 또 그동안 해보지 못했던 것을 마음껏 수행하고 싶어했다.

환생이 아닌 빙의를 택했기에 설마하니 이번에도 스물다섯 번째 생일을 앞두고 죽음을 맞이할 거라고는 생각하지 못했다.

아직…… 해보지 못한 것들이 너무 많은데.

염라의 얼굴을 마주한 순간 들었던 생각은 루키나 로델린을 좌절하게 만들기 충분했다.

그간 생존하기 위해 준비하고, 지켜왔던 모든 일들이 한순간의 꿈처럼 물거품이 되어 날아가 버리는 것만 같아 씁쓸했다.

이젠 러브라는 이름이 붙여진 빅토리아 로즈 리우드의 애완 트라우스 울프와 대면했을 때도 이 정도 허탈감이 든 것은 아니었다.

그에게 제대로 된 고백조차 한 적이 없단 말이야!

수많은 사람들 앞에서 공개적인 프러포즈를 선물받고서도 그에게 제 마음을 제대로 표현해 본 적이 없다는 것이 문득 떠올랐다.

그러고 보니 그에게서 좋아한다는 말은 들어본 적이 있었지만, 저는 단 한 번도 좋아한다는 둥 사랑한다는 둥의 말을 한 적은…… 없었으니까.

그러니까 딱 한 번.

마지막으로 단 한 번만 더 기회가 주어진다면.

부디 다시 돌아갈 수 있다면.

그에게 미처 전하지 못했던 말을, 너무 수줍어서 하지 못했던 그 말을 당당하게 건넬 텐데.

"……하드립니다, 레이디 로델린."

'……어?'

이게…… 뭐야?

빙긋 올라가던 염라의 얼굴이 연기처럼 사라지고 웬 남자의 얼굴이 시야로 들어왔다.

깜빡깜빡.

너무도 급격한 전환에 루키나가 눈꺼풀을 내렸다 올리기를 반복하자 제 손등에 입을 맞추던 남자 역시 잠시 당황했다.

그러나 곧 그는 옅은 미소를 지으며 자신이 할 말을 이어가기 시작했다.

"제국에서 가장 강하고 아름다운 당신의 생일 파티에 초대받은 것은 아마도 제 가문의 영광이 될 겁니다. 부디 많은 이들의 축복 속에서 행복한 생일을 맞이하시길."

아마도 이 남자의 이름은 에릭센 자작이었던가.

에드문드의 초대를 받고 온 손님 중 한 명으로, 과거 에드문드가 잠정 은퇴를 선언하기 전까지 그의 밑에 있던 기사라는 이야기를 얼핏 전해 들은 것 같았다.

루키나는 제게 손등 키스를 한 후 돌아서서 가버리는 에릭센 자작의 뒷모습을 멍하니 쳐다보았다.

잠깐만.

그럼 지금 나, 정말로…….

'과거로 돌아온 거야?'

에릭센 자작이 몸을 돌려 제자리로 돌아간 뒤, 루키나는 화기애애한 주위를 둘러보았다.

분명 그녀의 기억과 크게 다르지 않은 장면들이 또다시 펼쳐지고 있었다.

이미 한 번 겪었던 일.

빙의나 환생에도 태연하던 그녀는 고작 시간을 돌렸다는 일에 조금 당황하고 있었다.

'침착하자. 침착해, 루키나.'

쿵쾅쿵쾅 뛰는 가슴의 박동은 그녀가 얼마나 흥분했는지 짐작케 하는 단적인 예였다.

지금 이 순간이 너무도 비현실적이어서 염라와의 대면을 오히려 현실로 여길 만큼.

하지만 이럴 때일수록 냉정해지는 것이 우선이었다.

루키나 로델린은 웅성거리는 연회장 내의 사람들을 찬찬히 주시하기 시작했다.

"오늘따라 공작 영애가 몹시 아름답네요."

"그러게 말이에요. 마치 2년 전을 보는 것 같아요!"

연회장 안을 가득 메운 사람들은 루키나 로델린 공작 영애의 생일 파티를 즐기기 위해 어렵게 시간을 내어 친히 발걸음을 한 사람들이었다.

활기가 넘치는 그들의 얼굴에서는 곧 닥칠 엄청난 비극의 암운은 전혀 드리워지지 않은 상태였다.

루키나 로델린은 저를 보며 수군거리고 있는 사람들을 냉랭할 정도로 차갑게 응시했다.

'저들 중 누군가다.'

그 누군가가 내게 독을 탄 샴페인을 건넸어.

기억을 더듬어야 했다.

어쩌면 제게 주어진 마지막 시련이나 마찬가지.

시간을 돌리는 건 단 한 번의 기회뿐이었던지라, 자정이 되기 전까지 범인을 찾지 못한다면 이번에는 정말로 죽음을 피하기 힘들지도 모른다.

그러니까, 긴장해야 한다.

'할 수 있어, 루키나.'

자정까지 아직 시간은 있어. 허니 생각해 보자.

에릭센 자작이 내게 선물을 건넨 뒤, 누가 내 앞에 다가왔더라?

에릭센 자작이 선물을 주고 얼마 되지 않아 선물 증정식이 끝났던 걸로 기억하는데. 그렇다면 이다음 차례는 대체 누가…….

'……라펠!'

새로운 운명을 만들기 위해서는 이미 한 번 경험해 본 과거를 바꾸어야 했다.

그렇지 않고서야 친히 회귀를 하여 시간을 되돌린 의미가 없었다.

그렇게 기억을 더듬어보던 루키나 로델린은 천천히 제 앞으로 걸어오고 있는 검은 턱시도의 사내를 발견하고선 두 눈을 동그랗게 떴다.

두근두근―

세차게 가슴이 일렁였다.

그래. 아마, 그가 제게 프러포즈를 하던 도중이어서 경계가 풀렸던 건지도 모르겠다.

전혀 예상하지 못했던 상황을 맞이했던 터라 그만 긴장을 늦춰 버린 거겠지.

그런 이유 때문에, 자신은 그렇게 허무하게 독살을 당해 버린 거고.

'하지만 상황은 역전됐다고.'

루키나는 연회장 한가운데에 서 있는 자신을 향해 한 걸음, 한 걸음 다가오고 있는 흑발의 남자를 바라보며 이를 악물었다.

"이브."

다정한 음성으로 그녀의 이름을 부른 라펠은 그답지 않게 흠흠, 헛기침마저 흘리며 잠깐 심호흡을 하더니 이내 주위를 한번 둘러보았다.

아마도 그는 지금으로부터 몇 초 후, 무릎을 굽히고선 사랑을 고백한 뒤 제게 반짝반짝 빛나는 반지를 들이밀 것이 틀림없다.

이미 경험을 해보았음에도 불구하고 라펠의 뜨거운 시선에 얼굴이 멋대로 화끈거려 견딜 수 없었지만 루키나는 태연하게 서 있으려고 노력했다.

"그대의…… 스물다섯 번째 생일을, 진심으로 축하한다."

그때는 몰랐지만, 지금 다시 보니 목에 잔뜩 힘을 주고 있는 라펠은 확실히 신경을 곤두세우고 있는 것 같았다.

곧 뱉어낼 말이 제 인생에서도, 그리고 그의 인생에서도 중요하기 그지없는 발언이라 저리 경직되어 있는 거겠지.

후우, 한 번 숨을 고르고 있는 그를 보자니 과거와는 달리 귀엽게 보여 입꼬리가 간질간질했다.

루키나는 무의식적으로 그를 향해 미소를 지으려다 라펠의 등 너머로 보이는 낯선 이의 얼굴에 순간적으로 멈칫했다.

'저, 저자는……!'

"이브. 그대에게 꼭 해야 할 말이—"

언제나 냉철을 유지하는 윈스턴 공작이 순백의 드레스를 입은 로델린 공작영애의 앞에서 이상할 정도로 주저하자 그들을 주시하고 있던 파티의 다른 손님들이 의아한 표정을 지었다.

눈썹을 꿈틀거리며 한 번 더 호흡을 고른 라펠이 이내 결심한 듯 말을 이으려고 한 순간, 루키나는 손을 들어 올렸다.

"좋아요, 라펠."

"……?"

라펠의 이어질 말을 듣지 않았음에도 불구하고 먼저 대답을 해버린 루키나 로델린을 보고 라펠을 비롯한 모두가 눈을 크게 떴다.

루키나 로델린은 싱긋 눈꼬리를 호선으로 휘며 그를 쳐다보더니 그의 코앞까지 걸어갔다.

"이……!"

의미심장한 표정을 짓던 루키나가 더 말을 이으려던 라펠을 향해 갑자기 손을 뻗자 라펠은 멈칫했다.

그녀는 일말의 망설임도 없이 그의 옷깃을 끌어당기며 발꿈치를 들어 올렸다.

"헉!"

"어머나!"

"호호."

"저런."

주위의 시선 따위는 의식하지 않은 레이디 로델린은 당황한 사내의 입에 자신의 입술을 힘껏 맞추더니 떨어져 나왔다.

물론, 제국 신문에 공공장소에서 입을 맞추었던 그들의 그림이 실린 적이 있었지만 어디까지나 기자들의 농간일 뿐일 거라 여겼던 사람들은 커다란 충격을 받았다.

심지어 그녀의 가족인 에드문드가 '이브으!' 하고 눈물방울을 흩뿌리며 소리치는 모습은 그들이 얼마나 놀랐는지 알려주는 단적인 예와도 같았다.

하아—

보드랍게 닿았던 입술이 떨어져 나가고 입속에서 얽혀들던 혀의 얼얼한 촉감이 아직까지 남아 있는 지금, 루키나는 급작스럽게 키스를 당한 라펠이 저를 빤히 내려다보고 있자 빙긋 웃음을 지어 보였다.

"라펠."

"……."

"여태껏 제가 당신한테 하지 않았던 말이 있더라고요."

루키나 로델린은 라펠의 허리춤에 차고 있던 단검의 검집으로 손을 가져다 대며 속삭였다.

이 모든 상황을 쉽게 받아들이지 못하고 있던 라펠의 벽안이 거세게 요동치자 그녀는 쿡쿡 실소를 터뜨리며 말을 이어 나갔다.

"좋아해요."

그녀의 말에 라펠의 눈꺼풀이 파르르 떨렸다.

루키나는 멈추지 않았다.

굵고 긴 삶을 꿈꾸는 레이디 루키나 이베타 로델린이 생존하기 위한 열세 번째 법칙.

레이디의 애정 표현은 과감해야 한다.

"아마도 저는, 당신이 생각하는 것보다 더 당신을 좋아하는 것 같아요. 당신과 함께 있는 시간이 소중하고, 그래서 영원했으면 좋겠다고 바라거든요. 당신과 있으면 저는 온전한 내 자신으로 있을 수 있어요. 허니……."

과감한 애정 표현의 절정으로 향하기 위해, 루키나 로델린은 돌처럼 굳어 있는 사내를 바라보며 말했다.

"당신의 제안을 수락하겠어요. 당신의 아내가 되어드릴게요."

"……!"

어떻게—?

입 밖으로 꺼내지도 않았건만, 어떻게 그 말을 할 것을 알았냐는 표정으로 라펠이 그녀를 응시했다.

루키나는 빙긋 미소 지으며 마지막 말을 건넸다.

"그러니 당신도 저를 좀 도와주셔야겠어요."

'뭐?' 하는 말이 라펠에게서 흘러나오자마자 루키나는 라펠의 허리춤에 차고 있던 단검집에서 검을 뽑아 들더니 그를 지나쳐 어딘가로 달려가기 시작했다.

쨍그랑!

라펠이 등을 돌리는 사이, 이미 누군가를 향해 달려든 루키나로 인해 잔이 깨지는 소리가 연회장을 가득 메웠다.

"뭐, 뭐야?"

"무슨 일이죠?"

"레이디 로델린이 왜 갑자기……?"

조금 전까지만 하더라도 윈스턴 공작과 달콤한 사랑을 주고받던 로델린 공작 영애가 돌연 눈빛을 바꾸어 누군가를 향해 달려들자 장내는 금세 소란스러워졌다.

"……."

혹시나 해서 뽑아 든 라펠의 단검을 손에 쥐고 눈 깜짝할 사이에 '그'를 향해 달려가 순식간에 제압을 한 루키나 로델린은 어느새 제 아래서 저를 죽일 듯 노려보고 있는 그를 서늘하게 응시하며 싱긋 미소 지었다.

"어째서 초대받지 않은 당신이, 저의 생일 파티에 와 계신 걸까요."

그녀는 날카로운 칼날을 그의 목에 겨누며 짙은 눈웃음을 흘렸다.

"대답, 부탁드려요. 바클리 자작님."

⚜ Rule 14 ⚜

레이디는
생존해야 한다

언제나 스물다섯이, 문제였다.

스물다섯이란 마치 커다란 산과도 같아서 아무리 올라도 도저히 정복하지 못할 것만 같았다.

처음 죽었을 때는 '아. 넘지 못해서 조금 아쉽네' 정도였던 스물다섯의 문턱이 두 번째 죽음을 맞이했을 때는 '이상하네. 우연의 일치일까?' 에서, 세 번째 죽음을 맞이한 뒤엔 '여기엔 뭔가가 있어' 로 바뀌었다.

네 번째 죽음이 찾아왔을 때는 '이젠 못하겠다' 로 태도를 달리하게 된 것은 세 번의 윤회에서 얻은 것이 아무것도 없었기 때문이다.

세 번의 윤회 동안 재수가 없게도 항상, 스물다섯 살 직전에 죽음을 맞이했다.

죽는 방법도 다양했지.

주삿바늘에 찔려, 범죄자의 습격에 속수무책으로 당해, 이복동생에게 독살까지.

그렇게 몇 번 제대로 죽어보니 이런 생각이 들었다.

어차피 스물다섯 살이 되기 직전에 죽어버릴 운명이라면 차라리 시작도 하지 않는 편이 낫겠다고.

그래서 네 번째 죽음 직후 염라의 얼굴을 마주했을 때 자연스럽게 영혼 소멸이라는 이야기가 나왔던 건지도 모른다.

'뜨겁다.'

뜨거워.

스물다섯 번째 생일날 아침이 되고 처음으로 맞이하는 태양은 그녀의 하얀 얼굴이 타들어갈 정도로 강렬한 빛을 뿜어내고 있었다.

찬바람이 부는 매서운 겨울임에도 불구하고 하늘의 빛은 도저히 수그러들 기세가 아니었다.

루키나 로델린은 찬란할 정도로 제 존재감을 과시하고 있는 태양을 올려다보며 옅게 웃었다.

저 녀석은 지지 않는구나.

잠시 구름에 가려질 때도 있지만 태양은 항상 그 자리에서 자신의 빛을 발산하고 있었다.

루키나 로델린은 뜨거운 햇빛을 마주하며 주먹을 불끈 쥐었다.

나 역시 지지 않겠어.

태어난 직후부터 시작한 삶은 아니었기에, 엄밀히 따지자면 정확히 자신의 스물다섯 번째 생일이라고 볼 수는 없었다.

그랬기에 앞으로 빙의된 지 스물다섯 번째 해가 된다면 또다시 위기가 찾아올 수도 있겠지.

하지만 더 이상 걱정하고 두려워하지는 않겠다.

이미 그토록 원하던 '스물다섯'의 고지에 오른 그녀에게 있어 더 이상 두려울 것은 없었다.

그녀에게 있어선 '스물다섯'이 되는 것 자체가 매우 중요했다.

보통의 영혼들은 한 번도 겪기 힘든 '스물넷'을 무려 네 번이나 겪었기에 더더욱.

'이제부터 무엇을 할까?'

스물다섯 살이 된 자신은 마치 새로이 태어난 것과도 같았다.

지금부터 다시 시작하는 거다.

고비가 될 것이라 여겼던 스물다섯의 아침을 무사히 맞이했으니 새로운 인생 설계를 세워봐야겠지.

그동안 스물다섯 번째 생일을 맞기 전에 하고 싶었던 버킷 리스트를 떠올려 보며 루키나는 생각에 잠겼다.

몇 번이고 쓸모없는 종잇조각이 되었던 버킷 리스트들이 머릿속을 둥둥 떠다녀 왠지 모르게 주르륵 눈물이 흘렀다.

"아가씨, 생일 축하드려요!"

루키나 로델린이 더할 나위 없이 반짝이는 태양을 마주하며 새로운 다짐을 하는 사이, 그녀의 시중을 들기 위해 침실 문을 연 셰리가 그녀에게 다가왔다.

루키나의 생일 아침이라 그런지 날씨가 매우 좋다고 수다를 떨어대던 셰리는 후드득 눈물을 떨어뜨리고 있는 루키나를 올려다보며 몹시 당황해했다.

루키나는 빙긋 웃으며 손등으로 눈가를 닦더니 이내 셰리의 얼굴을 마주했다.

'그렇지.'

어쩔 줄 몰라 하며 '괜찮으세요?'라는 말을 건네고 있는 셰리를 바라보며 루키나는 속으로 옅게 웃었다.

그러고 보니 빙의 직후 그녀에게 큰 도움을 줬던 고맙고 소중한 자신의 친구에게 꼭 하고 싶었던 말이 있었다.

루키나는 '아가씨?' 하고 크고 푸른 눈을 제게 고정시키고 있는 셰리를 향해 입꼬리를 올렸다.

"그래. 네 말대로 멋진…… 아침이야, 셰리."

그리고 너를 다시 볼 수 있어, 정말 다행이야.

스물다섯 번째 생일 아침을 맞는다면 셰리에게 하려고 했던 말을, 그녀는 할 수 있었다.

◈

—지난 주말에 있었던 화제의 파티 _'로델린 공작 영애 생일 파티.'

리우드 제국민들이 제 나라에 대한 소식들을 다른 나라의 백성들보다 쉽게 접할 수 있었던 까닭은 순전히 신문의 존재 덕분이었다.

근방의 나라 중에서도, 아니 아시아타 대륙 전체적으로 보아도 최초로 설립된 신문 회사, '리우드 제국 신문사'는 리우드 제국 내에서 일어나는 시시콜콜한 이야기들을 종이에 담아내곤 했다.

그중 가장 인기를 끄는 것은 단연코, 리우드 제국 사교계를 쥐락펴락하는 귀족들과 관련된 이야기였다.

자신들이 쉽게 접할 수 없는 귀족들의 이야기를 신문으로 접하면서 제국민들은 귀족들에 대한 환상을 품거나 혹은 현실을 자각하곤 했다.

이러한 제국 신문은 요일별로 색다른 주제를 담은 내용들을 펴내곤 했는데, 매주 주말이 지난 뒤에는 그 주말에 있었던 귀족들의 파티에 대한 소식을 실었다.

그리고 새로운 주를 맞이한 오늘, 조간을 펴내자마자 제국 신문은 수

량이 부족할 정도로 불티나게 팔려 나갔다.

이유는 간단했다.

오늘 자 신문의 주제가 다름 아닌, 루키나 이베타 로델린 공작 영애이자 아미키티아 기사단의 단장으로 있는 제국 최고의 레이디의 파티에 대한 것이었으니까.

—현 제국의 모든 소녀들이 꿈꾸는 레이디가 있다면 바로 이분이 아닐까 싶다.

황제 폐하의 총애를 한 몸에 받으며 뭇 기사들의 우상으로 등극했었던 에드문드 로델린 공작 각하의 하나밖에 없는 여식, 루키나 로델린 공작 영애.

제국 최초의 여기사가 되어 검을 들어 올린 아름다운 레이디는 리우드 제국 소녀라면 한 번쯤 대면하고 싶은 별 중의 별이다.

한때 모든 이들을 안타깝게 만들었던 일을 완벽하게 극복하고, 화려하게 변신한 그녀는 좌절과 고난을 겪고 있던 수많은 이들에게 커다란 용기를 불어넣어 주기까지 했다.

그런 레이디 로델린은 지난 주말, 스물다섯 번째 생일을 맞이했다.

이번에 열린 루키나 로델린 공작 영애이자 아미키티아 기사단장의 생일 연회는 제국의 내로라는 귀족들뿐 아니라, 리우드의 고귀한 황족들까지 자청하며 참석했던, 근래 들어 가장 크게 열린 사교 파티였다.

평민들뿐 아니라 귀족들 사이에서도 훌륭한 인품을 칭송받는 레이디 로델린은 수많은 사람들의 축하를 받으며 연회를 시작했다.

본디 제국 내에서 커다란 연회가 열릴 때는 언제나 그렇듯 크고 작은 사건·사고가 발생하는 법.

로델린 공작 영애의 생일을 축하하기 위해 모여든 연회였지만, 아무래도 규모나 참석한 인원의 신분이 상당했기에 이번 파티에 대한 우려의 목소리가 없던 것은 아니었다.

그리고 그런 말들이 무색하지 않게 로델린 공작 영애의 생일 연회에서도 사건들이 발생하기는 했다.

간밤에 일어난 사건과 사고, 그 첫 번째 이야기는 루키나 로델린 공작 영애의 충격적인 선언에 대한 이야기다.

'충격적인 선언?'

드미트리가 내려놓고 간 조간신문을 무표정한 얼굴로 내려다보던 라펠은 미간을 좁혔다.

충격적인 선언이 있었던가?

기억을 더듬어보던 입술 사이로 '아아' 하고, 낮은 탄성이 터져 나온 것은 바로 그때였다.

"흠흠."

왠지 모르게 헛기침이 터져 나왔다.

그것으로도 모자라 갈증이 인다.

다음 문구를 읽지 말까 잠시 고민하기는 했지만 이내 그는 용기를 내기로 했다.

라펠의 벽안이 신문의 다음 문단으로 향했다.

—제국 최초로 여기사를 꿈꿨던 당찬 레이디는, 생일 파티에서도 그 모습을 과감하게 드러냈다.

그녀는 당시 참석한 게스트들 앞에서 그동안 꽁꽁 숨겨왔던 얼굴을 드러낸 미르티스 윈스턴 공작에게 아찔한 입맞춤을 선사한 뒤 말했다.

「좋아해요.」

이제껏 한 번도 듣지 못한 말이었기에 그는 제 귀를 의심했다.

그녀에게서 아내로 입후보하고 싶다는 이야기를 들었을 때도 그 정도는 아니었는데.

천하의 미르티스 라펠 윈스턴이 얼빠진 얼굴을 하고 서 있었던 것은 매섭게 빛나는 녹안을 가진 그녀의 다음 말이 귀에 꽂혀 왔기 때문이었다.

「당신의 아내가 되어드릴게요.」

그래.

틀림없이 그는,

확실히 그녀에게,

프러포즈를 할 생각이었다.

지난 몇 달 동안 그녀를 만나며 의심은 점점 확신으로 변해갔으니까.

아무리 주위를 둘러봐도 평생을 함께하고 싶은 반려로 그녀만큼이나 적합한 사람은 없었다.

그의 가슴을 뛰게 만들고, 설레게 만들고, 신경이 쓰이고, 보고 있으면 기분이 좋은 사람은 오직 그녀뿐이었으니까.

그랬기에 더더욱 자신의 사랑을 고백하며 의향을 물어볼 계획을 세웠다.

이 프러포즈에 있어 몇 가지 단점은 그가 프러포즈를 할 곳이 그녀의 생일 파티였다는 점이었고, 공개적으로 제안을 했다가 거절당할 경우나 아직 에드문드 로델린 공작에게 의향을 물어보지 않았다는 점 등이었지만…… 이보다 더 확실히 제 마음을 보여줄 수 있는 방법은 없었다.

그래서 그는 자신의 총관인 드미트리를 시켜 제국에서, 아니, 세상에서 가장 희귀한 보석으로 만든 반지를 준비하라 일렀다.

훌륭한 총관답게 드미트리는 마치 그녀의 눈처럼 아름답게 일렁이는 보석으로 만든 반지를 대령했다.

로델린 공작 영애의 생일 파티에 초대받은 그가 그녀에게 수많은 귀족들을 제치고 선물을 마지막으로 증정하게 된 것은 모두 루키나 로델린의 시녀인 셰리와의 은밀한 협상에 대한 결과이기도 했다.

자세한 상황은 알지 못하지만 그가 루키나에게 어떠한 이벤트를 준비하고 있다는 이야기를 들은 셰리가 선뜻 협조하겠다는 의사를 밝혀왔으니까.

모든 일은 당사자인 루키나 모르게, 순조롭게 진행되는 듯했기에 그는 제 말이 떨어지기도 전에 대답하는 루키나를 놀란 눈으로 응시할 수밖에 없었다.

—……(중략)…….

하지만 그보다 더 커다란 사건은, 로델린 공작 영애의 충격적인 발언 이후에 일어났다.

'그러니 당신도 저를 좀 도와주셔야겠어요' 하며 속삭인 루키나가 갑자기 그의 허리춤에 차여 있던 단검을 뽑아 들고, 누군가를 향해 달려드는 모습은 자신의 프러포즈를 미리 알아차린 것보다 더 예상하지 못했던 일이었다.

설마하니 바클리 자작이 루키나의 살해를 시도할 줄은 몰랐다.

물론 루키나의 생일 연회가 일어나기 며칠 전, 그가 탈옥했다는 사실을 인지하고 은밀히 바클리 자작을 쫓고 있던 와중에 일어난 일이었기에 라펠은 더한 충격을 받았다.

만약 루키나가 미리 위협을 인지하고 스스로 자신을 방어하지 않았다면 아마 속절없이 당해 버렸을지도.

「라펠.」

댕댕.

정신없이 일어난 일이 마무리되는 것을 지켜보고 있을 때였다.

자정, 그리고 그녀의 스물다섯을 알리는 종소리를 들으며 루키나는 그를 불렀다.

「저, 아직 살아 있어요. 살아…… 있다고요. 드디어…… 스물다섯이 됐어요!」

뚝뚝, 눈물을 떨어뜨리는 그녀의 모습이 이상할 정도로 벅차 보여 라펠은 잠시 말을 잇지 못했다.

그가 뭐라 말을 잇지 못하는 사이, 그녀가 그의 목을 휘감고 진한 키스를 퍼붓자 사람들은 환호성을 내질렀었다.

똑똑.

조간신문을 읽자, 마치 그날의 모습이 생생하게 펼쳐져 눈을 내리깔고 있던 라펠은 집무실의 문을 두드리는 소리에 상념에서 벗어났다.

들어오라는 명령을 내리자 그의 총관, 드미트리가 문을 열고 나타났다.

"주인님."

드미트리는 손에 무언가를 쥐고 있었는데, 그것은 라펠이 지난 주말

동안 기다렸던 바로 그 서류를 의미하는 것 같았다.

말없이 손을 내미는 라펠을 향해 공손하게 그것을 건넨 드미트리는 서늘한 얼굴로 서류를 훑고 있는 라펠의 말이 이어지길 기다렸다.

"폐하께서도 찬성을 하셨다고?"

"예, 주인님. 폐하께서는 한 번도 아니고 무려 두 번씩이나, 그것도 특정인을 살해하려 들었던 에릭 바클리 자작의 모든 작위를 폐하고 유배가 아닌, 그의 처형을 명하셨습니다. 그리고 이번 사건에 얽힌 2황후파 귀족들에 대한 처분은 모두 주인님께 맡기신다고 하셨습니다."

이번 일로 분노한 것은 비단 라펠, 그뿐만이 아니었기에 바클리 자작에 대한 처분은 신속하게 진행되었다.

특히나 루키나 로델린의 암살을 사주한 자들이 바로 그녀로 인해 친분이 두터워진 휴이렌과 유리안의 사이를 못마땅하게 여긴 2황후파 귀족들이었다는 사실을 알고선 더더욱.

"단, 주인님의 사심이 들어가지 않은 공정한 심판을 기대하신다는 말을 덧붙이셨다고 하더군요."

라펠은 이번 사건의 수사를 맡은 자신에게 '아무리 그래도 2황후는 자신의 사람이니 그녀까지 건드리지 말라'는 은근한 지시를 내리는 황제 셀레스틴의 명에 서늘한 표정을 지으며 중얼거렸다.

"이브를 지키기 위해서 팔다리 정도는 잘라 내도 된다는 말로 알아들으면 되겠군."

"뭐…… 그렇지요."

픽 웃으며 수긍하는 드미트리에게 알겠다는 듯 고개를 끄덕이던 라펠은 후우, 한숨을 내쉬며 자리에서 일어났다.

라펠이 집무실을 나서려고 한다는 것을 알아차렸는지 얼른 근처의 옷걸이에서 외투를 꺼내 든 드미트리는 그에게 다가갔다.

"주인님. 혹, 레이디 로델린께 가실 계획이시라면 조금 더 기다리시는 게 좋을 것 같습니다."

보드라운 털이 달린 외투를 입는 것을 도와주던 드미트리의 말에 라펠은 의아한 표정을 지었다.

어째서?

드미트리는 그런 그를 향해 옅은 미소를 지으며 대답했다.

❖

"짐의 부덕으로 그대의 생일을 망친 것 같아 왠지 미안하구나. 로델린 경."

주말이 지나자마자 카르디아 궁으로 호출당한 루키나는 황제와 일대일로 대면하게 되었다.

그녀의 암살 시도 사건에 대한 배후가 무려 2황후파 귀족들이라는 것이 세간에 알려지기 무섭게 라펠이 움직이고 있다는 소식을 들은 직후였다.

루키나는 미안하다는 말을 하면서도 빙긋 웃고 있는 황제의 무시무시함에 속으로 혀를 내두르며 미소를 지어 보였다.

"별일 아닙니다, 폐하. 다행히 아무 일도 없었으니 크게 염려하지 않으셔도 됩니다. 오히려 제 생일을 축하해 주신 폐하의 은덕에 감사할 따름입니다."

만약 여기서 약한 모습을 보였다면 아마 황제는 저를 흔하디흔한 레이디로 생각할지도 모르니까.

루키나는 의연하게 대답하며 눈꼬리를 휘었다.

셀레스틴은 그런 그녀의 대답에 호오, 하고 코웃음을 흘리더니 고개를 끄덕였다.

“역시 그대는 재미있는 레이디구나. 듣자 하니…… 이번 생일에서 윈스턴의 아내가 될 것이라 공언했다지?”

루키나는 수줍게 얼굴을 붉히는 것으로 답을 대신했다.

셀레스틴은 아아, 하고 아쉬움이 가득한 탄성을 터뜨렸다.

“정말이지 아쉽구나. 짐은 그대가 에디의 여식이 된 순간부터, 그대를 짐의 가족으로 점찍어뒀는데 말이지.”

“꼭 결혼의 형태가 아니더라도 저는 이미 폐하의 가족이나 마찬가지입니다. 폐하께선 저의 주군이시고, 하늘이시며, 또 다른 아버지이시니까요.”

“하하. 말은 번지르르하구나.”

껄껄 웃는 셀레스틴을 보고 루키나는 배시시 웃어 보였다.

“헌데 폐하. 이제 슬슬 본론으로 들어가 주시겠습니까?”

“그게 무슨 소리지?”

“폐하께서 단지 저의 생일을 축하해 주시거나, 혹은 생일 파티에 있었던 일에 대한 아쉬움을 토로하시기 위해 은밀히 호출하신 게 아닌 걸 알고 있습니다.”

미동 없는 녹안으로 감히 황제의 시선을 피하지 않는 루키나의 말에 셀레스틴은 풋 웃음을 터뜨렸다.

“그대를 짐의 기사로 삼은 것은 근래 들어 짐이 가장 잘한 일이 아닌가 싶다.”

셀레스틴은 호탕한 웃음을 터뜨린 뒤, 그들의 뒤편에 서서 고개를 숙이고 있던 시종장 버트에게 손짓했다.

‘응?’

루키나는 버트에게 ‘로델린 경에게 그것을 보여주어라’ 하고 말하는 셀레스틴을 지켜보았다.

버트는 황제에게 공손히 예를 갖추고선 루키나에게 무언가를 내밀었다.

“이건…….”

“윈스턴은 그대의 생일에 있었던 사건을 조사해야 하니 시간이 나지 않을 테고, 다른 녀석들은 쉽게 믿을 수가 없으니……. 윈스턴과의 결혼 준비로 인해 그대가 바쁠 것이라 생각하기는 했지만, 이 일을 맡길 사람이 그대밖에 없구나. 이제 슬슬 그대의 기사단도 안정적인 궤도에 오른 것 같으니 이런 일을 맡겨도 되겠지?”

중얼거리는 셀레스틴을, 루키나는 놀란 눈으로 응시했다.

자, 잠깐만. 설마 이거…….

심장이 쿵쿵 뛰기 시작한 나머지 루키나가 무의식적으로 자리에서 벌떡 일어났다.

그런 그녀를 향해 황제는 말했다.

“루키나 로델린. 리우드의 58대 황제 셀레스틴 라쉬 리우드의 이름으로, 황제의 기사인 그대에게 첫 임무를 맡기겠다. 짐의 자랑스러운 기사로서 명령을 받들도록 하라.”

비 온 뒤, 땅이 굳는다는 말이 있다.

어떠한 시련이나 고난 등의 풍파를 겪고 나면 일이 더욱 든든해진다는 말로, 과거 그녀가 살았던 대한민국의 속담 중 하나였다.

옛 조상들의 말은 틀린 것이 없다. 루키나 로델린은 또각또각— 카르디아 궁의 복도를 힘차게 걸어가며 입꼬리를 씰룩거렸다.

‘첫 임무다. 첫…… 임무!’

가슴이 거세게 일렁인다.

불과 며칠 전 죽음의 위기를 극복했던 사람답지 않게 잔뜩 들뜬 얼굴을 하게 된 이유는 간단했다.

튀망 남작령에서 돌아온 직후, 1년 동안 그녀의 기사단이 황제에게 인정받기는 했지만 황제에게서 이렇다 할 임무를 부여받지 못했기 때문이다.

혹시나 저를 인정해 주기만 할 뿐 아무런 임무도 내리지 않는 게 아닐까 걱정하고 있을 때 받게 된 임무는 루키나 로델린을 흥분시키기 충분했다.

「위험할지도 모른다. 녀석들과의 싸움에 목숨을 걸어야 할 수도 있어. 짐은, 짐의 기사단에게 수월한 일은 맡기지 않거든.」

셀레스틴이 제게 맡긴 일은 제국 동서부에서 각종 분란을 일으키고 있는 변방 국가에 대한 압력을 행사하는 일.

이미 제국군이 차출되어 동서부 지역으로 향했다지만 꽤나 곤란을 겪고 있다는 이야기를, 그녀 역시 들은 적이 있었다.

루키나 로델린은 그 말을 하면서도 제게 염려의 시선 하나 주지 않는 셀레스틴에게 빙긋 미소를 그려 보였다.

「맡겨주십시오, 폐하! 폐하의 기사로서 훌륭히 임무를 수행하고 돌아오겠습니다!」

그에게 무릎을 굽히며 루키나 로델린은 소리쳤다.

그 모습을 지켜보던 황제가 말없이 고개를 끄덕인 것은 당연했다.

또각또각—

한 걸음, 한 걸음 내딛을 때마다 루키나 로델린의 심장은 앞으로의 일을 상상하며 잔뜩 부풀어 오른다.

스물다섯.

한 번도 경험해 보지 못했기에 더욱 특별하게 여겨지는 스물다섯의 시작은 경이롭기 그지없다.

이런 나날들을 맞이하기 위해, 그동안 그렇게 미친 듯이 살을 빼고, 복수를 하고, 실력을 다지고, 기사가 된 것이 아닐까—라는 생각이 들 만큼.

'이제 겨우 스물다섯이다.'

루키나 로델린은 힘찬 발걸음을 내딛으며 눈을 빛냈다.

그 말이 맞다.

그녀는 이제 겨우, 스물다섯.

앞으로 할 일이 더 많은, 창창한 나이.

그녀는 부여된 황제의 임무를 성실하게 수행하여 자신의 기사단을 단순히 인기뿐 아니라 실력적으로도 제국 최고의 반열에 오르게 만들 것이고, 그럼으로써 레이디도 할 수 있다는 것을 세상에 보여주고야 말 것이다.

그리고 그다음으로는—

"……!"

쉬지 않고 앞을 향해 걸어가던 루키나에게는 할 일이 많았다.

황제에게서 첫 임무가 내려왔다는 이야기를 부기사단장인 로렐에게 전달하겠다는 의지를 불태우던 루키나는 저를 기다리고 있는 마차 근처에서 익숙한 얼굴의 사내를 발견했다.

루키나는 싱긋 웃으며 그를 향해 다가갔다.

"제가 여기 있는 건 어떻게 아셨어요?"

성큼성큼 걸어오는 루키나를 보고 마차에 기댄 몸을 바로 세운 흑발의 사내는 순식간에 제 앞에 도달한 그녀를 내려다보았다.

"그대에 대해 모르는 것은 없다."

아니, 모르는 것이 많을 거야.

하지만 뭐, 이제부터 자세히 알게 될 테니까.

루키나는 낯 뜨거운 그의 말에 왠지 웃음이 터져 나오는 것을 꾹 참으며 씩 웃었다.

"그럼 폐하께서 제게 임무를 내리셨다는 것도 알고 계시겠네요?"

"언뜻 들은 바 있지."

"라펠."

루키나는 고개를 끄덕이는 그를 향해 말했다.

"저는 이번 임무를 반드시 성공적으로 마치고 돌아올 거예요."

"그대는 충분히 그럴 수 있을 거다. 그대의 능력이라면 가능한 일이지. 그리고 그대에게는 훌륭한 조력자들이 있지 않나?"

그녀를 향한 강력한 신뢰를 보내는 라펠의 말은 커다란 힘이 된다.

루키나는 말을 이어 나갔다.

"하지만 그 임무를 위해 떠나기 전에 반드시 해야 할 일이 있어요."

"해야 할 일?"

라펠의 눈이 의문으로 묻는다.

루키나는 네, 하고 대답한 뒤 입술을 달싹였다.

"아마도 이번 임무가 얼마나 걸릴지 모르니까."

"하긴. 듣기로는 동서부로 향한다지? 그곳은 세이번에서 편도로만 두 달이 넘는……."

"오늘 밤에 찾아갈게요."

"그래, 오늘……. 뭐?"

"혹시 다른 레이디들이 탐내지 않게, 도장은 찍고 가야 속이 시원할 것 같아요. 아, 여기서 도장이란 당신이 제 것이라는 징표를 의미합니다."

"……!"

루키나는 그 말을 남긴 뒤 라펠을 지나쳐 마차의 문을 열었다.

달칵— 하고, 굳게 닫혀 있던 마차 문이 열릴 때까지 라펠은 굳은 채로 서 있었다.

루키나는 그녀가 자리에 앉을 때까지 미동 않던 그의 등을 응시하며 씩 웃었다.

"나중에 만나요! 가자, 제이미!"

그러고는 쾅, 문을 닫으며 어느새 자신의 마부로 취직을 한 제이미를 향해 소리쳤다.

다그닥, 다그닥—

루키나 로델린을 태운 마차는 그녀의 세이번 별장을 향해 힘차게 달린다.

루키나는 두근두근 벅차오르는 심장을 가라앉히며 호흡을 골랐다.

'일단 먼저, 로렐에게 이번 임무에 대한 소식을 전한 뒤 셰리를 불러야지.'

아무래도 이런 쪽은 이론적으로 해박한 셰리에게 묻는 것이 훨씬 나을지도 모르겠다.

그리고 다음으로 행할 일은…… 아무래도 아버지의 허락을 구하는 일이겠지.

'결혼도 앞둔 마당에 뭐, 하룻밤 정도야.'

외박을 하겠다고 말을 한다면 벌떡 일어나 길길이 날뛰며 그녀의 바짓가랑이를 서슴없이 잡을 에드문드임이 분명했지만, 아마도 그녀를 너무도 사랑하는 아버지는 결국 루키나가 원하는 것을 들어줄 수밖에 없을 거다.

그는 딸이 원하는 것은 눈물을 머금고서라도 이룰 수 있게 도와주는 지독한 딸바라기였으니까.

'또 뭘 해야 하지?'

루키나는 오늘 밤 일어날 일들을 머릿속으로 정리해 보았다.

그 과정에서 가슴이 일렁이기도 하고 얼굴이 화끈 달아오르기도 했다.

이것은 모두 그녀가 포기하지 않고, 끈질기게 생존했기에 가능한 일.

물론 생존을 하기 위해 여러 사람들의, 그리고 특별한 존재의 도움을 받으며 달려왔다.

'스물다섯의 삶은 이렇구나.'

루키나는 별장을 향해 휙휙 달리고 있는 마차 밖을 응시하며 미소 지었다.

콩닥콩닥 뛰는 가슴을 주체할 수가 없다.

생존해야 한다.

앞으로의 화려한 삶을 위해 더더욱.

스물다섯을 맞이한 뒤, 새로운 시작을 꿈꾸는 레이디 루키나 이베타 로델린은 의지를 다졌다.

그리고 새로운 법칙을 세워본다.

레이디는 생존해야 한다. 그리고…….

"이브!"

한참 달려가고 있던 마차 밖에서 익숙한 음성이 들려왔다.

마차 안에서 쿡쿡거리고 있던 루키나는 그 목소리에 놀라 창문을 응시했다.

'어?'

분명 황궁에 내버려 두고 왔던 흑발의 남자가 자신의 마차가 아닌 웬 말 한 마리 위에 올라탄 채 저의 이름을 부르고 있었다.

루키나는 깜짝 놀라 창문을 열었다.

"라, 라펠?"

"하아, 하아. 이브!"

말고삐를 세게 움켜쥐면서도 마차 안의 그녀에게서 눈을 떼지 않던 라펠은 소리쳤다.

"도…… 도장이, 하아, 무슨 뜻이지? 오늘 밤에, 무슨 도장을 찍는다는…… 하아, 이브!"

뭐?

루키나는 숨을 몰아쉬며 크게 외쳐 대는 그의 말에 귀가 빨갛게 달아오르는 것을 느꼈다.

젠장. 이 인간이!

"잠깐, 잠깐 멈……."

"멈추지 마!"

루키나는 마차와 같은 속도로 달리고 있는 말 위의 라펠을 보고 속도를 줄이려는 제이미를 향해 소리쳤다.

"이, 이브?"

라펠이 어리둥절한 얼굴로 외쳤지만 루키나는 홱 고개를 돌렸다.

그러고는 있는 힘껏 마차의 창문을 닫아버리고선 그에게서 시선을 돌렸다.

"이브! 이브!"

도장의 의미를 파악하기 위해 소리치는 라펠에게서 등까지 돌려 버린 그녀는 벌렁거리는 심장을 부여잡으며 중얼거렸다.

'눈치 없는 남자. 도장이 무슨 뜻이긴!'

제 모든 것을 안다며 폼 잡을 때는 언제고. 그런 말도 알아듣지 못하다니!

루키나는 흥 콧방귀를 뀌며 속으로 투덜거렸다.

"이브!"

부끄러운 줄도 모르고 도장의 의미에 대해 묻겠다며, 마차와 같은 속도로 말을 몰고 있는 남자의 외침을 무시하기 위해 루키나는 귀를 막았다.

여자의 의미심장한 뜻이 담긴 말 한마디조차 헤아리지 못하는 둔탱이 같으니.

아마도 그래서 지금까지 여자라고는 만나보지 못했던 걸 거야.

다그닥 다그닥—

멈추지 않는 말발굽 소리와 역시나 멈추지 않는 창문 밖의 남자가 그녀의 이름을 외치는 소리가 공기 중에서 섞인다.

루키나 로델린은 도통 어울릴 거라 생각되지 않았던 그 소리들의 기묘한 조화에 피식 웃음을 흘렸다.

하지만 뭐,

'어떻게든 되겠지.'

Epilogue 1. The Night

'어라?'

번쩍 눈을 떴을 땐, 쓰레기만 휘날리고 있는 웬 황량한 마을 광장 한가운데에 주저앉아 있었다.

휘이잉—

뼛속까지 스며드는 바람의 숨결이 그녀의 몸을 휘감았다.

휑한 바람의 노크 소리를 들으며 멍하니 눈을 껌뻑이고 있던 그녀는 곧 주위를 둘러보았다.

이런 스산한 곳은 난생처음이다.

인적이라곤 눈을 씻고 찾아봐도 없었고, 집이나 상점으로 짐작되는 곳은 문만 활짝 열린 채 파리가 휘날리고 있었다.

음울한 하늘 아래 펼쳐진 광경은 사람은커녕 유령이라도 나올 법한 음산한 분위기를 풍기는 상황.

나무판자가 두 동강이 나 주변 곳곳에 떨어져 있었고, 아마도 건물의 파편으로 생각되는 것들이 길을 막듯 거리 한복판에 난장판이 되어 놓여 있다.

'여긴…….'

대체 어디야!

결국 그녀는 소리를 내지를 수밖에 없었다.

보기만 해도 기분이 다운되는 이런 곳에 발을 내딛은 기억은 맹세코 단 한 번도 없었으니까.

결국 그녀는 인상을 쓰며 주저앉아 있던 몸을 일으키기로 결심했다.

'어?'

눈의 높이가 낮았던 까닭은 아무래도 일어나 있지 않았기 때문이라 여겼다.

그래서 무릎을 펴는 순간 더더욱, 그녀는 놀란 숨소리를 터뜨렸다.

'어, 어떻게…….'

있을 수 없는 일이었다. 그녀는 그대로 굳어버려 움직이지 못했다.

믿어지지 않는다.

당연히 몸을 숙이고 있었기에 낮게 느껴지는 것이라 여겼던 눈높이가, 전신을 전부 일으켜 세웠음에도 불구하고 크게 변하지 않고 있었다.

그녀는 두 눈을 동그랗게 뜨며 입술을 파르르 떨었다.

'대, 대체 이게 어떻게…….'

"각하!"

……응?

"각하! 여기, 여기 아이가 있습니다!"

아무리 적응력이 남다른 그녀일지라도 지금과 같은 상황에서 쉽게 사태를 파악하는 것은 쉽지 않았다.

그랬기에 겨우 정신을 차리려 할 때쯤 들려온 누군가의 목소리는 그녀를 늪에서 건져 올리기에 충분했다.

'어어?'

그녀는 정확히 뒤편에서 들려온 음성의 주인공을 보기 위해 고개를 돌리다 두 눈을 동그랗게 떴다.

익숙한 얼굴의, 아니, 현재의 그녀가 알고 있는 얼굴보다 훨씬 더 젊어 보이는 낯익은 두 남자가 자신을 가리키며 안타까운 표정을 짓고 있는 게 보였다.

"이런 곳에 아이가 있을 줄은 상상도 하지 못했습니다. 분명 피난을 가라는 명을 내렸던 것 같은데……."

카, 카일…… 아저씨?

"동감입니다. 그것보다 살아남은 것이 용하군요."

에단…… 경?

그녀는 혀를 끌끌 차며 제게로 다가오는 두 남자를 멍하니 바라보며 심장이 덜컥 내려앉는 것을 느꼈다.

자신을 흘긋거리며 무어라 중얼거리던 두 남자는 '아이라고?' 하는 음성이 들려오자 물결처럼 갈라졌다.

그런 그녀의 앞으로 태양보다 붉은 머리카락을 가진 사내가 천천히 걸어왔다.

'서, 설마!'

그녀는 냉랭한 얼굴의 사내가 제 앞에 멈춰 서는 것을 경악한 눈으로 응시했다.

"꼬마."

적발의 미남자는 무표정한 얼굴로 그녀를 내려다보며 머리카락만큼이나 붉은 입술을 움직였다.

"이름이 뭐지?"

제게 묻는 것이 틀림없다.
그래. 분명 제게 묻는 거겠지.
그의 가라앉은 녹안이 자신을 향해 있었으니까.
무어라 대답해야 하지? 뭐라고? 내 이름은 루키나 이베타 '로델린' 이라고 말해야 하나?
이제야 대충, 상황이 어떻게 돌아가는지 파악할 수 있었다.
이건 틀림없이…….
"이베타."
……아?
뒤늦게 이해를 한 그녀가 '그' 를 향해 대답하고자 할 때였다.
그녀는 자신의 의지와는 다르게 입 밖으로 흘러나온 음성에 화들짝 놀랐다.
그 말은 부정할 여지도 없이, 자신의 입술에서 흘러나온 목소리였다.
적발의 사내가 등장하기 전까지만 하더라도 제 의지대로 일어날 수 있었던 몸은, 이제 더 이상 멋대로 움직일 수 없다.
소리를 뱉어내는 것 역시 마찬가지.
그렇다면 방금 그에게 대답을 한 사람은—
슥.
적발의 사내는 그녀를 향해 손을 내밀었다.
"잡거라, 이베타."
그녀는 홀린 듯 그 손을 응시했다. 서늘한 기운이 흘러나오던 남자의 얼굴에 옅은 미소가 그려졌다.
"잡아."
그녀, 이베타는 약간의 주저 끝에 작은 손을 그 커다란 손 위로 살포시 얹었다.

'어떻게 이런 일이 있을 수 있지?'

대체 뭐가 어떻게 된 건지 모르겠지만, 한 가지는 확실하다.

현재의 '그녀'는 과거의 '루키나 이베타 로델린'에 대한 이야기를 간접 체험하고 있는 중이다.

루키나의 몸 안에 들어 있지만 결코 자신의 의지를 피력할 수 없는.

이미 확정되어 버린 과거의 일을 실제 현상처럼 겪고 있는 것.

'회귀를 했을 리는 없고. 몸이 기억하는 과거를…… 꿈꾸기라도 하는 건가?'

잠에 빠지기 직전, '그녀'가 마지막으로 기억하는 장면은 미르티스 라펠 윈스턴의 검은 머리카락이 제 얼굴 위를 간질이던 바로 그 모습이었다.

살갗이 스치는 과정에서, 그녀를 향해 뜨거운 땀방울을 떨어뜨리던 그의 거친 숨결이 이렇게 생생하게 귓가에 맴도는데.

설마하니 그것이 모두 거짓일 리는 없다.

'꿈이라면…… 언젠가는 깨겠지.'

루키나 이베타 로델린은 현재로서 그녀가 할 수 있는 일은, 아무것도 없다는 것을 깨닫고 수긍하기로 했다.

대체 어디까지 보여주려 하는 건지는 모르겠지만 모든 것을 기억하게 된다면, 꿈 역시 그녀를 놓아주겠지.

그녀는 최대한 긍정적인 마인드로 주위를 둘러보았다.

'그나저나…… 아버지.'

예전엔 무척 딱딱하셨네.

지금이야 저만 보면 환하게 웃으며 어떻게든 대화를 하려고 하고 있지만, 흰 머리카락이 보이지 않는 젊은 에드문드 로델린은 커다란 룸 안에 단둘만 있으면서도 소녀 이베타에게 말 한마디 걸지 않고 있었다.

서늘한 기운이 은연중에 흘러나와 긴장하고 있는 소녀를 더욱 압박하기까지 한다.

'괴리감이 엄청나잖아요, 아버지.'

현재의 그와 너무도 다른 모습에 루키나는 속으로 쿡쿡 웃었다.

"각하."

똑똑, 노크 소리와 함께 카일이 재등장한 것은 그 시점이었다.

카일은 굳은 얼굴로 이베타를 흘긋거리는 에드문드를 향해 곧장 걸어가서는 입술을 움직였다.

"수소문해 본 결과, 소녀의……."

"이베타."

"예?"

"저 아이의 이름은 이베타다."

"아, 네네."

"……."

"흠흠. 하여간 저 소…… 아니, 이베타의 부모는, 테미란 전쟁에 휘말린 도적들과 엮이는 바람에 모두 죽어버렸답니다."

"……!"

"고아끼리 만나 아이를 낳아 길렀던 터라 현재로선 저 아이를 키워줄 사람들도 존재하지 않은 것 같고요. 그 마을에 이 아이만 남아 있었던 건, 마땅히 아이를 돌봐줄 사람이 없어서였답니다."

카일의 말을 듣고 있던 에드문드 로델인의 얼굴이 더욱더 굳어졌다.

'어이. 이봐들. 그런 이야기는 이 소녀의 귀에는 안 들리게 했어야지.'

루키나는 혀를 끌끌 차고 싶은 심정이었다.

현재 그들의 대화에 귀를 기울이고 있는 소녀, 이베타의 커다란 눈에서 투명한 물방울이 뚝뚝 떨어지는 것이 느껴졌으니까.

겨우 세 사람이 머물고 있기에는 넓다 싶은 커다란 방.

이미 있었던 일을 간접 체험하고 있기에 섣불리 끼어들 수는 없지만, 몸을 움츠리며 두 남자의 대화를 듣는 소녀의 감정은 생생하게 겪을 수 있었다.

"어떻게…… 할까요?"

세게 입술을 악물며 어떻게 해서든 흐느끼는 소리를 내지 않기 위해 노력하던 이베타를 흘긋거리며 카일 아렌은 물었다.

녹안의 미남자는 말없이 이베타를 응시했다.

"고아원에…… 보낼까요?"

카일 아렌의 말에 이베타를 바라보던 에드문드가 홱 고개를 들어 올렸다.

카일은 저를 죽일 듯 노려보고 있는 에드문드의 눈빛에 움찔했지만 차분하게 말을 이어 나갔다.

"현재로서는 그게 최선의 방법입니다, 각하. 저희가 저 아이를 맡을 수도 없는 노릇 아닙니까."

"……!"

"걱정 마십시오. 아이가 훌륭하게 클 수 있도록 제국 최고의 고아원에 아이를 맡길…… 가, 각하?"

후드득—

송골송골 맺혀 있던 눈물은 결국 펑펑 쏟아져 내렸다.

이베타가 좌절하는 감정이 그녀의 몸 안에 들어 있던 루키나마저 동요시켰다.

'카일은 의외로 매정했었군.'

아니, 이성적인 것인가.

자신을 두고 이야기를 나누던 두 남자의 대화에 끼지 않고, 그저 바닥으로 떨어지는 눈물방울만을 허망하게 바라보던 소녀 이베타는 갑자기 제 앞을 가리는 커다란 그림자에 스르륵 고개를 들어 올렸다.

소녀의 눈앞엔 결의에 찬 얼굴을 한 적발의 사내가 우두커니 서 있었다.

"이베타."

쉴 새 없이 떨어지는 눈물을 닦지 못한 소녀의 귓가로 남자의 미성이 흘러들어 왔다.

루키나는 이베타가 그 목소리를 좋아한다고 생각했다.

왜냐하면 그 목소리를 들은 이베타의 가슴이 콩닥콩닥 뛰고 있었으니까.

뿌연 시야 사이로 보이는 그의 얼굴을 넋 놓고 바라보던 소녀를 향해 적발의 미남자는 붉은 입술을 달싹였다.

"네게는 두 가지 선택지가 있다."

그는 말했다.

"첫째. 이 자리에서 일어나 저기 있는 저 카일을 따라 고아원으로 가는 것."

"흠흠!"

에드문드의 말을 들은 소녀가 카일을 응시하자, 흠칫 놀란 카일이 그녀의 시선을 피하는 게 보였다.

소녀는 그런 그를 바라보다 다시 적발의 사내를 올려다보았다.

적발의 사내, 에드문드 로델린은 저와 눈이 마주친 소녀에게 말했다.

"그리고 둘째."

미래를 알고 있던 루키나는 왠지 그가 무슨 말을 할 건지 짐작할 수 있었다.

훗날 일어난 여러 가지 일들을 보아 충분히 추론 가능했다.

그의 다음 말을 기다리는 루키나와는 달리 정작 그 말을 들은 소녀, 이베타의 가슴은 폭풍처럼 요동치는 중이다.

루키나는 도무지 진정될 기미가 보이지 않는 이베타의 심장박동을 인지했다.

꼴깍. 침 삼키는 소리가 났다. 소녀의 입안에서 들려온 소리다.

이베타는 입 한 번 열지 않고 침을 꼴깍 삼키며 에드문드 로델린을 직시했다.

그리고 그런 이베타를 향해 에드문드 로델린은 말했다.

"나의 딸이 되어 로델린가의 뒤를 이을 것인가."

"각하!"

슥.

"선택은 네 몫이다. 이베타."

◈

"오늘은 무엇을 배웠다고?"

장면이 바뀌었다.

순식간에 휙휙 지나가는 과거의 모습들이 파노라마처럼 흩뿌려졌다.

몇 번의 변화 이후 다시금 나타난 에드문드의 눈빛은 확실히 이전과는 달리 많이 부드러워져 있었다.

기다란 테이블의 양 끝이 아닌, 최대한 가까운 자리에 나란히 앉아 다정하게 묻는 에드문드를 향해 소녀는 대답했다.

"식사…… 예절을 배웠습니다."

"식사 예절?"

"시, 시녀장님께……."

"풋."

아직은 모든 것이 적응되지 않는지, 더듬거리며 대답하는 이베타를 향해 에드문드는 웃음을 터뜨렸다.

"이브."

"네, 아버지."

"유렐을 일일이 시녀장님이라 부를 필요는 없다."

"……!"

"너는 과거의 이베타가 아니야. 현재의 너는 그 누구도 부정하지 못하는 나, 에드문드 로델린의 하나밖에 없는 여식이다. 허니, 일개 시녀장에게까지 존칭을 할 필요는 없다는 이야기야."

"하지만……."

"물론 그들을 존중하려는 네 마음을 이해하지 못하는 건 아니다. 그러나 이브. 네가 그런 유한 태도를 유지하면 할수록 너를 탐탁잖게 여기는 다른 귀족들이 트집을 잡기 시작할 거야. 나는 사랑하는 딸이 그들에 의해 헐뜯기는 모습을 보고 싶지 않다. 그러니 이브. 이젠 네가 귀족, 그것도 제국에 네 명밖에 없는 공작가의 여식이라는 것을 인지하고 있어줬으면 좋겠다."

가슴이 따끔거리는 지적을 하기는 했지만 결론적으로는 전부 이베타를 생각한 말이었다.

하나부터 열까지 틀린 말이 없었다.

이베타의 몸에 깃들어 있던 루키나는 흐뭇한 기분이 들었다.

하지만 몸의 주인인 이베타는 그것이 못내 걸렸던 모양이다.

이베타는 불안한 음성을 흘렸다.

"아버지."

"왜 그러니."

"제가, 아버지의 여식으로서…… 자격이 있을까요?"

어렵게 꺼낸 그 말에 에드문드 로델린의 얼굴이 딱딱하게 굳어졌다.

그게 무슨 소리니? 라는 말은 차마 입 밖으로 흘러나오지 않았다.

적잖이 충격을 먹은 모양이군.

루키나는 말하지 않고 있는 에드문드를 보며 쓴웃음을 흘렸다.

확실히 에드문드가 처음 그녀를 발견했을 때보다 통통하게 살이 오른 소녀, 이베타는 나지막하게 중얼거렸다.

"다른 영애들이나 영식들이…… 그래요."

잔뜩 풀 죽은 목소리.

고개를 아래로 떨군 그녀의 행동에 에드문드의 눈동자가 급격하게 흔들렸다.

소녀는 말을 이었다.

"저는, 아버지의 여식으로서 턱없이 부족하다고. 제게는 아버지의 여식이 될 자격이 없……."

쾅!

"대체 어떤 빌어먹을 녀석들이 그런 소리를 한단 말이냐!"

에드문드 로델린은 그녀의 말을 다 듣기도 전에 자리에서 벌떡 일어나 소리쳤다.

이베타가 그러한 에드문드의 행동에 동요하는 것이 루키나에게도 전이됐다.

에드문드 로델린은 초록빛으로 가득한 눈동자에서 레이저를 뿜어낼 기세로 소리쳤다.

"감히, 감히 어떤 모자란 것들이, 내 딸아이를!"

"무슨 일이십니까, 각하!"

"각하?"

다이닝 룸 쪽에서 들려온 요란한 소리에 문밖에서 대기하고 있던 카일과 슈비트 에단이 문을 열고 뛰어들어 왔다.

이베타는 갑자기 늘어난 사람들로 인해 멍한 표정을 지었다.

에드문드는 잔뜩 화를 내며 이베타가 들려준 이야기를 꺼내기 시작했다.

카일과 에단은 멀뚱히 서서 그 이야기를 듣다가 일제히 큭큭 웃음을 터뜨렸다.

"아가씨. 그건 흔히들 하는 귀족들 사이의 질투일 뿐입니다. 아가씨께서 일일이 신경 쓰실 일이 아니에요."

카일 아렌은 여전히 씩씩거리며 '내 그것들을 모조리 죽여 버리겠다!'를 외쳐 대는 에드문드를 힐끔거리다 말했다.

이베타가 의아한 표정을 짓자 카일은 말을 이어 나갔다.

"아가씨. 지금 로델린 공작성에서 가장 높은 지위를 가진 분이 누군지 혹 알고 계십니까?"

"아버지…… 아니세요?"

"틀렸습니다."

"……?"

"바로 아가씨세요."

이베타의 눈이 동그래졌다. 카일은 부드러운 눈웃음을 그렸다.

"제국의 냉혈 공작이라 불리던 각하를 눈 녹듯 녹이신 분이, 바로 아가씹니다. 아가씨의 일이라면, 각하는 이제 자다가도 벌떡 일어나서 달려들 정도로 아가씨만 위하고 계세요. 저희들도 이런 각하의 모습은 난생처음 보는 터라 하루하루가 정신이 없지만, 그래도……."

"어이, 카일! 무슨 헛소리를 하는 거냐!"

"하하하! 각하. 총관님의 말씀이 뭐, 틀린 것도 아니잖습니까? 공작성

내에서 각하의 팔불출적인 면을 모르는 자는 아무도 없습니다."

"에단 경. 말 다 했나?"

슈비트 에단을 향해 당장이라도 달려들 기세로 눈을 부라리는 에드문드에게서 시선을 돌린 카일은 떨리는 시선을 보내던 이베타를 향해 미소 지었다.

"그러니 염려하실 필요는 없습니다. 아가씨는 공작 각하께서 인정하신 각하의 유일한 여식. 저희가 받들어야 할 영원한 소주인님이시니까요."

"……카일 아저씨."

"아가씨는 조금 더 스스로를 자랑스러워하셔도 됩니다. 무려, 공작 각하가 선택하신 몸 아닙니까!"

"맞습니다, 아가씨!"

카일의 외침에 슈비트 에단이 동조하듯 크게 소리쳤다.

에드문드는 근래 들어 행하던 자신의 딸 바보 짓을 밝혀 버린 두 수하들을 죽일 듯 응시하다 이내 이베타에게 말했다.

"그래, 이브. 너는 나의 하나밖에 없는 딸이다. 허니, 어디서든 그 사실을 잊지 말거라."

이베타는 굳게 입술을 다문 채 뚝뚝, 눈물을 떨어뜨리면서도 힘차게 고개를 끄덕이는 것을 잊지 않았다.

'어릴 적부터 사랑을 듬뿍 받았었네.'

이베타의 몸으로 직접 체험하는 다이닝 룸에서의 분위기가 왠지 모르게 따뜻해서 루키나의 기분 역시, 괜스레 좋아졌다.

『한 가지, 걱정거리가 있어요.』

……어?

그 외에도 이베타가 겪었던 수많은 일들이 눈앞에 펼쳐졌다.

빙의한 지 2년 동안 단 한 번도 겪어보지 못했던 이베타의 삶을 간접적으로 들여다보며, 루키나는 그녀의 감정과 점점 동화되어 갔다.

열여덟 이후로는 순진한 이베타를 이용해 먹기만 하는 앨리스와 렉시어드에게 당장이라도 복수를 하고 싶었지만, 과거를 바꿀 수 없다는 사실에 절망하곤 했다.

이것은 아마도 이베타가 중독당하고 난 직후의 일이 틀림없다.

그녀는 하아, 하아 거친 숨을 내쉬며 침대에 누운 상태로 누군가를 향해 말하고 있었다.

『걱정거리? 그 걱정거리라는 것이, 정확히 무엇이지?』

어디선가 들려오는 환청과 같은 그 음성은 이베타와 공존하고 있던 루키나도 들을 수 있었다.

『인간. 너에게는 시간이 얼마 남지 않았어.』

대체 누가 말하고 있는 거지?

이베타의 시선은 어딘가에 고정되어 있었지만, 그녀와 같은 눈으로 세상을 바라보던 루키나는 어찌 된 셈인지 그 시선 끝에 존재하는 이를 볼 수 없었다.

루키나의 의문을 풀어주지 않은 채 이베타는 쓰게 웃으며 말을 이었다.

『우리 아버지예요.』

『너의 아버지?』

『……네. 만약…… 하아, 만약 제가 이대로 죽음을 맞이하게 된다면…… 아버지, 틀림없이 슬퍼하실 거거든요.』

아!

『그러니까 천사님. 부탁드려요. 만일 제가 이대로 죽게 된다면…… 제 몸을 오갈 데 없는 영혼이 들어와 사용할 수 있도록, 허락해 주세요.』

『……!』

『몸만이라도 좋으니 제가 계속해서 살아갈 수 있다면, 저는 행복할 것 같아요. 아버지가 슬퍼하는 모습은 보고 싶지 않거든요.』

『…….』

『천사님. 저 나름 착하게 살았잖아요. 그러니까, 후우, 제 소원을…… 들어주실 수 있으세요?』

『…….』

『천사님. 부탁드려요. 선량한 영혼이 제 몸을 사용할 수 있도록, 허락해 주세요. 부디…….』

"……브."

"……."

"이브!"

번쩍, 눈이 뜨였다.

쿵쾅쿵쾅, 루키나는 발작처럼 뛰고 있는 심장 소리를 느끼며 몇 번이고 눈을 감았다 떴다.

"무슨 일이야, 이브? 어째서 이렇게 땀—!"

제 옆에서 깜짝 놀란 표정을 짓고 있던 나신의 남자를 향해 루키나는 손을 뻗었다.

"이…… 브?"

중저음의 음성이 귓가를 간질인다.

두근두근. 얼마나 세차게 일렁이는지 숨이 막힐 정도다.

한참 동안 그의 목을 끌어안고 있던 루키나는 의아해하면서도 결국 가만히 있어주는 라펠로 인해 겨우 안정을 되찾았다.

하아.

진정을 하게 된 후 그녀는 천천히 그의 목에서 손을 거둬냈다.

"라펠."

"응."

"꿈을, 꿨어요."

이런 과정이 있을 줄은 생각하지도 못했다.

설마하니 몸 주인의 허락이 미리 있었을 줄이야.

세세한 과정 따위는 한 번도 신경 써본 적이 없기에 꽤나 충격으로 다가왔다.

루키나 로델린은 조금 전까지 생생하게 느껴지던 이베타의 고통을 떠올리며 입술을 파르르 떨었다.

"무서운…… 꿈이었나?"

송골송골 이마에 맺혀 있던 그녀의 땀방울을 닦아주며 그가 물었다.

무서웠냐고?

루키나는 저를 걱정스러운 듯 내려다보는 그를 향해 잠시 생각하다 고개를 가로저었다.

"아니, 그런 건 아니었어요."

무서웠다기보다는…….

'이해가 됐어.'

최대한 빙의가 된 몸의 과거는 묻지 않으려 애썼다.

그래서 기억상실에 대한 핑계를 된 거고, 현재를 적응하기 위한 몇몇 지식들만 습득했었다.

이번의 꿈이 어떠한 의미로 작용했던 건지는 모르겠다.

하지만 빙의 후 지금까지 이런 경험을 하지 않았던 것으로 짐작해 보건대, 어쩌면—

"받아들여 준 걸까요?"

"뭐?"

그래. 그런 건지도 모르겠다.

그간 '그녀'를 대신하여 나름의 복수도 하고, 다른 사람과의 친분도 나누고, 또 새로운 인간관계를 다지곤 했지만 몸이 기억하고 있는 무언가를 떠올린 적은 없었으니까.

스윽.

루키나 로델린은 옅은 웃음을 머금으며 미간을 살짝 좁히는 라펠의 목에 다시 한 번 팔을 휘감았다.

"라펠."

그의 일렁이는 벽안이 저를 올려다보는 녹안에 꽂혔다.

그윽하기 그지없는 나신의 사내가 흐트러진 흑발을 정돈하지도 않은 채 루키나의 허리로 팔을 둘렀다.

루키나는 제 입술이 다시 열리기를 기다리는 그에게 속삭였다.

"내일 아침, 날이 밝자마자 말이에요."

"밝자마자?"

"아버지한테 가요."

"응."

미르티스 라펠 윈스턴은 본능적으로 인상을 썼다.

루키나는 그의 낯선 반응에 픽 웃으며 라펠을 올려다보았다.

"왜요. 아버지랑 마주치기 무서워요?"

"……."

"라펠?"

"아니. 무섭…… 다기보다는, 흠…… 로델린 공은……."

"뭐야. 무서운 거네!"

매사에 단호한 그답지 않게 우물쭈물거리는 라펠의 모습은 낯설기 그지없다.

루키나는 큭큭거리며 외쳤다.

라펠은 고운 미간을 일그러뜨리며 진지하게 물었다.

"……이브."

"네?"

"그대, 여기로 오기 전, 로델린 공에 뭐라고…… 말하고 온 건가?"

"오기 전에요?"

라펠이 말없이 고개를 끄덕이자 루키나는 대답했다.

"사실대로요. 당신이랑 자고 오겠다고 하고 왔는데?"

"젠장!"

미르티스 라펠 윈스턴은 루키나 로델린의 어깨 위로 얼굴을 파묻었다.

"난…… 죽었군."

아주 잘근잘근 밟히게 될 거야.

작게 중얼거리는 그의 넓고 각진 어깨가 살짝 떨리는 게 느껴졌다.

루키나는 씩 입꼬리를 찢으며 속삭였다.

"뭐, 다시 남자구실만 할 수 있음 되죠. 걱정 마요. 저 의술에는 약간 소질이 있거든요."

"……위로가 안 되는군."

라펠은 투덜거렸다. 루키나는 그런 그의 볼에 입을 맞추며 말했다.

"어쨌든 라펠. 내일 아침, 아버지한테 정식으로 허락을 받으러 가자고요. 이번에도 허락 안 받으면 나, 결혼은 한참 뒤에 할 거니까."

"뭐?"

"아버지의 축복 없이는 아무것도 하지 않을 테니, 내일 무슨 수를 써서라도 허락을 받아내는 거예요. 알았죠?"

"……."

"연애하고 결혼하는 건 너무 오래 걸리니까, 결혼부터 하고 연애하자고요. 당신도 그게 더 끌리지 않아요?"

"……허락만 받으면, 바로 결혼식…… 올리는 거지?"

스윽, 고개를 들어 올려 제게 묻는 남자의 푸른 눈동자가 반짝반짝 빛난다.

루키나는 힘차게 고개를 끄덕이며 외쳤다.

"그럼요. 아버지 허락만 있으면, 내일 당장이라도 결혼식 올리는 거예요!"

"……!"

"승낙한 거예요?"

고뇌에 휩싸이듯 요동치는 눈동자가 차분하게 가라앉았다.

루키나는 함박웃음을 지으며 그의 볼, 그리고 입에 한 번 더 입을 맞추어주었다.

"읍!"

라펠은 그런 그녀의 입맞춤을 가만히 받아주다 돌연 그녀의 허리와 다리를 들어 루키나의 등을 침대로 뉘었다.

그러고는 슬쩍, 창밖을 흘긋거리더니 그녀의 목덜미에 입을 가져다 대며 속삭였다.

"해도 될까?"

뭘 그리 일일이 물으시나.

루키나는 제 위에 올라타선 그윽하게 내려다보고 있는 남자를 쳐다보다 손을 아래로 뻗었다.

스르륵, 보드라운 이불이 두 남녀의 머리 위로 뒤덮였다.

『고마워요.』

강한 열기로 이불 속이 뒤덮이기 직전, 어디선가 그런 말이 들려온 것 같아 루키나는 희미한 미소를 그렸다.

Epilogue 2. After The Night

짹짹짹.

멀리서 들려오는 새 울음소리가 가득한 로델린 공작가 별장의 아침은 눈코 뜰 새 없이 바쁘다.

불과 몇 년 전까지만 하더라도 먼지만 폴폴 휘날리던 이곳은 에드문드 로델린 공작의 하나밖에 없는 여식, 루키나 로델린이 황제에게서 기사 작위를 받게 되면서 붐비기 시작했다.

그동안 주인이 자리를 비운 별장을 몇몇 고용인들과 함께 쓸쓸하게 지키던 로델린 별장의 총관리인, 마크 로손은 이러한 현상이 즐겁기만 하다.

그런 이유로 마크 로손이 이른 새벽부터 번쩍 눈을 뜬 것은, 오늘도 어김없이 로델린 별장을 방문할 수많은 손님들을 맞이하기 위함이 틀림없다.

현재 로델린 별장에 머물고 있는 사람은 아미키티아 기사단을 이끌고 있는 루키나 로델린 공작 영애뿐만은 아니었다.

제국의 동북쪽에 위치한 로델린령에서 황제의 부름이 있지 않은 이상, 한 달에 한 번도 걸음 하지 않던 에드문드 로델린 공작이 무려 몇 달씩이나 지내고 있는 상황.

덕분에 로델린령에만 머물던 공작의 가솔들도 함께 별장에서 지냈던 터라 마크 로손은 요 근래 매우 흥분한 상태였다.

'아예 이곳으로 오시면 좋을 텐데.'

평생의 주군으로 모시는, 존경하는 공작 각하께서 오랫동안 별장에서 지내는 것만으로도 충분히 영광스러운 일이지만 이왕이면 각하가 세이번에 아예 눌러살았으면 좋겠다고, 마크 로손은 생각했다.

그런 그가 자신의 바람을 위해 취할 수 있는 유일한 방법은 바로 로델린 별장을 누구나 머물고 싶어하는 곳으로 변모시키는 것뿐.

마크 로손은 손님을 가장 먼저 맞이하는 아트리움이라도 청소할 생각으로 손수 청소 용품을 들고 고용인 처소를 벗어났다.

"헉!"

터벅터벅, 힘찬 발걸음으로 현관 쪽으로 내려오던 마크 로손은 굳게 닫혀 있는 대문 옆 창문에 우뚝 서 있는 커다란 인영을 발견하고 비명을 지를 뻔했다.

'가, 각하?!'

손등으로 몇 번 눈을 비비던 마크 로손은 창문에서 무언가를 유심히 지켜보고 있는 사내의 머리카락이 하늘 위의 태양만큼이나 붉다는 것을 인지했다.

한때 저 적발에 이끌려 그의 뒤를 따랐던 기억이 새삼 떠올라 피식 웃음이 흘렀다.

이젠 희끗희끗 흰머리가 보이기는 하지만, 그럼에도 불구하고 여전히 제 나이 대로는 보이지 않는 영원한 주군은 무엇이 그리 심각한지 창문을 뚫어져라 주시하고 있었다.

"저……."

제국 최고의 검사라는 칭호가 무색하게 자신이 오고 있는 것도 눈치채지 못한 것이 분명하다.

스윽, 다가가 입을 열자마자 홱 고개를 돌린 에드문드가 놀란 눈으로 자신을 내려다보고 있었으니까.

"후우, 난 또 누구라고. 마크…… 였군."

마크 로손은 빙긋 웃으며 에드문드 로델린에게 아침 인사를 건넸다.

"각하. 어찌 더 주무시지 않고 이리도 일찍 일어나셨습니까?"

"……아? 어어, 그, 그게."

응?

마크 로손은 진중한 에드문드 로델린의 녹안이 급격하게 흔들리는 모습을 목격하고야 말았다.

왜 저러시지?

마크 로손의 머리에 의문이 스쳐 지나갔다.

"혹, 잠자리가 바뀌신 게 아직 적응되지 않으신 겁니까?"

말을 뱉어낸 마크 로손은 속으로 고개를 내저었다.

아니, 그럴 리 없지. 각하께서는 오히려 이곳에서 와서 훨씬 더 많이 주무시지 않았던가.

그렇다면…….

스윽.

"어? 저, 저분들은……."

"쉿, 마크! 얼른 고개를 숙이게! 어서!"

"……예?"

"그러다 들키겠어!"

무심코 창문 밖으로 시선을 옮긴 마크 로손은 갑자기 버럭 소리치던 에드문드 로델린이 제 어깨를 강하게 짓누르자 저도 모르게 무릎을 굽힐 수밖에 없었다.

윽, 소리를 내며 주저앉아 버린 마크 로손은 부드득부드득 이 갈리는 소리에 고개를 돌렸다.

"저, 저—!"

창틀을 움켜쥐고 있던 에드문드 로델린의 손이 부르르 떨리고 있었다.

자신의 강렬한 적색 머리카락만큼이나 붉어진 눈으로 창문 밖을 노려보는 그의 모습은 곁에 있던 마크 로손을 흠칫하게 만들 만큼 실로 무시무시했다.

'설마, 이곳에서 밤을 새우신 건가?'

그러고 보니 어젯밤 마크 로손이 마지막으로 보았던 에드문드 로델린의 모습과 지금의 모습은 달라진 것이 없었다.

마크 로손은 미간을 좁히며 에드문드를 쳐다보다 슬며시 창문 밖으로 시선을 옮겼다.

굳게 닫혀 있는 로델린 별장의 대문 앞에선 두 명의 남녀가 타고 있던 말을 진정시키는 중이었다.

"워어어."

고삐를 잡아당기던 흑발의 사내는 낯이 익었다. 저분은 틀림없이…….

'아가씨의 약혼자시군!'

미르티스 윈스턴.

제국의 팬텀 공작이라는 별칭이 있는 그는, 곧 로델린 공작 영애와 결혼을 앞둔 예의 남자였다. 그리고…….

"저 망할 자식!"

요즘 에드문드 로델린이 극도로 경계하고 있는 자이기도 했다.

평소 교양이 넘치고, 인품도 상당하다는 평가를 받는 에드문드 로델린이지만, 어찌 된 셈인지 오늘따라 불같은 성질을 주체하지 못하고 있었다.

어째서 그가 흥분하고 있는 건지 곰곰이 생각해 보던 마크는 뒤늦게 그 연유를 떠올렸다.

「아버지. 저 오늘 집에 들어오지 않을 것 같아요.」

때는, 어젯밤 저녁 식사 이후.

사건은 식사를 마치고 자리에서 일어난 루키나 로델린 공작 영애가 예를 갖추어 에드문드 로델린 공작에게 인사를 하면서 시작됐다고 한다.

「산트너 경과 회의라도 있는 것이냐?」

「네? 호호, 아뇨. 그런 건 아니고…… 라펠, 아니, 윈스턴 공작 각하네 집에서 잘 것 같거든요.」

「아아, 그래? 그럼 뭐…… 뭐?!」

「어머, 시간 다 됐다. 그럼 먼저 가보겠습니다. 저 기다리지 마세요!」

「이브! 그게 무슨, 이브! 멈추거라!」

「기다리시면 안 돼요!」

「아니, 이브! 대체 무슨 소리…… 이브! 이브으으!」

맞아.

그랬었지.

당시 다이닝 룸에 있지 않았기에 미처 그 광경을 목격하지는 못했지만, 루키나와 에드문드의 성대모사까지 하며 제게 그 장면을 재연해 주던 다른 고용인들의 실감 나는 연기가 떠올랐다.

'그래서 밤을 새우신 게로군.'

이제야 에드문드 로델린의 충혈된 눈동자가 이해가 갔다.

정말이지 제 주군의 못 말리는 딸 사랑을 어떻게 말려야 할지.

마크 로손은 웃음이 흘러나오려는 것을 꾹 참아야 했다.

"뭐 하는 거예요?"

창문 너머로 두 남녀의 대화가 들려오자 마크 로손뿐 아니라 에드문드 로델린 역시 귀를 쫑긋거렸다.

흘끔, 몰래 창밖을 훔쳐보니 어느새 멈춘 흑마에서 내린 흑발의 사내가 말 위에 올라타 있던 은발의 여인을 향해 손을 내밀고 있었다.

미르티스 윈스턴은 의아한 표정을 짓고 있는 루키나 로델린에게 대답했다.

"내려줄게. 혼자선…… 힘들 테니까."

"라펠. 지금 무슨 소리를 하는 거예요? 대체 날 뭘로 보고! 내가 이런 말에서 혼자 내리지도 못할 거라고 생각하는 건가요?"

"……."

"흥! 이 정도 말 따위는 충분…… 윽!"

'이브!' 하고 벌떡 일어나 뛰쳐나갈 생각이었는지, 마크 로손은 제 곁에서 숨을 죽이던 에드문드가 몸을 들썩거리는 것을 똑똑히 볼 수 있었다.

'잘도 참으셨네.'

아가씨의 일이라면 앞뒤 가리지 않고 달려나가시는 분인데 말이지.

피식 웃음을 그리던 마크 로손은 다시금 창밖을 바라보았다.

끙, 하고 말 위에서 내려오려던 행위를 멈춘 루키나가 입을 쭉 내밀며 흑발의 사내, 윈스턴 공작을 내려다보고 있었다.

"그러니까 내려준다니까."

"……칫."

입술을 삐죽이는 루키나의 볼에 홍조가 발그레 그려졌다.

윈스턴 공작은 투덜거리면서도 결국 그의 제안을 받아들인 루키나가 제 품에 안기자, 마치 보물을 모시듯 그녀를 안아 들고선 조심스럽게 바닥 위로 내리는 데 도움을 주었다.

부드득—

물론, 그 과정에서 마크 로손은 들을 수 있었다.

부드득—

에드문드 로델린의 음산하기 그지없는 이 가는 소리를.

윈스턴 공작의 부축을 받으며 대문을 향해 걸어오던 루키나 로델린은 힘겹게 한 걸음, 한 걸음을 내딛는 것처럼 보였다.

그녀는 이제 두 남자가 숨어 있는 창문 근처로까지 걸어와 멈추었다.

"라펠. 다음에는 적당히 안아요."

……응?

"사람이 정도를 알아야 하는 법이라고요. 처음이라면서, 그렇게 밤새 놓아주질 않으면 대체 나보고 뭐 어쩌라는 거예요! 완전 아파 죽겠다고요!"

……어어?

흥—! 콧김을 내뿜으며 소리치는 공작 영애의 말은 그들의 대화를 엿듣고 있던 마크 로손을 경악시키는 데 충분했다.

이거, 좋은 예감이 들지는 않는데.

마크 로손이 슬쩍 고개를 돌리자 아니나 다를까 에드문드 로델린의 눈에선 불꽃이 파지직, 파지직 튀고 있었다.

창밖에서는 여전히 대화가 이어졌다.

“적당히…… 하려고 했는데…….”

“했는데?”

“그대가…….”

“그대가?”

“너무 예뻐서.”

“……!”

“어쩔 수 없었다. 이건 전부 그대의 탓이야.”

“뭐, 뭐라고요?”

“아픈 게 싫으면 좀 적당히 예쁘든가. 난 잘못이 없다. 내 눈에 너무 예쁜 그대의 탓이야.”

여기까지 엿들은 마크 로손은 자신의 귀를 의심했다.

‘대체 무슨 이야기를 들은 거지?’

세간에 알려진 미르티스 윈스턴이라 하면, 피도 눈물도 없는 철혈의 사내였다.

그가 단기간에 의심 많은 황제의 환심을 살 수 있었던 건, 임무 수행에 있어 인정이라곤 보이지 않았기 때문이었는데 말이지.

그런 윈스턴 공작이 방금 자신들의 아가씨를 향해 뱉어낸 말들은 낯이 뜨겁다 못해 얼굴이 녹아버릴 지경이다.

‘……역시.’

창문 밖에서 느껴지는 후끈거리는 열기가 제게로 전달되는 것 같아 움찔거리던 마크 로손은 불안한 눈으로 슬며시 고개를 돌렸다.

그리고 그의 예상대로 에드문드 로델린은 조금만 더 건드리면 당장이라도 폭발할 기세였다.

‘위험한데, 이거.’

아가씨에게 알려야 하는 것일까?

마크 로손은 고뇌했다.

「비록 이브가 내 몸으로 낳은 아이는 아니지만, 마음으로 낳은 아이다. 그 아이가 행복할 수 있다면 나는 무슨 짓이든 할 수 있어. 그러나…… 렉시어드 황자와의 혼약은 왠지 꺼려지는군.」

로델린 공작은 딸이 원하는 것은 무조건 들어주기로 소문날 만큼 엄청난 딸 사랑을 자랑했지만, 유독 딸의 혼약과 관련된 문제에 있어선 날카로운 대립각을 세웠다.

그가 기억하기로는 과거 2황자인 렉시어드와의 혼약을 결정짓기에 앞서서도 격렬하게 반대를 주장했었다.

하지만 그렇게도 음식을 좋아했던 루키나 로델린이 끼니를 거르는 강수를 두자 결국 눈물을 머금고 그녀의 소원을 들어주었다.

얼마 전 열렸던 루키나 로델린의 스물다섯 번째 생일 파티에서, 윈스턴 공작을 향해 공개적으로 구혼했던 루키나가 그와 조만간 결혼식을 치를 것이라는 것은 리우드의 사람이라면 모르는 이들이 없을 만큼 공공연한 사실이었다.

때문에 로델린가의 사람들도 윈스턴 공작을 루키나의 약혼자라고 부르는 것이었고.

물론 연애까지는 허락해도 결혼은 너무 성급하다며 미친 듯이 반대하는 에드문드 로델린의 강력한 주장이 있기는 했지만—

'잘 어울리는구만, 뭘.'

그의 명분은 갈수록 설득력을 잃어갔다.

창문 밖에서 서로에게만 시선을 집중시키며 대화를 나누고 있는 두 남녀는, 이미 오래전 아내와 사별했던 마크 로손으로 하여금 옛 추억을 떠올리게 만들 만큼 사랑스러웠다.

아마 가문끼리 맺어진다면 더할 나위 없이 완벽해지겠지.

그런 그들 두 사람의 결혼식을 기다리는 가솔들도 적지 않다고 들었다.

마크 로손은 긴 상념에서 벗어나 다시 두 남녀의 대화에 귀를 기울였다.

"차, 참 나. 그, 그렇게 안 생겨서는……. 라펠. 당신 요즘 들어 느끼한 말을 엄청 던지는 거 알아요?"

"그래?"

"네!"

"……그거 이상하군. 난 거짓 없는 사실을 말하는 것뿐인데."

"……!"

"하지만 뭐…… 그대가 이런 식의 발언들을 싫어한다면 자제를 할 용의는 있—"

"라, 라펠!"

"……?"

"제가 언제 시, 싫다고 했나요? 그, 그냥 느끼하다는 것뿐이죠. 싫은 건 아니라고요. 흥."

가만 보면 아가씨는 꽤나 솔직하지 못한 구석이 있지.

마크 로손은 흐뭇한 표정을 지으며 고개를 까딱였다.

"이브. 로델린 공을 뵙기 전에 말이야. 한 가지, 부탁할 게 있는데."

"부탁? 무슨 부탁이요?"

"……기운을 내게 해줘."

"네?"

"예전엔 그러지 않았는데, 요즘 로델린 공께서 날 그리 탐탁잖게 여기신단 말이지. 그래서 그분을 뵈면 좀 긴장이 돼."

확실히 제국의 팬텀 공작이군. 촉이 아주 남다르시네.

마크 로손은 고개를 까딱이며 팬텀 공작에게 눈치 점수를 부여했다.

"그러니까."

"앗!"

"여기다, 기운을 불어넣어 줬으면 하는데."

마크 로손은 목격했다.

한 손으로는 루키나의 허리를 휘감고, 다른 한 손으로는 제 입술을 톡톡 두드리며 빙긋 웃던 윈스턴 공작의 모습을.

그리고 그 노골적인 발언에 눈을 크게 뜨면서도 이내 슬며시 '거, 거기면 돼요?' 하고 되묻는 자신들의 아가씨가 뱉어낸 대답 역시.

'한계가 찾아온 것 같군.'

두 남녀가 로델린가의 대저택 현관문 앞에서 나누는 사랑의 대화는 조금 있으면 뚝 끊어져 버릴지도 모르겠다.

마크 로손은 후우, 한숨을 내쉬며 자신의 옆에 쪼그리고 앉아 부들부들 떨고 있는 적발의 사내를 바라보았다.

쾅—!

얼마 뒤.

마크 로손의 열렬한 응원에 부응하듯 깊게 입맞춤을 나누던 두 명의 연인은, 어느새 벌떡 일어나 커다란 창문을 있는 힘껏 여는 소리에 행동을 멈출 수밖에 없었다.

"로, 로델린 공!"

"아버지? 언제부터 거기에—"

결국 참지 못하고 제 존재를 드러낸 에드문드 로델린을 향해 놀란 연인들의 음성이 쏟아졌다.

하아.

마크 로손은 고개를 절레절레 흔들며 짧게 한숨을 내쉬었다.

그에 아랑곳하지 않던 에드문드 로델린은 쩌렁쩌렁한 음성으로 소리쳤다.

"윈스턴 공. 이브. 두 사람 다, 당장 따라 들어와."

"예?"

"아, 아버지?"

"잔말 말고, 어서! 내가 오늘 결판을 내겠어! 아주, 결판을 내주겠다고!"

씩씩거리며 마구 손짓하는 에드문드 로델린을 따라 슬며시 몸을 일으킨 마크 로손은 저를 발견하고 놀라는 루키나와 윈스턴 공작을 향해 인사를 했다.

그러고는 조금 더 높은 곳을 올려다보았다. 그런 그의 시야로 청명하기 그지없는 하늘이 들어온다.

결혼을 확정짓는 데 있어, 더할 나위 없이 좋은 날씨다.

Side Story by 휴이렌

그가 그녀를 처음 보게 된 것은 성인식을 치른 지 2년이 지난, 스물한 살일 때의 일이다.

"인사해라, 휴이. 앞으로 너의 형수님이 될지도 모르는 레이디다."

뭐?

갑자기 불러낸 것으로도 충분히 황당했건만, 그런 그를 향해 뱉어낸 말이라고는 너무 뜬금없었기에 휴이렌 프란시스 리우드는 눈을 동그랗게 떴다.

내가 헛것을 보고 있는 건가.

워낙 놀랐기에 그 생각이 겉으로 드러나 버렸다.

그런 그를 향해 렉시어드가 얼른 고개를 휙휙 젓지 않았더라면 신기한 동물이라도 보는 것처럼 그 아이를 끝까지 응시했을지도 모르겠다.

"로델린가의 루키나입니다. 뵙게 되어 영광이에요, 휴이렌 황자 전하."

육중한 체구를 어떻게 해서든 살포시 접어가며 인사를 하려는 은발의 소녀가 왠지 모르게 안쓰럽게 느껴졌다면 그의 착각이려나.

휴이렌은 힘겹게 제게 인사를 하고 난 뒤, 숨을 고르고 있는 하늘색 드레스의 레이디를 향해 목례했다.

"로델린 공께서 그렇게 아끼신다는 예의 영애시군요. 저 역시 만나뵙게 되어 반갑습니다, 레이디 로델린."

빙긋, 미소를 짓기는 했지만 경계를 잃지는 않았다.

렉시어드가 두 사람이 인사를 나누는 것을 보고 '앨리에게 가 있도록 해요, 이브' 라 말하자 루키나 로델린은 두 볼을 빨갛게 붉히며 그들에게서 사라졌다.

"젠장."

루키나가 사라지기가 무섭게 렉시어드의 얼굴이 험상궂게 일그러졌다.

휴이렌은 퉤, 바닥에 침을 뱉어가며 그녀와 닿았던 옷자락 쪽을 탈탈 털어대는 친형을 무표정하게 응시했다.

"이해할 수가 없군."

루키나가 있을 때까지만 하더라도 더없이 자상했던 렉시어드는 서늘한 음성을 뱉어냈다.

"로델린 공은 대체 어쩌다 저런 천것을 거두어들인 건지. 비위가 상해서 죽을 것 같아."

휴이렌은 그 말을 끝낸 뒤, 아니나 다를까 저를 응시하는 렉시어드를 발견했다.

"휴이. 넌 어떻게 생각하지?"

불쌍하다고는 생각했다. 누가 봐도 이용당하고 있는 것이 분명했으니까.

도와줄까, 라는 마음이 일었던 적도 있었다. 그러나 곧 그 마음은 물거품처럼 사라졌다.

「휴이. 잘 들으세요.」

「네, 어마마마.」

「휴이는 렉스를 위해 태어난 것이나 마찬가지예요. 렉스는 휴이의 하나밖에 없는 친형님. 휴이는 그런 렉스가 리우드를 가질 수 있도록 도와주어야 해요. 그래야 렉스도 살고, 휴이도 살 수 있어요. 알겠어요?」

「하지만 어마마마. 큰형님, 아니, 유리 형님은 그렇게 나쁜 분이 아니신—!」

「어허! 휴이. 어미의 말에 의문을 품어서는 안 돼요. 휴이가 황제로 모셔야 할 분은 오직 하나, 렉스뿐이랍니다. 렉스의 말이라면 그 무엇이라도 따르도록 하세요. 알아들었나요?」

그는 어릴 적부터 2황후 로레나에게서 렉시어드의 말이라면 무조건적으로 따르라는 교육을 받았다.

때문에 당연히 그래야 한다고 생각했고, 렉시어드의 심기를 거스르는 말 따위는 할 생각조차 하지 않았다.

어쩌면 지독한 세뇌와도 마찬가지.

성인식을 치른 뒤, 다시금 과거의 일을 떠올려 보면 정말이지 웃기는 일이 아닐 수 없었다.

그래서 그는 방관을 택했다.

렉시어드의 이용 도구로서 철저하게 굴려지는 로델린의 공작 영애를 바라보면서도 눈길조차 주지 않은 것은, 자신이 끼어들었다가 렉시어드의 화를 불러일으키는 걸 원치 않았기 때문이다.

결국 렉시어드는 이미 권력에 관심을 잃었다 할지라도, 여전히 거침없는 세력을 선보이던 로델린 공작가를 끌어들이는 데 성공했다.

세기의 약혼식이라 불리던 리우드 황실과 로델린 가문의 결합은 휴이렌에게 있어 우스꽝스러운 희화극일 뿐이었다.

렉시어드의 최측근만 아는 사실이었지만 그에게는 오래전부터 마음을 나누어온 정인이 있었다.

당연히 로델린 공작 영애에게 마음을 줄 가능성은 단 1%도 존재하지 않았다.

그럼에도 불구하고 로델린 공작 영애는 언제나 렉시어드의 사랑을 갈구하는 것처럼 보였다.

그날도 마찬가지였다.

'……?'

황도 세이번 근교에 위치한 렉시어드의 개인 별장.

써로드 궁에서 한가하게 시간을 보내던 휴이렌은 얼른 그곳으로 오라는 렉시어드의 전갈을 받았다.

귀찮음을 무릅쓰고 발걸음을 한 휴이렌은 별장 정원의 테이블 앞에 홀로 앉아 있는 커다란 체격의 레이디를 발견했다.

누군지는 체격만으로 단번에 알아차릴 수 있었다.

우스꽝스러운 빨간 모자를 쓴 채 뭔가를 자꾸만 만지작거리는 그녀의 은색 머리카락이 빛을 받아 몹시 반짝거렸다.

곧장 렉시어드를 찾을까 하던 휴이렌은 결국 그녀를 향해 다가갔다.

"이브."

"……아! 휴이 오라버니!"

갑자기 다가온 제 목소리에 화들짝 놀라 손에 든 그것을 뒤로 감춰 버리는 루키나를 보고, 휴이렌은 쓴웃음을 흘렸다.

그는 스윽, 고개를 돌려 주위를 살펴보았다.

"형님은?"

"애, 앨리와 함께 뱃놀이를 가셨어요."

'그럼, 너는?' 이라는 말이 목구멍까지 차올랐지만 휴이렌은 꺼내지 않았다.

아마도 같이 가고 싶었을 테지. 하지만 말을 꺼내지는 못했을 거다.

"저쪽으로 가시면 두 분을 만나실 수 있으실 거예요."

친절하게도 커다란 체격의 소녀는 두툼한 손을 들어 올려 강변 쪽을 가리켰다.

휴이렌은 옅은 웃음을 지으며 그녀의 손가락 끝이 향한 곳을 바라보다 주변의 의자에 털썩 주저앉았다.

"……!"

"겨우 여기까지 왔는데 더 움직이는 건 귀찮아서. 앉아도 되지?"

살이 붙어 잔뜩 부어 있던 얼굴에서도 반짝이는 것을 멈추지 않던 녹안이 휴이렌을 향해 크게 일렁였다.

휴이렌은 싱긋 웃으며 턱짓을 했다.

"그건 뭐지?"

"네?"

"방금 네가 숨긴 거 말이야."

"……어, 이, 이건—"

"줘봐."

"……!"

"궁금해서 그래."

어쩐지 이 아이에게 미소를 짓고 있는 건지 스스로도 이해하지 못했다.

그래, 불쌍하다고 생각했던 그 마음이 겉으로 드러나 버리게 된 건지도. 아마도 그쪽이겠지.

휴이렌은 스스로의 행동을 애써 납득시키면서 루키나의 행동이 이어지길 기다렸다.

우물쭈물거리던 루키나는 상처투성이가 되어 손가락 곳곳을 천으로 감은 손과 함께 비닐에 쌓인 무언가를 내밀었다.

응?

"이건……."

"벼, 별건 아니에요! 그, 그냥 렉스 오라버니께서 다과회에 초대해 주셔서 감사를 표하기 위해 만든…… 정말 별거 아니, 윽!"

툭.

휘휘, 고개를 좌우로 가로저으며 외치던 소녀가 황급히 손을 뒤로 돌리려 할 때였다.

어느새 뒤로 다가온 렉시어드와 그녀의 손이 부딪쳐 루키나가 들고 있던 예의 과자 봉투가 바닥으로 떨어졌다.

휴이렌은 갑작스러운 타격에 인상을 쓰다가도 루키나와 눈이 마주치자 '괜찮나, 이브?' 하고 금세 빙긋 웃는 렉시어드의 이중성에 혀를 내둘렀다.

"그나저나 이게 뭐지?"

뒤늦게 렉시어드의 뒤를 따라온 앨리스가 바닥에 떨어진 과자 봉투를 집어 들며 중얼거렸다.

"누가 이런 쓰레기를 이곳에 두었나?"

"하하, 정말이지 조잡한 베이킹 실력이군. 어느 시녀가 이딴 걸 이런 곳에 둔 거야? 이브, 그대가 다치지 않아 다행이다."

몰랐다고 하기에는 너무도 노골적인 그들의 연극에 쓴 물이 솟구쳤다.

휴이렌은 자리에서 일어나려 했다.

"형님. 그건."

"……그러게 말이에요."

……!

"실력을 좀 더 키워야겠어요. 그, 시녀는요."

루키나는 제가 만든 쿠키를 일부러 비웃고 있는 두 남녀를 향해 말을 한 뒤, 고개를 돌려 찻잔에 차를 따르기 시작했다.

부들부들 떨리는 그녀의 손끝이 시야로 들어왔다.

❖

"그만두시는 것이 어떠십니까?"

"무엇을?"

이브와의 관계.

입 밖으로 낼 수 없었다.

용기가 부족해서였을까, 아니면 감당할 수 없다고 생각해서였을까.

어느덧 두 사람이 약혼을 하고도 적잖은 세월이 흘렀다.

그사이 변한 것은 없었다.

로델린의 공작 영애는 그 체형을 유지한 채 여전히 렉시어드의 곁에 있었고, 렉시어드는 겉으로는 그녀에게 상냥한 척을 하면서도 노골적으로 그녀를 괄시했다.

그리고…… 저 역시도.

아무것도 하지 못한 채 그녀가 렉시어드와 그의 정인에게 이용당하는 것을 지켜보고만 있었다.

"휴이."

……아.

"무엇을 말하고자 한 거지?"

"……."

"휴이!"

빌어먹을.

"아무것도 아닙니다, 형님. 별거 아니니, 너무 개의치 마십시오."

버럭 소리 지르는 렉시어드에게 휴이렌은 빙긋 웃으며 고개를 가로저었다.

싱거운 녀석, 하고 렉시어드가 못마땅하다는 듯 낮게 중얼거렸으나 휴이렌은 대꾸하지 않았다.

찌르르, 가슴에 묘한 경련이 일었다.

어쩌면 휴이렌에게는 루키나 로델린이 거울에 비친 제 모습과 흡사하게 느껴졌던 건지도 모르겠다.

본래 주인을 밀어낸 뒤, 황위를 차지하겠다는 렉시어드의 야욕을 위해 처음부터 끝까지 이용당해야 하는 존재.

제 의지와는 상관없이 렉시어드에게 끌려가 결국 그의 손에 놀아나는 존재.

그런 두 사람 중 조금 더 좋은 조건에 있는 것은 당연히, 자신이었다.

루키나 로델린이 렉시어드에게 있어 단순히 이용하다가 버려도 될 존재였다면 휴이렌은 과거에도, 현재에도, 그리고 미래에도 그의 황위 쟁탈과 유지에 있어 필요한 존재였으니까.

그 때문인지 어쩌면 은연중에 자신 역시 루키나를 저보다 못한 존재로 생각하고 있었을지도 모르겠다.

그러지 않고서야 렉시어드가 그녀를 어떻게 대하는지 뻔히 지켜보고서도 도움의 손길 한번 주지 않을 리 없었을 테니.

"오라버니께서는…… 마음이 따뜻하신 것 같아요."

저와 루키나, 그리고 렉시어드와 앨리스.

각자의 이해관계에 의해 얽혀 있었던 네 명의 남녀들은 루키나 로델린과 앨리스 밀리크가 성인이 된 후로 더욱 잦은 만남을 가졌다.

이번에도 어김없이 가졌던 만남에서, 어김없이 둘만 자리를 떠버린 렉시어드와 앨리스로 인해 어쩔 수 없이 루키나와 남아 있었던 휴이렌은 눈을 동그랗게 떴다.

루키나는 부드럽게 웃으며 그를 빤히 직시하고 있었다.

왠지 가슴이 콕콕 찔려와 움찔거리던 휴이렌은 대답하지 못했다.

"오라버니의 친절함을, 잊지 않을게요."

……뭐?

그가 망설이는 사이, 루키나 로델린은 그 말을 뱉어내며 자리에서 일어났다.

휴이렌은 제게 묵례를 한 뒤 육중한 몸을 이끌고 사라지는 그녀의 뒷모습을 넋 놓고 바라보았다.

친절…… 하다고?

내가?

둔기로 머리를 얻어맞은 느낌이었다.

그리고 그 후로 휴이렌이 렉시어드와 함께 루키나 로델린과 만나게 되는 것은 눈에 띄게 줄어들었다.

렉시어드가 '요 몇 주 동안은 함께 자리하지 않아도 된다' 라는 명을 내렸기에, 의문을 품으면서도 받아들이기만 했었지 직접적으로 묻지는 않았으니까.

그로부터 몇 주가 더 흐른 뒤.

"전하! 전하!"

휴이렌은 자신의 시종인 레비로부터 충격적인 이야기를 들었다.

로델린의 공작 영애가 독에 중독되어 의식을 헤매고 있다는 소식이었다.

“가끔은 그날을 후회하곤 합니다. 어째서 그들을 막지 않았는지. 왜 방관할 수밖에 없었는지. 손을 내밀지 않았는지. 미안하다고, 하지 못했던 건지. 그리고 어째서…….”

푸른 하늘을 올려다보며 휴이렌은 나지막하게 중얼거렸다.

그런 휴이렌을 가만히 지켜보던 남자는 아무 말도 하지 않고 있었다.

“그렇게 눈이 갔던 건지.”

씁쓸하게 뱉어내는 말이 허공을 맴돌았다.

휴이렌은 후우 길게 숨을 흘렸다.

“처음에는 동질감을 느꼈던 것 같습니다. 그래서 꺼려졌고, 멀리하려 애썼죠. 하지만 노력하는 모습을 보자니 자꾸만 눈이 갔고, 다가가게 됐습니다. 제 용기가 부족하여 그 이상 손을 뻗지는 못했지만, 살아난 걸 보고 내심 많이 기뻤던 것을 보면…… 확실히 그때, 자각했어야 했던 건지도 모르겠군요.”

그러나 모두 이미 지나 버린 일.

그때 이미 자각을 해서 그녀에게 마음을 드러냈다면 이렇게까지 멀어지진 않았을 텐데.

휴이렌은 굳게 입을 다물고 있는 그를 직시했다.

저와 똑 닮은 눈동자를 가지고 있는 금발의 사내는 어떤 말도 잇지 못한 채 조금 전, 그들이 이미 나와 버린 성당을 바라보고 있었다.

‘그리고 당신 역시, 적절한 타이밍을 잡지 못했던 거겠지.’

저만큼이나 시기를 놓쳐 버린 사내는 이를 악문 채 여전히 성당을 응시했다.

활짝 열려 있는 문 사이로 수많은 이들의 축복을 받은 한 쌍의 부부가 맑은 미소를 짓고 서 있었다.

휴이렌은 굳은 얼굴을 한 채 자리에 멈춰 서 있는 그를 내버려 두고 몸을 돌렸다.

"결혼식은 어떠셨습니까?"

자신을 기다리고 있던 시종 레비가 황실 마차에 오르려는 휴이렌을 향해 방긋 미소를 지으며 물음을 던졌다.

휴이렌은 어깨를 으쓱였다.

"뭐, 나름 괜찮았다."

"팬텀 공작은, 오늘은 가면을 벗었습니까? 하객은 얼마나 찾아왔습니까? 폐하께서 신관을 보내셨다고 하시던데. 정말인가요? 아! 그리고 제일 중요한…… 로델린 공작 영애는 얼마나 아리따웠나요?"

"궁금한 것도 많구나, 레비."

"앗, 죄, 죄송합니다, 전하! 제가 주제도 모르고 그만!"

"……되었다. 돌아갈 것이니 서두르도록 해라."

"예! 전하께서 출발하라 하십니다!"

달칵, 닫히는 문을 무심하게 바라보던 휴이렌은 홀로 남게 된 마차 안에서 숨을 골랐다.

팬텀 공작이 가면을 벗었냐고 물었나, 레비? 그래. 벗었더군.

빌어먹게도 잘난 면상을 아주 잘 감상하고 왔지.

하객은 그들을 축복해 주기 위해 마련된 자리를 모두 채우고도 모자랄 만큼, 많이 찾아왔다.

폐하께서는 두 사람의 결혼을 축복해 주기 위해 직접 록산느 신전에 부탁을 하셨다고 하지.

그리고…….

'아름다웠지.'

면사포를 쓰고 있던 은발의 미인이 그를 바라보는 모습은.

가슴이 두근거릴 만큼 아름다워 말을 잇지 못할 정도였다.

그녀의 등장에 모두가 숨을 죽일 만큼 아찔해서 이미 훌훌 털어냈다 생각했던 그 자신도 동요할 정도였으니까.

히이잉!

마차 밖에서 말 울음소리가 들려온다.

휴이렌은 환한 햇살이 스며드는 마차의 창문을 닫으며 조용히 눈을 감았다.

안녕.

손을 뻗지 못해 마음에 걸렸던, 그래서 더욱 무겁기만 했던, 내 첫사랑이여.

⚜ Behind 5 ⚜

리우드의
부부 용병단

“어? 벌써 일어나십니까? 아직 보여 드릴 녀석이 더 있는데…….”

챙챙—

연무장 안을 크게 울리는 금속의 마찰 소리에 집중하던 이안 와이너가 작은 인기척에 고개를 돌렸다.

그의 시야로 무표정하게 상황을 지켜보던 흑발의 사내가 벌떡 일어나는 것이 보였다.

얼마 전, 새로 모집한 신입 기사단원들을 선보이던 와중에 일어난 일인지라 이안 와이너는 꽤나 당황한 눈치였다.

흑발의 사내는 그런 이안 와이너의 말에 흔들림 없는 표정을 지으며 대꾸했다.

“귀가할 시간이다.”

“……예?”

“경들이 직접 뽑은 신입들이니 모두 훌륭하겠지. 그럼, 수고하게.”

"예에?"

급한 황명이라도 생각난 걸까, 하고 여긴 이안 와이너는 주군에게서 들려온 맥 빠지는 말에 헛웃음을 흘렸다.

눈 한 번 깜빡이지 않고 '귀가 시간'을 주장하는 주군은 낯설어도 너무 낯설었다.

이안 와이너는 제 할 말만 뱉어낸 뒤 순식간에 사라져 버리는 흑발의 사내를 허망하게 응시했다.

"어어? 단장님! 각하께서 왜 저리 빨리 가십니까? 아직 해도 지지 않았잖습니까! 오늘 각하와 오랜만에 대작이라도 할 수 있을 줄 알았는데!"

오노르의 후원자 팬텀 공작이 돌연 자리를 떠버리자, 팬텀 공작의 등장으로 인해 긴장감이 감돌던 오노르 기사단의 연무장이 술렁이기 시작했다.

오노르 3기 기사단원이자 오노르 기사단 9기 신입 단원의 총교육을 맡은 헨리 캐슬러가 입을 쭉 내밀었다.

이안 와이너는 그런 헨리 캐슬러의 말에 나지막하게 대답했다.

"집에 돌아가실 시간이란다."

"……예?"

"하…… 하하. 하하하, 하하하하! 집에 돌아가실 시간이라니! 하하하하!"

"……단장님?"

이안 와이너는 이미 흔적도 찾아보기 힘든 라펠이 떠난 방향에서 시선을 돌리며 호탕하게 웃음을 흘렸다.

무엇을 그리 재미있어하는지 도통 알 수 없었던 헨리 캐슬러는 크게 웃는 이안 와이너를 의아하게 바라볼 뿐이었다.

"어서 오십시오, 주인님."

리우드 제국의 황도 세이번의 길목에 있는 도시, 아르시.

그런 아르시의 위치 좋은 곳에 얼마 전 완공된 윈스턴 공작가의 별장은 해가 지지 않았음에도 불구하고 환한 빛을 뿜어내고 있었다.

마차에서 내리자마자 저를 반기는 윈스턴 공작가의 총관 드미트리의 환영에 라펠은 살짝 고개를 끄덕였다.

"이브는?"

"주인마님께서는 아직 귀가하지 않으셨습니다."

아.

귀가 시간이 되자마자 하던 일도 멈추고 달려온 라펠의 얼굴에 실망한 빛이 스쳤다.

드미트리는 똑똑히 목격했다.

겉으로 내색하지 않기 위해 노력했지만 아쉬움이 스치는 주인의 얼굴을.

"집무실로."

"예."

드미트리는 짧게 말한 뒤, 계단을 오르는 주인의 뒤를 따랐다.

'설마하니 두 분이 이렇게 엮일 줄이야.'

처음, 드미트리가 로델린 공작 영애의 초대장을 주인에게 전달할 때까지만 하더라도 그는 자신의 주인과 그녀가 이런 인연을 맺으리라고는 생각조차 하지 못했다.

그것도 그럴 것이, 그의 주인은 제국과 혼인을 했다는 이야기가 들려올 만큼 여자를 돌처럼 보던 사람이 아니었던가.

「로델린 공녀와 결혼을 할 것이다. 디마, 로델린 공작가와 협의해서 결혼식을 준비하도록 해.」

로델린 공작 영애와 주인이 연인 사이라는 것도 제대로 적응을 하지 못하고 있던 상황에서, 마치 남 일 얘기하듯 툭 말을 던지고 자리에서 일어나는 주인의 말에 드미트리는 한동안 멍한 표정을 짓고 있어야 했다.

히이잉—!

"……!"

다시 생각해 보아도 기막힌 인연이 아닐 수 없다며, 속으로 웃고 있던 드미트리는 창밖에서 들려오는 말 울음소리에 벌떡 일어나는 주인의 움직임을 포착했다.

"디마."

그보다 조금 더 가까이 창문 쪽에 서 있던 드미트리가 슬쩍 아래를 내려다보자 낯익은 얼굴이 시야로 들어왔다.

윈스턴 공작가의 일원이 된 지 겨우 한 달째건만, 벌써부터 윈스턴 공작가의 식솔들에게 엄청난 지지를 얻고 있는 주인마님이 저택 안으로 들어오고 있었다.

"맞는 것 같습니다, 주인님."

제 말이 떨어지기가 무섭게 집무실을 박차고 일어나는 주인의 뒷모습을 보며 드미트리는 고개를 절레절레 저었다.

그 과묵하고 냉정한 주인이, 결혼 한 달 차에 저렇게 변할 것이라 누가 믿었겠는가.

드미트리는 입술을 씰룩이며 주인의 뒤를 따랐다.

"아휴, 왜 갑자기 비가 쏟아지고 그러지."

"그래도 일부분만 젖어서 다행이에요, 아가…… 흠흠, 마님."

"윽. 마님이라니. 그 말은 아무리 들어도 적응이 안 돼."

"헤헤, 저도요. 그래도 얼른 적응하셔야죠! 이제 공작 영애가 아닌 어엿한 공작부인이신걸요!"

"공작부인이라. 하긴. 그래야겠…… 라펠!"

로델린 공작가에서부터 함께 따라온 시녀, 셰리와 함께 걸음을 옮기던 루키나 로델린 공작 영애, 아니, 이제는 루키나 윈스턴 공작부인이 된 은발의 미녀는 계단에서 내려오고 있는 사내를 향해 크게 소리쳤다.

라펠은 조금 더 발걸음을 빠르게 옮기며 그녀의 눈앞에 서서는 손을 뻗었다.

"아미키티아에서 오는 길인가?"

다정한 그의 질문에 루키나는 고개를 주억였다.

"네. 당신도 아시다시피, 요즘 기사단 이전 작업 때문에 정신이 없잖아요. 그 때문에 로렐 녀석이 얼마나 닦달을 하는지, 아주 죽겠다니까요?"

헉.

가만히 루키나의 말을 듣고 있던 드미트리가 크게 숨을 들이켰다.

아미키티아 기사단 부단장 직책을 맡고 있는 로렐 사르트르 자작 영식의 안위가 돌연 걱정되기 시작했으니까.

"로렐이…… 그대를 괴롭히는 건가?"

"네?"

"주의를 줄까?"

아니나 다를까, 드미트리의 주인은 눈을 가라앉히며 루키나에게 물었다.

그 모습을 멍하니 쳐다보던 루키나가 풋 실소를 터뜨리며 까르르 웃지 않았더라면, 진지한 그의 주인은 정말로 로렐 사르트르 자작 영식에게 주의를 줬을지도 모르겠다.

"괜찮아요, 라펠. 제가 누구예요? 로렐은 제 손아귀에 있죠. 제가 알아서 할 테니 너무 걱정 마요. 그나저나 우리 기사단 건물은 그쪽에 잘 건설되고 있는 거죠?"

"디마."

"걱정 마십시오, 주인마님. 일전에 마님께서 말씀하셨던 개수의 연무장과 체력 회복실 등을 짓고 있는 중입니다. 아마도 다다음 달쯤에는 모두 완공될 것 같습니다."

"어머, 디마. 고마워요."

"별말씀을."

드미트리는 공손히 대답한 후, 뒤로 물러났다.

"이브."

얼른 완공되는 것이 보고 싶다며 눈을 반짝이는 루키나를 라펠이 조용히 불렀다.

루키나의 눈이 동그래지자, 라펠은 그녀의 손을 잡아당기며 말했다.

"이제 그만 침실로 향하는 게 어때?"

"벌써요? 아직 해도 안 졌……!"

"지금, 들어갔으면 좋겠는데."

"……."

긴 팔을 뻗어 스스럼없이 공작부인의 허리를 휘감는 라펠의 행동에 '어머!' 하고 외치던 셰리가 얼굴을 돌렸다.

드미트리 역시 흠흠, 괜한 헛기침을 흘리며 그들에게서 시선을 뗐다.

"셰리."

루키나는 그런 라펠을 말없이 올려다보더니 여전히 그에게 안긴 채 셰리를 불렀다.

셰리가 '네! 마님!' 하고 외치자 루키나는 말했다.

"지금부터 목욕을 할 거니까, 물을 준비해 줘."

❖

"라펠."

저를 부르는 목소리에 라펠은 고개를 돌렸다. 시야로 들어온 여인을 발견한 순간 그의 입가에 잔잔한 미소가 번졌다. 셰리와 함께 목욕을 마치고 돌아온 루키나가 향긋한 기운을 풍기며 제게 다가오고 있었다. 두근두근, 괜히 가슴이 들썩여 와 그는 자리에서 벌떡 일어났다.

"스톱. 거기서 멈춰요."

"응?"

"지금, 라펠 당신, 나 잡아먹을 기세로 다가온 거 알아요?"

뭐?

라펠은 눈을 동그랗게 떴다. 잡아먹을 기세라니. 조금 억울했다. 물론, 그가 곧 그녀를 잡아먹을 '예정'이긴 하지만, 그래도. 성큼성큼 그녀를 향해 다가오려던 라펠이 저와 다섯 발자국 정도 떨어진 곳쯤에 멈추자 루키나가 풋 웃음을 터뜨렸다.

"이럴 땐 말을 잘 듣는다니까?"

"이브."

"그럼 이제 날, 안아줄래요?"

라펠은 양팔을 좌우로 크게 뻗으며 배시시 웃는 그녀의 말에 눈을 가늘게 떴다. 그러나 이내 그녀가 요구했던 대로 루키나의 앞으로 터벅터벅 걸어가더니 그녀의 다리와 허리를 잡고 제 품으로 끌어당겼다. 앗, 짧게 신음 소리를 내던 루키나의 나이트가운 아래, 하얀 잠옷 끝자락이 팔락였다. 그녀는 쿡쿡 웃으며 라펠의 목덜미에 팔을 둘렀다.

터벅터벅.

그녀를 안아 든 이후 홱 몸을 돌린 라펠의 발걸음은 주저 없었다. 루키나는 냉랭한 얼굴로 오로지 한곳만 바라보고 있는 그의 눈빛에 그저 웃기만 했다. 라펠은 그녀의 웃음소리가 귓가를 간질이는 것을 느끼며 천천히, 두 사람의 침대 위로 루키나를 눕혔다.

"라펠."

"응."

"기억나요?"

"뭘."

"우리 첫날밤."

조심스레 그녀를 눕히고 아래를 내려다보던 라펠의 벽안이 흔들렸다. 루키나는 손을 뻗어 그의 두 뺨을 살짝 쓸더니 웃으며 중얼거렸다.

"솔직히 말해봐요. 당신 그때, 엄청 긴장했었죠?"

잠옷 위에 걸친 그녀의 나이트가운을 벗기던 라펠의 미간이 좁아졌다.

"긴장은 무슨."

"어머. 아니라는 소리예요?"

"뭐…… 최선을 다해야 한다는 생각은, 하긴 했었지."

그대를 실망시키지 않기 위해.

나지막하게 중얼거린 라펠의 말에 루키나가 어깨를 으쓱이며 깔깔 웃었다. 라펠은 겁 없이 저를 내버려 둔 채 미소만 짓는 그녀를 가만히 내려다보더니 훅, 고개를 숙였다.

"흡!"

크게 웃음을 터뜨리던 루키나의 입술이 위에서 내려온 라펠의 입술과 맞닿았다. 깜짝 놀라 파르르 눈꺼풀을 떨던 루키나는 이내 그의 목에 제 팔을 두르며 그의 침범을 받아들였다.

빠르게 입술을 훑으며 혀를 밀어 넣던 그는 안쪽에 있던 그녀의 혀를 옭아맸다. 하아아. 밖으로 터져 나오지 못하는 그녀의 신음이 입안을 감돌았다. 그는 조금씩 반응하는 그녀를 자극하기 위해 손을 아래로 내렸다.

그의 커다란 손에 봉긋 솟아오른 언덕이 스쳤다. 살짝 닿았을 뿐임에도 소스라치게 놀라는 그녀가 탄성을 터뜨렸다. 라펠은 그녀의 잠옷 안쪽으로 손을 밀어 넣었다.

"하……!"

입안을 침범하던 라펠의 혀끝이 턱 끝으로, 목덜미로, 쇄골 근처로, 그리고 점점 아래로 내려와 흐트러진 잠옷 안쪽의 가슴골에 닿자 루키나가 몸을 비틀었다. 라펠은 하나로 된 그녀의 잠옷을 거칠게 위로 올리더니 결국 완벽하게 벗겨 버렸다. 완벽하게 나신이 된 여자가, 저의 아래에서 얕은 숨을 터뜨리고 있는 것이 보였다.

뜨거운 뭔가가 솟구쳤다.

기다란 손가락으로 보드라운 살결을 쓸며 은밀한 곳까지 내려가는 라펠의 움직임은 주저함이 없었다. 루키나는 점점 더 짙은 숨결을 흘리며 교성에 가까운 신음을 뱉어냈다. 그의 시야로 그녀의 흔들리는 녹안이 보였다. 그녀는 열망으로 가득한 눈빛으로 라펠을 올려다보고 있었다.

원해요.

얼마나.

아주 많이.

마주친 눈빛만으로 대화를 주고받았다. 비록 입술 밖으로 소리를 흘리지는 않았지만 그 의미를 알아차릴 수 있었다. 어느새 땀에 흠뻑 젖어버린 앞머리를 뒤로 넘기던 라펠은 전율에 떨고 있는 루키나를 내려다보며 후우, 숨을 내쉬었다.

"어서요."

어서요, 라펠.

빨리— 하고 그녀의 도톰하고 붉은 입술이 속삭였다. 어찌나 달콤한 목소린지 그의 이성을 마비시킬 정도다. 라펠은 입고 있던 바지를 아래로 내렸다. 그의 붉은 입술이 그녀의 이마부터 시작하여 아래로, 점점 아래로 움직여 은밀한 곳에 비밀스러운 꽃잎을 찍을 때까지. 줄곧 용솟음치던 그의 분신이 거칠게 숨을 내쉬던 루키나의 눈에도 들어온 모양이다. 루키나는 호흡을 고르며 자신의 두 다리를 잡은 채 은밀한 안쪽으로 제 것을 가져다 대는 라펠의 손목을 덥석 잡았다.

"함께, 해요."

결국 그녀의 유혹에 버티지 못한 라펠이 루키나의 곁으로 쓰러졌다. 온몸을 덮는 강렬한 열기가 두 남녀를 휘감았다.

라펠은 잠시 자신을 막아서던 그녀가 곧 온전히 자신을 받아들이는 것을 느끼며 거친 숨소리를 흘리는 그녀의 두 다리를 잡았다. 서서히 반동을 주었다.

탄탄한 그들의 침대가 밤새도록 삐걱거렸다.

"힘들지 않아?"

보드랍게 흘러내리는 그녀의 머리카락이 그의 얼굴을 간질이던 시점.

잔뜩 땀을 빼고 난 뒤 침대에 나란히 누워 있던 두 사람 중 먼저 입을 연 것은 라펠 쪽이었다.

뭐가요? 하고 어리둥절해하며 제게 몸을 돌리는 그녀의 녹안이 크게 일렁였다.

이러면 또 반응이 오는데.

겨우 가라앉힌 두 다리 사이가 조금씩 용솟음치려 하자, 라펠은 최대한 자제하려고 애썼다.

그러고는 손을 뻗어 그녀의 흘러내린 머리카락에 입을 맞추며 말했다.

"기사의 일도 아직 완벽히 적응하지 못했는데…… 갑자기 공작가의 안주인이 되어버렸으니. 그대가 피곤해질까 봐 걱정이 되는군."

저만 하더라도 숱하게 쏟아지는 황제의 명령을 모두 수행하느라 거의 개인적인 시간을 가지지 못하는 편이었다.

요즘 들어서는 신혼을 배려한 황제가 자신을 호출하는 일이 드물어지긴 했지만 루키나 역시 그럴 것이라고 생각되지는 않는다.

라펠의 말을 가만히 듣고 있던 루키나는 풋 웃음을 터뜨렸다.

"확실히 피곤한 면이 없지는 않죠."

"그렇다면……."

"하지만 감당하지 못할 것들은 아니에요."

미동 없는 녹안을 그에게 고정시키며 루키나는 말했다.

라펠은 입을 다문 채 그녀를 지켜봤다.

옅은 미소를 걸고 있던 루키나의 입술이 움직였다.

"제가 누구예요? 제국 최초의 여기사이자, 윈스턴가의 공작부인 아니겠어요? 기사와 공작부인의 삶 모두 수행해 나가야지 당신 곁에 설 자격이 생기죠."

"……!"

"뭐, 생각보다 공작부인으로서 행할 일이 많기는 하던데…… 디마가 많이 도와주고 있어요. 아미키티아를 이끄는 것도, 로렐이 도와주고 있고요. 그러니 너무 걱정 말아요, 라펠."

어쩌지.

하얀 이를 드러내며 배시시 웃는 레이디의 모습이 사랑스럽다.

라펠은 제게 말을 뱉어낸 후 눈꼬리를 휘는 그녀를 한참 동안 응시하다 결국 제 품으로 와락 끌어당겼다.

앗, 하는 탄성과 함께 그녀의 나신이 그에게로 쏟아졌다.

"이브."

두근두근.

몸이 겹쳐지며 전달된 온기가 전신으로 퍼져 나가는 게 느껴진다.

라펠은 두 개의 심장이 섞여 요란스럽기 그지없는 박동에 아랑곳 않고 말했다.

"사랑해."

고요하던 그녀의 녹안이 그 말 한마디에 거세게 요동쳤다.

라펠은 떨리는 그녀의 눈두덩에 부드럽게 입을 맞추며 다시 한 번 속삭였다.

"사랑해, 이브."

"……."

"아주 많이 사랑해."

몇 번을 속삭여도 부족하지 않을 말. 눈앞의 여인에게는 언제 어디서고, 계속해서 들려주고 싶은 말.

라펠은 평소의 냉랭한 얼굴과는 거리감이 느껴지는, 부드러운 미소와 함께 입술을 달싹였다.

아아— 하고, 그 말을 들은 레이디가 그의 가슴 쪽으로 얼굴을 파묻는 것은 그때였다.

"이브?"

그녀의 눈에, 코에, 입에, 그리고 귀에까지 입술을 가져다 대며 속삭이던 라펠은 푹 고개를 숙이는 루키나를 의아하게 응시했다.

어느새 귓불을 빨갛게 붉힌 여인이 차마 고개를 들지 못한 채 중얼거리는 게 들려왔다.

"……나빠요, 당신."

나쁘다고?

"그렇게 다정하게 나오면……."

"윽!"

"덮치고 싶어지잖아요!"

루키나 로델린, 아니, 루키나 윈스턴은 작게 속삭이다 벌떡 일어나선 그의 위에 올라탔다.

물결처럼 흔들리는 가슴의 움직임을 좇던 라펠은 반짝이는 녹안으로 제 배 위에 올라탄 그녀가 눈을 가늘게 뜨며 다리 사이로 손을 뻗어 내려가는 것을 멍하니 지켜볼 수밖에 없었다.

루키나는 당황하는 그를 내려다보더니 흥, 콧방귀를 뀌며 그의 은밀한 곳으로 손을 뻗으며 소리쳤다.

"오늘 밤에도, 안 재울 줄 알아요!"

❖

'흐응.'

루키나 로델린, 아니, 이제는 '루키나 윈스턴' 이 되어버린 레이디는 제 옆에서 잠들어 있는 흑발의 사내를 내려다보며 한참 동안 고민하고 있었다.

틀림없이 그녀는 그의 아내가 되었고, 신혼집을 차렸으며, 같은 침대에 누워 매일 아침 같이 눈을 뜨고 있었다.

하지만 그럼에도 불구하고 여전히 아쉬움이 감도는 것은 어쩔 수가 없다.

'뭐지? 대체 뭐가 부족한 거야?'

루키나는 미간을 좁히며 미동조차 않는 잘생긴 남자의 숙면 모드를 빤히 바라보았다.

에드문드 로델린을 기겁하게 만들었던 결혼 전, 첫날밤에서도 미르티스 라펠 윈스턴은 완벽했다.

그의 품에 안기고 또 안겼던 그녀는 결코 라펠과의 잠자리가 실망스럽지 않다는 것을 똑똑히 인지하고 있었다.

결혼식은 또 어땠는가.

아마도 그녀가 보고 들었던 모든 결혼식들 중 자신의 결혼식보다 아름다웠던 결혼식은 감히 없었으리라 장담할 수 있었다.

'그런데 대체 왜 뭔가 빈 것 같지?'

루키나는 자신의 뜨거운 시선을 느꼈는지 파르르 떨리는 라펠의 속눈썹을 발견하곤 쿡쿡, 낮게 웃음을 터뜨렸다.

"헉!"

그렇게 한참을 라펠이 자는 모습을 감상하던 루키나는 숨을 크게 들이마셨다.

'그걸 빠뜨렸잖아!'

루키나 로델린의 눈동자가 짓궂은 풀빛으로 가득 차기 시작했다.

「미르티스 라펠 윈스턴. 그대를 만나 나는 진정한 자신을 발견했고, 진실된 사랑을 나눌 수 있었습니다.」

서약서를 쥔 손끝이 미약하게 떨려오는 것이 보였다.

마음 같아서는 손을 뻗어 잡아주고 싶었으나 저 역시 떨리는 것은 마찬가지였다.

모두가 집중하고 있는 긴장된 순간.

수많은 시선들이 자신에게 쏟아지고 있음에도 불구하고 그에게 시선을 고정시킨 레이디는 결코 멈추지 않았다.

하얀 면사포 사이로 보이는 붉은 입술이 너무도 탐스러워 마구 탐하고 싶었으나, 그는 꾹 인내해야 했다.

「그리하여 나, 로델린가의 루키나. 지금 이 자리에서 그리고 여기 계신 모든 분들의 앞에서, 하늘에 맹세하고자 합니다. 신의 축복을 받아 맺게 된 그대와의 인연이 영원하기를. 어떤 고난과 역경이 있다 할지라도, 그대를 믿고 사랑할 것을. 그대를 존중하고 존경할 것을…….」

처음 입술을 열었을 때와는 달리 끝으로 향하면 향할수록, 적응이 완료된 그녀의 목소리엔 더 이상 떨림은 없었다.

그는 면사포에 가려졌지만 결코 그 아름다움을 숨길 수 없는 그녀의 얼굴을 내려다보았다.

경직된 표정을 짓고 있던 그에게 레이디는 부드럽게 미소를 지어 보였다.

「평생토록 당신의 사랑을 받는 아내가 될 것을!」

서약서의 마지막 문구까지 모조리 읊자마자 돌연 면사포를 벗어 던진 레이디가 발꿈치를 들어 올리자, 성당의 곳곳에서 환호성이 터져 나왔다.

설마하니 결혼식에서까지 돌발 행동을 이어갈 줄 몰랐던 사람들은 로델린의 공작 영애의 과감한 행동에 고개를 절레절레 저었다.

기습적으로 그녀에게 입맞춤을 당한 라펠은 어느새 사뿐히 내려와 다시금 면사포를 쓰는 루키나를 보며 피식 웃음을 흘렸다.

"내 남편이 되어줘서 고마워요, 라펠."

아주 작은 음성이었지만 제게 속삭이던 그 말은 결코 잊히지 않는다. 몇 번이고 떠올려 보아도 미소가 지어지는 말이었으니까.

마치 꿈처럼 느껴지는 아름다운 결혼식 이후.

그의 무미건조한 얼굴에 조금씩 온풍이 불기 시작했다는 것을 아는지 모르는지.

라펠은 급하게 할 말이 있다며, 황제를 알현하고 돌아온 루키나의 호출에 헐레벌떡 뛰어왔다.

대체 무슨 급한 일이길래, 자신을 호출하는 것인가. 혹시 황제 폐하와의 만남에서 어떤 사건이 있었던 건가?

헉헉, 거칠게 숨까지 몰아쉬며 아르시의 임시 저택으로 달려온 라펠은 눈을 크게 떴다.

"뭐?"

루키나는 놀라는 라펠을 향해 활짝 웃었다.

"말 그대로예요, 라펠! 우리가 결혼에 있어 제일 중요한 걸 잊고 있었다고요! 바로, 신혼여행 말이에요!"

"신혼…… 여행?"

라펠은 흥분한 얼굴로 힘차게 고개를 끄덕이는 루키나를 떨떠름한 표정을 지으며 바라보았다.

루키나는 '네, 신혼여행이라니까요!' 라고 한 번 더 외침으로써 그의 청력에 문제가 없음을 확실히 알리고 있었다.

'신혼…… 여행이라니.'

물론 결혼식 이후로도 도통 끊이질 않는 임무와 황제의 부름으로 인해, 두 남녀가 부부의 연을 맺게 되었음에도 불구하고 신혼여행 한 번 가지 못한 채 하루하루를 보냈다는 것은 부정할 수 없는 사실이었다.

루키나는 얼떨떨한 표정을 지으며 '신혼여행을 가지 못한 건 사실이지만—' 이라 중얼거리는 라펠을 향해 소리쳤다.

"폐하께도 이미 허락을 받았어요. 그러니 지금 당장 신혼여행을 떠날 거예요!"

"이브?"

"얼른요, 라펠!"

어느새 제게서 등을 돌려 짐을 꾸리고 있는 여인의 마음은 크게 들썩이고 있었다.

라펠은 언제 준비했는지 남성용 가발 두 개를 꺼내 드는 루키나를 황당한 표정으로 바라보았다.

청색 가발과 갈색 가발이었다.

"당신한테는 이게 잘 어울릴 것 같아요."

배시시 웃으며 루키나가 청색 가발을 라펠의 얼굴에 대어보았다. 라펠은 미간을 좁히며 멀뚱히 서 있다 후우 한숨을 내쉬었다.

"그럼 디마에게 말을 해야겠……."

"참!"

응?

"이번 신혼여행은 비밀스럽게 움직이기로 했어요, 라펠."

"뭐?"

"셰리와 디마 몰래 집을 나설 거예요. 혹시나 그 두 사람이 우리 뒤를 따라붙으면 어떡해요. 안 그래요?”

라펠은 씩 웃으며 작게 속삭이는 루키나에게 ‘그건 신혼여행이라기보다는, 가출이 아니야?’ 라고 말하려다가 말았다.

대신 그는 ‘어디로 신혼여행을 떠날 거지?’ 라고 반쯤 체념한 목소리로 물었다.

그러자 기다렸다는 듯 눈을 반짝인 루키나가 소리쳤다.

“제 지인 중에 정보 길드를 운영하는 사람이 있어요, 라펠.”

아아. 그러고 보니 들은 적이 있다.

“로건이라는 자를 말하는 건가?”

“어머, 기억하시네요?”

그녀의 입에서 흘러나온 남자의 이름은 하나도 놓치지 않고 기억하고 있었다.

‘생각보다…… 나이가 있었지.’

라펠은 ‘여기는 저의 펜팔 친구, 로건이에요!’ 하고 흰머리가 가득한 노인을 가리키는 루키나의 외침에 꽤나 당황했던 과거를 떠올리며 쓰게 웃었다.

“어쨌든 그 로건이 말했는데 말이죠, 벨포드 자작령에서 웬 남자가 실력 있는 용병을 끌어모으고 있다고 하더라고요.”

……어쩐지 좋은 느낌은 들지 않는데.

생기가 흘러넘치는 그녀의 목소리가 불안감을 불러일으켰다.

루키나는 멈칫하는 라펠을 아랑곳 않고 외쳤다.

“보수도 짭짤한데, 하필 국경을 넘어야 하고 또 배를 타고 바다를 건너야 한다는 리스크가 있어 다들 주저하고 있다더라고요. 물론, 대부분의 용병들이 황도의 기사단 모집에 지원한 것이 제일 큰 이유지만요!”

“그대의 말인즉?”

"그 기회를 노려서, 우리가 용병으로 지원하는 거죠! 실력은 있지만, 신분을 숨기고 싶고. 돈을 벌고 싶기는 한데 고정적인 일을 할 수 없는 자들이 선택하는 일, 용병! 라펠. 이보다 더 완벽한 신혼여행이 있을 수 있을까요? 어때요, 당신 생각은? 네? 네?"

겉으로는 완벽한 신혼여행 계획이라고 자부하고 있지만, 사실상 더 넓은 세계로 나가 자신의 실력을 가늠해 보고 싶다는 말로 들리는 건…… 그의 착각일까.

'사실상 신혼여행은 덤이나 마찬가지군.'

라펠은 반짝반짝 미소 짓는 레이디의 말에 무어라 대답하지 못했다.

게다가 세상 그 누가 신혼여행을 용병 의뢰를 받아들이는 것으로 시작하겠는가.

루키나 이베타 로델린.

아니, 이제는 루키나 이베타 로델린 윈스턴이 되어버린 그의 아내는 정말 보통의 레이디와는 차원이 다른 것이 틀림없다.

황제의 명을 받들어 제국 곳곳을 다니며 유랑을 했던 것은 그의 주된 임무 중 하나였지만 용병단에 가입한 적은 여태껏 단 한 번도 없었다.

그녀의 제안이 망설여지는 것은 사실이나—

"라페엘!"

후우.

"그렇게 하지."

그는 결코 눈앞의 레이디를 이길 수 없다.

루키나는 고심 끝에 고개를 까딱이는 라펠을 보고 함박웃음을 지었다.

"……!"

라펠은 그녀에게 긍정의 말을 늘어놓고 대답을 기다리다 목소리 대신 들려온 입맞춤 소리에 눈을 동그랗게 떴다.

그의 볼에 입을 맞추고 떨어져 나온 루키나가 발그레 변한 얼굴로 소리치는 것이 들려왔다.

"어떡해. 저 너무 흥분돼요! 빨리 준비해야겠어요! 뭐부터 준비하지? 아, 그래, 솔라!"

라펠은 말을 마친 뒤 벌떡 일어나 짐을 꾸리겠다며 침실 곳곳을 돌아다니는 그녀를 바라보다 풋 웃음을 터뜨렸다.

◈

"하아아."

대지의 여신, 록산느의 비호를 받으며 풍성한 영토를 자랑하는 아시아타 대륙.

그중에서도 대륙의 정중앙에 위치한 리우드 제국은 대륙의 패권을 쥐고 있는 3대 제국 중 하나로 널리 이름을 떨치고 있었다.

그런 리우드 제국과 인근 국가인 뮤지카 공국의 국경에 위치한 벨포드 자작령의 한 광장에서는 긴 한숨 소리가 흘러나오고 있다.

'정말 큰일이군.'

회색 빛깔의 머리카락을 단정하게 묶은 중년인 티보 로이스는 정오 이후로 도통 늘어나지 않는 접수증을 내려다보며 푹푹 한숨을 내쉬었다.

'이걸 어찌하면 좋나.'

오늘 저녁 리우드의 국경을 넘어, 내일 밤쯤 뮤지카 공국의 말로 항구에서 출항 예정인 자신의 배에 올라탈 용병들이 부족해도 턱없이 부족했다.

얼마 전 있었던 제국 기사단 신입 단원 모집으로 인해, 웬만큼 힘을 쓴다는 용병들이 전부 리우드의 황도인 세이번으로 향했기 때문이다.

'그 일을 처리하려면 쓸 만한 용병들이 필요한데…….'

일부러 대륙을 횡단하는 용병들이 한 번쯤은 머문다는 벨포드 자작령까지 거금을 들여 왔건만, 현재까지 모인 용병단은 고작 여덟에 불과하다.

적어도 열 명은 모여야만 모두가 힘을 합쳐 '그 일'을 해결할 수 있을 텐데.

티보 로이스는 슬슬 약속했던 해지는 시간이 다가오자 불안함을 느끼며 고개를 아래로 떨구었다.

스윽.

눈앞이 아찔하다.

어떻게 하면 이 일을 타개해 나갈까— 고민하던 티보 로이스는 갑자기 드리워진 어둠에 고개를 들었다.

'응?'

그런 그의 시야로 냉랭한 얼굴의 파란 머리의 사내와 예쁘장하게 생긴 갈색 머리의 사내가 들어왔다.

"당신이 티보 로이스요?"

날 알아?

머리부터 발끝까지. 차갑게 일렁이는 파란 눈동자가 제 전신을 훑고 지나가자 티보 로이스는 눈을 동그랗게 떴다.

"용병을 모집한다고 해서 왔는데."

"……!"

"아저씨. 아직 용병 모집 끝난 거 아니죠?"

보기만 해도 숨 막히는 기운을 흘리는 청색 머리 사내의 말에 티보 로이스가 주춤하는 사이, 곁에 서 있던 갈색 머리카락의 사내가 빙긋 웃으며 말을 걸었다.

티보 로이스는 힘차게 고개를 끄덕이는 것으로 대답을 대신했다.

"다행이네요! 그럼 어떻게 할까요?"

"……글쎄."

"로건에게 듣기로는 이번 임무를 맡는 것이 아리브 해를 지날 수 있는 가장 빠른 배편이라고 했어요."

"……."

"귀찮겠지만 해요. 네? 네?"

아리브 해?

"아리브 해를 지나칠 계획이십니까?"

아마도 두 '남자'로 짐작되는 인물들의 대화에 귀를 쫑긋거리던 티보 로이스는 세게 다가온 기회를 놓치지 않기로 했다.

두 남자의 시선이 천천히 제게 꽂히자 티보 로이스는 눈을 빛내며 말했다.

"만일 저의 의뢰를 받아주신다면 두 분이 아리브 해를 건널 수 있도록 저 티보 로이스, 온 힘을 다해 돕겠습니다!"

"……."

"정말요? 와, 잘됐다!"

환하게 웃는 갈색 머리 사내와는 달리 청발의 사내는 여전히 아무 말이 없었다.

'이자가 의사 결정권자인가?'

티보 로이스는 갈색 머리 사내에게서 시선을 거두고 청발의 사내를 향해 몸을 돌렸다.

"아마 나리 같은 실력자에게 이런 의뢰는 싱거운 일일 겁니다! 물론 의뢰 기간 동안 숙식 제공은 해드릴 터이니 그건 걱정하지 마십시오!"

무표정한 얼굴로 저를 뚫어져라 내려다보고 있는 모습으로 보아선 범상치 않은 자다.

50년이 넘는 세월 동안 사람을 대하고, 또 대하며 살아왔던 티보 로이스였던지라 사람을 보는 안목 정도는 가지고 있었다.

게다가 결정적인 것은 그가 허리춤에 차고 있는 날카로운 검이었다. 꽤나 고급스러워 보이는 검집으로 보아서는 틀림없이 검깨나 다루는 자임이 분명하다.

티보 로이스는 리우드 제국까지 와서 모집을 했던 용병단의 인원을, 모두 채울 수 있는 기회를 놓치고 싶지 않았다.

"내가 아니다."

간절하기 그지없는 티보 로이스의 시선에 미간을 꿈틀거리던 청발의 사내는 닫혀 있던 입술을 움직였다.

'예?' 하고, 깜짝 놀란 티보 로이스가 눈을 크게 뜨자 사내는 제 곁에서 싱긋 웃고 있는 갈색 머리 사내를 내려다보았다.

"어떻게 하고 싶나?"

"그걸 말이라고 해요? 아저씨!"

으, 응?

"이름, 어디에 쓰면 돼요? 여기에 쓰면 되는 거죠? 아, 참. 페이는 얼마예요? 그러니까 일당 말이에요, 일당! 그리고 숙식 제공한다는 그 말, 사실이죠? 배는 얼마나 타고 가야 하나요? 의뢰 기간은 며칠로 예상하고 계세요? 의뢰 내용은 용병 사무소에서 들었던 그 내용과 일치하는 거 맞죠?"

"으음."

다그닥, 다그닥.

말발굽 소리가 문밖에서 들려오고 있는 커다란 마차 안.

평소 그들 부부가 타는 폭신한 의자가 배치된 고급 마차가 아닌, 화물용 마차를 타고 있음에도 불구하고 색색거리며 눈을 감고 있는 레이디의 잠은 깰 생각을 않는다.

그럴 만도 하지.

'며칠 밤을 달려왔으니.'

결혼식을 준비하며 여러 가지로 피곤해하던 루키나는 결혼식 이후로 공작 영애가 아닌 공작부인의 삶을 시작했다.

그로 인해 짊어지게 되는 짐이 생각 이상으로 무거워 보였던 터라 한 번쯤은 짐을 다 떨쳐 버리고 유랑을 하는 것도 좋을 것 같다는 생각을 하고 있기는 했지만.

'지금쯤 디마도 알게 됐겠군.'

다른 가문도 아닌 제국 4대 공작가 중 두 개의 가문이 결합하는 결혼식을 준비하느라 눈코 뜰 새 없이 바쁜 시간을 보내던 드미트리가 자신이 남기고 간 편지를 발견했을 것이 틀림없다.

루키나는 몰래 떠나자고 말을 하기는 했으나 일언반구조차 하지 않고 떠난다면 자신과 루키나를 찾는다며 호들갑을 떨어댈 게 분명했으니까.

어쩔 수는 없지.

라펠은 피곤에 지쳐 제 어깨에 기대어 자고 있는 루키나의 머리 위로 손을 얹으며 옅은 미소를 그렸다.

눈꺼풀을 아래로 내려 정신없이 쿨쿨 자고 있던 아내는 일전에 그의 기사단에 들어왔을 때와 같이 화장기 하나 없는, 완벽한 남장을 한 상태였다.

비록 그때처럼 의미심장한 주술을 사용하여 신체의 변화를 준 것은 아니지만 겉으로 보기에는 꽤나 선이 고운 남자 정도로 보일 만큼 자연스러웠다.

'조용한 신혼여행이 될 것 같지는 않군.'

그녀와 평생을 함께하기로 결심하면서 조용히 시간을 보낼 수 있을 거라고 생각한 적은 없었다.

그러나 이렇게 빨리 함께 세상으로 나서게 될 거라고는 상상하지 못했다.

라펠은 옅게 웃으며 눈을 감고 있는 루키나의 가발이 그녀의 눈두덩을 가리고 있는 것을 발견하곤 손을 뻗었다.

'……!'

스륵, 자신의 손가락을 타고 흘러내리는 루키나의 가발을 옆으로 거두려는 순간.

그는 자신을 빤히 주시하고 있는 누군가의 시선을 느끼며 홱 고개를 돌렸다.

현재 그들이 타고 있던 화물용 마차에는 루키나와 라펠 외에도 여덟 명의 용병들이 선잠을 자며 졸거나 말없이 앉아 있었다.

그런 그들 중 라펠은 제일 구석진 자리에서 검게 일렁이는 눈동자가 자신들을 주시하고 있음을 인지해 냈다.

"……."

적잖은 시간 동안 라펠의 벽안과 허공에서 부딪치던 검은 눈동자는 약간의 시간이 흐른 뒤, 곧 흐릿해져 갔다.

착각인가?

잠깐 그런 생각이 들기는 했지만 이내 그의 예민한 감각이 착각을 했을 리 없다는 생각이 들어, 라펠은 그 후로도 몇 분 동안 경계를 늦추지 않았다.

"와, 낙타라니. 진짜 오랜만에 보네."

나지막하게 중얼거리는 루키나의 말에 곁에 서 있던 라펠의 고개가 돌아갔다.

강렬한 햇볕을 피하기 위해 두건을 두르고 있던 루키나는 헉헉, 숨을 몰아쉬며 행렬의 뒤를 따라 움직이고 있었다.

"응?"

뒤늦게 라펠이 저를 내려다보고 있음을 확인한 루키나는 눈을 동그랗게 떴다.

라펠은 '왜 그렇게 봐요?' 라고 묻는 루키나에게 말을 건넸다.

"이브. 내가 알기로 그대는 오노르에 입단하기 전까지 한 번도 로델린령을 나오지 않은 걸로 아는데……."

"……!"

"어째서 그런 소리를 하는 거지?"

오랜만에 보다니.

가늘어진 눈으로 그녀를 내려다보자 루키나는 눈에 띌 정도로 몸을 움찔거렸다.

험험, 하고 헛기침을 하는 아내의 행동에 그의 의심이 짙어졌다.

루키나는 어색한 웃음을 흘리며 두 손을 휘휘 내저었다.

"채, 책에서 본 것 이후로 엄청 오랜만에 본다고요! 맞아, 그런 말이었어요!"

"……."

"제가 낙타를 참 좋아하거든요. 저기 솟은 등 좀 보…… 앗!"

길게 입을 찢어 말하는 루키나의 이마에 땀이 송골송골 맺혔다.

딱 보기에도 수상쩍어 보이는 언변과 행동으로 변명하던 루키나가 돌연 비틀거리자 라펠은 얼른 손을 뻗었다.

"조심해야지."

"……고마워요."

귀를 빨갛게 붉히며 작게 속삭이는 루키나가 살짝 고개를 들어 그에게 배시시 웃어 보였다.

이상하긴 하지만, 더 물을 순 없겠군.

라펠은 생글생글 웃는 그녀의 빛나는 얼굴을 내려다보며 피식 웃음을 삼켰다.

"그런데, 대체 언제까지 가야 하는 걸까요?"

"리우드와 뮤지카 공국 사이에는 랄트라 불리는 사막이 존재하지. 멀리 불빛이 보이는 것을 보니 조만간 도착하게 될 것 같군."

"어휴, 돈 벌기가 쉽지 않네요. 예전엔 미다스의 손이라는 소리도 들었었는데."

라펠은 나지막하게 중얼거리는 루키나에게 '미다스라는 놈은 대체 누구지?' 라고 물으려다가 말았다.

아는 놈도 많지.

터벅터벅.

랄트 사막은 생각보다 그리 넓은 사막은 아니었기에 횡단하는 데 무리는 없었다.

마차를 타고 리우드의 국경을 넘은 그들은, 정오인 지금 랄트 사막을 가로질러 본격적인 뮤지카 공국의 영토 내로 들어서는 중이었다.

그들 일행이 랄트 사막을 지나 최종적으로 가야 할 곳은 뮤지카 공국 서편에 위치한 말로항.

뮤지카 공국의 도시, 말로에 속해 있는 말로항은 아시아타 대륙에서 출항하는 배의 대부분이 정착되어 있을 만큼 거대한 항구였다.

각종 무역의 중심지로서 활약하고 있기도 했으며, 주변의 경관과 분위기가 아름다워 미항이라는 칭호까지 붙을 정도였다.

리우드의 세이번이 아시아타 대륙 교역의 교차점이라면, 뮤지카의 말로는 아시아타 대륙 교역의 개척지였다.

「오늘 밤, 말로항에서 배를 타고 출발하여 링톤 해를 건널 예정입니다. 여러분들의 의뢰가 시작될 곳은 칼리파 대륙의 바이로스 공국입니다.」

임시 용병단을 모집한 의뢰인, 티보 로이스는 오늘 아침, 리우드의 국경을 지나던 열 명의 용병들에게 공지했다.

대체 어떤 거창한 의뢰이길래, 거금을 들이며 리우드까지 와서 용병을 모집하고, 그걸로도 모자라 그들을 모두 데리고 바다를 건너는 건지 아직 정확하게 알지는 못하지만—

「보수가 짭짤하다니까요, 라펠! 배 타는 건 덤이고요!」

—하고 생긋 웃는 루키나의 밝은 얼굴을 구겨지게 만들고 싶지는 않았다.

"그런데 라펠."

행렬의 가장 뒤편에 위치해 있던 라펠과 루키나는 대열의 가장 앞쪽에서 발을 움직이는 여덟 명의 용병들과 의뢰인인 티보 로이스를 비롯한 그의 몇몇 지인들의 뒤를 따르고 있었다.

의뢰를 마칠 때까지 쓸데없는 의심을 피하기 위해 자신과 라펠의 관계를 형제 사이라 소개를 했던 루키나는 앞서 걸어가는 용병들의 뒤를 바라보며 중얼거렸다.

"저 사람들, 수상하지 않아요?"

수상해?

"단순한 용병들 같지는 않은데……. 아, 특히 저기 저 사람 말이에요!"

루키나의 손가락이 누군가를 가리켰다.

라펠은 행렬의 여섯 번째쯤에서 터벅터벅 걸음을 움직이는 검은 머리카락의 사내를 발견하고선 눈을 가라앉혔다.

루키나는 중얼거렸다.

"평범한 사람 같지는 않거든요."

……그녀 역시 느낀 건가.

흐응, 콧김을 흘리며 중얼거리는 루키나가 고개를 갸웃거렸다.

라펠은 냉정한 시선으로 그의 등을 응시하는 루키나를 흘긋거렸다.

「유르시스. 편하게 유리라고 부르면 돼. 뭐, 서로를 부를 일이 있을지 모르겠지만.」

싱긋 눈꼬리를 휘며 말을 하고 있기는 했으나 어딘가 가시가 박혀 있는 말이었다.

'유리' 라는 단어에 안 그래도 움찔했던 루키나를 보며 심기가 불편했던 라펠이, 루키나를 응시하며 생글생글 웃고 있는 흑발의 미남자의 시선에 미간을 찌푸린 것은 당연했다.

「제 친구랑 이름이 같네요.」

「귀염둥이의 친구 이름도 유리야?」

「네. 그런데, 귀염둥이라뇨. 저는 남자입니다만.」

「하하, 이거 내가 실례를 한 건가? 남자라도 귀여워 보이는 건 귀엽다고 말하는 성격이라서. 싫다면 그렇게 부르지 않을게, 예쁜이.」

「예? 하!」

매우 짧은 순간이었지만, 놓치지 않았다.

루키나와 시시콜콜한 잡담을 주고받는 그를 못마땅하게 여기며 앞을 가로막던 라펠을 향해 서늘한 시선을 날린 검은 눈동자를.

찰나였지만, 라펠은 그 눈빛이 자신의 검끝만큼이나 매섭다는 것을 인지할 수 있었다.

「우리 귀염둥이에게는 좋은 형님이 있군. 참. 둘, 형제 사이 맞지?」

기분 나쁜 녀석이다.

라펠은 '아무리 생각해도 뭔가 있는 얼굴이란 말이죠. 제 촉이 그렇게 얘기하고 있어요!' 라고 중얼거리는 루키나를 내려다보았다.

"이브."

"네?"

"저자와 가까이하지 않는 것이 좋다."

"……네?"

흑발의 사내에게서 시선을 떼지 않으며 서늘한 음성을 날리자 루키나가 눈을 크게 떴다.

라펠은 미간을 좁히며 말을 이었다.

"가까이하지 마."

"……."

"왜."

"아뇨. 우리 남편이 질투하는 게 꽤 마음에 들어서요."

……뭐?

"좋아요. 당신의 부탁이니, 특별히 귀담아듣도록 하죠."

라펠은 흔쾌하게 고개를 끄덕이며 속삭이는 루키나를 보며 황당한 표정을 지었다.

이건 질투가 아니라—

'아니. 차라리 그렇게 알고 있는 게 나으려나.'

라펠은 '이봐, 조금 빨리 움직이지 그래!' 하며 그들을 향해 서두를 것을 촉구하는 다른 용병들의 외침에, 목구멍까지 차오른 말을 뱉어내려다 말았다.

◈

"소식 들었어요?"

리우드의 황도, 세이번.

황궁인 카르디아 궁에 위치한 대연회장에서 파티에 초청받은 귀족들이 무도회를 즐기고 있는 모습을 무심하게 바라보던 유리안의 귀가 쫑긋거렸다.

이야기를 꺼낸 사람은 리우드 사교계의 큰 발, 레이디 미란다.

웬만한 사교계의 정보는 그녀를 거친다고 해도 무방한 사람이었던지라 자연스럽게 사람들의 이목을 끌었다.

뭔데요? 하고 눈을 반짝이는 그들과 같은 부류에 속하고 싶었던 것은 아니었지만, 마침 근처에 서 있었던 유리안 역시 레이디 미란다의 다음 말을 내색 않고 기다렸다.

미란다는 저를 주시하고 있는 귀족들을 향해 부채로 입을 가리며 낮게 웃더니 소리를 뱉어내기 시작했다.

"얼마 전에 결혼을 한 윈스턴 공작 부부 말이에요!"

……응?

"나란히 가출을 했다지 뭐예요?"

"풉!"

대체 무슨 이야기를 꺼내려 하길래 저렇게 뜸을 들이나 싶어 잠자코 귀를 기울이던 유리안의 입에서 와인이 뿜어져 나왔다.

"오라…… 버니."

유리안이 2주간 신성 카르틴 제국을 다녀오는 동안 제게 일어났던 이야기를 재잘거리던 빅토리아는 뚝뚝, 얼굴에서 떨어지는 와인을 손등으로 닦으며 미간을 좁혔다.

유리안은 황급히 손수건을 꺼내 빅토리아에게 건네며 미안함이 가득한 표정을 지었다.

뚱한 얼굴을 하고 있던 빅토리아는 흥! 하고 콧소리를 흘리더니 앞으로는 주의해 달라며 단단히 성을 냈다.

유리안은 다행히 그녀가 입고 있던 드레스가 검은색이라는 것에 안도하며 짧게 숨을 내쉬었다.

"윈스턴 공도요?"

"천하의 팬텀이요?"

"그럴 리가!"

그러고 보니 오늘은, 황제를 대신하여 외교 업무를 했던 유리안의 노고를 치하하는 자리.

만약 평소와 같았으면, 그의 절친한 친구인 로델린 경, 윈스턴 공작부인과 앞으로 황제가 될 유리안을 곁에서 보필할 것이 틀림없는 윈스턴 공작이 참석했을 텐데.

미란다의 말대로 그들은 눈을 씻고 찾아봐도 보이지 않았다.

유리안 역시 의문이 풀림을 느끼며 움찔거렸다.

레이디 미란다는 말을 이었다.

"부부는 닮는다잖아요. 제안은 윈스턴 공작부인이 했겠지만, 따른 윈스턴 공작도 보통은 아니죠. 뭐, 그간의 기행으로는 충분히 가능성이 없는 일은 아니었지만…… 흥! 하여간, 윈스턴 공작이 그런 성격인 줄 누가 알았겠어요? 미리 침 안 바르기 잘했죠!"

말은 바로 해야지.

침 안 바른 게 아니라, 못 바른 걸 텐데.

유리안은 코웃음을 치며 투덜거리는 레이디 미란다에게 따끔하게 쏘아붙이려다 인내했다.

"너도 알고 있었느냐?"

외교 업무를 하고 돌아온 지 겨우 반나절밖에 지나지 않았다.

황제를 알현하고, 축하 연회를 하느라 루키나와 그의 남편이 어디 있는지 신경도 쓸 생각을 못했다.

자신을 보자마자 '오라버니~' 하고 반기는 빅토리아에 의해 억지로 연회장까지 끌려왔던 유리안은 어깨를 으쓱이는 그녀를 가만히 내려다보았다.

"저도 일리아나한테 들은 지 얼마 안 됐어요. 그 일로 인해 윈스턴 공작의 총관인 드미트리가 아주 머리가 아픈가 보더군요."

"폐하께선 알고 계시나?"

"대충은. 듣자 하니 아바마마께는 이브 언니가, 아니, 윈스턴 공작부인이 신혼여행을 다녀오고 싶다고 훨씬 전에 양해를 구했다고 하더라고요.”

신혼여행…….

끝이 났다는 것을 이미 알고 있음에도 불구하고 가슴이 따끔거리는 것은 어쩔 수가 없다.

미련은 아니었지만, 아직까지 완벽하게 떨쳐 내지 못했던 것이다.

유리안은 아아, 하고 낮게 신음을 흘렸다.

“하긴. 이브 언니가 폭발할 만도 하죠. 결혼식은 결혼식대로 치르고, 업무는 업무대로 쌓이니. 게다가 셰리의 말에 의하면 공작부인으로서의 삶이 꽤 힘든 모양이더라고요. 왜, 그렇잖아요. 수장의 아내가 된다는 것 말이에요.”

씩 웃으며 말하는 빅토리아에게 유리안은 미소 짓지 못했다.

마치 ‘그러니까 오라버니는 선택받지 못한 거예요’ 라고 말하는 것 같았으니까.

물론 그녀에게 그런 뜻이 없다는 것은 잘 알고 있다.

유리안은 고심하다 말을 걸었다.

“그들이 어디로 신혼여행을 갔는지 알고는 있나?”

가출이라고 하기에는 다소 어폐가 있었다.

모든 짐을 훌훌 털어버리고 비로소 신혼여행을 갔다는 표현이 더욱 적절할 테지.

유리안의 물음에 빅토리아는 중얼거렸다.

“글쎄요. 리우드는 워낙 넓으니 둘 사이를 방해받지 않는 휴양지로 가지 않았을까요?”

“…….”

“어휴. 이브 언니. 만약 돌아오면 얼마나 재미있었는지 물어볼 거예요. 아주 깨를 볶고 산다니까요?”

툴툴거리던 빅토리아의 입이 삐죽였다.

유리안은 그런 그녀를 바라보며 쓴웃음을 흘리다 돌연 미간을 좁혔다.

「리우드도 경계하는 편이 좋을 겁니다.」

「그게 무슨 뜻입니까?」

「저희의 정보원이 파악한 결과, 칼리파 대륙의 상황이 심상찮게 돌아가는 것 같더군요.」

「칼리파가요?」

「예. 어쩌면 그곳에서 대륙전쟁이 일어날 수 있을 것 같아 예의 주시 중입니다.」

황제의 사절로 신성 카르틴 제국을 방문했을 때 전해 들었던 말이 귀를 맴돈다.

'설마 바다를 건너진 않겠지.'

잠시 불안한 기운이 온몸을 감쌌지만 유리안은 대수롭지 않게 생각해 버리고 말았다.

아직 동이 트지 않은 푸른 새벽.

링톤 해를 지나는 배가 파도를 만나 크게 들썩였다.

'미치겠군.'

몇 번을 타도 바다를 지나는 배는 도통 적응이 안 된다.

속이 울렁거리는 것을 느끼면서도 침대에 누워 있던 라펠은 결국 자리에서 일어났다.

슬쩍 옆자리를 바라보니 루키나는 표정 변화 없이 평온하게 잠을 청하는 중이다.

적응력 하나는 대단하지.

라펠은 피식 웃으며 고개를 절레절레 젓고선 이불을 걷어차고 있는 그녀의 이불을 어깨 근처까지 올려주었다.

"……!"

메스꺼움을 없애기 위해 바람이라도 쐴 생각이었다.

2인용 선실 문을 열고 테라스 쪽으로 나온 라펠은 이미 복도를 선점하고 있던 낯익은 뒤통수를 발견했다.

다시 들어갈까.

상대의 검은 머리카락이 바다를 가르는 배로 인해 흩날리고 있는 모습이 보인다.

라펠은 멈칫하다 이내 몸을 돌렸다.

"일부러 나온 것 아니었나? 뭐 하러 다시 들어가려 그래?"

자신의 움직임이 그리 소란스럽지 않았음에도 불구하고 상대는 그의 인기척을 알아차린 것이 틀림없다.

라펠은 제게 말하는 것이 분명한 사내의 말에 미간을 꿈틀거렸다.

무시를 하고 들어갈 수도 있었지만 자꾸 들락거리면 루키나가 찬바람을 맞을지도 모른다는 생각이 들었다.

반쯤 선실로 향하려던 그의 발끝이 우측 방향으로 돌아갔다.

"좋은 아침."

라펠이 남자와 한 칸 떨어진 난간에 자리를 잡자마자 남자의 인사가 들려왔다.

라펠의 푸른 눈동자가 서서히 옆을 향했다.

생글생글 웃고 있는 흑발의 사내가 손까지 흔들며 인사를 건네고 있었다.

라펠은 미간을 좁히며 고개를 까딱인 후 다시 그에게서 눈을 뗐다.

"어라? 항상 붙어 다니는 우리 귀염둥이는?"

"……."

양팔을 슥슥 문지르던 사내가 과장된 행동으로 중얼거렸다.

들어갈 걸 그랬어.

라펠은 자신의 선택을 조금 후회했다.

"아, 맞다! 나 궁금한 거 있는데. 어제 물어보려다 깜빡했지 뭐야."

차가운 바닷바람이 뺨을 스친다.

선실에서보다 속이 훨씬 나아진 것 같기는 하지만 이번엔 속보다 머리가 더 불편해졌다.

그가 난간 쪽에 자리를 잡자마자 기다렸다는 듯 말을 걸어대는 검은 머리의 존재 때문이다.

라펠은 제게 건네는 것이 분명한 그의 말을 무시하기로 했다.

"자기들은 어디 출신이야? 아아. 용병을 리우드에서 모집했으니 역시 리우드 출신인가? 형제라고 그랬었지? 그럼, 형제끼리 용병 일을 하는 거야? 언제부터 한 거야? 그런데 말이야. 두 사람, 형제처럼은 안 보여! 하나도 안 닮았거든!"

"……."

"자기는 무지하게 날카롭게 생겼는데 자기네 동생 귀염둥이는 안아주고 싶게 생겼잖아. 그러고 보니 눈동자 색도 다른 것 같네? 자기는 파란색인데 귀염둥이는 녹색, 맞지?"

"……."

"그렇지! 나 궁금한 거 하나 더 있는데."

"……."

"나, 아직 자기네들 이름 못 들었어. 여기 모집된 용병들은 숫자로 외우고 있었는데 자기네들 이름은 기억해 두고 싶어서 말이지. 그러니 알려주지 않을래?"

"……."

"어이~ 자……!"

스릉—

"시끄럽다. 한마디만 더 하면, 봐주지 않아."

참으려고 애쓰고, 또 애써보아도 옆에서 들려오는 소리가 도통 끊이질 않았다.

저와 엇비슷한 키를 가지고 있는 커다란 덩치가 생글생글 웃어가며 콧소리까지 흘리자 미쳐 버릴 지경이었다.

라펠은 끝내 선실을 나올 때 반사적으로 차고 나왔던 검집에서 검을 뽑아 들었다.

검은 눈을 지닌 흑발의 사내는 제 목에 겨누어진 날카로운 블레이드에 하하, 어색한 숨을 토해냈다.

"자, 자기. 사, 살벌하네."

"……."

"하하, 알았어. 알았다고. 안 물으면 되잖아. 쳇."

구시렁구시렁.

산만 한 사내가 재잘거리는 것이 영 마음에 들지 않는다.

라펠은 입술을 삐죽인 그가 뒤로 슬며시 물러나자 그제야 검을 거두었다.

제 검을 검집 안으로 집어넣은 라펠은 제게서 시선을 돌린 후 툴툴거리고 있던 사내를 흘끔거렸다.

'저건……?'

대체 뭐 하는 인간이길래 저렇게 말이 많을까, 하고 사내의 몸을 훑어보던 라펠의 눈이 큼지막해졌다.

바닷바람으로 인해 펄럭이던 사내의 로브 사이로, 반짝이던 견장이 보였다.

흥, 코웃음을 치던 사내가 놀란 눈으로 저를 쳐다보고 있는 라펠의 시선을 발견하고선 흠칫 놀란 것은 그쯤이었다.

라펠은 유들유들하던 사내의 기도가 순식간에 가라앉은 것을 발견했다.

사내는 얼른 손을 뻗어 펄럭이고 있는 로브를 가라앉힌 뒤 물었다.

"봤나?"

서늘해진 그의 검은 눈동자가 라펠에게 닿았다. 라펠은 분위기가 변한 흑발의 사내를 말없이 주시했다.

그와 라펠은 한동안 서로를 응시하며 움직이지 않았다. 두 남자 간의 팽팽한 기 싸움이 시작되었다.

저와 대치한 상태에서 저렇게까지 태연한 상대는 리우드에서도 손에 꼽을 정도다.

라펠은 저를 빤히 바라보고 있는 상대에게서 눈을 떼지 않은 채 검집을 향해 손을 뻗었다. 여차하면 방금 집어넣었던 검을 다시 뽑아 들 생각으로.

"하아암. 라펠. 거기 있…… 윽!"

그러나 그런 그의 결심은 닫혀 있던 선실 문을 열고 나오는 익숙한 음성에 흔들리고 말았다.

라펠의 부재를 알아차린 루키나가 크게 기지개를 켜며 선실 밖으로 나오고 있었다.

그녀를 신경 쓰느라 눈길을 돌린 라펠은 흠칫 놀라 방금 전까지 신경전을 벌이던 상대에게 시선을 꽂았다.

"귀염둥이, 좋은 아침이야."

"이봐요. 그렇게 부르지 말라고 몇 번을 말했습니까?"

"하하. 그럼 예쁜이, 좋은 아침이지?"

"……당신, 사람 말을 듣기는 하는 겁니까?"

루키나가 고운 미간을 찌푸리며 흑발의 사내를 노려보는 모습이 보인다.

라펠은 어느새 원래의 상태로 돌아와 생글생글 웃고 있는 사내를 바라보다 검집에서 손을 뗐다.

"아이반. 그만해라."

"어어? 우리 귀염둥이 이름이 아이반이야?"

……제길.

라펠은 제 말이 끝나자마자 홱, 얼굴을 들어 '왜 말했어요!' 하고 저를 질책하는 루키나를 난감한 듯 내려다보았다.

"그럼 우리 형님 이름은 대체 뭐지? 아아, 그렇지. 아까 우리 귀염둥이, 아니, 아이반이 '라펠' 이라고 말했던 것 같은데."

라펠은 빙긋 입꼬리를 올리는 사내에게 대답하지 않았다.

"다 알고 있고 있으면서 뭘."

라펠의 곁에 선 루키나가 사내의 중얼거림에 나지막하게 투덜거리는 것이 들려왔다.

라펠은 어깨를 으쓱이는 사내에게서 눈을 떼지 않았다.

"어휴. 한 사람도 아니고 두 사람이 그렇게 열렬한 시선으로 날 쳐다보니…… 왠지 부끄러워지는데?"

"뭐라고요?"

"안 되겠어. 애틋한 두 형제를 위해 내가 자리를 비워주는 수밖에."

"참 나. 말만 하지 말고, 얼른 가시죠."

몸을 부르르 떨며 말하는 그에게 루키나가 휘휘 손을 흔들었다.

사내는 작게 웃음을 흘리며 루키나에게 윙크를 시전하더니 라펠을 바라보았다.

"그렇게 노려보다간 눈 튀어나올 거야, 라펠 군."

라펠은 여전히 입을 다물고 있었다.

사내는 말을 이었다.

"그리고 조금 전에 자기가 본 건, 이번 일이 끝날 때까진 모르는 척해줄 수 있지?"

"……."

"물론 딱히 숨길 생각은 없지만, 그렇다고 훤히 드러나면 귀찮아져서 말이야. 동네방네 소문내고 다니면서 용병 일을 하면 곤란해지잖아. 어때, 자기네들도 비슷한 상황인 것 같은데. 이 정도 부탁은 들어줄 수 있지?"

"무슨 소리예요, 라펠?"

루키나가 뜬금없는 사내의 말에 눈을 동그랗게 뜨는 것이 보였다.

라펠은 대꾸하지 않고 있었다.

'승낙한 걸로 알겠어' 하고 씩 웃은 사내는 곧 그들과 두 칸 정도 떨어져 있던 선실로 들어갔다.

라펠은 그가 문을 닫을 때까지 한참 동안 사내에게서 눈을 떼지 않았다.

"저 능글맞은 용병 자식, 이름이 뭐랬죠? 유리랑 비슷한 이름이었던 것 같은데 어쩜 저리 얄미운 건지. 진짜 한 대 패버리고 싶네."

루키나가 이를 갈며 주먹을 불끈 쥐었다. 라펠은 굳게 닫혀 있던 입술을 달싹였다.

"유르시스."

"……네?"

그자의 이름.

무심코 뱉어낸 라펠의 음성에 루키나가 놀라 얼굴을 들었다. 그제야 루키나에게 눈을 돌린 라펠은 천천히 고개를 가로저었다.

"아니. 아무것도 아니다."

라펠은 옅은 미소를 지으며 루키나를 내려다보았다.

"잠은 잘 잤나, 이브?"

"말도 마세요. 잠이 안 와서 미치겠더라고요."

……잘만 자던데.

거의 뜬눈으로 밤을 새워 버린 저와는 달리 쿨쿨, 코까지 색색이던 루키나는 입술을 씰룩이며 말했다.

라펠은 목구멍까지 차오른 말을 뱉어내려다 말았다.

"게다가."

픽 웃고 있는 라펠을 향해 성큼 다가온 루키나는 슬쩍 발꿈치를 들어 올렸다.

자신의 귓가에 입술을 가져다 댄 그녀의 숨결이 느껴져 라펠은 눈썹을 꿈틀거렸다. 루키나는 속삭였다.

"매번 당신 품에서 일어나다가 떨어서 자려니까…… 적응이 되어야 말이죠."

"……!"

"이번 여행이, 이런 게 좀 아쉽네요. 남장을 해야 하니 당신을 덮칠 수도 없고. 즐기려 나온 건데 왠지 손해를 보는 것 같고…… 응?"

투정을 부리던 루키나는 돌연 제 손목을 덥석 잡아채는 라펠의 행동에 말을 잇다 말고 그를 쳐다봤다. 라펠은 있는 힘껏 그녀의 손을 잡고선 슬쩍 하늘을 응시했다.

다행히 아직까지 동이 트지 않은 바다 위의 하늘은 푸르스름하다.

라펠? 하고 의아한 숨을 토해내는 루키나에게 라펠은 붉은 입술을 달싹였다.

"도착하려면, 아직 시간 남았어."

"네?"

"할 수…… 있을 것 같은데."

"그게 무슨 소…… 헉!"

은근한 라펠의 말에 의아한 표정을 짓던 루키나의 얼굴이 화르륵 달아올랐다.

루키나는 '미쳤어!' 하고 그의 가슴을 약하게 내려치다 행동을 멈추었다. 그러고는 긴장된 표정을 지으며 주위를 두리번거리다 그에게 말했다.

"……소리 내면 끝이에요."

"그렇겠지."

눈에 힘을 주고 말하는 루키나에게 라펠은 망설이지 않고 대꾸했다.

"……."

"……."

선실 밖 테라스에서 서로를 바라보던 두 사람은 한동안 아무 말도 하지 않았다.

"제길!"

지속되던 침묵을 깨버린 것은 루키나의 욕지거리였다.

그녀는 이글거리는 눈으로 그를 쳐다보다, 이내 제 손목을 잡고 있던 라펠의 팔을 끌어당기며 작게 소리쳤다.

"따라 들어와요!"

성큼성큼, 걸음을 옮기며 앞서 나가는 루키나의 갈색 가발이 그녀의 움직임에 따라 흔들렸다.

라펠은 그런 그녀의 뒤를 따르며 입꼬리를 올렸다.

❖

"곧 목적지에 도착할 예정이니 다들 준비해 주십시오!"

쾅쾅—

문 두드리는 소리에 루키나는 눈을 번쩍 떴다.

선실 안에 위치한 침대에 라펠과 나란히 앉아 있던 루키나가 스윽 옆으로 얼굴을 돌렸다.

"들었어요?"

라펠은 고개를 끄덕였다.

루키나는 두 사람의 몸을 감싸고 있던 이불을 거두어내며 중얼거렸다.

"얼른 준비해야겠어요. 라펠도 얼른 일어나요."

나신의 레이디가 벌떡 일어나는 것을 지켜보던 라펠이 투덜거렸다.

"조금만 더 있다가."

바닥에 널브러진 옷들을 주섬주섬 집어 들어 입던 루키나는 자신이 옷 입는 모습을 지켜보는 라펠에게 말했다

"안 돼요. 그러다 누가 들어오면 어쩌려고."

"……."

"어서요!"

"……."

어쩔 수 없군.

자신의 재촉에도 불구하고 계속해서 앉아만 있던 라펠을 내려다보던 그녀는 짧게 한숨을 내쉬었다.

"키스해 주면 일어날 거예요?"

어느새 상 · 하의를 갖추어 입은 루키나가 그에게 눈을 가늘게 뜨며 묻자 라펠은 어깨를 으쓱였다.

루키나는 고민하다 그에게로 다가가 손을 뻗었다.

천천히 고개를 숙이며 그의 입술에 제 입술을 가져다 대자 라펠의 눈동자가 푸르게 일렁였다.

그 변화가 마음에 들어 속으로 쿡쿡 웃던 루키나는 그의 입안으로 더욱 깊숙하게 다가갔다.

"……!"

앉아서 그녀의 키스를 받아들이던 라펠이 팔을 뻗어 제 엉덩이 쪽을 감싸자 루키나는 흠칫 놀랐다.

그녀는 눈을 가늘게 뜨며 서둘러 얼굴을 뗐다.

그러고는 뻔뻔하게 자신의 허벅지에 올라탄 그녀의 허리를 감싸 쥔 라펠을 내려다보았다.

"라페엘."

라펠은 입을 쭉 내밀며 중얼거렸다.

"생리적인 현상이야. 남자의 아침은 원래 왕성하다고."

"방금 했잖아요!"

"한 번 가지고 성에 차나."

"……뭐라고요?"

기가 차서 하, 숨을 토해낸 루키나에게서 시선을 돌린 라펠은 선실 밖에서 들려오는 발걸음 소리에 귀를 기울이며 중얼거렸다.

"한 번 더 할 시간은 될 것 같은데?"

"아, 저기 오시는군요!"

안절부절못하던 티보 로이스의 얼굴에 화색이 돌았다.

슬렁슬렁 걸어오고 있는 라펠의 팔을 있는 힘껏 잡아당기며 숨 가쁘게 걸어오는 루키나를 발견했던 까닭이다.

안도의 한숨을 쓸어내리던 티보 로이스는 '어서 오십시오!' 하고 두 남녀, 아니, 겉으로 보기에는 두 남자처럼 보이는 그들에게 인사했다.

"죄송해요, 저희가 좀 늦었죠?"

어색한 숨을 흘리며 말하는 루키나에게 티보 로이스는 얼른 고개를 내저었다.

"아닙니다. 사실 문을 두드려도 답이 없으시길래 저는 다른 일이라도 생긴 줄 알았습니다. 별일 없으셨다니 오히려 다행입니다."

"아…… 하하."

티보 로이스의 말에 구레나룻 쪽을 긁던 루키나는 홱, 얼굴을 들어 라펠을 노려보았다.

라펠은 그녀를 쳐다보지도 않고 딴청을 부렸다.

루키나는 입술을 삐죽이다 부드럽게 웃는 티보 로이스를 응시했다.

티보 로이스는 저를 주시하고 있는 열 명의 용병들을 향해 흠흠, 목소리를 가다듬으며 본론을 꺼냈다.

"그럼 다들 모이셨으니 본격적으로 이번 의뢰의 자세한 내용에 대해 말씀드리겠습니다."

하루 하고도 반나절 만에 링톤 해를 건넌 선박은 칼리파라 불리는 광활한 대륙에 도착했다.

티보 로이스의 의뢰가 시작될 곳은 칼리파 대륙에서도 동쪽에 위치한 바이로스 공국.

과거 루키나가 '아리아나'였던 시절 수도 없이 이야기를 들었던 곳이다.

아시아타의 상권을 움켜쥐고 있음에도 그에 만족하지 않고 칼리파 쪽까지 탐내던 로이트 상단이 수도 없이 손을 내밀다 입국을 거절당했던 나라였기 때문이다.

'옛 기억이 나네.'

있는 기반이나 제대로 다지자고 주장했던 루키나와는 달리, 상대적으로 그녀에 비해 턱없이 부족한 자신의 세력을 구축하느라 칼리파의 상권을 탐내던 마일로의 모습이 떠올랐다.

루키나가 미간을 좁히자 그것을 눈치챈 라펠이 의아한 표정을 짓는 게 보였다.

루키나는 아무것도 아니라는 듯 손을 휘휘 저었다.

티보 로이스의 말은 이어졌다.

"먼저 저의 의뢰를 설명하기에 앞서 여러분들께서 계신 곳에 대해 설명하도록 하겠습니다. 링톤 해를 지나 도착한 이곳은 칼리파 대륙의 동남쪽에 위치한 바이로스 공국입니다. 바이로스는 카델라의 3대 황제이신 안드레 케릴 카델라 폐하의 형제분이셨던 바이로스 로빈 카델라 대공께서 황제 폐하께 하사받은 영지입니다. 대공령에서 어엿한 공국으로 인정받게 된 것은 지금으로부터 50년 전의 일이고요."

"어이! 그런 시시콜콜한 역사 따위를 들으려고 우리가 바다를 건너 여기까지 온 건 아니라고!"

"맞아! 서론은 대충 하고 그렇게 꽁꽁 숨기던 의뢰의 내용이 뭔지나 말하지 그래?"

"옳소!"

참을성 없는 몇몇 용병들이 커다란 음성을 토해내며 소리쳤다.

루키나는 속으로 혀를 끌끌 찼다.

어쩌다 저런 천치들과 같은 임무를 맡게 된 건지.

티보 로이스의 안목을 의심하며 그를 쳐다보던 루키나는 티보 로이스가 난색을 표하며 움찔거리는 것을 발견했다.

"흠흠, 아, 알겠습니다. 어찌 되었든, 저희 바이로스 공국은 현재 위기에 처해 있습니다."

저희? 위기?

뭔가 묘한 단어에 루키나뿐 아니라 라펠의 눈 역시 가늘어졌다.

티보 로이스는 말을 이었다.

"혹시 들으셨을지 모르겠지만 현재 바이로스의 본국인 카델라 제국에서는 황위 다툼이 한창입니다. 현 황제이신 이디라 테리온 카델라 황제 폐하의 아드님이신 다섯 황자들께서 차기 황위를 두고 다투고 계시지요. 게다가 황제 폐하께서는 황자들의 경쟁을 관망하고 계시기에 곧 있을 차기 후계 선정에 앞서 황자들 간의 세력 싸움은 점점 더 거칠어지고 있는……."

"하암. 정말 지루하기 그지없군! 카델라의 황족 놈들이 다툼을 하든 말든, 우리랑 무슨 상관이냐 말이지!"

"서론이 이렇게 길면 보수가 아무리 세다고 한들 흥미를 잃기 마련이라고. 어이, 정말 간략하게 의뢰 내용이 뭔지 말 못해?"

"맞아! 뭐가 이리 거창한 거야? 자꾸 꾸물거리면 우린 떠날……!"

차근차근 설명하는 티보 로이스의 말을 끊어버리고 투덜거리는 뭇 용병들의 외침에 결국 손을 써버렸다.

루키나는 제 근처에 있던 용병 1을 향해 허리춤에 차고 있던 검, 솔라를 꺼내 겨누었다.

"뭐, 뭐야!"

갑자기 제 목 근처에서 느껴지는 서늘한 검의 기운에 얼굴을 구기던 용병 1이 입술을 파르르 떨며 루키나를 바라봤다.

루키나는 냉정하게 가라앉은 녹안으로 그를 주시하며 경고했다.

"닥치고 얘기를 들어보지."

"……뭐?"

"자꾸만 흐름을 끊는 너희들 때문에 진도가 안 나가잖아."

"……!"

"지금부터 저자가 말을 끝낼 때까지 입을 여는 녀석들이 있다면……."

휙!

"사정, 안 봐줄 줄 알아."

싱긋 미소 지으며 공중으로 검을 몇 번 휘두르는 루키나의 행동에 그녀에게 달려들려던 몇몇 용병들이 멈칫하며 뒤로 주춤 물러났다.

루키나는 흥, 진작 그럴 것이지— 하고 만족한 표정으로 솔라를 검집에 밀어 넣었다.

다시 티보 로이스를 바라보니 회색 머리의 노인이 제게 목례하고 있었다.

루키나는 머쓱해지는 것을 느끼며 말없이 고개를 까딱였다.

"그럼 다시 이어가겠습니다. 황자들 간의 세력 다툼으로 인해 제국에 속한 크고 작은 나라들이 무너지고 있습니다. 1년 전엔 바이로스와 반나절 거리의 미로스 공국이 3황자 전하의 손에 떨어졌죠. 그리고 이젠, 저희 바이로스의 차례인 것 같습니다."

티보 로이스는 간절하기 그지없는 표정을 지으며 열 명의 용병들을 바라보았다.

"저희 바이로스는 공국이긴 하나 무역에 집중한 나머지, 제국의 다른 영지들에 비해 상대적으로 열악한 군권을 지니고 있습니다. 그런 와중 칼리파의 동쪽을 장악할 생각이신 3황자 전하께서 두 달 전, 저희에게 최후 통첩을 보내셨습니다. 본인의 통치 아래 들어올 것이 아니라면 공국의 지배권을 넘기라고 말이지요."

……어라?

루키나는 길게 한숨을 내쉬는 티보 로이스에게서 시선을 떼고 라펠을 응시했다.

라펠이 미간을 좁힌 채 티보 로이스를 쳐다보는 게 보였다.

티보 로이스는 수군거리는 용병들을 향해 털썩 무릎을 꿇으며 소리쳤다.

"도와주십시오, 여러분! 바이로스 공국의 총관을 맡고 있는 저 티보 로이스가 여러분들께 부탁드립니다. 3황자 전하의 압력에서 자유로워질 수 있도록 저희 바이로스를 도와주십시오!"

◈

"신혼여행이라고 하기에는 매우, 몹시, 엄청— 귀찮은 일에 휘말린 것 같은데."

제 귀에만 들릴 만큼, 나지막하게 중얼거리는 라펠의 음성이 가슴을 콕콕 찔렀다. 루키나는 몸을 움찔거리며 하하, 어색한 웃음을 흘릴 수밖에 없었다.

미안함이 가득한 표정으로 그를 바라보았지만 라펠은 굳은 얼굴로 저를 내려다볼 뿐이었다.

등 뒤로 식은땀이 주르륵 흘러내렸다.

'그렇게 쳐다보지 말아요. 누가 이렇게 될 줄 알았나.'

솔직한 심정으로는 마구 변명을 하고 싶은 심정이었지만 차마 입술이 열리지 않았다.

따지고 보면 앞뒤 재지 않고 라펠을 끌고 온 자신의 잘못이 분명했으니까.

「용병 의뢰요? 흠. 글쎄요. 괜찮을지는 잘 모르겠지만…… 보수가 엄청난 의뢰가 하나 있기는 한데.」

「뭐? 그게 뭔데! 뭔데?」

「링톤 해를 건너야 하는 의뢰였습니다. 저도 아래 녀석에게 얼핏 들어서 자세한 건 잘 모르겠습니다만, 웬만한 의뢰에 비해 보수가 10배는 많아서 눈여겨보고 있는 중입니다. 주로 검을 쓰는 용병들을 모집하는 것 같더군요.」

「자세한 내용은?」

「그게 문제입니다. 목적지인 바이로스 공국에 도착을 해야 의뢰의 세세한 내용을 알려주는 것 같아서 망설이는 용병들이 많았습니다.」

「하지만 보수를 지불하기는 하는 거지?」

「그건 확실한 것 같습니다. 일단 의뢰를 받아들이면 선불로 의뢰금의 십 분의 일을, 그리고 바이로스에 도착했을 때 십 분의 이를, 의뢰를 성공하든 실패하든 기간이 끝나면 남은 차액을 지불하는 형식이었습니다.」

「끝나고 난 뒤 아리브 해를 지나는 것도?」

「원하는 이들이 있다면 배편을 알아봐 준다는 이야기를 듣긴 했습니다.」

'어떻습니까, 소단주?' 하고 제게 되묻는 로건의 얼굴이 눈앞을 스친다.

그러고 보니 그 말을 뱉어내던 로건이 아무리 생각해도 수상하다며 고개를 갸웃거린 것이 뒤늦게 떠올랐다.

루키나는 가슴이 철렁하는 것을 느끼며 말라 버린 입술을 혀끝으로 쓸었다.

"이거 된통 잘못 걸린 거 아니야?"

"그러게. 보수가 괜히 센 것이 아니었어."

"내 기억으로는 카델라의 3황자는 엄청난 전쟁광이라던데. 하필 우리가 휘말릴 줄이야."

"튈까?"

수군수군.

바이로스 공국의 본성인 바이로스 성으로 향하는 길.

많은 이들을 수용할 수 있는 화물용 마차 안에 몸을 실은 용병들은 티보 로이스의 엄청난 의뢰 내용을 접하고 적잖이 동요하고 있었다.

어쩔 수 없이 마차 위로 올라타긴 했지만 여차하면 내뺄 생각인 것이 분명했다.

서로의 눈치를 살피며 타이밍만 잡고 있던 그들의 중얼거리는 소리가 루키나의 귓가에도 선명하게 들려왔다.

루키나는 그런 그들 사이에서도 평정을 유지하고 있는 흑발의 사내를 바라보았다.

「구체적으로 어떻게 도와주면 되는 겁니까?」

무릎을 꿇고 있던 티보 로이스에게 태연하게 물음을 던지던 사내.

유리라는 친근한 애칭을 지닌 그는 이런 일을 예상하고 있었던 것처럼 차분하기 그지없다.

'대체 정체가 뭐지?'

루키나는 인상을 쓰며 그를 응시하다 슬쩍 고개를 들어 올린 사내와 눈을 마주쳤다.

"……!"

저를 발견한 유르시스가 빙긋 웃으며 손을 흔드는 것이 보였다. 루키나는 윽, 하고 얼굴을 구기며 그에게서 시선을 돌렸다.

"이브. 저자는 신경을 끄는 것이 좋아."

그런 그녀를 보고 있었는지 라펠이 작게 속삭였다.

루키나는 고개를 들어 그를 쳐다봤다.

"저 밉상에 대해 뭔가 알고 계시는 거예요?"

"……그게."

뭔가 꺼려지는 것이 있는지. 몇 번이고 그녀에게 주의를 주는 라펠의 표정이 심상찮다.

루키나는 의아한 얼굴로 라펠의 입술이 움직이길 기다렸다.

라펠은 작은 한숨 소리와 함께 말했다.

"저자는 아마도……."

히이잉!

라펠이 다음 말을 꺼내려는 순간 말 울음소리가 마차 밖에서 들려왔다.

이윽고 마차의 문이 열리고 환한 빛이 그들이 있던 공간 안으로 쏟아졌다.

루키나는 함박웃음을 짓고 있는 티보 로이스를 쳐다보았다.

"도착했습니다, 여러분!"

용병들을 데리고 왔다는 사실에 만족한 티보 로이스가 얼른 내리라는 듯 손짓을 했다.

루키나는 떨떠름한 표정을 지으며 하나둘씩 마차에서 내리는 용병들의 뒤를 따르려 했다.

'응?'

화물용 마차였던지라 땅과의 거리가 만만찮았다.

발판이 따로 없었던 까닭에 용병들은 하나둘씩 뜀박질을 하며 바닥으로 내려간 상황.

루키나 역시 앞서 내린 용병들처럼 뛰어내리려고 했었다.

"……뭔가요."

그런 그녀의 시야에 커다란 손 하나가 보였다. 루키나는 인상을 쓰며 제게 손을 내밀고 있는 유르시스를 바라보았다.

"우리 아이반이 다치면 안 되니까. 선의를 베푸는 거야."

싱긋 미소를 지으며 유르시스가 검은 눈을 반짝였다.

루키나는 황당한 표정을 지으며 차갑게 일갈하려 했다.

"괜찮습니다. 전 충분히 혼자…… 어어?"

그런 그녀의 몸이 붕 뜬 것은 그때였다.

루키나는 갑자기 제 허리를 잡아채는 누군가의 손길을 느끼며 뒤를 돌아볼 새도 없이, 공중으로 몸을 띄웠다.

정신을 차리고 보니 저를 안고 아래로 내려온 익숙한 숨결이 느껴졌다.

루키나는 저를 살포시 바닥 위로 내려준 상대를 바라보기 위해 고개를 뒤로 젖혔다.

"네 도움 따윈 필요 없다."

그녀를 안아 땅 위로 내려놓은 남자, 라펠은 호오— 하고 묘한 숨소리를 흘리는 유르시스에게 서늘한 목소리를 뱉어냈다.

"그럼 여기서 잠시 대기해 주시기 바랍니다."

무역을 중심으로 돌아가는 나라답게 바이로스 공국의 본성, 바이로스 성엔 각종 희귀한 물품들이 가득했다.

열 명의 용병들이 안내된 응접실 역시 마찬가지.

커다란 응접실에는 다른 곳에선 쉽게 접할 수 없는 각국의 신비한 물품들로 가득 채워져 있었다.

신기한 듯 이곳저곳을 둘러보고 있는 용병들을 향해 공손히 손을 모아 인사를 한 바이로스 공국의 총관, 티보 로이스는 말을 남긴 뒤 사라졌다.

「카델라의 3황자이신 키에르 슈반 카델라 전하께서는 저희 바이로스에게 내기를 제안하셨습니다. 만약 바이로스의 기사단이 자신의 기사단과 시합을 벌여 이긴다면, 이번 일은 없던 걸로 해주겠다고. 물론 이는, 저희 바이로스에는 기사단이 딱히 존재하지 않음을 이미 알고 계시는 3황자 전하께서 저희를 옭아매기 위해 던지신 말임이 분명하지만…… 저희는 이 희망에 모든 것을 걸 수밖에 없습니다.」

대체 무엇을 하면 되냐는 유르시스의 물음에 어렵게 답하던 티보 로이스의 말이 귓가를 맴돈다.

전쟁광이라 불리며 자신의 세력들을 하나둘씩 흡수하고 있다는 카델라 연합 제국의 3황자, 키에르 슈반 카델라는 바이로스가 앞으로 제국에 있어 중요한 거점지가 될 것이라는 것을 분명히 인지하고 있었다.

하여, 어떻게 해서든 바이로스를 제 지배에 놓기 위해 말도 안 되는 내기를 제안하며 바이로스를 압박했다고 한다.

주변 국가나 영지들이 이미 3황자의 지배에 넘어간 상황이었던지라,

도움을 요청하지 못했던 바이로스는 어쩔 수 없이 3황자의 제안을 받아들여야만 했다고.

수많은 공국들이 연합을 이루고 있는 카델라 연합 제국.

반만년의 유구한 역사를 자랑하고 있는 카델라 제국의 각 황자들은 각자 자신의 기사단을 소유하고 있는 것으로 유명하다.

칼리파 대륙 영토의 반을 차지하고 있는 카델라 연합 제국을 통치하기 위해선 그러한 특단의 조치가 필요하다고 여겼기 때문이다.

그리고 현 카델라의 다섯 황자들 중에서 돋보이는 무력을 자랑하는 기사단은 단연코 3황자의 기사단인 센트랄이었다.

센트랄은 웬만한 소국의 병력과도 맞먹는다 하는 엄청난 규모의 기사단이었다.

그랬기에 제국에 속한 힘없는 소국들을 두려움에 빠뜨리기엔 충분했다.

그런 센트랄과 정식으로 출범한 적도 없던 바이로스의 기사단의 승부라니. 계란으로 바위 치기나 마찬가지지.

'리우드까지 와서 용병을 구한 이유가 있었군.'

칼리파의 쟁쟁한 무인들은 이미 소속된 곳들이 있었다.

그들에게 도움을 청할 수도 없었던 바이로스가 검으로 명성을 떨치는 리우드에 온 것은 아마 실낱같은 희망을 놓지 않아서였겠지.

5전 3승제로 이루어진다는 3황자와의 승부에서 만약 패배를 하게 된다면, 바이로스 공국의 공녀는 먼 친척이나 다름없는 3황자의 공식적인 정부가 되어야 한다고 한다.

루키나는 이에 엄청난 분노를 느끼며 얼굴을 찌푸렸다.

'완전 개막장 아니야!'

막장 드라마도 이 정도는 아니었다.

무력을 앞세워 한 나라를 집어삼키려 하는 카델라 3황자를 가만히 두고 볼 수 없다고 생각했다.

루키나는 응접실로 안내된 후 입을 굳게 다물고 있는 라펠에게 속삭였다.

"라펠. 우리, 이 의뢰 꼭 받아들여요."

서늘한 녹색으로 빛나는 루키나의 발언에 곰곰이 생각에 잠겨 있던 라펠의 푸른 눈동자가 움직였다.

루키나는 물빛에 비친 듯 살짝 일렁이는 그의 시야 속의 자신을 향해 말을 이어 나갔다.

"지배권을 요구할 뿐 아니라, 공녀를 자신의 정부로 삼겠다니. 부인도 아니고 정부라니! 아무리 생각해도 너무하잖아요. 안 그래요?"

"……."

누군가 들을까 싶어 작게나마 분통을 터뜨리는 루키나와는 달리 라펠은 말없이 그녀를 바라보고만 있었다. 루키나가 의아한 표정을 지으며 그를 바라본 것은 당연했다.

라펠은 한동안 말을 잇지 않다 작게 중얼거렸다.

"이브. 우리 돌아가는 게 어떨까?"

"……예?"

루키나는 고심하던 라펠이 뱉어낸 말에 눈을 동그랗게 떴다. 라펠은 놀란 그녀에게 속에 든 말을 털어놓기 시작했다.

"아무래도 그편이 좋을 것 같다. 내가 너무 안일하게 생각을 했어. 이번 일, 득보다 실이 많을지도 모른다. 게다가…… 리우드의 공작으로서, 이번 의뢰를 받아들이는 것이 마음에 걸리는군."

차분하게 생각하던 라펠이 꺼낸 말은 루키나를 크게 당황시켰다.

'이, 이러면 곤란한데.'

누군가와의 약속이 순간적으로 머리를 스쳤던지라 루키나는 식은땀을 흘렸다.

루키나의 말이라면 그 어떤 어려운 부탁이라도 어쩔 수 없이 백기를 들어 올리곤 했던 라펠이 지금은 냉정하기 그지없는 표정을 짓고 있었다.

그의 마음을 이해하지 못하는 건 아니다.

라펠의 말대로 타국의 귀족으로서 카델라의 정치에 관여하려 드는 것이 마음에 걸리는 거겠지.

충분히 그의 복잡한 심경을 이해할 수 있다. 하지만—

"라펠. 제 말을 들어보세요."

"……."

"제가 이번 의뢰를 받아들이자고 한 건, 단순히 보수가 짭짤해서만은 아니에요."

라펠의 눈썹이 가늘게 떨렸다.

루키나는 말했다.

"당신도 들으셨잖아요. 카델라 3황자의 횡포를!"

"……이브."

"이건 제가 리우드의 공작부인이라는 신분을 떠나, 한 사람의 여성으로서 도저히 받아들일 수 없는 일이에요. 공국의 공녀라 하면, 저와는 달리 일국의 공주나 마찬가지인 거잖아요. 그런 고귀한 신분을 정비도 아니고 공식적인 정부로 삼겠다고 선언하다니. 이 얼마나 무례한가요!"

"……."

"그런 말도 안 되는 내기를 기사 시합으로 승부를 볼 수 있다고 하니, 천만다행이죠. 라펠. 만약 이번 의뢰에 당신이 동의해 주기만 한다면 저,

의뢰가 끝난 뒤엔 당신이 원하는 것은 뭐든지 하겠어요!"

주먹을 불끈 쥐고 의지까지 다지는 루키나의 말에 라펠의 동공이 흔들렸다.

"뭐든…… 지?"

"뭐든지!"

"……."

"맹세해요! 제 명예를 걸고, 아니, 우리의 결혼까지 걸고요!"

"결혼까지 걸겠다는 거야?"

"그만큼 진지하다는 말이죠!"

작게 외치는 루키나를 라펠은 못 미덥게 응시했다.

이 남자가 정말.

"라펠. 제가 어디 당신에게 빈말을 하는 거 봤어요?"

가늘어진 그의 눈을 향해 루키나는 말했다.

"게다가 전 스스로 내건 약속은 꼭 지키는 사람이라고요!"

루키나는 가슴을 탕탕 두드렸다. 라펠은 힘찬 그녀의 행동에 미간을 꿈틀거렸다.

루키나의 심장은 쿵쾅쿵쾅 뛰기 시작했다. 이렇게까지 했는데 넘어오지 않는다면.

'어떻게 해야 하지?'

결혼까지는 걸고 싶지 않았지만, 라펠의 표정에 변화가 없어 무리수를 두고야 말았다. 그녀에게 있어 이번 의뢰는 꼭 받아들여야 하는 이유가 있었으니까.

루키나는 꿀꺽 침을 삼키며 라펠의 다음 말이 이어지기를 잠자코 기다렸다. 그리고 한참 뒤, 한숨을 내쉰 라펠이 천천히 고개를 끄덕였다.

"좋아."

예스!

"대신."

……응?

"일이 잘못 풀리는 것 같으면, 의뢰고 뭐고 나는 그대를 데리고 이곳에서 도망칠 거다."

눈에 띄게 기뻐하는 루키나를 향해 라펠은 차가운 경고를 뱉어냈다.

"이런 곳에서 우리의 정체가 들켜서 좋은 일은 없어, 이브."

"하하. 걱정 마세요. 이미 완벽한 분장도 하고 있잖아요!"

"……이브."

"알겠어요. 당신이 하란 대로 할게요!"

만약 응접실 내에 다른 이들이 없었다면, 당장 고개를 들어 그의 뺨에 입을 맞추고 싶은 심정이다.

루키나는 샐쭉 웃으며 라펠에게 미소를 던졌다.

그런 그녀를 빤히 바라보던 라펠이 픽 실소를 터뜨리는 것이 보였다.

"이쯤 되면 의심이 간단 말이지."

그때 달칵 문 열리는 소리가 들리더니 서로를 향해 미소 짓는 두 남녀에게 누군가 다가왔다.

루키나는 그 말을 뱉어낸 이가 검은 머리의 사내라는 것을 알아차렸다.

응접실 문 근처의 벽에 기대어 두 사람을 바라보던 유르시스는 눈꼬리를 휘며 물었다.

"자기들, 정말 형제 사이 맞는 거야?"

"……."

"아니. 형제가 이토록 애틋한 건 처음 봐서 그래."

생긋 웃는 유르시스를 향해 라펠은 매서운 시선을 쏘아 보냈다.

티보 로이스의 뒤를 이어 잠시 응접실 밖을 나섰던 유르시스가 두 사람의 속삭임을 들었을 리는 없고.

단순히 보이는 것을 그대로 뱉어낸 것이 분명하다.

루키나는 의심의 눈초리를 보내면서도 미소를 잃지 않는 유르시스에게 말했다.

"당신은 의심이 많군요."

"아아. 그렇게 보였나? 미안. 직업병이라서 말이야."

"……예?"

"그나저나, 다들 모여봐!"

의미심장한 말을 던진 유르시스가 이윽고 뿔뿔이 흩어져 있던 용병들을 불러 모으자 루키나는 크게 눈을 떴다.

그의 외침에 귀찮은 기색이 역력한 얼굴로 모여들기 시작하던 용병들을 향해 유르시스는 외쳤다.

"내가 나갔다 오면서 재미있는 이야기를 엿들었는데 말이지. 우리들 중 누군가는 공녀님의 약혼자로 연극을 해야 할지도 모른다더군."

그 말을 듣자마자 루키나는 라펠을 향해 홱 고개를 돌렸다.

"비록 연극일 뿐이지만 용병 주제에 하늘과도 같은 대공 전하의 아리따운 따님의 약혼자가 되다니. 이거 가문의 영광 수준 아니겠어?"

하하, 호탕한 웃음소리를 흘리며 유르시스가 잔잔한 물에 돌을 던졌다.

그에 순식간에 퍼져 나가는 파동이 이번 의뢰를 받아들여야 할지, 말지 망설이던 용병들의 마음을 뒤흔들었다.

웅성거리는 다른 일곱 명의 용병들에게 미소를 짓던 유르시스는 얼굴을 굳히던 루키나와 라펠을 쳐다봤다.

"어때, 자기들. 자기들도 그렇게 생각하지?"

두 남녀는 대답하지 않았다.

“어라? 아이반. 자기 얼굴, 왜 그렇게 굳어 있어?”

“…….”

“아이반?”

휙휙.

유르시스가 손을 뻗어 그녀의 얼굴 앞을 휘저으며 어리둥절한 표정을 지었다.

루키나는 대답할 수 없었다.

‘이건…….’

이건 말씀과는 전혀 다르잖아요!

루키나 로델린, 아니, 루키나 로델린 윈스턴은 이 자리에 없는 누군가를 향해 원망의 목소리를 쏟아냈다.

빌어먹을!

이번 임무를 받아들일 때까지 전혀 예상하지 못했던 시나리오였기에 눈앞이 캄캄해졌다.

가벼운 일이라며!

루키나는 입술을 잘근잘근 깨물며 눈을 질끈 감았다.

공녀의 약혼자라니.

약혼자라니!

심장이 벌렁거려 미치겠다.

아무리 연극일 뿐이라 할지라도, 다른 사람의 약혼자로 서 있는 라펠의 모습을 상상하니 속이 부글부글 끓어 견딜 수가 없다.

‘괜히 한다고 한 거 아니야?’

만약 리우드에 있었다면 이런 귀찮은 일에 휘말리지도 않고, 달콤한 신혼생활을 만끽할 수 있었을 텐데.

뭣 하러 친히 배까지 타고 나와 대륙을 건너 이곳까지 오게 된 건지.

이러려고 이번 의뢰를 받아들인 건지에 대한 자괴감이 들다 못해, 괴로워지기 시작했다.

두근두근—

루키나 로델린은 '너무 좋아서 충격을 먹었나?' 라고 넋을 놓은 자신을 두고 중얼거리는 유르시스의 말을 듣고도 모른 척했다.

그러고는 유르시스를 경계하고 있는 라펠에게 고민 끝에 어렵게 입을 열었다.

"저기…… 라펠. 우리 그냥—"

"오래 기다리셨습니다!"

그때였다.

그녀가 라펠의 귓가에만 들릴 만한 작은 목소리를 뱉어내는 순간, 갑자기 응접실의 문이 활짝 열리더니 우렁찬 음성이 들려왔다.

그들과 본성에 입성했을 때와는 달리 말끔하게 차려입은 티보 로이스가 근엄한 표정을 지으며 용병들을 바라보고 있었다.

루키나는 사색이 되었다.

"용맹하신 용병 여러분들께 소개하겠습니다. 바이로스의 이자벨라 리노 바이로스 공녀님이십니다!"

또각또각.

티보 로이스의 소개에 이어 모습을 드러낸 레이디의 등장에, 모두가 숨을 죽였다.

누군가는 헉 숨을 크게 들이마시기도 하고, 누군가는 심장을 부여잡기도 했다.

긴장하던 루키나는 시야로 들어온 베이지색 드레스를 입은 레이디를 멍하니 응시했다.

'윽.'

하늘하늘거리는 연녹색 머리카락의 소유자가 부드러운 미소를 지으며 응접실에 사뿐사뿐 걸어오고 있었다.

루키나는 속으로 탄성을 삼켰다.

생각보다 훨씬 예쁘잖아!

루키나는 서둘러 라펠을 올려다보았다.

다행스럽게도 그녀의 든든한 남편은 레이디의 등장에도 눈 한 번 깜짝 않았다.

오히려 그는 뜻 모를 미소를 짓고 있는 유르시스만을 흘긋거리고 있었다.

"공녀님. 여기 계신 이분들이 제가 말씀드렸던 예의 용병분들이십니다."

"어머."

청순가련이라는 말이 잘 어울릴 법한 공녀, 이자벨라는 티보 로이스의 소개에 옅은 눈웃음을 그렸다.

그러자 조금 전까지만 하더라도 어떻게 이 성을 빠져나갈지 머리를 맞대며 상의하던 몇몇 용병들의 눈이 휘둥그레졌다.

"저 공녀라면 목숨을 바칠 만해!"

……뭐?

"암! 공녀를 위해서는 무슨 일이든 할 수 있어!"

"당신의 영원한 기사가 되어드리겠습니다, 공녀님!"

"저희만 믿으십시오, 공녀님!"

탁탁, 들고 있던 자신의 무기를 바닥으로 내려치며 용병들이 자신감 넘치게 소리쳤다.

루키나는 황당하기 그지없는 표정을 지으며 그들을 흘끔거렸다.

이 단순한 인간들!

순식간에 태세 전환을 해버린 그들의 발언에 루키나는 이를 갈았다.

내빼려 할 때는 언제고, 예쁜 여자를 보았다고 목숨까지 바치겠다니.

루키나는 속으로 고개를 내저었다.

"어떤 운 좋은 녀석이 저 아리따운 공녀의 약혼자 역할을 하려나……?"

마치 남 일인 것처럼 팔짱을 끼고 중얼거리는 유르시스의 음성이 들려왔다.

루키나는 입술을 씰룩였다.

"어서 오세요, 리우드의 강인한 용병분들."

나긋나긋한 공녀의 음성이 웅성거리는 용병들의 귓가로 들려오자 모두들 입을 다물었다.

청순한 얼굴의 이자벨라 공녀는 고용된 열 명의 용병들을 세세하게 훑어보며 붉은 입술을 달싹였다.

"저는 바이로스의 이자벨라입니다. 먼 길을 돌아 이곳까지 여러분들을 모신 점, 양해 부탁드려요. 사정이 여의치 않아 어쩔 수 없이 여러분들의 도움이 필요하게 되었거든요."

조곤조곤 말을 잇는 공녀의 말에 응접실 내의 대부분이 귀를 기울였다.

이미 티보 로이스가 일러준 그간의 일을 간략하게 설명한 이자벨라 공녀는 유르시스가 언급한 대로 자신의 가짜 약혼자로 활약해 줄 사람에 대해 운을 떼었다.

"이미 들으셨을지 모르겠지만, 저희 바이로스 공국에는 자체 기사단이 따로 존재하지 않습니다. 허나 이번 승부를 임하기 위해서는 기사단이 반드시 필요하죠. 그런 상황에서 가장 좋은 명분은 제게 약혼자가 있고, 그

약혼자가 속한 기사단이 저를 위해 싸워주시는 것…… 뿐입니다. 그러니 어려우시겠지만, 매우 어려우시겠지만 여러분들 중 한 분께 특별한 부탁을 드리려고 합니다."

루키나는 숨이 가빠오는 것을 느꼈다.

라펠이 선택되면 어쩌지?

정말 의뢰를 내팽개쳐야 하나?

내가 도와주자고 해놓고, 맹세까지 해놓고 도망을 가자고?

이 얼마나 무책임한 거냐고!

"용맹한 리우드의 용병분이시여."

쿵쾅쿵쾅.

심장이 정신없이 들썩였다.

"당신께서 저의 약혼자로 행동해 주시며, 저를 도와주실 수 있나요?"

제발 라펠만은 아니길.

그녀의 제안을 거절하지 않도록, 라펠만은 아니길—을 외쳐 대던 루키나는 손을 뻗어 누군가를 가리키는 이자벨라 공녀의 음성에 정신을 차렸다.

"예?"

그리고 시야로 들어온 공녀의 손끝은 루키나가 전혀 예상하지 못했던 사람을 가리키고 있었다.

"돌아가지."

붉은 입술 사이로 터져 나온 말에 안도의 한숨을 내쉬고 있던 루키나의 고개가 들렸다.

너무도 확고하다 못해 틈이라곤 없는 말투에 당황스러울 정도다.

바이로스 본성에 마련된 그들의 거처.

형제 사이라고 서로를 소개한 루키나와 라펠은 다행스럽게도 같은 숙소를 얻게 되었다.

저녁 만찬을 준비하는 동안 주어진 자유 시간을 만끽하며 침대에 널브러져 있던 루키나는 이 방으로 들어온 내내 창밖을 바라보고 서 있던 라펠이 툭 뱉어낸 말에 그에게 다가갔다.

"그게 무슨 소리예요, 라펠? 돌아가다니요? 어디를요?"

"이브."

비교적 여유로워 보이는 루키나와는 달리 라펠의 얼굴은 불쾌감이 가득하다.

아니, 정확히 따지면 불쾌감이라기보다는―

"아무리 생각해도 이 의뢰, 마음에 안 들어."

라펠은 푸른빛이 감도는 서늘한 눈을 그녀에게 고정시키며 말했다.

루키나는 입꼬리가 씰룩이는 것을 꾹 참아야 했다.

'으, 진짜 미치겠네.'

루키나는 당장 짐을 싸라며 자신을 종용하듯 내려다보고 있는 라펠을 향해 배시시 웃었다.

"라펠."

"돌아갈 거지?"

바다처럼 일렁이는 벽안이 자신을 향하자 순간적으로 마음이 약해졌다. 그러나 그녀는 반드시 이곳에 머물러야 하는 이유가 있다.

루키나는 간절히 되묻는 라펠에게 빙긋 웃기만 할 뿐이었다. 그런 그녀의 태도에 라펠의 얼굴이 좁아진 것은 당연했다.

루키나는 칫, 하고 입술을 삐죽이고 있는 라펠에게 말했다.

"공녀의 의뢰가 마음에 들지 않는 거예요, 아니면……."

제가 공녀의 약혼자가 되었다는 게 마음에 들지 않는 거예요?

말끝을 흐리는 그녀를 향해 라펠은 냉정하게 답변했다.

"당연히 후자다."

예상했던 대로 그는 대답했다.

루키나는 웃음을 참느라 어금니를 악물어야 했다.

"약혼자라니. 말도 안 되는 소리."

그의 고운 미간이 사정없이 일그러졌다.

그 모습마저도 아름답기 그지없어 루키나는 가만히 그 모습을 들여다보았다.

라펠은 씩씩거리며 중얼거렸다.

"리우드의 공작부인이, 아무리 연극일 뿐이라지만 일개 바이로스 공녀의 약혼자 역할을 하게 되다니. 이게 어디 말이나 되는 말인가?"

낮게 코웃음을 치며 일갈하는 그를 빤히 들여다보았다. 부드득, 이까지 가는 라펠을 막을 수 없었다.

가슴이 간질간질하다.

대놓고 눈에서 불꽃을 튀기고 있는 그의 모습에 루키나는 작게 웃었다.

'어떡해.'

너무 귀엽잖아.

당장이라도 발끝을 들어 올려 그를 향해 팔을 뻗고 싶다.

일말의 망설임 없이 양 볼을 잡고 그의 입술에 제 입술을 맞대어 열렬히 키스를 선사해 주고 싶다.

질투도 이런 질투가 있을까.

몇 시간 전, 그녀가 품었던 작은 질투심과는 비교도 되지 않는다.

동성도 아닌 이성을 상대로, 자신의 불쾌한 감정을 유감없이 드러내는 자신의 사랑스러운 남편은 티를 내지 않으려 애썼지만 감정이 얼굴로 그대로 드러나고 있었다.

이래 봬도 제국에서는 무감정의 대명사라고 불리는 양반인데 말이지.

루키나는 당장 돌아가자고 저를 닦달하는 라펠을 끌어안는 걸로 대답을 대신했다.

"이런 걸로 마음이 풀리진 않아."

라펠은 제 품에 쏙 안겨드는 남장 레이디를 향해 싸늘하게 중얼거렸다.

루키나는 그의 허리를 양팔로 감싼 채 고개를 들어 그를 올려다봤다.

"그럼 어떻게 하면 풀어줄 거예요?"

"……."

"당신이랑 언쟁을 벌이고 싶지 않아요. 그러니 알려줘요, 라펠."

호선을 그리는 루키나의 눈을 라펠은 말없이 쳐다봤다.

"앗!"

그녀의 몸이 공중으로 붕 뜬 것은 그쯤의 일이다.

루키나는 저를 들쳐 메고 침대로 돌진하는 라펠의 행동에 까르륵 웃음을 터뜨렸다.

❖

현재 지병으로 인해 거동을 할 수 없는 바이로스 공국의 바이로스 대공 대신, 저녁 만찬을 주최한 사람은 이번 의뢰의 진짜 의뢰인이나 다름없는 이자벨라 리노 바이로스였다.

「네. 녹안의 용병님, 당신 말이에요.」

가느다란 손가락 끝으로 아홉 명의 남자들이 아닌 루키나를 가리킨 이자벨라 공녀는 깜짝 놀라는 루키나에게 부드러운 미소를 지어 보였다.

그에 이곳저곳에서 욕설이 흘러나온 것을 루키나는 똑똑히 들었다.

「제기랄.」

그리고 제 곁에서 들려온 라펠의 욕지거리 역시, 루키나는 놓치지 않았다.

라펠과 뜨거운 전쟁을 한바탕 치르고 난 뒤.

저녁이 모두 준비되었다는 이야기를 들은 그들 부부는 만찬이 준비되어 있는 다이닝 룸으로 걸음을 옮겼다.

언제 도착했는지 이미 자리를 잡고 있던 검은 머리카락의 사내, 유르시스가 두 사람의 등장에 손을 들어 올리는 것을 루키나는 가볍게 무시했다.

제 곁에 앉으라는 그의 말에 콧방귀를 뀌던 그녀는 자신을 상석의 근처로 안내하는 티보 로이스에게 고개를 까딱였다.

라펠 역시 그녀의 옆자리에 엉덩이를 붙였다.

"바이로스에는 랍스터가 유명하지. 우리를 위해 준비해 주셨으려나?"

저를 깔끔하게 무시하는 두 사람을 보고 옅게 웃던 유르시스가 누군가 들으라는 듯 입술을 달싹였다.

"하하, 유르시스 님. 당연한 일 아니겠습니까? 여러분들이 어떤 분들인데요. 이보게, 얼른 음식을 들이게."

티보 로이스가 근처의 여인에게 말하자 고개를 끄덕인 여인이 다이닝

룸의 문을 열고 나갔다.

이윽고 다시 열린 문 사이로 몇몇 하녀들이 수많은 음식들을 담은 그릇을 들고 들어오기 시작했다.

기다란 식탁 근처에 옹기종기 모여 있던 용병들의 눈이 휘둥그레졌다.

"그래서. 정확하게, 음음, 3황자는 언제, 음음, 오기로 했습니…… 우와, 이 감자 샐러드! 엄청 맛있군요!"

감자 샐러드를 한 움큼 퍼서 입에 넣던 유르시스가 말을 하다 말고 돌연 감격에 겨워 소리쳤다.

과찬이라며 얼굴을 붉히는 하녀들에게 눈웃음을 치던 그에게 몇몇 용병들이 혀를 끌끌 찼다.

"시합은 사흘 후, 이곳 본성의 연무장에 열릴 예정이에요."

유르시스를 보고도 미소를 잃지 않던 이자벨라 공녀가 조곤조곤 말했다.

'사흘 후라.'

루키나는 가만히 생각했다.

사흘 정도면 로건에게 연락을 하고 답변을 받을 수 있을 시간일지도 모른다.

물론 연락이 제대로 간다는 전제하에.

'바이로스도 로건의 길드가 있었던가?'

아무래도 시간을 내어 바이로스의 저잣거리에 나가봐야겠다고 생각하며 루키나는 나이프를 움직였다.

가짜 약혼자로 선정된 루키나를 제외한 나머지 아홉 명의 용병들 중, 이번 시합에 나설 네 명을 뽑는 회의까지 포함됐던 만찬이 끝났다.

"아이반 씨와 잠깐 할 이야기가 있는데."

머리가 지끈거리는 것을 느끼며 라펠과 함께 숙소로 돌아가려던 루키나는 저를 불러 세우는 이자벨라의 말에 걸음을 멈추었다.

"……먼저 가 있을게."

고마워요, 루키나는 입 모양을 뻐끔거리며 라펠에게 빙긋 웃었다.

라펠은 못 미더운 눈으로 이자벨라를 한 번 흘긋거리더니 이내 그녀의 시야에서 사라졌다.

루키나는 어딘가로 자신을 안내하는 이자벨라의 뒤를 따랐다.

❖

푸드득—

하얀 새의 날갯짓 소리가 가득한 곳.

튼튼한 전서구를 배치해 둔 바이로스 성의 전령탑으로 발걸음 한 라펠은 무표정한 얼굴로 손에 쥔 무언가를 전서구의 다리에 묶었다.

빨간 눈의 흰 비둘기가 그의 손에서 창문을 타고 훨훨 날아가는 모습을 라펠은 지켜봤다.

아무리 생각하고, 또 생각해도 귀찮은 일에 휘말린 것이 분명했다.

마음 같아서는 루키나를 데리고 당장이라도 바이로스를 떠나고 싶지만 그녀가 죽어도 이 의뢰를 받아들여야 한다니 어쩔 수 없지.

하지만 이곳에 며칠간 머무르기 위해서는 그의 측근에게 이 사실을 알릴 필요성이 있었다.

물론 그의 행동을 루키나가 동조하지 않을지도 모르겠지만 여차하면 돌아가는 배편이라도 마련해야 할 거 아닌가.

그리고—

「내 기억으로는 카델라의 3황자는 엄청난 전쟁광이라던데. 하필 우리가 휘말릴 줄이야.」

라펠 역시 황제의 명으로 아시아타를 넘어 두어 번 정도 바다를 건넌 적은 있었기에 10년간 지속되어 온 카델라의 황위 다툼에 대해 무지하지는 않았다.

리우드보다 더하면 더했지 결코 덜하지 않은 다섯 황자들 간의 황위 다툼.

5년 전까지만 하더라도 1황자와 2황자가 가장 유력한 계승 후보였다고 들은 것 같은데, 어느새 3황자와 5황자까지 더해져 차기 황위를 두고 다투고 있었다.

'휘말리는 건 사양이다.'

다른 나라의 일에 깊게 관여하는 것은 그리 좋지 않다.

특히 리우드의 공작이라는 신분으로서는 더더욱.

혹시 모를 상황을 대비하여 드미트리에게 지시 사항을 전달한 라펠은 전령탑에서 내려왔다.

"……마. 게다가 재미있는 일행도 있어서 즐겁다니까?"

숙소가 위치한 본성까지는 거리가 있는 상황.

이자벨라 공녀와 루키나가 무슨 이야기를 나누었을지 궁금하기도 해서 조금 빨리 발을 움직이던 라펠은 어디선가 들려온 음성에 걸음을 멈추었다.

스읍, 고개를 돌리니 건물과 건물 사이의 으슥한 공간에서 낯익은 얼굴의 남자가 누군가를 향해 말하고 있는 것이 보였다.

그냥 지나칠까 했지만 라펠은 수상쩍은 그 상황을 모른 척하지 못했다.

그는 조용히 발을 내딛었다.

"하아. 류. 그런 표정 짓지 마. 나 정말 제어하고 있어."

검은 로브를 쓴 사람을 향해 말을 하고 있는 자는 다름 아닌 유르시스.

처음 눈을 마주했을 때부터 의심쩍기 그지없던 남자는 마치 잘 아는 누군가와 대화하는 것처럼 친근한 목소리를 흘렸다.

류? 라펠은 귓가로 들려온 단어에 고개를 갸웃거렸다.

그때 아마도 유르시스를 향해 뱉어내는 것이 틀림없는 음산한 목소리가 들려왔다.

"닥치십시오."

……!

"이번이 마지막입니다. 만일, 한 번만 더 쓸데없는 사고를 치셨다가는…… 이젠 제가 가만있지 않을 겁니다."

"하하하."

"누가 웃으랬습니까?"

"……칫."

"부탁드립니다. 제발 계획대로만 하십시오."

계획?

라펠은 툴툴거리며 발로 근처의 돌부리를 잘근잘근 밟는 유르시스에게 경고하는 자의 말에 미간을 꿈틀거렸다.

유르시스는 아직 라펠의 존재를 눈치채지 못했는지 입술을 씰룩이며 말했다.

"우리 류는 나를 너무 믿는다니까."

"귀가 제대로 열린 거 확실합니까? 말은 바로 하십시오. 믿는 게 아니라, 안 믿는 겁니다."

"하하하. 말도 참 예쁘게 하지. 그래서 내가 경을 좋아해!"

"죽고 싶습니까? 어딜 다가옵니까!"

"에이, 조금만 안—!"

생글생글 웃던 유르시스의 검은 눈이 허공에서 라펠의 벽안과 조우했다.

찌르르. 라펠은 온몸을 스치는 전율에 무의식적으로 허리춤을 향해 손을 뻗었다.

'젠장.'

급하게 나오느라 무기를 두고 온 것이 뒤늦게 떠올랐다.

"부단장님?"

"……."

"왜 그러십니까?"

"돌아가라, 류."

"예?"

"얼른."

얼굴 가득 미소 짓고 있던 사람이라고는 생각되지 않을, 차가운 표정.

라펠은 저를 향해 적개심을 감추지 않는 유르시스의 변화에 내심 감탄했다.

심상찮은 자인 줄은 알고 있긴 했지만.

"대체 왜 그러십……!"

목소리가 워낙 걸걸하여 설마하니 여자일 줄은 예상하지 못했다.

큰 키에, 로브까지 뒤집어쓰고 있었던 터라 더더욱.

순식간에 기도가 변한 유르시스를 의아하게 여기던 로브가 등을 돌리자 라펠과 눈이 마주쳤다.

영롱하게 빛나는 호박색의 눈동자였다.

'재밌군.'

유르시스뿐 아니라 로브를 입고 있던 여인 역시 범상치 않은 기운을 흘린다.

라펠은 눈썹이 꿈틀거렸다.

"류. 내 말 듣지 못한 건가."

"하지만."

"돌아가라 했다. 세 번은 말 안 해."

라펠을 경계하며 자신의 검에 손을 가져다 대려던 로브의 여인이 서늘한 유르시스의 말에 멈칫했다.

라펠은 저를 죽일 듯 노려보던 그녀가 성큼성큼 제게 다가와 '젠장' 하고 욕설을 흘린 후, 사라지는 것을 내버려 두었다.

"어쩌지?"

로브의 여인이 향한 방향으로 고개를 돌리려던 라펠은 제게 건네는 것이 분명한 유르시스의 음성에 다시 정면을 응시했다. 유르시스가 언제 얼굴을 굳혔냐는 듯 빙긋 웃고 있는 것이 보였다.

"자기한테는 보여줘선 안 될 모습만 보여주고 있네. 이거 정말, 어떻게 해야 할지. 하하하."

라펠은 웃고 있는 그를 향해 실소를 흘렸다.

"그 말투, 이제 그만두는 게 어떤가?"

어차피 연극 같은데.

라펠은 목구멍까지 차오른 말을 뱉어내려다 말았다. 유르시스는 휘어진 눈을 바로 하지 않고 말을 이었다.

"그나저나 자기도 걱정이 이만저만이 아니겠어."

"……."

"우리 귀염둥이, 아니, 아이반이 설마 공녀의 약혼자가 될 줄이야. 정말 상상도 못했지 뭐야? 난 틀림없이 자기가—"

"이곳에서 대체 무슨 일이 일어나는 거지?"

정면을 돌파한 라펠의 발언에 유르시스의 웃음이 뚝 끊어졌다.

유르시스는 차가운 얼굴로 자신을 직시하는 라펠에게 어깨를 으쓱여 보였다.

"걱정 마, 자기. 자기의 사랑하는 연인을 다치게 할 일은 없을 테니. 그러니 조금만 더 협조해 주면 안 될까?"

뭐?

"우리도 준비하는 데 시간이 좀 걸려서 말이지."

그는 묘한 미소와 함께 라펠의 코앞까지 다가와 속삭였다.

"아, 그리고! 방금 본 하극상은 부디 잊어주길 바라. 난 상관없지만 우리 류가 다른 사람한테 그런 모습을 보이는 걸 그리 좋아하지 않거든."

"……."

"그럼 부탁할게."

톡톡.

제 어깨를 두드리는 유르시스의 손길에 라펠은 얼굴을 참혹하게 일그러뜨렸다.

❖

챙—

휙휙, 바람을 가르는 검 소리가 시원하게 들려오는 바이로스 본성의 연무장.

시합이 시작된 이후로 줄곧 제 몸뚱이를 노리는 날카로운 검끝을 피하던 용병, 로빈은 결국 들고 있던 자신의 투 핸드 소드를 바닥으로 떨구었다.

바닥과 금속이 만나 발생하는 둔탁한 소리가 연무장 안을 가득 울렸다.

순식간에 일어난 상황에 관전자들은 멍하니 눈만 깜빡였다.

"어라? 벌써 끝난 거야?"

흑발의 사내, 유르시스는 털썩 주저앉아 버린 로빈을 향해 싱긋 웃으며 손을 내밀었다.

조각 같은 얼굴 위로 부드러운 미소를 얹은 유르시스를 멀뚱히 올려다보던 로빈은 쳇, 입술을 삐죽이며 그의 손을 부여잡았다.

"계집애처럼 픽 쓰러질 줄 알았더니. 실력이 없지는 않군."

"하하하. 칭찬 고마워."

솔직하게 자신의 패배를 인정하는 로빈에게 생글생글 미소로 답한 유르시스는 후우, 짧게 한숨을 내쉬며 그를 주시하고 있던 루키나 일행에게로 다가왔다.

"내 실력 어땠어?"

라펠은 심드렁하게 대답하려 했다.

"그리 인상 깊지는—"

"유르시스! 당신 언제부터 검을 잡았던 거예요?"

그러나 저와는 달리, 그의 아내는 눈에 빛까지 뿜어내며 유르시스를 향한 호기심을 대놓고 드러내는 중이다.

'아, 그렇지.'

루키나 이베타 로델린 윈스턴.

리우드 최초의 여기사.

지금은 잔뜩 짓누르고 있지만, 검이라면 사족을 못 쓰는 레이디.

어째서 그걸 잊고 있었던 거지?

라펠은 제 말을 뚝 끊어버리고선 유르시스를 향해 흥미를 마음껏 쏟아내고 있는 루키나의 모습에 짧게 한숨을 내쉬었다.

유르시스의 실력이 이 정도일 줄은 상상도 못했다는 표정으로 묻고 또 묻는 루키나의 모습에 라펠은 머리가 지끈거리는 것을 느꼈다.

"하하하. 우리 귀염둥이가 나한테 이렇게 관심을 가져 주니 왠지 부끄러운데?"

"……단순히 검술 실력이 놀라웠을 뿐이에요. 착각하지 마시죠. 그리고 몇 번을 말했습니까. 그 징그러운 단어는 그만 사용하라니까요."

"아무리 봐도 귀염둥이는 내가 아는 녀석이랑 너무 닮았단 말이지. 그래서 이렇게 눈길이~"

"……."

"아, 알았어. 하하하. 아이반. 네 형님, 진짜 무서운 거 알아?"

라펠의 서늘한 눈빛에 과장된 표정을 짓던 유르시스는 슬며시 뒤로 물러났다.

그러고는 라펠이 보란 듯이 루키나의 귀에 대고 작게 속삭였다.

라펠은 그의 노골적인 행위에 더욱 미간을 좁혔다.

저 망할 자식이 정말.

루키나만 허락한다면 당장이라도 검을 들고 결투를 신청하고 싶은 심정이다.

라펠이 입술을 굳게 다물고 유르시스를 노려보고 있자 위기를 느낀 루키나는 제 곁에 있는 유르시스를 손으로 밀었다.

바이로스 공국 본성에서 머문 지 이틀째 되는 날.

도착한 첫날, 이미 대충 시합에 참가할 사람들을 뽑기는 했지만 실력을 모르고 뽑는 것은 정당하지 못하다는 의견이 나왔다.

하여 이른 아침부터 티보 로이스에 의해 소집된 열 명의 용병들은 실력을 가늠하기 위한 간단한 시합을 벌였던 것이다.

벌써 정오가 넘어가는 시점.

티보 로이스는 점심 식사 준비가 다 되었다는 말을 하기 위해, 용병들이 모여 있는 연무장 안으로 발을 내딛었다.

"그럼 시합에 참전할 다섯 분이 모두 정해진 겁니까?"

주위를 둘러보며 뱉어낸 그에게 손을 번쩍 들어 올린 유르시스는 힘차게 소리쳤다.

"나까지 총 다섯입니다!"

루키나를 포함한 열 명의 용병들 중 카델라의 3황자가 이끄는 센트럴 기사단들과 시합을 벌일 다섯 명의 용병은 다음과 같다.

먼저 이자벨라 공녀의 가짜 약혼자 역할을 하게 될 루키나와, 다른 용병들과의 시합에서 손쉽게 승리한 라펠과 유르시스, 그리고 루키나의 기사단에 스카우트하고 싶을 만큼 준수한 검술 실력을 지닌 알릭과 토마스까지.

시합의 순서는 알릭을 시작으로 하여 루키나가 마지막을 장식하기로 했다.

"오, 유르시스 님이 뽑히셨군요! 잘 부탁드립니다."

"하하, 뭘요. 걱정 마십쇼. 제가 이래 봬도 검은 깨나 씁니다. 시합은 절대 지지 않을 거라고요."

라펠은 냉랭한 인상과는 전혀 어울리지 않게 호탕하게 웃고 있는 유르시스를 흘긋거리며 코웃음 쳤다.

'확실히 검깨나 쓰는 것 같군.'

본래의 실력대로라면 검을 한 번 휘두르는 것만으로도 충분히 상대를 굴복시킬 수 있었을 텐데.

배려를 한 건지, 아니면 실력을 드러내고 싶지 않았던 건지 로빈과 스무 번이 넘게 검을 교환한 유르시스를 바라보며 라펠은 속으로 중얼거렸다.

"음식이 식겠습니다. 얼른 식당으로 가시지요."

"그러고 보니 배가 엄청 고프네!"

"오늘은 무슨 음식이야, 티보?"

"난 간단하게 샌드위치가 좋은데."

이곳에 머문 지 얼마나 됐다고, 자신들을 극진 대접하는 티보 로이스와 바이로스 공국의 고용인들의 태도에 용병들은 처음 발을 내딛었을 때보다 훨씬 편해진 상태였다.

티보 로이스는 인자한 웃음을 그리며 대꾸했다.

"각자 원하시는 음식들을 마련해 놓았으니, 걱정 마십시오. 부족하면 더 준비해 보겠습니다. 아! 그리고 아이반 씨."

유르시스에게 '당신, 나중에 나랑 한판 겨뤄요' 하고 속삭이고 있던 루키나는 저를 부르는 티보 로이스의 음성에 고개를 돌렸다.

어리둥절해하는 루키나를 보며 티보는 말했다.

"공녀님께서 잠시 뵙기를 원하십니다."

"저를요?"

"잠깐이면 된다고 하셨습니다."

난처한 표정을 짓던 루키나는 라펠을 흘긋거렸다.

라펠은 살짝 미간을 좁히면서도 이내 어쩔 수 없이 고개를 끄덕여 주었다.

"그럼 먼저 가 있어요!"

—하고, 루키나가 티보 로이스와 사라져 버리자 연무장에 남게 된 사람은 라펠 자신과—

"어휴, 어떡해? 자기 정말 섭섭하겠다."

저 빌어먹을 검은 머리.

라펠은 떨떠름한 표정을 지으며 안쓰럽게 저를 쳐다보고 있는 유르시스를 노려보다 홱 고개를 돌렸다.

유르시스는 성큼성큼 걸어가는 라펠을 따라잡으며 옆에서 중얼거렸다.

"연인이 갑자기 나타난 웬 여자한테 푹 빠지면 섭섭하지. 암. 섭섭하고 말고."

"……."

"얼마나 신경이 쓰일까? 나도 우리 류가 다른 녀석한테 눈길을 준다면…… 으으, 그 녀석, 죽이고 싶을 거야."

"……."

"그런데 자기는 여자한테도 질투를 하는……!"

유르시스의 말을 무시하고, 또 무시하던 라펠은 결국 뚝 걸음을 멈춰서선 고개를 돌렸다.

생글거리던 유르시스가 눈을 동그랗게 뜨는 것이 보였다. 라펠은 섬뜩한 눈빛을 그리며 그에게 붉은 입술을 달싹였다.

"조용히 하지."

"……."

젠장.

넘어가지 않으려 했는데 결국 넘어가고야 말았다.

라펠은 유르시스를 향해 음산한 기운을 풀어버린 것을 서둘러 거두어들이며 인상을 썼다.

"하하하. 자기. 화났어?"

보통의 사람이라면 그런 라펠의 기도에 기가 죽기 마련이다.

리우드의 팬텀 공작과 신경전을 펼쳐 멀쩡한 이들은 그리 많지 않았으니까.

하지만 이 능글맞은 여우는 그런 라펠의 경고에도 불구하고 오히려 더 뻔뻔한 웃음을 그린다.

라펠은 한숨을 푹 내쉬었다.

“이건 내 생각인데 말이야.”

졸래졸래.

저만큼이나 냉막한 마스크의 소유자이면서도 생글거리는 미소를 잃지 않아서인지, 어딘가 모르게 괴리감이 느껴지는 인상의 유르시스는 한 번 열린 입술을 멈추지 않았다.

“이번 의뢰가 끝나고 나면, 우리 좋은 친구가 될 것 같지 않아?”

라펠은 아래에서 불끈 쥔 주먹을 들어 올리려다 말았다.

“후우, 은근히 긴장되네요, 이거.”

흠흠. 라펠은 뭔가 자꾸 걸리는 건지, 목깃을 매만지는 루키나를 내려다보았다.

그녀의 갈색 가발이 살짝 옆으로 돌아간 것이 보였다.

라펠은 피식 웃음을 흘리며 손을 뻗었다.

“응?”

“흐트러졌어.”

“아.”

가만히 있어봐, 하고 속삭인 그가 심각하기 그지없는 얼굴을 한 채 그녀의 작은 머리를 커다란 손으로 감싸자 루키나는 배시시 웃었다.

“웃지 마. 난 매우 화난 상태니까.”

“왜요?”

왜긴 왜야.

라펠은 '몰라서 물어?' 라는 표정을 지으며 그녀를 내려다보았다.

루키나는 정말이지 모르겠다는 얼굴로 눈을 깜빡였다.

'돌겠군.'

라펠은 알면서도 모르는 척하고 있는 아내를 향해 말했다.

"아무리 연극일 뿐이라지만, 내 아내가 다른 '여자' 의 약혼자가 되겠다고 하니까 아주 질투가 나 미치겠다고."

이럴 줄 알았으면 신혼여행 중 남장을 하겠다는 그녀를 결사코 말렸을 텐데.

루키나는 낯 뜨거운 말을 태연하게 뱉어내는 라펠의 발언에 눈을 몇 번 깜빡이다 풋 웃음을 터뜨렸다.

웃지 말라니까. 라펠은 험악하게 얼굴을 굳히며 그녀에게 경고했다.

"됐어요?"

"그래."

"후우, 좋아요. 저 어때요, 라펠?"

슬며시 고개를 끄덕인 라펠에게 짧게 대답한 루키나는 그에게서 두 걸음 정도 떨어져 나온 뒤 물었다.

라펠은 시야로 보이는 갈색 머리의 그녀를 응시했다.

겉으로 보기에는 곱상하게 생긴 갈색 머리의 미청년이 분명하다. 키도 크고 다리도 긴, 녹안의 미청년.

오히려 화장을 하면 선이 부드러워지는 루키나는 화장을 하지 않은 지금, 날카로운 인상을 풍겼다.

저 겉모습에 속아 넘어간 오노르의 기사들이 한둘이 아니지.

라펠은 과거의 편린이 머리를 스치자 옅은 미소를 그렸다.

"이상해요?"

갑자기 웃음을 짓는 라펠의 모습에 루키나가 눈을 동그랗게 떴다. 라펠은 고개를 가로저었다.

"늠름해."

"정말요?"

"그래. 아주."

자칫하다간 공녀까지 홀리겠어— 라는 말이 입안을 감돈다.

루키나는 '좋았어!' 하고 주먹을 불끈 쥐고선 의지를 다졌다.

'여자까지 홀리면 귀찮아지는데.'

안 그래도 날이 갈수록 치솟는 윈스턴 공작부인이자, 로델린 경의 인기로 인해 골치가 아픈 상황이건만.

이곳 칼리파까지 그녀에게 홀리는 레이디가 늘어난다면 어떻게 감당해야 할지.

꽁꽁 묶어 집에만 가둬두어야 하나.

라펠은 이루어질 리 없는 가능성에 쓴웃음을 흘렸다.

준비가 모두 끝난 그들의 귓가로 문 두드리는 소리가 들려왔다. 아마도 손님의 도착을 알리는 소리일 터.

"이브."

루키나가 홱 고개를 돌리려 하자, 라펠은 그녀를 불렀다. 반쯤 돌아갔던 루키나의 얼굴이 그를 향했다.

"이번 일 끝나면 며칠은 밤잠 못 잘 줄 알아."

"네?"

라펠은 깜짝 놀라는 루키나에게 말없이 눈을 빛냈다.

이윽고 다시 문을 열고 나갔던 루키나의 뒤를 따라 슬렁슬렁 걸음을 옮긴 라펠은 마침 그들의 숙소 앞에서 기다리고 있던 이자벨라 공녀를 발견했다.

"아!"

바이로스의 이자벨라 공녀는 은색 갑옷을 입은 채 모습을 드러낸 루키나에게 시선을 꽂으며 탄성을 터뜨렸다.

라펠의 얼굴이 일그러졌다.

"죄, 죄송해요. 저도 모르게 그만. 아이반 씨가— 아니, 아이반 경이 너무 달라 보여서."

티보 로이스가 용병을 모집할 때, 성과 이름을 적던 칸에 이름만 써 내려갔던지라 그들은 이곳에서 아이반과 라펠로 통했다.

볼에 홍조를 띠며 중얼거리는 이자벨라 공녀에게 루키나는 조금 전 방안에서의 모습과는 다르게, 여유로운 기사의 모습으로 대답했다.

"괜찮습니다, 레이디. 그런 눈길은 언제나 환영합니다."

어이. 공작부인.

타국의 레이디까지 유혹하면 곤란하다니까.

그들 뒤편에 서 있던 라펠이 미간을 꿈틀거리는 것을 아는지 모르는지, 루키나의 부드러운 눈웃음에 이자벨라 공녀가 수줍은 미소로 답변했다.

"3황자 일행은 도착했습니까?"

"예. 조금 전에요."

"준비한 대로 해야겠군요."

두 레이디들 사이에서 피어난 꽃잎이 공중에 흩날리는 분위기가 걷히고, 카델라의 3황자 일행이 있다는 응접실로 걸어가던 중.

바이로스의 이자벨라는 힘없는 목소리로 중얼거렸다.

"잘 부탁드려요. 이번이…… 마지막 기회나 다름없어요."

"최선을 다하겠습니다."

루키나는 그런 이자벨라에게 기운을 불어넣어 주기 위해 힘찬 음성으로 대꾸했다.

이자벨라의 입가에 잔잔한 미소가 서렸다.

“오래 기다리셨습니다, 키에르 황자 전하. 바이로스의 이자벨라 공녀님과 약혼자이신 아이반 경이십니다.”

두근두근.

심장이 크게 일렁인다.

“친애하는 황자 전하. 바이로스의 이자벨라입니다.”

“이자벨라의 약혼자인 아이반입니다.”

인사를 한 뒤, 탐색전을 가질 상대와 얼굴을 마주하기 위해 루키나는 스르륵 고개를 들어 올렸다.

쿵―

그런 그녀의 심장이 바닥을 찧었다.

덜덜. 루키나의 입술이 파르르 떨렸다.

‘어, 어떻게…….’

어떻게 이런 일이?

루키나는 미친 듯이 뛰는 가슴의 박동을 막지 못했다.

그녀가 충격을 받은 듯 서 있는 이유는 단 하나.

루키나의 눈에 이곳에서 볼 것이라고는 전혀 예상하지 못했던 얼굴이 들어왔기 때문이다.

「풋. 누님은 야망이 고작 그것뿐입니까?」

「뭐라?」

「누님의 좁은 소견에 아쉬움이 느껴지는군요. 우리 로이트는 아시아타뿐 아니라 칼리파로도 뻗어 나가야 합니다. 앞으로 우리 상단의 미래는 칼리파에게 달려 있다고 해도 과언은 아닐 겁니다.」

'마…… 마일로!'

"약혼자라니? 언제부터 공녀에게 약혼자가 있었지?"

딱 보기에도 고급스러운 재질의 의복을 입은 황갈색 머리의 남자가 에메랄드빛이 감도는 눈으로 입술을 달싹였다.

그 말에 이자벨라의 어깨가 미약하게 떨렸다.

그 와중, 루키나의 시선은 황갈색 머리의 뒤편에 서 있던 한 남자에게 꽂혀 있었다.

이제는 중년인이 된 빨간 머리의 남자.

「누님. 아직 주무시지 않고 계시다면 술 한 잔 어떠십니까?」

아직도 잊지 못했다.

아니, 잊을 수 없다.

집무실에서 일을 보던 제 귀에 똑똑, 하고 들려온 노크 소리를.

달칵 열린 문 사이로 고개를 빼꼼 내민 마일로가 빙긋 미소 지으며 제게 술잔을 건네던 모습을.

본능적으로 미간을 좁히던 제 답변을.

「네놈이 웬일이지?」

「하하. 굳이 그리 경계하실 필요는 없습니다. 그저 누님과 화해하고 싶은 마음에 먼저 발걸음 한 거니까요. 바쁘신 누님께선 제게 손을 내밀지 않으실 테니. 시간 되십니까?」

하얀 이를 드러내며 집무실 안에까지 발을 내딛은 그는 말했다.

그때 알아차렸어야 했다.

타국의 상단에서 선물로 얻었다는 특산주를 제 앞에 내려놓던 그의 얼굴에 의미심장한 미소가 가득했음을.

조심하고 또 조심하여, 그의 술잔과 제 술잔을 바꾸기까지 했으면서도 술 자체에 독을 탔으리라곤 생각하지 않았던 자신의 안일함을.

「이해해 주십시오, 누님. 이대로라면 로이트는 반으로 갈라질 것이 분명합니다. 둘로 나뉘어 이도 저도 안 될 거라면 차라리 상단이 되돌릴 수 없는 지경에 이르기 전, 정적을 제거하는 편이 로이트를 위해서라도 좋지 않겠습니까?」

명계로 향하기 직전, 피를 토하고 있는 그녀를 향해 비릿한 미소를 날리며 사라지던 녀석의 뒤통수가 두 눈에 선명하다.

아무리 라이벌 관계에 있어도, 가족이라고 여겼기에 그런 식의 죽음은 생각하지 못했다.

비열한 녀석인 줄은 알고 있었지만 설마하니 술 전체에 독을 탈 줄이야.

자신은 해독제를 먹어 멀쩡하다며 씩 웃던 그의 모습을 마지막으로, 그녀는 목숨을 잃었었다.

'원수는 외나무다리에서 만난다더니.'

잊을 만하면, 깨닫게 된다.

역시 옛 조상들의 말은 틀린 것이 하나도 없다.

마일로 로이트.

한때 그녀의 이복동생이었고, 상단의 후계를 두고 다투던 라이벌.

그리고 네 번째 삶에서의 목숨을 빼앗은 장본인을 이렇게 마주할 줄

이야.

루키나 로델린으로 빙의를 하게 되면서 언젠가 한 번쯤은 마주치지 않을까 여겼었는데 말이지.

피식, 웃음이 흘러나오려는 것을 그녀는 꾹 참아냈다.

"무엇을 그렇게 보는 거지?"

피가 솟구치려는 것을 제어하고 있던 루키나는 저를 향하는 것이 분명한 말에 상념에서 벗어났다.

황갈색 머리의 황자가 경계가 가득한 눈으로 그녀를 노려보고 있었다. 그의 뒤편에 서 있던, 중년 마일로까지.

거세게 뛰는 심장을 가라앉히며 루키나는 고개를 숙이며 인사했다.

"죄송합니다, 황자 전하. 황자 전하의 고귀하시고 아름다운 모습에 그만 넋을 잃어버리고 말았습니다. 저의 추태를 용서해 주십시오."

"……."

"황자 전하께서는 저의 우상이셨습니다. 그런 황자 전하를 뵙게 되다니 영광스러운 일이 아닐 수 없습니다. 다시 한 번, 뵙게 되어 영광입니다."

카델라 연합 제국의 3황자, 키에르 슈반 카델라의 에메랄드빛 눈동자가 거세게 일렁였다.

곧 평정을 되찾은 키에르는 흥, 코웃음을 치며 제게 찬양을 늘어놓던 루키나를 향해 일갈했다.

"공녀. 어디서 이런 팔푼이를 데려온 것이냐? 곧 맞설 상대에게 이토록 꼬리를 내리는 놈은 또 처음 보는군."

루키나를 못마땅하게 바라보던 키에르의 말에 이자벨라 공녀가 대꾸하지 못하고 입술을 깨물었다.

루키나는 빙긋 웃으며 말했다.

"그만큼 잘 부탁드린다는 말씀을 드리고 싶었습니다."

혀를 쯧, 차던 키에르의 눈이 루키나를 향했다.

루키나는 생글생글 미소 지으며 말을 이었다.

"저도 배알이 있지, 약혼녀를 권력에 굴복하여 빼앗기고 싶지는 않으니까요."

"뭐라?"

"근본도 없는 것이, 감히 어느 안전이라고!"

"무엄하다!"

샐쭉 눈꼬리를 휘던 루키나의 발언에, 카델라의 3황자인 키에르 곁에 있던 몇몇 남성들이 발끈하며 외쳤다.

개중에는 마일로 역시 속해 있었다.

루키나는 그제야 저를 흥미롭게 응시하고 있는 키에르를 발견했다. 키에르는 굳게 닫혀 있던 붉은 입술을 움직였다.

"이름이 뭐라고 했지?"

"아이반입니다."

"……기억해 두도록 하지."

작게 중얼거리던 키에르는 루키나의 곁에 서 있던 이자벨라 공녀에게 시선을 돌렸다.

냉랭한 음성이 그의 입 밖으로 흘러나왔다.

"오늘을 대비하여 나름의 준비는 한 모양이군, 공녀. 하지만 거기까지다. 너와 네 나라는 결국 내 것이 되어야 할 거야."

오만하기 그지없는 말이 이자벨라의 귀뿐 아니라 루키나의 귀에까지 꽂혔다.

정말 몹쓸 녀석이네.

리우드의 황자들 중 폐기해도 모자랐던 렉시어드의 경우에도 저 정도는 아니었다.

루키나는 키에르 황자의 말에 부글부글 속이 끓는 것을 느꼈다.

"예의 약속은…… 유효하십니까?"

그러나 대놓고 압력을 행사하는 키에르 황자를 바라보며 나지막하게 말하는 이자벨라 공녀 역시 만만치는 않다.

루키나는 흔들림 없는 벽안으로 키에르 황자의 대답을 기다리는 이자벨라를 흘긋거렸다.

키에르는 낮게 코웃음 쳤다.

"상황이 이 지경인데도 아직까지 희망의 끈을 놓치는 않았나 보군."

"……."

"물론 유효하다. 오후에 열릴 다섯 번의 승부에서 바이로스의 기사들이 세 번 이긴다면, 내 제안은 없던 걸로 하지. 하지만……."

서늘한 에메랄드빛 눈동자가 이자벨라를 머리부터 발끝까지 훑었다.

"그 반대라면, 순순히 내 명을 따라야 할 거다."

"이야, 귀염둥이. 난 네가 황자의 앞에서 잔뜩 움츠러들 줄 알았는데, 그러지 않아서 얼마나 놀랐는지 몰라! 특히 '권력에 굴복하여 빼앗기고 싶지 않으니까요' 라고 말할 때는, 크으!"

"닥쳐요, 좀. 시합에 집중하라고요!"

검은 눈을 반짝이던 유르시스가 하얀 이를 드러내며 호탕하게 웃었다. 루키나는 얼굴을 일그러뜨리며 중얼거렸다.

그러한 반응에도 유르시스는 아무렇지도 않게 하하 웃음을 흘렸다. 이런 대접이 익숙한 모양이다.

유르시스는 검을 부딪치고 있는 연무장을 흘긋거리더니 루키나에게 속삭였다.

"귀염둥이. 저 승부에는 너무 집착하지 않는 게 좋아."

"예?"

"어차피 분위기가 넘어갔거든. 그러니 너무 신경 안 써도 돼."

"뭐라고요? 무슨 말도 안 되는 소리예요! 시합은 조금 전에 막 시작됐잖아요!"

루키나는 '다음 경기에 집중하는 게 더 좋을걸?' 하고 웃으며 어깨를 으쓱이는 유르시스에게 외쳤다.

방금 전 시작한 시합의 결과를 이미 다 알고 있다는 듯 외치는 그를 이해할 수 없었기 때문이다.

그러자 답변은 유르시스가 아닌 왼쪽 자리에서 들려왔다.

"저자의 말이 맞다."

라펠? 루키나는 푸른 눈으로 냉정하게 연무장을 응시하고 있는 라펠을 쳐다보았다.

라펠이 입술을 움직였다.

"웰든의 실력이 나쁜 편은 아니지만 상대에 비해서 부족한 건 사실이니까. 아마 다섯 수 이내로 결과가 정해질 거야."

"네?"

"이야~ 역시 형님이네. 나랑 의견이 같은데?"

"……."

"형님! 만약에 형님의 말이 맞다면, 나랑 같이 점집이나 차려볼래? 왠지 돈 엄청 벌 것 같아!"

"……."

"하하하, 무시하는 거야? 무시야?"

라펠은 대꾸하기도 귀찮다는 듯 유르시스에게서 시선을 거두었다.

루키나의 옆자리에 앉아 있던 유르시스가 고개를 숙여서까지 라펠에게 말을 걸었지만 라펠은 시합이 끝날 때까지 입을 열지 않았다.

툭—!

그리고 라펠의 말대로, 정확히 네 번의 정면 승부 끝에 승부가 정해졌다.

바이로스의 임시 기사단 중 첫 번째 주자였던 웰든은 코벤이라 밝힌 3황자의 첫 번째 주자였던 자에게 정확히 네 번의 겨룸 끝에 패했다.

제 목을 겨누고 있는 코벤의 검을 피하지 못한 채 멈칫하던 웰든이 바닥으로 검을 떨어뜨린 것이다.

"자기! 점집 차리자, 응?"

유르시스는 환호성이 쏟아져 나오는 3황자 쪽에 맞먹을 정도로 크게 외치며 라펠에게 소리쳤다.

라펠은 미간을 꿈틀거리면서 그를 흘끔 쳐다볼 뿐이었다.

"그나저나 큰일이네. 저쪽이 확실히 만만한 상대는 아닌 것 같아. 그렇지?"

라펠이 자신에게 대응해 주지 않자 유르시스는 털썩 제자리에 주저앉으며 중얼거렸다.

라펠은 대답했다.

"그 준비라는 건 아직 멀었나?"

응? 준비?

"하하, 몰랐는데 자기는 성격이 급한 거야? 원래 준비는, 때가 되면 되는 법이라고."

"그때를 놓칠 경우엔 어떻게 되는 건지 손을 써둔 거겠지?"

"어…… 어어? 거기까지는 미처 생각 못했는데?"

"뭐?"

"하하하. 뭐 어떻게든 되겠지. 안 그래, 귀염둥이?"

루키나는 제게 생긋 웃는 유르시스를 쳐다보다 라펠을 응시했다.

"무슨 소리를 하는 거예요, 라펠?"

그러자 황당한 표정을 지으며 유르시스를 바라보던 라펠이 루키나를 내려다봤다.

복잡한 눈으로 잠시 그녀를 쳐다보던 라펠은 말하기 위해 입을 열려 했다.

"맞다!"

그것을 눈치챈 유르시스가 라펠의 입이 열리기 전에 벌떡 일어나 손바닥을 쳤다.

라펠에게 꽂혀 있던 루키나의 시선이 유르시스에게 돌아갔다.

"이제 두 번째 시합이 시작되겠네! 아아, 큰일이야. 그다음은 난데 말이지. 내가 지면 저 불쌍한 공녀님은 3황자에게 끌려가는 거나 마찬가지일 텐데."

"그러니 당신이 꼭 이겨야죠. 쓸데없는 짓을 한다면, 내가 당신을 용서하지 않을 겁니다."

안 그래도 유르시스가 세 번째 시합 주자로 선택된 것이 못내 마음에 걸렸다.

대체 무슨 생각을 하는 건지 알 수 없는 유르시스가 이번 시합 역시 제대로 치를지 의문이 들었으니까.

실력이 있는 것 같기는 하지만 뭔가 다른 꿍꿍이가 있어 보이는 유르시스를 빼야 하는 게 아니냐며 라펠에게 물은 적이 있었다.

그러자 라펠은 잠시 생각하다 대답해 주었다.

「시합에 이기고 싶은 건 그자도 마찬가지일 테니 걱정하지 마.」

"이렇게 보면 두 형제가 모두 살벌하단 말이야."

제게 협박성 멘트를 날리는 루키나를 보고 유르시스는 양팔을 슥슥 쓰다듬었다.

루키나는 흥 콧방귀를 뀌었다.

"이런. 두 번째 승부 결과도 정해졌나 본데?"

다시금 연무장으로 눈길을 옮긴 유르시스의 음성이 루키나의 귀를 파고들었다.

그런 루키나의 눈에 조금 전 시합보다 훨씬 처참한 모습으로 무릎까지 꿇고 있는 바이로스의 두 번째 주자, 바비가 보였다.

◈

"현재까진 순조롭습니다, 전하."

카델라의 3황자인 키에르의 기사단, 센트랄의 기사단장을 맡고 있던 테리 핸더슨은 무표정한 얼굴로 의자에 앉아 있는 키에르에게 작게 속삭였다.

3황자의 날카로운 시선은 다음 시합을 준비 중인 빈 중앙을 향해 있었다.

입을 다물고 있던 키에르를 흘긋거린 핸더슨은 중얼거렸다.

"날이 갈수록 5황자의 세력이 커져 가고 있으니 바이로스는 반드시 손에 넣어야 합니다. 로이트 단주. 내 말 맞지요?"

칼리파의 동쪽 끝에 위치해 있지만 타 대륙과의 교역 중심지인 바이로스엔 물자가 풍부했다.

앞으로 있을 황위 다툼이나 혹시나 있을 대륙 전쟁을 위해서는 바이로스를 차지하는 것이 3황자 세력에는 중요했다.

그런 그들이 리우드의 상권을 쥐고 있다는 로이트 상단과 협력한 것은 바로 그러한 이유 때문이었다.

“로이트 단주!”

핸더슨은 곁에 서 있던 마일로 로이트가 제 말에도 불구하고 대꾸하지 않자 그의 이름을 버럭 외쳤다.

“아, 예. 부르…… 셨습니까?”

깜짝 놀란 마일로가 눈을 동그랗게 뜨자 정면을 바라보던 키에르가 고개를 돌렸다.

“걸리는 것이 있는가, 단주?”

마일로는 섬뜩한 키에르의 눈빛에 몸을 움찔거리며 어색한 숨을 흘렸다.

“그건 아니지만…….”

“나는 두 번 묻는 걸 그리 좋아하지 않는다.”

“……!”

“걸리는 게 뭐지?”

카델라의 차기 황제에 가장 가까운 자, 키에르가 대답을 종용하자 마일로는 침을 꼴깍 삼켰다. 그의 기도에 호흡이 가빠질 지경이다.

마일로는 등 뒤로 식은땀이 흘러내리는 것을 느꼈다. ‘아무래도 신경이 쓰입니다’ 라고, 말하고 싶은 심정이다.

아이반이라는 이름이, 특히.

틀림없이, 어디선가 들어본 적이 있었다.

물론 리우드에선 흔하디흔한 이름 중 하나지만 이상하게 뇌리에 남는 것은 그에게 뭔가 강렬한 인상을 심어주었기 때문이었다.

마일로는 자신의 반대편에 있는 바이로스의 대기석을 노려보았다. 청발과 흑발의 사내와 나란히 앉은 갈색 머리의 사내가 눈에 보인다.

"단주."

"곧 제3시합이 개시되겠습니다!"

마일로를 부르는 키에르의 목소리는 연무장의 중앙 쪽에서 들려온 우렁찬 음성에 뚝 끊어졌다.

어쩌면 이번 내기의 결판을 낼지도 모르는 세 번째 시합을 알리는 소리였다.

키에르는 '전하!' 하고 외치는 핸더슨을 쳐다봤다.

"어차피 뜨내기 간의 모임입니다. 수월하게 이기고 전하께 승리의 기쁨을 안겨 드리겠습니다!"

키에르는 귀찮은 기색이 가득한 표정으로 손짓했다.

그러자 핸더슨이 제 휘하의 기사들 중 세 번째 주자로 예정되어 있던 기사를 향해 손짓했다.

기사는 장검을 집어 들고 성큼성큼 연무장 중앙으로 걸어갔다.

'아이반…….'

마일로는 그 모습을 지켜보며 중얼거렸다.

'아이반…… 후우, 어디서 들었더라. 아이반…….'

무거운 돌이 가슴을 짓누르는 느낌이었다.

마일로는 인상을 쓰며 미간을 좁혔다.

그에 눈길 한번 주지 않던 키에르 외 3황자의 기사들은 중앙으로 걸어오는 검은 머리의 사내를 발견하고선 술렁이기 시작했다.

"저자, 왠지 익숙한 얼굴인데요?"

"어? 저도 그렇게 생각했습니다!"

"잠깐. 저자는 분명……!"

"화, 황자 전하!"

마일로는 갑자기 웅성거리는 3황자의 기사들의 행동에 눈을 동그랗게 떴다.

'무슨 일이지?'

소란스러워진 기사들의 모습에 키에르와 핸더슨을 바라보던 마일로는 딱딱하게 얼굴을 굳힌 그들을 발견했다.

"오오. 그쪽이 내 상대야?"

흑발의 사내는 서늘한 외견과는 달리, 싱긋 웃으며 머리카락을 쏙 빼닮은 칠흑의 검을 검집에서 뽑아 들었다.

"검을 맞댈 땐 봐주지 않는 편이니까, 알아서 기도록 해."

◈

"나만 믿으라고!"

세 번째 시합이 개시되기 직전.

꽤 무거워 보이는 검집을 집어 들고선 자리에서 벌떡 일어난 유르시스가 씩 미소를 그려 보였다.

루키나는 '지기만 해봐요' 하고 눈을 부릅떴고, 라펠은 관심 없다는 듯 유르시스를 쳐다보지도 않았다.

성큼성큼, 중앙으로 걸어간 유르시스가 상대를 맞이할 때까지 여유롭기 그지없는 자세로 서 있자 루키나가 중얼거렸다.

"유르시스가 실력이 있는 것 같기는 하지만, 황자의 기사를 상대로 이길 수 있을진……."

"이길 거야."

그 말을 가만히 듣던 라펠은 툭 말을 던졌다.

루키나가 그를 쳐다봤다.

"확신하는 건가요?"

"저자가 진다면 침대에서 그대가 원하는 복장으로 누워 있어주지."

"……!"

루키나는 눈을 동그랗게 떴다.

그 정도인 거야? 저 얄미운 인간이?

"하지만 이긴다면 그대가 반대로 해주는 게 어때?"

"네?"

"괜찮은 내기인 것 같은데."

저를 빤히 내려다보는 벽안에는 흔들림이 없다.

루키나는 뻔뻔스럽게도 이미 결과가 정해진 내기를 제안하는 라펠을 황당하게 바라봤다.

그녀는 어처구니없는 표정을 짓다 이내 눈을 가늘게 떴다.

"날이 갈수록 뻔뻔함이 증가하는군요, 당신."

"내가?"

"저도 바보는 아니라고요. 유르시스의 실력이 저에 버금, 아니, 그 이상이라는 건 눈치챘단 말이에요!"

"그래?"

라펠이 말 잘 듣는 제자를 바라보는 스승의 미소를 그리며 루키나를 내려다보았다.

루키나는 입을 삐죽였다.

"한 가지 의문인 건, 유르시스의 정체에 대한 거죠. 당신은 알고 있는 것 같은데, 통 말을 해주지 않으니."

루키나는 그런 라펠을 향해 투덜거렸다.

라펠은 고개를 갸웃거렸다.

"내가 말하지 않았던가?"

안 했어!

루키나는 힘차게 고개를 끄덕였다.

라펠은 아아, 하고 낮은 탄성을 터뜨린 후, 루키나를 향해 소리를 뱉어냈다.

"나도 직접은 본 적이 없기에 확신은 할 수 없지만, 카델라의 '검은 늑대'에 대해서는 들어본 적이 있지."

카델라의 검은…… 늑대?

"검은 눈, 검은 머리카락. 카델라의 7대 공작가 중 하나의 사생아로 태어나, 성인이 되기도 전에 가문을 박차고 나온 망나니 중의 망나니. 엄청난 검술 실력을 지니고 있음에도 불구하고 그 누구의 명도 듣지 않고, 자기 마음대로 일을 벌이고 다녀 공작가의 골칫거리나 다름없던 카델라의 검은 늑대가 얼마 전 누군가에게 거두어졌다고 하더군."

"그 검은 늑대가……?"

"저자. 유르시스 진 루이스겠지. 아니, 반트로 공작가의 사생아, 유르시스 반트로인가."

공작가?

루키나는 눈을 크게 뜨며 칠흑색의 검을 들고 있는 유르시스를 바라보았다.

마침 뒤를 돌아보던 유르시스가 제게 윙크를 하는 게 보였다.

'저 자식이 공작가의 자제였어?'

범상치 않은 자인 줄은 알았으나 그런 비화를 숨기고 있을 것이라곤 상상도 못했던지라 루키나는 라펠을 쳐다봤다.

라펠은 가라앉은 눈으로 유르시스를 응시하는 중이다.

"라펠. 이거, 큰일 나는 거 아닌가요?"

순간적으로 무언가가 머리를 스쳤다. 루키나가 말을 던지자 정면을 향해 있던 라펠이 그녀를 바라봤다.

"만약 유르시스가 자기 정체를 저들에게 들킨다면—"

"잠깐!"

말이 씨가 된다는 말이 있다.

루키나가 입을 벌려 의견을 내놓기 무섭게 유르시스를 보고 웅성거리던 3황자 쪽에서 누군가가 소리쳤다.

루키나는 시합이 개시되기 직전 그들을 저지하고선 중앙 쪽으로 걸어나온 한 남자를 발견했다.

그는 3황자의 기사단을 이끌고 있다는 센트랄의 기사단장, 테리 핸더슨이었다.

테리 핸더슨은 발검 후, 자세를 취하고 있던 유르시스에게 빙긋 미소를 지었다.

"어디서 많이 뵌 분인 것 같았는데, 역시나군요. 반트로가의 장남께서 이곳까진 어인 일이십니까?"

루키나는 테리 핸더슨의 말에 멈칫하더니 이내 검을 거두어들이고 바로 서는 유르시스의 음성을 들었다.

"하하, 사람을 잘못 보신 것 같습니다. 전 일개 용병일 뿐입니다만."

"그럴 리가. 공작 각하와 친분이 있어 먼발치에서나마 소공자를 몇 번 뵌 적이 있습니다. 테리 핸더슨, 기억 못하십니까?"

미소 짓는 핸더슨의 말에 유르시스가 입을 다물었다.

핸더슨은 계속해서 말했다.

"그나저나 상황이 얄궂기 그지없습니다. 그간 황도에서도 잘 보이지 않으시던 분이, 어찌 이런 외진 곳에 계신 건지. 아, 설마!"

"……."

"친애하는 반트로의 소공자께선 우리 3황자 전하의 일을 방해하시려는 건 아니시지요?"

제기랄.

루키나가 예상했던 대로 유르시스를 시합에서 빼려고 하는 3황자 측의 덫이 펴져 나가기 시작했다.

루키나가 염려 가득한 눈으로 라펠을 흘긋거렸지만, 라펠은 괜찮다는 듯 고개를 끄덕이고 있었다.

그때 유르시스가 핸더슨을 향해 대답하기 시작했다.

"하하하. 이거 더는 숨길 수 없겠군요. 오랜만에 뵙습니다, 핸더슨 경. 그리고…… 존경하는 3황자 전하."

"……반트로 경."

키에르는 제게 묵례하는 유르시스를 향해 미간을 좁히며 서늘한 음성을 흘렸다.

씩 웃던 유르시스는 손뼉을 툭, 치며 외쳤다.

"아, 그런데 한 가지 정정하고 싶은 것이 있군요. 그래도 되겠습니까?"

"정정?"

"핸더슨 경의 정보력이 매우 부족한 건지 모르겠지만, 전 더 이상 반트로가 아닙니다."

태연하게 말을 뱉어내는 유르시스를 보고 핸더슨뿐 아니라 키에르의 눈에도 이채가 서렸다.

유르시스는 능글맞은 미소와 함께 말을 이었다.

"보아하니 제가 반트로에서 파문당했다는 이야기는 듣지 못하신 것 같군요. 아아, 뭐 그렇죠. 그런 시시콜콜한 이야기를 알고 계실 리가 없지."

“그, 그건…….”

“게다가 저는 지금 그 어느 집단에도 속하지 않은 자유 용병의 신분입니다. 그런 제가 이곳에 있고, 또 영광스럽게도 바이로스의 임시 기사가 된 건 저기 계시는 저의 주군, 아이반 경 덕분입니다.”

……뭐?

루키나는 갑자기 저를 끌어들이는 유르시스의 손짓에 자리에서 벌떡 일어날 뻔했다.

라펠이 그녀의 손목을 잡지 않았더라면.

루키나는 ‘저 미친놈이!’ 하고 입술을 파르르 떨었다. 라펠 역시 비슷한 표정이었다.

유르시스는 아랑곳 않고 호선 그리듯 눈웃음을 지으며 말했다.

“그러니 제가 이번 시합에 참가하는 것이 문제 될 것은 없는 것 같습니다만.”

“하지만—!”

“어라? 벌써 밖이 어둑어둑합니다. 이 시합, 해가 지기 전에 끝내야 하는 거 아닙니까? 그러니 핸더슨 경. 우리 쓸데없는 시비는 그만두고 시작하시죠. 손이 근질근질해서 아주 죽겠거든요.”

❖

쾅—!

“크윽!”

둔탁한 소리와 함께 바람이 일었다.

요란한 기합을 외치며 청발의 사내에게 달려들던 센트랄의 기사가 처참할 정도로 참혹하게 뒤로 나뒹굴었다.

"쯧."

바로 뒤편에 서 있었기에 마일로 로이트는 똑똑히 들을 수 있었다. 자존심이 하늘보다 높은 3황자가 혀를 차는 소리를.

두 번의 승리에도 불구하고 연이은 두 번의 시합에서 놀라울 정도로 황당하게 패배해 버렸다.

카델라의 '검은 늑대'라고 한다면 어느 정도 수긍이 가기는 하지만…….

'저자는 대체…….'

마일로는 무심한 표정을 지으며 검을 거두어들이는 청발의 사내를 응시했다.

가슴이 시릴 만큼 푸른 눈동자가 그들을 매섭게 훑고는 빠르게 다른 곳으로 옮겨갔다.

기시감이 든다.

마일로는 땀 한 방울 흘리지 않고 몸을 돌린 청발의 사내가 제자리에 앉을 때까지 한동안 눈을 떼지 않았다.

"핸더슨."

"저, 전하!"

테리 핸더슨이 음산하기 그지없는 키에르의 부름에 바닥으로 부복한 것은 본능적인 위협 때문이었다.

마일로는 살벌하게 빛나는 키에르의 눈빛을 흘끔거리며 숨을 죽였다.

키에르는 덜덜 떨고 있는 핸더슨에게 말했다.

"어떻게 된 거지? 바이로스의 기사들은 뜨내기들이라고 하지 않았느냐."

"그, 그게……."

"다음 차례는 누구지?"

"파리아 경입니다!"

"……파리아 대신 네가 나가도록."

"예?"

테리 핸더슨이 차갑게 일갈하는 키에르 황자의 말에 눈을 크게 떴다. 키에르는 처음으로 빙긋, 입꼬리를 올리며 핸더슨에게 물었다.

"못 들었느냐?"

"드, 들었습니다! 분부대로 하겠습니다, 전하!"

휘어지는 키에르의 눈웃음에 위험을 느낀 테리 핸더슨이 힘차게 고개를 끄덕이며 연무장 중앙으로 나섰다.

웅성웅성.

테리 핸더슨의 난입에 갑자기 바이로스 쪽이 소란스러워졌다.

'어떻게 해서든 바이로스를 손안에 넣겠다 이거군.'

마일로 역시 3황자의 의견에 동의한다.

지리적으로도, 정치적으로도, 그리고 로이트 상단의 미래를 위해서도 바이로스는 카델라의 3황자인 키에르의 손안에 들어가는 것이 유리했다.

마일로는 피식 실소를 흘리며 상황을 지켜보았다.

"황자 전하! 이건 말씀과는 다르지 않습니까!"

병이 든 바이로스 대공을 대신하여 시합을 관전 중이던 이자벨라 공녀가 갑작스러운 기사 교체에 키에르를 향해 소리쳤다.

시합이 펼쳐지는 내내 가슴을 졸이며 주먹을 움켜쥐던 나약한 레이디라고는 보이지 않는 모습이다.

마일로의 눈에 흥미가 일었지만 곧 사라졌다. 상석에서 몸을 일으킨 키에르의 말에 귀를 기울여야 했기 때문이다.

"그대 역시 용병들을 기사로 삼는 편법을 사용했으니 나 역시 진지하게 시합에 임하려 하는 것이다, 공녀."

"하지만 이건 공정하지 않습니다!"

"공정?"

키에르의 에메랄드빛 눈동자가 서늘하게 일렁였다.

"그 말은 오히려 내가 돌려주고 싶은데. 바이로스의 정식 기사들도 아닌 녀석들을 나와의 시합에 내보낸 그대가 할 말이라고 볼 수 있는가? 게다가, 그대의 곁에 있는 저 아이반 경은 그대의 진짜 약혼자도 아니지 않은가."

"이, 이분은 저의 진정한 약혼자이신……!"

빈틈을 파고드는 키에르의 말에 주춤하던 이자벨라 공녀가 어쩔 줄 몰라 하는 동안 슬며시 자리에서 일어난 갈색 머리의 사내가 그녀에게 다가왔다.

그는 그렁그렁 눈물까지 맺은 공녀의 손을 잡고 무릎을 꿇었다.

그러고는 손등에 입을 맞추며 그녀를 올려다보았다.

"혹 미천한 저를 걱정해 주시는 거라면 괜찮습니다, '사랑하는' 공녀님."

"아!"

진짜인지 가짜인지.

적어도 겉으로 보기에는 완벽히 사랑에 빠진 커플의 모습이었다.

마일로마저 호오, 콧소리를 흘릴 만큼.

"'사랑하는' 당신을 위해서라도 반드시 시합에 승리하겠습니다. 그러니 염려 마십시오."

쿵.

'응?'

공녀의 약혼자라던 녀석의 말에 이자벨라의 볼에 붉은 홍조가 띠어지는 것을 목격하고 있을 때, 3황자 쪽이 아닌 바이로스 쪽에서 둔탁한 소리가 났다.

"자기. 왜 흥분하고 그래? 뭐 기분 나쁜 얘기라도 들은 거야?"

"……."

"자기?"

파문을 당했다 주장하는 반트로의 소공자가 청발의 사내를 향해 목소리를 높이는 것이 들렸다.

스윽 시선을 돌려보니 청발의 사내가 공녀의 약혼자, 아니, 정확히는 공녀를 죽일 듯 노려보는 것이 보였다.

'희한하군.'

마일로는 어이없는 광경에 속으로 중얼거렸다.

"무엇이 그리 자신만만한지는 모르겠지만 센트랄의 핸더슨 경은 카델라에서도 열 손가락에 꼽히는 검사다. 아이반 경. 이길 수 없는 경기에 목숨을 걸지 말고, 그만 포기하는 게 어떤가? 내가 그대에게 선사할 수 있는 마지막 아량이다."

이번 한판의 승부로 바이로스를 차지할 것인지, 말 것인지의 판가름이 난다.

자신의 수하에 대한 강력한 믿음을 가지고 있던 키에르 황자는, '당신만 믿을게요' 라고 속삭이는 이자벨라에게 미소를 보낸 후 등을 돌린 아이반에게 말했다.

아이반이라는 귀 익은 이름을 지닌 갈색 머리 사내는 씩 웃었다.

"존경하는 황자 전하의 드넓은 배려에 몸 둘 바를 모르겠습니다만 검을 들게 된 기사로서, 그리고 저의 레이디를 지키기 위해 마음을 먹은 기사로서, 전하의 그 제안을 받아들일 수가 없군요. 그런 제 마음을 이해해 주시리라 믿습니다, 전하."

"……."

"핸더슨 경이라고 하셨습니까?"

아이반은 유려한 미소를 지으며 검집을 들어 올렸다.

"오시죠."

어쩌면 오만하게 보이는, 그러나 결코 과장되지 않는 그 손짓에 핸더슨의 얼굴이 일그러졌다.

마일로는 그들의 뒤편에 서서 정면으로 아이반을 응시하며 인상을 썼다.

'아이반…….'

미치겠군.

분명 어디서 들었는데.

"일개 용병 주제에 아주 방자하군. 좋다. 내 오늘 너에게 한 수 가르쳐 주지."

키에르에게 허락을 받은 핸더슨이 바스타드 소드를 세게 움켜쥐었다.

마일로는 여유로운 표정을 지으며 자신의 검집을 건네받은 아이반을 응시했다.

아이반은 그 검집 속에서 바스타드 소드와 맞먹기에는 턱없이 가늘어 보이는 레이피어 하나를 꺼내 들었다.

'아이반…… 대체 어디서 들은 이름이더라?'

아이반.

아이반…….

「소식 들으셨습니까, 단주님? 백 주년을 맞은 제국 기사단 대회의 우승자가 정해졌습니다! 그 이름인즉—」

와아아!

블레이드와 블레이드가 부딪치는 소리가 강렬하게 울려 퍼지던 바이로스의 연무장.

"아이반 밀드레드!"

마일로가 오래된 기억을 떠올리기가 무섭게 승부의 결과가 정해졌다.

◈

"전하께선 분명히 말씀하셨습니다. 다섯 번의 시합 중 세 번을 이기는 쪽이 승리를 하는 내기라고."

바이로스의 이자벨라는 벽안을 눈앞의 상대에게 고정시키며 차분하게 말했다.

그 말을 듣던 키에르가 눈썹을 꿈틀거렸다.

이자벨라는 키에르가 바이로스 본성에 발을 내딛은 후 처음으로, 진심을 담은 미소를 그려 보였다.

"저희는, 그런 전하와의 내기에서 승리했습니다."

병상에 누워 있는 대공을 대신하여 바이로스를 이끌고 있던 이자벨라에게 있어 닥친 첫 번째 시련.

다른 이도 아닌 제국의 3황자와의 내기는 그녀 스스로에게도, 그리고 바이로스 공국 자체로도 중요했다.

반드시 이겨야만 했기에 총관인 티보 로이스까지 리우드로 보내며 용병을 끌어모았다.

그 과정에서 놀라운 이들의 도움을 얻게 된 것은 하늘이 그녀를 도왔음이 분명하다.

이자벨라는 시합을 마친 뒤, 숨을 고르고 있는 은색의 기사를 흘긋거리며 고개를 까딱였다.

청발의 사내와 대화를 나누던 은색의 기사는 손을 들어 올리며 그녀의 인사에 화답해 주었다.

"부디 약속을 지켜주십시오. 친애하는 카델라의 3황자 전하시여."

이자벨라는 공손하게 카델라의 3황자를 향해 머리를 조아렸다.

키에르는 처음 그가 발을 내딛었을 때와는 달리, 당당하기 그지없는 이자벨라를 말없이 응시했다.

"저, 전하."

"……."

"전하……!"

마지막 시합에서 완패한 후 키에르의 근처에서 무릎을 꿇고 있던 핸더슨이 키에르를 올려다보며 입술을 달싹였다.

"피곤하군. 거처가 마련되어 있는가?"

그런 그를 모른 척하던 키에르는 여전히 고개를 숙이고 있는 이자벨라에게 말했다.

이자벨라가 얼굴을 들었다.

"준비되어 있습니다."

"안내해라. 그대의 요구에 대한 답변은 내일 아침에 하도록 하지."

"……아."

"불만인가?"

"아, 아닙니다. 총관님."

"예, 공녀님."

"전하를 숙소까지 안내해 드리세요."

"예. 이쪽으로 오시지요, 전하."

키에르는 티보 로이스의 안내를 받아 순식간에 연무장을 빠져나갔다. 키에르의 충복인 테리 핸더슨은 사라지는 황자 일행의 뒤를 멍하니 바라보다 벌떡 일어나 그들의 뒤를 따랐다.
마일로 역시 걸음을 움직이려다 행동을 멈추었다.

「저, 전하. 죽을죄를 졌습니다! 저의 무능함 때문에 전하의 계획에 차질이…… 크흡! 죽음으로 이 죗값을 치르겠습니다!」
「그만. 당장이라도 너를 죽여도 모자라지만, 아직 할 일이 있다.」
「예?」
「명분을 세우려 했지만 실패해 버렸으니 강제로라도 취할 수밖에.」
「아, 그, 그럼…….」
「그래. 모두가 잠든 자정에 시행한다.」

이자벨라 공녀가 그들에게 다가오기 직전 나눈 대화로 짐작해 보면, 황자 일행은 이번 내기의 결과에 승복하지 못한 것이 틀림없다.
연무장 밖은 이미 해가 진 상태.
피도 눈물도 없는 3황자의 비열함에 혀를 내두른 마일로는 온몸을 부르르 떨었다.
'선택지는 두 가지다.'
마일로 로이트는 상인이다. 곧 60세를 앞둔 그가 살아오기까지는 수많은 갈림길들이 있었다.
그런 여러 가지 상황에서 자신에게 가장 유리한 것을 선택하고, 또 선택했기에 로이트 상단을 아시아타 최고의 상단으로 올려놓았다.
그리고 지금은 아시아타를 넘어 칼리파까지 탐내고 있는 것이고.
"이야, 나는 진짜 깜짝 놀랐다니까? 귀염둥이가 그렇게 날렵하고 재빠를 줄이야. 센트랄의 핸더슨 경의 실력이 허접한 것도 아니고. 위험한 적도 있었지만, 아무렇지도 않게 극복하는 거 보고 나 완전 감탄했다니까?"

"빈말은. 당신한테 들어도 그리 기분이 좋지는 않네요. 그나저나 어떻게 우리를 그리 감쪽같이 속일 수 있습니까? 카델라의 귀족이었다면 저 대신 약혼자 역할을 하셔도 되는 거 아니었어요?"

"하하하! 우리 귀염둥이가 뭔갈 착각하는 것 같은데. 내가 원했어도 공녀님이 귀염둥이를 지목하지 않았어?"

"윽."

"어쩔 수 없다니까~ 나도 아리따운 공녀님의 약혼자 역할을 하는 걸 원했었다고! 그런데 귀염둥이가 선택받은 거라고. 이야, 생각해 보니 정말 대단하네. 오늘 귀염둥이 네가 얼마나 큰일을 해결한 건지……!"

낯빛이 어두웠던 3황자의 일행과는 달리 환한 미소를 지으며 연무장 밖으로 나오는 이들이 보였다.

싱글벙글 웃으며 각자의 숙소로 돌아가는 일곱 명의 기사들과 그 뒤를 이어 이번 내기에서 활약한 세 명의 사람들이었다.

이자벨라 공녀와 함께 모습을 드러낸 그들을 기다리고 있던 마일로는 저를 발견하자 입을 다무는 네 사람을 향해 고개를 숙였다.

"누군가 했더니 칼리파까지 탐내고 있다던 로이트의 상단주군."

흑발의 사내가 피식 웃으며 중얼거렸다.

비아냥거리는 것 같은 그의 말에 움찔하던 마일로는 끓어오르는 충동을 가라앉히며 싱긋 미소 지었다.

"반트로의 소공자께서는 제가 달갑지 않으신가 봅니다."

"하하하! 달가울 리 있나. 나는 아주 편협한 사람이라 힘없는 자들을 무너뜨리고 독점을 일삼는 자들을 그리 좋아하지 않거든."

"독점이라뇨. 저희 로이트는 이제 막 칼리파에 발을 내딛은 신입일 뿐입니다."

"그대가 그렇다면 뭐. 그나저나 누구에게 할 말이 있는 거지?"

흑안의 사내, 유르시스가 마일로에게 물었다.

마일로는 고개를 들어 청발의 사내와, 그 옆의 갈색 머리의 사내에게 시선을 꽂았다.

유르시스는 그 고갯짓에 픽 웃으며 어깨를 으쓱였다.

"아마도 우리가 자리를 피해줘야 할 것 같네. 숙소까지 에스코트하겠습니다, 바이로스 공녀님."

"부탁드려요. 검은 늑대 님."

"하하하, 그 호칭, 진짜 낯간지럽다니까요? 아, 그리고 나중에 그 말로 저를 부르시면 절대 안 됩니다. 그랬다가는 제가 아주 맞아 죽는다고요. 쓸데없는 소리를 했다고."

유르시스가 이자벨라 공녀와 함께 마일로의 곁을 스쳐 지나갔다.

그 와중에도 저를 한 번 흘긋거리는 그의 검은 시선에 마일로는 털이 쭈뼛거리는 것을 느꼈다.

'역시 위험한 자군.'

생글생글 웃고 있는 게 더 신경이 쓰였다.

마일로는 침을 꼴깍 삼키며 연무장 앞에 남아 있는 두 사람을 바라봤다.

청발의 사내와 갈색 머리의 사내가 저를 주시하고 있는 것이 보였다.

마일로는 입꼬리를 올렸다.

"로이트 상단을 이끄는 마일로입니다. 뵙게 되어 영광입니다, 윈스턴 공작 각하. 윈스턴 공작부인마님."

흠칫 놀라게 만들기 위해 그들을 향해 말하며 인사를 했다. 슬며시 고개를 들어 올리며 다시 그들을 바라본 마일로는 조금 놀랐다.

'놀라지 않아?'

자신이 그들의 정체를 알고 있다는 사실에 당황할 줄 알았는데.

마일로는 저를 서늘한 눈으로 응시하고 있는 공작 부부 내외를 발견했다.

"무슨 용무지, 마일로 로이트?"

청발의 사내, 그러니까 리우드에서는 팬텀 공작으로 유명한 남자가 오한이 드는 목소리를 뱉어냈다.

직접 그의 음성을 듣는 것은 처음인지라 마일로는 내심 긴장했다.

"사정상 카델라의 3황자 전하의 편에 서 있긴 했지만, 저도 리우드의 사람입니다. 두 분께서 활약하시는 모습을 보고 기쁘기 그지없었습니다. 진심으로 축하드립니다. 멋진 경기였습니다."

"로이트 씨. 뱅뱅 돌리지 말고, 정말 하고 싶은 말이 뭔지 밝히는 게 좋을 것 같군요."

윈스턴 공작이 얼음이라면 얼마 전 그의 부인이 된 윈스턴 공작부인이자 로델린 공작의 하나밖에 없는 여식은 불에 가깝다는 이야기를 들은 적 있다.

서론부터 시작하려는 제 말을 뚝 끊어버리고는 날카로운 녹안을 빛내는 그녀의 말에 마일로는 어색한 숨을 흘렸다.

"리우드의 제국민으로서 두 분과 대치할 수는 없다는 생각이 들었습니다."

"그래서요?"

"전 두 분께서 솔깃하실 만한 이야기를 알고 있습니다."

"……."

"저와 거래를 하는 게 어떻습니까?"

"거래?"

팬텀 공작의 벽안이 요동쳤다.

마일로는 빙긋 웃었다.

"예, 거래입니다. 제가 가진 정보를 두 분께 넘기겠습니다. 아마도 매우 유용한 정보일 것이 틀림없습니다. 그러니 두 분께서도 저에게 협조를 부탁드립니다."

"정확히 어떤 식의 협조를 말하는 거지요?"

걸려들고 있군.

"두 분께서는 존경하는 황제 폐하의 총애를 받고 계시는 최고의 귀족이십니다. 저는 두 분의 명성을 등에 업고 로이트 상단을 리우드뿐 아니라 대륙 최고의 상단으로 만들고 싶습니다."

"그 말인즉—"

"제국의 물자 조달을 독점하고 싶다는 거군."

마일로는 대답 대신 미소를 그렸다.

윈스턴 공작 부부는 그의 말에 서로를 응시했다.

이윽고 윈스턴 공작부인이 말했다.

"만일 거절한다면?"

"아아, 부디 그럴 일은 없었으면 하지만…… 그럼 저도 알릴 수밖에 없지요."

"알린다니?"

"우리가 누구인지 카델라의 3황자에게 알린다는 소리다, 이브."

이번에도 역시 마일로는 입꼬리를 올릴 뿐이었다.

'거절할 수 없겠지.'

마일로 로이트가 그간 쌓아놓은 인맥을 이용하여 키에르 황자에게 손을 뻗을 때까지만 하더라도 일이 이렇게 풀릴 줄은 예상하지 못했다.

물론 이미 대륙 최고의 상단으로 이름을 떨치는 로이트 상단이 칼리파 대륙에 발을 뻗는 것은 마일로의 오랜 숙원에 가까웠다.

그러나 지금 현재, 그보다 더 중요한 일이 눈앞에 놓여 있었다.

만일 그가 제국의 물자를 전담하는 업무를 맡게 된다면 아마도 지금보다 훨씬 더 많은 돈을 불러들일 수 있을 것이다.

그렇게 미리 자금을 모은다면, 칼리파에서 한 번 실패한다 할지라도 여러 번 도전할 수 있는 기회를 마련할 수 있겠지.

아마도 제게 약점을 잡힌 공작 부부는 그의 요구를 들어줄 수밖에 없을 것이다.

마일로는 회심의 미소를 지으며 공작 부부의 답변을 기다렸다.

"이브."

싸늘하게 굳은 분위기를 깨뜨린 것은 팬텀 공작의 음성이었다.

마일로는 신이 나 귀를 기울였다.

"그대가 원한다면, 지금 당장 저자를 묻어버리겠다."

……어?

"그리 어렵지 않은 일이야."

마일로 로이트는 전혀 예상하지 못했던 말에 눈을 동그랗게 떴다.

태연하다 못해 자연스럽게 말을 하는 팬텀 공작은 눈 한 번 깜빡이지 않고 공작부인의 동의를 구하고 있었다.

'무, 무슨……!'

마일로 로이트는 당황한 기색이 역력한 얼굴로 가만히 그를 주시하고 있던 윈스턴 공작부인을 응시했다.

"그럴까요? 뭔가 귀찮은 일이 일어날 것 같은데, 그 일이 일어나기 전에 처리하는 것도 딱히 나쁘지 않을 것 같네요."

"그대도 그렇게 생각하나?"

"그럼요. 저런 욕심 많은 자가 제국을 뒤집고 다니면 골치가 아파질 테니. 미리 제거하는 것도 괜찮겠어요."

뭐, 뭐라고?

귀를 쫑긋거리던 마일로는 허리춤에 찬 검집으로 손을 가져다 대는 부부의 대화에 움찔거리며 뒤로 몇 발자국 물러났다.

아무래도 그들의 대화 내용이 심상찮다.

“이, 이보십시오, 공작 각하, 공작부인마님. 지, 지금 두 분께서 저를 협박할 처지는 아닌 것 같…… 흡!”

스릉—

검집에 꽂혀 있던 레이피어가 마일로의 목으로 향한 것은 순식간이다.

마일로는 차가운 검끝의 감촉에 말을 잇다 말고 숨을 크게 들이마셨다.

윈스턴 공작부인.

한때 아이반 밀드레드라 불렸고, 루키나라는 이름을 지닌 남장 레이디는 차갑게 일렁이는 녹안을 그에게 꽂으며 말했다.

“마일로 로이트.”

꿀꺽—

“너는 감히 공작 내외를 앞에 두고 무례해도 너무 무례하구나.”

“……!”

“어느 안전이라고 우리에게 협박을 하는 것이지?”

싱긋, 올라간 그녀의 입꼬리가 괴기스럽게 느껴졌다.

마일로는 입술을 파르르 떨었다.

루키나의 싸늘한 일갈은 이어졌다.

“비정상적인 로이트의 확장에 대해서는 우리도 모르는 바는 아니었다. 허나 네가 이끄는 그 상단이 제국의 상권을 주도하고 있기에 지켜보고 있었을 뿐이야. 그런 네놈이 바다를 건너 이 외진 곳까지 와서, 더러운 마수를 뻗고 있는 모습을 보자니 어이가 없구나."

"고, 공작부인마님! 그, 그건……."

"물론 로이트를 누구나 인정하는 상단으로 만들려는 너의 욕망을 모르는 것은 아니다. 사람이라면 최고가 되고 싶어하는 꿈을 꿀 수도 있지. 그래, 나 역시 그런 꿈을 꿨기에 그런 네 마음을 이해할 수는 있다. 허나! 너는 한 가지 간과하고 있군."

"컥!"

살짝, 아주 살짝 블레이드의 끝을 돌렸을 뿐이지만 숨이 막혀왔다.

마일로 로이트는 사색이 된 얼굴로, 미소 짓는 루키나를 바라보았다. 루키나는 섬뜩하기 그지없는 표정을 지으며 그에게 말을 이었다.

"나는, 귀족이다."

"……!"

"너 같은 평민이 함부로 협박을 할 수 있는 상대가 아니라는 소리지. 게다가 리우드는 귀족을 모욕하거나 협박한 죄는 죽음과 직결된다. 카델라 역시, 더하면 더했지 다르지 않다고 들은 것 같은데?"

루키나 로델린 윈스턴은 기겁하며 털썩 주저앉아 버리는 마일로 로이트에게 속삭였다.

"죽여줄까?"

◈

"어째서 그렇게까지 한 거지?"

터벅터벅, 걸음을 옮기던 라펠이 돌연 입을 열었다. 루키나는 그런 그의 말에 스윽 고개를 들어 라펠을 쳐다보았다.

라펠이 의문 가득한 표정으로 그녀를 내려다보고 있었다.

"이브, 그대답지 않았다. 그대는 귀족이라는 신분을 앞세워 평민을 압박하는 사람은 아니잖아."

루키나는 쓴웃음을 흘렸다.

아마도 그는 로델린령에서의 일을 기억하고 있는 거겠지.

그런 그에게 '아까 그 자식이 이전 생에서 저를 죽인 장본인이라 그래요' 라고 말할 수도 없는 노릇이다.

루키나는 어깨를 으쓱였다.

"물론 그건 그렇지만 무례하잖아요. 감히 공작 부부에게 협박을 하다니. 그에 걸맞은 협박을 해줘야 정신을 차리지 않겠어요?"

그리고 과거의 복수도 할 겸.

약자에겐 온정을, 강자에겐 물러서지 않고 맞서는 정신을 발휘한 루키나의 말에 라펠은 픽 실소를 터뜨렸다.

'강약은 조절하는 게 좋아' 라고 중얼거리는 라펠을 보고 루키나는 배시시 웃어 보였다.

그러다 문득 든 생각에 그에게 말했다.

"자정이라고 그랬죠?"

"그랬지."

"유르시스가 잘 처리할까요?"

"준비는 됐다고 했으니."

"준비요? 대체 무슨 준빈데요?"

"그건 잘 모른다. 어쨌든 크게 신경 쓰지 말고 잠을 자라고 하더군. 그러니 우리는 그냥 편안히 자도 될 것 같아."

"흐응. 뭐, 그쪽의 사정이 있기 마련이니까요. 그나저나 로이트 씨는 어떻게 되는 거예요?"

"추방당하겠지. 카델라의 검은 늑대에게 처분을 맡겼으니 확실할 거다. 이십 년간은 칼리파에 발을 내딛을 수 없겠지. 지금으로부터 이십 년 쯤 지나면 그도 늙어버릴 테니 오고 싶어도 오지 못할 테고. 흠, 그전에 우리 쪽에서도 로이트에 대한 압력을 가하는 게 좋을까? 어떻게 생각하지, 이브?"

턱 끝을 만지작거리며 중얼거리는 라펠의 말에 루키나는 말없이 발꿈치를 들어 올려 그의 볼에 입을 맞추어주었다.

갑작스러운 상황에 라펠이 눈을 크게 떴다.

어째서? 라는 표정을 짓는 라펠에게 루키나는 속으로 대답했다.

'너무 괜찮은 복수라서요.'

죽음에 대한 복수치고는 많이 약하긴 하지만, 그 녀석이 아니었더라면 이 남자를 만날 수도 없을 테니.

'하지만 이대로 끝낼 순 없지. 전생에 대한 복수는 차근차근 갚아주겠어. 두고 보라고, 마일로.'

루키나는 저를 얼떨떨하게 내려다보는 라펠의 팔에 팔짱을 끼었다.

"그런데 라펠."

쿵쿵거리는 그의 심장 소리가 느껴진다.

크기도 하지.

루키나는 굳어 있는 라펠의 귓가에 대고 속삭였다.

"당신, 아까 제가 이자벨라 공녀의 손등에 입 맞추는 거 보고…… 화냈던 거죠?"

라펠이 그녀의 말을 듣고 움찔거렸다.

역시나.

그가 이자벨라를 죽일 듯 노려본 것이 그녀의 착각은 아니었다.

"이지는 이곳에서 사귄 친구일 뿐이에요. 그러니 오해하지 마요. 연극이잖아요."

루키나는 흔들리는 라펠의 눈을 빤히 올려다보며 생글거렸다.

라펠의 미간이 팍 좁아졌다.

"그대는 주의하는 게 좋아."

"주의요?"

"그대에게 빠지는 사람은 남녀를 가리지 않는다."

……뭐?

루키나는 퉁명스레 말한 뒤, 제 손을 뿌리치고 성큼성큼 앞으로 가버리는 라펠을 멍하니 바라보았다.

무슨 소리를 들은 거야?

"라펠. 방금 뭐라고 한 거예요?"

"……못 들었다면 무시해라."

"라펠! 나 방금 뭘 들은 거죠?"

"……."

"라펠. 지금 안 멈추면, 오늘 밤엔 같은 침대 안 쓸 거예요!"

버럭 외치는 루키나의 발언에 라펠이 걸음을 멈추었다.

젠장.

낮은 욕설이 앞에서 들려왔다. 루키나는 큭큭 웃음을 참았다.

꼿꼿하게 서 있는 라펠에게 사뿐사뿐 걸어간 루키나는 험악한 표정을 짓고 있는 그의 앞까지 걸어가 홱 몸을 돌렸다.

"내 남편은 질투하는 모습도 참 귀엽다니까."

루키나는 어느덧 숙소 근처의 복도까지 다다른 주위를 두리번거리며 중얼거렸다.

두 사람밖에 없는 복도에는 그녀의 목소리만이 잔잔하게 울렸다.

루키나는 입꼬리를 올리며 말했다.

"아아, 어쩌지. 정말 이곳이 우리 집이었으면 당신을 마구 탐해줬을 텐데.”

“……!”

“아쉽네. 정말 아쉽…… 억!”

라펠은 과장된 표정으로 한숨을 푹푹 내쉬는 루키나에게 손을 뻗었다. 그러고는 은색 갑옷을 입고 있는 그녀의 손목을 덥석 잡고선 성큼성큼 숙소를 향해 걸어가기 시작했다.

루키나는 엄청난 의지를 피력하는 그의 손길에 입술을 씰룩이며 뒤를 따랐다.

❖

댕—

댕—

바이로스 공국의 중심, 바이로스 광장에 위치한 성당에서 자정을 알리는 종소리가 흘러들어 왔다.

카델라의 키에르 황자의 방문으로 인해 일찍이 불이 꺼진 바이로스 공국의 본성에는 몇몇 장소를 제외하고는 모두 불이 꺼진 상태.

모두가 잠이 든 자정. 어둠 속에 사뿐히 내려앉은 고요를 깬 것은 누군가의 인기척 소리다.

스스슥!

은은한 촛불 빛만이 감도는 복도를 숙련된 움직임으로 가로지르는 복면의 인영이 있었다.

현재 그들이 움직이는 방향은 바이로스 공국의 지배자인 다리엔 바이로스의 침실이 있는, 본성의 3층 동편.

“윽!”

"크—"

바이로스 대공의 침실을 지키던 호위병들을 수면 가루로 기절시킨 복면인들은 커다란 문 앞에 멈추었다.

"모두 준비됐느냐?"

털썩 쓰러져 버린 호위병들을 무심하게 내려다보던 한 사내가 쓰고 있던 복면 사이로 말을 뱉어냈다.

그를 제외한 열 명의 복면인들은 약속이나 한 듯, 일제히 고개를 끄덕였다.

"열어라."

"예!"

그의 말이 끝나기가 무섭게 바이로스 대공의 침실 문 쪽으로 또 다른 복면인이 다가갔다.

달칵 문소리와 함께 칠흑으로 뒤덮인 바이로스 대공의 침실이 드러났다.

"꺄악!"

"다, 당신들은…… 악!"

"대공을 찾아라!"

리더로 보이는 복면인의 지휘하에 복면인들은 뿔뿔이 흩어지기 시작했다.

침실 안을 지키는 시녀들을 결박한 후, 바이로스 대공의 침대로 걸음을 옮긴 복면인은 볼록하게 솟은 침대 위를 발견하고선 피식 웃음을 흘렸다.

"준비가 됐습니다."

그러고는 뒤를 돌아보며 아직 침실 안으로 들어오지 않은 누군가를 향해 말했다.

터벅터벅. 그의 말이 끝나기가 무섭게 황갈색 머리카락을 지닌 카델라의 3황자가 바이로스 대공의 침실 안으로 모습을 드러냈다.

키에르 황자는 자신이 오기를 기다리고 있는 복면인들을 지나쳐 바이로스 대공의 침대 근처까지 다가갔다.

"확실한 거겠지?"

"예."

"거둬라."

"예!"

키에르 황자의 충실한 심복이자 복면을 쓰고 있던 테리 핸더슨은 힘차게 고개를 끄덕인 후 침대를 뒤덮은 이불로 손을 뻗었다.

"……!"

자신만만하게 이불을 거두어낸 핸더슨과 키에르의 눈에는 침대에 있어야 할 자가 아닌,

"아아, 황자 전하. 이거 너무하신 거 아닙니까? 아무리 제가 매력적이라지만 이렇게 늦은 시각에 절 찾아오시면 어떡합니까."

흑발의 유르시스가 침대에 드러누워 씩 웃고 있는 것이 보였다.

키에르가 어떻게 된 일이냐는 표정을 지으며 핸더슨을 응시했다. 핸더슨의 얼굴이 사색이 되었다.

스릉—!

"죽여 버리겠습니다!"

사고 회로가 정지되어 버린 핸더슨은 검집 속의 검을 뽑아 들며 외쳤다.

키에르가 뭐라 말을 하기도 전에 벌어진 일이었다.

핸더슨이 필두가 되어 검을 뽑자 다른 복면인들 역시 일제히 검을 뽑아 들었다.

유르시스는 못 말린다는 듯 고개를 저으며 소리쳤다.

"로완 님!"

『멈춰.』

유르시스의 외침과 함께 창가 쪽에서 귀를 울리는 목소리가 들려왔다. 머리를 지배해 버린 음성으로 인해 유르시스에게 달려들려던 복면인들은 검을 든 다음 행동을 이어 나갈 수가 없었다.

"다, 단장님!"

"우, 움직일 수 없습니다, 단장님!"

"끅, 이, 이게 대체 어떻게……."

"으으윽!"

시간이 정지된 것처럼 허공으로 팔을 내뻗은 상태로 멈춰 버린 그들이 신음을 흘렸다.

테리 핸더슨의 사정 역시 비슷했다.

복면인들과는 달리 몸을 움직이는 데 불편함이 없었던 키에르는 이 기괴한 상황에 미간을 찌푸렸다.

"지금…… 뭣들 하는 거냐?"

바이로스 대공을 찾는 데도 실패하고, 이제는 우스꽝스러운 모습을 연출하는 부하들이 황당하기 그지없다.

키에르가 부드득 이를 갈며 말하자 또각또각, 등 뒤편에서 코웃음 소리가 흘러왔다.

"뭐 하기는. 언령에 지배당한 거지. 인간. 네 부하들은 앞으로 동이 틀 때까지 저 자세를 유지해야 할 거다."

20대 초반 정도로 보이는 푸른 머리카락의 여인이 파란 눈을 일렁이며 풋 실소를 터뜨렸다.

키에르는 예상하지 못했던 존재의 등장에 당황한 듯 눈을 크게 떴다.

"도와주셔서 감사합니다, 로완 님."

유르시스는 그런 3황자를 바라보다 얼른 침대에서 일어나며 파란 머리의 여인에게 싱긋 웃었다.

귀찮다는 기색으로 그를 쳐다보던 청발의 레이디는 입술을 씰룩거리며 근처 테이블 쪽 의자에 털썩 앉았다.

"그 녀석은 왜 이렇게 안 와?"

"아, 저기 오시는군요! 여깁니다, 전하!"

'전하' 라는 단어를 들은 키에르가 홱 고개를 돌렸다.

키에르의 에메랄드빛 눈동자가 거세게 요동쳤다.

그들이 침입할 때까지만 하더라도 반쯤 열려 있던 바이로스 대공의 침실은 어느새 활짝 오픈된 상태.

키에르는 완벽하게 열린 방 안으로 걸어 들어오는 수많은 이들을 바라보았다.

시종들의 부축을 받고 있는 바이로스 대공을 필두로 하여 이자벨라 공녀가 모습을 드러냈고 그 뒤를 이어선—

"너, 너는!"

키에르는 유령이라도 보듯 누군가를 향해 입술을 파르르 떨었다.

실타래처럼 반짝이는 은발을 지닌 자안의 미남자가 빙긋 미소를 지으며 키에르에게 인사했다.

"2년 만이군요, 형님."

태연하게 인사를 건네는 은발의 청년을 키에르는 죽일 듯 노려봤다.

저 자식이 이곳에 어떻게.

부들부들 주먹을 움켜쥐고 한동안 이를 악물던 키에르는 곧 숨을 내쉬며 평정을 되찾았다.

잠시 주저하는 사이 그의 주변을 둘러싼 낯선 이들의 얼굴이 보였지만, 제국의 3황자는 곧 태연하기 그지없는 얼굴로 고개를 들었다.

제 행동을 예의 주시하는 은발의 청년을 향해 키에르는 부드러운 눈웃음을 그렸다.

“오랜…… 만이구나, 나젤. 헌데 간만의 인사를 나누기에는 부적절한 장소인 것 같다. 네가 이런 외진 곳까진 어인 일이냐? 라온의 마수들을 물리치러 간 것이 아니었어?”

“염려해 주신 덕분에 황제 폐하께서 내리신 임무는 성실히 수행할 수 있었습니다. 다시 한 번 걱정해 주셔서 감사합니다, 형님.”

“그, 그러냐?”

“제가 이곳 바이로스까지 오게 된 것은 존경하는 황제 폐하의 전언을 형님께 전달하기 위해섭니다. 그러니 키에르 슈반 카델라. 그대는 황명을 받들라.”

“……!”

황제의 전언이라는 말에 키에르의 눈이 막막해졌다.

안 그래도 요즘 세력을 확장하는 자신에 대해 황도 쪽에서 여러 말이 오가고 있다는 이야기를 듣기는 했었지만, 하필이면 이 빌어먹을 녀석이 직접 움직일 줄은 상상조차 하지 못했다.

다섯 명의 황자들이 황위를 차지하기 위해 경쟁을 벌이는 상황.

그중에서 가장 앞서 나가는 자신에게는 시기하는 이들이 존재하기 마련이었지만 그것에 크게 개의치는 않았다.

근래 들어 5황자 쪽 세력이 만만찮게 증가한다는 이야기를 듣기는 했었어도 저에 비할 바는 못 된다고 여겼건만.

키에르는 어금니를 악물며 황제의 전언이 담긴 두루마리를 들고 있는 은발의 청년을 노려보았다.

아마도 저 두루마리 속에는 자신의 행동을 저지하는 황제 폐하의 명령이 담겨 있을 것이 분명하다.

'너무 안일하게 대처했다!'

죽여 버릴 수 있을 때, 죽여 버렸어야 했거늘.

"뭐 하고 계십니까, 형님?"

키에르는 2년 전, 기회가 왔던 그 순간 제대로 대처하지 못한 자신을 자책했다.

그런 그를 향해 은발의 청년이자 카델라의 5황자 아벨론 나젤 카델라는 일갈했다.

"황명을 받들 준비를 하십시오."

◈

"정말요? 그렇게 빨리 해결됐다고요?"

날이 밝았다.

서편에 거처를 두고 있었고, 또 방 안에서 은밀하고 아찔한 그들만의 전쟁을 벌였던지라 밤새 본성의 동편 쪽에서 일어난 일을 눈치채지 못했다.

아니, 정확히는 알아차렸다 할지라도 신경을 꺼둔 것이 틀림없었다. 그렇게 해도 좋다는 말을 들었고, 온전히 서로에 집중한 결과였다.

유들유들한 미소를 짓는 유르시스를 믿을 수 없다는 눈으로 바라보며 루키나가 미간을 좁혔다.

"하하, 우리 귀염둥이는 내 말을 못 믿나 본데? 그럼 주위를 둘러봐."

"응?"

"3황자의 패거리가 보여?"

입가에 미소를 그리는 유르시스의 말을 듣던 루키나가 주위를 두리번거렸다.

확실히 3황자의 일행이라곤 흔적도 찾아보기 힘들었다.

“새벽의 말 울음소리는 그들이 떠나는 소리였나.”

“자기는 들었나 보네?”

“요란했으니까.”

하지만 난 듣지 못했는데.

루키나가 대수롭지 않게 대답하는 라펠을 올려다보자 라펠은 고개를 숙여 그녀의 귓가에 속삭였다.

“그대가 한창 자고 있을 때의 일이다. 나는 한동안 잠들지 못했거든.”

그대 때문에—라는 말을 들은 것 같기도 해서 루키나는 살짝 얼굴을 붉혔다.

“이야, 아침부터 참 보기가 좋단 말이지. 형제인데도 불구하고 말이야.”

유르시스가 그런 두 사람의 애정 행각에 하얀 이를 드러내며 중얼거렸다.

라펠은 흥 코웃음 치며 말했다.

“놀림은 그만두지. 그럼 앞으로 바이로스는 어떻게 되는 거지?”

“황위 다툼에서는 자유로워질 거야. 다른 황자들도 쉽게 손쓸 수 없게 되겠지. 교역의 중심지라는 것을 인정한 폐하께서 황자들의 접근 금지령을 내리셨거든.”

“그 준비라는 게…….”

“그래. 주군께서 폐하와 단판을 벌이는 데 시간이 걸렸거든. 그래도 두 사람 덕분에 시간을 벌 수 있었어. 감사를 표하고 싶은데. 귀염둥이, 손 좀 내밀어볼래?”

유르시스의 요구에 루키나가 눈을 가늘게 떴다. 라펠은 그녀 대신 손을 뻗었다.

"나와의 접촉도 허락하지 않겠다, 이건가?"

"특히 너라서 허락하지 않는 거다."

"하하하, 자기는 진짜 질투가 심하다니까. 뭐 어쨌든."

툭.

"……뭐지?"

"나중에 풀어봐. 아주 유용할 때가 있을 테니까."

유르시스는 작은 주머니 하나를 라펠에게 건네며 씩 웃었다. 라펠은 미심쩍은 얼굴로 손바닥 위에 들린 주머니를 바라봤다.

후우, 한숨을 내쉬며 그것을 갈무리한 라펠은 '이제 떠나는 거야?' 하고 묻는 유르시스를 응시했다.

"길게 있어봤자 좋을 건 없다."

"하긴. 아, 참. 이미 들었을지 모르겠지만 그 상인에 관한 건 너무 걱정하지 않아도 좋아. 우리 쪽에서 대충 처리했으니까."

그 말을 들은 루키나가 말없이 고개를 끄덕였다.

"아아, 아쉽다. 며칠 되지는 않았지만 두 사람이랑 만나서 매우 즐거웠는데 말이지."

"입에 발린 소리는 그만하시죠."

"어? 나 정말 즐거웠는데? 정말이야! 그러니까 귀염둥이, 기회가 되어 카델라에 온다면 날 꼭 찾아줘. 두 사람의 호출이라면 신발도 안 신고 달려갈 테니!"

반짝반짝. 아무리 봐도 냉랭한 얼굴과 어울리지 않는 환한 미소다.

저 미소가 진짜인지, 가짜인지 의심스러웠던 적이 한두 번이 아니었지만 적어도 지금만큼은 진심인 것 같다.

루키나는 '기회가 된다면요' 하고 퉁명스레 대꾸한 뒤 라펠의 팔을 잡아끌며 유르시스에게서 등을 돌렸다.

유르시스는 그런 그들의 모습이 사라질 때까지 부드럽게 웃으며 한참을 서 있었다.

"그러다 침 흐르겠습니다."

툭, 들려온 무심한 목소리에 유르시스의 눈이 옆으로 돌아갔다.

"질투하는 거야?"

"드디어 돌았군요. 시답잖은 소리 그만하시고 따라오시죠. 전하께서 부르십니다."

호박색 눈동자를 지닌 기사 복장의 여인이 인상을 쓰며 그를 노려보다 고개를 돌렸다.

유르시스는 몸을 돌려 앞서가는 여인의 옆으로 발걸음을 맞추었다.

"어어? 류. 너 질투하는 거지? 그치? 내가 다른 사람한테 눈을 던져서 질투하는 거야. 그렇지?"

"젠장. 몇 번을 말씀드립니까? 그리고 제가 미쳤습니까? 왜 남자들을 질투합니까? 하여간 제정신이 아니야."

"남자들이라니? 아, 류! 몰랐구나. 저 중 한 사람은 여자야."

"……예?"

툴툴거리던 여인이 뚝 걸음을 멈추었다.

크게 당황한 얼굴로 저를 올려다보는 적발의 레이디에게 유르시스는 빙긋 웃어 보였다.

"남장을 한 상태이긴 하지만 확실한 여자지. 어떻게 해서든 남자라는 걸 어필하려는 모습이 아주 귀여웠단 말이지."

"……."

"어때, 이제 조금 질투 나?"

스윽 얼굴을 아래로 내린 유르시스가 적발의 여인을 응시하자 그녀의 무표정한 얼굴에 당혹감이 스쳤다.

인상을 쓰며 유르시스를 바라보던 적발의 여인은 홱, 그를 밀치며 앞으로 다시 나아갔다.

"류, 질투하는 거지?"

"……."

"질투해 주는 거지?"

"제발 좀, 닥치십시오!"

한창 앞서 나가던 여인이 버럭 소리를 지르자 유르시스는 크게 웃음을 흘렸다.

「동조자들? 누구지?」

「아아, 우연히 합류하게 된…… 리우드의 부부 용병단입니다. 아마 이번 임무 수행에 매우 큰 도움이 될 것 같더군요.」

처음에는 단순히 이번 임무 수행에 이용만 할 생각이었는데 말이야.

유르시스는 루키나와 라펠이 떠나갔던 방향을 돌아보며 어깨를 으쓱였다.

'인연이 따른다면, 다시 만나겠지.'

❖

"라펠, 들려요? 역시 바닷바람 소리가 최고예요!"

티보 로이스로부터 아리브 해로 향하는 배편 티켓을 건네받은 루키나는 바이로스 공국의 마이선항으로 걸음 했다.

파도에 출렁이는 커다란 선박들을 올려다보며 미소 짓던 루키나의 외침에 라펠은 발을 맞추어 걷다 물었다.

"아리브를 건너 도착할 이번 목적지는 어디지?"

"예?"

바닷바람을 느끼느라 그 생각까진 아직 하지 못했다.

정곡을 찌르는 라펠의 질문에 루키나가 당황하여 눈을 깜빡거렸다.

라펠은 중얼거렸다.

"리우드로 바로 돌아갈 건 아니잖아."

"아, 그, 그렇죠!"

"……."

"흠. 어디를…… 어디를 가야 하나! 아직 제대로 생각을 해보지 않아서."

주르륵 식은땀이 흘러내렸다.

루키나는 침을 꼴깍 삼키며 라펠을 흘긋거렸다.

그녀를 말없이 주시하던 라펠이 굳게 다물고 있던 입술을 달싹였다.

"폐하께서 아직 지령을 내리지 않으신 거군."

"알고 있었어요?"

꽁꽁 숨긴다고 숨겼는데!

루키나가 크게 눈을 뜨자 라펠은 코웃음 쳤다.

"폐하께서 우리를 군말 없이 칼리파로 보내실 리가 없지. 그대가 폐하를 알현하고 온 날부터 대충 눈치는 챘어."

심장이 벌렁거렸다.

아무렇지도 않게 말하는 라펠의 표정에는 큰 변화가 없었다. 루키나는 코끝이 찡해지는 것을 느끼며 그를 올려다보았다.

"다 알고 있었으면서도, 제 계획에 동참해 준 거예요?"

"그대와 신혼여행을 가지 않은 건 사실이니까."

찌르르, 온몸에 전율이 일었다.

서늘한 얼굴로 귀를 간질이는 말을 저리도 자연스럽게 뱉어내는 남편을 보니 당장이라도 끌어안고 싶을 정도다.

루키나는 '고마워요' 하고 속삭이며 그의 목을 끌어안았다.

남장을 한 상태라는 것을 아는지 모르는지, 갑자기 부둥켜안는 두 명의 남자들을 보고 지나가던 사람들이 수군거렸지만 루키나는 개의치 않았다.

"이자벨라 공녀와는 미리 말이 되어 있었나?"

"알고 보니 이자벨라가 리우드 황족의 먼 친척이지 뭐예요. 카델라의 황제가 도와주려 하지 않자 리우드 황실에 도움을 청한 모양이에요. 내버려 뒀다가는 대륙전쟁으로 이어질 가능성이 있어서 폐하께서 저를 보내시려 한 거고요."

"용병 일은 눈속임이었군."

"그냥 보내기 미안하다며, 폐하께서 손을 좀 쓰셨죠. 저도 로건의 앞에서 연극을 하느라 고생했다니까요?"

"……."

"그래도 보수는 두둑하게 주시기로 하셨어요. 그러니까 앞으로 먹고살 걱정은 없어요!"

루키나는 배시시 웃었다.

못 말린다는 듯 고개를 절레절레 젓던 라펠은 팔짱을 낀 루키나와 함께 항구를 거닐었다.

"라펠!"

"응."

"우리 말이에요. 폐하의 다른 전언이 있을 때까지…… 정말 휴양하고 있는 게 어때요?"

라펠의 눈이 가늘어졌다.

"휴양?"

"네! 아리브 해를 건너면 근사한 휴양지가 있다던데. 그곳에서 푹 쉬는 거죠!"

라펠은 힘차게 고개를 끄덕이는 루키나를 내려다보며 중얼거렸다.

"이번에는 속지 않아."

"어머, 당신, 제가 무슨 매번 거짓말을 하는 사람처럼 말씀하시는군요! 이번엔 진짜예요!"

"……."

"어때요? 제 제안이?"

반짝반짝 빛나는 녹안이 그의 시야로 들어왔다.

라펠은 맑게 웃는 사랑스러운 아내를 내려다보다 백기를 들어 올렸다.

어떻게 이길 수 있겠나.

"탈트로 갈 거다. 그곳엔 전령도 잘 도착하지 않는 휴양지가 있다고 들었어."

"네? 어어— 그럼 곤란한데. 앞으로 이틀 내로 폐하의 전언이 도착하기로 했…… 앗!"

루키나는 갑자기 저를 어깨 위로 들쳐 멘 라펠이 부아앙— 뱃고동 소리를 뿜어내는 선박 쪽으로 걸음을 옮기자 짧은 탄성을 터뜨렸다.

"이쯤에서 폐하께서도 인지하실 필요가 있어."

라펠은 제게 매달린 채 바둥거리고 있는 루키나의 귀에 들릴 만큼의 작은 목소리로 중얼거렸다.

"우리는 아직 신혼이란 말이야."

그것도 매일이 뜨거운 신혼.

루키나는 투덜거리는 라펠의 말에 동조하며 그의 볼에 입을 맞추었다. 잠시 멈칫한 라펠은 다시금 앞으로 걸어나가기 시작했다.

성큼성큼. 내딛는 발걸음엔 다가올 미래에 대한 설렘이 가득하다.

⚜⚜ Behind 6 ⚜⚜

젠틀맨
결혼의 법칙

Rule 1
젠틀맨은 장인의 마음을 사로잡아야 한다

제국력 1287년.

만물에 생기가 일기 시작하는 어느 봄날의 이야기다.

무려 일 년이나 걸렸던 기나긴 신혼여행 끝에 작년 여름, 겨우 리우드로 돌아온 윈스턴 공작 부부는 더할 나위 없이 바쁜 생활을 영위하고 있었다.

특히나 라펠은 지난겨울쯤부터 본격적으로 펼쳐지기 시작한 칼리파 대륙의 카델라 제국 황위 쟁탈전을 예의 주시했다.

자칫 잘못하다가는, 지난 몇백 년 동안 한 번도 일어나지 않았던 대륙 간 전쟁이 벌어질 수도 있었던 터라 더더욱.

그로 인해 황제를 알현하려 황도 세이번으로 향했던 라펠은 다시금 황궁에서 떠난 지 꼬박 하루를 새고 나서야 집으로 돌아올 수 있었다.

세이번으로부터 남동쪽에 위치한 윈스턴 공작령은 왕복으로 이틀

거리.

그 이틀 동안 윈스턴령을 마음 놓고 비울 수 있었던 건, 그의 부재를 대신할 수 있는 든든한 안주인이 존재하기 때문이었다.

"걱정 말고 다녀오세요. 당신이 없는 동안 윈스턴령은 제가 지키고 있을게요!"

황제의 부름을 받고서도 침대를 벗어나기를 꺼려하던 라펠을 향해 그녀는 환한 미소를 지으며 속삭여 주었다.

"이브는?"

아내를 깜짝 놀라게 해주고 싶은 마음에 공작성의 정문이 아닌 후문 쪽으로 들어온 라펠은 자신을 맞으러 나온 총관 드미트리를 향해 물었다.

드미트리는 라펠이 건네는 로브를 받아 들며 대답했다.

"주인마님께서는 손님과 함께 계십니다."

"손님?"

"각하께서 자리를 비우실 동안 빅토리아 저하와 포프너 후작 영애께서 방문하셨습니다."

"뭐?"

라펠은 무의식적으로 인상을 썼다.

"또 귀찮은 것들이 들러붙었어."

"예?"

"……아무것도 아니다. 집무실로."

"예!"

그의 활달한 아내는 어찌 그리 인기도 많은 건지, 남녀노소를 가리지 않고 나갔다 하면 반하게 만들고 돌아오는 터라, 지난 신혼여행에서도 꽤나 고생을 했었다.

그런 그녀마저도 사랑스러운 건 부정할 수 없지만, 그녀에게 반한 존재들은 전혀 사랑스럽지가 않다.

라펠은 아마도 그녀들의 앞에 설 자신을 향해 '어휴. 공작 각하는 눈치도 없으세요? 우리가 멀고 먼 윈스턴령까지 온 걸 보면 알아서 짐작하셔야죠! 오늘 이브 언니는 우리 거예요!' 라 외칠 것이 분명한 빅토리아 황녀를 떠올리며 미간을 좁혔다.

오랜만에 집에 돌아왔음에도 불구하고 사랑하는 아내를 타인에게, 그것도 레이디들에게 빼앗겼다는 사실이 짜증스럽지만 어쩌겠는가.

원만한 결혼 생활을 위해 그녀들의 존재를 인정해 주는 수밖에.

일이 이렇게 된 거, 쌓였던 업무나 보자는 생각에 집무실로 향한 라펠은 이상한 기운이 감도는 집무실 안으로 발을 내딛자마자 미간을 좁혔다.

'……'

미르티스 라펠 윈스턴.

아시아타 대륙을 지배하고 있는 세 개의 강력한 제국 중, 정중앙에 위치한 리우드의 4대 공작인 그는 자신의 집무실 책상 위에 놓여 있는 수상한 서신을 발견하고 멈춰 섰다.

—윈스턴 공작 귀하.

정갈한 글씨로 적혀 있는 자신의 이름이 왜 이렇게 섬뜩하게 느껴지는 것인지.

금색 봉투에 붉은 장미 문양의 인장이 박혀 있는 한 통의 서신.

자연스레 봉투 속 서신의 내용을 읽은 라펠은 한참을 고민하다 '디마' 하고 그의 뒤를 따라 들어오던 드미트리를 호출했다.

"무슨 일이십니까, 주인님?"

저를 향해 손짓한 라펠에게 다가온 드미트리가 고개를 갸웃거리며 물음을 던졌다.

라펠은 한참 동안 제 책상 위에 살포시 놓여 있던 서신을 가리키며 입술을 움직였다.

"이거."

"예?"

"누가…… 보낸 것이지?"

대충 예상은 하고 있긴 하지만 그래도 확신이 필요했다.

라펠의 질문에 드미트리는 대답했다.

"거기 적혀 있지 않습니까?"

아니.

안 적혀 있어.

100년마다 찾아오는 행운의 편지처럼, 발신인 따윈 적혀 있지 않다고.

라펠은 목구멍까지 차오른 말을 뱉어내려다 말았다.

드미트리는 그런 그의 마음은 전혀 헤아리지 못한 듯 생글생글 웃으며 말을 이었다.

"친애하는 로델린 공작 각하께서 보내신 서신입니다."

"……."

"왜 그러십니까, 각하?"

드미트리는 긴 한숨을 내쉬는 라펠을 향해 어리둥절한 시선을 보냈다.

라펠은 근심이 가득한 표정을 지으며 드미트리에게 손에 쥐고 있던 서신의 내용을 보여주었다.

"헉!"

드미트리는 서신 속의 짧고 간략한 내용을 발견하고선 눈을 동그랗게 떴다.

그러한 서신의 내용은 다음과 같다.

—죽어!

"아무래도 로델린 공, 아니, 장인께선…… 날 싫어하는 것 같아."

다음 날.

뜬눈으로 밤을 지새운 라펠은 어쩔 수 없이 레이디들의 다과회에 불려 갔다.

할 일이 많다고 거절의 의사를 전했음에도 불구하고 '새신랑의 얼굴을 봐야겠어요!' 라 주장했던 황녀의 명령을 거부할 수 없었기 때문이다.

간만에 가지는 여유를 느끼며 호로록, 차를 마시고 있던 루키나는 귓가로 들려온 라펠의 말에 행동을 멈추었다.

길고 긴 생각 끝에 숨을 내쉰 라펠은 제 말에 의아한 표정을 짓고 있던 루키나를 발견했다.

그리고 그런 그녀 못지않게 웃음을 참고 있는 두 명의 레이디 역시.

제 딴에는 심각하게 꺼낸 말이었는데, 그런 그를 향해 입꼬리를 씰룩거리고 있는 세 명의 레이디들의 모습에 라펠은 미간을 좁혔다.

"왜 그렇게 바라보는 거지, 이브?"

그리고 나머지 떨거지들?

내가 뭐, 못할 말이라도 했나.

의문을 표하는 라펠을, 루키나는 한참 동안이나 들여다보았다.

그런 그녀의 입술 사이로 풉, 실소가 터져 나온 것은 약간의 시간이 흐른 뒤였다.

"라펠."

그녀의 부름에 라펠은 귀를 기울였다.

루키나는 호선으로 눈을 휘며 말했다.

"그걸 이제 알았어요?"

"……뭐?"

무슨 소리를 들은 건지.

라펠은 말을 끝낸 뒤 큭큭, 웃고 있는 루키나를 빤히 바라보았다.

의아해하는 그를 향해, 루키나는 생글생글 웃으며 비수를 꽂았다.

"우리 아버지, 당신 엄청 싫어해요."

환한 미소와 함께 그녀는 말했다.

"아마 이 세상에서 당신을 제일 싫어한다고 해도 과언은 아닐걸요? 그렇지, 셰리?"

예상하지 못한 답변으로 인해 충격에 휩싸인 라펠의 시선이 그들에게 막 새로운 디저트를 내어오던 셰리를 향했다.

셰리는 갑작스러운 라펠의 벽안에 움찔거리더니 이내 헤헤, 웃으며 어깨를 으쓱였다.

대답을 못하겠다는 표정이다.

"윈스턴 공께선 의외로 무딘 성격인가 봐요?"

두 남녀의 대화를 들으며 까르륵 웃던 빅토리아가 입꼬리를 씰룩이며 중얼거렸다.

라펠이 홱 고개를 돌려 그녀를 응시했다.

만일 예전이라면 그의 시선에 흠칫 놀라 물러났을 아내의 친구는 그런 눈빛 따윈 익숙해졌다는 듯 아랑곳 않고 말을 이어 나갔다.

"로델린 공이 윈스턴 공의 험담을 하고 다니시는 건 꽤 유명한 일환데 말이죠."

"그게…… 무슨 소립니까, 황녀 저하?"

장인께서 내 욕을 하고 다닌다고?

라펠은 명치를 타격당한 표정을 지었다.

"'내 사랑하는 딸아이를 윈스턴 그놈이 훔쳐 갔어!' 라 분노하시면서 말이죠."

"예?"

"빅키."

"왜? 사실이잖아."

빅토리아는 그만하라는 루키나의 손짓에도 불구하고 입술을 움직였다.

루키나는 못 말린다는 듯 쓴웃음을 지으며 고개를 가로저었다.

빅토리아는 평소보다 더 얼굴을 굳히고 있는 라펠을 향해 말했다.

"하지만 뭐, 딸 가진 아버지들이 다 으레 그러는 거니까 윈스턴 공도 너무 걱정할 필요는 없을 거예요. 아바마마도 제가 시집을 가겠다고 하면, 남편 될 사람을 잡고도 남을걸요?"

확실히 셀레스틴이라면 그럴 가능성이 농후해서 라펠은 어쩐지 웃을 수 없었다.

"으음……."

고요한 밤.

기다란 은발을 침대 위로 흩뿌리며 세상모르고 쿨쿨 자고 있던 은발의 여인을 누군가 내려다보고 있다.

흔들림 없는 벽안으로 그녀를 응시하고 있는 사람은 다름 아닌 그녀의 남편인 미르티스 라펠 윈스턴.

밤새 그의 품에 안겨 뜨거운 신음을 토해내던 레이디는 지친 기색이 가득한 표정으로 눈을 감고 있었다.

라펠은 제 시선을 느꼈는지 몸을 뒤척이는 루키나의 어깨까지 이불을 올려주었다.

"……펠."

"더 자."

"……."

"어서."

스르륵 눈꺼풀을 뜬 레이디와 눈이 마주친 라펠이 부드럽게 속삭였지만, 손등으로 눈가를 비비던 레이디는 제 말을 듣질 않는다.

옆으로 누운 채 그녀를 내려다보던 라펠을 향해 루키나는 양팔을 벌렸다.

그러자 라펠은 못 이기는 척 그녀에게 고개를 숙여주었다.

아직 잠에서 덜 깬 레이디는 옅게 웃으며 중얼거렸다.

"잠이 안 와요?"

"응."

"왜?"

왜긴.

"신경 쓰이는 게 있어서."

새벽녘이 될 때까지 잠들지 못한 까닭은 단 하나다.

라펠은 픽 웃으며 저를 와락 끌어당기는 루키나에게 끌려갔다.

"아버지 때문이구나?"

부정할 수 없다.

라펠은 대꾸하지 않았다.

루키나는 미소를 가득 머금은 채 그의 귓가에 대고 속삭였다.

"괜찮다니까요. 빅토리아도 말했잖아. 딸 바보 아버지라 으레 그러는 거라고."

"하지만 신경 쓰이는걸."

다른 분도 아니고 장인인데.

그러고 보니 이제야 떠오른다.

루키나와 결혼을 하기까지 얼마나 많은 어려움이 있었는지.

「윈스턴 공은 절대로 평범하지 않잖아!」

평범한 반려를 주장하던 루키나 로델린이 라펠을 예비 남편으로 데리고 오자 버럭 소리를 지르던 에드문드 로델린의 모습.

「그대에게 정식으로 결투를 신청하오, 윈스턴 공!」

결혼도 전에 첫날밤을 치른 두 연인을 향해 검을 들어 올린 에드문드 로델린의 모습.

「단 한 번이라도 우리 이브를 울린다면…… 내 그대를 절대로 용서치 않으리라!」

결혼식 당일, 그녀를 제게 넘겨주기를 극도로 꺼려하며 음산하게 속삭이던 에드문드 로델린의 모습.

「부드득.」

자신과 황궁에서 마주칠 때마다 이를 갈던, 에드문드 로델린의 모습.

머릿속으로 밀려들어 오는 과거의 기억들이 둥둥 떠다닌다.

라펠은 새삼 깨닫게 된 사실에 눈을 크게 떴다.

'어째서 장인의 사랑을 받고 있다 생각한 거지?'

그간 루키나와 너무도 달콤한 하루하루를 보내고 있었던 터라 망각해버린 건가.

라펠은 저를 못마땅하게 여기는 것이 틀림없는 에드문드 로델린의 섬뜩한 눈빛을 떠올리며 몸을 부르르 떨었다.

왠지 모를 오한이 들었다.

"그렇게 걱정돼요?"

라펠은 커다란 눈망울을 제게 꽂으며 저를 올려다보는 루키나의 이마에 입술을 맞추는 것으로 대답을 대신했다.

그의 입술이 제게 닿았다 떨어지는 것을 초롱초롱한 시선으로 쳐다보던 루키나가 갑자기 무언가 생각이 났다는 듯 씩 웃었다.

"그럼 내가 도와줄까요?"

"그대가?"

"네! 우리 아버지, 제가 하는 부탁이면 자다가도 벌떡 일어나시잖아요!"

그녀의 말은 한 치의 오차도 없는 사실이었기에 라펠은 잠시 머뭇거렸다.

이제는 윈스턴 공작부인이 된 루키나는 자리에서 벌떡 일어났다.

"아버지께 편지를 써야겠어요!"

"이브?"

"당신과 아버지의 사이가 나쁘면 곤란해지는 건 저니까, 역시 제가 나서야겠어요!"

'저만 믿어요, 라펠!' 하고 가슴을 탕탕 두드린 채 침대를 벗어난 루키나가 침대 근처 테이블 앞 의자에 착석하는 것을 그는 말없이 지켜보았다.

◈

"윈스턴 공."

"편하게 사위라 불러주십시오, 장인어른."

"윈스턴 공."

"……."

제 말을 한 귀로 듣고 다른 한 귀로 흘려버리는 것이 분명한 에드문드 로델린의 차가운 녹안이 얼굴에 꽂히는 게 느껴진다.

주르륵. 등 뒤로 식은땀이 흘러내렸다.

라펠은 불편하기 그지없는 이 자리에서 벗어나고 싶었지만 그러지 못했다.

그것도 그럴 것이.

"대답해 주게."

서늘한 녹안으로 주변을 두리번거리던 에드문드 로델린이 물었다. 따가운 시선에 라펠은 멈칫했다.

에드문드는 싱긋 웃었다.

라펠은 숨을 들이켰다.

그는 제국의 소드 마스터가 던진 질문에 어색하게 입꼬리를 움직였다. 입가에 경련이 인다.

이런.

"어째서 공이 여기에 있지?"

냉랭한 장인의 질문에 그 역시 묻고 싶어졌다.

어째서 자신이,

하나밖에 없는 장인과 함께,

연인들이 탈 법한 작은 배 위에,

둘만,

앉아 있는 건지.

"윈스턴 고옹?"

루키나 로델린을 만나기 전까지 거침없는 삶을 살아온 미르티스 라펠 윈스턴은 두려운 것이 없었다.

무언가를 두려워할 필요성을 느끼지 못했다.

때문인지 그는 그 어떤 일에도 냉정했고, 차분했으며, 이성을 유지했다.

그러한 라펠의 침착함과 신중함을 높이 산 리우드의 황제, 셀레스틴은 막 공작위를 이어받았던 라펠을 기꺼이 등용했으며 가까이 두고 중요한 임무를 맡겼다.

제국의 팬텀 공작에게는 거리낄 것이 없다— 는 것이, 리우드에 돌고 있는 라펠의 평가였다.

하지만.

"이브 요 녀석, 이리도 날 감쪽같이 속이다니. 둘만의 선상 파티라 했으면서!"

라펠은 부들부들 떨며 입술을 씰룩거리는 중년인의 중얼거림에 심장이 철렁거리는 것을 느꼈다.

세상에 두려울 것이 없던 제국의 팬텀 공작은 불끈 주먹까지 쥐고 있는 에드문드의 모습에 신변의 위협까지 느끼는 상태다.

불과 몇 년 전까지만 하더라도 저를 보면 인자한 눈웃음을 그려주던 로델린 공작은 어느새 그를 향한 적대감으로 똘똘 뭉쳐 있었다.

'큰일이군.'

루키나가 씩 웃으며 자신만 믿으라고 가슴을 두드렸을 때부터 미리 눈치를 챘어야 했다.

'침착하자.'

라펠은 제게 눈길도 주고 싶지 않다는 듯 그에게서 고개를 돌리고 있는 로델린 공작을 지그시 응시했다.

언제까지 장인과 이런 서먹한 사이로 지낼 수는 없다.

루키나의 계략에 의해 건장한 두 남자가 좁은 배 위에 나란히 앉아 있긴 하지만, 확실히 그와 가까워질 유일한 찬스이기도 하지.

라펠은 최대한 긍정적으로 생각하기로 하며 장인어른을 향해 말을 걸기로 했다.

"보내주신 서신은…… 잘 받았습니다."

"헉!"

최대한 예의가 바르게, 억지로 입꼬리를 올려가면서 말을 건 라펠의 음성에 툴툴거리던 에드문드가 홱 고개를 돌렸다.

라펠은 크게 놀란 표정의 에드문드를 의아하게 응시했다.

에드문드는 움찔거리다 천천히 입술을 달싹였다.

"그게 나라는 건…… 어찌 알았나?"

라펠은 당황하는 에드문드에게 대답했다.

"저희 쪽 총관이 말해줬습니다. 로델린 공작령에서 온 서신이라고."

"뭐? 아니, 그걸 어떻게 안 거지? 발신인은 적지 않았는데!"

"발신인이 적혀 있지 않더라도 장미 인장을 사용하는 귀족은 리우드에서 장인어른뿐이시니."

"뭐라? 인장을 사용했다고? 그 편지에?"

뭔가 잘못된 건가.

"빌어먹을! 카일, 이 자식이……. 어쩐지, 수신인이 누군지 계속 물을 때부터 알아봤어야 하는 건데!"

라펠은 이를 갈며 중얼거리는 에드문드의 말에 쓴웃음을 흘렸다.

그러니까 그 편지의 문구는 진심이라는 소리군.

라펠은 저 먼 강가에서 루키나와 함께 손을 흔들고 있는 로델린 공작령의 카일 아렌 총관을 흘긋거렸다.

부드러운 인상의 카일이 괜히 걱정됐다.

"흠흠! 어, 어쨌든. 잘, 지냈는가?"

발신인까지 숨겨가며 '죽어!'라는 편지를 보내온 사람과는 꽤나 거리가 먼 인사다.

라펠은 웃음이 터져 나오려는 것을 꾹 참고선 고개를 끄덕였다.

"예. 덕분에. 장인어른께서도 잘 지내셨습니까?"

"잘 지낼 리가!"

예의상 건넨 인사에 인상을 쓰던 에드문드 로델린이 소리쳤다.

라펠은 깜짝 놀라 그를 쳐다봤다.

에드문드는 그를 노려보며 중얼거렸다.

"얘기가 나왔으니 하는 말일세. 윈스턴 공. 아니, 자네! 어찌 내게 이럴 수 있나!"

최대 인원이 3명밖에 되지 않는 작은 배.

뱃사공이 노를 젓고 있던 배 위에, 마주 보고 앉아 있던 두 명의 남자들 중 잔뜩 흥분한 이는 흰 머리가 멋들어지게 난 적발의 중년인이었다.

라펠은 버럭 소리치는 에드문드 로델린을 의아하게 바라보았다.

에드문드는 서운함이 가득한 표정을 지으며 소리쳤다.

"내 사랑하는 이브를 빼앗듯 데려가 놓고 어찌 로델린령에 한 번도 오지 않을 수가 있어!"

"……예?"

"그간 그렇게 수도 없이 초대장을 보내도 끄떡도 안 하고. 내가 윈스턴령에 오지 않으면 내가 살아 있다는 것도 몰랐을 게 분명해! 그 때문에 내가 한동안 잠도 못 잤다고, 알고는 있나!"

파르르, 입술을 떠는 에드문드의 얼굴엔 불만이 가득했다.

라펠은 아무런 대답도 하지 못했다.

"게다가 신혼여행을 일 년씩이나 가는 부부가 대체 어디 있나! 그 일 년간 어디 있는지 알려주지도 않고! 내가 둘의 소식을 알아내느라 얼마나 애썼는지 아는가? 알아?"

일이 이렇게까지 된 이상, 서운함을 몽땅 토로하겠다고 마음먹은 에드문드는 잠시도 멈추지 않았다.

라펠은 억울한 얼굴로 그를 바라봤다.

그 역시 신혼여행을 일 년씩이나 가고자 할 마음은 추호도 없었다.

공작성에 머물며 침대에서 벗어나고 싶지 않은 것이 솔직한 그의 심정 아니었던가.

셀레스틴과 합작하여 신혼여행을 빙자한 임무 수행을 다니는 황제의 기사로 인해, 이제야 제대로 된 신혼을 만끽하고 있었던 것을.

하지만 어쩐지, 그의 마음을 알 것 같기도 해서 라펠은 흐리게 웃었다.

"그래서 저를 그리도 미워하셨습니까?"

"당연하지! 망할 자식. 우리 이브를 데려가 놓고 잘 만나게 해주지도 않고! 자네가 밉네! 아주 미워!"

제국의 수많은 무인들에게 무한한 존경을 받고 있는 최고의 검사, 에드문드 로델린은 크게 소리쳤다.

라펠은 저를 향한 적개심을 유감없이 드러내는 에드문드에게 미소를 그려 보였다.

"뭘 그리 웃나."

에드문드는 냉랭한 라펠의 얼굴에 옅게 미소가 피어나는 것이 못마땅했는지 툴툴거렸다.

라펠은 짙은 미소를 그리며 대답했다.

"장인어른의 서운한 마음을 진작 눈치채지 못한 스스로를 탓하고 있었습니다. 용서하십시오."

"……!"

"앞으로 주말마다 이브를 데리고 로델린령에 들르겠습니다. 장인어른께서는 부디 저희를 귀찮게 여기지 말아주십시오."

"정말? 정말 주말마다……!"

딱딱한 얼굴의 사내가 부드럽게 미소를 그리자 귀를 쫑긋거리는 적발의 중년인이 보였다.

어찌나 놀랐는지 자리에서 벌떡 일어난 중년인으로 인해 배가 휘청거렸다.

그제야 자신의 행동을 알아차린 에드문드는 흠흠, 헛기침을 흘리며 다시 자리에 착석했다.

"흥! 윈스턴 공. 공이 이제 와 그런다고 내가 눈 한 번 깜짝할 것 같은가?"

난 여전히 서운하다고—라는 의견을 피력하는 에드문드를 향해 라펠은 말을 이었다.

"하긴. 그래서 이 년 동안이나 제게 서운해하셨던 장인어른의 마음을 달랠 수는 없겠지요."

"말은 번지르르하군!"

입술을 삐죽이며 에드문드 로델린은 투덜거렸다.

라펠은 눈꼬리를 휘었다.

"그래서 장인어른께 한 가지 상의드리고 싶은 것이 있습니다."

"상의?"

에드문드는 회심의 미소를 짓는 라펠을 의심쩍게 바라봤다.

라펠은 슬쩍 고개를 끄덕이며 속삭였다.

"하나를 원하십니까, 둘을 원하십니까? 아니면……."

❖

"하하하!"

에드문드 로델린.

아직도 정정하기 그지없는 적발의 중년인은 라펠의 어깨에 팔을 두르며 호탕한 웃음을 흘려댔다.

'어?'

자신이 가장 사랑하는 두 사람이 가까워지는 자리를 마련할 계획을 세웠던 루키나는 눈을 크게 떴다.

뭐가 어떻게 된 거지?

커다란 체격의 사내들을 태우기엔 무리가 있다 싶은 작은 배가 에드문드의 웃음소리에 거침없이 흔들리는 것이 보인다.

오랜만에 로델린 성의 식구들과 만나 다과를 즐기고 있던 루키나는 뱃놀이를 마치고 강가로 돌아오는 두 남자를 발견하고선 자리에서 벌떡 일어났다.

두 눈으로 보고도 믿을 수 없는 광경.

라펠만 보면 적수를 발견한 사자처럼 갈기를 빳빳하게 세우던 에드문드가 어찌 된 셈인지 그를 향해 환한 미소를 날리고 있었다.

루키나는 이루 말할 수 없는 충격을 받았다.

"윈스턴 공! 아니, 우리 사위! 자네가 이리 재미있는 사내일 줄이야. 감정이라곤 없는 놈인 줄 알았더니. 어찌 미처 몰랐을까! 하하하하! 아, 저기 이브가 있군. 이브!"

두 남자가 탄 배를 움직이고 있던 뱃사공의 능숙한 노 젓기로 그들의 배는 점점 루키나 일행에게 가까워졌다.

루키나는 라펠에게 큰 웃음을 지어 보이던 에드문드가 제게 손을 흔들자 엉겁결에 팔을 들어 올렸다.

그녀는 곧 어색한 미소를 지으며 배에서 내리는 두 남자에게 다가갔다.

"뱃놀이가…… 즐거우셨나 봐요?"

그 말을 뱉으며 루키나는 라펠에게 어떻게 된 일이냐는 시선을 보냈다.

라펠은 말없이 웃기만 할 뿐이었다.

에드문드는 놀랍게도 힘차게 고개를 끄덕이며 흡족한 미소를 지었다.

"그럼! 여기 있는 사위 덕분에, 아주!"

"과찬의 말씀이십니다, 장인어른."

라펠은 일말의 망설임도 없이 대답하는 에드문드에게 공손히 대답했다.

에드문드가 라펠에 대한 태도를 달리하는 것도 충분히 놀라운 일이건만, 라펠이 공손한 태도를 보이자 루키나는 입을 쩍 벌렸다.

믿어지지 않는다는 표정으로 두 남자를 번갈아 쳐다보던 루키나는 이젠 아예 자신을 제쳐 두고 앞서나가는 두 사람의 커다란 등을 멀뚱히 응시했다.

"참! 그러고 보니 얼마 전 섬플 백작이 사슴 두 마리를 선물로 보내왔지. 왜, 섬플렁은 사슴으로 유명하지 않은가. 어떤가? 한 마리를 자네에게 선물로 주고 싶은데.”

‘뭐?’

“괜찮습니다. 장인어른의 건강을 위해…….”

“어허! 마음 같아서는 두 마리 다 주고 싶은 걸, 둘 다 주면 안 받겠다 할 것 같아 한 마리만 주는 걸세. 만약 하나도 받지 않는다고 하면 무척 섭섭할 거야!”

“……그럼, 감사히 받겠습니다.”

“하하하! 그래야지!”

제 귀로 듣고도 의심했다.

혹시 아버지가 무언가 잘못 드셨나 싶을 정도다.

루키나는 불과 몇 시간 만에 라펠에 대한 태도를 달리하고 있는 에드문드에 대해 적응하지 못하는 상태다.

“마님.”

얼빠진 얼굴로 서 있는 루키나에게 그녀의 충실한 시녀, 셰리가 다가왔다.

“각하께 무슨 일이 생긴 걸까요?”

그녀가 언급한 ‘각하’가 로델린과 윈스턴 중 어느 공작 각하라고 뚜렷하게 명시하지는 않았지만, 루키나는 확신했다.

무슨 일이 생긴 거다.

◈

“솔직하게 말해요, 라펠.”

다그닥 다그닥. 말발굽 소리를 경쾌하게 울리며 벌판을 가로지르고 있을 때였다.

어느새 붉게 물든 창밖을 바라보던 라펠은 제 허리를 콕 찌르는 루키나의 말에 고개를 돌렸다.

"무엇을?"

"어쩜 이리 뻔뻔하게! 제가 뭘 말하고 있는 건지 이미 알고 있잖아요!"

라펠은 퉁명스레 외치는 루키나를 보고서도 모르는 척 눈을 감았다 떴다.

부글부글, 입을 쭉 내밀던 루키나는 반대편에 앉아 있던 몸을 벌떡 일으키더니 그의 허벅지 위로 엉덩이를 붙였다.

"이브!"

위험하다 외치며 반사적으로 손을 뻗은 라펠은 루키나의 허리를 부여잡았다.

루키나는 당황한 라펠의 시선에도 아랑곳 않고 그의 위에 안전하게 올라타선 기다란 머리카락을 늘어뜨리며 고개를 숙였다.

"사실대로 말하는 거예요."

"……?"

"대체 어떻게 아버지를 구워삶은 거예요?"

반짝반짝 빛나는 그녀의 녹안이 그를 직시했다.

벗어날 곳은 그 어디에도 없다며, 제 시야를 완벽하게 가린 루키나의 뜨거운 시선에 라펠은 풋 웃음을 터뜨렸다.

"웃지 말고요!"

"……."

"입 다물지 말고, 어서요! 아니. 어떻게 했길래 아버지가 그렇게 태세 전환을 할 수 있죠? 믿어지지 않아! 우리 아버지, 당신한테 협박 편지를 보낸 적도 있지 않아요?"

루키나는 납득할 수 없다며 소리쳤다.

말하지 말라 했더니.

라펠은 조용히 갈무리했던 에드문드의 서신을 떠올리며 쓰게 웃었다.

"라페엘!"

루키나가 다시 한 번 그의 이름을 불렀다.

라펠은 이글거리는 루키나의 녹안을 향해 대꾸했다.

"이상하군. 장인어른과 가까워지도록 뱃놀이 시간을 마련해 준 건, 그대 아니었나?"

그것도 장인이 깜빡 속아 넘어가도록, 각각 다른 지점에서 그들을 배에 올라타게 만들어 몇 시간 동안 꼼짝없이 강 위를 떠다니게 만든 장본인이.

루키나는 되묻는 라펠에게 헛기침을 흘렸다. 그러고는 그의 코앞까지 얼굴을 들이밀며 커다란 눈을 일렁였다.

"바른대로 말 못해요? 대체 무슨 수를 쓴 거예요?"

호기심 넘치는 그의 아내는 녹안을 부라리며 외쳤다.

라펠은 그런 아내를 빤히 올려다보았다.

"라…… 읍!"

뚱한 얼굴로 그를 응시하던 루키나는 목 근육에 힘을 준 라펠로 인해 다음 말을 삼켰다.

"뭐 하는 거예요?"

촉, 난데없이 입술이 닿았다 떨어지자 눈을 가늘게 뜬 레이디가 물음을 던졌다.

라펠은 어깨를 으쓱였다.

"눈앞에 입술이 보이니까."

“뭐라고요?”

“조금만 더 자극하면 여기서 덮칠 것 같은데.”

“미, 미쳤어!”

기겁하며 그의 허벅지 위에서 떨어져 나오려던 루키나가 엉덩이를 떼려다 멈칫했다.

“……이브?”

라펠은 갑자기 좌우를 둘러보는 루키나를 의아하게 올려다보았다.

루키나는 흐트러진 은발을 귀 뒤로 넘기며 호흡을 고르더니 중얼거렸다.

“조용히 하면…… 모를 수도 있겠네.”

……!

“에잇!”

나지막한 말을 흘리던 그녀는 곧 말이 끊어지기가 무섭게 그의 목을 끌어안으며 고개를 숙였다.

라펠은 거침없이 그의 단추를 끄르려는 루키나를 쳐다보다 웃음을 터뜨렸다.

「하나? 둘? 그게 무슨 헛소린가? 자네, 나와 장난치나!」

불현듯, 장인과의 뱃놀이 도중 있었던 대화가 떠오른다.

라펠은 진한 키스를 퍼붓는 그녀에게 열렬히 응하며 자신이 장인에게 했던 말을 상기했다.

「몇 명의 손자, 손녀를 원하시는 건지 묻는 겁니다.」

원만한 결혼 생활을 위해 젠틀맨, 미르티스 라펠 윈스턴이 지켜야 할 첫 번째 규칙.

젠틀맨은 장인의 마음을 사로잡아야 한다.

Rule 2

젠틀맨은 조력자를 구해야 한다

'이런.'

벌써 시간이 이렇게 됐군.

스윽, 창밖을 응시하자 어느덧 해가 뉘엿뉘엿 지려는 것이 보였다.

라펠은 일말의 망설임도 없이 앉아 있던 의자에서 일어났다.

"오늘은 여기까지 하도록 하지."

"……예?"

"남은 보고는 내일 드미트리에게 따로 보내도록 해."

"예에?"

"그럼."

이안 와이너로부터 오노르 기사단의 예산 문제와 앞으로의 일정에 대한 보고를 듣고 있던 라펠이 돌연 말을 뱉어내자, 이안 와이너의 눈이 동그래졌다.

라펠은 당황해하는 이안 와이너를 내버려 둔 채 조금도 주저하지 않고 집무실 밖을 벗어났다.

"……하, 각하!"

성큼성큼. 누가 쫓아오지 않음에도 불구하고 빠르게 걸음을 움직이던 라펠은 등 뒤에서 들려오는 목소리에 뚝 멈췄다.

와이너?

헉헉, 거친 숨을 몰아쉬고 간절하게 저를 불러대는 이안 와이너가 그를 향해 손을 뻗고 있었다.

라펠은 의아한 표정을 지으며 이안 와이너를 응시했다.

"무슨 일이지, 와이너?"

왜 이렇게 뛰어온 거야?

"하아, 하아. 숨 좀…… 후우, 숨 좀 돌리고요."

"……?"

"후우우. 됐다."

대체 무슨 소리를 하려고.

"각하! 정말 너무하신 거 아닙니까!"

길게 호흡을 내쉰 이안 와이너가 돌연 얼굴을 번쩍 들어 올리며 외치자 라펠은 움찔거렸다.

사자후를 토해내는 것처럼 귀를 쩌렁쩌렁 울리는 음성에 깜짝 놀란 것이다.

라펠이 멀뚱히 자신을 쳐다보고 있음을 인지한 이안 와이너는 멈추지 않았다.

"아무리 달콤한 신혼이라도 그렇지요! 아직 해도 지지 않았는데, 매번 그렇게 돌아가시면 각하와 술잔을 기울이기만 고대하고 있는 저희는 대체 어쩝니까!"

……뭐?

"섭섭합니다! 밀드레, 아니, 레이디 로델린을 만나기 전에는 간혹 회식 자리에 끼어서 함께해 주시던 분이! 결혼식을 올리자마자 신혼여행을 떠나신 걸로도 모자라 돌아오시기가 무섭게 공작령으로 거처를 옮기시고. 황도에 들르실 때마다 해가 지기 전 저택으로 쏜살같이 달려가시다니! 이러면 각하를 존경하여 곳곳에서 모여든 저희 오노르의 단원들이 상심할 거라는 걸, 생각해 보신 적 있으십니까?"

자신이 감히 누구의 앞에서 말하고 있는지 잊어버린 것이 틀림없다.

드넓은 리우드 제국에서 단 네 명밖에 존재하지 않는 공작 중 한 사람이자, 피도 눈물도 없다는 팬텀 공작에게 바락바락 소리를 내지르고 있다는 것을 망각한 건가.

'섭섭합니다, 섭섭해요!' 라 소리치며 토라진 듯 픽 고개를 돌려 버리는 이안 와이너를 라펠은 황당하게 응시했다.

그러다 라펠은 후우 한숨을 내쉬며, 씩씩거리고 있는 이안 와이너를 불렀다.

"와이너."

이안 와이너가 그의 낮은 목소리에 움찔하는 것이 보인다.

라펠은 서늘한 눈으로 이안 와이너를 직시했다.

"하, 하하."

그러자 제 발에 저린 이안 와이너가 슬그머니 시선을 라펠에게 고정시키며 웃음을 흘렸다.

벅벅, 뒷머리를 긁으며 배시시 미소 짓는 이안 와이너는 꼿꼿하게 세웠던 꼬리를 어느새 내린 후였다.

"제가…… 너무 나갔습니까?"

"그래."

"죽이실 겁니까?"

"고민 중이다."

"각하! 살려주십시오!"

라펠이 차갑게 대답하기가 무섭게 이안 와이너는 털썩 바닥에 무릎을 굽히며 소리쳤다.

라펠은 바닥에 머리를 파묻을 기세로 목숨을 구걸하는 이안 와이너를 응시했다.

'섭섭해?'

딱히 부하를 섭섭하게 만들 생각은 없었기에 라펠 역시 난감한 건 마찬가지다.

그러나 어쩔 수 없지 않은가.

'나는 유부남인걸.'

제국 최초의 여기사인 루키나 로델린과의 결혼식 이후, 라펠에겐 그녀를 만나기 전까지만 하더라도 상상해 본 적이 없었던 '가정'이라는 것이 생겼다.

아직은 겨우 둘뿐이지만, 시간이 지난다면 점차 사람들도 늘어날 터.

과거 그가 윈스턴가의 소공자였던 시절, 언제나 비어 있던 아버지의 존재를 그리워했던 것이 생각났기에, 매일 해가 지기 전에 윈스턴령으로 출발했던 것인데.

'이런 반응을 보일 줄은…….'

여전히 숙인 머리를 들 생각을 않는 이안 와이너를 무심하게 내려다보던 순간적으로 스치는 생각에 눈썹을 까딱였다.

좋은 생각이 났다.

"고개를 들어라, 이안."

성을 부르지 않고 이름을 불렀다는 것은 공작의 노기가 누그러졌다는 것을 암시했다.

이안 와이너의 안색이 눈에 띄게 밝아진 것은 당연한 이치.

라펠은 흥, 코웃음을 치며 입술을 달싹였다.

“경을 비롯한 오노르의 식구들에게 그런 서운함을 안겨줬다니 미안하다.”

“아, 아닙니다, 각하! 제가 너무 나갔…….”

“그런 의미에서 그대들의 서운함을 달래주고 싶은데.”

“……!”

“내게 원하는 것이 있는가?”

오노르의 기사들은 언제나 그를 위해 목숨을 바칠 준비가 되어 있는 자들이었다.

그런 자들이 서운함을 느끼는 것은 곤란하지.

채찍만 줬다가는 반발이 일어날 터.

결국 당근을 던져 주기로 결심한 라펠이 묻자 이안 와이너의 입꼬리가 길게 찢어졌다.

라펠은 잠시 제 눈치를 살피던 이안 와이너가 미묘한 표정을 짓자 움찔했으나 곧 태연함을 유지했다.

이안 와이너는 생글생글 웃으며 소리쳤다.

“당연히 있습죠! 딱 한 가지면 됩니다!”

한…… 가지?

❖

“라펠. 이게 대체…… 어떻게 된 일인가요?”

윈스턴 공작부인이 윈스턴령에 위치한 공작성에 도착한 것은 윈스턴 공작이 황도로 떠난 지 꼬박 하루 만의 일이었다.

라펠의 귀환 예정 시간에 맞추어 윈스턴 공작령에 위치한 아미키티아 기사단 본부에서 돌아온 루키나는 아직은 검붉은 기운이 감도는 하늘을 올려다보며 저택 안으로 발을 내딛었다.

그런 그녀는 저택 현관에 발을 내딛자마자 무언가 달라진 기운을 받고 멈춰 섰다.

그녀의 귀가를 반기는 윈스턴 공작가의 총관, 드미트리에게 '손님이 왔나요?' 라고 물음을 던지자 어색한 웃음이 흘러나오는 것을 보고 수상하다 생각하기는 했지만.

"아하하하, 마셔, 마시라고!"

"단장님! 이 술, 진짜 맛있습니다!"

"캬아. 역시 공작가의 음식이라 예술이네요, 예술!"

"뭐? 더 달라고? 옜다!"

이런 예상치 못한 장면이 펼쳐지고 있을 줄이야.

라펠은 커다란 다이닝 룸을 가득 채운 수많은 덩치들을 가리키며 눈을 치켜뜨고 있는 루키나에게 쓴웃음을 흘렸다.

"어어? 밀드레드 아닌가! 아, 아니지. 이런 무례를! 용서하십시오, 공작부인 마님! 2년이 지났지만 통 적응이 되어야 말이지요! 하하하, 그간 잘 지내셨습니까!"

예고도 없이 찾아온 오노르의 기사단원들은 한창 흥에 취해 술잔을 들어 올리다 루키나를 발견했다.

대표로 그녀를 향해 인사를 건네는 이안 와이너의 외침에 루키나는 빙긋 미소를 그렸다.

"단장님, 오랜만이에요."

겉으로는 분명 환하기 그지없는 미소였지만 어쩐지 섬뜩하게 느껴지는 것은 라펠만의 착각일까.

그녀의 심기를 어지럽힐까 싶어 꾹 입을 다문 라펠과는 달리 이안 와이너는 거리낄 것이 없었다.

술기운이 달아올라 있던 이안 와이너는 그녀의 눈치만 살피는 라펠에게 쯧쯧, 혀를 차더니 루키나에게 외쳤다.

"공작부인 마님께서도 이리로 오셔서 한잔하시지요! 그동안 못 봤던 우리 단원들과 회포도 할 겸 말입니다!"

"……라펠."

"미안."

슥, 저를 올려다보는 루키나를 차마 바라보지 못하고 라펠은 대꾸했다.

"내가 못 살아."

루키나는 제 시선을 피하는 라펠을 쳐다보다 고개를 절레절레 저으며 그들을 향해 다가갔다.

라펠은 쯧쯧 혀를 차던 그녀가 수많은 남자들이 모여 있는 테이블 쪽으로 걸어가는 모습을 말없이 지켜보았다.

"마니임. 저희는! 끅! 섭섭합니다! 섭섭하다고요!"

검 좀 휘두르는 자들이라 그런지 목소리가 우렁차다 못해 룸 안을 꽉꽉 채운다.

마지못해 착석한 루키나를 향해 오노르 기사단의 단원들은 기다렸다는 듯 서운함을 드러냈다.

루키나는 예상하지 못했던 그들의 발언에 크게 당황한 표정을 지었다.

라펠은 가만히 그들을 지켜봤다.

"요즘 각하를 뵙기가 얼마나 어려운지 아십니까?"

"그, 그래요?"

"그렇다고요! 물론, 예전부터 뵙기 쉬운 분은 아니셨지만…… 그래도 이 정도는 아니었습니다!"

"아."

"거처도 공작령으로 옮기셔서 꼬박 하루를 달려와야 뵐 수 있는데 말입니다. 황도에 한 번 들르면 한 시간도 채 되지 않아 자택으로 돌아가시니 각하와 술 마실 시간도 없습니다요!"

"맞습니다! 각하와 술잔을 맞대던 때가 그립습니다!"

"옳소!"

한때 라펠을 '미티 형님'으로 부르며 졸졸 따르던 헨리 캐슬러가 술에 잔뜩 취해 소리쳤다.

그의 말에 동조한다는 듯 몇몇 기사단원들이 힘차게 술잔을 들며 소리쳤다.

"그거야 당연한 거죠!"

하지만 그런 그들에게서 술잔을 건네받으며 꼴깍꼴깍 술을 들이켜던 윈스턴 공작부인은 그들의 서운함에 아랑곳 않고 코웃음 쳤다.

"집에 토끼같이 예쁘고 사랑스러운 마누라가 떡하니 있는데. 정상적인 남자라면 집에 안 가고 싶겠어요? 나 같아도 가고 싶겠다! 그렇죠?"

마치 제 동의를 구하듯 슬쩍 자신이 있는 쪽을 흘긋거리는 루키나의 외침에 라펠은 끄덕끄덕, 고개를 주억였다.

"아이고. 섭섭합니다, 섭섭해요! 이젠 두 부부가 쌍으로 저희를…… 크흡. 그리고 저희가 섭섭한 건 또 있습니다!"

"라펠이 일찍 귀가하는 것 말고도 또 있다고요?"

"예! 이번 건, 공작부인 마님에 관한 겁니다!"

"맞습니다! 공작부인 마님에 대해 섭섭한 게 있습니다!"

헨리 캐슬러의 투정에 이곳저곳에서 불만의 목소리가 터져 나왔다.

라펠은 쾅쾅— 거세게 식탁을 두드리며 소리치는 자신의 기사단원들을 응시했다.

지금이야 한껏 달아올라 저렇게 앞뒤를 구분하지 못하고 설쳐 대지만, 이 시점에서 아주 조금이라도 더 엇나가게 된다면 '로델린 경'의 인내가 더 남아나지 않을 것이다.

'정도를 알아야 할 텐데.'

라펠은 슬슬 분노의 기운이 일기 시작하는 루키나의 얼굴을 흘끔거렸다.

"조, 좋아요! 대체 불만이 뭔지…… 들어보기나 하죠!"

커다란 덩치의 남자들이 일제히 저를 빤히 주시하자 움찔거리던 루키나는 내심 놀라면서도 차분하게 고개를 까딱였다.

어느새 그녀의 곁에 앉아 있던 라펠은 그들에게서 어떠한 말이 흘러나올까 궁금해하며 루키나를 쳐다봤다.

그러다 팔을 아래로 내려 그녀의 손 위로 제 손을 덮었다.

루키나가 그 행동에 당황한 듯 저를 쳐다보는 것이 보였다.

라펠은 빙긋 미소를 지어 보였다.

"저희가 불만인 건 말입죠, 공작부인 마님!"

꼴깍.

루키나의 침 넘어가는 소리가 선명할 정도로 확연하게 들려왔다.

어쩐지 웃음이 날 것 같았으나 라펠은 꾹 참았다.

오노르의 기사단원들은 그런 루키나의 심정 따윈 알 리 없는 얼굴로 버럭 소리쳤다.

"어째서 두 분께서 결혼하신 지 2년이 흘렀는데, 소공자나 소공녀님 소식이 없냐는 겁니다!"

"……네?"

아마도 '저희와도 공작 각하를 공유해 주십시오!' 라는 말 등을 생각했었는지, 긴장하고 있던 루키나가 눈을 동그랗게 뜨는 게 보인다.

라펠은 오노르 기사단원들을 대표하여 외치는 이안 와이너를 쳐다봤다.

이안 와이너는 외쳤다.

"제가 알고 있기로, 두 분의 정은 다른 연인들도 질투할 만큼 깊다고 했는데, 어째서 아직도 2세의 소식은 들려오지 않는 건지요!"

"건지요!"

"두 분, 노력은 하고 계시는 겁니까?"

"겁니…… 헉!"

이안 와이너가 뱉어내는 말을 따라하던 헨리 캐슬러는 목을 겨누는 차가운 금속에 움찔거렸다.

"그만해라."

오노르 기사단원의 이야기를 잠자코 들어주던 미르티스 라펠 윈스턴이 가라앉은 목소리로 그들을 응시하자 모두가 입을 다물었다.

한껏 달아올라 있던 다이닝 룸의 분위기가 순식간에 찬물을 끼얹은 것처럼 차분해졌다.

라펠은 자리에서 일어났다.

"피곤하군. 들어가지."

"하, 하지만."

"이브."

라펠은 저를 올려다보는 루키나에게 고개를 저으며 손을 내밀었다.

루키나는 마지못해 따라 일어나며 바짝 숨을 죽이고 있던 오노르 기사단원들을 흘긋거렸다.

라펠은 서늘한 눈으로 얼굴을 숙이고 있는 기사단원을 노려본 후 다이닝 룸을 벗어났다.

"다들 그런 생각을 하고 있을 줄은 몰랐어요."

목욕을 마치고 돌아온 루키나의 중얼거림에 라펠이 들고 있던 책을 내려놓았다.

아직 젖어 있는 그녀의 은발이 촛불에 반사되어 반짝이고 있었다.

라펠은 하아, 한숨을 내쉬며 침대 위로 올라가는 그녀에게 다가왔다.

"라펠."

"응."

"우리…… 슬슬 아이를 가져야 하는 걸까요?"

슬며시 그를 쳐다보는 루키나의 말에 라펠은 대답하지 않았다.

루키나는 풀 죽은 목소리로 중얼거렸다.

"물론 우리가 결혼한 지 2년이나 흘렀고, 제가 다른 레이디들에 비해 매우 늦은 시기에 결혼을 한 것도 알고는 있어요. 제 또래의 레이디들에게 이미 많은 자식들이 있는 것도……. 그렇지만 라펠."

"……."

"저 아직 한창때잖아요. 이제 겨우 아미키티아가 자리를 잡고 가을에 열리는 제국 기사단 대회에 출전하려는 중요한 시점에서 임신은…… 꺼려져요."

"이브."

"미안하지만, 라펠. 우리 조금만 더 이렇게 지내다 자녀 계획을 세우는 건 어때요? 네?"

간절한 의미를 지닌 녹안이 저를 올려다본다.

유혹도 이런 유혹이 없지.

잠시 흔들릴 뻔했지만 라펠은 말을 이어 나갔다.

"그대의 말에 어느 정도 동의하기는 하지만, 그 말은 작년 이맘때쯤에도 들었던 것 같은데.”

“응? 그, 그랬나?”

“……그리고 신혼여행을 갔던 재작년 이맘때쯤에도.”

“헉, 제, 제가요?”

루키나 로델린은 삐질삐질 땀을 흘리며 그의 시선을 피했다.

라펠은 한숨을 내쉬며 중얼거렸다.

“이러다 내가 마흔이 되어서야 2세를 보는 건 아닌가 싶군.”

“어머, 무슨 소리예요! 호호. 설마 그럴 리 있겠어요?”

루키나는 콧소리를 흘리며 대답했지만 라펠은 걱정이 됐다.

‘충분히 그럴 것 같은데…….’

라펠은 ‘기사단 대회가 끝나면. 끝나면 꼭 2세 계획을 세워요!’ 하고 제게 볼맞춤을 하는 그녀를 직시했다.

‘이 정도면 걸려들 줄 알았는데.’

오노르 기사단원들을 이용하여 그녀에게 경각심을 일깨워 주려고 했던 계획이 모두 수포로 돌아갔다.

라펠은 얼른 불을 끄라고 외쳐 대는 루키나를 바라보다 침대에서 일어났다.

‘쉽지 않군.’

뭐든지 잘한다는 남자, 미르티스 라펠 윈스턴의 고심은 날이 갈수록 깊어간다.

❖

똑똑.

조심스레 문을 두드리는 소리에 라펠의 고개가 들렸다.

짧게 들어오라는 말을 하자 끼이익, 집무실의 문이 열렸다.

"주인님. 셰리가 왔습니다."

"가, 각하! 부, 부르셨습니까!"

얼마 전, 성년이 된 푸른 눈동자의 금발 소녀가 드미트리의 뒤를 이어 모습을 드러냈다.

라펠은 하던 행동을 멈추고 몸을 일으켰다.

"앉도록."

"예, 엡!"

라펠은 저만 보면 몹시 긴장하는 금발 소녀가 경직된 표정을 지으며 성큼성큼 걸음을 움직이는 것을 지켜보았다.

금발 소녀는 숨을 크게 들이마신 후 라펠이 가리키는 자리에 털썩 엉덩이를 붙였다.

드미트리에게 고갯짓을 한 라펠은 어깨를 딱딱하게 굳히고 있는 셰리를 쳐다봤다.

"셰리 미우."

"네넵!"

제 부름에 또다시 자리에서 벌떡 일어난 셰리를 올려다보며 라펠이 피식 실소를 흘렸다.

그에 움찔하던 셰리는 침을 꼴깍 삼켰다.

"긴장되나?"

"예? 아…… 예에."

"너를 혼낼 생각으로 부른 것이 아니다. 그렇게 가슴 졸이지 않아도 돼."

"저, 정말입니까, 각하? 각하 몰래 마님과 나갔다 온 것 때문에 그러신 것이 아니…… 흡!"

푸른 눈의 소녀는 무심코 말을 늘어놓다 두 손으로 입을 막았다.

라펠의 눈이 가늘어졌다.

"몰래…… 나갔다 와?"

쿵—!

"죽여주십시오, 각하! 저는 마님을 말렸습니다! 하지만 마님의 뜻이 워낙 확고하셔서! 흑흑. 곧 열리는 기사단 대회 때문에 마님께서 많이 예민해지셨던 터라 어쩔 수가 없었어요! 하지만 걱정 마십시오! 마님께 다가오는 이물질들은, 제가 다 처리했으니까요!"

대체 무슨 소리를 하는 건지 모르겠다.

라펠은 제 발에 저려 머리를 바닥에 박아버린 셰리를 황당하게 응시했다.

자세하게는 모르겠지만, 일단 그 몰래 공작성을 나섰던 루키나와 관련된 이야기인 것 같은데.

궁금한 것이 한두 가지가 아니지만 이 시점엔 그것이 중요한 것이 아니다.

"고개를 들어라."

라펠은 닭똥 같은 눈물을 쪼로록 흘리고 있는 셰리에게 명령했다.

셰리가 큰 눈을 일렁이며 슬쩍 고개를 들자 휘휘, 손을 내젓는 아량까지 보였다.

셰리는 다시 자리에 착석했다.

"내가 너를 부른 이유는."

꼴깍.

셰리가 침을 삼키는 소리가 들려왔다.

잠시 눈썹을 꿈틀거리던 라펠은 말을 이었다.

"너와 의논하고 싶은 것이 있어서다."

"의논이요? 저와요?"

셰리의 눈이 토끼처럼 동그래졌다.

라펠은 고개를 끄덕였다.

"몇 가지 묻고 싶은 게 있어서."

"각하께서요? 제게요?"

셰리는 몇 번이고 되물었다.

라펠은 침착하게 대답해 주었다.

"그래. 너와 의논하고 싶은 게 있는데 성실히 답해줄 수 있느…… 왜 우는 거지, 셰리?"

라펠은 초롱초롱 눈을 빛내던 셰리의 눈에서, 조금 전과는 다른 의미로 눈물이 주르륵 흘러내리는 것을 발견하곤 미간을 좁혔다.

셰리는 손등으로 눈가를 훔치며 중얼거렸다.

"제가 윈스턴 공작가로 들어온 지 2년 만에 각하께서 제게 명을 내려주셔서요! 물론 마님을 모시는 것이 저의 본분이지만, 각하, 아니, 주인님께서 이렇게 직접 상의하고 싶은 것이 있다고 하니…… 흐흑, 왠지 감격스럽습니다!"

"아."

"무슨 일이십니까, 주인님! 뭐든지 상의해 주십시오. 제 조그만 머리를 굴려, 성심을 다해 답하겠습니다!"

셰리 미우는 진심을 다해 소리쳤다.

어쩐지 머쓱해진 라펠은 이제 자신에 대한 호칭을 각하에서 주인님으로 바꿔 버린 셰리의 외침을 말없이 듣고 있었다.

라펠은 '맡겨주십시오!' 라 외쳐 대는 셰리에게 붉은 입술을 움직였다.

"현재 내가 계획하고 있는 일이 있다."

"계획이요?"

안정을 되찾은 셰리의 눈동자가 요동쳤다.

"공작가의 미래가 달린 일이다."

"헉! 그, 그렇게 중요한 일이 있었나요?"

깜짝 놀란 셰리가 숨을 들이켰다.

라펠은 태연하게 대꾸했다.

"그 미래에 네가 일조했으면 하는데……."

"주인님!"

셰리 미우는 마지막으로 몸을 일으켰다.

라펠은 결전을 앞둔 기사처럼 결연한 표정을 짓는 셰리를 올려다보았다.

셰리는 입술을 악물며 소리쳤다.

"공작가의 미래를 위해 이 셰리, 한 몸 바치겠습니다! 무슨 명령이든 내려주십시오!"

라펠은 목청껏 외치는 셰리를 향해 빙긋 미소를 그렸다.

❖

"너, 뭐 하냐?"

저녁식사를 마친 뒤, 침실로 들어온 루키나는 장미로 침대를 장식하고 있던 낯익은 얼굴을 발견했다.

"헉! 마, 마님!"

음흉한 표정을 지으며 침대 위에 장미 꽃잎을 뿌리던 셰리가 동작을 멈춘 채, 세상이 무너진 얼굴로 저를 쳐다봤다.

루키나는 인상을 쓰며 셰리를 응시했다.

"뭐 하고 있었냐고."

또각또각.

셰리는 저를 향해 걸어오는 루키나의 매서운 시선에 뒤로 주춤 물러났다.

셰리의 얼굴이 파리하게 질려가는 것이 루키나의 시야로 들어온다.

저러니 더 수상한데.

루키나는 셰리의 손에 들린 향기로운 장미꽃을 흘긋거렸다.

"웬 장미꽃?"

"호, 호호. 어쩌다 얻게 됐거든요! 제가 쓸 일은 없고, 주인님과 주인마님의 잠자리에 놓으면 좋겠다 싶어서……!"

"흐응, 네가 우리 부부의 금슬을 생각해 줬다 이거야?"

"그럼요! 두 분이 행복하게 사시는 것이 제 인생 최대의 목표인걸요!"

눈을 반짝반짝 빛내며 외치는 셰리의 말이 여러모로 의심스럽다.

이마에 송골송골 맺힌 땀은 또 뭐고.

헤헤, 웃으며 제 눈치를 살피는 셰리를 빤히 주시하던 루키나는 픽 웃으며 중얼거렸다.

"우리 부부를 생각해 주는 네 마음이 착하고 고맙긴 한데, 오늘은 아니야."

"예?"

루키나는 놀라는 셰리에게서 등을 돌리며 입고 있던 옷을 벗었다.

그러고는 중얼거렸다.

"너도 알다시피 오늘은 내 가임기잖아. 자칫하다가 정말 임신이 되면 곤란하지. 미안한데 그 꽃잎은 다시 치워줄래?"

"아……."

"어서."

"……네."

그녀의 타이름에 셰리는 침대 위에 널브러진 꽃잎을 주섬주섬 챙겨 들었다.

'왠지 미안하네.'

기껏 생각해 줬는데 단호하게 거절하려니 묘한 마음이 든다.

루키나는 침울한 표정을 지으며 꽃잎을 걷고 있는 셰리를 바라보다 침대 위로 올라갔다.

"셰리."

"네, 마님!"

불과 몇 년 전까지만 하더라도 저를 '아가씨' 라 부르던 소녀는 이젠 꽤나 낯선 호칭으로 자신을 대하고 있었다.

루키나는 일렁이는 그녀의 벽안을 주시하다 입을 삐죽였다.

그러다 곧 진지하기 그지없는 얼굴로 셰리에게 물었다.

"내가 잘못 생각하고 있는 걸까?"

"예? 무슨 소리세요?"

영문을 모르겠다는 표정을 지으며 묻는 셰리를 향해 루키나는 쓴웃음을 흘렸다.

그녀는 침대 헤드에 허리를 대고 앉아 중얼거렸다.

"지금까지 크게 개의치 않고 있었는데…… 생각해 보니 라펠의 나이도 서른셋이잖아. 오늘 아미키티아 단원들한테 물어보니 그 정도 나이에는…… 대부분 아이가 서넛이 있다고 하더라고."

"당연하죠! 리우드에서는 스물 정도면 가정을 꾸리니까요."

그런가.

루키나는 설명을 덧붙이는 셰리를 주시했다.

"그럼 라펠은 엄청 늦게 결혼을 한 거네?"

"마님, 모르셨어요?"

꽃잎을 주워 들던 셰리는 루키나의 곁으로 다가와 속삭였다.

"마님을 만나기 전까지, 리우드 사교계에서 주인님은 결혼 적령기를 놓친 대표적인 남자 귀족이셨어요. 오죽하면 남색을 탐할지도 모른다는 소문이 났을 까요!"

온몸을 부르르 떨며 외치는 셰리의 말은 정말이지 실감났다.

'정말?' 하고 묻는 루키나에게 셰리는 눈을 부라렸다.

"우리 멋진 마님이 주인님 앞에 나타나지 않았다면…… 아마도 지금까지 그 루머에 시달리고 계시지 않을까요?"

"……하긴. 충분히 가능한 일이지."

나를 만나기 전까지의 라펠은 제대로 모습을 드러낸 적이 없다고 하니까.

루키나는 수긍했다.

"사실…… 저는 오노르 기사님들의 말씀이 어느 정도 이해가 가요."

하아, 숨을 흘리던 루키나는 고개를 들었다.

어렵게 말을 꺼낸 셰리가 주저하며 말을 잇고 있었다.

루키나는 가만히 귀를 기울였다.

"마님께서도 들으셨다시피, 주인님의 나이도 나이잖아요. 보통 그 나이쯤 되는 사내라면 이미 자식이 하나 있어도 모자라니……. 결혼한 지 2년째 되는 주인님께 소공자나 소공녀님은 언제 뵐 수 있는 거냐 묻는 것도 틀린 말은 아니죠."

"……."

"아! 그렇다고 해서 마님을 탓하는 건 아니에요! 마님이 다른 레이디들처럼 집에만 계시는 분도 아니고, 무려 황제 폐하의 기사단을 이끌고 계시는 분이시잖아요! 그런 분께서 육아에 매달릴 수만은 없는 노릇이죠. 암, 그렇고말고요!"

가슴을 콕콕 찌르는 말을 흘리려다가도 제 편을 들어주기 위해 얼른 말을 덧붙이는 셰리의 입술이 파르르 떨렸다.

루키나는 픽 웃으며 혹시 제 심기를 거슬렸을까 걱정하고 있는 셰리의 머리로 손을 뻗었다.

앙큼한 계집애.

슥슥, 머리를 휘젓는 루키나를 향해 셰리가 '마니임~' 하고 투정을 부리는 게 보인다.

루키나는 한참 동안 셰리를 괴롭히다 그녀를 놓아주었다.

"곧 주인님께서 들어오실 테니 저는 이만 나가볼게요!"

"아, 응, 그래."

"참! 마님. 이 촛불은 켜놓고 가도 되죠? 두 분의 침실을 은은하게 비추는 게 보기 좋아서요!"

샐쭉 웃으며 침대 곁 테이블 위의 향초를 가리키는 셰리의 말에 루키나는 고개를 끄덕였다.

「보통 그 나이쯤 되는 사내라면 이미 자식이 하나 있어도 모자라니…….」

달칵, 문을 닫고 나가는 셰리의 뒤를 바라보며 루키나는 생각에 잠겼다.

'아이라…….'

❖

"하아!"

힘껏 그를 받아들이던 루키나의 입술 사이로 짙은 신음이 흘러나왔다.

살갗이 스치는 소리가 가득 울리는, 그들의 침실.

쿵쿵, 세기를 조절해가며 허리에 반동을 주던 라펠은 조금 전보다 훨씬 빠른 속도로 그녀를 삼켜가기 시작했다. 라펠의 아래에서 심호흡하던 루키나는 계속해서 가쁜 신음을 흘려대고 있었다. 그는 이마에 맺힌 땀방울이 뺨을 타고 턱 끝으로 흘러내리는 것을 느끼며 그녀를 불렀다.

"이브."

"으으."

"이브."

"흡!"

미간을 좁히는 그녀의 머리카락은 완벽하게 흐트러진 상태. 완전히 달아올라 흥분해 있는 루키나의 녹안은 점점 몽롱해져 가는 듯했다.

그를 온전하게 받아낸 루키나는 가쁜 숨을 흘리고 있었다. 간혹 허리를 굽히기도 하고, 다시 일자로 뻗기를 반복하며. 라펠은 그런 그녀의 얼굴 곳곳에 입을 맞추었다. 그의 타액들로 루키나의 얼굴이 번들거리기 시작했다.

"흐읏."

인상을 쓰면서도 서서히 눈꺼풀을 들어 올린 루키나는 제 위에서 흔들리는 그의 모든 것을 담기 위해 이를 악물었다. 그가 다가오면 다가올수록 아랫배가 가득 차는 느낌인지라 루키나는 가쁘게 숨을 내쉬었다.

"라…… 펠."

한참을 그녀의 허리를 붙잡으며 그녀를 안기를 반복하던 라펠이 무언가를 느꼈던 모양이었다. 루키나는 신호가 오자마자 제게서 떨어져 나가려는 그를, 얼른 불렀다. 황급히 그녀에게서 벗어나려던 라펠이 의아한 표정을 지으며 그녀를 응시했다. 루키나는 떨리는 손가락을 뻗으며 그의 팔을 쓸어내렸다.

그러고는 천천히, 허리에 힘을 주어 몸을 일으키더니 그의 목에 팔을 감으며 속삭였다.

"해도…… 돼요."

……뭐?

귓가에서 들려오는 루키나의 말에 라펠의 눈이 동그래졌다. 톡 건드리면 터져 버릴 것 같은 급박한 상황에서 들려온 그녀의 말이, 그에게 있어서는 쉬이 믿어지지 않는 모양이었다. 루키나는 당황한 그의 얼굴을 직시하며 다리 사이에 온 신경을 집중시켰다.

"에잇!"

어리둥절해하는 그가 멈칫한 사이, 루키나는 그를 와락 끌어당기며 있는 힘껏 그를 받아들였다. 그러고는 놀라 굳어버린 그를 옭아매며 가쁜 숨을 터뜨렸다.

살과 살이 부딪쳐 발생하는 야릇한 소리가 그들의 침실을 절정으로 치달았을 때, 루키나는 제 안에 가득 퍼져 가는 무언가를 느끼며 그의 어깨 위로 제 이마를 가져다 댔다.

루키나는 '괜찮아, 이브?' 하고 제 등 선을 쓰는 그의 차가운 손길에 옅은 미소를 그려 보였다.

"이렇게 된다면 그대의 계획에 차질이 생길 수도 있어."

침실을 뒤덮었던 열기가 안정을 되찾았다.

굵직한 팔에 머리를 대고 있던 루키나의 귓가로 라펠은 쉿소리를 흘렸다.

그의 음성에 스윽 고개를 들어 올린 루키나는 씩 웃었다.

"그러라고 한 건데요?"

초록빛을 가득 머금은 그녀의 눈동자에 파동이 일었다.

라펠은 눈을 가늘게 떴다.

루키나는 그의 가슴을 파고들며 중얼거렸다.

"생각해 보니 제가 너무 저만 생각한 거 있죠?"

윈스턴 공작부인은 그의 허리를 와락 안고선 붉은 입술을 달싹였다.

"물론 로델린 경으로서의 일도 중요하긴 하지만, 공작가에 입성한 이상 공작부인 역할은 해야 하지 않겠어요?"

"이브."

"곰곰이 생각해 보니 당신이 더 늙기 전에 아이를 낳아야, 늙은 아버지 소리를 안 들을 거 아니에요. 안 그래요?"

씩 미소를 짓는 루키나를 향해 라펠은 헛웃음을 삼켰다.

루키나는 배시시 웃으며 하얀 이를 드러냈다.

"그동안 제 요구를 들어주기 위해 잘 참았어요, 라펠."

"……."

"하지만 이젠 참지 않아도…… 앗!"

말을 잇던 루키나는 갑자기 제 몸을 돌려 버리는 라펠의 행동에 탄성을 터뜨렸다.

갑자기 제 위로 올라탄 나신의 남자를 루키나는 멀뚱히 응시했다.

"라펠?"

"그럼. 이제 정말 참지 않아도 되는 거지?"

"네?"

"참지 않겠어."

미르티스 라펠 윈스턴은 눈에 힘을 주고 물었다.

그의 벽안이 거세게 요동치는 것을 발견한 루키나가 옅은 눈웃음과 함께 까딱까딱, 고개를 끄덕이자 라펠은 망설임 없이 그녀의 탐스러운 입술 위로 제 입술을 뒤덮었다.

그러자 루키나의 잘 빠진 다리가 그의 등을 휘감았다.

「호호, 그런 거라면 진작 저를 찾아오셨어야죠, 주인님! 걱정 마세요. 제가 마님의 심정은 다 꿰고 있으니까요! 마님의 표현을 빌자면, 약간의 촉매 현상만 있으면 될 거예요!」

「촉매?」

「네! 이렇게 된 이상, 오늘 당장 실행해야겠어요! 그러고 보니 오늘이 딱 적당한 시기네요. 흐흐, 주인님, 오늘 저녁 식사가 끝나고 조금만 늦게 들어오실 수 있으세요? 조금이면 돼요. 조금!」

달콤한 초의 향기가 코끝으로 흘러들어 오는 침실 안.

유독 자신만만해하던 셰리 미우의 말대로 저녁 식사 이후 일부러 집무실에 들렀다 돌아온 라펠은 저를 반기는 루키나의 뜨거운 눈빛을 발견할 수 있었다.

'확실히…… 엄청난 조력자군.'

그는 주먹을 불끈 쥐던 셰리 미우를 떠올리며 피식 웃음을 흘렸다.

원만한 결혼 생활을 위해 젠틀맨, 미르티스 라펠 윈스턴이 지켜야 할 두 번째 규칙.

젠틀맨은 조력자를 구해야 한다.

❖

"각하, 각하!"

윈스턴 공작령으로부터 하루 하고도 반나절 거리에 위치한 로델린 공작령에 급보가 날아들었다.

칼튼 기사단의 연무장에서 무료한 시간을 보내고 있던 에드문드 로델린은 헉헉, 숨을 몰아쉬며 연무장 안으로 들어온 총관 카일 아렌을 발견하고선 미간을 좁혔다.

"왜 그리 호들갑이냐, 카일."

"헉헉, 그게, 그게!"

평소보다 상기된 얼굴을 하고 있던 카일을 의아하게 바라보던 에드문드는 '무슨 일이 있나 봅니다' 라 중얼거리는 슈비트 에단을 노려보다 카일에게 다가갔다.

"대체 뭐길래 그래…… 헉!"

카일이 들고 있는 서신에 무엇이 담겨 있길래 저러는 건지.

안 그래도 요즘 자신의 사위가 저와의 약속을 도통 지키지 않아 잔뜩 뿔이 나 있던 에드문드는 툴툴거리며 카일에게서 서신을 빼앗아 들었다.

험악하게 얼굴을 일그러뜨리던 에드문드의 눈이 휘둥그레진 것은 바로 그 순간이다.

"카, 카일!"

"각하!"

겨우 숨을 고르고 있는 카일을 향해 에드문드 로델린은 눈을 크게 뜨며 소리쳤다.

카일 역시 그렁그렁 눈가에 눈물을 맺어가며 그를 바라보았다.

"……?"

칼튼 기사단의 단장인 슈비트 에단은 그런 두 사람을 의아하게 응시했다.

왜들 저러시지?

"에단!"

"예?"

"당장 채비를 해라!"

"……예?"

슈비트 에단은 뜬금없는 에드문드의 명령에 미간을 좁혔다.

에드문드는 윈스턴 공작령에서 온 급보를 손에 꽉 움켜쥔 채 함박웃음을 그렸다.

"이브가 임신을 했다는구나! 하나도 아니고 둘씩이나!"

Rule 3

젠틀맨은 육아에 익숙해져야 한다

"얘기 들었나?"

"무슨 얘기?"

"윈스턴 공작부인께서 임신을 하셨다더군!"

"뭐? 정말인가?"

"들리는 말로는 하나도 아니고 둘이라던데."

"싸, 쌍생아라고? 정말?"

리우드 제국 유일의 여기사이자 신흥 기사단으로 떠오르고 있는 아미키티아의 기사단장, 루키나 이베타 로델린 윈스턴 공작부인의 임신 소식은 순식간에 제국 전역으로 퍼져 나갔다.

한 명도 아니고 둘씩이나 아이를 잉태한 그녀를 두고 많은 호사가들이 입술을 움직였다.

제국의 알려진 기사들 중에서도 최고의 인기를 달리고 있던 '로델린 경'을 한동안 보지 못한다는 소식에 뭇 여인들이 눈물을 훔친다는 이야기는 시작에 불과했다.

로델린 공작 영애와 공개 연애를 하고 있다는 사실이 알려진 지 얼마 되지 않아 결혼까지 골인한 것으로도 모자라, 이젠 그녀를 임신까지 시킨 팬텀 공작에 대한 존경심을 표하는 뭇 남성들의 이야기.

윈스턴 공작 내외를 흠모하는 수많은 소년, 소녀 팬들이 실망을 금치 못했다는 이야기 등등.

제국에서 가장 핫하다고 해도 무방한 공작 부부를 둘러싼 여러 소문들은 바람을 타고 흘러 흘러 리우드의 황도, 세이번의 궁전인 카르디아 궁까지 도달했다.

"하하하! 짐이 윈스턴, 그대를 총애하여 가까이 둔 건 그대의 능력이 또래의 녀석들보다 월등했기 때문이었지만…… 부부 사이에서도 이리 뛰어날 줄은 몰랐군."

리우드의 황제, 셀레스틴은 무표정한 얼굴로 제 앞에 앉아 있는 라펠을 향해 말을 걸었다.

눈앞에 놓인 찻잔으로 손을 뻗으려던 라펠의 움직임이 뚝 멈추었다.

라펠은 슬며시 고개를 들어 셀레스틴을 응시했다.

셀레스틴이 장하기 그지없다는 눈빛을 쏘아대며 자신을 쳐다보고 있었다.

어쩐지 등 뒤로 식은땀이 흘러내렸다.

"과찬…… 이십니다."

대답을 하는 목소리가 미세하게 떨린 것 같았지만 다행스럽게도 셀레스틴을 비롯한 주변인들은 눈치채지 못한 듯하다.

라펠은 안도의 한숨을 흘렸다.

라펠에게 미소를 건넨 셀레스틴은 라펠의 옆자리에서 싱글벙글 웃고 있는 에드문드로 시선을 옮겼다

"축하해, 에디."

"감사합니다, 폐하!"

에드문드 로델린은 우렁찬 목소리를 뱉어내기 위해 자리에서 벌떡 일어나 황제에게 인사를 했다.

절제된 그의 행동에 픽 웃음을 흘리던 셀레스틴은 중얼거렸다.

"손주들을 볼 생각을 하니 아주 입이 찢어졌군, 그래?"

"하하하. 그렇습니까? 부러우시면 폐하께서도 얼른 손주를 보시면 되지 않습니까."

"뭐? 지금 짐을 놀리는 것이야? 짐이 손주를 보고 싶다 해서 볼 수 있는 것이 아니지 않은가. 저 좋다고 다가오는 레이디들도 마다하는 녀석들이 한둘이 아니란 말이지."

"……!"

셀레스틴이 자신의 오른편에 앉아 있던 누군가를 흘긋거렸다.

금발에 자안을 지닌 푸른 예복의 사내가 움찔 놀라 컥컥거렸다.

라펠은 사레가 들린 유리안에게 말없이 물을 내밀었다.

유리안이 고맙다는 듯 살짝 고개를 까딱였다.

"말이 나왔으니 말인데, 유리."

"예, 폐, 폐하."

"너는 대체 언제 짐의 앞에 레이디를 데려올 것이냐?"

금발의 청년이 눈을 크게 뜨며 난색을 표했다.

셀레스틴은 투정부리듯 말을 이었다.

"평생 독신으로 살 것 같던 여기 윈스턴, 아니, 라펠 녀석도 혼인을 하여 가정을 꾸리다 못해 아이까지 가졌다고 하는 판에. 너는……."

"하, 하하."

"올해 안으로는 짐의 앞에 참한 레이디를 데려오도록 하라."

“……예?”

“황명이다.”

당황하는 유리안의 말을 더는 듣지 않겠다는 듯, 셀레스틴은 홱 고개를 돌렸다.

차기 황제로서 위엄을 보이라는 그의 지시에 유리안은 어색하게 웃을 뿐이었다.

라펠은 덩달아 미소 지을 수 없었다.

“윈스턴 공.”

셀레스틴과 더 이야기를 나누고 돌아가겠다는 에드문드를 내버려 둔 채 먼저 황궁을 나서려던 라펠은 저를 부르는 음성에 걸음을 멈추었다.

뒤를 돌아보니 금발의 미남자가 제게 다가오는 게 보였다. 라펠은 공손히 묵례했다.

“황태자 전하.”

유리안은 손을 휘휘 저으며 고개를 들라는 손짓을 보낸 후, 얼굴을 돌렸다.

황태자의 시종인 마릭이 다른 시종들을 이끌고 무언가를 잔뜩 든 채 유리안을 따라 멈추었다.

라펠이 의아한 표정을 짓자 유리안은 티가 나도록 기침을 하며 말했다.

“먼저, 축하하오.”

아.

“감사합니다.”

“…….”

“헌데 저건……?”

“아, 으응. 그게…… 이브가 임신을…… 했다는 얘기를 듣고 마련한 선물이오.”

선물?

라펠은 경계의 눈으로 황태자의 시종들이 들고 있는 것들을 바라보았다.

유리안은 그런 라펠의 눈초리에 쓴웃음을 흘렸다.

“친구로서 주는 선물이니 그렇게 경계할 필요는 없소.”

“티가 났습니까?”

“엄청. 이브와 관련된 일이라면 그대는 속을 숨기지 못하는 것 같군.”

“…….”

확실히 그 말은 사실이었기에 라펠은 멋쩍은 표정을 지었다.

유리안은 커다란 액자를 끙끙거리며 들고 오고 있는 한 시종을 발견하고선 아, 하고 탄성을 터뜨렸다.

“저건 휴이가 주는 선물이오. 이브의 소식을 듣자마자 내게 꼭 전해주길 부탁을 해서 말이지.”

휴이렌 황자가?

“아이를 뱄을 땐, 태교가 중요하다고 신신당부를 하더군. 이브 역시 다르지 않을 거라고. 그리고 그렇게 태교를 잘하려면 매일같이 제국 최고 미남의 얼굴을 보고 일어나야 한다며, 제국 최고 미남의 초상화를…… 흠흠.”

제가 말하기엔 차마 부끄러웠던 모양인지 유리안이 말을 하다 말고 헛기침을 흘렸다.

고개를 돌려 시종이 들고 있던 액자를 쳐다보던 라펠의 눈동자가 큼지막해졌다.

“전하.”

라펠은 냉랭한 벽안을 일렁이며 말을 이었다.

"저거, 제가 따로 처분해도 되겠습니까?"

휴이렌이 유리안에게 맡긴 루키나의 임신 축하 선물은 제국 최고 미남자의 초상화를 가장한 휴이렌 프란시스 리우드, 본인의 초상화였다.

그것도 대형 창문만 한 크기의.

이를 갈며 묻는 라펠의 눈동자가 번뜩였다.

유리안은 옅게 웃으며 대답을 대신했다.

"아, 그리고 이건…… 내 선물이오."

유리안이 고갯짓을 하자 무언가를 소중히 들고 있던 마릭이 라펠에게 그것을 내밀었다.

라펠은 황궁의 장인들이 만든 것이 분명한 보석함을 얼떨결에 받아 들었다.

열어봐도 되겠냐는 라펠에게 그러라고 승낙한 유리안은 딸깍 열리는 보석함 소리를 지켜보고 있었다.

"별건 아니오."

라펠은 보석함 속에 들어 있는 두 개의 동전을 놀란 눈으로 응시하다 유리안에게로 시선을 옮겼다.

그러자 유리안은 부드럽게 미소를 지었다.

"내게 세상의 정을 알려준 소중한 친구에게 좋은 일이 생겼는데, 가만히 있을 수만은 없어서……."

"……."

"결혼 선물도 제대로 하지 못했던 것 같아 그 이후로 제작하던 중이었는데…… 타이밍이 잘 맞았소."

미소 짓는 유리안의 자안에 고요한 파동이 일었다.

라펠은 그의 눈동자를 직시하고 있다 다시금 고개를 아래로 숙였다.

현재 라펠이 든 보석함 속에 들어가 있는 그것은, 차기 황위를 이을 황태자만이 만들 수 있는 황실의 동전.

흔히들 '약속의 징표' 라고 하는 그것은 황위를 이을 것이 확실해진 상태의 황태자가 훗날 미래의 동반자가 될 귀족들에게 나누어 주는 동전이었다.

황태자가 황위를 계승하게 되는 그 즉시부터 효력이 생기는 예의 동전은 그가 황제로서 재위하는 동안 딱 한 번, 부탁을 들어주는 것으로 사용되곤 했다.

천 년이 넘는 시간 동안 동전을 받은 귀족들 중에는 그것을 일평생 사용하지 않는 자들도 있었고 최악의 순간 사용하는 자들도 있었다.

단 두 개밖에 만들지 못하여 제작하는 황태자에게도, 그것을 받는 황태자의 대신들에게도 커다란 의미를 지니는 그 동전을, 라펠은 하나도 아니고 둘씩이나 받게 된 것이다.

동전을 내려다보는 라펠의 검은 눈동자가 흔들리자 유리안은 별거 아니라는 듯 대수롭지 않게 손을 흔들었다.

그러고는 옆얼굴을 긁적이며 머쓱한 티를 냈다.

라펠은 그런 유리안을 바라보다 조심스럽게 보석함을 품 안으로 갈무리했다.

"전하를 대신하여, 그녀에게 전하겠습니다."

"……고맙소."

라펠은 어느새 제 마차 뒤편에 루키나의 임신 축하 선물을 올리고 있던 유리안의 시종들이 임무를 마칠 때까지 기다려 주었다.

◈

"아아악! 으아아악!"

우렁차다 못해 괴성에 가까운 비명 소리가 굳게 닫혀 있는 문 안에서 들려왔다.

라펠은 심장이 조여드는 느낌을 받으며 안절부절못했다.

제대로 되어가고 있기는 하는 건지, 목구멍이 바짝바짝 말라 숨을 제대로 쉬기도 힘들다.

"각하. 물이라도 좀 드십시오."

몇 시간 전부터 복도 앞만 서성이며 얼굴을 굳히고 있던 라펠을 향해 누군가가 물이 든 컵을 내밀었다.

윈스턴 공작가의 총관, 드미트리였다.

라펠은 홱 고개를 들어 올려 드미트리를 응시했다.

드미트리는 살벌하기 그지없는 라펠의 눈빛에 뒤로 물러났다.

"드미트리 님. 소용없습니다. 지금 각하의 귀에는 아무것도 안 들릴걸요? 안 그래, 헨리?"

"그럼요! 저도 그랬었지요. 첫 아이가 태어나는 그 순간엔 눈앞이 하얗게 변해서. 크으!"

"아마 각하는 물 삼킬 여유도 없을 겁니다. 하하하!"

신경을 곤두세우는 라펠의 차가운 반응에 드미트리가 당황하자, 오노르 기사단의 이안 와이너와 헨리 캐슬러가 주거니 받거니 대화를 나누었다.

라펠은 거슬린다는 눈으로 그들을 흘긋 바라본 후 다시금 문 앞으로 걸어갔다.

"아아아악! 라페엘!"

"이브! 이……."

"어허. 어딜 들어오려 하십니까."

루키나가 고통에 겨워하는 문 안으로 달려들어 가려던 라펠은 제 앞에서 저를 제지하는 금발 머리 소녀를 발견하고선 인상을 썼다.

"비켜라, 셰리."

미르티스 라펠 윈스턴은 음산하기 그지없는 목소리를 흘리며 저보다 한참은 낮은 눈높이를 지닌 소녀에게 명했다.

그러나 확고한 의지를 표하고 있던 금발의 소녀는 도리도리 고개를 내저었다.

"죄송합니다, 주인님. 조산사 아주머니가 아기씨들이 밖으로 나오실 때까진 아무리 각하라도 들여보내선 안 된다고 당부하셨습니다."

"셰리. 하지만 이브가……!"

단호한 셰리의 답변이 끝나기가 무섭게 대답한 라펠은 더 이상 말을 이을 수 없었다.

"으아악! 라페엘! 어디! 으윽, 어디 있어, 이 인가아안!"

엄청난 괴성과 함께 자신을 부르는 것이 분명한 루키나의 목소리 역시 들려왔다.

라펠은 인상을 쓰며 셰리를 내려다보았다.

셰리는 움직일 생각을 하지 않았다.

'젠장!'

심장이 벌렁거려 미치겠다.

자신이 힘을 주는 것도 아닌데 어떻게 된 일인지 방 안의 루키나처럼 그 역시 입술을 세게 짓누르고 있었다.

눈앞이 아찔해진다.

'저러다 사람이 죽겠어!'

2세고 뭐고, 아내의 숨통이 끊어질까 봐 이젠 걱정이 된다.

오전부터 시작된 산통은 오후가 될 때까지 계속되고 있었다.

온몸의 피가 말라가는 것만 같다.

"제엔장! 왜, 아아악, 둘씩이나! 아아악! 하아, 라페엘! 이 나쁜, 인가아악!"

빌어먹을!

분만이 끝날 때까지 사내는 방 안에 들어가서는 안 된다는 율법이고 뭐고.

루키나가 죽어가는데 가만히 있다가는 스스로를 용납하지 못할 것만 같았다.

라펠은 결의를 다진 눈으로 셰리를 내려다보았다.

셰리는 갑자기 저를 쳐다보는 라펠의 눈빛에서 무언가를 읽었는지 흠칫 놀라 말하려 했다.

"헉! 주인님! 안 됩니다, 주인—"

그러나 그녀의 저지보다 라펠의 행동이 조금 더 빨랐다.

라펠은 셰리를 옆으로 살짝 밀고선 눈앞에 드러난 문고리를 덥석 잡았다.

달칵 열리는 문 사이로 코끝을 자극하는 피의 향기가 스며들었다.

라펠은 자신의 등장에 깜짝 놀란 조산사들의 눈동자 따위는 아랑곳 않고 굵은 땀방울을 흘려대는 루키나를 향해 성큼성큼 걸어갔다.

"흑, 흐으, 하아, 라페엘."

"이브."

"하아아. 라페엘. 이, 나쁜, 아악!"

가슴이 찢어질 것만 같다.

라펠은 천장에 달린 줄을 잡아당기다 저를 발견하고선 엉엉 우는 루키나의 통통 부은 얼굴에 입을 맞추며 속삭였다.

"미안해. 조금만 힘내."

"다시는, 하아, 다시는, 이런 거—"

"응. 그래. 다시 안 해도 되니까 조금만 더 힘내. 응?"

그 살벌한 제국의 황제도 한발 물러난다던 팬텀 공작의 부드러운 음성에 루키나의 분만을 돕던 조산사들이 눈을 동그랗게 뜨며 라펠을 응시했다.

라펠은 아랑곳 않고 엉엉 울면서 저를 노려보는 루키나를 달래고 또 달랬다.

출산 여파로 인해 부어 있는 루키나는 얼굴을 잔뜩 일그러뜨리며 소리쳤다.

"아아악! 나, 흣, 나—"

"응. 응, 뭐? 그대가 뭐?"

"육아, 독박, 하아, 안, 써요!"

뭐?

루키나의 말에 라펠은 잠시 귀를 의심했다.

멍한 표정을 짓던 그는 곧 입술을 움직였다.

"어? 어어. 그래. 당연히 그래야지. 나도 힘 보탤게. 둘씩이나 낳아주는데, 나도 한몫 거들어야지!"

라펠의 외침에 루키나의 눈이 가늘어졌다.

"정, 하아, 정말?"

"당연하지! 이브. 걱정 마. 나도 힘을…… 아니, 아이는 내가 다 키울게! 그대의 아이들은 내가 다 키울 테니, 걱정 말고 낳아만 줘. 그리고 그대도 건강하게 회복하는 거고. 응?"

남자는 불안이 극도에 달하면 말이 많아진다.

라펠 역시 마찬가지.

그는 후각을 괴롭히는 지독한 피 향에 속이 울렁거리는 것을 꾹 참으며 그녀를 달래고 또 달랬다.

하아아, 길게 한숨을 내쉰 루키나는 금방이라도 깨질 유리처럼 저를 응시하는 라펠에게 손을 내밀었다.

라펠은 그녀의 손이 눈앞에 보이자마자 얼른 제 손바닥으로 그녀의 것을 감쌌다.

"라페엘……."

거친 숨을 내쉬며 루키나가 파르르 입술을 떨었다.

라펠은 온 신경을 그녀에게 집중시켰다.

"그 말……."

"어어!"

"꼭, 하아, 지켜요오!"

……어?

"응애. 응애애—"

탄생의 순간이었다.

❖

"헉! 팬텀 공작이다!"

쉿.

한창 파티가 열리고 있던 연회장 안으로 그가 발을 내딛는 순간 주변이 고요해졌다.

트레이드마크나 다름없는 검은 가면으로 얼굴을 반쯤 가린 칠흑의 사내는 터벅터벅 연회장을 가로지르며 걸어가기 시작했다.

그가 다리를 뻗을 때마다 약속이나 한 듯, 모두가 길을 터주었던 터라 라펠은 수월하게 자신이 원했던 지점까지 도착할 수 있었다.

가면 속에 얼굴을 숨기고 있기는 했지만, 그 가면을 벗는다고 해서 그의 냉랭한 기운이 사라질 것 같지는 않다.

파티에 초대받은 귀족들은 수군수군, 저들끼리 작게 무언가를 중얼거리며 라펠이 있는 창문 쪽을 흘긋거렸다.

그 시선에 익숙한 듯 태연하게 서 있던 라펠은 무언가를 곰곰이 생각하고 있었다.

상념의 늪에 빠진 라펠에게선 음산한 기운이 흘러나오고 있었는데, 그로 인해 라펠 주변에 있던 뭇 귀족들은 스슥 다른 곳으로 자리를 옮기기까지 했다.

"윈스턴 공작 각하 아니십니까!"

이번 파티의 주최자이자 얼마 전 황제에게서 남작의 작위를 부여받은 페르난도 타락 남작이 감격에 겨운 눈을 빛내며 라펠에게 다가왔다.

라펠은 제게 성큼성큼 걸어오고 있는 타락 남작을 쳐다보았다.

타락 남작은 저를 빤히 내려다보고 있는 라펠의 코앞에 당도하자 잠시 멈추어 호흡을 고르더니, 곧 싱글벙글 웃었다.

"정말이지 참석해 주실 거라고는 손톱만큼도 생각하지 못했습니다! 아아, 각하께서 참석해 주셨다는 이야기를 듣는 순간 얼마나 기뻤는지, 크흡. 초대장을 보낸 것도 혹시나 하는 마음이었는데 말입니다!"

이대로 내버려 두었다가는 후드득 굵은 눈물방울을 떨어뜨릴 기세다.

조금 귀찮아진 라펠은 굳게 다물고 있던 입술을 움직이기로 했다.

"초대해 줘서 고맙소, 타락 남작. 앞으로 제국의 남작으로서 황제 폐하께 도움이 되기를 바라오."

"예! 신, 타락! 죽는 날까지 황제 폐하와, 그리고 제국을 위해 최선을 다하겠습니다!"

탕탕. 가슴을 두드리는 타락 남작을 향해 슬며시 고개를 끄덕인 라펠은 입안을 간질이는 말을 어떻게 꺼내야 할지 잠시 고민했다.

그렇게 그가 고뇌하고 있을 사이, 타락 남작이 씩 웃으며 말을 걸어왔다.

"참. 소공녀와 소공자님께서는 잘 자라고 계십니까? 벌써 1년 정도가 된 것 같은데."

"정확히는 8개월째지. 모두 건강하게 자라고 있소. 고맙소."

대답을 하는 과정에서 저도 모르게 입꼬리가 올라갈 뻔했다.

태연을 유지하느라 엄청난 인내를 했던 라펠은 '별말씀을'이라 대답하는 타락 남작을 응시했다.

「그것에 대한 협상을 하고 집으로 돌아오는 거예요. 그러지 못한다면 집에 들어올 생각 따윈 하지 말아요. 알았죠?」

타락 남작의 초대장을 보자마자 눈을 번뜩이던 루키나의 얼굴이 떠올랐다.

라펠은 흠흠, 헛기침을 하며 목을 가다듬었다.

타락 남작은 아이들의 안부를 묻는 데 그치지 않고 루키나나 기사단 등에 대해 인사를 건네는 타락 남작에게 성심껏 대답해 주었다.

"이게 정말…… 꿈인지 생신지 모르겠습니다."

라펠은 저와 말을 하던 도중 갑자기 감동에 잠기는 타락 남작을 내려다보았다.

타락 남작은 손등으로 눈가를 훔치며 중얼거렸다.

"제가 기사가 된 후 가장 존경하던 분을 눈앞에서 뵈다니. 역시 성공을 하고 봐야 하는 모양입니다. 흐흑."

"아."

"그래서 말입니다, 공작 각하. 시간이 되신다면 저와……."

"각하!"

무슨 말을 하려기에 주저하는 건지.

그가 얼른 본론을 꺼내야 저 역시 숨겨둔 본심을 털어놓을 수 있기에 타락 남작의 말에 귀를 기울이던 라펠은 연회장 입구 쪽에서 들려온 귀익은 음성에 홱 고개를 돌렸다.

헉헉. 드미트리가 숨을 몰아쉬며 저를 부르고 있었다.

그의 수하답게 언제 어디서나 냉정을 유지하는 드미트리가 저렇게 흐트러진 표정을 지을 때는 틀림없이…….

"정말이냐, 디마?"

라펠은 순식간에 제게 다가와 무언가를 속삭이는 드미트리에게 물었다.

드미트리가 굳은 얼굴로 힘차게 고개를 끄덕였다.

젠장. 라펠은 입술을 잘근 깨문 뒤 의아해하는 타락 남작을 바라봤다.

"남작."

"예?"

"급한 일이 생겨 먼저 돌아가 봐야 할 것 같소."

"예? 하지만 오신 지 얼마 되지 않았……."

"미안하오. 그리고 다시 한 번 축하하오."

라펠은 아쉬워하는 타락 남작의 어깨를 툭툭 두드린 후 자신의 총관인 드미트리와 함께 서둘러 연회장을 벗어났다.

웅성웅성.

화려했던 등장만큼이나 눈길을 사로잡는 퇴장을 선보인 팬텀 공작이 그들의 시야에서 사라지자 파티에 초대받은 귀족들은 술렁이기 시작했다.

"전쟁이라도 난 거 아니야?"

"그러게 말입니다. 안 그래도 칼리파 쪽이 난리라던데. 우리랑은 관련 없는 이야기 아니었어요?"

"모르는 일이지. 팬텀 공작이 저렇게 급하게 떠나갈 정도면…… 아주 큰일인 것 같은데."

"걱정되네요."

"무서워요!"

현 황제의 총애를 받으며 제국에서 일어나는 크고 작은 사건을 전반적으로 관리하는 팬텀 공작이 저런 다급한 모습을 보이는 건 흔치 않은 일이었다.

연회장에 남은 귀족들의 얼굴에 암운이 드리워졌다.

❖

"이브!"

시종들이 문을 열기도 전에 쾅— 문고리를 잡아당긴 라펠이 버럭 소리쳤다.

어찌나 급하게 달려왔는지 라펠의 이마에선 주르륵 땀방울이 흘러내렸다.

정갈했던 머리카락은 잔뜩 흐트러진 지 오래.

가쁜 숨을 뱉어내며 방 안으로 들어온 라펠의 모습에 루키나는 기겁했다.

"라펠! 가면!"

"아!"

버럭 외치는 루키나를 보고 라펠은 얼른 손을 들어 올렸다.

큰일 날 뻔했군.

검은 가면을 벗어 던진 라펠은 덩달아 안도의 한숨을 내쉬는 루키나에게 다가왔다.

루키나는 제게 고개를 숙이는 라펠의 볼에 입을 맞추어주고선 의아한 표정을 지었다.

"그런데…… 어쩐 일이에요?"

"어?"

"당신, 타락 남작의 작위 부여 축하 파티장에 있어야 하는 거 아니에요?"

라펠은 그녀의 질문에 아아, 탄성을 흘리며 무릎을 굽혔다.

그런 그의 눈에 세상모르고 곤히 자는 두 명의 아기들이 보였다.

제 시선을 느낀 건지 눈꺼풀을 파르르 떨고 있는 은발의 남자 아기와 그가 쳐다보든 말든 개의치 않고 쿨쿨 자고 있는 흑발의 여자 아기.

아드리안과 메리엘이라는 이름을 붙여준 윈스턴가의 미래들이었다.

"라페엘."

하늘 위의 천사들도 이 아이들만큼 어여쁘지 않으리라.

그런 생각에 빙긋 웃고 있던 라펠은 갑자기 제 허리를 꼬집는 루키나의 행동에 화들짝 놀라 그녀를 쳐다봤다.

루키나가 눈을 가늘게 뜬 채 저를 응시하고 있었다.

어쩐지 숨이 막혔다.

"왜 그래, 이브. 무섭게."

어색하게 웃는 라펠에게 루키나는 눈을 부라렸다.

"……당신, 타락 남작의 파티장에 있어야 하잖아요. 그런데 어째서 여기에 있는 건가요? 타락 남작과 거래는 했나요? 우유 거래 말이에요!"

커다란 벽이 제 앞을 가로막는 느낌이었다.

라펠은 서늘한 눈빛을 쏘아대는 루키나의 말에 뭐라 대답하지 못했다.

"라펠!"

아기들에게 양질의 우유가 생산되는 타락 남작령과 우유 거래를 트고자 반나절이나 걸리는 타락 남작령까지 향했던 라펠에게서 답변을 들을 수 없자 루키나는 크게 소리쳤다.

라펠은 인상을 쓰는 루키나의 뜨거운 시선에 억지로 웃음을 그렸다.

「소공자와 소공녀님께서 단어를 말씀하셨다고 합니다!」

세상이 무너진 표정을 지으며 연회장으로 달려온 드미트리가 헉헉 숨을 몰아쉬며 뱉어낸 말은 그를 윈스턴 공작령으로 돌아가게 만들기 충분했다.

"윽!"

루키나는 다시금 라펠의 허리를 꼬집었다.

근육밖에 없는 그의 허리엔 살도 없었던지라 그녀의 행동에 그의 얼굴이 일그러진 것은 당연했다.

루키나는 아프다며 울상을 짓는 라펠에게 외쳤다.

"당신, 거래 따윈 얘기도 안 하고 온 거죠? 애들 옹알이 소식에 바로 달려온 거죠?"

"하, 하하."

"라펠!"

"바바!"

……어?

"이브, 들었나?"

"……."

"이브!"

"들었어요."

그의 허리를 꼬집던 루키나는 세간에 알려진 것과는 달리 함박웃음을 지을 줄도 아는 팬텀 공작을 바라보며 나지막하게 답했다.

라펠은 씩 웃으며 어느새 눈을 뜬 채 저를 바라보고 있는 흑발의 아기에게 손을 뻗었다.

"멜."

"바바!"

아아.

"바바! 바바!"

처음 들었을 때는 눈물이 날 뻔했고, 두 번 들었을 때는 온몸에 전율이 일었다.

세 번 들었을 때는 세상이 환해졌고, 네 번째 들었을 때는, 그래, 그때도 좋았다.

라펠은 제게 환한 미소를 보내는 흑발의 아기를 향해 입을 맞추며 속삭였다.

"그래. 아빠다. 아빠야."

대대로 자손이 많지는 않았던 윈스턴가였다.

그는 심지어 외동이었기에 자신이 없었더라면 가문의 명맥이 끊어질 뻔했다.

하지만 그의 사랑스러운 아내 루키나가 남녀 각각 한 명씩, 둘씩이나 그것도 여자아이가 귀했던 윈스턴가에 축복을 내려주었다.

라펠이 아이들의 사소한 일에도 모든 일을 제쳐 두고 달려오는 것은 어쩔 수 없는 일일지도.

"하아. 정말."

루키나는 부드럽게 흑발의 아기를 안아 든 채 웃고 있는 라펠을 흘긋거리며 미간을 좁혔다.

라펠은 아랑곳 않고 메리엘에게 시선을 꽂았다.

"바바! 바바바바!"

"응. 그래. 아빠랑 뭘 할까? 여기 한 바퀴 돌까?"

"바바!"

"그래, 그러자! 돌자!"

밤잠이라곤 없는 메리엘이 까르르 웃자, 라펠은 자신을 칭하는 수많은 별명들이 무색할 정도로 환하게 웃으며 그녀를 높이 들었다.

원만한 결혼 생활을 위해 젠틀맨, 미르티스 라펠 윈스턴이 지켜야 할 마지막 규칙.

젠틀맨은 육아에 익숙해져야 한다. 그리고 그 규칙을 지키기 위해 미르티스 라펠 윈스턴은 오늘 밤도 노력에, 노력을 거듭한다.

"……미치겠네, 정말."

아이와 놀기 위해 들이닥친 것이 분명했다.

조금만 떨어뜨려 놓아도 저렇게 몇 달은 안 본 것처럼 떨어질 생각을 않으니 원.

루키나는 어느새 침대 쪽으로 가서 메리엘과 쉬지 않고 놀아주는 라펠의 눈이 반짝이는 것을 발견하곤 고개를 내저었다.

"셰리."

"네, 마님."

"라펠에게 장난감 하나 가져다줘. 한동안 저러고 있을 것 같으니까."

"예, 마님!"

자정을 향해 달려가는 짙은 밤.

겨우겨우 재워놨더니 갑자기 나타나선 잠든 아이를 깨워 놀기 시작하는 남편의 모습에 루키나는 고개를 절레절레 저었다.

그러고는 자신의 누이가 아버지와 놀든 말든 쿨쿨 자고 있는 은발의 남자 아기를 향해 옅은 미소를 그렸다.

“우리 이안은 착해도 너무 착하군요. 좀 더 자도록 해요, 이안. 후우. 멜이 이안처럼만 조용하면 참 좋을 텐데. 대체 누굴 닮아서 매일 밤잠도 안 자고 아빠랑 놀려고 하는 건지 모르겠다니까.”

흥. 콧방귀를 뀌며 이안의 배를 문지르는 루키나를 지켜보던 셰리가 쿡쿡 웃었다.

“어이, 셰리. 왜 웃어?”

그 웃음소리를 포착한 루키나가 홱 고개를 돌리자 셰리는 오히려 되물었다.

“마님. 정말 모르시겠어요? 멜 아가씨가 누굴 닮았는지?”

“라펠 아냐?”

심드렁하게 대답하자 셰리는 단호하게 검지를 좌우로 까딱였다.

“아가씨는 마님의 판박이에요!”

“뭐?”

그럴 리가!

나처럼 교양 있고 멋지다 못해 훌륭하기까지 한 레이디와 시도 때도 없이 울어버리는 저 소악마가 판박이일 리가 없어!

물론 나를 닮아 좀 많이 예쁘고, 좀 많이 사랑스럽고, 좀 많이 귀엽긴 하지만!

루키나가 눈을 크게 뜨며 셰리를 노려봤지만 셰리는 그녀의 시선을 피하며 콧노래를 흥얼거렸다.

"멜. 우리 예쁜 멜!"

단단히 콩깍지가 씐 제2의 딸 바보는 그들의 대화 따위는 안중에도 없다는 듯, 흑발의 아기와 함께 저만의 세상에 빠져 있다.

루키나는 그런 그들을 한참 동안 쳐다보다 밉기는커녕 사랑스럽기 그지없는 두 부녀의 모습에 결국 웃음을 터뜨렸다.

'그래도…….'

행복하기는 하니까.

Side Story by 유리안

제국력 1290년.

평온한 나날들이었다.

건강을 찾고, 든든한 배후까지 얻게 된 황태자, 유리안 아이너 리우드가 건강을 핑계 대며 일선에서 물러난 황제를 대신하여 국정의 대소를 총괄하게 되면서 몇 년간 지속되어 오던 리우드 제국의 황위 다툼은 싱겁게 끝이 났다.

옆 대륙에서 황위 다툼이나 뭐다 하며 끊임없이 크고 작은 전쟁이 일어나는 것과는 대조적이었던지라, 황족들의 신경전으로 인해 지칠 대로 지쳐있었던 리우드의 제국민들은 이 평화를 몹시 반겼다.

물론 간혹 베르겐에서 어떻게든 탈출하기 위해 갖은 수를 쓰는 2황자 렉시어드가 골치 아픈 문제를 만들어내기는 했으나, 그는 이미 황실을 비롯한 고위 귀족들의 머릿속에 사라져 있는 상태였다.

특히나 리우드의 황제 셀레스틴이 렉시어드가 만일 한 번 더 사고를 일으킨다면 그를 황실에서 쫓아낼 것이라는 선언을 한 이후, 렉시어드 역시 황족의 끈을 놓치지 않기 위해 숨을 죽이며 살아가고 있었다.

"형님!"

고요함.

마치 폭풍 전야의 황궁에서 황제가 될 준비를 하던 유리안은 자신의 거처인 라몬 궁에서 시간을 보내고 있었다. 셀레스틴의 명을 받고 대신 오전 정무 회의를 주관했던 유리안이 오찬 이후 가지고 있는 휴식 시간이었다. 라몬 궁내의 정원에서 홀로 티타임을 보내고 있던 유리안은 저를 부르는 목소리에 고개를 돌렸다. 하하, 호쾌하게 웃으며 그를 향해 다가오고 있는 이는 자유분방한 4황자, 휴이렌이었다. 유리안은 제게 걸어오고 있는 휴이렌을 향해 옅은 미소를 그렸다.

"어쩐 일이지, 휴이?"

"형님도 참. 제가 꼭 일이 있어야 형님을 방문합니까?"

"포프너 후작 영애와 블라페로 여행을 떠났다고 하더니."

"벌써 다녀왔죠. 형님. 요즘 폐하를 대신하여 국정을 살피느라 눈코 뜰 새 없이 바쁘시다더니 이 아우의 소식도 늦게 접하시는군요."

서운함을 가득 담아 말하는 휴이렌의 음성에 유리안은 피식 웃었다. 한때는 저와 적대적 사이에 있었던 아우는 어느새 이 황궁에서 마음을 나눌 수 있는 존재가 되었다. 모두 그들 사이에서 그들을 연결시켜 주었던 한 여인 때문이었다. 유리안은 툴툴거리고 있는 휴이렌을 향해 부드러운 눈웃음을 지어 보였다.

"여행은 즐거웠고?"

"블라페는 생각보다 흥미로운 대륙이었습니다. 그곳의 나라들 대부분이 아직 우리 아시아타나 칼리파 대륙 쪽의 나라들보다는 덜 문명화되었지만, 얼마든지 성장 가능성이 보이더군요."

"그래?"

"형님께서 황위에 오르시게 되신다면 저를 블라페에 위치한 나라들의 특사로 보내주십시오. 다시 한 번 가고 싶습니다, 하하하!"

"그거야 뭐, 어렵지 않지. 그런데 아직도 소식은 없나?"

"네?"

무슨 소식이요? 휴이렌이 유리안의 질문에 고개를 갸웃거리자 유리안은 짓궂은 표정을 지었다. 유리안의 시녀가 건네준 차를 받고선 홀짝이던 휴이렌의 귀에 유리엔의 말이 들려왔다.

"포프너 후작 영애와 너의 혼사 소식 말이야."

"풉! 콜록콜록!"

"……."

"아, 혀, 형님. 죄송…… 합니다. 흠흠. 너, 너무 갑작스러운 말이어서 그만."

돌연 사레가 들렸는지 돌연 콜록거리는 휴이렌을 보고 유리안은 빙긋 입꼬리를 흘렸다. 얼굴을 붉히며 흠흠, 헛기침을 이어가던 휴이렌은 나지막하게 중얼거렸다.

"혀, 형님도 아시잖습니까. 이번에 그녀와 함께 동행한 건 어디까지나 포프너 영애가 블라페 대륙에 한 번 다녀온 경험이 있기 때문에……."

"정말, 그런 이유에서인가?"

허를 찌르는 유리안의 질문에 휴이렌이 움찔거렸다. 유리안은 어쩔 줄 몰라 하는 휴이렌을 향해 눈썹을 까딱여 주었다. 휴이렌의 얼굴이 더욱 달아올랐다.

"어, 어쨌든 아직까지는 벼, 별 생각이 없습니다. 실연당한지 얼마 되지도 않았고……."

"지난 몇 년이면 충분한 것 같은데. 게다가 포프너 후작 영애도 어느덧 결혼 적령기를 지나지 않았나. 이대로 내버려 두었다가는 다른 괜찮은 사내가 그녀를 채어갈 수도…….”

“그, 그러는 형님은 어쩌실 겁니까?”

……어?

자상한 눈웃음을 그려가며 휴이렌을 설득하려던 유리안의 눈이 동그래졌다. 저와 똑같은 자색 눈동자가 자신을 향하자 유리안은 멈칫했다. 붉어졌던 얼굴을 금세 정상화시킨 휴이렌이 그를 빤히 직시하고 있다. 휴이렌은 눈을 가늘게 뜨며 말을 이었다.

“사실 황실에서 가장 급한 분은 바로 형님이 아니십니까?”

유리안은 머뭇거렸다. 휴이렌은 약점을 잡았다는 얼굴로 씩 웃더니 입술을 달싹였다.

“안 그래도 근래 들어 더욱 말이 많아졌다고 들었습니다. 국정 업무를 보시느라 바쁘신 건 어쩔 수 없지만, 자리를 마련해 줘도 도통 형님께서 황태자비를 맞이할 생각을 하지 않아 곤란하다고요.”

“…….”

“소문으로 듣자 하니, 보다 못한 폐하께서 손수 나서셨다는 이야기가 있더군요.”

폐하께서?

“국내에서 황태자의 비를 찾을 수 없다면, 국외에서라도 찾아내겠다—고 말이지요.”

유리안은 ‘이 일은 어찌하실 겁니까?’ 하는 듯한 휴이렌의 말에 뭐라 대답하지 못했다.

"물론, 근래에 그런 이야기가 황실에 돌고 있다는 이야기는 들은 바 있었소. 정치적으로도 이를 이용하려 드는 이들도 생겨난다는 이야기도. 허나 다른 이도 아니고 일국의 황후가 될지도 모르는 사람을 정하는 일이오. 게다가 근본적으로 나와 영원을 함께할 반려를 뽑는 일이기도 하고……. 그대도 알다시피, 사람의 마음이라는 것이 쉽게 움직일 수 있는 건 아니지 않겠소? 하여 신중하려는 건데, 어째서 이렇게 나를 괴롭히려는 건지 모르겠군. 어쩌면 휴이 녀석도 그 말을 하려고 내게 찾아온 것인지도 모르오. 겉으로는 안부 인사차 왔다고는 하지만…… 흠흠. 이보시오. 내 말, 듣고 있는 거요?"

한숨을 푹 내쉬며 한탄하던 유리안이 미간을 좁히며 눈에 힘을 줬다. 그러자 그의 앞자리에 앉아 있던 흑발의 남자가 고개를 들었다.

"예? 아. 죄송합니다, 전하. 말씀 중이셨습니까? 방금 뭐라고……."

"으아앙! 파파! 파파! 시로! 시로오!"

"헉, 멜! 또 왜 그러니? 응? 뭐가 문제야? 내가 뭘 잘못했니? 아, 아니다! 내가 잘못했어. 이 아빠가 잘못했어. 그래, 전부 아빠 탓이야!"

"으아아앙!"

이마에 땀을 송골송골 맺어서는 저를 쳐다보던 라펠이 그에게서 시선을 돌려 제 품에 안고 있던 아이를 내려다본 것은 순식간이었다. 감히 황태자를 눈앞에 두고 타인에게 온 신경을 쏟은 것만으로도 충분히 불경스러운 일이거늘. 이젠 저를 안중에도 두지 않고 자리에서 벌떡 일어나 아이를 들었다 놨다를 반복하기까지 한다.

유리안은 어이가 없어 사내와 똑 닮은 흑발을 소유한 여자아이를 응시했다.

'내가 미쳤지.'

유리안은 제국의 팬텀 공작이라는 칭호와는 무관할 정도로 호탕한 웃음을 터뜨리는 사내를 멍하니 바라보다 고개를 저었다. 팬텀 공작은 개뿔. 지금 그의 눈앞에 있는 사내는 황제의 임무를 비밀리에 수행하는 남자와는 거리가 멀었다. 그저, 딸을 키우는 데 모든 정신을 집중하고 있는 딸 바보일 뿐이다.

"파파! 파파!"

"하하하, 그래, 멜! 우리 멜!"

…….

놀라울 정도로 판박이인 두 부녀를 바라보던 유리안은 한숨을 내쉬며 자리에서 일어났다.

"하하, 우리 멜, 넌 어쩜 이리도 예…… 전하? 벌써 가시는 겁니까?"

유리안이 슬그머니 일어나는 것을 눈치채지 못했는지, 계속해서 흑발의 여자아이를 안아 들고 그녀를 미소 짓게 만드는 데 집중하던 라펠이 문을 나서려는 그를 향해 외쳤다. 유리안은 그의 품에 안겨선 '얼른 가버려요! 아빠와 내 시간을 방해하지 말라고요!' 라는 눈빛을 쏘아대고 있는 여자아이와 라펠을 번갈아 쳐다보더니 쓰게 웃었다.

"그래야 할 것 같군. 궁을 오래 비우면 곤란할 테니."

"아."

"어쨌든 시간을 내줘서 고맙소, 윈스턴 공. 조만간 황궁에서 보도록 하지."

"예. 살펴 가십시…… 참!"

……응?

"이브, 아니, 로델린 경은 대체 언제쯤 돌려보내 주실 예정입니까?"

"뭐?"

"우리 멜도 그렇고 이안도 그렇고 엄마가 보고 싶어 미칠 지경이랍니다."

아이들보다, 자신이 더 보고 싶어 미칠 지경이면서.

뻔뻔스러울 정도로 태연한 말이었다. 유리안은 제국의 황태자를 향해 일말의 망설임도 없이 거짓 멘트를 날리는 윈스턴 공작을 응시하며 헛웃음을 삼켰다. 어찌나 간절한 눈빛인지, 도저히 답을 하지 않을 수가 없었다.

"듣기로는 조만간 귀환을 한다는 얘기가 있더군."

"정말입니까?"

끄덕끄덕. 말없이 고개를 끄덕이자 라펠은 함박웃음을 지으려다 유리안의 시선에 얼른 태세를 전환했다.

"흠흠, 그거 정말 다행입니다. 아이들이 정말 좋아하겠습니다."

유리안은 입꼬리를 씰룩거리고 있는 라펠에게 '그대가 제일 좋아하는 거 아니오?' 라고 대꾸하려다 고개를 절레절레 저었다.

'저자도 팔불출이 다 되었어.'

감정 따위는 밖으로 드러내지 않으며, 크고 작은 황제의 비밀스러운 명령을 성실히 수행했다고 알려진 팬텀 공작.

제국의 4대 공작이기도 한 황제의 그림자는 현재, 잠깐 동안 휴직계를 내곤 검술 훈련도, 세력 늘리기도 아닌— '육아' 에 열중하고 있었다.

'내가 미쳤지.'

정신을 다른 곳에 쏟고 있는 이에게 '이번 일' 을 상의하려 든 것이 유리안 아이너 리우드의 잘못이다.

유리안은 자신이 밖을 나서든 말든 전혀 신경 쓰지 않고 여전히 아이들 돌보기에 매진하고 있는 흑발의 사내를 흘긋거리다, 끝내 응접실을 벗어났다.

결국 하루를 꼬박 달려온 보람 따위는 없이, 유리안은 안주인 없는 윈스턴 공작성에 오래 머물지도 못하고 쫓겨나듯 말에 올라탔다.

"황궁으로 바로 돌아가시겠습니까?"

"다음 회의는 언제 열릴 예정이지?"

"사흘 됩니다."

"아직 시간은 있군."

윈스턴령에서 왕복으로 이틀 거리에 위치한 세이번까지는 지금 출발하면 하루면 도착한다. 다음 정무 회의를 준비하기 위해서 반나절 정도가 걸린다고 치면, 하루 정도는 여유를 부려도 괜찮다는 이야기가 된다.

황태자 자리에 올라 있기는 했었지만, 그를 위협하는 다른 황자들 때문에 황제의 인정을 받지 못하던 유리안은 요 몇 년 동안 황제의 무너진 신뢰를 회복하며 황제 대신 국정의 대소사를 도맡아왔다. 그러다 보니 당연히 궁을 벗어날 일도 없었다.

갑자기 출궁을 하기는 했으나 이왕 나온 거, 느긋하게 경치라도 즐기며 가자고 생각했다. 유리안은 곧 제 대답을 기다리고 있는 마릭을 내려다보았다. 그리고 그가 막 마릭에게 말을 하려 할 때였다.

히이잉!

유리안은 멀리서 들려오는 말발굽 소리에 눈을 동그랗게 떴다. 이내 그런 그의 자안으로 고개를 갸웃거리고 있는 은발의 레이디가 들어왔다.

"유리?"

❖

「아니, 힘들게 여기까지 왔는데 그냥 가시면 어떡해요? 그러지 마시고 하룻밤 자고 가세요. 네? 비록 황궁보다는 누추하겠지만 공작성에도 유리가 휴식을 취할 만한 침실은 있다고요. 그렇죠, 라펠?」

황태자 유리안 아이너 리우드가 내렸던 비밀 임무를 성실히 수행하고 귀환한 아미키티아의 기사단장은 못 마땅한 기색이 역력한 얼굴로 유리안을 노려보던 자신의 남편에게 방긋 웃어 보였다. 그러자 유리안은 자신의 아내이자, 제국의 공작부인이며, 또한 차기 황위에 오를 황태자의 최측근이기도 한 여기사의 시선에 움찔거리고 있는 남자를 발견했다. 냉랭한 인상의 흑발을 지닌 사내는 환한 미소를 짓는 레이디를 바라보며 하하, 어색한 웃음을 흘렸다.

「그, 그렇…… 지. 전하의…… 침실은 충분히 마련…… 가능하지.」

유리안은 확신했다. 라펠의 입 밖으로 뱉어낸 저 말들은 아마도 그의 의지와는 상관없이 억지로 뱉어내는 것이 분명했다. 그것이 아니고서야 저렇게 티가 나도록 이를 부드득, 갈 리 없으니까.

그는 '들으셨죠, 유리? 저희랑 같이 저녁도 드시면서 그동안 못했던 얘기도 해요. 참, 제 보고도 들으셔야죠!' 하고 생글생글 웃는 루키나와 '당장 꺼지십시오.' 라는 눈빛을 쏘아대고 있는 라펠을 번갈아 바라보며 쓴웃음을 흘릴 수밖에 없었다.

두 남녀의 짜릿한 시선을 동시에 받으며 대답을 망설이던 유리안은 한참의 고민 끝에 대답했다.

「아무래도 궁이 걱정이야. 너무 오래 비워두면 문제가 발생할 수 있거든. 그러니 저녁은 다음 기회에 하도록 하지. 임무에 대한 보고는…… 궁에서 듣겠소, 로델린 경.」

아아, 하고 아쉬움이 가득한 탄성을 흘리는 루키나와는 달리 그제야 안도했다는 듯, 짙은 미소를 지으며 제게 손까지 흔들어주는 라펠을 차례로 보다 몸을 돌렸다.

그리고 몇 시간 뒤.

유리안은 아래를 밝히던 태양이 가려진 뒤, 어느새 칠흑으로 물든 하늘 위를 올려다보았다. 그의 시야에 우거진 나뭇가지 사이로 미세하게 스며들고 있는 달빛이 흘러들어 왔다.

히이잉!

내내 타고 있던 말이 앞발을 치켜들며 돌연 울음소리를 내자, 유리안은 멈칫했다. 그는 난감한 표정을 지으며 결국 말 위에서 내릴 수밖에 없었다. 돌연 불어온 바람으로 인해 그의 금색 머리카락이 흩날린다. 유리안은 굳은 얼굴로 주위를 두리번거렸다.

'이거…… 큰일이군.'

황도, 세이번으로 향하는 길.

해가 지자마자 바로 윈스턴 공작령을 벗어나 세이번으로 달리던 유리안 일행은 윈스턴 공작령과 세이번 사이에 위치한 한 숲에서 그만 뿔뿔이 헤어지고 말았다.

칼덱스라는 이름의 이 숲은 오전에는 아무렇지 않게 통과가 가능하지만, 해가 지고 난 오후에는 근처에 살고 있는 지역민들도 접근하지 않을 만큼 길을 잃기 쉽다고 하여 일명 '밤 미로의 숲'이라고 불렸다. 그런 칼덱스 숲으로 들어가기를 망설이는 호위들에게 대수롭지 않다며 안심을 시켜준 것이 불과 몇 시간 전이거늘.

'난감하게 됐어.'

짙게 드리워진 뿌연 안개를 통과하자마자 제 주변에 그 누구도 보이지 않자 유리안은 쓴웃음을 흘릴 수밖에 없었다.

다행히 그가 알고 있기로 칼덱스 숲에는 현재 자신을 위협할 만한 야생 짐승들은 존재하지 않는다. 마수들이 존재한다고 하더라도, 그간 다져온 검술 실력이면 정말 위험한 녀석이 아닌 이상 처리는 가능할 거다. 게

다가 안개로 인해 시야가 가려지고, 또 목소리가 묻혀 버렸기에 일행을 찾을 수 없는 것이지, 아침 해가 뜬다면 그들과 조우할 가능성이 컸다.

'그때까지는…….'

꼼짝없이 이곳에 있어야겠군.

아마 지금쯤, 저를 놓쳤다는 사실에 좌절하며 스스로를 탓하고 있을 마릭과 그의 호위 기사들의 얼굴들이 눈앞에 아른거렸다. 제 고집으로 인해 이런 난처한 상황에 처한 그들에게 못내 미안한 마음이 들었다. 유리안은 최대한 소란을 피우지 않으려 노력하고선, 근처 나무 기둥에 말을 묶어둔 채 동이 틀 때까지 휴식을 취하려 했다.

스슥.

'……응?'

그때였다.

그가 등을 기대어 있던 나무와 반대편에 위치해 있던 작은 나무 더미가 요란하게 흔들렸다. 한숨을 내쉬며 눈을 감으려던 유리안이 조용히 옆으로 내려놓았던 검집을 향해 손을 가져다 댔다.

스스슥. 스슥!

나무들이 흔들리며 발생하는 소리가 점점 커져갈수록 유리안의 자안은 냉정해졌다. 그는 두근거리는 숨을 멈추고 조심스레, 힐트를 잡은 후 검집에서 검을 뽑아내려 했다.

스릉—

요란하게 흔들리던 나무 사이를 통과한 누군가가 제 앞에 드러나기가 무섭게, 유리안은 있는 힘껏 검을 뽑아 들고 상대를 향해 그것을 겨눴다.

챙!

하지만 검을 들고 있던 것은 비단 유리안 뿐만이 아니었는지, 유리안이 검을 앞으로 뻗자마자 금속이 부딪치는 소리가 났다. 유리안은 조금 당황한 얼굴로 제 앞에 서 있는 사람을 노려봤다.

"……!"

그런 그의 눈이 큼지막해진 것은, 어둠에 가려져 있던 사람이 달빛을 받고 완벽하게 제 앞에 드러났기 때문이다.

쿵쿵. 그간 의미를 잃고 내내 방치되어 오던 유리안 아이너의 심장이 미약하게나마 울렁거렸다. 그는 뭔가에 홀린 사람처럼 말없이 눈앞의 상대, 긴 흑발을 지닌 초록 눈동자의 여자에게서 눈을 떼지 못했다.

"누구냐, 넌."

한동안 당황해 굳어버린 유리안과 검을 부딪치고 있던 여자는 넋을 놓고 있던 유리안이 정신을 차려 뱉어낸 말에 눈을 크게 일렁였다. 그녀는 쓰게 웃으며 그에게 겨누었던 검을 거두어들이더니, 가죽 검집에 검을 밀어 넣으며 대답했다.

"실례. 그쪽이 워낙 예뻐서, 아무래도 착각을 했던 것 같아. 자세히 보니 인간이군."

……뭐?

예…… 뻐?

유리안은 뜻하지 못했던 답변에 눈을 크게 떴다. 황당한 표정을 지으며 흑발의 레이디를 바라보는 유리안에게 그녀는 거침없이 다가왔다. 놀란 유리안이 뒤로 물러나려고 주춤거렸지만 그것은 그녀의 안중에도 없는 모양이다.

"그런데 이런 외진 숲에, 나 홀로 무슨 일이지? 설마 그쪽도 길을 잃었어?"

"……!"

"이런. 정곡인가 보네."

유리안은 대꾸하지 못했다. 흑발의 레이디는 말을 이어나갔다.

"듣자 하니 칼덱스는 한 번 길을 잃으면 아침 해가 뜰 때까지 자력으로는 못 빠져나간다지? 정말 골치 아픈 숲이군. 그런 숲에 겁 없이 들어온 내 탓도 있긴 하지만……. 뭐 어쨌든, 잘됐네. 나도 마침 길을 잃었거든. 같이 길을 잃은 동지끼리 동틀 때까지 잘 지내보자고."

"……!"

툭툭. 유리안은 스스럼없이 제게 다가와 감히 그의 어깨 위에 손을 얹고선 무려 토닥이기까지 하는 흑발의 레이디를 멍하니 좇을 수밖에 없었다.

"그런데…… 그쪽, 이름이 뭐야?"

태연자약하게 조금 전, 자신이 앉아 있던 곳에 턱 엉덩이를 붙이던 레이디가 유리안을 올려다보며 물었다. 유리안이 대답하기를 주저하자 그녀는 휘휘 손을 저으며 말을 덧붙였다.

"함께 하룻밤을 보낼 사인데, 이름 정도는 알아야지."

"……!"

"말 자체는 오해하지는 말고. 아, 그전에 내 소개부터 해야 하나?"

레이디가 뱉어내기에는 너무도 거침없는 발언이었던지라 괜히 제 얼굴이 화끈거렸다. 유리안이 대답을 머뭇거리자 흑발의 레이디는 그를 향해 쭉 손을 뻗으며 빙긋 웃어 보였다.

"난 카라. 카델리아 린저. 그쪽은?"

콩닥콩닥.

갑자기 일렁이는 심장박동에 입술 떼기를 망설이던 유리안은 달빛을 받아 눈부시게 빛나는 그녀의 얼굴을 직시하며 입을 열었다.

"유…… 리안."

새로운, 시작이었다.

⚜⚜ Behind 7 ⚜⚜

Ever Ever After

"맞다!"

조금 커버렸다고 밤잠을 자지 않으려는 아이들을 억지로 재운 라펠은 잠자리에 들 준비를 마친 부인의 머리를 빗어주고 있었다.

한 올, 한 올.

루키나가 공작성을 비운 동안 셰리에게서 가르침을 받았던 머리 손질 기술은 나날이 늘어가고 있었다. 하여 검술 대련을 할 때보다 훨씬, 심혈을 기울이며 그녀의 은색 머리카락을 빗어 내려가던 라펠은 갑자기 탄성을 흘리는 루키나의 외침에 미간을 좁혔다.

"완전히 잊고 있었어요!"

무엇을?

그녀가 자신을 바라보기 위해 뒤를 돌아봤음에도 불구하고 라펠은 빗질을 멈추지 않았다. 아니, 오히려 더욱 신중하게 흐트러진 그녀의 머리카락을 잡으려 노력했다.

"오늘 밤에 공작성에 도착한다고 했었는데!"

도착?

누가?

"카라 말이에요, 카라!"

"아."

"겨우겨우 설득해서 우리 기사단에 스카우트한 인잰데, 혹시 칼덱스에서 길이라도 잃음 어쩌죠?"

또 다른 불청객의 등장인가— 라는 생각에 얼굴을 찌푸리려던 라펠이 안도의 한숨을 내쉬었다. 다행히도 이번에는 그녀의 성별과 같은 여성이었다.

적어도 질투를 할 일은 없겠……

'아니, 특히나 여자를 더 조심해야지.'

같은 여자랍시고 그녀의 곁에 철썩 들러붙어 도통 떨어질 생각을 않는 황녀를 경험해 본 라펠은 사뭇 진지한 얼굴로 고심하기 시작했다.

그의 아내는 어찌 된 셈인지 날이 갈수록 인기를 더해가고 있었다. 얼마 전엔, 검술을 배운다고 찾아온 한 레이디가 결혼을 하고, 게다가 애까지 둘이나 있는 여자를 향해 '존경해요, 로델린 경!' 하고 와락 안기까지 하지 않았던가.

불쾌하기 그지없던 그 일에 루키나는 깔깔거리며 웃어넘겼지만 라펠은 인상을 쓸 수밖에 없었다.

"라펠?"

그 때문인지 아닌지는 모르겠으나 제 속이 점점 좁아지는 것이 느껴진다. 라펠은 '제 말 듣고 있어요?' 하고 묻는 루키나를 미묘하게 바라보더니 그녀의 허리를 와락 껴안았다.

"라펠!"

"카라든 뭐든, 오늘은 내게 시간을 내기로 했으니 약속은 지켜주시오."

"……네?"

"안 그래도 말없이 찾아온 전하 때문에 그대를 맞이할 시간이 적잖게 소비됐었어. 그것이 몹시 화가 나. 오시면 오신다고 미리 언질이나 주실 것이지."

"으응?"

"게다가 카라라고 한다면 이브 그대가 작년의 임무 수행 도중 만났던 바로 그 몰락한 왕국의 공주로군."

"어머. 기억하고 계셨어요? 네, 맞아요! 카델리아 린저 공주죠!"

라펠은 굳이 풀 네임 따위 알고 싶지 않다는 눈빛으로 그녀의 뒤통수를 쳐다보더니 곧 생긋 웃는 루키나의 목에 얼굴을 가져다댔다.

"흣!"

갑자기 다가온 그의 뜨거운 숨결에 루키나가 숨을 깊게 들이마시는 것이 느껴졌다. 라펠은 조금 전까지 자신의 손바닥을 넘실거리던 루키나의 머리카락을 한데로 모아 그녀의 어깨로 늘어뜨려 주고선 제 앞에 들썩이는 그녀의 어깨를 살짝, 깨물었다.

"하아, 라펠. 내 말, 듣고 있어요?"

"응."

듣고 있어.

한 귀로는 듣고, 다른 한 귀로는…… 흘리고 있지만.

"자기 나라가 없어졌는데도 왕족의 긍지를 잃지 않고, 어떻게든 다시 나라를 세우려는 그녀의 의지가 너무나도 마음에 들어요! 불굴의 의지. 대단하지 않나요? 고맙게도 저를 모티프로 삼아서 저와 같은 여기사의 길을 걷겠다고 하니 우리 기사단으로 데려와 그녀의 앞날을 지원해 줄 거예요! 그리고 당신을 만나기 전의 저처럼 아직 연애도 한번 못했다던데이 기회에 괜찮은 제국의 남자들을 소개…… 읏!”

힘차게 말하던 루키나의 말은 갑자기 드레스 안쪽으로 손을 밀어 넣어 그녀의 봉긋한 가슴을 움켜쥐는 라펠의 손짓으로 인해 삼켜졌다.

“라페엘!”

루키나가 고개를 홱 돌리며 저를 노려보자 그녀의 가슴을 주물럭거리던 손이 아닌 다른 한 손으로 루키나의 허리를 잡아버린 라펠은 그녀를 제 쪽으로 크게 돌렸다. 루키나의 엉덩이가 뜨는가 싶더니, 곧 라펠의 허벅지 위로 내려앉았다.

“이브.”

라펠은 ‘내 말에 집중해요!’라는 표현의 일환으로, 뚱한 얼굴을 하고 있던 루키나의 입술에 제 입술을 대었다 떼더니 속삭였다.

“무려 6주 만인데…… 다른 사람 얘기 말고, 우리 얘기를 좀 하면 어떨까?”

카라든 뭐든.

유리안 황태자든 뭐든.

그딴 건 다 때려치우고.

지난 6주는 진정으로 그에게 있어선 엄청난 고역의 시간이었다.

물론 라펠이 그녀의 임신 소식을 듣고 난 후 육아는 전적으로 제게 맡기라는 말을 하기는 했었지만 정말로 루키나가 제게 모든 것을 맡기고 임무 수행을 하러 떠날 줄은 몰랐으니까.

「정말…… 가야 해?」

「그럼요? 다른 분도 아니고, 무려 황태자 전하께서 내리신 명이잖아요. 제국의 기사로서 맡은 바 임무는 수행해야죠!」

「아…….」

「왜요. 설마 라펠 당신은 제가 떠나지 않았으면 좋겠어요?」

짓궂은 미소를 그리며 묻는 그녀에게 차마 힘차게 고개를 끄덕일 순 없었다. 만약 그랬다가는 '그럼 출산 전 약속은 전부 어떻게 되는 거죠? 설마 날 속인 거예요?' 라는 답변이 돌아올 수 있었으니까. 결국 라펠은 반강제적으로 아미키티아의 다른 기사들과 함께 떠나는 루키나를 배웅할 수밖에 없었던 것이다.

"그대가 없는 동안 난 그대가 그리워서 미치는 줄 알았는데……. 이브, 그대는…… 아니었어?"

냉정을 유지하던 남자가 와르르 무너진다. 살기가 감돌던 냉랭한 얼굴에는 어느새 한 여자를 향한 사랑만이 가득할 뿐. 어디서 배운 건지, 입까지 쭉 내밀며 그녀를 올려다보는 라펠의 그윽한 눈빛에 루키나는 풋 웃음을 터뜨렸다.

"왜 웃어. 난 진지한데."

"애기들을 돌보더니 본인이 애기가 된 건가?"

"뭐?"

"지금 나한테 안아달라고 애원하는 거죠?"

루키나는 자신을 허벅지 위에 앉히고선 툴툴거리던 라펠에게 말했다. 간절하기 그지없는 신호를 보내던 남자가 흠흠, 헛기침을 하며 빠르게 대답하기를 주저했다. 루키나는 사랑스럽기 그지없는 그를 그윽하게 내려다보더니 한숨을 푹 내쉬며 고개를 저었다.

"정말…… 못 말리겠네."

"이……!"

루키나에게 답하려던 라펠의 말은 살짝 얼굴을 숙여 제게 입을 맞추는 그녀에 의해 저지당했다. 기다란 혀가 벌어진 입안으로 밀려들어 왔다.

말캉한 혀끝이 서로 닿자 찌릿한 전율이 흐른다. 라펠은 제 양 볼을 부여잡고선 숨 가쁘게 입속을 쓸어버리는 루키나의 혀 놀림에 미간을 좁혔다.

젠장.

내내 참고 있던 뭔가가 폭발하는 느낌이었다. 라펠은 두 팔로 그녀의 허리를 부여잡았다. 그에 대한 반동으로 자연스럽게 루키나가 제 허리를 기다란 다리로 감싸자 그녀의 몸이 제게 쏟아졌다. 벌떡 일어난 그는 제게 안긴 채 여전히 키스를 퍼붓고 있는 그녀를 들고선 성큼성큼 걸어갔다.

쿵!

딱딱한 벽면에 허리가 닿자 루키나가 속눈썹을 파르르 떨었다. 슬며시 떨어져 나온 그녀가 눈을 가늘게 뜨며 저를 내려다보자 라펠은 픽 웃으며 그녀를 올려다봤다. 그보다 높은 눈높이에서 그를 바라보던 루키나는 어느새 흐트러진 라펠의 머리카락을 귀 뒤로 넘겨주며 타액으로 번들거리는 입술을 달싹였다.

"그걸 말이라고 해요?"

응?

"6주예요! 무려, 6주라고요! 저라고 왜 당신이 안 보고 싶었겠어요? 당연히 보고 싶어 미치는 줄 알았죠! 우리 사랑스러운 멜과 이안도 너무나 그립고, 보고 싶었지만…… 그보다 더, 날 기다리고 있을 당신이 보고 싶어서, 아주 죽을 뻔했다고요!"

진심을 담아 외치는 루키나의 답변이 그의 입꼬리를 올라가게 만든다.

"그럼?"

"그럼은 무슨 그럼. 당장 향하지 못해요?"

일부러 어깨를 으쓱이며 그녀를 바라보자 루키나가 어딘가를 손짓하며 외쳤다. 라펠은 그녀가 가리킨 곳이 그들의 널찍한 침대라는 것을 확인한 뒤 몹시 흡족한 표정을 지었다. 그러고는 일말의 망설임도 없이, 그녀를 안아 든 채 침대로 달려갔다.

그로부터 몇 달이 지난 어느 날의 일이다.

"카일! 카일! 카이일!"

윈스턴 공작성에서 하루하고도 반나절 거리에 위치한 로델린 공작성이 난데없이 날아온 급보로 인해 들썩였다. 오늘도 평온하게 집무실에서 루키나가 보내온 메리엘과 이안의 초상화를 보고 있던 제국의 4대 공작 중 한 명인 에드문드 로델린은 꽤나 흥분한 목소리로 누군가를 찾기 시작했다.

"응?"

조만간 로델린 공작령으로 방문할 윈스턴 공작가의 식구들을 맞이하기 위해 분주한 준비를 하고 있던 로델린 공작성의 총관, 카일 아렌은 저를 부르는 외침에 고개를 들었다. 그러자 저 멀리서 서신 하나를 든 채 제게로 달려오고 있는 한 남자가 시야로 들어왔다.

"카일, 카일!"

어찌나 흥분했는지, 주변의 고용인들도 제대로 보이지 않는 눈치였다.

카일은 헉헉 숨을 가쁘게 몰아쉬며 제게로 달려오는 로델린 공작을 의아하게 바라보다가도 이내 그가 어찌 저리 흥분했는지 짐작할 수 있었다.

대개, 로델린 공작이 저렇게 들뜬 얼굴로, 그것도 행복을 가득 담은 얼굴로 제게 달려왔을 때는—

"이보게 카일! 소식, 들었나? 우리 이브가, 우리 이브가…… 글쎄, 셋째와 넷째를 동시에 가졌다는군! 내게 또 손주가 생겼어! 그것도, 하나도 아닌 둘씩이나! 정말 기특하지 않은가? 누가 내 딸 아니랄까 봐, 아주 예쁜

짓만 골라 하고 있어. 안 그런가? 아니, 근데 자네 표정이 왜 그래? 내가 뭐 틀린 말이라도 했어? ……뭐? 우리 이브가 엄연히 따지고 보면 날 닮은 건 아니라고? 예끼! 이보게, 말은 바로 하게! 우리 이브는 당연히 날 닮았지, 대체 누굴 닮았겠어? 내가 제일 사랑하는, 내 유일한 딸인데! 자네 행여나 어디 가서 그런 소리 하지 말게! 내가 오늘 기분이 좋아서 이렇게 넘어가는 거라고! 흥! 그런데 우리 멜과 이안은 잘 지내고 있을지 모르겠군. 얼마나 컸을까. 초상화만으로는 가늠을 할 수가…… 에이, 모르겠다! 방문 준비고 뭐고, 이렇게는 못 기다리겠어. 카일! 당장 준비하게! 우리 이브와, 내 사랑하는 손주들을 보러 지금 윈스턴령으로 갈 것이야! ……뭐? 윈스턴 공작에게 줄 선물을 준비해야 하지 않냐고? 아니, 임신을 한 건 우리 이븐데, 왜 내가 그 망할 자식의…… 흠흠, 사, 사위의 선물을 준비해야 해? 됐어! 이브와 애들 선물만 챙겨!"

『레이디 생존의 법칙』 완결 ♠

작가 후기

2016년 여름, 시작했던 글이 플랫폼 연재를 거친 후 2017년 여름쯤이 되어서야 종이책으로 나오게 되었네요. 『레이디 생존의 법칙』이 세상 밖으로 나오기까지 적잖은 도움을 주신 예원 출판사 관계자 여러분들, 감사드립니다.

대외적으로도 크고 작은 일이 있었던 2016년이지만 작년은 제게 뜻깊은 한 해가 아니었나 싶습니다. 올 한 해도, 여러 가지 즐거운 일들이 일어났으면 하고 바라봅니다.

이 글을 읽어주시는 모든 독자 마마님들께 감사드리며, 루키나와 함께 즐거운 시간이 되셨으면 좋겠습니다. 조만간 다시 찾아뵐게요.

그때까지, 언제나 행복하세요.

시로야차(이림) 拜上